SCHERZ

ERIN KELLY

vier. zwei. eins.

VIER MENSCHEN.
ZWEI WAHRHEITEN.
EINE LÜGE

ROMAN

Aus dem Englischen
von Susanne Goga-Klinkenberg

SCHERZ

Erschienen bei FISCHER Scherz

Die englische Originalausgabe erschien 2017 unter dem Titel
»He said – she said« bei Hodder and Stoughton, London

Satz: Dörlemann Satz, Lemförde
Druck und Bindung: CPI books GmbH, Leck
Printed in Germany
ISBN 978-3-651-02571-4

Für meine Schwester Shona

Eine totale Sonnenfinsternis besteht aus fünf Phasen.

ERSTER KONTAKT: Der Schatten des Mondes wird über der Sonnenscheibe sichtbar. Die Sonne sieht aus, als hätte man ein Stück aus ihr herausgebissen.

ZWEITER KONTAKT: Die Sonne ist fast gänzlich vom Mond verdeckt. Das letzte Sonnenlicht dringt durch die Spalten zwischen den Mondkratern und lässt die überlappenden Himmelskörper wie einen Diamantring aussehen.

TOTALITÄT: Der Mond verdeckt die Sonne nun vollständig. Dies ist die dramatischste und unheimlichste Phase einer totalen Sonnenfinsternis. Der Himmel verdunkelt sich, die Temperatur sinkt, Vögel und Tiere verstummen häufig.

DRITTER KONTAKT: Der Mondschatten entfernt sich, und die Sonne erscheint wieder.

VIERTER KONTAKT: Der Mond verdeckt die Sonne nicht mehr. Die Sonnenfinsternis ist vorbei.

Wir stehen nebeneinander vor dem fleckigen Spiegel. Unsere Spiegelbilder meiden jeden Blickkontakt. Sie trägt Schwarz, genau wie ich, und genau wie ich hat sie ihre Kleidung sorgfältig und respektvoll ausgewählt. Keine von uns beiden steht vor Gericht, jedenfalls nicht als Angeklagte, doch wir wissen beide, dass in solchen Fällen immer die Frau beurteilt wird.

Die Kabinen hinter uns sind leer, die Türen angelehnt. Vor Gericht zählt dies als Privatsphäre. Der Zeugenstand ist nicht der einzige Ort, an dem man aufpassen muss, was man sagt.

Ich räuspere mich, und das Geräusch hallt von den gefliesten Wänden wider, eine Miniaturkopie der perfekten Akustik, die in der Eingangshalle herrscht. Hier gibt es überall ein Echo. In den Korridoren erklingt bürokratisches Türenschlagen, schwere Akten werden auf quietschenden Rollwagen befördert. Was man sagt, fängt sich an den hohen Decken und wird in vielfältiger Form zurückgeworfen.

Im Gericht mit seinen gewaltigen Fluren und übergroßen Räumen verschieben sich die Maßstäbe. Das ist wohldurchdacht. Es soll einen an die eigene Bedeutungslosigkeit gegenüber der mächtigen Maschinerie der Strafjustiz erinnern und die gefährlich glimmende Macht des unter Eid gesprochenen Wortes dämpfen.

Auch Zeit und Geld sind hier verzerrt. Die Justiz verschlingt Gold; es kostet Zehntausende Pfund, einem Mann die Freiheit zu sichern. Sally Balcombe, die auf der Besuchergalerie sitzt, trägt Schmuck, von dem man sich in London eine kleine Wohnung leisten könnte. Selbst das Leder des Richtersessels stinkt nach Geld. Man kann es beinahe von hier aus riechen.

Doch die Toiletten sind wie überall große Gleichmacher. Die Spülung auf dem Damenklo ist immer noch kaputt und der Seifenspender immer noch leer, und die Türschlösser funktionieren immer noch nicht richtig. Die leistungsschwachen Spülkästen tropfen geräuschvoll und verhindern jede diskrete Unterhaltung. Wenn ich etwas sagen wollte, müsste ich schreien.

Ich betrachte sie im Spiegel. Das Etuikleid umhüllt ihre Kurven. Ich habe meine Haare, die langen, leuchtenden Haare, die Kit sofort an mir geliebt hat, die Haare, die er angeblich im Dunkeln erkennen konnte, zu einem braven Knoten gesteckt. Wir beide sehen … sittsam aus, das ist wohl das richtige Wort, obwohl mich niemand jemals so beschrieben hat. Wir sind nicht mehr die Mädchen vom Festival: die Mädchen, die ihre Körper und Gesichter golden bemalten und heulend unter dem Mond tanzten. Diese Mädchen gibt es nicht mehr, beide sind auf ihre Weise tot.

Draußen schlägt eine schwere Tür zu, wir zucken zusammen. Sie ist ebenso nervös wie ich. Dann endlich schauen unsere Spiegelbilder einander an und stellen jene Fragen, die zu gewaltig – und zu gefährlich – sind, um sie laut auszusprechen.

Wie konnte es dazu kommen?

Wie sind wir hier gelandet?

Wie wird es enden?

ERSTER KONTAKT

1

London ist die britische Stadt mit der höchsten Lichtverschmutzung, doch selbst hier in den nördlichen Vororten kann man um vier Uhr morgens immer noch die Sterne sehen. Im Arbeitszimmer brennt kein Licht, und ich brauche Kits Teleskop nicht, um die Venus zu entdecken; die Mondsichel trägt den blassblauen Planeten wie einen Ohrring.

Ich habe die Stadt im Rücken; von hier aus blickt man auf die Dächer der Vororte, die vom Alexandra Palace beherrscht werden. Tagsüber ist er eine viktorianische Monstrosität aus Gusseisen, Backstein und Glas, doch in den frühen Morgenstunden bohrt er sich wie ein Stachel in den Himmel, gekrönt von dem leuchtenden roten Punkt an der Antennenspitze. Ein Nachtbus, der die gleiche Farbe hat, saust über die verlassene Straße am Park. Dieses Viertel ist rund um die Uhr lebendiger als das Westend. Sobald der letzte Kebabladen schließt, nimmt die polnische Bäckerei die erste Lieferung entgegen. Ich habe mir die Gegend nicht ausgesucht, liebe sie jetzt aber. Im Gedränge bleibt man anonym.

Blinkend kreuzen sich die Wege zweier Flugzeuge. Eine Etage unter mir schläft Kit tief und fest. Er ist es, der verreisen wird, aber ich bin hellwach und nervös. Ich habe schon lange nicht mehr durchgeschlafen, doch diesmal hat es nichts mit den Babys zu tun, die einen Stepptanz auf meiner Blase aufführen und mich wach treten. Kit hat mal gesagt, das Leben, das seien die langweiligen Zeiten zwischen den Sonnenfinsternissen, doch für mich sind es die sicheren Zeiten. Beth hat zweimal die Welt durchquert, um uns zu finden. Sichtbar werden wir nur, wenn wir reisen. Vor einigen Jahren habe ich einen Privatdetektiv damit beauftragt, uns nur anhand der Papierspur unseres früheren Lebens zu finden. Es ist ihm nicht gelungen. Und erst recht nicht Beth und nicht einmal einem Mann wie Jamie, dem so viele Mittel zur Verfügung stehen. Es ist vierzehn Jahre her, seit einer seiner Briefe mich erreicht hat.

Zum ersten Mal seit seiner Jugend wird Kit eine totale Sonnenfinsternis ohne mich erleben. Selbst jene, die er verpasst hat, hat er mit mir zusammen und wegen mir verpasst. Es ist nicht ratsam, in meinem Zustand zu reisen, und ich bin so dankbar für diesen Zustand, dass ich Kit das Erlebnis gönne, selbst wenn ich mir Sorgen um ihn mache. Beth kennt mich. Sie kennt uns. Sie weiß, dass sie mich vernichtet, wenn sie ihm etwas antut.

Ich sehe zu, wie der Mond langsam untergeht. Indem ich seiner Bahn folge, übe ich mich bewusst in Achtsamkeit und lebe nur im Augenblick, um meine Panikattacken im Keim zu ersticken. Das verräterische erste Anzeichen ist da: Die Härchen auf meiner Haut richten sich auf, als würde jemand mit einem hauchdünnen Tuch über meine Unterarme streichen. Sie nennen es Somatisierung, das ist der körperliche Ausdruck einer psychischen Schädigung. Achtsamkeit soll mir helfen, Soma und Psyche voneinander zu trennen. Ich spiele mit den Sternen, verbinde sie zu Sternbildern. Da ist Orion, eine der wenigen Konstellationen, die jeder erkennt, und ein bisschen nördlich davon die Sieben Schwestern, denen ein naher Vorort seinen Namen verdankt.

Ich schaukle von den Fersen auf die Fußballen und zurück, konzentriere mich auf die Teppichfasern unter meinen nackten Zehen. Ich darf nicht zulassen, dass Kit mich so ängstlich erlebt. Es würde ihm die Reise verderben, und danach würde er wieder Psychotherapie vorschlagen, und damit bin ich so weit gekommen, wie es nur geht. Man kann nur begrenzt Erfolg haben, wenn man ein Geheimnis wie das meine hütet. Die Psychotherapeuten behaupten immer, die Sitzungen seien vertraulich, als wäre ihre Ikea-Couch ein Beichtstuhl. Aber ich müsste beichten, dass ich gegen das Gesetz verstoßen habe, und das kann ich niemandem anvertrauen. Was ich getan habe, verjährt weder in diesem Land noch in meinem Herzen.

Als mein Atem wieder ruhiger geht, wende ich mich vom Fenster ab. Das Licht reicht gerade aus, um Kits Landkarte zu erkennen. Natürlich nicht das Original, das wurde zerstört, aber eine minutiöse Kopie davon. Es ist eine riesige Reliefkarte der Welt, von roten und goldenen Fäden durchzogen, millimetergenau abgemessen und mit typischer Präzision aufgeklebt. Die goldenen Bögen markieren die Sonnenfinsternisse, die Kit miterlebt hat; die roten jene, die wir in unserem Leben noch erwarten können. Es gehört zum Ritual, rote Fäden durch goldene zu ersetzen, sobald wir von einer Reise heimkehren. (Da er nun einmal ist, wie er ist, hat Kit seine Lebenserwartung anhand von Familiengeschichte, Lebensstil und Statistiken errechnet und dabei berücksichtigt, dass er ab seinem neunzigsten Lebensjahr aus Gesundheitsgründen nicht mehr reisen kann. Demnach dürften wir unsere letzte Sonnenfinsternis im Jahr 2066 erleben.)

Vor Jahren war Beth mit den Fingern über die erste Landkarte gefahren, worauf ich ihr von unseren Plänen erzählt hatte.

Ich frage mich, wo auf diesem Planeten sie jetzt sein mag. Manchmal frage ich mich auch, ob sie überhaupt noch lebt. Ich habe ihr nie den Tod gewünscht – trotz allem, was sie uns angetan hat, war sie auch ein Opfer –, wohl aber, dass sie ... gelöscht werden könnte, was wohl das richtige Wort ist. Ich habe keine Möglichkeit, es herauszufinden. Wenn man »Elizabeth Taylor« sucht, landet man bei der Schauspielerin und der Schriftstellerin. Und wenn man den Kosenamen »Beth« googelt, ist es kaum besser. Sie scheint ebenso erfolgreich verschwunden zu sein wie wir.

Nach Jamie habe ich seit Jahren nicht gesucht. Es ist mir zu unangenehm angesichts der Rolle, die ich in alldem gespielt habe. Sein PR-Kreuzzug hat sich ausgezahlt, und wenn man heutzutage seinen Namen googelt, taucht das Verbrechen zwar noch auf, aber nur in dem von ihm festgelegten Kontext. Die ersten Ergebnisse beziehen sich immer auf seine Initiativen für fälschlich – und auch zu Recht – beschuldigte Männer, für die er Anonymität bis zum Augenblick der Verurteilung fordert. Mir wird schon nach den ersten Zeilen schlecht. Doch ich muss auf dem Laufenden bleiben und habe das Problem umgangen, indem ich einen Google-Alert angelegt habe, der seinen Namen mit dem einzigen Wort verbindet, das von Bedeutung ist. Es bringt nichts, nach ihm und Beth zu suchen; ihre lebenslange Anonymität ist gesichert. So schreibt es das Gesetz vor, und zwar ungeachtet des Prozessausgangs. Ich vermute, sie – und wir alle – können von Glück sagen, dass der Fall sich ereignete, bevor es soziale Medien und digitale Bürgerwehren gab, deren Blutsport darin besteht, andere öffentlich zu outen.

Auf dem Treppenabsatz geht das Licht an, Kit ist aufgewacht. Ich atme tief ein und noch länger aus und bin wieder ruhig. Ich habe die Attacke besiegt. Ich schiebe die Pulloverärmel hoch. Der Pullover gehört Kit und schmeichelt mir nicht gerade, aber er passt, und ich befinde mich seit Jahren in der Phase, in der alles möglichst bequem sein soll. Noch bevor ich schwanger wurde, verschafften mir die Steroide zum ersten Mal im Leben

Hüften und Brüste, und ich weiß noch immer nicht genau, wie ich meine Kurven kleiden soll.

Ich gehe die Treppe hinunter, vorbei an den flachen Paketen mit den Babybetten, die auf dem Treppenabsatz stehen. Wenn Kit heimkommt, müssen wir das Zimmer von Juno und Piper als Kinderzimmer herrichten. Bisher hat mich der Aberglaube zögern lassen. Ich will warten, bis er die Reise überlebt hat.

Er sitzt im Bett, schaut schon im Handy nach der Wettervorhersage. Seine leuchtenden kupferroten Haare stehen in alle Richtungen ab. Die Worte *Fahr nicht* wollen mit aller Gewalt aus meinem Mund. Er würde hierbleiben, wenn ich ihn darum bäte, und genau das ist der Grund, aus dem ich ihn fahren lassen muss.

2

KIT *18. März 2015*

Ich liege einige Sekunden wach, horche auf Lauras Schritte über mir und fühle mich ein bisschen wie am Weihnachtsmorgen. Es verliert nie seinen Reiz, wenn die abstrakten Zahlen auf dem Kalender zu wirklichen Tagen werden. Ich weiß seit Jahren, dass der Mond am 20. März 2015 die Sonne verdecken und eine schwarze Scheibe an den Himmel zeichnen wird. Totale Sonnenfinsternisse sind Punkte auf der Zeitachse meines Lebens, seit ich zum ersten Mal unter dem Schatten des Mondes gestanden habe. Chile 1991 war *die* Sonnenfinsternis des vergangenen Jahrhunderts; sieben Minuten und einundzwanzig Sekunden pure Totalität. Ich war zwölf Jahre alt und wusste, dass ich mein Leben lang versuchen würde, diese Erfahrung zu wiederholen. Eine totale Sonnenfinsternis an einem wolkenlosen Himmel ist unvergleichlich. Bis ich Laura kennenlernte, war ich dem Verständnis von Religion nie so nahe gekommen.

Das Bettlaken auf ihrer Seite ist kalt. Als sie hereinkommt, schiebt sich zuerst ihr Bauch ins Zimmer. Ihre Wangen sind ganz eingesunken, weil sie so müde ist. Sie hat die Haare aufgesteckt, die Ansätze sind zu erkennen, ein brauner Millimeter, der sich beinahe schwarz vom Platinblond abhebt. Sie trägt einen meiner alten Pullover, hat die Ärmel über die Ellbogen hochgeschoben. Sie war nie hübscher. Als wir uns anfangs um ein Baby bemühten, hatte ich befürchtet, ich könnte ihre feingliedrige Schlaksigkeit vermissen, die ich immer so geliebt hatte, doch nun bin ich stolz, dass sich Lauras Körper verändert, weil etwas von mir in ihm ist.

»Geh wieder ins Bett«, sage ich. »Es ist nicht gut, wenn du hier herumspringst.«

»Ach, ich bin jetzt wach. Ich lege mich wieder hin, wenn du weg bist.«

Unter der Dusche gehe ich ein letztes Mal den heutigen Zeitplan durch. Ich nehme um 5.26 Uhr die U-Bahn von Turnpike Lane, dann um 6.30 Uhr den Zug von King's Cross nach Newcastle, wo ich mich um 9.42 Uhr mit Richard treffe. Von da aus bringt uns ein gemieteter Minibus zum Hafen, und um Punkt 11.00 Uhr gehen wir an Bord der *Princess Celeste*, eines Kreuzfahrtschiffs mit sechshundert Betten, das uns über die Nordsee an Schottland vorbei und in Richtung Island bis zu den Färöern bringt. Die Sonnenfinsternis am Freitag wird hauptsächlich über dem Meer stattfinden, aber selbst eine ruhige See ist nie ganz still, und man kann immer besser an Land fotografieren. Ich hatte die Wahl zwischen den Färöern und Spitzbergen nördlich des Polarkreises. (Laura wollte, dass ich auf die Färöer fahre. In Tórshavn auf Stremoy, der größten Insel, wird sich eine gewaltige Menschenmenge versammeln, was sie für sicherer hält.) In zwei Tagen wird der Mond morgens um 8.29 Uhr beginnen, sich vor die Sonne zu schieben, was in einer totalen Finsternis von zweieinhalb Minuten gipfelt.

Ich rubble mir den Bart trocken, auf dem Laura bestanden hat, und ziehe die Sachen an, die ich gestern Abend sorgfältig bereitgelegt habe. Meine Arbeitskleidung hängt ordentlich im Kleiderschrank und macht mir ein schlechtes Gewissen. Einerseits freue ich mich, dass ich fünf Tage nicht ins Optiklabor muss. Andererseits hätte ich die Tage auch an meinen Vaterschaftsurlaub anhängen können. Dann aber denke ich an die Chemikalien, die ich schon so lange einatme, dass meine Lungen wie beschichtet sind, und an meinen steifen Nacken, der sich das ganze Jahr über Linsen beugt und sich nun endlich zum Himmel recken kann, und denke, scheiß drauf. Ich kann mein ganzes Leben lang den treusorgenden Vater spielen. Was sind da schon fünf Tage?

Ich ziehe ein langärmeliges Thermoshirt an und darüber mein Glücks-T-Shirt, ein Andenken an meine erste Sonnenfinsternis. Darauf steht Chile 91 – Länder beanspruchen eine Sonnenfinsternis für sich, selbst wenn der Schatten auf drei Kontinente fällt –, und es hat die Farben der chilenischen Flagge. Ein grober, schwarzer Kreis mitten auf der Brust steht für die verdeckte Sonne, umgeben von den Strahlen der Korona. Als mein Vater mir das Shirt bei einem Straßenhändler kaufte, konnte ich es als Kleid tragen. Mac weigerte sich, seins anzuziehen, aber ich wollte mich nicht mal zum Waschen davon trennen. Es ist eine Frage der Zeit, wie lange es mir noch passt, falls ich nicht wie Mac ins Fitnessstudio gehe. Am Ausschnitt hat es ein kleines Brandloch, wo Mac 1998 in Aruba während eines Streits einen brennenden Joint auf mich geschnippt hat. Über die beiden Schichten kommt dann noch der strahlende Höhepunkt, ein Kunstwerk aus dicker schwarzer und weißer Wolle. Richard und ich haben uns vor Monaten im Internet die gleichen färöischen Pullover gekauft. Und jetzt folgen wir unseren CO_2-Fußabdrücken, indem wir die Pullover in das Land bringen, in dem die Schafe gegrast haben und die Wolle gesponnen und gestrickt wurde.

Ich schaue wieder auf mein Handy, ob sich die Wetterbedingungen in den letzten zehn Minuten geändert haben, aber die Vorhersage bleibt düster. Eine dichte Wolkendecke liegt über dem gesamten Archipel. Eine Sonnenfinsternis zu jagen mag sich falsch anhören – wie kann man ein Phänomen jagen, wenn man selbst derjenige ist, der sich bewegt, und das Phänomen stillsteht? –, aber ich habe im Laufe der Zeit gelernt, den Begriff zu verteidigen. Erstens: An einer Sonnenfinsternis ist nichts still; die Dunkelheit rauscht mit über 1600 Stundenkilometern heran. An den Koordinaten können wir nichts ändern, der Schatten fällt dorthin, wo er hinfällt, in einem Muster, das entstand, als wir noch Ursuppe waren. Aber Wolken sind bei weitem nicht so vorhersagbar. Ein unerwarteter Kumulus kann eine große Menschenmenge enttäuschen, die gerade eben noch zuversichtlich im Sonnenschein gestanden hat. Der Reiz besteht darin, das Wetter auszutricksen. Die schönste Erinnerung an meinen Vater ist Brasilien 94, als Mac und ich unangeschnallt auf dem Rücksitz von Dads VW saßen und über eine von Schlaglöchern übersäte Straße holperten, bis wir ein Fleckchen blauen Himmel gefunden hatten. (Zugegeben, er fuhr betrunken, aber darüber denke ich lieber nicht nach.)

Heutzutage gibt es natürlich Apps. Wolkenlücken lassen sich sehr viel genauer vorhersagen, und es ist nicht ungewöhnlich, dass ganze Busladungen ihr Ziel erst fünf Minuten vor dem ersten Kontakt erfahren. Ich lege mein Handy mit dem Display nach unten hin. Ich werde verrückt, wenn ich zu lange über das Wetter nachdenke. Zum Glück konnte ich schon immer gut Gedanken verdrängen, die mich ablenken oder beunruhigen würden. Wenn ich mir gestatte, an die Vergangenheit zu denken, was selten vorkommt – sie dringt nur in mein Bewusstsein, wenn eine Sonnenfinsternis ansteht und bei Laura eine Reaktion auslöst –, kommt es mir vor, als lebten wir seit Lizard Point im Schein einer kaputten Neonleuchte. Ein subtiler, aber stetig vibrierender Lichtimpuls, mit dem man zu leben lernt, obwohl man weiß, dass er irgendwann einen Anfall oder ein Aneurysma auslöst.

Der Duft von frischem Kaffee zieht nach oben. Laura ist in der Küche, die sich fünf Stufen tiefer auf der Rückseite des

Hauses befindet. Unser verwildertes Gärtchen ist noch stockdunkel. Sie hat mir einen Becher eingeschüttet und wickelt gerade ein Sandwich in Folie. Ich küsse sie hinter das rechte Ohr und atme ihren buttrigen Geruch ein. »Endlich habe ich das Hausmütterchen, das ich mir immer gewünscht habe. Ich sollte dich öfter allein lassen.« Die Haut an ihrem Hals spannt sich, als sie lächelt.

»Das sind die Hormone. Gewöhn dich bloß nicht dran.«

»Versprich mir, wieder ins Bett zu gehen, wenn ich weg bin.«

»Versprochen«, sagt sie, aber ich kenne Laura. Ich hatte gehofft, die Schwangerschaft würde sie ein bisschen dämpfen, aber die Hormone scheinen sie nur noch weiter anzutreiben, und sie powert durch den Tag, bis sie gegen neun Uhr abends irgendwo in sich zusammensackt. Sie wischt die Arbeitsplatte mit einem Schwamm ab und wirft die leeren Kaffeekapseln in den Müll. Sie steht mit dem Rücken zu mir und vollzieht eine winzige Handlung, die für jeden anderen bedeutungslos wäre, mir aber einen Stich versetzt. Sie streicht zweimal über ihre nackten Unterarme, als würde sie imaginäre Spinnweben wegwischen. Es ist Monate, wenn nicht Jahre her, seit ich es zuletzt gesehen habe, und es bedeutet immer, dass sie an Beth denkt. Ich wünsche mir zum millionsten Mal, sie wäre ebenso diszipliniert wie ich, wenn es darum geht, wie die Vergangenheit unsere Zukunft beeinflussen kann. Warum Energie an etwas verschwenden, das vielleicht nie passiert? Und doch verhält sie sich so bei jeder Sonnenfinsternis, obwohl es neun Jahre her ist, dass wir überhaupt etwas von Beth gehört haben. Sie dreht sich um, lächelt zu breit, setzt ihr tapferes Gesicht für mich auf. Sie weiß nicht, dass ich die Bewegung an den Armen gesehen habe. Vielleicht hat sie es selbst nicht einmal bemerkt.

»Was steht heute bei dir an?«, frage ich, um ihre Stimmung auszutesten.

»Einen Klienten anrufen. Und heute Nachmittag wollte ich mich an die Einkommensteuer machen. Was steht heute bei dir an?«

Der Scherz macht mir Mut. Wenn sie vor einem Zusammenbruch steht, verliert sie als Erstes ihren Sinn für Humor.

Mein Rucksack ist seit drei Tagen gepackt. Die Kameraausrüstung, Objektive, Ladegeräte und Stativ, Batterien und wasserdichte Hüllen machen die Hälfte des Gewichts aus. Die Kamera steckt in einer eigenen Tasche, sie ist zu kostbar, um sie in irgendeinem Gepäckfach zu lassen. Das Handy stecke ich in die Brusttasche meiner orangefarbenen Windjacke.

»Sehr schick«, sagt Laura trocken. »Hast du alles, was du brauchst?« Ich stecke das Sandwich in die andere Tasche, taste nach meiner Oyster-Card und hieve dann den Rucksack auf den Rücken. Sein Gewicht zieht mich beinahe nach hinten.

Ohne Vorwarnung verschwindet Lauras Lächeln, und sie streicht zweimal hintereinander über ihre Unterarme. Diesmal schauen wir einander in die Augen, und sie kann es weder abstreiten noch erklären. Und ich kann nur versuchen, sie zu beruhigen.

»Ich habe mir die Passagierliste angesehen. Keine Beth Taylor. Überhaupt keine Taylors. Keine Elizabeth. Keine Frau, deren Name mit B oder E beginnt.«

»Du weißt, dass das gar nichts zu bedeuten hat.«

In der Tat. Laura vermutet, dass Beth ihren Namen geändert hat. In meinen Augen zeugt es nur von Lauras Paranoia. Mit einem solchen Namen kann man sich vor aller Augen verstecken. Das war auch der Gedanke, als wir unseren neuen Namen wählten. Warum eine Nadel im Heuhaufen verstecken, wenn man einen Heuhalm verstecken kann? »Und selbst wenn es stimmt«, drängt Laura, »heißt das nur, dass sie nicht auf deinem Schiff ist. Wenn sie nun an Land wartet?«

Ich spreche bewusst langsam. »Wenn sie dort ist, hält sie Ausschau nach einem Festival, einem Ort mit Lautsprechern und jeder Menge Bongos. Ich hingegen reise mit einem Haufen pensionierter Amerikaner. Und selbst wenn sie mich durchschaut, ist Tórshavn groß genug und voller Touristen, die erwarten elftausend Menschen.« Ich streiche mir über den Bart. »Und da wäre noch meine clevere Verkleidung. Ich halte Ausschau, laufe mit einem Periskop herum und spähe in jede Ecke.« Ich tue, als würde ich durch meine Finger lugen, aber sie lacht nicht. »Mac ist gleich um die Ecke, Ling zwei Straßen weiter, meine Mutter eine Stunde entfernt, dein Vater immer telefonisch zu erreichen, wenn du ihn brauchst.«

»Ich kann einfach nicht anders, Kit.« Sie hasst sich für ihre Tränen. Das erkenne ich daran, dass sie sich fest auf die Lippe beißt. Ich ziehe sie an mich und löse mit der anderen Hand ihre Haare aus dem Knoten, fahre mit den Fingern hindurch, wie sie es gerne hat. Eine Träne rollt über meine wasserdichte Jacke. Ich hole tief Luft und sage das Einzige, was sie jetzt hören muss.

»Wenn du möchtest, bleibe ich hier.«

Sie löst sich aus der Umarmung, und einen furchtbaren Moment lang glaube ich, sie wolle mir den Rucksack abnehmen. Doch sie holt nur meine Kameratasche und hängt sie mir feierlich um den Hals, als würde sie mir eine olympische Medaille verliehen. Damit erteilt sie mir ihren Segen, und ich sehe genau, wie schwer es ihr fällt.

»Pass auf dich auf.«

»Du auch. Auf euch«, korrigiere ich mich und knie mich spontan hin, um ihren Bauch zu küssen. Als ich aufstehe, zieht es mir gewaltig in den Oberschenkeln.

»Es könnte schlimmer sein. Ich könnte nach Spitzbergen fahren. Erst letzte Woche wurde dort jemand von einem Eisbären getötet.«

»Ha«, sagt sie, ist aber nicht mit dem Herzen dabei. Für Laura ist Beth Taylor angsteinflößender als jeder fleischfressende Bär.

Draußen dämmert es noch nicht einmal, und die Straßenlaternen werfen orangefarbene Flecken auf den Asphalt. Von unserer Haustür führen zwei Stufen hinunter. Auf dem Gehweg drehe ich mich zu Laura um. Sie hat die Ärmel über die Handgelenke geschoben und hält ihren Babybauch umfangen. Ich erlebe einen Augenblick der Klarheit, wie Mac es nennen würde. Ich bin dabei, meine schwangere, labile, ängstliche Frau zu verlassen, um übers Meer in ein Land zu reisen, in dem ich auf die Frau treffen könnte, die uns beinahe zerstört hat.

»Ich fahre nicht«, sage ich und meine es ernst. Laura runzelt die Stirn.

»Und ob du das tust. Die Reise hat mehr als einen Tausender gekostet. Na los.« Sie scheucht mich davon. »Ich wünsche dir eine tolle Zeit. Mach ein paar Bilder. Und bring schöne Geschichten für unsere Babys mit.«

Ich schaue ein letztes Mal auf meine Füße; der Gehweg hier ist trügerisch genug, auch ohne offene Schnürsenkel. »Die Chance, mich zu finden, ist verschwindend gering«, sage ich, doch Laura hat die Tür schon zugemacht, und mir wird klar, dass ich ohnehin nur mit mir selbst gesprochen habe.

Es sind fünf Minuten von unserem Haus in der Wilbraham Road bis zur Turnpike Lane Station, noch weniger, wenn ich die Abkürzung durch die Harringay Passage nehme, eine düstere Dickens-Gasse, die der Länge nach durch unsere Nachbarschaft verläuft. Ich überquere Duckett's Common mit den Schaukeln und Rutschen, auf denen die Kinder unserer Freunde spielen. Zerbrochenes Glas knirscht unter meinen Füßen.

Mir läuft schon der Schweiß herunter und kühlt in meinem Bart ab. Obwohl ich Salz auf den Lippen spüre, schmeckt meine

Lüge bitter. Natürlich konnte ich die Passagierlisten nicht überprüfen, sie unterliegen dem Datenschutz. Das müsste Laura eigentlich wissen. Wenn sie unter Angstzuständen leidet, ist ihre Wahrnehmung besonders scharf. Die Paranoia zeigt ihr die winzigsten Veränderungen in meiner Körpersprache, die leichteste Verdünnung der Wahrheit.

Ich halte immer nur Dinge vor ihr geheim, die sie beunruhigen würden.

Die U-Bahn-Station Turnpike Lane ist noch geschlossen, ihr Art-déco-Glanz von schäbigen Plakatwänden getrübt. Um Punkt 5.20 Uhr öffnet ein Arbeiter in königsblauer Fleecejacke das eiserne Gittertor. Der einzige Fahrgast außer mir ist eine müde aussehende schwarze Frau im Arbeitskittel, die vermutlich irgendwo in der City putzen geht.

Ich fahre gedankenverloren die Rolltreppe hinunter. Es ist unwahrscheinlich, dass Beth auf meinem Schiff ist, aber nicht unmöglich, dass sie sich irgendwo auf den Färöern aufhält. Ich bin froh, dass ich allein reise und nicht an Lauras Sicherheit denken muss. Ich beschütze meine Frau schon so lange vor dem, was am Lizard Point geschehen ist. Und ich werde alles tun, damit es so bleibt.

3

LAURA *10. August 1999*

Der National Express-Bus stand kurz vor Stonehenge auf der A303. Anscheinend reiste die halbe Welt wegen der Sonnenfinsternis ins West Country. Der Himmel war ebenso grau wie der Steinkreis, die uralte Uhr auf dem sanften, grünen Hügel. Wenn ich schon im Stau stehen musste, schien dies ein angemessener Ort zu sein; viele Menschen wissen nicht, dass man in Stonehenge nicht nur die Sommersonnenwende feierte, sondern auch Sonnenfinsternisse vorhersagte. Doch nachdem ich eine Stunde lang den heiligen Ort angestarrt hatte, fiel es selbst mir schwer, Ehrfurcht zu wahren.

Wann immer im Radio des Fahrers der Wetterbericht lief, stand ein spindeldürrer Mann mit zerzaustem Druidenbart auf, klatschte in die Hände und brachte uns auf den neuesten Stand. Es sah aus, als wären die Wolken gegen uns. Meine Mitreisenden jauchzten und jubelten trotzdem in einer jüngeren, cooleren Version des berühmten britischen Gleichmuts, dank dem unsere Großeltern den Luftkrieg und unsere Eltern Campingurlaube überstanden hatten. Die Sonnenfinsternis bot ihnen die Chance, ein Festival zu besuchen; wenn sie die Sonnenfinsternis beobachten konnten, umso besser, wenn nicht, blieb ihnen immer noch die Musik. Kit hingegen lag viel an der Sonnenfinsternis, und ich wusste, dass seine Stimmung ähnlich düster sein würde wie der Himmel.

Er, Mac und Ling waren schon seit zwei Tagen auf dem Festivalgelände und bauten den Verkaufsstand auf, der hoffentlich ein bisschen Profit abwerfen würde. Ich hatte seit meinem Frühstückstermin bei dem Mann von der Personalvermittlung nichts gegessen und mich anschließend am Busbahnhof auf der Toilette umgezogen. Die Kleidung, die ich beim Vorstellungsgespräch getragen hatte, steckte in meinem Rucksack. Ich drückte die Armeestiefel auf den Boden, als träte ich ein Gaspedal durch, und fragte mich, ob ich es noch vor der Dunkelheit bis zum Lizard Point schaffen würde.

Irgendwann zwängte sich der Bus durch den Flaschenhals, der von Autofahrern verursacht wurde, die auf die Trümmer eines Auffahrunfalls glotzten. Bald verließen wir Wiltshire und erreichten die Kreidepferde von Dorset. Mittags waren wir in Somerset. In Devon war dann irgendwann die chemische Toilette verstopft. Als wir die Grenze nach Cornwall überquerten, jubelte der ganze Bus. Die Schornsteine stillgelegter Zinnminen schienen aus den Hügeln zu sprießen, hier und da flatterte stolz die unverkennbare Flagge der Grafschaft, schwarz mit weißem Kreuz. Das Meer drängte von beiden Seiten gegen das Land, wo England sich zu einer Halbinsel verjüngte. Ich spürte das vertraute Gewicht in der Brust, weil dort, an der südlichsten Spitze des Landes, Kit auf mich wartete.

Wir waren seit sechs Monaten zusammen, die sich weniger wie Flitterwochen als wie ein permanenter Dämmerzustand angefühlt hatten. Er hätte unsere Abschlussprüfung an der Uni torpedieren können, aber Kit erntete die Früchte lebenslangen Lernens und eines fotografischen Gedächtnisses. Ich hatte Glück und bekam eine Frage zu dem einzigen Text, mit dem ich mich wirklich beschäftigt hatte. Ansonsten verließ ich mich auf meinen Vorrat an Amphetaminen. Kit behauptet, es sei Liebe auf den ersten Blick gewesen; ich glaube eher, es dauerte zwölf Stunden. Wir haben uns darauf geeinigt, uns nicht einig zu sein.

Ling und ich studierten im dritten Jahr am King's College London, als sie Mac McCall kennenlernte, der Medienwissenschaft studierte (nicht einmal seine eigene Mutter nannte ihn Jonathan). Bis zu einem gewissen Grad mochte ich Mac – er sah ganz gut aus, wenn man auf Rostbraun stand, war witzig und aufregend und großzügig mit seinen Drogen, riss aber auch alles an sich, sobald er einen Raum betrat, und ich nahm es ihm ein bisschen übel, dass er sich in meine Freundschaft mit Ling gedrängt hatte. Ich hatte es nicht eilig, seinen Zwillingsbruder kennenzulernen, der in Oxford theoretische Astrophysik studierte. Unterschiedlich wie Tag und Nacht, dachte ich und sollte recht behalten. Mac ist ausgesprochen extrovertiert – er bezieht seine Energie aus Menschen, aus Menschenmengen –, während Kit der Prototyp des Introvertierten ist. Gespräche erschöpfen ihn; Ideen laden ihn auf.

Wir kamen sozusagen durch eine Sonnenfinsternis zusammen. Als ganz junge Frau war ich auf jede Erfahrung aus, die sich authentisch gab oder eine Alternative zur Mainstreamkultur bot, die ich verachtete. Ich mochte nur schäbige Clubs und neue Bands, von denen niemand je gehört hatte, und ging oft mit Jungs aus, die wie Jesus aussahen. Auf einem Feld zu stehen und einem Stern beim Verschwinden zuzusehen erschien mir als der ultimative Höhepunkt des ultimativen Raves, als Spezialeffekt, der jede Vorstellungskraft und das Budget jedes Clubbesitzers überstieg. Als Ling sagte, sie und Mac hätten eine Möglichkeit gefunden, um die bevorstehende totale Sonnenfinsternis in Cornwall anzusehen und auch noch daran zu verdienen, war ich dabei.

Mac wohnte in Kennington in einer ehemaligen Sozialwohnung mit niedrigen Decken, deren Wände mit bunten, fluoreszierenden Fraktal-Postern tapeziert waren. Der Boden war mit aufgerissenen Rizla-Päckchen übersät. Die Glühbirne im Wohnzimmer war durchgebrannt, die Wohnung mit Kerzen in Marmeladengläsern beleuchtet. Kit, der übers Wochenende aus Oxford gekommen war, hatte sich in einer Ecke zusammengerollt, das Gesicht hinter einem überlangen, rotblonden Pony verborgen. Er hatte den schwarzen Wollpullover über die Handgelenke gezogen und wirkte in jeder Hinsicht blasser als Mac.

»Meine Lieben«, begann Mac, während sich seine Hände mit einem Klümpchen Hasch und einem Feuerzeug beschäftigten (er konnte reden und dabei einen Joint drehen, wie andere reden und mit den Augen zwinkern können). »Wir haben uns heute hier versammelt, um herauszufinden, wie wir ein Festival besuchen können, ohne dafür zu bezahlen. Heiße Getränke bieten meines Erachtens die beste Gewinnspanne, und wenn wir in Schichten arbeiten, sollte ein netter Profit dabei herausspringen.« Für einen selbsterklärten Anarchisten dachte Mac erstaunlich unternehmerisch. Er trug T-Shirts von Amnesty und predigte Frieden und Liebe, aber nur für jene, die seine eigenen Wertvorstellungen teilten. Er begrüßte einen mit dem Friedenszeichen, dachte sich aber nichts dabei, seine Nachbarn die ganze Nacht mit ohrenbetäubendem Techno zu beschallen.

»Also.« Er zündete den Joint an. Die Flamme des Feuerzeugs fiel einen Moment lang auf Kits eckiges Gesicht: Augenbrauen wie ein Lineal, eine pfeilspitze Nase, die auf den festen Mund deutete. »In dieser Woche finden im West Country etwa zehn Festivals statt. Alle sind noch im Planungsstadium, aber ich habe so viele Informationen wie möglich gesammelt, damit wir entscheiden können, welches sich am besten mit unserem Ethos verträgt.«

Ich suchte den Blickkontakt mit Ling, wollte über Macs hochtrabende Art grinsen, doch sie schaute ihn hingerissen an. Wieder einmal fühlte ich mich ausgeschlossen.

»Das größte Festival findet in der Türkei statt, übersteigt unser Budget aber bei weitem. Außerdem, wie oft kann man das schon im eigenen Land erleben?«

»Weniger als einmal im Leben«, meldete sich Kit aus seiner Ecke. Seine Stimme klang gebildet, Home Counties, wie die von Mac ohne das aufgesetzte Cockney. »Eine totale Sonnenfinsternis erfordert eine wirklich präzise Ausrichtung. Es ist nicht leicht, einen Durchschnitt zu berechnen, aber die letzte hatten wir hier 1927, und die nächste wird nicht vor 2090 stattfinden. Zwischen 1724 und 1925 gab es keine einzige totale Sonnenfinsternis in England.«

»Na schön, Rain Man«, sagte Mac und wandte sich wieder seiner Liste zu. Er schloss drei Festivals aus, bei denen die Musik »zu mainstream«, und ein weiteres, weil der Sponsor »zu kapitalistisch« sei. Ling, der die erwarteten Zuschauerzahlen vorlagen, schloss eine winzige Versammlung aus, die sich für uns nicht lohnen würde. Also blieben ein Festival in North Devon und eins auf der Lizard-Halbinsel in Cornwall. »Schwer zu entscheiden«, sagte sie.

»Bro?«, fragte Mac. Kit stand auf, ohne sich mit den Händen abzustützen. Er ist größer als ich, dachte ich. Wenn ich die Größe eines Mannes mit meinen ein Meter fünfundsiebzig verglich, war es der erste Indikator, dass ich ihn attraktiv fand. Er holte einen Stapel Computerausdrucke aus einem Sperrholzregal, bei dem die Hälfte der Böden fehlte.

»Das Problem an Cornwall, eigentlich am ganzen West Country, besteht darin, dass es dort das eine oder andere Mikroklima gibt. Die Wetterbedingungen können sich mit jedem Kilometer verändern. Also habe ich durchschnittliche Sonnenstunden und Regenmengen für alle Festivals abgeglichen und das dann wiederum mit dem Weg der Totalität. Nach meiner Schätzung hat man hier die größten Chancen, die Sonne zu sehen.« Er faltete eine ramponierte Generalstabskarte von Cornwall auseinander und deutete auf die Lizard-Halbinsel.

»Dann also das Lizard-Point-Festival«, verkündete Mac, und Kit lächelte nicht mehr zaghaft, sondern übers ganze Gesicht. »Das müssen wir feiern.«

Die Feier bestand darin, eine Flasche Jack Daniels herumgehen zu lassen, während Mac den DJ spielte und Kit seine Papiere ordnete. Ich war es gewohnt, dass Mac und Ling ihre Zuneigung öffentlich zur Schau stellten, und ging davon aus, dass dies auch für Kit galt. Doch als sie anfingen, auf dem Sofa herumzumachen, wirkte er zutiefst beschämt, lief dunkelrot an und schaute überallhin außer zu mir. Irgendwann verschwand er in der Küche. Ich räusperte mich laut.

»Tut mir leid«, sagte Mac und strich sein T-Shirt glatt. »Wir gehen nach nebenan.«

»Wie soll ich nach Hause kommen?« Der letzte Bus war weg, der Fußweg bis zu unserer kleinen Wohnung in Stockwell lang und dunkel. Ich hatte nicht genug getrunken, um das zu riskieren, und wäre damals auch nicht auf die Idee gekommen, ein Taxi zu nehmen.

»Kit bringt dich nach Hause«, sagte Ling und stand schwankend auf. Ihr BH war schon geöffnet. Sie zwinkerte mir über die Schulter zu. »Aber nicht mit ihm bumsen. Dann könnte es in Cornwall ziemlich peinlich werden.«

Selbst wenn ich bis jetzt noch nicht daran gedacht hatte, beschloss ich nun, mit Kit zu bumsen, nur um sie zu ärgern.

»Oh«, sagte er, als er mich allein vorfand, zog sich wieder im Schneidersitz in seine Ecke zurück und trommelte mit den Fingern perfekt im Rhythmus der Musik.

»Was du mit den Diagrammen gemacht hast, war wirklich clever«, sagte ich schließlich, um das Schweigen zu brechen.

»Das ist nur Mathe«, meinte er achselzuckend, doch seine Finger hielten inne.

»Ich hatte echte Probleme mit Mathe. Auf dem Gymnasium hatte ich eine Geometrielehrerin, die Formen an die Tafel zeichnete, sich an die Brust griff und sagte: ›Der Kreis ist natürlich die schönste Form von allen‹, und ich kam mir ausgeschlossen vor, als würde man mir ein Geheimnis vorenthalten. Oder eine Geschichte erzählen, die ich nicht verstand.«

Kit neigte den Kopf zur Seite und sah mich forschend an. »Das ist besser als das, was die meisten Leute sagen. Die sind stolz darauf, dass sie schlecht in Mathe waren, eine Art umgekehrter Snobismus, ihnen fehlt es einfach an Respekt. Keine Ahnung, ob das ein Verteidigungsmechanismus ist, aber es macht mich wahnsinnig. Die begreifen einfach nicht, wie wunderschön Mathe ist. Hier, hör dir mal die Musik an.« Ich versuchte, mich darauf zu konzentrieren, was nicht leicht war, da in den Offbeats nebenan das quietschende Bett zu hören war.

»Sie sind jetzt wie lange zusammen, sechs Monate?«, fragte Kit und ließ die Augen zu der Wand wandern, hinter der die Geräusche erklangen. »Diesmal sollte er es lieber nicht versauen.«

Mein Kopf war plötzlich klar. »Moment, was heißt das?« Ling und ich waren es gewohnt, füreinander einzustehen. »Betrügt er sie?«

»Gott, nein!«, ruderte Kit unbeholfen zurück. Während Mac unglaublich charmant war, fehlte es dem armen Kit am grundlegenden Taktgefühl. »Es ist nur … seine Erfolgsbilanz ist nicht die beste. Du weißt schon. Mit Mädchen. Frauen. Aber diesmal ist es sicher in Ordnung. Mit Ling.« Er setzte die Flasche an die Lippen, kippte sie und stellte missbilligend fest, dass sie leer war.

»Ich merke schon, wer im Mutterleib das ganze Moralempfinden abbekommen hat«, sagte ich beschwichtigend.

»Wohl kaum. Mac ist doch derjenige, der auf Demos geht.«

»Weil er sich der Welt so zeigen will. Glaubst du nicht, es ist wichtiger, wie du die Leute um dich herum behandelst?«

Kit lächelte, und ich las in seinem Lächeln eine stille Integrität. Es war so anders als die Jungen, die ich vor ihm gekannt hatte und die ebenso unbeständig waren wie die politischen Slogans auf ihren T-Shirts.

»Nun ja, ich …« Was immer er sagen wollte, ging in einem lauten Knurren aus dem Nebenzimmer unter, das man keiner Person zuordnen konnte.

»Egal«, sagte ich, verzweifelt bemüht, den Lärm zu übertönen, »du wolltest mir doch erklären, was diese Musik mit Mathe zu tun hat.«

Kit nahm das als Stichwort, um die Musik lauter zu drehen. Ein Sitar-Riff umtanzte einen hämmernden Bass. Er runzelte konzentriert die Stirn. »Leibniz hat gesagt: ›Musik ist eine verborgene Rechenkunst des seines Zählens unbewussten Geistes.‹ Eine Sonnenfinsternis ist Mathematik, die schönste Mathematik, die man sich nur vorstellen kann.« Da mir angesichts dieser Intensität die Worte fehlten, bemühte ich mich, ihn ermutigend anzuschauen. »Der Durchmesser des Mondes beträgt nur ein Vierhundertstel vom Durchmesser der Sonne, aber er ist vierhundertmal näher an der Erde, daher sehen beide gleich groß aus.«

Vermutlich hätte ich ein animiertes Diagramm benötigt, um es zu verstehen, wollte aber um keinen Preis ignorant wirken. »Wie viele Sonnenfinsternisse hast du schon gesehen?«, fragte ich, um das Gespräch nicht auf die Erde, aber doch näher an meine eigene Umlaufbahn zu lenken, und dann legte er los. Er erzählte, wie er mit seinem Vater durch Amerika gefahren war und in Indien mit seinem Vater, seinem Bruder und einer »Herde reichlich verstörter Ziegen«, die sich an der Wand eines zerstörten Tempels entlangdrückten, die Sonne hatte verschwinden sehen. Er erzählte von Aruba, wo sie im Sand gestanden hatten, der so heiß war, dass Plastik schmolz, und Venus und Jupiter »klar und rund wie Stecknadeln auf einer Pinnwand« gesehen hatten. Wie die Planeten und Sterne immer aus ihren Verstecken kamen, als wollten sie die Sonnenfinsternis nicht versäumen. »Wenn du das siehst, wenn du darunter stehst, ist es keine Wissenschaft mehr. Die wird dann bedeutungslos.« Seine Wangen wurden rot, als er wieder technisch daherredete, mir die Phasen einer Sonnenfinsternis erklärte, den flammenden Feuerring der Korona beschrieb und wie die Sonnenfinsternis von 1919 Beweise für Einsteins Relativitätstheorie geliefert hatte, weil man sehen konnte, dass die Masse der Sonne das Licht ferner Himmelskörper krümmte. Ich hörte ihm interessiert zu, beobachtete ihn aber auch beim Reden; wie sich sein Gesicht ganz und gar veränderte, wenn er lebhaft wurde, wie seine Augen umherzuckten, schüchtern und nach Erinnerungen forschend. Ich bezweifelte, dass Mac so lange über etwas anderes als sich selber reden konnte, und musste unwillkürlich lächeln. »Ach, ich langweile dich«, sagte Kit.

»Ganz und gar nicht.«

»Mac sagt, ich würde zu viel reden. Was ist mit dir? Du studierst mit Ling zusammen, oder? Was hast du nach dem Abschluss vor?«

Ich berichtete von meinem großen Plan, für einige Jahre in der City zu arbeiten, bis meine Referenzen ausreichten, um in den karitativen Sektor zu entfliehen. Ich kannte zu viele Freunde meines Vaters, die ernsthaft und dilettantisch ihre

Sammelbüchsen schüttelten und am Abend nur ein paar jämmerliche Münzen vorzuweisen hatten.

»Es gibt nur einen Weg, um etwas zu verändern, und das ist Geld. Und wenn man Geld braucht, muss man da hingehen, wo es eine Menge davon gibt.«

»Robin Hood mit Tabellenkalkulation und Hedgefonds-Managern?«

»Das hast du sehr gut gesagt.«

Während die Kerzen herunterbrannten, tauschten wir vorgefertigte Biographien aus, wie man es tut, wenn man jung ist und über Plattensammlungen und Studium hinaus nichts anderes zu bieten hat als die Menschen, mit denen man aufgewachsen ist. In jener Nacht hatte ich das Gefühl, es sei wichtig, mit Kit darüber zu sprechen, einander zu sagen, worauf man sich einließ. Und zu sehen, ob der andere immer noch interessiert war.

Ich erfuhr, dass seine Eltern, Adele und Lachlan, in Bedfordshire lebten, das dritte Haus in drei Jahren bewohnten, sich hatten einschränken müssen, als Lachlan seinen Job verlor, und dann noch einmal, nachdem er das verbliebene Eigenkapital vertrunken hatte. Adele unterrichtete Textiles Gestalten an einem Gymnasium, während sie darauf wartete, dass ihr Mann starb. Lachlan McCall sei, so Kit, ein funktionierender Alkoholiker gewesen, bevor er ein arbeitsloser Alkoholiker wurde. Vor einigen Jahren hatte seine Leber plötzlich versagt. Man wollte ihn nicht auf die Warteliste für eine Transplantation setzen, solange er weitertrank. Was er immer noch tat.

»Mac hat das nie erwähnt.«

»Warum auch? Du weißt doch, wie er ist. Ich meine, ich trinke ab und zu mal gern, aber er ist schon auf einem anderen Level. Ich glaube, er hört nicht mal auf, wenn wir Dad verlieren.«

Seine Lippe zitterte flüchtig. Als ich ihm anvertraute, dass ich meine Mutter verloren hatte, sagte er nur: »O Laura, es tut mir so leid. In dem Alter sollte man nicht solchen Kummer erleiden.«

Zwischen uns auf dem Boden waren plötzlich zwei Gräber, das eine voll und zugewuchert, das andere leer und erwartungsvoll. Ich wurde mir der Musik wieder bewusst, und wir schwiegen lange. Als die CD surrend endete, schluckte Kit ein paarmal, als wollte er zu einer großen Rede ansetzen, und murmelte dann in seinen Pullover: »Mir gefallen deine Haare.«

(*Mir gefallen deine Haare*, war gewöhnlich das Erste, was Leute damals zu mir sagten. Als ich mein Studium begann, waren sie mausbraun und reichten mir bis zur Taille; beim verzweifelten Versuch, mich neu zu erfinden, bleichte ich sie gleich am ersten Abend im Badezimmer des Studentenwohnheims und verwandelte sie in leuchtend weiße Seide. So hatte ich sie seither immer getragen und färbte die Ansätze alle drei Wochen nach. Das mag anspruchsvoll klingen, aber ich trage kaum Make-up und kleide mich nicht nach der neuesten Mode. Eine Eitelkeit darf man sich wohl gönnen.)

Kit griff nach einer Strähne, die im Kerzenlicht leuchtete. »Ich könnte dich nie in einer Menschenmenge verlieren, nicht mal, wenn es dunkel ist«, sagte er. Als er meine Wange berührte, spürte ich seinen Herzschlag in der Handfläche.

Wir hatten unbeholfenen, enttäuschenden Sex im Dämmerlicht, schwach gewärmt von einem bescheidenen Heizstrahler. Wir waren einfach zu nervös; und außerdem war uns da schon klar, wie viel es bedeutete. Doch Januarnächte sind lang, und am Morgen hatte sich der Schrecken verflüchtigt und etwas Neues begonnen. Ich fühlte mich wie gereinigt von Kit, umgeschrieben, konnte mir unmöglich vorstellen, dass ich einmal mit jemand anderem zusammen gewesen war. Wir sprachen nie darüber. Ich hatte mir aus seinen Anekdoten zusammengereimt, dass sein Liebesleben vor mir eine Reihe von Fehlstarts gewesen war. Und wenn er das Gleiche mit mir getan und etwas aus den Daten abgeleitet hatte, wie er sich ausdrückte, aus meinen sorgfältig zensierten Geschichten, musste auch er erkannt haben, dass keine meiner Erfahrungen annähernd an das heranreichte, was zwischen uns war. Seine eigenen Geschichten verrieten mir, dass man ihn außerhalb seiner Familie kaum wahrgenommen hatte, wenn er nicht gerade eine Prüfung bestand, und ich bedauerte alle Menschen, die ihn übersehen und nicht versucht hatten, hinter sein ungeschicktes Äußeres vorzudringen. Ihnen entging eine ganze Welt. Ich war stolz, dass er mich dort hineinließ, und betrachtete es als Ehre. Ich nahm die Verantwortung für sein Herz sehr ernst und schwor mir jeden Abend, seiner Vorstellung von Vollkommenheit gerecht zu werden.

Nur eine sehr junge Frau kann so denken.

Das ersehnte *Ich liebe dich* wurde, neu formuliert, mitten in der Nacht in Kits Bett in Oxford ausgesprochen.

»Laura.« Mein eigener Name riss mich ungestüm aus dem Schlaf. »Laura.«

»Was ist los? Was ist passiert?« Ich versuchte, sein Gesicht im schwachen Licht, das vom Treppenabsatz hereinfiel, zu erkennen, sah aber nur eine undurchdringliche Silhouette. Er verschränkte seine Finger mit meinen, als könnte ich davonlaufen.

»Es tut mir leid, ich konnte nicht schlafen. Ich muss es wissen.« Er schien den Tränen nahe, als er meine heißen Hände mit seinen kalten umfing. »Das hier. Wir. Ist es für dich genau wie für mich? Denn wenn nicht …« Er zitterte. Ich beendete im Geist den Satz. Denn wenn nicht, kann ich nicht damit umgehen. Denn wenn nicht, mach lieber sofort Schluss. Ich wollte lachen, weil es so schlicht und schön war, wusste aber, wie viel Mut es ihn gekostet hatte, mich danach zu fragen.

»Für mich ist es genauso«, sagte ich. »Versprochen. Ganz genauso.«

Dies war unser Heiratsantrag. Vom nächsten Tag an redeten wir gänzlich unbefangen davon, »wenn wir verheiratet sind«, von unseren künftigen Kindern, von dem Haus, in dem wir wohnen würden, wenn wir alt wären, und wenn Kit von Sonnenfinsternissen sprach, zu denen er in zehn, zwanzig oder dreißig Jahren reisen wollte, galt es als abgemacht, dass ich dabei sein und unter dem Schatten seine Hand halten würde.

4

Über dem Alexandra Palace bricht sanft die pfirsichfarbene Dämmerung herein, eine anmutige Kulisse für meine Umsatzsteuererklärung. Mein PC ist offline, während ich mich dankbar von der eintönigen Tabellenkalkulation ablenken lasse. Die Paranoia von letzter Nacht hat sich noch nicht gelegt. Sie wird sogar schlimmer, je näher der Abflug rückt. Es ist einer der Tage, an denen ich gern in einem Büro arbeiten und meine Sorgen mit Smalltalk über Fernsehsendungen oder die Frage, wer Tee kaufen muss, vertreiben würde. Stattdessen bin ich allein mit einem roten Telefon, das bedrohlich zu leuchten scheint.

Vor einigen Wochen hatte ich bei einer Konferenz nicht aufgepasst und war auf einem PR-Foto gelandet. Das Frauenhaus, für das ich manchmal arbeite, posierte mit seinen Sponsoren und einem gigantischen Scheck. Da ich die Vereinbarung aufgesetzt hatte, stand ich im Hintergrund. Das Frauenhaus hat das Bild auf seiner Website veröffentlicht, und ich muss nun darum bitten, es zu löschen oder mich unkenntlich zu machen. Immerhin haben sie meinen Namen nicht genannt. Als die sozialen Medien noch in den Kinderschuhen steckten, hatten Kit und ich bereits beschlossen, dass wir keinen digitalen Fußabdruck hinterlassen wollten. Heutzutage kann man jeden mit einem Mausklick finden, und wir bemühen uns mehr denn je, unauffindbar zu bleiben. Ich mache, was ich immer mache, wenn ein unangenehmes Telefonat ansteht: Ich erstelle eine

Liste der Dinge, die ich sagen möchte, und reduziere sie auf wenige Stichpunkte. Wenn ich Spendenbeschaffer ausbilde, sage ich ihnen, das Allerwichtigste – noch wichtiger als der Glaube an die Sache – sei ein Skript. Niemals ohne Skript anrufen. Wenn man seine Zielvorstellungen nicht in vier Stichpunkten zusammenfassen kann, erreicht man nie, was man will. Es funktioniert fast immer, doch heute bleibe ich nach dem ersten Punkt stecken.

- Mein Bild darf nicht im Internet erscheinen.

Letztes Jahr habe ich auf BBC 4 gehört, dass man Software zur Gesichtserkennung kaufen kann, mit anderen Worten, man muss nur noch ein Foto – oder einen Scan – hochladen, und die App sucht online nach Bildern, bis sie eine Übereinstimmung gefunden hat. Für mich hörte sich das nach einem von Kits heißgeliebten Science-Fiction-Romanen an, aber das gilt für jede Technologie, die wir heute als selbstverständlich betrachten. Beth besitzt mindestens ein Foto von uns, und da wir zunächst nicht ahnten, wie durchtrieben sie war, hatten wir jede Menge Schnappschüsse in der Wohnung herumliegen lassen. Sie hätte jederzeit Abzüge machen und die Bilder unbemerkt zurücklegen können. Ich bin wohl eine der wenigen Frauen, die sich tatsächlich Krähenfüße und Hängebacken wünschen, aber Kit sagt, ich hätte mich gut gehalten. Ich weiß nicht, ob er mir schmeicheln will oder die Veränderungen nicht sieht, weil wir seit fünfzehn Jahren fast nie voneinander getrennt waren: Schatten unter den Augen, die scharfen Falten, die sich zwischen meinen Augenbrauen in die Haut gegraben haben. Oder er sieht sie und will nur freundlich sein.

Es ist erst halb neun, in den Büros arbeitet noch keiner, und mir wird klar, dass es einen feigen Ausweg gibt. Ich rufe im

Frauenhaus an, wohl wissend, dass sich der Anrufbeantworter melden wird, und hinterlasse die Nachricht, dass ich aus persönlichen Gründen darum bitte, das Bild herunterzunehmen. Ich kann nur hoffen, dass es ihnen zu peinlich ist nachzuhaken. Ich habe das Glück, in einem Beruf zu arbeiten, den ich liebe, an den ich glaube und von dem ich gut leben kann. Dennoch hat meine Karriere definitiv darunter gelitten, dass ich meine karitativen Einsätze nicht benutze, um für mich zu werben. Ich werde noch immer ein- oder zweimal im Jahr von Headhuntern kontaktiert, und meine Antwort ist immer gleich. Ich kann mir keine Berühmtheit leisten.

Ich wusste von Anfang an, dass ein gewisser Wahnsinn in Beth steckte. Doch erst in Sambia begriff ich, dass sie auf ihre Weise ebenso verbissen war wie Jamie. Ich frage mich oft, ob unsere gemeinsame Geschichte auch für sie ständig im Hintergrund brodelt und überzukochen droht, wann immer eine Sonnenfinsternis bevorsteht. Man kann nicht fünfzehn Jahre permanent am Limit leben. Es muss in Wellen kommen, so wie bei mir. Oder bei Jamie, dessen Kampagne nicht von der Ausrichtung der Planeten, sondern von juristischen Prinzipien bestimmt wird.

Nachdem ich stundenlang auf dem Stuhl gesessen habe, bin ich ganz steif. Als ich aufstehe, verkrampft sich mein unterer Rücken. Ich gehe zum vierten Mal an diesem Morgen auf die Toilette, danach ordne ich die Zeitschriften im Badezimmer in zwei Stapeln an: den Er-Stapel, mit *New Scientist*, *New Humanist* und *The Sky at Night*, und den Sie-Stapel, mit *New Statesman*, *The Fundraiser* und *Pregnancy and Birth*. Ich gehe im Krebsgang die Treppe hinunter, weil ich mich so sicherer fühle, und rücke dabei die Bilder an der Wand zurecht. Es sind Fotos von Sonnenfinsternissen, glänzend schwarze Kreise, umgeben von weißen Feuerzungen, die eher wie abstrakte Kunst als wie Naturaufnahmen aussehen. Sie sind chronologisch geordnet und absichtlich unbeschriftet, doch wenn ich sie durcheinanderbrächte, könnte Kit genau sagen, wo und wann jedes einzelne aufgenommen wurde.

Auf dem Tischchen neben der Haustür steht unser Hochzeitsfoto in einem silbernen Rahmen. Ein bittersüßes Bild; zwei verängstigte Kinder in geliehener Kleidung auf den Stufen vor dem Rathaus von Lambeth. Man hatte Kit erst am Tag zuvor die Verbände abgenommen.

Ein dumpfes Hämmern von nebenan verrät mir, dass die Bauarbeiter losgelegt haben. Bis vor wenigen Jahren drängten sich zwei Familien im Haus links von uns; letztes Jahr haben Ronni und Sean es gekauft und verwandeln es wieder in ein Einfamilienhaus, das groß genug ist für sie und ihre drei Kinder. Wie alle Leute, die heutzutage herziehen, sind sie wütend, weil Crouch End zu teuer geworden ist. Unsere Gegend ist als Harringay-Leiter bekannt, weil die Straßen auf dem Plan wie achtzehn Leitersprossen aussehen, die zwischen Wightman Road und Green Lanes verlaufen. Die Wilbraham Road ist die sechste Sprosse von unten. Als wir Ronni und Sean erzählten, dass wir seit 2001 auf der Leiter wohnen, stieß Sean einen Pfiff aus und sagte: »Ihr müsst ja ganz schön flüssig sein.« Das wären wir, wenn alles nach Plan verlaufen wäre, aber Kit verdient weniger, als wir erwartet haben, und edwardianische Häuser zu erhalten ist nicht gerade billig. Hätten wir nicht das Dach erneuert, könnten wir von unserem Bett aus unfreiwillig die Sterne betrachten. Und das war noch vor der IVF. Nachdem die dritte Runde gescheitert war, blieb uns nichts anderes als eine happige Refinanzierung.

Kit hasst Ronni wegen einer Bemerkung, die sie wenige Wochen später machte. Sie war hochschwanger und hatte ein Kleinkind im Buggy, und als ich ihr die Stufen zur Haustür hinaufhalf, sagte sie: »Ohne Kinder müsst ihr euch da drinnen ja verlaufen. Wir sollten tauschen! Unsere Wohnung wäre für zwei genau richtig.«

Ich riss mich zusammen, bis sie durch die Tür war, rannte dann nach nebenan und prallte so heftig gegen Kit, dass ich den Rest des Tages seinen Zahnabdruck auf der Stirn trug. Ich warf mich aufs Sofa und heulte, während Kit Ronni als grobe, trampelige, unsensible Schlampe bezeichnete und drohte, nach nebenan zu gehen und ihr die Meinung zu sagen. (Wenn es um mich geht, wird er richtig militant.) Ich musste ihn anflehen, es zu lassen.

Im Flur steht eine gepackte Notfalltasche, mein Mutterpass steckt im Seitenfach. Alle, von meiner Frauenärztin bis zu meiner Schwiegermutter, behaupten, ich würde sie nicht brauchen, aber ich will das Schicksal nicht herausfordern. Die Geburt an sich macht mich nicht nervös. Wir planen einen Kaiserschnitt in der 37. Woche. Was mich wirklich verunsichert, ist die Vorstellung, über Nacht für zwei Menschen verantwortlich zu sein und Kit mit anderen teilen zu müssen. Wir waren immer nur zu zweit – ich und meine Mutter, ich und Dad, eine Reihe enger Freundinnen während der Schulzeit, dann ich und Ling und jetzt ich und Kit. Gut, eine Zeitlang hat Beth bei uns gelebt. Das war mein Fehler, an den ich erinnert werde, wann immer ich Kits Narbe sehe oder fühle, die Schlucht aus glänzendem Fleisch, umgeben von wulstigem Narbengewebe.

Es klingelt an der Tür, und ich rappele mich mühsam auf. Ich nehme fast jeden Tag ein Paket an. Wer zu Hause arbeitet, ist die Postannahmestelle für die halbe Wilbraham Road. Es macht mir nichts aus, jedenfalls nicht jetzt, da ich schwanger bin. Und ich hatte auch nie etwas gegen sperrige Gegenstände; nicht mal gegen die Gartenmöbel für Nr. 32, die eine ganze Woche im Flur standen. Schlimm waren die Babysachen, die Päckchen, die Ronni von Mothercare, JoJo Maman Bébé oder Petit Bateau bekam. Die Päckchen mit der winzigen Kleidung verspotteten mich, die Stimme in meinem Kopf schrie *weg damit weg damit weg damit weg damit.*

Unseren Flur mag ich besonders gerne. Die Fliesen sind von Minton, heraldische Lilien und komplizierte Schnörkel – auf eBay muss man mehrere tausend Pfund dafür bezahlen –, und die Haustür ist noch original Arts and Crafts mit vier Bleiglasfenstern. Durch das bunte Glas erkenne ich, dass nicht der Postbote, sondern Mac vor der Tür steht; sein Profil ist unverkennbar. Er trug schon einen Vollbart, als es noch nicht modern war, und mit seinem gewaltigen rötlichen Gewucher sieht er aus wie D.H. Lawrence. Im Vergleich dazu wirkt Kit, als hätte er sich gerade mal einen Tag lang nicht rasiert.

»Was verschafft mir die Ehre?«, frage ich, während ich die Kette löse und die Tür weit öffne. Mac trägt Arbeitsstiefel, eine Tweedhose mit Hosenträgern und ein kurzärmeliges Hemd. Es würde mich nicht überraschen, wenn hinter ihm ein Hochrad stünde. Er hat eine braune Papiertüte dabei, ähnlich wie die, in die Amerikaner in Fernsehserien ihre Einkäufe packen, aber auf dieser prangt das Logo von Bean/Bone. Der Schrägstrich war meine Idee.

»Koffeinfreier Latte für das Kalzium, Sauerteigbrot, ein paar Muffins mit Weizenkleie für später. Und wir haben Saft gepresst.« Er holt vier durchsichtige Plastikbecher heraus, die im Deckel Löcher für Strohhalme haben und violette, gelbe, orangefarbene und grüne Flüssigkeiten enthalten, wobei die letzte aussieht, als würde sie Sumpfgas verströmen.

»Was zum Teufel ist das denn? Ektoplasma?«

»Hanf und Weizengras.« Er reiht die Becher auf der Arbeitsplatte auf. »Und die Krönung.« Es ist die Knochenbrühe, der sein Etablissement Namen und Ruf verdankt – ausgekochte

Knochen und Gerippe, hochgejubelt zu einer Spezialität. Die Leute hier können nicht genug davon bekommen. »Ich kann Kit nicht ersetzen, aber dich immerhin durchfüttern.«

»Das war doch nicht nötig«, sage ich, aber mir läuft unfreiwillig das Wasser im Mund zusammen. Ich habe noch nichts gegessen. »Kommst du nicht rein?«

»Ich muss wieder los. Aber ich bringe dir jeden Tag diesen Brunch, solange Kit unterwegs ist, und sehe nach dem Rechten. Wenn du irgendwas brauchst, melde dich. Wie geht es denn?«

»Nachdem er gegangen war, hatte ich fast eine Panikattacke, aber ich habe sie unter Kontrolle bekommen.«

Mac macht einen Schritt nach hinten. »Soll ich Ling anrufen?« Was er damit meint, ist klar. Wenn es medizinische Probleme gibt oder etwas mit den Babys nicht stimmt, wird er alles stehen- und liegenlassen und vorbeikommen. Emotionale Probleme hingegen sind Frauensache. Mac ist also nicht ganz und gar weich geworden.

»Nein, nein.« Ling ist Sozialarbeiterin und klopft vermutlich gerade mitsamt einer Dolmetscherin oder der Polizei an die Metalltür einer schäbigen Wohnung. Ich müsste schon sehr verzweifelt sein, um sie bei der Arbeit zu stören.

»Na schön, dann gehe ich mal.« Er bückt sich und küsst mich unbeholfen auf die Wange. »Die Mädchen sind heute Abend bei mir, also sehen wir uns morgen.«

Ling und Mac sind längst kein Paar mehr – es ging in die Brüche, als wir unsere große Krise hatten –, funktionieren aber getrennt viel besser als zusammen, und so stand Mac auch zur Verfügung, als Ling noch ein Kind wollte. Juno und Piper wachsen in zwei Häusern auf, beide in der Leiter, nur vier Straßen voneinander entfernt. Oder sogar in drei Häusern, wenn man unseres dazu nimmt, in dem sie zumindest vorerst noch ein eigenes Zimmer haben.

Ich schütte die Knochenbrühe in den Ausguss und räume weiter auf. Die Lampe auf dem Garderobentisch ist ein leuchtender Globus, ein Kinderspielzeug, in das ich mich in einem Secondhandladen verliebt habe. Ich fahre mit den Fingerspitzen die Route von Kits Schiff nach, die über die unruhige Nordsee führt. Ich kann mit dem Daumen den ganzen Verlauf der Totalität abdecken. Die Färöer Inseln sind so winzig, dass sie unter meinem kleinen Finger verschwinden. Eigentlich sind sie zu klein, um sich dort zu verstecken. Die Härchen auf meinen Armen sträuben sich. Beth ist eine Falltür; ein Gedanke an sie, und ich verliere den Halt und stürze ab. Ich ziehe die Ärmel herunter und drehe den Globus, bis Ozeane und Land grün und blau flirren und der Schatten alles bedeckt.

5

LAURA *10. August 1999*

Der Bus erreichte die Endstation südlich von Helston. Die örtliche Polizei trug Leuchtwesten und musterte uns von oben bis unten. Ling lehnte am Wohnmobil, das neben der Straße parkte, den Kopf zur Sonne geneigt, die schwach gegen die Wolken ankämpfte. Neben ihr stand ein handgemaltes Schild mit der Aufschrift: *Schweres Zelt? Transfer bis Lizard Point £2.*

Als sie meine Stimme hörte, öffnete sie die Augen und lächelte.

»Einen Chauffeurservice hatte ich nicht erwartet.«

»Die Busse fahren nur bis hier, und der Platz ist meilenweit entfernt. Außerdem können wir so die Kasse aufbessern.«

Die Leute reihten sich auf, Ling nahm die Münzen entgegen und öffnete die Tür des Wohnmobils. Gegen Ende des Jahrhunderts verschwammen die Grenzen zwischen den Jugendstämmen, und so drängten Crusties und Goths, Clubgirls mit Feenflügeln und forsche Jungs aus Essex in Designerjeans hinein. Der Geruch von Dope war allgegenwärtig. Wer keinen Platz fand, hockte sich im Schneidersitz auf den schmierigen Boden, und alle schienen froh, dass sie nach neun Stunden im Bus endlich abhängen konnten und nicht nur ungestraft rauchen durften, sondern sogar dazu ermutigt wurden.

Ich setzte mich nach vorn zu Ling und legte die Füße aufs Armaturenbrett.

»Ist Kit sauer wegen des Wetters?«, fragte ich. Ling verdrehte die Augen.

»Aber so was von. Ich und Mac sagen dauernd, die Sonnenfinsternis passiert trotzdem, das Festival findet trotzdem statt, aber er kann sich nicht entscheiden, ob er es genießen will oder nicht.«

»Er möchte, dass es perfekt ist.«

»Ich glaube nicht, dass irgendwas perfekt wird. Die Besucherzahlen sind nicht berauschend, das liegt am Wetter. Die hatten mit zwanzigtausend gerechnet. Rory – das ist der Bauer, auf dessen Land es stattfindet – braucht fünfzehntausend, um die Kosten zu decken, und es sind nicht mehr als fünftausend hier. Selbst wenn wir die Nachzügler einrechnen, ist das ziemlich beschissen.«

Ich seufzte. »Gibt es auch gute Nachrichten?«

Ling rümpfte nachdenklich die Nase. »Na ja, es ist kalt, da wollen die Leute was Warmes trinken. Aber wir machen trotzdem Verlust. Wir könnten sogar einen Tag früher einpacken und einfach nur die Musik genießen – verdammt, jetzt bin ich dran vorbeigefahren.«

Sie trat heftig auf die Bremse. Ich stemmte die Beine ans Armaturenbrett, doch die Leute hinten wurden heftig durchgeschüttelt. »Sorry!«, rief Ling über die Schulter. Neben einem dichten Gebüsch setzte sie vorsichtig zurück und fuhr in die Richtung, aus der wir gekommen waren, bevor sie in eine ungepflasterte Straße abbog. »Noch ein Grund, weshalb niemand auftaucht«, sagte sie, während wir über groben Schotter holperten. »Die Einheimischen sind nicht sonderlich erfreut über das Festival und haben angefangen, die Hinweisschilder zu verstecken. Nicht nur die fürs Festival, sondern auch die offiziellen Straßenschilder, die zu den Dörfern führen. Man kann die Trampelpfade nicht voneinander unterscheiden.«

»Das ist das Problem auf dem Land«, sagte ich, als wir in einem Tunnel aus Bäumen verschwanden; die Schatten von Blättern schwammen wie grüne Fische über die Windschutzscheibe. »Es gibt nichts, woran man sich orientieren kann. Was wir brauchen, ist ein nettes McDonald's an einem Kreisverkehr.«

Als wir aus dem Tunnel herausfuhren, sahen wir uns einer gewaltigen Wand aus Aluminiumplatten gegenüber. Am Eingang wartete noch mehr Polizei, darunter auch berittene. Zwei stämmige Männer in Sicherheitswesten durchsuchten das Wohnmobil nach blinden Passagieren und Drogen, wenn auch nicht sehr gründlich; Eintrittskarten wurden gegen Armbänder getauscht. Ling und ich fuhren querfeldein weiter, ein Privileg, das wir dem Catering-Aufkleber im Fenster verdankten. Das Wohnmobil holperte über den unebenen Boden, vorbei an einer Kirmes und einem riesigen, blauen Zelt mit leuchtend goldenen Wimpeln. Alles, was zu einem Musikfestival gehörte, war vorhanden. Flaggen, Trommeln, ein Falafel-Stand, Karussells und ein Mann mit nacktem Oberkörper, der auf Stelzen lief, die mit Waid gefärbt waren. Allerdings waren so wenige Leute da, dass das Gelände wie nach einer humanitären Katastrophe aussah. Es gab sogar Steppenhexen auf dem vergilbten Feld.

Ling parkte neben unseren Zelten: eine kleines rotes Kuppelzelt für sie und Mac, ein größeres grünes mit Spitze für mich und Kit. Ich öffnete den Reißverschluss am Eingang, ein vertrautes Geräusch, das an Campingurlaube und Festivals erinnerte, und entdeckte zwei saubere Schlafsäcke, die aneinander befestigt und flach auf einer Luftmatratze ausgebreitet waren. Ein feuchtes Handtuch roch schwach nach Seife.

Unser Stand, ein großes, dunkelblaues Zelt, das vorne offen war, befand sich unter einer Eiche. Mac bewachte die brodelnde

Teemaschine. Die Discokugel, die sich über ihm drehte, zeichnete Lichtdiamanten auf sein Gesicht, und ich konnte den weichen Zimtduft des Chai riechen, den wir damals alle tranken. Von den Ästen hingen Windspiele, doch es waren zu viele, um beruhigend zu wirken.

»Es ist immer noch Zeit, es kann sich herumsprechen«, sagte er in seinen Becher hinein. Dabei waren es keine zwanzig Stunden mehr bis zum Schatten.

Kit tauchte mit einer Mülltüte aus dem geheimnisvollen Zeltinneren auf. Er hatte sich nicht rasiert, seit wir uns zuletzt gesehen hatten, und seine Bartstoppeln leuchteten wie Funken auf der Haut.

»Hey«, sagte ich sanft. Er steckte so tief in seiner Trübsal, dass er einen Sekundenbruchteil brauchte, um mich zu registrieren; dann verwandelte ein Lächeln sein Gesicht, und ich war wie immer stolz, dass ich ihn aus einer miesen Stimmung herausholen konnte. Er ließ die Tüte fallen, und als wir uns küssten, löste sich auch meine Anspannung.

»Du riechst besser als erwartet«, sagte ich.

»Man kann bei Rory zu Hause gegen Bezahlung warm duschen.«

»Jaja«, schnaubte Mac. »Zwei Tage dabei, und schon entdecken die Wochenendhippies die Grenzen ihrer eigenen Hygiene.« Er sagte es, als müsste man stolz darauf sein, in seinem eigenen Dreck zu schmoren.

»Achte nicht auf ihn«, sagte Kit. »Das waren die besten vier Pfund, die ich je ausgegeben habe.« Er wandte sich an Mac. »Und ich verüble es Rory auch gar nicht. Wir sind nicht die Einzigen, die an diesem Wochenende Geld verlieren.« Er schob mir eine Haarsträhne hinters Ohr. »Wie war das Vorstellungsgespräch?«

»Okay, glaube ich. Wir werden sehen.«

»Ich schätze, du warst brillant«, sagte er unverbindlich und schaute nach oben, wo eine gewaltige, graue Wolke dahinjagte.

»Die Wolken können noch verschwinden. Du weißt doch, die Wettervorhersage irrt sich andauernd.« Doch meine Zuversicht prallte von ihm ab; er brummte von Wolken und Schauern, bis ihn etwas ablenkte. »Oh, was ist denn da los?« Er drehte einen Knopf an der Teemaschine. »Die spielt schon wieder verrückt, hinten ist irgendwo ein Kabel lose. Du bleibst hier, trinkst in Ruhe, und ich bringe das in Ordnung.« Er küsste mich auf den Kopf und verschwand wieder in den Tiefen des Zeltes.

Mac zündete sich einen langen, dünnen Joint an. Ich nahm einen tiefen Zug, damit ich London aus dem Kopf bekam, und reichte ihn an Ling weiter. Damals war ich stolz darauf, dass ich einfach so entscheiden konnte, ob ich Drogen nahm oder nicht. Mac hingegen steckte schon in den Fängen der Sucht. Ich konnte sehen, wie sie ihm auflauerten, und war froh, nicht unter dieser Krankheit zu leiden. Natürlich ahnte ich noch nicht, dass das Gift in mir selbst steckte, Chemikalien, die mein Gehirn produzieren konnte, wann immer eine Tür zuschlug oder jemand ein Feuerzeug anzündete. Werden Stresshormone wie Adrenalin und Cortisol in ausreichender Menge ausgeschüttet, können sie es mit jeder Droge aufnehmen. Ein Jahr nach dem Festival beneidete ich alle, die in einer Entzugsklinik trocken werden konnten. Wer unter Angststörungen leidet, trägt einen unerschöpflichen Drogenvorrat in sich.

Als Kit zurückkam, nachdem er den Kampf mit dem widerspenstigen Schlauch gewonnen hatte, fühlte ich mich angenehm benebelt. Mac schwenkte den Joint vor seiner Nase.

»Na los, Kit. Der hilft dir aus dem Tief.«

»Ich will bei der Sonnenfinsternis einen klaren Kopf haben«, erwiderte Kit von oben herab.

»Aber die ist doch erst morgen«, sagte Ling.

»Keine Sorge«, sagte Mac, der es immer sehr persönlich nahm, wenn jemand seine Gastfreundschaft ablehnte. »Wenn er mit Drogen so spät dran ist wie mit Sex und Rock 'n' Roll, wird er vermutlich an seinem vierzigsten Geburtstag zum ersten Mal Ecstasy probieren.«

Ich erwartete, dass Kit darüber lachen würde – wir hatten auch unsere wilden Nächte –, doch er verzog das Gesicht. Nur Mac konnte ihn so provozieren. Irgendwann in ihrer Beziehung, vielleicht in den zehn Minuten zwischen Macs und seiner Geburt, vielleicht sogar schon im Mutterleib, war beschlossen worden, dass Mac das Sagen hatte. Er hatte sogar den gemeinsamen Familiennamen als Spitznamen für sich beansprucht, was niemand außer mir seltsam zu finden schien. Ich hatte mehr als einmal miterlebt, wie Kit sich bei einem Streit dumm stellte, nur um ihn hinter sich zu bringen. Macs Meinung hatte einfach mehr Gewicht.

»Ich packe mal aus«, sagte ich und ging quer über das Feld, wohl wissend, dass Kit mir folgen würde. Wir packten nicht aus, sondern gingen ins Bett, besser gesagt in den Schlafsack. Sex war damals eine Art Ballast, den wir über Bord werfen mussten, bevor wir uns um andere Dinge kümmern konnten. Danach lagen wir im grünlichen Licht, mein Slip in einer Acht um die Knöchel gewickelt.

»Wie weit sind wir vom Meer entfernt?«

»Etwa zwanzig Minuten. Falls dir nach einer Wanderung zumute ist, können wir zu den Goonhilly Downs gehen. Von dort wurde das allererste Satellitensignal gesendet. Da gibt es riesige Empfänger, hoch wie Wolkenkratzer.«

»Das ist nicht so ganz der romantische Spaziergang, den ich mir erhofft hatte.«

»In gewisser Weise schon. Denn inmitten dieser ganzen

Technologie gibt es jede Menge Megalithe. Und genau da haben sie eine beschissene Satellitenstation gebaut! Sie ist aber nicht mehr in Betrieb.«

»Ich liebe dich. Aber es gibt Grenzen. Und die sind erreicht, wenn ich mir eine Satellitenschüssel ansehen soll, während gleich da drüben die Küste von Cornwall liegt.«

Wir zeigten unsere Armbänder vor, um dem Festival zu entfliehen, und gingen die Straße in Richtung Lizard Point entlang. Das winzige Städtchen rühmte sich, der südlichste Ort Englands zu sein, hatte ansonsten aber wenig zu bieten. Überall drängten sich Wohnmobile und Kombis; vor dem heruntergekommenen Café wartete eine Touristenschlange auf ihren Cream Tea. Die Landstraße verengte sich zu einem unebenen Fußweg. Von weitem sah das Meer wie geschmolzenes Blei aus. Dann plötzlich standen wir am Rand der Klippe und schauten auf aquamarinblaue Gezeitentümpel.

»Jetzt weiß ich auch, warum die Schmuggler hier gestrandet sind«, sagte ich, als eine große Welle zurückwich und gezackte, schwarze Felsen enthüllte, das Maul eines Dinosauriers.

»Ich wäre ein guter Schmuggler, ich würde auf hoher See gewaltige Beute machen«, sagte Kit, und wir mussten beide lachen, weil es wohl kaum einen weniger piratenhaften Mann gab als ihn. »Ich würde in einer salzverkrusteten Kniehose und mit einem Säbel zwischen den Zähnen über dich herfallen.«

»Und ich würde meine Rubine im Unterrock verstecken.«

»Ooahh«, sagte er und war wieder der Alte. Er vergrub die Hände in meinem Haar und zog mich an sich.

»Ich will, dass morgen alles perfekt ist«, sagte er.

»Nichts ist perfekt.«

»Doch, wir.«

»Red keinen Quatsch.«

Er lächelte und ließ meine Haare los.

Kit glaubt bis heute, dass das, was an jenem Wochenende geschah, alles zerstörte. Dass ich nach der Sonnenfinsternis nur nach links statt nach rechts hätte schauen müssen, und wir weiter auf einem perfekten, goldenen Strom dahingesegelt wären. Doch das stimmt nicht. Wir waren jung und hatten Glück, waren aber nicht immun gegen den Mist, der allen anderen passiert. Selbst – und vor allem – guter Sex ist nicht von Dauer. Die Zeit und der Alltag hätten seinen Glanz verblassen lassen. Und überhaupt sind wir heute nur so stark, weil uns dieses Trauma zusammengeschmiedet hat. Aber Kit will das nicht wahrhaben. Obwohl er immer mit der Theorie von parallelen Leben und unendlich vielen Universen ankommt, in denen jedes nur erdenkliche Ereignis möglich ist, kann man sein Leben nicht einfach wiederholen und es anders machen als zuvor. Wir werden nie erfahren, wie sich unsere Beziehung entwickelt hätte, wenn sie nicht derart geprüft worden wäre. Wir haben nur diese eine Beziehung.

6

KIT *18. März 2015*

Während der Zug von London aus nach Norden fährt, färbt sich das graue England allmählich grün, und ich werde mit jedem Kilometer ruhiger. Im Grunde ist es ein physiologischer Prozess; ich spüre förmlich, wie sich meine Wirbel nach und nach lösen. Zuerst glaube ich, ich sei erleichtert, weil bisher alles nach Plan läuft, weil es keine kaputten Signale oder Personenschäden auf der Strecke gibt, doch als ich das Sandwich auspacke, das Laura für mich gemacht hat, wird meine Brust wieder eng. Also sitzt das Unbehagen tiefer. Schockiert stelle ich fest, dass ich erleichtert bin, weil ich ohne meine Frau verreise. Vier Tage ohne Stimmungsschwankungen und Paranoia und endlose entsetzliche Spekulationen. Vier Tage, in denen ich nur auf mich selbst achtgeben muss.

Mir vergeht der Appetit, als ich so an Laura denke. Sie kann nichts für ihre Angst. Ich weiß, wie furchtbar die sie quält. Es macht mich fertig, wenn ich mit ansehen muss, wie sie sich zerkratzt und weint, wie die Sorge sie förmlich auffrisst. Ich habe ihr vorgeschlagen, wieder zur Therapie zu gehen – wir würden das Geld irgendwie aufbringen. Vielleicht gibt es einen Weg, um die Vergangenheit zu verstauen wie ein altes Dokument, das man vermutlich nicht mehr braucht und nur vorsichtshalber aufbewahrt. Doch Laura will nichts davon hören. So funktioniere ihr Gehirn nicht, sagt sie mir stets. Und wenn ich sehe, wie sie an ihren Armen kratzt oder achtsam nach einem inneren Mantra atmet, bin ich froh, dass ich nicht ihre Phantasie besitze. Und ich sollte auch froh sein, dass einer von uns die Kontrolle behält. Dennoch bricht das schlechte Gewissen über mich herein, eine sinnlose Emotion, und ich zwinge mich, an etwas anderes zu denken.

Der Zug schießt durch Nottinghamshire, die Heimat von Beth. Hochspannungsmasten auf sanften Hügeln. Für mich waren Hochspannungsmasten schon immer der ultimative Beweis dafür, wie sehr sich Menschen anpassen können. Wir lassen gigantische Stahlungeheuer durch unsere Landschaft wandern, und statt schreiend wegzulaufen, bemerken wir sie gar nicht mehr.

Ohne ersichtlichen Grund bleibt der Zug kurz vor Newark stehen. Es ist ganz still, und ich höre eine Stimme, die unablässig flüstert: *Du solltest nicht fahren.* Mein Gewissen hat die Stimme und die Eigenheiten meiner Frau und teilt auch ihre Ansichten.

Ich schaue aufs Handy. Keine Nachricht von Laura, sie ist hoffentlich wieder schlafen gegangen. Ich wische über den Bildschirm. Gestern habe ich drei Seiten mit neuen Icons hinzugefügt, Shortcuts zu allen Blogs, Chatrooms und Foren, die sich mit Sonnenfinsternissen beschäftigen. Ich will die offiziellen Wetterberichte mit den Gerüchten abgleichen.

Ich schaue gewohnheitsmäßig über die Schulter, bevor ich die geheime Facebook-Seite öffne, die ich bei den Tools versteckt habe, hinter einem Dutzend anderer Apps, die ich nie benutze. Laura würde mich umbringen, wenn sie davon wüsste, aber es gibt keinen besseren Ort als Facebook, um herauszufinden, was gerade läuft. Außerdem habe ich mich so anonym wie möglich gemacht: erfundener Name, Avatar ohne Gesicht, alle Ortungsmöglichkeiten ausgeschaltet. Ich öffne die Seite nur am Handy oder am PC im Arbeitszimmer, nie auf unserem gemeinsamen Tablet. Vor ein paar Jahren wäre ich beinahe erwischt worden. Ich erhielt eine private Nachricht von einer gewissen ShadyLady (ich bin nicht der Einzige, der sich auf falsche Namen versteht), deren Avatar eine wohlgeformte Silhouette vor einer sichelförmigen Sonne war: *Bist du Kit McCall?* Ich hatte sie gesperrt, den Account für zwölf Monate deaktiviert und war nie wieder von ihr belästigt worden.

In der Gruppe schwankt die Stimmung zwischen vorsichtigem Optimismus und grenzenlosem Jammer. Neue Sorgen verdrängen die alten, und als mein Zug in den Bahnhof von Newcastle fährt, denke ich nur noch an den Himmel.

»Chris!« Eine Satellitenverzögerung von einer halben Sekunde, wie immer, wenn jemand meinen öffentlichen Namen benutzt.

»Richard!« Er steht unter der Uhr, prachtvoll in seinem färöischen Pullover. Sein Rucksack ist kleiner als meiner, und er hat ein Sixpack Newcastle Brown Ale dabei, das er zur Begrüßung schwenkt. Wir geben uns die Hand; uns verbindet keine Freundschaft, bei der man sich umarmt, obwohl sich das nach vier Tagen in derselben Kabine ändern könnte. Er hat vor ein paar Jahren in meinem Labor gearbeitet, und nachdem wir unsere gemeinsame Vorliebe für Cult Fiction entdeckt hatten, gingen wir nach der Arbeit gelegentlich einen trinken. Als Astronom sitzt er eher am Teleskop, als Sonnenfinsternissen hinterherzujagen, doch sobald klarwurde, dass Laura nicht nach Tórshavn fahren konnte, hatte ich Richard gefragt. Es ging mir nicht nur um die Gesellschaft, er würde auch die Hälfte der Kosten übernehmen, und wir müssen jetzt aufs Geld achten. Richard weiß nicht, dass ich einmal Kit McCall war, und von Beth weiß er erst recht nichts. Laura hatte sich gefragt, ob es gefährlich für ihn wäre, mit mir zu reisen, aber warum sollte es?

»Er ist ja richtig orange«, sagt er und betrachtet staunend meinen Bart. Wir gehen im Gleichschritt zu dem Minibus, der mit laufendem Motor wartet.

Als wir sitzen, verlegt sich das Gespräch aufs Wetter, und während wir uns den nerdigen Feinheiten von Warmfronten und Planetenkonstellationen zuwenden, ist es, als würde ich in ein warmes Bad hinabgleiten. Keiner von uns muss innehalten und eine Theorie oder ein Phänomen erklären. Laura ist auch von der Jagd nach Sonnenfinsternissen besessen, aber sie kann nur eine bestimmte Menge an Wissenschaft aufnehmen, bevor sie glasige Augen bekommt. Ihr reicht es, dazustehen und ehrfürchtig zuzuschauen. Das habe ich nie verstanden, auch wenn ich es inzwischen respektiere. Mit jemandem, der sich auf meinem Niveau befindet, über Himmelsmechanik zu diskutieren ist wie in einem fremden Land zu leben, wo nur ein einziger Mensch die eigene Sprache spricht. Man kommt mit der Fremdsprache zurecht, kann in ihr kommunizieren, aber mit jemandem zu sprechen, der jede Feinheit und Nuance versteht, muss zum Weinen schön sein. Und unsere Debatten sind sachlich. Selbst in guten Ehen ist ein Gespräch nie wirklich neutral; auf allem, was man sagt, lastet das Gewicht aller Gespräche, die man je geführt hat. Die reine Wissenschaft hingegen ist präzise, weil Fakten keine inhärente Moral besitzen. Was immer ich zu Laura sage, wird auf seinen ethischen Gehalt hin untersucht, was mich oft verblüfft. Bei Wissen, bei messbaren Fakten hingegen befindet man sich auf sicherem Terrain. Meinungen können sich ändern, sind letztlich haltlos. Manchmal kommt es mir vor, als hätte ich keine echte Meinung außer über Laura.

»Ich habe eine irre Ortungsapp auf dem Tablet«, sagt Richard und zeigt mir eine Weltkarte mit eingeblendeten Statistiken. »Total, partiell, annular, alles da.« Ich muss einen Anflug von Ärger unterdrücken; ich bin es doch, der ihn in das Erlebnis einführen soll.

»Ihr Jungs kennt euch aus«, sagt ein Mann mittleren Alters, der uns gegenübersitzt. »Habt ihr schon mal so was gemacht?«

Ich werfe mich unwillkürlich in die Brust. »Das ist meine zwölfte totale Sonnenfinsternis.«

Alle Augenbrauen schießen hoch, ich fühle mich wie ein Gott unter Sterblichen.

»Ich bin eine Jungfrau, was das angeht«, sagt Richard fröhlich.

»Wir auch«, sagt der Mann und deutet auf seine Frau.

»Ich bin schon lange keine Jungfrau mehr«, sagt sie und erntet Gelächter.

Ich rufe Mac an, um mich zu vergewissern, dass er sich nicht zu weit aus der Nachbarschaft entfernt. Im Notfall sollte unbedingt er Laura ins Krankenhaus bringen. Ich will, dass jemand aus der Familie bei ihr ist. Ling hat manchmal unberechenbare Arbeitszeiten, meine Mutter würde nur hektisch, und Lauras Dad könnte nicht rechtzeitig da sein.

»Versprochen. Ich verlasse das Viertel nicht, bis du zurück bist. Keine Sorge, ich kümmere mich um sie.«

»Und bleib nüchtern genug, um zu fahren«, sage ich. Es ist natürlich ein Scherz. Er ist seit vierzehn Jahren trocken. Weder Abstinenz noch Vatersein haben ihn milde gestimmt, sondern der Erfolg. Laura und ich vermuten, dass er so verbittert war, weil sein innerer Kapitalist unter einer Daunendecke aus Hippie-Liberalismus erstickte. Er bezeichnet sich als Barfuß-Unternehmer, was nach Arschloch klingt. Der Unterschied ist, dass ich es ihm heute ins Gesicht sage.

Das Stadtbild verändert sich, als wir uns dem Hafen nähern. Container stapeln sich wie Hochhäuser, Kräne bohren sich wie Raketenabschussrampen in die tiefhängenden Wolken. Ich erkenne die *Princess Celeste* von den Fotos aus der Broschüre und verspüre eine leichte Klaustrophobie, als ich die winzigen Fenster bemerke.

Am Kai wird unser Gepäck davongezaubert und, wie man uns versichert, in die Kabinen gebracht. Richard und ich stehen in unseren gleichen Pullovern am Fuß der Gangway, umgeben von Hunderten Leuten. Doch obwohl ich Lauras Befürchtungen beschwichtigt habe, halte ich Ausschau nach dunklen Haaren, die sich wie Rauch kräuseln, und spitze die Ohren, ob mich jemand bei meinem alten Namen ruft.

7

LAURA *11. August 1999*

Der Tag der Sonnenfinsternis dämmerte grau und kühl. Wir wachten um acht Uhr auf, obwohl wir bis Mitternacht gearbeitet hatten und danach tanzen gegangen waren. Ein Mädchen hatte goldene Körperfarbe dabei und machte mir und Ling einen Sonderpreis: Wir ließen uns flammende Sonnen auf die nackten Arme malen, obwohl es so kalt war, dass unsere Körper dampften. Wir hatten ein kleines Zelt gefunden, in dem Trance gespielt wurde, und waren völlig ausgeflippt. Inzwischen befand sich die meiste Körperfarbe an meinen Händen und dem Schlafsack; die verschmierte goldene Sonne war vermutlich die einzige, die wir hier sehen würden.

Als Kit den Kopf aus dem Zelt steckte, dachte ich, er würde in Tränen ausbrechen. »Die Wolken haben mir noch nie einen Strich durch die Rechnung gemacht. Ich weiß, es kann vorkommen, die Chancen stehen eins zu sechs, aber es ist einfach nicht das Gleiche wie sonst.«

Eine Stunde vor dem ersten Kontakt packte ich eine kleine Tasche, und Kit checkte zum millionsten Mal seine Kamera. Wir gingen an der Walzerbahn und dem Riesenrad vorbei zu unserem Stand. Da es keine Kundschaft gab, lungerten Mac und Ling draußen herum und kicherten hysterisch. »Yo!«, begrüßte uns Mac. Ich betrachtete die beiden wie ein Bulle vom Drogendezernat: Ihre Augen blickten scharf, also kein Dope; der Kiefer war entspannt, also kein Ecstasy; sie hatten Acid genommen und würden den Rest des Tages nicht mehr zu gebrauchen sein.

»Du willst mich wohl verarschen«, sagte Kit. Es ging nicht um die Drogen oder dass sie Geld verloren hatten, er war wütend, weil Mac das Phänomen nicht respektierte. »Lassen wir sie«, sagte er zu mir. »Um Profit geht es mir jetzt sowieso nicht mehr.«

Sie merkten nicht mal, dass wir weggingen.

Vor der Hauptbühne war einiges los, das Feld voller Leute, die im Rhythmus der dünnen Trance-Musik nickten und hoffnungsvoll zum weißen Himmel emporblinzelten. Die meisten trugen Schutzbrillen, mit Mylar-Folie beschichtete Linsen in Papprahmen, obwohl es vorerst nichts zu sehen geben würde. Gelegentlich drang ein Lichtstrahl durch und wurde von vereinzelten Jubelrufen und Pfiffen begrüßt, die verstummten, sobald sich die Wolkendecke wieder schloss. Kit sah sich nervös um.

»Kein Horizont hier. Wenn es schon bewölkt ist, wollen wir doch wenigstens so viel Himmel wie möglich sehen.«

Wir drehten uns langsam im Kreis.

»Was ist hinter den Bäumen da? Vielleicht sieht man von dort aus besser.« Hinter den Bäumen parkten Wohnmobile und Schwerlaster, die die Fahrgeschäfte hergebracht hatten. Daneben ein verlassener Autoscooter, aus dessen aufgeschlitzten Sitzen die Füllung quoll; ein wichtig aussehendes Bauteil, das wie der ganze Arm eines Karussells aussah. Ich beschloss, hier nirgendwo einzusteigen. Dahinter befand sich der Zaun, der uns die Sicht versperrte.

»Hier ist es noch schlimmer als an der Bühne«, knurrte Kit.

»Moment mal.« Vor uns parkte ein Lastwagen, dessen Dach etwa die gleiche Höhe hatte wie der Zaun. Ich schaute zu Kit und dann zum Lastwagen hinauf.

»Das geht nicht«, sagte er, machte aber die Runde um das Fahrzeug und schaute ins Führerhaus, bevor er den Daumen in die Höhe reckte. Dann sprang er mit einer anmutigen Bewegung hinauf; ich kletterte wie ein Affe hoch, klammerte mich an den Außenspiegel und tastete mit den Füßen nach dem unteren Rand des Fensters, bevor Kit mich das letzte Stück hochzog.

Selbst an diesem bedeckten Tag sah es aus wie ein Bild, das man nur für uns gemalt hatte. Grüne Hügel erstreckten sich in der Ferne bis zum Meer. Während wir die Klippen gestern noch für uns gehabt hatten, drängten sich heute die Touristen zwischen Gras und Heidekraut. Irgendetwas bewirkte, dass die Musik hier oben besser klang als vor der Bühne, die Bässe weniger verschwommen, die Höhen sauberer. Ich zog die Brille aus der Jeanstasche und wischte mit dem Pullover über die Plastiklinsen. Ein Kunde hatte uns gestern Abend erzählt, es gäbe zu wenige davon; anscheinend wurden sie für bis zu fünfzig Pfund gehandelt. Ich nahm meine wieder ab; es war nur ein Streifen Pappe mit ein bisschen Plastik. Erstaunlich, dass ein Gegenstand von einer Sekunde zur anderen unbezahlbar und dann wieder völlig wertlos werden konnte.

Kits Melancholie war wie weggeblasen, er war jetzt aufgeregt und hielt meine Hand so fest, dass ich sie wegziehen musste.

»Tut mir leid«, sagte er und rieb wieder Leben in meine ramponierten Knöchel.

Dann kam der Wind auf.

Natürlich hatte Kit mir vom Wind erzählt, der die Sonnenfinsternis begleitet, ein überirdisches Omen, das sich als leichte Brise äußern oder fast Orkanstärke erreichen kann. Er peitschte mein Haar zu silbernen Girlanden, die Kit glattstrich und dann in meinem Nacken festhielt. Es war ein Wetter wie aus dem Märchen. »Sie kommt«, sagte er. Da wir die Sonne nicht sehen konnten, verblasste das Licht langsam und undramatisch, wie in der Abenddämmerung, nur eben viel zu früh. Hinter uns ging das Festival weiter, kreischende Höhen und schmutzige Bässe steigerten sich zu einem Crescendo, das dem Ereignis eigentlich nicht angemessen war. Dann und wann rief jemand: »Komm schon, Sonne!«, als feuerten sie einen Briten im Wimbledon-Finale an. Trotz des schneidenden Windes bildeten die Wolken nach wie vor eine undurchdringliche Masse.

»Da.« Kit deutete nach links und hob die Kamera. Ich folgte seinem Blick, und dann verschlug es mir den Atem. Eine nächtliche Wand drängte vom Atlantik herüber, ein schwarzer Schleier wurde über den Himmel gezogen. Ich keuchte, als würde ich in die Tiefe stürzen. Ein einsamer Star zirpte wild auf seinem Baum, und die Musik erreichte ihren kreischenden Höhepunkt, während ich mit ehrfürchtiger Stille gerechnet hatte. (Als wir wenige Jahre später nach Tromsø reisten, um das nördliche Polarlicht zu sehen, ging es mir umgekehrt; dort hatte mich die Stille überrascht, dass die Lichter nicht pfiffen oder wie Peitschen knallten, als sie die Luft durchschnitten.) Irgendwo weit im Landesinneren explodierte ein Feuerwerk.

»Ich wusste nicht, dass die Dunkelheit so schön sein kann«, sagte Kit und richtete das Objektiv auf den Horizont.

Und als hätte er es heraufbeschworen, zerriss in diesem Augenblick die Wolkendecke, und die Sonne wurde sichtbar, eine rußschwarze Scheibe, umgeben von einem Ring aus reinem Licht. Kits Kamera klickte und lud nach. Der seltsame Wind trug von überall ekstatisches Jubeln herbei. Es gab keines der Phänomene, auf die ich gehofft hatte: keine flackernde Korona, kein Sonnenlicht, das durch die Mondkrater schimmerte und den Diamantring-Effekt erzeugte, und es war sekundenschnell vorbei. Dennoch fühlte ich mich verändert, als hätte eine gigantische Hand vom Himmel heruntergegriffen und mich berührt. Einerseits wollte ich, dass es vorbei war, damit wir darüber reden konnten, andererseits sollte es niemals aufhören. Aber es hörte auf; der Schleier zog nach Osten, die Farben kehrten zurück.

Ich war plötzlich eingeschüchtert von der seltsamen himmlischen Intimität dieses Erlebnisses.

»Ich weiß jetzt gar nicht, was ich mit mir anfangen soll.«

Kit schraubte den Verschluss auf das Objektiv.

»Ich habe jedenfalls einen gewaltigen Ständer.«

Ich lachte und sprang Kit vom Dach des Lkws in die Arme. Wir landeten beide auf dem Boden. Wir gingen eng umschlungen und bewegten uns im Gleichschritt wie beim Dreibeinrennen. Ich musste aufpassen, wohin ich trat; hätte ich das nicht getan, wäre mir die Geldbörse nicht aufgefallen. Sie war klein, aus leuchtend bunter Wolle mit einem Aztekenmuster und einem Reißverschluss. Ich bückte mich und hob sie auf; drei Fünfpfundscheine und ein bisschen Kleingeld, aber kein Ausweis.

»Vielleicht lassen wir sie besser hier, falls die Person zurückkommt«, sagte Kit.

»Aber dann kann sie ja jeder klauen. Vielleicht ist es das letzte Geld, das für den Rest des Festivals und die Heimfahrt reichen muss. Am Eingang gibt es doch den Polizeicontainer. Da sollten wir sie abgeben.«

»Na schön, wenn es dich glücklich macht.« Kit verdrehte die Augen. »Ich gehe hin. Vielleicht treffe ich unterwegs jemanden, der seine Geldbörse sucht.«

»Danke«, sagte ich zerstreut. Ich bemerkte eine Münze, die ein Stück entfernt auf dem Boden lag, dann noch eine.

Unsere Hände lösten sich voneinander, und zum letzten Mal war alles perfekt.

Ich habe diesen Augenblick danach im Geist oft durchgespielt. Wenn ich dorthin zurückkönnte, würde ich die Geldbörse aufheben? Ein Teil von mir, der arrogant ist und im Rückblick alles besser weiß, sagt, ich hätte sie liegen lassen und mit Kit zurückgehen sollen. Aber ich hätte wohl nicht einfach weitergehen können. Doch wenn ich gewusst hätte, was geschehen würde, hätte ich Kit ein bisschen fester gehalten und einen Herzschlag länger die Perfektion genossen, während ich sie noch in Händen hielt.

8

Wenn man unter Schlaflosigkeit leidet, kommt es einem so vor, als wäre Mittag, wenn andere gerade erst frühstücken. Also rufe ich aus Langeweile meinen Vater an, was ich sonst erst nachmittags mache.

Er hebt nicht ab, damit hatte ich auch nicht gerechnet. Er nutzt sicher die morgendliche Rushhour, steht an einer Straßenecke und versucht vergeblich, den unwilligen Pendlern seine Flugblätter in die Hand zu drücken.

Ich schicke eine SMS an Ling.

Kannst du reden?

Sofort kommt die Antwort:

Bin in einer Fallbesprechung.

Womit die Liste der Leute, mit denen ich ungezwungen plaudern kann, schon erschöpft wäre. Ich mache mir keine Sorgen, weil ich wenige Freunde habe, es fällt mir nur gelegentlich auf. Mit den Babys wird sich alles ändern. Ronni von nebenan hat mir schon erklärt, dass Kinder ein noch besserer Schmierstoff für Gespräche sind als Wein.

Plötzlich fällt mir auf, dass etwas nicht stimmt. Ich war so mit Kits Reise beschäftigt, dass ich meiner Mutter noch nicht guten Morgen gesagt habe. Ich nehme das Schwarzweißfoto in dem schäbigen Holzrahmen und küsse das Glas.

Im März 1982 standen dreißigtausend Frauen Hand in Hand um die Einzäunung eines RAF-Stützpunktes in Greenham

Common, Berkshire, um gegen Atomwaffen zu protestieren. Ich war dabei. Ich schaffte es sogar in die Lokalzeitung, ein verschwommenes Zeitungslächeln über einer geflickten Latzhose. *We shall overcome: die vierjährige Laura Langrishe mit ihrer Mutter Wendy im Frauenfriedenscamp von Greenham Common.* Die gerahmte Kopie steht auf meinem Schreibtisch; mein Vater hat das vergilbte Original auf seinem. Daneben steht ein anderes Foto, das später in der Woche aufgenommen wurde; ein Schnappschuss mit weißen Rändern, nicht das Original – das hat denselben Weg genommen wie Kits erste Landkarte –, sondern ein Abzug von einem Negativ. Auf dem Foto hält meine Mutter mich vor einem Zelt in ihren mageren Armen. Sie trägt ein Kopftuch mit Paisleymuster und Kreolen, und hinter ihrem linken Ohr steckt eine selbstgedrehte Zigarette. Vier Wochen später wurde sie von einem betrunkenen Autofahrer mitten auf einem Zebrastreifen getötet, als sie mich vom Kindergarten abholen wollte.

Mein Dad Steve spricht immer noch ständig von Wendy; der Tod lässt sie vollkommen erscheinen, und meine frühe Kindheit erscheint idyllisch. Gern würde ich auch ihre Schwächen kennen, aber die stehen nicht zur Debatte. Das ist mir erst vor kurzem klargeworden, wie ich gestehen muss. Ich habe Dad gefragt, worüber sie gestritten haben, und er sagt, eigentlich über gar nichts, sie hatten dieselben Ansichten. Vielleicht war es wirklich perfekt in jenen frühen Tagen. Vielleicht hätte sie mich mit der Zeit gebremst, meine Garderobe und meine Freunde überwacht, die Musik missbilligt, die ich hörte, und mich über Bücher belehrt, die ich lesen oder nicht lesen sollte. Ich weiß, dass sie mich als Neugeborenes, lange bevor es modern wurde, im Tragetuch überallhin mitnahm und mir das Sprechen beibrachte, indem sie mir bei unseren Spaziergängen die Namen der Wildblumen vorsagte. Dad erinnert sich liebevoll daran, wie wir in unserer Mietwohnung in Croydon Plätzchen gebacken und am Küchentisch Kartoffeldruck gemacht haben. Ich wünschte, ich könnte mich auch nur an eines dieser Erlebnisse erinnern und darauf vertrauen, dass es eine echte Erinnerung und keine verinnerlichte Legende ist, aber mir bleiben nur Assoziationen und Trigger. Ein gackerndes Hexenlachen; der Geruch von losem Tabak und Timotei-Shampoo. Es gibt nur eine Erinnerung, die mir allein gehört: wie sie meine Haare frisiert und geflüstert hat, sie seien zu schön, um sie abzuschneiden, wie sie sie gebürstet und geflochten hat, wobei ich wie ein Kätzchen schnurrte. Diese Erinnerung habe ich gewiss nicht von Dad, der mich jahrelang mit wirren Pferdeschwänzen quälte, die hoch am Hinterkopf zusammengefasst und schief mit einem Gummi befestigt wurden. Aus Angst habe ich ihn nie gefragt, ob das, woran ich mich erinnere, stimmt, aber ich habe Kit an unserem zweiten Abend davon erzählt, unterbrochen von lautem, hilflosem Weinen. An jenem Abend bürstete er mir vor dem Schlafengehen hundertmal die Haare.

Wendy konnte mir nicht beibringen, was Muttersein praktisch bedeutet, aber etwas von ihr steckt auch in mir; das spüre ich hinter den Rippen. Es muss wohl all die Liebe sein, die sie mir niemals geben konnte. Ein Vakuum sollte eigentlich gewichtslos sein, doch ich taumele unter seiner Last und werde es erst füllen, wenn ich die Liebe weitergegeben habe. Kits Mutter Adele ist freundlich und unbeholfen und sagt, sie habe genügend Liebe für zwei Großmütter. Ganz sicher hat sie genügend Wolle. Die Aufgabe gefällt ihr, sie besitzt eine bunte Ansammlung von Stoffen und Garnen. Adeles Meinungen beschränken sich auf Heim und Herd. Sie und Wendy wären die perfekten kriegerischen Schwiegermütter wie aus einer Sitcom gewesen.

Wendy war eine ausgewiesene, fast schon klischeehafte Feministin: Sie kampierte nicht nur in Greenham, sie hatte auch

Spare Rib abonniert und trug keinen BH, wenngleich sie wie ich – oder wie ich, bevor ich in meinen Hormonhaushalt eingriff – die Figur eines zehnjährigen Jungen hatte und ihn ohnehin nicht gebraucht hätte. Mein Dad ist eher zufällig zum Feministen geworden. Er zog mich ohne jedes Zugeständnis an mein Geschlecht auf. Er war zu sehr mit Politik beschäftigt, um mit mir Barbie zu spielen. Er arbeitete als Korrektor für verschiedene Lokalzeitungen und später in der Fleet Street und war während meiner Kindheit gewerkschaftlich sehr engagiert. Ich erinnere mich noch an das furchtbare Gedränge in einer Streikpostenkette in Wapping, wo mein Dad und seine Freunde die streikenden Drucker unterstützten. Er machte einiges falsch: So verbrachte ich meinen neunten Geburtstag bei der Jahrestagung des Gewerkschaftskongresses. Aber er machte auch vieles richtig. Meine Eltern lernten sich während des Studiums beim Billard kennen, und als ich zehn war, flehte ich Dad an, es mir beizubringen. Also ging er mit mir in den Arbeiterclub von Croydon und kaufte mir eine Cola und eine Packung Salzstangen. Zunächst musste ich auf einem umgedrehten Getränkekasten stehen, um an den Tisch zu kommen. An meinem dreizehnten Geburtstag war ich so groß wie Dad und konnte die Kugeln in fünf Minuten abräumen.

Nach der Pensionierung stieg er ernsthaft in die Parteipolitik ein. Kurz bevor ich Kit kennenlernte, verkündete er: »Der Süden ist tot« und dass die Linke nur auf den Norden hoffen könne. Er tauschte die Wohnung in Croydon gegen ein Häuschen in Toxteth, Liverpool, wo er Wahlkampf für die TUSC macht, eine extrem linke Arbeiterpartei. Dass er in einer Welt, die von den Märkten regiert wird, unwählbar ist, macht ihn nur noch liebenswerter. Er müsste am Freitag eigentlich einen guten Blick auf die Sonnenfinsternis haben. Je weiter nördlich, desto größer der Schatten. In Toxteth dürfte die Sonne zu neunzig Prozent verdeckt sein. Allerdings behaupten die meisten Sonnenfinsternisjäger, dass nur die Totalität zähle. Eine partielle Finsternis mag interessant sein, aber es überläuft einen nicht kalt dabei. Selbst achtundneunzig Prozent sind wie *fast* schwanger.

Früher haben wir manchmal wochenlang nicht miteinander gesprochen, heute aber ruft Dad mich beinahe täglich an, angeblich braucht er Hilfe beim Kreuzworträtsel im *Guardian*. Kit glaubt, er löse das Rätsel in fünf Minuten, suche den Hinweis, für den er am längsten gebraucht habe, und benutze ihn als Vorwand, um mich anzurufen. Kit findet das ganz reizend, ich übrigens auch. Dad will täglich etwas über die Babys hören, selbst wenn es einfach nur ein »alles gut« ist. Er schmilzt wie Butter, sobald ich sie erwähne.

Er weiß von Jamies Prozess und was später geschah, aber nicht, dass beides zusammenhängt.

Er weiß nicht, dass die Nacht, in der wir nur knapp mit dem Leben davonkamen, kein Unfall war, und ganz sicher nicht, dass wir seither in der ständigen Angst vor einem zweiten Anschlag leben.

Er weiß nicht, dass wir unseren Namen wegen Beth geändert haben.

Kit und ich hatten uns nicht hingesetzt und offiziell beschlossen, Beths Versuch, uns zu vernichten, für uns zu behalten. Es galt einfach als abgemacht. Wir hatten um die Entscheidung herumgeredet. Wir wollten unseren Familien keine Sorgen bereiten, und die McCalls hatten damals wirklich eine Menge Probleme. Erst heute wird mir klar, dass die Tragödie, die mein Dad erlebt hatte, lange zurücklag und er für mich da gewesen wäre. Manchmal denke ich, ich hätte ihm das eine oder andere erzählen können, aber so ist das eben mit Geheimnissen. Sie sind löchrig; man kann nicht einige Details verraten, ohne dass eine Million Fragen hervorsickern. Man muss einen Teil von sich einfach zulöten.

Dad müsste den Kontext kennen, um zu begreifen, weshalb Beth so zornig ist, und alle Wege führen zurück zu meiner Lüge. Ich habe den Kopf für sie hingehalten. Aus meiner eigenen Therapie weiß ich, dass die Wurzel des Zorns immer der Schmerz ist. Bis zu dem Abend, an dem ich Beth herausforderte, hatte ich als Einzige nie etwas Falsches gesagt. Dass die Zweifel von mir kamen, war schlimmer, als wenn ein Fremder sie geäußert hätte.

Der Mensch, dem Beth am meisten vertraute, hatte sie in ihren Augen zuerst betrogen und war dann verschwunden. Indem wir uns selbst retteten, hatten Kit und ich Beth das Recht auf eine Antwort genommen. Meine Psychotherapeutin würde zweifellos sagen, wir hätten sie um einen Abschluss gebracht.

Damals schien es uns die einzige Möglichkeit zu sein, doch statt Beths Feuer zu löschen, hatten wir es nur noch weiter angefacht.

Dass ich recht hatte, spielte keine Rolle. An diesem Punkt war Beths Gespür für das, was richtig und falsch war, schon vollkommen deformiert. Und von meinem eigenen unbeugsamen Moralkodex, den mir mein Vater eingetrichtert hatte und nach dem ich angeblich stets gelebt habe, ist kaum etwas geblieben.

9

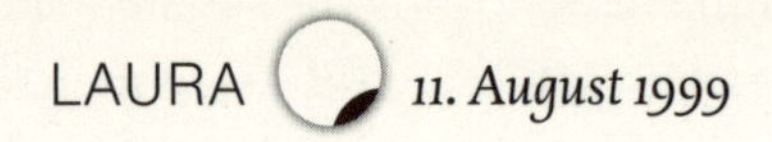

LAURA *11. August 1999*

Kit ging los, während ich einer Spur aus Kupfermünzen folgte, die zu einer Gruppe verrammelter Wohnwagen führte. Am ersten lehnte ein altes Karussellpferd, als wäre es seinem rotierenden Gefängnis entflohen und müsste kurz verschnaufen. Eine Schriftrolle an seiner Flanke war handschriftlich mit dem Namen Eloise versehen. Ganz in der Nähe bewegte sich etwas, ich hörte ein Schlurfen.

»Hi, gehört die dir?« Ich ließ die Geldbörse fallen.

Die Frau lag mit dem Gesicht nach unten, ihre Kleidung – auf den ersten Blick schien es ein langer Rock zu sein – war beiseitegeschoben. Der Mann lag auf ihr. Nicht weiter ungewöhnlich, Kit und ich machten das ständig. Doch der Ausdruck auf ihren erstarrten Gesichtern war unendlich weit von allem entfernt, mit dem ich mich identifizieren konnte. Der Mann hatte den Rücken durchgebogen wie eine Kobra. Seine Augen blickten wirr und waren zu Schlitzen verengt, Speichel hing von seinen Lippen, und er knurrte wie ein Ungeheuer, bedrohlicher als jedes lustvolle Stöhnen, das ich kannte. Zusammen mit dem Gesicht der Frau ergab es plötzlich einen widerwärtigen Sinn. Sie schaute mir geradewegs ins Gesicht; wilde Augen bohrten sich in meine. Man erkennt animalisches Entsetzen, wenn man es sieht; man muss es nicht selbst erfahren haben. Rotz quoll aus einem Nasenloch; Erde und Stückchen von Blättern und Zweigen waren mit dem Schleim verschmiert, als hätte ihr Gesicht nicht nur den Boden gestreift, sondern wäre gewaltsam hineingedrückt worden. Ich wusste, was ich sah. Das Wort hallte laut und hässlich durch meinen Kopf. Große, rote Buchstaben an einer Wand, zu groß, um sie zu lesen, zu erschreckend, um sie auszusprechen.

»O Gott«, sagte ich. Es heißt, das Blut würde in solchen Momenten kalt, aber meines war heiß, es brannte in meinen Adern. »Alles in Ordnung?« Wie jämmerlich.

Der Kopf des Mannes schoss hoch, und einen Moment lang richtete sich sein furchterregender Blick auf mich. Ich taumelte nach hinten, keuchte auf, als ich das geriffelte Metall des Wohnwagens kalt im Rücken spürte. Ich weiß nicht, wie lange wir in diesem Tableau verharrten. Es mochten dreißig Sekunden sein oder auch nur drei. Zwischen dem, was ich sah, und meiner Fähigkeit, darauf zu reagieren, tat sich eine Kluft auf, ein tiefer Riss wie von einer Explosion.

»Mein Gott, sorry«, sagte er. »Wie peinlich! Es geht ihr gut. Stimmt's?«

Die junge Frau blinzelte, machte aber keine Anstalten, zu sprechen oder sich das Gesicht abzuwischen. Er stemmte sich hoch und von ihr herunter. Ein elastischer, milchiger Faden spannte sich von seiner Penisspitze zu ihrem Hintern und zerriss, als er seine schrumpfende Erektion in die Hose stopfte. Er erhob sich von den Knien. Alles an ihm, vom Anorak bis zu den Jeans, sah frisch gekauft und betont lässig aus. Markennamen zogen sich in großen Lettern über Brust und Arme. Seine hellbraunen Haare waren mit Gel sorgfältig zu kleinen Stacheln gestylt. Nur die schlammigen Flecken an Knien und Handballen verrieten, was er getan hatte.

»Das ist echt peinlich«, sagte er mit einem nervösen Lachen. Als er lächelte, wurde mir entsetzt bewusst, wie schön er war.

Die Frau lag reglos auf dem Boden. Ihr linkes Bein und die Hinterbacke waren entblößt. Zuerst dachte ich, ihr Rock sei zerrissen, aber der Stoff war intakt; dann bemerkte ich, dass sie eine der damals so beliebten thailändischen Fischerhosen aus langen, gewickelten Stoffbahnen trug. Wenn man sie flach ausbreitete, sahen sie aus wie ein Tesserakt mit Bändern dran; sie waren ein Markenzeichen der alternativen Szene, ein undurchdringliches Rätsel für alle Uneingeweihten, gegen das ein Sari so simpel wie ein T-Shirt war. Wenn man wusste, wie man sie anzog, war es allerdings ganz einfach. Sie enthielten kein Lycra oder andere elastische Fasern; er musste den Stoff schon mit Gewalt beiseitegerissen haben, um so viel Fleisch zu entblößen.

Ich schaute über die Schulter, um zu sehen, wo Kit blieb.

»Bist du verletzt?«, fragte ich sie. »Hat er dir weh getan?« Sie blinzelte mich an, und ich fragte mich, ob sie etwas genommen hatte. »Was hast du getan?«, fragte ich den Mann.

»Du bist auf dem Holzweg«, sagte er, ohne mir eine alternative Erklärung anzubieten. Er wandte sich an sie und sagte schmeichelnd: »Na komm schon, Baby.«

Ich schlich auf Zehenspitzen heran und streckte die Hand aus, um ihr aufzuhelfen, doch sie bewegte sich nicht. »Wie heißt du?« Sie schrak zurück und drückte sich gegen das Rad des Wohnwagens. Ich spielte mit dem Gedanken, meine Strickjacke über sie zu breiten, aber meine und Kits Haare könnten einen möglichen Tatort verunreinigen; noch bevor ich das Verbrechen überhaupt benannt hatte, dachte ich schon an die Forensik. »Alles gut«, sagte ich und kam mir schrecklich hilflos vor.

»Laura?« Kit war deutlich zu hören, er musste in der Nähe sein. »Ich habe niemanden gefunden, dem sie gehört.« Die Wohnwagen bildeten eine schmale Gasse; der Mann bewegte sich rückwärts, weg von mir, weg von seinem Opfer und prallte mit Kit zusammen.

»Holla!«, sagte Kit. »Pass doch auf, wohin du –«

Der Mann schrie auf, und das in Verbindung mit meinem Gesichtsausdruck ließ Kit begreifen, wie ernst die Lage war. »Was ist passiert? Alles in Ordnung mit euch?«

Ich machte einen Schritt nach vorn und stellte mich zwischen den Mann und die Frau. »Da ist eine Frau, ich glaube, sie wurde …« Das Wort fiel auf meinen Lippen auseinander, die Buchstaben kippten wie Dominosteine. »Ich glaube, sie wurde angegriffen.«

Der Mann verdrehte die Augen. »Alles gut.« Er warf Kit einen verschwörerischen Blick zu, unter Jungs. »Wir hatten bloß keine Gesellschaft erwartet. Stimmt's?« Die Frau wischte sich die Nase am Handrücken ab und schaute ausdruckslos auf den verschmierten Rotz, der ihren Ärmel bedeckte. »Es ist ihr nur peinlich, dass sie mit runtergelassener Hose entdeckt wurde, richtig?« Es klang leichthin, doch zwischen den Sätzen spannte er den Kiefer an. »Ich bin selber nicht gerade begeistert. Aber mehr ist nicht dran. Deine Missus hat wohl die falschen Schlüsse gezogen.«

»Oh«, sagte Kit verunsichert.

»Ich weiß, was ich gesehen habe.«

Der Mann wich zurück. Da die junge Frau stumm und Kit verwirrt war, blieb es wohl an mir hängen.

»Ich glaube, wir sollten die Polizei rufen.« Meine Stimme klang fest, sie verriet nichts von dem Schrecken, der in mir tobte.

»Und ich glaube, du musst dich beruhigen«, sagte der Mann, der sich nur mühsam beherrschte.

Ich hielt stand. »Wenn du nichts falsch gemacht hast, brauchst du dir auch keine Sorgen zu machen.«

»Verdammte Scheiße«, fuhr er die Frau an, »würdest du mal was sagen, damit wir das hier beenden können?« Seine Stimme klang brutal. Für mich war es praktisch ein Geständnis, und Kit schien endlich zu begreifen, wie schwerwiegend die Sache war. Der Mann erkannte wohl, dass er seinen Verbündeten verloren hatte.

»Scheiß drauf.« Er ging rasch davon, vorbei an dem alten Karussellpferd, und verschwand zwischen den Bäumen.

»Kit, lass ihn nicht entkommen! Lauf hinterher!«

»Was?« Er sah absolut entsetzt aus, gehorchte aber. Mein scheuer, sanfter Kit rannte einem gewalttätigen Mann hinterher, weil ich ihn darum gebeten hatte, und weil er mir glaubte, dass etwas Schreckliches geschehen war.

Ich kauerte mich neben sie. »Ach, du Arme. Keine Sorge, alles wird gut.« Mein Arm strich über ihren; weiche Haut über noch weicherem Fleisch. Ich schaute sie zum ersten Mal richtig an; die Iris ihrer grünen Augen verschwand fast hinter den geweiteten Pupillen. Die Wolke aus schwarzen Haaren umgab ein herzförmiges Gesicht, verkniffen, aber hübsch. Sie sah aus, als hätte Disneys Schneewittchen sich die Haare wachsen lassen und das Korsett gelockert.

»Wer ist das? Kennst du ihn?«

Sie öffnete den Mund, um zu sprechen, doch es kam nur ein ersticktes Krächzen heraus. Ihre Kleidung war mit langen, schwarzen Haaren übersät. Sie nahm eine Strähne auf, betastete ihre Schläfe und betrachtete ihre Finger, als erwartete sie, Blut zu sehen.

»Hat er dir Haare ausgerissen?« Sie antwortete nicht, ließ die Strähne nur zu Boden schweben. »Mein Gott. Wir müssen unbedingt zur Polizei. Es gibt einen Container am Tor. Schaffst du das?«

Diesmal schüttelte sie den Kopf.

»Kannst du mir deinen Namen sagen?«

»Beth.« Sie nickte, als wäre sie froh, dass sie sich an ihn erinnerte.

»Na gut, Beth, ich rufe für dich an.« Ich hatte mein ausgeschaltetes Handy in der Tasche. Ich drückte den Knopf und wartete darauf, dass der kleine Bildschirm grün zu leuchten begann. Es dauerte ewig. Notfalls müsste ich auf Kit warten und ihn losschicken. Vielleicht hatte er den Mann sogar erwischt und zur Polizei gebracht, aber das war ziemlich unwahrscheinlich. Zum ersten Mal bekam ich Angst um Kit. Würde der Mann ihn angreifen? Dann endlich leuchtete der Bildschirm auf. Ich drückte dreimal auf die gummiartige Taste mit der Neun, aber nichts geschah. Kein Empfang. Ich schwenkte das Handy in der Luft, um ein Signal aufzufangen.

»Ich muss ein Stück weggehen, ich hab hier keinen Empfang. Aber ich bleibe in der Nähe.« Ich musste etwa zwanzig Schritte gehen, bis ich neben dem kaputten Autoscooter eine Verbindung bekam; von Beth sah ich nur einen silbernen Chipie-Turnschuh, der hinter dem Wohnwagen hervorragte.

»999, um welchen Notfall geht es?« Eine Frauenstimme, West Country, jung. Im Hintergrund hörte man die übliche Lärmkulisse, und es war ein seltsamer Gedanke, dass diese Frau ihrer üblichen Arbeit nachging, vielleicht gerade Tee trank, während wir miteinander redeten.

»Ich bin beim Lizard-Point-Festival in der Nähe von Helston und möchte etwas melden, eine ...« Ich erstickte an dem Wort und riss mich dann zusammen. »Ich möchte eine Vergewaltigung melden. Nein, es geht nicht um mich. Ich habe eine junge Frau gefunden, und er war ... wir brauchen die Polizei.«

Ich zupfte an dem Schaumstoff, der aus dem zerrissenen Sitz des Autoscooters quoll.

»Ist das Opfer bei Bewusstsein?«

»Lieber Gott, ja, sie kann gehen, hat keine Schnittverletzungen oder so, aber ich denke, sie ist … sie ist traumatisiert, redet kaum. Ich würde sagen, sie braucht einen Krankenwagen. Könnten Sie eine Beamtin schicken? Und eine Sanitäterin?«

Ich reckte den Hals, um zwischen den Bäumen hindurchzusehen. Ich wollte wissen, was auf der anderen Seite geschah. Ich meinte, das Murmeln der Menge zu hören, konnte aber keine Stimmen unterscheiden.

»Wir schicken die ersten verfügbaren Beamten«, sagte die Frau. »Bleiben Sie einfach bei ihr.«

»Der Mann, der es getan hat … ich habe ihn gesehen, aber er ist weggelaufen.« Der Schaumstoff in meiner Hand sah aus wie Zuckerwatte. Ich ließ ihn davonschweben.

»Können Sie die Person beschreiben?«

»Sie heißt Beth, hat schwarze Haare und –«

»Ich meine den Angreifer.«

»Oh. Ja.« Ich sah ihn deutlich wie auf einem Foto vor mir. »Er hat kurze, braune Haare, mit Gel gestylt, trägt eine dunkelblaue Jacke von Diesel, Jeans mit Umschlag von Levi's, weiße Adidas-Turnschuhe.« Es klang lächerlich, geradezu surreal, als läse ich aus einem Modemagazin vor. Dann berührte eine verschwitzte Hand meinen Arm, und ich ließ fast das Handy fallen. Es war Kit, völlig außer Atem.

»Einen Augenblick, bitte«, sagte ich und hielt das Handy zu.

»Er ist einfach in der Menge verschwunden«, sagte Kit.

Ich wiederholte meine Angaben, beschrieb unsere Position, indem ich eine Flagge von Water Aid zur Orientierung angab, und beendete das Gespräch.

»Er war schon halb über das Feld, bevor ich losgelaufen bin. Es tut mir so leid.«

»Hey, du hast getan, was du konntest.«

»Scheiße.« Er nickte zum Wohnwagen. »Ist sie so weit okay? Hat sie schon was gesagt?«

Ich schüttelte den Kopf. »Meinst du, sie fassen ihn?«

»Keine Ahnung. Ich kann nicht …« Er spreizte die Hände und schaute auf seine leeren Handflächen, als suchte er dort nach der Antwort. Dann zuckte er hilflos mit den Schultern. »Ich habe keinen Schimmer.«

»Ich sage ihr lieber, dass sie unterwegs sind.«

Beth nickte, als sie es hörte, und murmelte ein »Danke«. Ich setzte mich neben sie auf die kalte Metallstufe des Wohnwagens, und dann warteten wir zehn Minuten, die sich wie eine Ewigkeit anfühlten.

»Es ist meine«, sagte sie plötzlich.

»Wie bitte?«

»Die Geldbörse. Es ist meine. Sie muss mir aus der Tasche gefallen sein.«

Ich schaute nach unten und war ein bisschen überrascht, sie immer noch in meiner Hand zu sehen.

»Hier.« Ich musste ihre Finger darum schließen.

Endlich rief Kit uns zu, die Polizei sei unterwegs. Sie kamen zu zweit, ein stämmiger Mann mit rasiertem Kopf und eine schmale Frau mit einer mausbraunen Dauerwelle.

»Sie ist hier«, sagte ich, was überflüssig war.

»Alles gut, Liebes«, sagte die Polizistin und kauerte sich vor uns. »Beth, richtig?« Sie nickte. »Keine Sorge, Beth, wir bringen dich in Sicherheit. Wir bringen dich in einen Raum auf der Wache, wo man dich untersuchen wird.«

»Kommt eine Ärztin?«, fragte ich.

»Wir haben eine angefordert«, sagte die Polizistin, runzelte aber die Stirn. »Soll dich jemand begleiten, Beth?« Die Polizistin schaute mich an, doch Beth schüttelte den Kopf.

»Wir kennen uns gar nicht«, erklärte ich. »Ich kam zufällig vorbei.«

Der Polizist räusperte sich. »Wir übernehmen das jetzt. Ein Kollege ist unterwegs, der Ihre Aussagen aufnimmt.«

Kit und ich setzten uns auf die Motorhaube des Autoscooters und warteten. Ich zupfte wieder an dem kaputten Sitz, und er drehte einen Grashalm zwischen den Fingern.

»Warum sollte er nach einer Sonnenfinsternis so etwas machen?«

Ich schaute ihn entsetzt an. »Warum überhaupt. Herrgott nochmal, Kit. Ich kann echt nicht glauben, was du da sagst.«

Manchmal drangen Dinge nicht so zu ihm durch wie zu mir, doch wenn man ihm erklärte, weshalb man wütend war, konnte Kit es immer nachvollziehen. Ich muss ihm zugutehalten, dass er sehr beschämt wirkte. »Klar – sorry –, so war es nicht gemeint ... ich kapiere nur nicht, wieso –«

»Ich weiß.« Ich blies die Backen auf. »Wir stehen wohl beide unter Schock.« Ich versuchte, eine kleine Schaumwolke auf der Hand zu balancieren, aber meine Hände zitterten zu sehr. »Ich hätte früher da sein müssen.«

»Vielleicht hast du ihn gestoppt, bevor er was Schlimmeres tun konnte«, sagte Kit.

Ich dachte darüber nach.

»Sind Sie die Zeugen?« Vor uns stand eine Frau, die geradewegs dem London der achtziger Jahre entstiegen schien. Sie trug ein glänzendes, schwarzes Kostüm, hatte die blonden Haare sachlich kurzgeschnitten und war so grell geschminkt, wie es in ihren Zwanzigern einmal modern gewesen war, was ihr völlig egal zu sein schien, weil es verdammt nochmal Wichtigeres im Leben gab.

»DS Carol Kent, Devon and Cornwall Police«, sagte sie in

einem Ton, der uns aufspringen ließ. »Wenn Sie mich zur Wache begleiten, kann ich Ihre Aussagen aufnehmen.«

Die Wache waren zwei ramponierte Container, die neben der Hauptbühne standen. In meinem hockte ein wunderschöner Schäferhund mit seinem Hundeführer. Er schnüffelte aufgeregt um mich herum und zog an der Leine, und meine Wangen erglühten, als ich begriff, dass er vermutlich meinen Joint von gestern witterte. Jemand reichte mir dünnen Tee, und ich berichtete DS Kent genau, was ich gesehen hatte, wobei ich mit der Geldbörse anfing und so viele Details wie möglich aufzählte. Allerdings wurde ich unbeholfen und stotterte, als ich den Gesichtsausdruck des Mannes beschreiben sollte. Sie stellten mir wieder und wieder dieselben Fragen, als wollten sie überprüfen, ob ich mir widersprach. Ich wiederholte Variationen des gleichen Satzes. »Wenn Sie ihn gesehen hätten … wenn Sie dort gewesen wären, würden Sie es verstehen.«

In den Pausen, in denen meine Worte niedergeschrieben wurden, hörte ich Wortfetzen von nebenan, wo Kit aussagte. Ich bekam mit, dass er nicht den Angriff selbst, sondern nur die Nachwirkungen miterlebt hatte. Er war in seinen Wissenschaftsmodus verfallen: beobachten, aufzeichnen, vorurteilsfrei bleiben. In diesem Moment wünschte ich mir von ganzem Herzen, er hätte das Gleiche gesehen wie ich, doch als mich später der Wahnsinn überkam, war ich froh, dass dies nicht der Fall war.

Unsere Aussagen wurden niedergeschrieben und verlesen; nachdem wir unsere Anschrift angegeben hatten, konnten wir gehen.

»Wo ist Beth? Was passiert jetzt mit ihr?«

»Sie ist in Sicherheit«, sagte Kent in einem Ton, der keinen Widerspruch duldete.

Am späten Nachmittag verließen wir die Container. Obwohl

das Festival bis zum nächsten Tag dauerte, bauten die Leute schon die Zelte ab und beluden die Dachgepäckträger. In der Menge kursierten Gerüchte. »Jemand hat auf einem Feld eine Überdosis genommen.« »Nein, anscheinend war es ein Überfall.« »Ich habe von einer Schlägerei gehört.« Nichts davon kam der Wahrheit nahe.

»Ich könnte einen Drink vertragen«, sagte Kit. An der großen Bar bekam man keinen harten Alkohol, also nahmen wir das Stärkste, was wir finden konnten, einen einheimischen Cider, der so stark war, dass sie ihn nur als Halfpint ausschenkten. Wir bestellten vier davon und tranken sie rasch hintereinander, wobei wir im Schneidersitz im Gras saßen. Keiner von uns sprach es aus, aber wir hielten beide Ausschau nach Beths Angreifer.

Selbst nach zwei Tagen unablässiger Musik zuckten alle zusammen, als die Polizeisirene erklang. Die Menge teilte sich und ließ den Streifenwagen durch. Er kam aus Richtung Polizeicontainer und rumpelte im Schritttempo dahin. Alle glotzten durchs Fenster, doch nur Kit und ich ahnten, wer drinnen saß. Er hatte sich von der Scheibe weggedreht, aber ich erkannte sein Profil, die braunen Haare über der blauen Jacke. Hätte ich nicht gesessen, wäre ich wohl vor Erleichterung in die Knie gegangen.

»Sie haben ihn.«

10

KIT *18. März 2015*

»Wie gemütlich«, sage ich, als der Horizont durch das Bullauge, das die Größe einer CD hat, Übelkeit erregend zur Seite kippt. Die Kabine ist winzig. Eine Stunde auf See, und schon empfinde ich das wasserdichte Abteil als klaustrophobisch. Richard pfeift beim Atmen durch die Nase. Mich überkommt ein jämmerliches, kindisches Heimweh nach meiner Frau. Ich vermisse sogar ihre Angst, das fünfte Rad am Wagen unserer Beziehung.

Richard hat sich in die Broschüre vertieft. »Die haben ein Casino an Bord«, sagt er verwundert, als wäre die *Princess Celeste* kein vollwertiges Kreuzfahrtschiff, sondern ein Kahn, den man speziell für Astronomen gechartert hat, die nichts von solchen irdischen Vergnügungen halten, und als hätte er gleich neben dem Spielzimmer ein hochmodernes Observatorium erwartet. Es gibt auch einen Ballsaal, in dem heute Abend die Disco stattfindet (was auch immer ich mir darunter vorzustellen habe), ein Minikino und einen Schönheitssalon. Vor der Abfahrt konnte ich mir nicht vorstellen, auch nur einen Fuß hineinzusetzen. Doch da die Alternative darin besteht, in diesem beengten Raum zu hocken, erscheinen mir selbst Wurfringspiele an Deck geradezu verlockend.

»Das waren noch Zeiten, als ich die mit den Zähnen öffnen konnte«, sagt Richard und dreht mit bloßen Händen am Verschluss seines Newcastle Brown Ale. »Wenn ich nicht aufpasse, reiße ich mir noch die Haut von den Händen.« Dann wird ihm klar, was er gesagt hat, und seine Augen wandern zu meinen Händen, die ich im Schoß gefaltet habe. »O Chris, tut mir leid. Das war gedankenlos.«

»Schon gut«, sage ich, weil es ihm peinlicher ist als mir. »In der Seitentasche meines Rucksacks steckt ein Schweizer Taschenmesser – nein, die andere –, genau da.« Ein tröstliches Klirren, als Richard zwei Bierflaschen öffnet. Er klappt den Flaschenöffner ein, wirft mir das Messer zu, das ich mit einer Hand fange. Dann stehe ich auf und nehme die Flasche entgegen.

»Lass uns spazieren gehen«, sage ich.

Unsere Mitpassagiere sind nicht von ihrem Nachmittagsspaziergang abzubringen und schützen sich mit Kapuzen gegen den beißenden, salzigen Wind. Obwohl ihre Haare und Gesichter verborgen sind, erkenne ich am Gang, dass die meisten im Rentenalter sind. Ich habe noch nie eine Pauschalreise zu einer Sonnenfinsternis unternommen – Laura und ich sind natürlich individuell gereist –, und mich überkommt unwillkürlich die Verachtung, mit der erfahrene Reisende bloßen Touristen begegnen. Ich nehme mir vor, die Haltung abzulegen. Eine Sonnenfinsternis von einem Schiffsdeck oder neben einem Reisebus zu beobachten ist letztlich nicht anders, als auf einem Feld voller Hippies zu stehen, nachdem man mit einem Jeep über staubige Wüstenstraßen geholpert ist, oder allein auf einem Berg. Ich bin fast vierzig und werde bald Vater. Ich gratuliere mir zu meiner Reife. Zum ersten Mal und sehr verspätet erkenne ich, dass es auch Vorteile hat, wenn man nicht mehr zur alternativen Szene gehört: Die wenigen Leute, die uns erkennen könnten, sind höchstwahrscheinlich nicht hier. So würde ich beispielsweise die Refinanzierung unseres Hauses drauf verwetten, dass die Oma in den orthopädischen Schuhen da drüben die Szene in Sambia nicht mit angesehen hat.

Ein Lautsprecher erwacht mit einem Bing-Bong zum Leben, und alle erstarren, als eine wohlklingende, seltsam vertraute Männerstimme den Begrüßungsempfang, den Vortrag und »für jene, die genügend Durchhaltevermögen besitzen«, die nachfolgende Disco ankündigt. Mein Herz zieht sich zusammen. Falls Beth hier ist, wird sie sich dort ganz sicher zu erkennen geben. Von der Sache in Sambia weiß ich, dass sie kein Problem damit hat, eine Szene zu machen. Die Flasche in meiner Hand ist plötzlich leicht, und ich merke, dass ich sie schon ausgetrunken habe.

Nach einem erneuten Bing-Bong verstummt der Lautsprecher, und alle bewegen sich wieder, als wäre ein Bann gebrochen. Bald haben Richard und ich das Heck erreicht und lehnen uns an die Reling, unter der eine Wand aus Rettungsbooten zu sehen ist. Die Reling ist nur brusthoch, und es geht steil hinunter. Wenn es nicht so voll wäre, könnte jemand, der labil und unberechenbar ist und fünfzehn Jahre Zorn in sich angestaut hat, einen Menschen von hinten angreifen und ins tosende Wasser stürzen. Es wäre gar nicht mal besonders schwer.

Wir schauen zu, wie die Nordsee im Kielwasser zu cremigem gelbem Schaum aufgewirbelt wird. Eine Seehundfamilie schwimmt gefährlich nah am Schiff und weckt in mir sentimentale Gedanken an meine eigene wachsende Familie. Alle Wege führen zurück zu Laura.

»Das erste Foto der Reise«, sage ich und schalte den Selfie-Modus ein. Ich halte das Handy auf Armeslänge weg und versuche, uns beide zu erwischen, wie wir über braune Bierflaschen hinweg grinsen, während das Meer blau im Hintergrund verschwimmt. Als ich das Bild an Laura schicken will, habe ich keinen Empfang. Das ist das Problem mitten auf der Nordsee: keine Handymasten.

»Man hat WLAN, aber nur in der Lobby. Und man kann wohl

auf dem Oberdeck fast überall ein Signal erwischen«, sagt Richard, der sich auskennt, weil er stündlich seine Wetterdaten abruft. Ich klettere mit meinen Landrattenbeinen eine weißgestrichene Treppe hinauf, deren Metallgeländer sich kalt in meine Hand schmiegt. Das obere Deck ist verlassen, und ich merke sofort, woran das liegt. Der Wind hier ist scharf, laut und verwirrend. Ich suche Schutz hinter einer dampfenden Belüftung, wo es wärmer und ruhiger ist. Nach einer Minute habe ich mich ins WLAN eingeloggt und schicke Laura das Bild nach London.

Sieht aus wie die nerdigste Junggesellenparty aller Zeiten, antwortet sie sofort. Ich stecke das Handy lächelnd ein und kehre zu Richard zurück.

An der Reling, mit dem Rücken zu mir, lehnt Beth.

Zuerst erkenne ich die Haare, die wilde, ungekämmte Wolke, die sich wie ein lebendes Wesen im Wind krümmt. Ihr Bild hat sich so in meine Netzhaut eingebrannt, dass ich den Rest in einem Sekundenbruchteil abhake. Richtige Größe, richtige Figur, eine verrückt gemusterte Hose, die sich um die Beine bläht, genau das, was sie tragen würde. Wie immer sehe ich sie mit gemischten Gefühlen, empfinde Mitleid und Angst, und heute mehr denn je. Dann folgen die üblichen Flashbacks, ein Zeitraffer von dem Moment an, in dem wir Beth zum ersten Mal begegnet sind, bis zu unserer letzten Begegnung: das tagdunkle Feld, der Gerichtssaal, die Fremde in unserer Wohnung, die Gestalt in der Staubwolke, das bewegliche Bild auf einem Computerbildschirm. Dann der Abspann: Laura heute Morgen auf der Treppe vor unserem Haus, wie sie sich imaginäre Spinnweben von den Armen wischt, bevor sie die Hände auf den Bauch sinken lässt. Und nun die letzte Einstellung. Ich weiß nicht, wie es enden wird. Ich habe keinen Plan. Ich habe so lange gewartet, dass ich nicht mehr bereit bin.

11

Lachlan McCall starb am ersten Mai des neuen Jahrtausends und wurde drei Tage später begraben. Bei der Totenwache betrank sich Mac so schlimm, dass er Kit vollkotzte. Wir mussten seinen Anzug auf dem Weg nach Cornwall aus der Reinigung holen.

Der Prozess gegen Jamie Balcombe wegen des Vorwurfs der Vergewaltigung begann an einem Montag. An diesem Morgen standen Kit und ich mit dem Rücken zum Gerichtsgebäude und blickten auf die kleine Stadt Truro hinunter, die südlichste Stadt in England. Hinter uns lag ein hohes viktorianisches Viadukt wie ein schützender Arm um das Tal. Darunter duckte sich die bescheidene Kathedrale, von roten Dächern umgeben, wie jene, über die der Weihnachtsmann mit seinem Schlitten fliegt. Das Gericht thronte auf schwindelerregender Höhe; eine Reihe kleiner pastellfarbener Cottages drohte, den Hang hinabzurutschen und im Kenwyn zu landen, der über ein kleines Stauwehr gurgelte. Plötzlich kam es mir vor, als müsste ich mich nur nach vorne neigen, um hinunterzukippen, und ich ergriff Kits Arm.

»Die brauchen uns heute Morgen nicht«, sagte er und erwiderte den Druck. »Die müssen alles vorbereiten und sich Beths Version der Geschichte anhören. Das dauert mindestens bis mittags.«

Im Grunde hatte Kit wie immer recht. Wir würden auf keinen Fall jetzt in den Zeugenstand gerufen. Bei der Zeugenbetreuung hatte man uns erklärt, dass die Anklage heute ihren Fall darlegen würde. Selbst Beth würde vermutlich noch nicht aufgerufen, und da wir keine Augenzeugen waren, durften wir den Gerichtssaal erst betreten, nachdem sie ihre Aussage gemacht hatte. Ich verstand, dass es juristisch klug war, und lehnte mich dennoch dagegen auf. Nichts, was sie sagte, würde etwas an meiner ursprünglichen Aussage ändern. Ich wusste, was ich gesehen hatte.

Wir waren seit dem Festival nicht mehr in Cornwall gewesen und hatten London, wo wir inzwischen eine kleine Wohnung in Clapham bewohnten, nur zweimal verlassen. Ursprünglich hatten wir uns ein Haus mit Mac und Ling teilen wollen, doch die Geburt von Juno, dem Baby, das sie wenige Wochen vor der Sonnenfinsternis in Cornwall unabsichtlich gezeugt hatten und das jetzt zwei Monate alt war und über gewaltige Lungen verfügte, hatte uns einen Strich durch die Rechnung gemacht. Wir hatten fleißig studiert, doch die Herausforderungen des Berufslebens trafen uns wie ein Schock. Ich machte Zeitarbeit, und Kit hatte sein Doktorandenstudium begonnen, nachdem er Oxford mit Auszeichnung abgeschlossen und sofort eine Stelle am UCL bekommen hatte. Nebenbei korrigierte er Proseminararbeiten, und mehr Urlaub als diese jämmerlichen Tage hier waren in nächster Zeit nicht drin. Unser Hotelzimmer war bis Donnerstag bezahlt, die Zugkarten für Freitagmorgen gebucht. Es wurden auch bescheidene Spesen erstattet. Wir waren gestern Abend spät hier angekommen, und uns steckten noch die lange Fahrt und die schlaflose Nacht in den Knochen. Wir wohnten in einem billigen Hotel, dessen Wände mit Gemälden von Schmugglerhöhlen geschmückt waren.

Seit wir wussten, dass es zum Prozess kommen würde, hatten wir uns über Gerichtsverfahren schlaugemacht. Dank meines neuen Wissens schwankte ich zwischen Hoffnung und Verzweiflung. Es tröstete mich, dass viele Vergewaltigungen gar nicht erst vor Gericht kamen; ein Fall, der in dieser Weise verhandelt wurde, musste ziemlich wasserdicht sein. Dann wieder dachte ich an die deprimierend geringe Zahl von Verurteilungen. Die einzige Konstante war das Bild des rotzverschmierten Mädchens, das mit dem Gesicht im Dreck lag, das angegriffen, das vergewaltigt wurde. Irgendwo zwischen damals und heute hatte ich die Angst vor dem Wort verloren und mich stattdessen damit gewappnet.

»Vermutlich schicken sie uns weg, sobald wir uns gemeldet haben«, sagte Kit, als wir uns der Tür näherten. Ich schaute zu den pseudoromanischen Säulen empor, die mit Kieselrauputz versehen und in einem witterungsbeständigen Grauton gestrichen waren. Die heutigen Termine waren an der Außenwand angeschlagen und verrieten uns, dass der Fall *Die Krone gegen Balcombe* in Saal eins verhandelt würde. Mr Nathaniel Polglase vertrat die Anklage, Miss Fiona Price war die Verteidigerin, Edmund Frenchay der vorsitzende Richter. Auf einmal kam mir alles sehr real vor.

»Ich finde, wir sollten trotzdem hierbleiben. Auch wenn sie uns nicht aufrufen.«

»Ich weiß nicht, ob ich es in einem Gerichtssaal aushalte. Ich habe tagelang in Bestattungsinstituten und Veranstaltungsräumen gesessen«, sagte Kit.

»Ach, Liebling.« Natürlich hatte er nicht nur den Prozess im Kopf. Dass Lachlans Tod nicht überraschend gekommen war, hatte es nicht einfacher gemacht. Ich hatte gehofft, dass der Prozess Kit wenigstens ein bisschen ablenken würde. Nun aber erkannte ich, dass er auf schwierige Situationen reagierte, indem er sich zurückzog und sich nur kurz aus der Reserve locken ließ, bevor er wieder in Schweigen verfiel.

»Können wir reingehen?«

»Ja«, sagte er. »Na los –«

Dann wurden wir beinahe von einer Gruppe Anzugträger über den Haufen gerannt, die eine Formation bildeten, als würden sie den Präsidenten begleiten. In der Mitte der Truppe sah ich Jamie Balcombe. Anzug, neuer Haarschnitt, rasiert, glänzend braune Haare, Wimpern, die seine feuchten, blauen Pupillen schimmernd umrahmten – er sah aus wie ein kleiner Junge, der die Kleidung seines Vaters trägt. Seine Arroganz war verschwunden; er ging gemessenen Schrittes, als müsste er sich zwingen, einen Fuß vor den anderen zu setzen. Er schaute unnatürlich starr geradeaus, und ich vermutete, dass er uns erkannt hatte, obwohl ich mich untypisch in Schwarz gekleidet und meine Haare zu einem Knoten gesteckt hatte, um keine Aufmerksamkeit zu erregen. Ohne meine Haare war ich unauffällig, ein schlaksiger Teenager mit schlechter Haltung.

An der Tür dünnte die Gruppe zu einer Schlange aus, und als sie nacheinander durch den bogenförmigen Metalldetektor gingen, wurden sie zu Individuen. Ein Rennpferd von einer Frau, die grauen Haare streng zurückgekämmt, sah niemandem ähnlich. Doch der Mann mit dem Doppelkinn und dem Siegelring konnte nur Jamies Vater sein. Bruder und Schwester waren ebenfalls unverkennbar. Die Frau mit der Föhnfrisur, wie sie für ein bestimmtes Alter typisch ist, und den Rubinohrringen, die eine elegante Hand auf Jamies Schulter gelegt hatte, musste seine Mutter sein. Die blasse Rothaarige, die seine linke Hand umklammerte, war vermutlich eine weitere Schwester oder Freundin. Als die Rothaarige den Mantel auszog und durch den Metalldetektor reichte, blitzte ein Diamant an ihrem Ringfinger auf. Also keine Freundin, sondern seine Verlobte. Sie nahm den Ring ab und hielt ihn dem Sicherheitsbeamten hin.

»Nicht nötig, meine Liebe, lassen Sie ihn an«, sagte er. Der Ring rutschte ihr aus den Fingern, landete mit einem leisen Klingeln auf dem Boden und rollte durch den Metalldetektor.

»O Antonia«, sagte Jamie. Der Bruder eilte dem Ring hinterher, und Antonias Finger zitterten so sehr, dass Jamies Mutter ihr helfen musste, ihn überzustreifen.

Kit und ich blieben im Hintergrund, bis die Balcombes durch die Kontrolle waren. Dann folgten wir ihnen, da keine andere Tür zu sehen war.

»Hi«, sagte ich zu dem Sicherheitsbeamten. »Wir suchen den Eingang für die Zeugen.«

»Den haben Sie gefunden. Hier müssen alle durch.«

Ich brauchte ein paar Sekunden, um mich zu fassen. Wir waren soeben dem Mann begegnet, gegen den wir aussagen würden. Was war mit Groll, Einschüchterungsversuchen, Rachegelüsten und Drohungen?

»Und wenn es nun um die Mafia ginge?«, platzte ich heraus. Kit sah mich entgeistert an, und der Sicherheitsbeamte lachte freundlich.

»Wir sind hier doch nicht beim *Paten*. Hier kann nichts passieren, viel zu viele Anwälte. Haben Sie eine Kamera oder ein Aufzeichnungsgerät da drinnen?« Ich öffnete die Tasche, die nur ein paar Tampons und ein Notizbuch enthielt.

Innen wirkte das Gerichtsgebäude auch nicht sonderlich beruhigend. Der Architekt musste ein Sadist gewesen sein, dessen Auftrag vermutlich gelautet hatte, alles würdevoll, aber nicht zu einschüchternd zu gestalten. Mit den Säulen, Kolonnaden und Übergängen, die ins Nichts zu führen schienen, fühlte ich mich jedoch eher an ein Bild von Escher erinnert.

Mir kam ein schrecklicher Gedanke. »Was ist mit den Opfern?«, fragte ich Kit. »Ich hoffe doch, dass Beth nicht auch durch diese Tür muss.«

Kit wirkte bestürzt. »Vermutlich schon, wenn es die einzige Sicherheitsschleuse ist. Aber gut ist das wohl nicht.«

»Nein, es ist grotesk, verdammt nochmal.«

Wir gelangten in ein Atrium, in dem sich Menschen drängten. Das griechisch-römische Thema setzte sich hier fort, Säulen stützten die Decke, die so hoch wie das ganze Gebäude war. Eine Wand war von einer bestimmt sechs Meter hohen Kletterpflanze überwuchert, die in einem gigantischen Kübel wuchs. Oder wie Kit sich ausdrückte: »Das ist, als stünde man in einem Center Parc vor Gericht.« Ich wusste zu schätzen, dass er mich aufmuntern wollte, schaffte aber nur ein schwaches Lächeln.

Es war halb zehn, der Gerichtssaal war noch nicht geöffnet. Kit besorgte uns Kaffee, und wir schauten zu, wie die Leute das Gebäude betraten. Manche blickten staunend zur Decke, andere begrüßten die Sicherheitsbeamten mit Namen. Die meisten Deckenschauer wurden sofort weggezaubert, vermutlich waren das die Geschworenen. Carol Kent, die meine erste Aussage aufgenommen hatte, nickte uns von weitem zu. Sie lächelte aufmunternd, was ihr strenges Make-up ein bisschen weicher machte.

»Mal sehen, was wir zu tun haben«, sagte Kit.

Kents Begrüßung fiel knapp aus. Sie war wohl auch nervös.

»Ich sage dem Staatsanwalt Bescheid, dass Sie hier sind. Sie müssen der Besuchergalerie fernbleiben, bis Sie ausgesagt haben. Es gibt einen Aufenthaltsraum für die Zeugen, aber die Klägerin ist schon dort drinnen, das ist also nicht ideal.«

Insgeheim dachte ich, es würde Beth sicher guttun, ein freundliches Gesicht zu sehen, und wollte das auch gerade sagen, als Kit sich an Kent wandte. »Was wäre, wenn ich Ihnen meine Handynummer gebe, und wir versprechen, in der Nähe zu bleiben?«

Die senkrechte Linie zwischen Kents Augenbrauen wurde

tiefer. »Das müsste machbar sein, aber ich frage vorsichtshalber nach.«

Sie ging zum Aufenthaltsraum für die Zeugen.

»Ich würde wenigstens gerne hallo sagen oder ihr Glück wünschen.«

»Hast du nicht gehört, was Kent gesagt hat?«, zischte Kit. »Das ist gegen die Vorschriften. Es würde aussehen, als wolltet ihr euch absprechen. Es würde ihrem Fall schaden, er könnte schlimmstenfalls abgewiesen werden.«

Er hatte recht. Wieder mal.

Neben uns sprach eine aufgebrezelte Blondine in ein Klapphandy.

»Ja, heute Morgen steht eine Vergewaltigung an«, sagte sie gelassen, als ginge es um einen Termin beim Zahnarzt. Natürlich eine Journalistin. »Möglicherweise pikant. Der Beklagte war auf einer Public School, ein gutaussehender Junge. Sein Vater ist ein hohes Tier, Vorstandsvorsitzender eines FTSE-100-Unternehmens, war im selben Jahrgang wie Prinz Charles in Gordonstoun, aber sie sind nicht in Kontakt geblieben, was schade ist, die Verbindung wäre pures Gold gewesen. Hör zu, ich rufe dich später noch mal an, dann weiß ich, ob sich die Sache lohnt. Ich hoffe es sehr. Ich habe dafür einen Doppelmord in Liverpool sausen lassen.«

Sie senkte die Stimme, als Carol Kent auf uns zukam.

»Mr Polglase sagt, das sei in Ordnung. Lassen Sie Ihr Handy eingeschaltet und sorgen Sie dafür, dass Sie Empfang haben.«

»Danke.« Kit erhob sich und wollte gehen.

Dann ertönte eine Lautsprecherstimme. »Die Krone gegen Balcombe, Gerichtssaal eins.«

»Ich bin dann mal weg«, sagte die Reporterin. »Bis später.« Sie schob energisch die Antenne ins Handy und folgte den Balcombes durch die Doppeltür in den Saal. Eine weitere Journalistin, mit geometrisch geschnittenem Bob, eilte ihr hinterher, sie trug einen Ausweis der Press Association an einem Schlüsselband um den Hals.

Sekunden später war der Raum verlassen bis auf einige Gerichtsangestellte und einen kleinen, blauen Schmetterling, der zwischen den Blättern tanzte. Der Sicherheitsbeamte von vorhin sah uns stirnrunzelnd an. Ich kann mir beobachtet vor. Das Atrium schien zu schrumpfen.

»Lass uns gehen.«

»Ach, auf einmal?«

»Willst du nun oder nicht?«

»Schon gut, immer mit der Ruhe.«

In diesem Ton hatten wir noch nie miteinander gesprochen.

Die Schokoladenseite von Truro war überschaubar; nach einer Stunde hatten wir alle Gassen abgelaufen. Wir gingen durch die Kathedrale, stöberten in Buchläden und einer Kunstgalerie. Es gab auch ein Museum, doch das wollten wir uns für später aufheben, falls es regnete. Das Mittagessen in einem Pub bestand aus einer Ofenkartoffel, Krabben, die in Mayonnaise schwammen, und einem Halfpint Ale, einer lokalen Biersorte, die sich Bilgewasser nannte, aber deutlich besser schmeckte.

»Ich wüsste zu gern, was da drinnen vorgeht«, sagte ich zu Kit, während ich Pfeffer über meinen Teller mahlte.

»Geht aber nicht. Das ist ja der Sinn deiner Aussage. Sie muss unabhängig von der Aussage der Klägerin erfolgen, sonst ist sie wertlos.«

Ich schob meinen Teller weg. »Ich bin einfach zu angespannt, um zu essen. Wenn unsere Aussagen nun nicht reichen, um ihn einzusperren?«

»Du tust, als hinge alles nur von dir ab. Du weißt genau, dass ein ganzes Team von Leuten seit Monaten an dem Fall arbeitet. Ich frage mich, welche forensischen Beweise sie haben.«

Wir hatten das alles durchgekaut. Ich musste mich bemühen, ruhig zu bleiben. »Vielleicht gibt es keine forensischen Beweise. Dann steht Aussage gegen Aussage.«

Kit schüttelte den Kopf. »Worte sind so … schwach. Du wirfst mir immer vor, ich würde binär denken, nur in Schwarz und Weiß.« Ich nickte, da hatte er recht. »In diesem Fall verlangen wir, dass alle so denken, und es gibt keine Beweise außer Worten. Wie kann man da überhaupt zu einem sicheren Urteil gelangen?«

»Welche Alternative haben wir denn?«, fragte ich.

Ihm fiel offenbar keine Antwort ein. Er schaute nachdenklich vor sich hin und trank von seinem Bier. »In der Schule haben wir mal eine Gerichtsverhandlung durchgespielt«, sagte er schließlich. »Ich musste als Zeuge aussagen. Es ging um einen hypothetischen Fall von Drogenhandel. Ich hatte richtig Schiss, obwohl alles nur gespielt war.«

»Das wusste ich ja gar nicht!« Wir waren noch in der Phase, in der wir uns über neue Geschichten freuten – es gibt noch so vieles an dir zu entdecken! – und gleichzeitig ärgerten – warum hast du mir das noch nicht erzählt?

»Ich nehme an, Mac war der Angeklagte.«

Kits Gesicht zuckte bei der Erinnerung, dann lachte er. »Nein, er war der Richter.«

»Verdammte Scheiße!«

»Unsere Lehrerin hatte Sinn für Humor. Jedenfalls war meine Nervosität nach der Aussage wie weggeblasen. Ich hatte meine Pflicht getan, und alles war gut.«

Ich wusste, er hatte recht, aber mir war trotzdem der Appetit vergangen. Dafür war mein Durst umso größer. Hätten wir nicht darauf gewartet, dass Kits Handy klingelte, hätte ich ohne weiteres drei Pints runtergekippt. Plötzlich schlugen dicke Regentropfen wie Steine an die Scheiben.

»Also das Museum.«

Doch das Museum hatte nachmittags geschlossen. Wir gingen ins Pub zurück und spielten an einem schiefen Tisch Billard. (Ich gewann natürlich. Selbst nach mehreren Monaten hatte Kit die mathematischen Regeln von Bahnverlauf und Abprall nicht verinnerlicht. Während ich es als Sport betrachtete, war es für ihn noch angewandte Physik. Er hatte überhaupt kein Pokerface; man konnte seinen nächsten Stoß erahnen, noch bevor er den Queue in die Hand genommen hatte.)

Wir beendeten unser Spiel, als wir die einheimischen Teenager nicht länger ignorieren konnten, die sehnsüchtig auf den Billardtisch schauten.

»Drei Uhr. Vermutlich ist sie jetzt im Zeugenstand.«

»Wenn sie uns gebraucht hätten, hätten sie uns schon angerufen«, sagte Kit. »Wir gehen ins Hotel.« Wir gaben unsere Queues ab.

»Was sollen wir denn den ganzen Nachmittag im Hotelzimmer machen?«, jammerte ich, als ich den Mantel anzog. Kit lächelte.

»Mein Gott, ist es schon so schlimm?«

Natürlich war es nicht so schlimm, aber ein halbes Pint auf nüchternen Magen haut mich um, und so lag ich da und machte die üblichen Geräusche, während Kit achtlos die üblichen Bewegungen abspulte. Er kam doppelt so schnell wie sonst und war Sekunden später eingeschlafen. Ein Orgasmus wirkte bei ihm wie ein Betäubungsmittel. Er würde frühestens nach einer Stunde aufwachen.

Viertel nach vier. Ich sah aus dem Fenster. Es hatte aufgehört zu regnen, die Dächer von Truro glänzten in der Sonne.

Mir kam eine Idee. Ich war angezogen, bevor ich es mir anders überlegen konnte, eilte zur Tür hinaus und folgte der geradezu magnetischen Anziehungskraft des Gerichtsgebäudes.

12

LAURA *8. Mai 2000*

Fünf Minuten später kam ich keuchend beim Gericht an. Diesmal wusste ich, was mich erwartete, und war ohne den morgendlichen Andrang innerhalb weniger Sekunden durch die Sicherheitskontrolle. Ich kaufte mir einen Kaffee, aber bevor ich auch nur einmal darauf pusten konnte, flogen die Türen ohne Vorwarnung auf, und der gesamte Gerichtssaal ergoss sich ins Atrium.

Zuerst kamen die Balcombes. Sie stürzten zu Jamie, der aus einer Seitentür kam, die wohl unmittelbar zur Anklagebank führte. Die Frau mit dem Pferdegesicht, seine Verteidigerin, trug ihre Robe und hielt die Perücke in der Hand, sprach aber nicht mit Jamie, sondern mit seinem Vater. Ihre Stimmen, dazu gezüchtet, in den Korridoren der Macht zu erklingen, hallten noch wider, lange nachdem sie verschwunden waren. Dann kam ein gehetzt wirkender Mann im braunen Anzug durch die Doppeltür, in der Hand eine Akte, die mit einem roten Band verschnürt war. Er schien es sehr eilig zu haben. Carol Kent folgte ihm auf den Fersen, und zuletzt kam Beth. Ich tauchte instinktiv hinter eine weiße Säule. Beth hatte sich bewusst zahm hergerichtet – die krausen Haare zu einem strengen Zopf gebunden, den üppigen Körper in einem nüchternen Blazer –, aber ihre Stimme klang alles andere als zahm.

»Wollen Sie mich verarschen?«, fragte sie. Ich konnte ihren

Akzent nicht ganz einordnen. Sie wandte sich an Carol. »Kann er das einfach so tun?«

»Ich habe nicht gesagt, dass Sie es nicht dürfen«, sagte der Anwalt. »Ich habe gesagt, wir raten Ihnen davon ab.« Es sollte mitfühlend klingen, wirkte aber nur herablassend. Ein Mann mit rotem Gesicht und eine Frau mit roten Augen kamen dazu. Seine dunklen Haare, der schlechtsitzende Anzug und die breiten Hüften und großen Brüste der Frau wiesen sie als Beths Eltern aus. Sie hätten arme Verwandte der Balcombes sein können oder Pächter, die deren Land bestellten.

»Was ist los, Schatz?«, fragte der Vater.

»Sie wollen, dass ich nach Hause fahre. Jetzt, wo sie mit mir fertig sind«, sagte Beth. Sie und ihre Eltern wandten sich gleichzeitig an Kent.

»Es tut mir leid, aber er hat recht«, sagte die Polizistin sanft. »Juristisch gesehen, haben Sie das Recht, auf der Zuschauergalerie zu sitzen. Aber die Geschworenen sehen das nicht gern. Vor allem, wenn Aussage gegen Aussage steht, kann es als … Rachsucht ausgelegt werden.«

»Scheiße, ich bin rachsüchtig! Ich würde ihm am liebsten den Schwanz abschneiden!« Beth stieß ein hartes, zynisches Gelächter aus. Ihr Vater wirkte peinlich berührt; Carol Kent und der Anwalt brachten sie gemeinsam zum Schweigen, während die Mutter ihr tröstend den Arm um die Schultern legte. Beth schüttelte sie ab und fasste sich, bevor sie in normalem Ton weitersprach. »Ich musste das, was er mir angetan hat, noch einmal durchleben. Und er hat die Geschworenen mit seinem Dackelblick angesehen. Und ich darf nicht zusehen, wie ihr das Gleiche mit ihm macht?«

»Ich kann Sie verstehen«, sagte der Anwalt. »Es tut mir leid, es kommt Ihnen sicher unfair vor. Daher rate ich Ihnen auch äußerst ungern dazu, das Gericht zu verlassen. Ich kann Sie nicht davon abhalten hierzubleiben. Aber ich würde meine Pflicht vernachlässigen, wenn ich Ihnen verschwiege, dass wir eher gewinnen, wenn Sie nicht dabei sind. So funktionieren Geschworene nun einmal.«

»Warum haben Sie mir das nicht vorher gesagt?«

Carol Kent wandte mir den Rücken zu und sagte etwas, das ich nicht ganz verstand.

»Sie haben gedacht, ich könnte aus dem Tritt geraten?« Beth schien in sich zusammenzufallen. »Na ja, vielleicht haben Sie recht, vielleicht –«

Sie brach mitten im Satz ab und ging weg, den Rücken bewusst gerade; das flüchtige Zucken ihrer Schultern verriet mir, dass hier eine stolze Frau versuchte, nicht zu weinen. Sie verschwand in einem Flur, flankiert von ihren Eltern.

»Scheiße«, sagte Kent zu dem Anwalt. »Das ging nach hinten los.« Sie schob die Unterlippe vor. »Ich kümmere mich darum.«

Dann bemerkte ich gegenüber, beinahe verborgen zwischen den riesigen Pflanzen, die blonde Journalistin vom Morgen, die gerade eine Nummer auf ihrem Handy wählte. Obwohl mich niemand beachtete, beschrieb ich einen Bogen durch das ganze Atrium und versteckte mich hinter einer Säule. Die Frau war zwischen zwei riesigen Farnen so gerade zu erkennen.

»Hi, hier ist Ali. Gute Neuigkeiten. Ich kann das jetzt genau einordnen. Das wird ein klassischer Fall Aussage gegen Aussage, der von den Geschworenen entschieden werden muss. Die Hälfte der weiblichen Geschworenen ist schon in ihn verliebt. Hm, hm.« Sie nickte. »Bisschen weinerlich, reißt sich aber zusammen. Hatte Blickkontakt mit ihm, das machen nicht alle, also ist sie tough. Ich schätze, er hat sie angebaggert, sie hat ihn abgewiesen, er wollte ihr Nein nicht akzeptieren, blablabla.« Ich hätte ihr am liebsten das blöde Telefon aus der Hand geschlagen. »Das Übliche. Es klingt immer überzeugend, bis die Verteidigung das Opfer ins Kreuzverhör nimmt. Die haben sie auseinandergenommen.« Ich konnte mir vorstellen, welches Leid diese Ali mit angesehen hatte, und konnte mich nur mühsam beherrschen, als sie Beths Geschichte auf eine Zeitungsmeldung eindampfte. Sie blätterte in ihren Notizen. »Depressionen im Vorfeld, das ist nie gut. Klar. Und man kann dem armen Dummchen nur zugutehalten, dass sie nicht für Gelegenheitssex bekannt ist. Die Verteidigung konnte keinen einzigen One-Night-Stand aus dem Hut zaubern.« Sie machte eine Pause und hörte zu. »Nun ja, das werden wir herausfinden, wenn er in den Zeugenstand tritt. Aber ich habe schon gesehen, wie Vergewaltiger, die Frauen in dunklen Gassen überfallen haben, als freie Männer das Gericht verließen, also … Egal, sag dem Chef, das wär's für mich diese Woche. Ich bearbeite die Verlobte, könnte eine Story werden. Wenn er freikommt, ist sie die Heldin, die zu ihrem Mann gehalten hat. Geht er in den Knast, ist sie das arme Opfer. Es springt auf jeden Fall was Gutes dabei raus. Sie ist auch sehr hübsch, genau richtig für die Titelseite. Sieh zu, dass die Bildabteilung ein paar gute Fotos besorgt.«

Die Empörung brodelte wie Lava in mir; um den Ausbruch zu verhindern, ging ich zur Toilette, hielt die Handgelenke unter kaltes Wasser und wartete, dass sich mein Zorn legte. Den Trick hatte ich von meinen Vater. Eine Kabine war besetzt, die andere frei. Niemand blieb länger als nötig in einem Gerichtsgebäude, es leerte sich ebenso rasch, wie es sich vor einer Verhandlung füllte. Die Decken hier drinnen waren deutlich niedriger, dieser Raum hatte bessere Zeiten gesehen.

Die Toilettentür hinter mir schwang knarrend auf, und ich schaute Beth in die Augen.

Im Geiste hörte ich Kit und Carol Kent, die mich beide gewarnt hatten.

Ich hätte gehen müssen, aber dies hier war ein Mensch, der soeben im Zeugenstand »auseinandergenommen« worden war. Ich konnte ihr wenigstens zulächeln.

»Hey«, sagte ich leise.

»Du bist das«, sagte sie nervös, lächelte aber zurück. Dann wurde sie ernst, schaute in die Kabinen und warf einen Blick zur Tür. »Das ist gegen die Vorschriften.« Sie hatte offenbar Angst, es könnte ihrem Fall schaden.

Die Tür zum Flur sprang auf, und wir zuckten zusammen, aber es war nur ein Windstoß.

»Schon gut, ich weiß, dass du nicht darüber reden kannst.« Ich war ein bisschen stolz, weil ich mich so korrekt verhielt. Das würde Kit gefallen. »Ich habe gehört, wie du mit dem Anwalt darüber gesprochen hast, dass du morgen nicht mehr kommst.«

»Mit wem? Ach so. Das ist kein Anwalt, das ist der Sozialarbeiter, der für den Anwalt die Drecksarbeit erledigt.« Beth zog ihren Blazer aus. Darunter trug sie ein schwarzes, ärmelloses Etuikleid. Ich zuckte zusammen; ihre Arme, die ich damals als weich und weiß empfunden hatte, waren äußerst muskulös und ihre Schultern so breit wie die von Kit. Man muss nicht in der Frauenforschung tätig sein, um zu erkennen, dass es eine Reaktion auf die Vergewaltigung war. Ihr praller Bizeps war so verräterisch wie eine Narbe. Ich sah zu, wie sie sich die Hände wusch, sie bis über die Handgelenke einseifte. Die Muskeln bewegten sich wie Seile unter ihrer Haut, und mir kam ein schrecklicher Gedanke: Hoffentlich hat sie bei ihrer Aussage die Jacke angelassen. Sie sieht jetzt zu kräftig aus. Nicht wie ein Opfer.

Ich war noch nicht einmal im Gerichtssaal gewesen und dachte schon wie die.

»Vermutlich ist es besser so.« Sie spülte die Hände ab und

schüttelte sie. »Dann muss ich ihn und seine Sippschaft nicht mehr sehen. Die haben neben uns geparkt. Hast du gesehen, was die für ein Auto fahren? Einen beschissenen Jaguar.« Sie sprach mehr mit ihrem Spiegelbild als mit mir. »Und Carol hält mich auf dem Laufenden.« Beth lehnte sich nach vorn, kippte beinahe gegen den Spiegel, drückte die Handflächen dagegen. »Ich weiß nicht, wie ich die nächsten Tage überstehen soll. Jetzt, da ich weiß, was in diesem Gerichtssaal über mich gesagt wird. Er wird aufstehen und die ganze Zeit lügen, und die werden ihm glauben. Sieh ihn dir an, die schmelzen doch wie Butter in der Sonne. Ich glaube, ich überlebe es nicht, wenn er recht bekommt.«

Ein warmes Gefühl, halb schwesterlich, halb mütterlich, breitete sich von meinem Herzen in meinen ganzen Körper aus. Es war rein instinktiv, und ich ahnte nicht, dass ich eine Entscheidung traf, geschweige denn, was ich damit in Gang setzte.

»Oh, Beth.« Ich legte ihr leicht die Hand auf den Rücken. »Du wirst recht bekommen, weil er schuldig ist. Ich weiß, was ich gesehen habe.« Sie lächelte mir schwach im Spiegel zu. »Und wenn nicht«, ihr Rückgrat versteifte sich unter meiner Hand, »ich meine, du wirst recht bekommen, aber falls es nicht klappt, und du mit jemandem reden möchtest, der dir glaubt, dann ruf mich an.« Ich wühlte in meiner Tasche und fand eine der austauschbaren Visitenkarten, die alle Aushilfen erhielten. Auf die Rückseite schrieb ich meine Handynummer.

Beth umfasste meine Oberarme und lächelte wässrig. Ihre Lippen zuckten kaum merklich, als sie versuchte, die Tränen zurückzuhalten. »Danke«, hauchte sie. Sie holte tief Luft und atmete hörbar aus. »So, ich muss los. Ich muss mit Carol reden, und meine Eltern warten auf dem Parkplatz. Es ist ein weiter Weg bis Nottingham.«

Als sie weg war, lehnte ich flüchtig die Stirn gegen den Abdruck, den sie auf dem Spiegel hinterlassen hatte. Ich hatte unbedingt wissen wollen, was vor Gericht passiert war. Doch ich hatte mich zurückgehalten und Beth nicht in eine unmögliche Situation gebracht, indem ich sie danach fragte. Kit würde stolz auf mich sein.

Ich trottete bergab und löste meinen Haarknoten, während ich die kleine Brücke überquerte. Ich fühlte mich nicht befreit – schließlich musste ich am nächsten Morgen in den Zeugenstand –, aber immerhin ein bisschen leichter. Was auch geschehen war und geschehen würde, Beth wusste jetzt, dass ich auf ihrer Seite stand. Ich hoffte, es würde sie trösten.

Kit wurde gerade wach, als ich den Schlüssel drehte; er sah überrascht aus wie jemand, der mitten am Tag aufwacht, seine Augen und Lippen waren ein bisschen geschwollen. Er zog die Decke zurück, und ich schlüpfte neben ihn, meine Kleidung kalt an seiner warmen Haut.

»Wo bist du gewesen?«

»Spazieren. Nur ein Stückchen am Fluss entlang.«

Es war meine erste Lüge. Ich weiß nicht, warum ich es sagte.

13

KIT *18. März 2015*

Am liebsten würde ich in meine Kabine rennen. Das tun, was Laura tut, und eine Liste der Dinge aufstellen, die ich sagen muss. Anscheinend waren fünfzehn Jahre nicht genug, um mich auf dieses Gespräch vorzubereiten; ich brauche noch eine Stunde.

Ich sollte losrennen und bin doch wie gelähmt, meine Stiefel scheinen am Deck zu kleben, meine Augen sind auf Beth fixiert. Hat sie mich gesehen? Sie hat das schon einmal getan, mir den Rücken gekehrt, obwohl sie wusste, dass ich sie beobachtete. Wenn man jemandem so viel Macht geraubt hat, muss man wohl mit dem wenigen arbeiten, das einem geblieben ist.

Ich bin nicht nah genug, um sie zu berühren, kann aber die Tröpfchen in ihren Haaren sehen, die wie winzige Perlen funkeln. Beweg dich, sage ich mir. Ich atme die salzige Gischt ein, die mir ins Gesicht spritzt, als eine gewaltige Welle den Bug des Schiffes trifft. Sie dringt mir in Nase und Kehle, ich pruste laut. Beth schießt herum, will sehen, woher die Geräusche kommen. Sie ist auch durchweicht, ihre Haare kleben seitlich am Kopf. Ich brauche eine Sekunde, um zu begreifen, dass sie es gar nicht ist. Die Frau sieht von hinten aus, als wäre sie in meinem Alter, sie muss in Wahrheit aber Ende fünfzig sein. Jetzt sehe ich auch, dass sie die Haare gefärbt hat; sie sind stumpf wie Schuhcreme. Die Haut ist schlaff, Nase und Kinn biegen sich aufeinander zu wie bei einem Kasperle, sie hat weder Beths geschwungenen Stummfilmmund noch die gebogenen Augenbrauen.

»Das kommt davon, wenn man zu nah am Rand steht!«, sagt sie lachend und drückt sich das Wasser aus den Locken. Ich antworte mit einer abgeschwächten Version ihres Lächelns und hebe meine leere Flasche. Ich will mich schon zwingen, Smalltalk zu machen, als eine Lautsprecherdurchsage ertönt. Diesmal eine andere Stimme, weiblich, nasal, sie passt eher in ein Kaufhaus als auf ein Schiff voller Astronomen.

»Bitte begeben Sie sich in den Ballsaal. Dort werden vor dem abendlichen Unterhaltungsprogramm Willkommensdrinks serviert.«

»Das darf ich mir nicht entgehen lassen«, sagt meine neue Bekannte. »Aber vorher sollte ich mich abtrocknen.« Ich winke ihr zu. Aus meiner jahrelangen Erfahrung mit Lauras Haaren weiß ich, dass es eine Menge Arbeit wird, sie zu entwirren.

Erst als sie weg ist und ich wieder allein an Deck stehe, schaue ich nach unten und bemerke, dass ich mein Schweizer Taschenmesser in der Hand halte. Die längste Klinge ist ausgeklappt, und es kommt mir vor, als hätte es mir jemand ohne mein Wissen in die Hand gedrückt. Das Messer beginnt zu zittern. Ich kann mich absolut nicht daran erinnern, dass ich es aus der Tasche genommen, geschweige denn die Klinge ausgeklappt habe.

Vor langer Zeit habe ich gelernt, dass man eine Grenze überschreitet, sobald man über die Logistik einer Handlung nachdenkt – selbst wenn es nur Tagträume sind. Doch das hier ist anders. Diesmal ist die Handlung den Gedanken vorausgeeilt.

Mein Herz hämmert.

»Chris!«, ruft Richard vom Deck unter mir.

Ich klappe das Messer ein und stecke es sorgsam weg. Die dunkelhaarige Frau kann es nicht gesehen haben, sonst wäre sie schreiend davongelaufen. »Ich komme nach!«, rufe ich. Ich will den Einführungsvortrag nicht verpassen, doch mein Puls muss sich erst beruhigen, bevor ich mich unter Menschen wage. Ich rolle die Flasche auf meiner Stirn hin und her, drücke sie gegen die Schläfen.

Seit ich zwölf bin, habe ich mein Schweizer Taschenmesser auf jeder Reise dabeigehabt, doch erst jetzt wird mir bewusst, dass es mehr Waffe als Werkzeug ist. Am meisten erschreckt mich der Kontrollverlust, dass ich nicht bemerkt habe, was ich tue. Vielleicht hatte ich immer einen Plan, den ich mir nur nicht eingestehen wollte. Mit einer einzigen unfreiwilligen Handlung habe ich die Angst freigelassen, die mich seit meiner Abreise aus London gequält hat. Vielleicht muss ich mich gar nicht vor Beth fürchten, sondern vor dem, was sie in mir freisetzen könnte.

Auf dem Oberdeck schaue ich blinzelnd auf mein Handy, bis das WLAN-Signal erscheint. Ich drücke nacheinander die Icons, suche Updates in Blogs und Chatrooms. Während ich durch die Facebook-Seite scrolle, frage ich mich, was ich da eigentlich mache. Beth ist sicher nicht so verrückt, online zu posten – nach den Prügeln, die sie im Internet bezogen hat, wird sie wohl kaum die Aufmerksamkeit suchen, und wenn man Katz und Maus spielt, müssen beide Seiten leise sein. Allerdings könnte sie zufällig irgendwo auftauchen. Wie gesagt, ich weiß nicht, was ich tue, nur, dass ich etwas tun muss.

ShadyLady auf Facebook hat ein Update gepostet, das aus drei Wörtern besteht: *Touchdown in Tórshavn*, dazu ein Foto des roten Hauses am Hafen, das mir nichts nützt. Vermutlich ist es nicht Beth, aber ich wünschte, sie würde ein Selfie posten, damit ich nicht ständig nachsehen muss.

Die übrigen Posts drehen sich alle ums Wetter, an dem sich nichts geändert hat.

Ich wische über den Bildschirm, so schnell es die Verbindung erlaubt. Dann endlich bemerke ich ein Bild auf einem obskuren Blog, den ich um ein Haar gar nicht gespeichert hätte.

Auf den Färöern – ein Toast auf die Götter des Sonnenscheins mit alten und neuen Freunden lautet die Unterschrift, darüber ein Foto von sechs Männern und Frauen, die in einer dunklen Kneipe Bierkrüge stemmen. Die Gesichter werden von den Böden der Krüge verdeckt, sechs beschlagene Kreise, die ihre Identität verbergen. Die jüngere Frau am Bildrand hat weiße Haut und dunkle Locken, die auf dem Kopf zu einem Knoten hochgesteckt sind.

Ich füge in Gedanken unwillkürlich das Gesicht von Beth ein.

In den Kommentaren hat jemand geschrieben:

Gleiche Zeit, gleicher Ort, morgen Abend?

Die Antwort ist ein Smiley mit erhobenem Daumen, darunter schreibt der Bloginhaber:

Und jeden Abend bis zur Totalität!, gefolgt von einer Reihe kleiner Bierkrüge und Sonnen.

Ich starre auf den Hintergrund des Fotos. Eine auffällige Steinverkleidung um einen offenen Kamin, an der Wand ein gewaltiges Aquarell, das einen Elch zeigt. Ein solches Interieur gibt es nur einmal.

Ich könnte die Kneipe aufspüren. Zu wissen, dass ich, wenn ich es wollte, dort sitzen und auf sie warten könnte, versetzt mir einen Schlag, als hätte ich mit der Zungenspitze eine Batterie getestet. Als sich der Schock legt, tauchen praktische Fragen auf. Will ich wirklich die nächsten zwei Tage von einer Kneipe in die nächste laufen? Es ist ja nicht so, als müsste ich Beth zwangsläufig gegenübertreten, nur weil ich die Gelegenheit habe, und Laura nicht da ist. Erschöpft klicke ich das Bild weg und schließe die Augen.

14

LAURA *18. März 2015*

Macs leuchtend grüner Ektoplasma-Drink schmeckt besser, als er riecht. Ich trinke ihn in der Küche durch einen Strohhalm, während BBC London über die große Sonnenfinsternis-Brillen-Knappheit von 2015 berichtet. Der Zeitungshändler in Green Lanes hatte gestern ein Schild im Fenster: BRILLEN FÜR DIE SONNENFINSTERNIS UND *SKY-AT-NIGHT*-MAGAZIN AUSVERKAUFT. Wäre das Wetter besser, hätte ich unsere Brillen gewinnbringend verkaufen können. Wir besitzen Dutzende, von hauchdünnen Papp-Exemplaren, die kostenlos verteilt wurden, bis hin zu professionellen Brillen mit robusten Plastikgestellen. Laut Radiosendung wimmelt es in London von überbesorgten, panischen Eltern, die fürchten, ihre Kinder könnten erblinden, ganz wie in der Sci-Fi-Serie »Die Triffids – Pflanzen des Schreckens«. Eine Lehrerin behält die armen Kinder im Klassenzimmer, bei geschlossenen Fenstern. Leute rufen schäumend vor Wut im Studio an, sind um ihre Gesundheit und Sicherheit besorgt. Ich weiß nicht, warum die Moderatorin den Wahnsinn noch anheizt. Sie muss doch wissen, dass es bewölkt sein wird. Aber das kommt wohl nicht so sensationell rüber. Ich hocke vor meinem iPad, das immer online ist – eine Parallele zu Mac, der eine Flasche Whisky im Haus hat, um seine Enthaltsamkeit zu testen. Manchmal macht er sie sogar auf und riecht daran. Der Unterschied besteht darin, dass man ohne Whisky leben kann, 2015 in London aber nicht ohne das Internet. Ich schaue rasch in die Wetter-App; es steht immer noch auf der Kippe. Kit könnte doch noch seine Sonnenfinsternis bekommen. Es gibt auch detailliertere Wetterberichte, aber dazu müsste ich richtig ins Internet gehen. Also lege ich das iPad mit dem Display nach unten hin, um der Versuchung zu widerstehen. Ein Klick führt zum nächsten, man stolpert unabsichtlich über Bilder, und wenn ich nach Sonnenfinsternissen suche, besteht die winzige Möglichkeit, dass *das Video* auf meinem Display landen könnte.

Das Video ist die Erwachsenenversion vom schlimmsten Albtraum eines Kindes.

Als ich sieben war, fürchtete ich mich vor einem Bild in einem Buch, entwickelte eine regelrechte Phobie. In *Charlie und der große gläserne Fahrstuhl* von Roald Dahl gibt es ein Kapitel, in dem die Großeltern binnen Sekunden um Jahrhunderte altern. Die dazugehörige Tuschezeichnung ihrer faltigen, eingesunkenen Gesichter erschreckte mich so sehr, dass ich mir in die Hose machte. Ich konnte das Buch erst wieder anschauen, nachdem Dad mir eine andere Ausgabe gekauft hatte. Ich nannte es nur *das Bild* – »Ich hatte einen Albtraum von dem Bild«, mehr musste ich nicht sagen, wenn meine Schreie ihn mitten in der Nacht herbeilockten –, und selbst jetzt, da Fotos eine so bedeutende Rolle in meinem Leben gespielt haben, ist es für mich immer noch *das Bild.*

Genauso geht es mir mit *dem Video.* Ich kenne jede Einstellung. (Ich habe viel über das Gedächtnis nachgedacht; wie manche Ereignisse sich klar und deutlich einprägen und nie verblassen, während andere schon verwischen, noch während sie geschehen. Beispielsweise die Briefe, die Jamie mir geschickt hat. Obwohl ich sie nicht behalten habe, könnte ich jeden einzelnen auswendig aufsagen.) Vermutlich könnte ich das Video rekonstruieren, vom Feuerjongleur, mit dem es beginnt, bis hin zu den Panoramaaufnahmen des üppigen türkischen Tals. Ich könnte die Musik perfekt beschreiben, ein klassischer Trance-Beat, darüber eine Spur mit wildem Geheul in jener seltsam atonalen östlichen Tonart, die westlichen Ohren erst durch Beat und Akkorde zugänglich wird. Und ich könnte ihnen sagen, dass nach genau zehn Minuten und einundfünfzig Sekunden ein dunkelhaariges Mädchen mit einem Foto in der Hand auftaucht – dem Foto, das Ling bei unserem Abschlussball gemacht hat? Oder dem Foto, das Beth selbst aufgenommen hat, die Warnung, die ich ignoriert habe? Sie spricht zwölf verschiedene Leute an, lenkt deren Augen vom Himmel zu dem Bild, erkundigt sich vermutlich, ob man diese Leute gesehen habe und ihr sagen könne, wo sie jetzt sind. Ihr Auftritt dauert vielleicht zwanzig Sekunden und findet nur im Hintergrund statt, bevor die Kamera zum Himmel schwenkt, als die Totalität eintritt. Aber es reicht.

Ich kenne die Bilder ganz genau; sie bilden eine perfekte Sequenz, die in meinen Träumen abläuft. Warum fürchte ich mich so sehr davor, *das Video* noch einmal anzusehen?

Ich glaube, ich kenne die Antwort. Solange alles nur in meinem Kopf ist, kann ich tun, als würde es nirgendwo sonst existieren. Ich kann es mit den Angstanfällen und der übrigen Paranoia ad acta legen; es ist nur ein Produkt meiner überempfindlichen, überaktiven Phantasie. Doch wenn ich mir *das Video* ansehe, wird es real. Dann ist es so geschehen.

Warum habe ich es nicht erkannt? Im Rückblick waren die Probleme in ihr Gesicht gegraben; man erkennt es auch daran, wie die Fremden sie anschauen. Menschen, die ihr nie begegnet sind, weichen vor ihrer Intensität zurück. Warum nur habe ich, die so viel Zeit mit ihr verbracht hat, es erst erkannt, als es zu spät war?

15

LAURA *9. Mai 2000*

Im Zeugenraum roch es süß und abgestanden nach zu lange gezogenem Tee und Keksen, die schon mehr als einen Prozess in der Dose verbracht hatten. Ich musste zuerst in den Zeugenstand; Kit, der nur gesehen hatte, was später geschah, würde mir folgen. Obwohl wir seit August jede Nacht miteinander verbracht hatten, durften wir nicht über den Fall sprechen. Carol Kent hatte uns angewiesen, in der Pause zwischen unseren Aussagen überhaupt nicht miteinander zu reden, und so hielten wir uns schweigend an der Hand, während die Zeugenbeauftragte, eine muntere ältere Dame mit blaugefärbten Haaren, die auf den Namen Zinnia hörte, uns darüber aufklärte, dass man den Ausgang eines Prozesses allein anhand der Perücken vorhersagen könnte.

»Ich brauche mir nur die Perücken anzuschauen, und schon weiß ich, wer gewinnt. Man sollte meinen, dass ein erfolgreicher Anwalt eine schöne neue Perücke hat, nicht wahr?« Sie legte eine bedeutungsvolle Pause ein, bis wir beide nickten. »Falsch!«, verkündete sie triumphierend. »Die Topanwälte haben richtig schäbige Dinger, manche sind mehrere hundert Jahre alt. Das ist ein Zeichen von Qualität. Ich möchte mich jedenfalls nicht von einem Anwalt mit einer nagelneuen Perücke verteidigen lassen.«

Um halb elf führte Zinnia mich durch einen Flur mit Teppichboden in den Gerichtssaal eins. Der weiche Teppich verschluckte meine Schritte. Mit seinem königsblauen Boden und den Klappsitzen sah der Raum eher wie ein kleines Kino aus, ganz anders als die klassischen, holzgetäfelten Gerichtssäle, die ich aus dem Fernsehen kannte. Eine Digitaluhr auf dem Tisch des Urkundsbeamten zeigte die Zeit auf die Sekunde genau an. Der größte Schock aber war die Zuschauergalerie; ich hatte erwartet, dass die Leute auf einem Balkon sitzen würden, doch sie waren hier, hinter einem langen Tisch; es gab keinerlei Absperrung. Jamie saß hinter einer Glasscheibe auf der Anklagebank, so nah, dass ich die Streifen auf seiner Schulkrawatte erkennen konnte.

Der Richter hingegen enttäuschte mich nicht; er sah aus wie die Richter im Fernsehen. Mit seinem weinroten, gefurchten Gesicht unter der gepuderten Perücke hätte er ein Bruder von Rumpole von Old Bailey sein können. Die Geschworenen musterten mich. Bis auf einen Sikh waren alle weiß. In der ersten Reihe der Geschworenenbank saßen ein Mann, der wie ein strenger Professor aussah, eine mütterlich wirkende Frau, die eine Lesebrille an einer Perlenkette um den Hals trug, und ein sehr junger Mann in einem England-Fußballtrikot, dessen Tätowierungen aus dem Halsausschnitt krochen.

So unscheinbar die Leute aussehen mochten, hatten sie mir gegenüber einen gewaltigen Vorteil. Sie hatten Beths Zeugenaussage gehört. Hätte sie mir doch nur ein einziges wichtiges Detail verraten, mit dem ich meine Aussage über die Vergewaltigung an ihre knüpfen und unser beider Wahrheit wasserdicht machen konnte.

Ich ging auf wackligen Beinen zum Zeugenstand und blieb stehen, obwohl man mir einen Platz anbot. Die Luft war dicht, still und so feierlich, dass sie auf Schuldige wie ein Wahrheitsserum wirken musste. In einem solchen Raum konnte Balcombe doch unmöglich alles abstreiten. Aber er schaute Richter und

Geschworene offen an und schien die Vorwürfe mit seinen langen Wimpern wegzuklimpern.

Nathaniel Polglase, der Staatsanwalt, war Mitte dreißig, und seine Rosshaarperücke sah so frisch aus, als hätte er sie gerade aus der Schachtel genommen. Hinter ihm saß der Sozialarbeiter in der Kleidung von gestern. Technisch gesehen, waren sie nicht Beths Anwälte, aber ihre einzige Chance, und ihr Anblick enttäuschte mich schon jetzt. Links vom Richter saß Fiona Price, die Verteidigerin, die geschmeidig und selbstsicher wirkte. Ihre Perücke war abgenutzt, aber sie trug sie souverän, und die Robe stand ihr so gut, als hätte sie nie etwas anderes getragen. Ich wagte einen Blick zu den Zuschauern; Jamies Familie saß in der zweiten Reihe. Auf den Presseplätzen bemerkte ich Ali, die blonde Journalistin, eine weitere Journalistin, einen Teenager mit Clipkrawatte und einen Mann mittleren Alters, der kurz vorm Einschlafen war.

Ich legte den weltlichen Eid ab – für Kit war jeder, der auf ein heiliges Buch schwor, aufgrund extremer Dummheit als Zeuge ungeeignet – und schaute dabei auf das große Wappen hinter dem Richter: ein dumpfes Goldrelief, auf dem Löwe und Einhorn um die Krone kämpften. Ein Tauziehen, Krieg oder Liebe? Man konnte es so oder so deuten.

»Danke, dass Sie gekommen sind, Miss Langrishe«, sagte Nathaniel Polglase. Er war aus der Gegend und sprach meinen Namen aus, als würde er sich auf *language* reimen. »Bevor wir beginnen, möchte ich Sie bitten, uns ein bisschen über sich zu erzählen. Ausbildung, berufliche Laufbahn, das Übliche.«

»Ich habe eine Gesamtschule in Croydon, Surrey, besucht. Zehn Fächer mit GCSE, Abitur in drei Fächern«, zählte ich auf und kam mir wieder vor wie ein Teenager. »Letztes Jahr habe ich mein Studium der Soziologie und Frauenforschung am Londoner King's College mit der Note 2,1 abgeschlossen. Zur

Zeit habe ich eine befristete Stelle als Anzeigenverkäuferin in der City.« Mehr als diesen verkürzten Lebenslauf brauchte er offensichtlich nicht, denn er ging dazu über, mir eine fast wörtliche Wiederholung der Aussage zu entlocken, die ich im August bei der Polizei gemacht hat. Es klang langweilig und seltsam einstudiert. Ich schaute immer wieder zu den Geschworenen, um zu sehen, wie sie reagierten. Der Mann mit den Tattoos sah mich nicht einmal an. Meine Worte schienen in diesem Saal weniger eindrucksvoll als in dem Polizeicontainer. Die Geschworenen schienen sich nicht für mich zu interessieren. Ich lasse Beth im Stich, dachte ich, als ich zu dem Punkt kam, an dem ich die Geldbörse aufgehoben hatte. Die Geschworenen entglitten mir, ich konnte nichts dagegen tun. Als ich fertig war, hätte ich beinahe gefragt: »War das wirklich alles?«

Ich hatte eine Pause erwartet, bevor die Verteidigerin übernahm, aber Jamies Anwältin war aufgesprungen, bevor Polglase sich hingesetzt hatte. Sofort hatte sie den Respekt der Geschworenen und auch meinen.

»Miss Lang-*reesh*«, sagte sie und sprach meinen Namen demonstrativ richtig aus. »Wann hat Ihnen die Klägerin gesagt, dass sie vergewaltigt wurde?«

Mir war zunächst nicht klar, worauf sie hinauswollte. »Das hat sie nicht. Nicht mit diesen Worten, aber –«

»Mit gar keinen Worten. Wer hat als Erster *angedeutet*, dass es sich um eine Vergewaltigung handelte?«

Das Blut stockte mir in den Adern, als ich begriff, was sie vorhatte.

»Ich, nehme ich an, aber ich wollte nichts andeuten, ich habe nur gesagt, was ich gesehen habe.«

»Also hat die Klägerin Miss Taylor nicht gesagt, dass es sich um eine Vergewaltigung handelte, oder dass man ihr Gewalt angetan hatte, bevor Sie die Polizei gerufen haben?«

»Nun, zu diesem Zeitpunkt hat sie gar nichts gesagt.«

»Aber sie hat erklärt, es handele sich um eine Vergewaltigung, als die Polizei eintraf?«

Ich erkannte erst, dass sie die Scheinwerfer auf mich gerichtet hatte, als sie mir direkt in die Augen schienen. Wie hatte es so schnell so schiefgehen können? »Nein, aber –«

»Die Klägerin hat zu keiner Zeit gesagt, dass sie vergewaltigt wurde. Zu diesem Schluss sind Sie ganz allein gelangt.«

Ich legte die Hände flach auf das Holz der Brüstung. »Falls überhaupt, hat er es zuerst gesagt.« Ich funkelte den Angeklagten an. »Er hat gesagt, ›Es ist nicht, wonach es aussieht‹, als er ihn rauszog. Da hatte ich noch gar nichts gesagt. Falls sich jemand defensiv verhalten hat, dann er.«

Fiona Price hakte die Daumen unter die Revers ihrer Robe und schaute die Geschworenen mit hochgezogenen Augenbrauen an. »Er hat also gesagt, dass es keine Vergewaltigung war, dass es nicht war, wonach es aussah?«

»Weil er genau wusste, dass es eine war.«

Mir wurde heiß, als drehte jemand in mir an einem Thermostat; es war ein Warnzeichen, die zitternde rote Nadel eines Messgeräts.

»Sie haben meine Frage nicht beantwortet. Er hat seine Unschuld beteuert, richtig? ›Es ist nicht, wonach es aussieht.‹ Das waren seine Worte, nicht wahr?«

»Nun – ja – aber …« Natürlich hat er es getan, wollte ich sagen. So etwas sagen Leute eben, wenn man sie auf frischer Tat ertappt. Genau wie kleine Kinder, die bestreiten, dass sie an der Keksdose waren, obwohl sie klebrige Hände und Krümel am Mund haben. Doch bis ich den Gedanken formuliert hatte, war die Verteidigerin schon bei der nächsten Frage.

»Der Beklagte Mr Balcombe hat die Wahrheit gesagt, er hat seine Unschuld beteuert, er hat erkannt, dass Sie die Situation offensichtlich falsch einschätzten, und wollte dieser Annahme zuvorkommen, bevor das Missverständnis eskalierte. Ist das richtig?«

»Nein.« Meine Achselhöhlen waren feucht, ich war dankbar, dass ich ein dunkles Kleid trug.

»Ihre Meinung stand schon fest, nicht wahr?«

»Es geht nicht darum, welche Meinung ich hatte. Man erkennt so etwas, wenn man es sieht.«

»Was Sie unterbrochen haben, war einvernehmlicher Sex, nicht wahr? Leidenschaftlicher, intensiver Sex, gewiss, aber etwas, das zwischen zwei Erwachsenen stattfand, die in diesen Sex eingewilligt hatten und von Ihnen dabei *unterbrochen wurden.*«

»Ich weiß, was ich gesehen habe.«

»Sie haben die letzten Augenblicke eines Geschlechtsakts gesehen, Miss Langrishe. Waren Sie während der Penetration zugegen, in dem Augenblick, als die Einwilligung angeblich verweigert wurde?«

Mein Haaransatz war schweißnass. Ich hob die Hand, um mir die Stirn abzuwischen, überlegte es mir anders und fragte mich, ob die Geschworenen das Rinnsal sehen konnten, das mir seitlich über das Gesicht lief. Fiona Price konnte es ganz sicher sehen; sie folgte grinsend seiner Spur.

»Sie wissen, dass ich nicht dabei war.«

»Also stimmen Sie zu, dass die beiden einzigen Menschen, die sicher wissen können, ob die Einwilligung erteilt wurde, die Beteiligten sind und dass Sie es nicht wissen können?«

Ich mochte keine juristische Ausbildung haben, hatte aber das Recht auf meiner Seite. »Nein, dem stimme ich nicht zu. Sie haben ihre Gesichter nicht gesehen. Er war so wütend. Und sie war – sie hatte Dreck am Mund, hatte geweint, ihr ganzes Gesicht war mit Rotz verschmiert.«

»Dann werde ich mir für künftige Fälle merken, dass eine ungeputzte Nase ein Beweis für eine Vergewaltigung ist.«

Tränen brannten in meinen Augen, nicht nur, weil ich mich schämte, sondern auch wegen Beth. Wenn sie so mit mir umgingen, was musste sie dann durchgemacht haben?

»Also bitte, Miss Price.« Der Warnschuss des Richters verfehlte sein Ziel. Die mütterliche Frau auf der Geschworenenbank grinste.

»Euer Ehren.« Fiona Price neigte entschuldigend den Kopf. Als sie ihn wieder hob, hatten sich ihre Augen in Laserstrahlen verwandelt.

»Miss Langrishe, hat die Klägerin sich irgendwie anmerken lassen, dass sie Sie bemerkt hatte, als sie von Ihnen unterbrochen wurde?«

Beths Augen waren unendlich weit entfernt gewesen. Wie lange hatte es gedauert, bis sie mich bemerkte? Ich konnte es unmöglich beurteilen. Die Zeit hatte sich ausgedehnt, während ich alles registrierte, so wie es angeblich bei Autounfällen geschieht.

»Es hat ein paar Sekunden gedauert.«

Price' Gesichtsausdruck verriet mir, dass ich das Falsche gesagt hatte.

»Sie hatte sich ganz dem Augenblick hingegeben, nicht wahr?«, fragte die Anwältin triumphierend. Der Ausdruck *hingegeben* hatte nichts mit dem zu tun, was ich beobachtet hatte. Beth hatte sich von dem, was um sie herum geschah, zurückgezogen. Hatte versucht, nicht da zu sein. Wie konnte Price es wagen, daraus einen Nebel der Lust zu machen? Warum war so etwas erlaubt?

»Wenn überhaupt, war sie vor Angst wie erstarrt. Er hat ihr weh getan!« Meine Stimme klang schrill.

»Miss Langrishe«, unterbrach mich Price, aber ich redete

einfach weiter; die Worte sprudelten aus mir hervor, als liefe ein Teleprompter vor meinen Augen ab.

»Er hatte ganze Haarbüschel in den Fäusten, und sie sagte, bitte nicht.«

Nathaniel Polglase hob so abrupt den Kopf, dass seine Perücke wackelte. Das Drehbuch hielt inne, schien in der Luft zu schweben, für alle sichtbar. Fiona Price glitt auf mich zu.

»Verzeihung, ich habe den letzten Satz nicht ganz verstanden. Könnten Sie ihn bitte wiederholen?«

Es war, als bräche eine Brücke hinter mir weg. »Sie sagte, bitte nicht.« Ich bemühte mich, so selbstbewusst wie möglich zu klingen, doch mein Körper verriet mich. Mir lief der Schweiß über das Gesicht. Ich weiß nicht, wie es von außen wirkte, aber mir kam es vor, als hätte jemand einen warmen, nassen Schwamm über meinem Kopf ausgedrückt.

»Gestatten Sie mir einen Augenblick, Euer Ehren«, sagte die Anwältin. »Ich möchte nur die ursprüngliche Zeugenaussage überfliegen.«

Sie setzte eine Lesebrille auf und schien das Dokument ernsthaft zu studieren, als läse sie es zum ersten Mal, obwohl ich mir sicher war, dass sie es auswendig kannte und nur Theater spielte. »Können Sie sich erinnern, ob Sie während der Befragung durch meinen geschätzten Kollegen von der Anklage erwähnt haben, dass die Klägerin die Worte ›bitte nicht‹ verwendet hat?«

»Das habe ich nicht.« Sie will mich demütigen, dachte ich. Als sie mir die Zeugenaussage reichte, wurde mir klar, dass sie dafür zu clever war; ich musste mich schon selbst demütigen.

»Ich möchte Sie bitten, Ihre Zeugenaussage zu lesen und den Geschworenen zu sagen, ob Sie darin erwähnt haben, dass die Klägerin die Worte ›bitte nicht‹ verwendet hat.«

Meine Augen zuckten wie blind über die Seite, wohl wissend, dass ich die Worte nicht finden würde.

»Ist das Ihre Zeugenaussage?«

»Ja.« Ich war erleichtert, dass ich ihr endlich bei etwas zustimmen konnte.

»Wann haben Sie die Aussage gemacht?«

»Unmittelbar danach. In dem Polizeicontainer.« *Nachdem er sie vergewaltigt hatte*, wollte ich hinzufügen, aber das hätte nur bewiesen, dass ich parteiisch war, und ich hatte genug Schaden angerichtet.

»Unmittelbar nach der angeblichen Vergewaltigung«, sagte Price. »Bitte lesen Sie den ersten Satz des dritten Absatzes von unten laut vor. Seite 110, dritter Absatz von unten, Euer Ehren.«

Ich klang wie ein zurückgebliebenes Kind, das in der Klasse laut vorlesen muss. »›Sie hat nichts gesagt, es war eher ein wimmerndes Geräusch.‹«

»›Sie hat nichts gesagt, es war eher ein wimmerndes Geräusch.‹ Das haben Sie der Polizei gesagt, unmittelbar nachdem es geschehen war?«

»Ja.« Der Kloß in meiner Kehle muss für die Zuschauer sichtbar gewesen sein.

»Nun besteht ein gewaltiger Unterschied zwischen einem Wimmern und gesprochenen Worten, nicht wahr?«

»Ja«, flüsterte ich. Meine Augen waren feucht; wenn ich nicht stark blieb, würden mir beim nächsten Blinzeln die Tränen kommen.

»Sie haben ein lustvolles Stöhnen falsch gedeutet, oder nicht?«

»Nein.«

»Falls die Klägerin etwas gesagt hätte, hätten Sie es der Polizei gegenüber erwähnt, denn Worte kann man nicht so leicht missverstehen oder vergessen, nicht wahr?«

Ich schüttelte vorsichtig den Kopf, damit sich keine Träne löste.

»Und doch haben Sie dem Gericht soeben gesagt, Sie hätten deutlich gehört, wie die Klägerin ›bitte nicht‹ sagte. Stimmen Sie mir zu, dass nur eine dieser Aussagen wahr sein kann, Miss Langrishe?«

Die Chance, alles geradezurücken, war sehr gering. Es war, als hoffte ich, dass ein einzelner Faden mein Körpergewicht tragen könnte, aber mir blieb nichts anderes übrig.

»Ich will damit sagen, dass ich gehört habe, wie sie ›bitte nicht‹ wimmerte.« Meine Stimme klang selbst wie ein Wimmern.

Fiona Price' Augenbrauen verschwanden unter der Perücke. »Ein kluges Mädchen wie Sie muss sich der Tatsache bewusst gewesen sein, wie wichtig diese Worte waren. Und dennoch haben Sie sie wenige Stunden nach dem angeblichen Überfall bei Ihrer Aussage vergessen?«

Ich konnte nur mit den Achseln zucken. Ich schaute auf meine Füße und begriff auf einmal, weshalb Leute sich wünschten, die Erde möge sie verschlingen. Na los, dachte ich, während ich auf den blauen Teppich schaute. Tu dich auf, Abgrund. Erlöse mich von meinem Elend.

»Und daran konnten Sie sich auch vor wenigen Minuten in ebendiesem Zeugenstand nicht erinnern? Und im Kreuzverhör fällt es Ihnen wieder ein?«

»Sie hat es gesagt, sie hat ›bitte nicht‹ gesagt.« Sie hätte es durchaus sagen können. Ich wünschte, sie hätte es getan.

Price ließ meine Worte nachwirken, bevor sie die Taktik änderte.

»Wie würden Sie die Atmosphäre vor dem angeblichen Überfall beschreiben?«

Ich beruhigte mich ein wenig, dankbar, dass der Scheinwerfer wegschwenkte, auch wenn die Erleichterung nur vorübergehend war. Ich schluckte den Kloß hinunter.

»Enthemmt? Hedonistisch?«, fragte Price.

»Nein. Für ein Festival war es ziemlich ruhig. Aber fröhlich. Friedlich.« Damit kriegst du mich nicht, dachte ich.

»Alles war erlaubt? Sie hatten soeben eine Sonnenfinsternis erlebt, es gab Musik, gehobene Stimmung, nicht wahr?«

»Das entschuldigt nicht, was er getan hat.« Ich musste ein triumphierendes Lächeln unterdrücken. Ein Punkt für mich, dachte ich jedenfalls, bis sie fortfuhr und enthüllte, dass es um meinen Geisteszustand ging, nicht um den von Jamie.

»Die Sonnenfinsternis war von Wolken verdeckt, nicht wahr? Sie haben sie gar nicht gesehen.«

»Ja.« Mir war nicht klar, dass sie schon die nächste Demütigung plante.

»Die Sicht war schlecht an jenem Tag. War das vielleicht eine Art negativer Höhepunkt, nachdem alle die Sonnenfinsternis so herbeigesehnt hatten?«

»Ja.« Wieder tappte ich unwissentlich und vertrauensselig in die Falle.

Fiona Price strich sich übers Kinn. »Neigen Sie zu dramatischem Verhalten?«

»Wie bitte?«

»Denken Sie sich Dinge aus? Fällt es Ihnen schwer, zwischen Phantasie und Wirklichkeit zu unterscheiden? Sie haben sich von all dem Drama mitreißen lassen, nicht wahr?«

Ich grub die Fingernägel in die Handflächen, war wütend auf mich selbst.

»Nein. Ich habe immer gesagt, was ich gehört habe.«

»Was Sie gehört haben, ändert sich anscheinend von einer Minute zur nächsten.« Sie lächelte beinahe kummervoll, als bedauerte sie, dass ich so unzuverlässig war. »Was Sie gesehen haben, waren zwei Erwachsene, die sich liebten, nicht wahr?«

Ich schüttelte entschieden den Kopf. »Wenn Sie gesehen hätten, was ich gesehen habe, würden Sie sich schämen, das Wort in diesem Kontext zu verwenden. Da hat sich niemand ›geliebt‹. Ich habe eine Vergewaltigung gesehen. Ich habe es ihren Gesichtern angesehen.«

Price schaute mich geradezu mitleidig an. »Wissen Sie, was das Wort Konfabulation bedeutet?«

Der Schweißtropfen, der mir übers Gesicht geronnen war, klatschte vor mir aufs Geländer. »Natürlich weiß ich das.«

»Verzeihung. Sie sind eine äußerst gebildete junge Frau; ein Zweierexamen in Soziologie und Frauenforschung, das wollen wir nicht vergessen.« Sie neigte sich zu den Geschworenen. »Meine Damen und Herren Geschworenen, für jene, die nicht mit dem Begriff vertraut sind, und um jene, die es sind, noch einmal daran zu erinnern: Konfabulation ist einfach nur ein kompliziertes Wort dafür, dass jemand voreilige Schlüsse zieht, weil er aufrichtig an etwas glaubt, das in seine Lieblingstheorie passt. Sind Sie eine Feministin?«

Ich antwortete mit dem Argument, das am schwersten zu widerlegen war. »Ich glaube, dass Frauen und Männer gleich sind.«

»Haben Sie sich während Ihres Studiums mit der Theorie beschäftigt, nach der alle Männer Vergewaltiger sind?«

»Mit Verlaub, das ist ein ziemliches Klischee.« Die Geschworenenbank knisterte geradezu vor Feindseligkeit. Sei keine Klugscheißerin, Laura, sagte ich mir. Price hingegen blieb gelassen.

»Aber Sie sind damit vertraut?«

»Selbstverständlich.« Ich versuchte, ein wenig Höflichkeit in meine Stimme zu zwingen.

»Und haben angenommen, dass dieses Klischee hier stimmte?«

»Nein. Ich habe gesehen, wie dieser Mann die Klägerin vergewaltigt hat.« Das Bild hatte sich mir unauslöschlich eingebrannt. Der Drang zu weinen war wieder da, stärker denn je. Dann ging Price zum letzten Angriff über.

»Es ist Ihre *Konfabulation*, dass Sie eine Vergewaltigung gesehen haben, richtig? Das Ergebnis einer überaktiven, unbeherrschten Phantasie, die Sie sogar daran hindert, zweimal dieselbe Geschichte zu erzählen?«

»Ich habe ihre Gesichter gesehen.« Ich konnte nicht sprechen, ohne zu weinen, und so stieß ich nur ein Flüstern hervor. Meine Worte wären ohnehin in den klaren, energischen Tönen von Fiona Price untergegangen, die verkündete, dass sie keine weiteren Fragen an mich habe.

»Keine erneute Befragung durch mich, Euer Ehren«, sagte Polglase mit zusammengebissenen Zähnen. Ich konnte ihn nicht ansehen. Die Kronzeugin hatte seinen Fall sabotiert und das in … ich schaute auf die Uhr und erkannte verblüfft, dass nur fünfundzwanzig Minuten vergangen waren.

Als man mich aus dem Zeugenstand führte, hörte ich den Richter die Mittagspause verkünden, doch seine Worte drangen nur undeutlich zu mir, als spräche er durch Wasser. Vermutlich hätte ich auf Carol Kent warten müssen, floh aber aus dem Gerichtsgebäude, bevor sich das Atrium wieder füllte. Fast rechnete ich damit, dass mich uniformierte Beamte wegen Meineids abführen würden. Draußen holte ich tief Luft, während die Silhouette von Truro vor meinen Augen verschwamm. Am liebsten hätte ich mich vom Hügel in den Fluss gestürzt.

Fiona Price hatte meine Gedanken gelesen. Sie hatte erkannt, was ich tat, noch bevor ich es begriffen hatte. Ich hatte die ganze Sache vermasselt. Dass Kit nicht miterlebt hatte, wie ich einen Meineid leistete, war immerhin ein schwacher Trost. Ich war nicht der Mensch, für den er mich gehalten hatte. Ich war nicht der Mensch, für den ich mich gehalten hatte.

16

LAURA *9. Mai 2000*

Nachdem ich ausgesagt hatte, durfte ich auf die Zuschauergalerie. Während der Mittagspause, in der ich im Nieselregen einsam im Hof auf und ab lief, spielte ich ernsthaft mit dem Gedanken, nicht mehr zurückzukehren. Doch wie sollte ich es Kit erklären? Er würde merken, dass etwas nicht stimmte. Also stellte ich mich um zwei Uhr hinter den Balcombes vor dem Gerichtssaal auf. Vom Zeugenstand aus schien sein Hofstaat die ganze Galerie zu füllen, doch nun gelang es ihnen, sich so zu platzieren, dass die Sitze neben und vor mir leer waren. Seine Mutter, die heute Smaragde trug, zuckte zusammen, wann immer ich mich bewegte, doch ich setzte mich nur noch aufrechter hin, getrieben von einer neuen Entschlossenheit. Wenn ich mich der Situation stellte, könnte ich bei den Geschworenen vielleicht punkten. Es war der perfekte Bluff: Wer würde schon vor Gericht lügen und sich dann den Blicken aussetzen?

Kit legte natürlich auch den weltlichen Eid ab. Er war nervös, verbarg es aber, indem er sich übertrieben selbstsicher gab, was durchaus arrogant wirken konnte, wenn man ihn nicht kannte. Genau wie ich wurde auch er anhand seiner Berufsausbildung vorgestellt – einige Geschworene, darunter die mütterliche Frau und der Sikh, nickten zustimmend, als sein Einserabschluss aus Oxford erwähnt wurde –, und dann berichtete er, was sich an jenem Morgen im August zugetragen hatte. Nathaniel Polglase hatte keine weiteren Fragen, doch Fiona Price war sofort zur Stelle. »Könnten Sie mir noch einmal die Sekunden beschreiben, bevor Mr Balcombe den Schauplatz verließ?«

Kit nickte. »Laura schützte das Mädchen und befand sich in einer Art Konfrontation mit dem Angeklagten. Er wollte die Sache lachend abtun und mich wohl als Komplizen gewinnen, aber es war nicht sehr überzeugend; sein Lachen wirkte gezwungen. Er nahm es erst ernst, als Laura die Polizei erwähnte.«

»Haben Sie ihm eine Chance gegeben, sich dafür zu rechtfertigen, dass er den Schauplatz verlassen hat?« Mit Kit sprach sie völlig anders, ohne den rhythmischen, einschüchternden Tonfall, den sie bei ihrem Kreuzverhör mit mir angeschlagen hatte.

»Nein, aber er hat es auch nicht versucht.«

»Ihre ursprüngliche Aussage verrät wenig darüber, in welchem Tempo sich der Beklagte entfernt hat. Ging er wie ein Mann, der einer Belästigung entgehen wollte?«

Kit überlegte. »Er ist nicht gelaufen, wurde aber eindeutig schneller, als er sah, dass ich ihm folgte, und dann verschwand er auch schon in der Menge. Bald konnte ich ihn nicht mehr sehen, es war hoffnungslos.« Er wirkte niedergeschlagen.

Price verschränkte die Arme unter der Robe. »Was hätten Sie getan, wenn Sie ihn eingeholt hätten?«

»Ganz ehrlich? Ich weiß es nicht. Es war alles so spontan. Vermutlich eine Jedermann-Festnahme, obwohl ich keine Ahnung habe, wie so etwas geht.«

»Verstehe. Sie haben den Geschlechtsverkehr also nicht gesehen?«

»Nein.« Kits Stimme klang leidenschaftslos, distanziert und absolut verbindlich.

»Sie haben das Opfer kaum gesehen?«

»Das ist richtig.« Er war so gefasst, als würde er an einer Meinungsumfrage teilnehmen. Ich hatte Kit gelegentlich kritisiert, weil er Fakten von Emotionen trennte. Nun beneidete ich ihn darum. Warum kann ich das nicht, dachte ich damals. Erst später wurde mir klar, dass zwischen uns ein entscheidender Unterschied bestand: Er sagte die Wahrheit.

»Und Sie haben sich nicht die Mühe gemacht, den Beklagten zu fragen, weshalb er weglief?«

»Nein.«

»Also ist Ihre Aussage im Wesentlichen eine Erweiterung der Aussage, die Ihre Freundin gemacht hat? Sie handelten auf der Grundlage dessen, was er nach ihrem Dafürhalten getan hatte?«

»Ich vertraue auf Lauras Urteilsvermögen«, erwiderte Kit gelassen. Ich bekam ein schlechtes Gewissen.

»Würden Sie unter Eid aussagen, dass der Sex nicht einvernehmlich war?«, drängte Fiona Price.

»Natürlich nicht. Ich kann keinen Eid auf etwas leisten, das ich nicht mit angesehen habe.« Sein Lächeln war so entwaffnend, dass Price besorgt die Stirn runzelte, der erste aufrichtige Gesichtsausdruck, den ich den ganzen Tag bei ihr gesehen hatte. Kit hatte die Wahrheit als Gegengewicht verwendet und damit ihre Frage untergraben. In den versammelten Reihen der Balcombes wurde ärgerlich gemurmelt. Edelsteine und teure Uhren klirrten, als sie die Arme verschränkten und den Kopf schüttelten. Dafür machen sie ihr die Hölle heiß, dachte ich.

Im Hotelzimmer zog ich sofort mein Kleid aus. Kit saß im Schneidersitz auf dem Bett, noch im Anzug, vor sich eine Touristenkarte von Cornwall, und starrte blicklos auf den geschlängelten Küstenverlauf.

»Erst im Zeugenstand ist mir klargeworden, was für ein verdammtes Minenfeld das ist«, sagte er. Ich wusste nicht, ob er die Grenzen der Sexualität meinte, das Strafjustizsystem oder die Frage, ob er mit mir über diese Themen diskutieren sollte.

»Ich meine, als sie mich gefragt hat, wie er weggelaufen ist – es ging doch darum, ob er schuldig oder unschuldig ist. Ich bin froh, dass wir nicht mehr hinmüssen.«

Ich erstarrte, das Kleid in den Händen. Uns blieben noch drei Tage in Cornwall; ich war davon ausgegangen, dass wir den Prozess weiterverfolgen würden.

»Wir könnten uns morgen die Goonhilly Downs ansehen. Du weißt schon, den Ort mit den Megalithen und den Satellitenempfängern, von dem ich dir im Sommer erzählt habe.« Ich kehrte ihm den Rücken zu, während ich das Kleid in den Schrank hängte und glattstrich. »Na schön, nicht idyllisch genug. Wie wäre es mit einem Mittagessen in St. Ives?« Ich sagte noch immer nichts. Er ließ sich nach hinten fallen, so dass die Bettfedern seufzten. »Du willst hierbleiben und dir den Prozess ansehen.«

Ich drehte mich um. »Nur, bis er ausgesagt hat. Ich habe Beth nicht gesehen, aber ich will dabei sein, wenn Jamie das durchmacht. Ich will sehen, wie er es abstreitet und letztlich zusammenbricht.«

Kit schien nicht überzeugt. Ich versuchte, an sein methodisches Wesen zu appellieren. »Morgen sind die Polizei und der Arzt dran. Vielleicht fühlst du dich besser, wenn du dir das forensische Zeug anhörst.«

»Aber du hast selbst gesagt, dass es vielleicht nicht von der Forensik abhängt.« Kit öffnete die Manschettenknöpfe, kleine Silberhaken, auf denen ich erst jetzt die Initialen seines Vaters bemerkte. Ich konnte mir den Lachlan McCall, den ich erlebt hatte, absolut nicht in einem Anzug vorstellen. Kit warf sie von einer Hand in die andere. »Könnten körperliche Anzeichen eines Kampfes beweisen, dass er wusste, was er tat, oder muss sie ausdrücklich nein gesagt haben?«

Die nächste Frage stand schon im Raum: Hast du sie tatsächlich nein sagen hören, Laura? Ich musste ihn unterbrechen. Ich konnte ihm nicht ins Gesicht lügen.

»Das haben wir doch schon alles besprochen! Sex ohne Zustimmung ist Vergewaltigung! Schluss, aus.«

Er zuckte überrascht zurück. »Klar, das weiß ich, aber –«

Dann stieß ich im selben Tonfall hervor: »Glaubst du ihr nun oder nicht?«

Im Geist bin ich dieses Gespräch wieder und wieder durchgegangen. Was ich damals wohl wirklich meinte, war: Glaubst du mir? Aber Kit wusste das nicht, und er tat, was er immer tut, wenn man ihn in die Enge treibt: Er verlegte sich auf Haarspaltereien.

»Du hast selbst gesagt, dass sie danach nicht gesprochen hat. Sie hat erst angefangen zu reden, als die Polizei kam, stimmt's? Also kann ich ihr technisch gesehen weder glauben noch nicht glauben, da sie sich zu dem fraglichen Thema nicht geäußert hat.«

Er hatte natürlich recht, was meinen nachfolgenden Ausbruch umso verblüffender machte. »Ich wusste nicht, dass du so ein aufgeblasener, zynischer Arsch bist.« Natürlich ging es gar nicht um ihn: Ich griff Kit an, um mein schlechtes Gewissen zu beruhigen. Nach meinem Auftritt vor Gericht war ich völlig durcheinander. Doch das verstand ich damals nicht. Sein Gesicht fiel in sich zusammen, als ich ihn derart attackierte, doch er ließ sich nicht beirren.

»Ich bin nicht zynisch«, entgegnete er beherrscht. »Ich bin … Wissenschaftler. Vor Gericht kannst du nicht emotional auftreten. Ich versuche nur, es wie sie zu sehen. Ich habe gedacht, es wäre hilfreich, die Abläufe sachlich zu besprechen, weil man Dinge so am besten verarbeitet. Nicht jede Diskussion ist ein persönlicher Angriff auf deine Werte. Weißt du, was dein Problem ist? Zu viel Mitgefühl.« Er wurde laut. »Du kannst nicht durchs Leben gehen und dir die Scheiße anderer Leute aufbürden! Du hast überhaupt keinen Filter!«

Mittendrin begann ich zu weinen und spie die nächsten Worte förmlich aus.

»Ich habe wenigstens Gefühle, die ich filtern kann! Ich bin wenigstens kein beschissener Roboter.«

Nun kämpfte Kit mit den Tränen. Er umschloss die Manschettenknöpfe seines Vaters mit der Faust. »Das ist nicht fair, und das weißt du genau.«

Wir standen kurz vor unserem ersten gewaltigen Streit, doch dann gab Kit nach, wie er es in seinem ruhigen Leben immer getan hatte.

»Okay. Es tut mir leid, ich sollte mich nicht darüber lustig machen. Ich sehe, wie viel dir daran liegt. Wir haben nur unterschiedliche Standpunkte.« Er küsste mich auf die Stirn. »Wir bleiben und sehen uns den Prozess an, falls du das möchtest. Aber nur noch zwei Tage. Ich kann mir nicht länger an der Uni freinehmen.«

»Danke«, sagte ich und ärgerte mich ein bisschen, dass er so rasch umgefallen war. Dabei hatte ich bekommen, was ich wollte. »Es ist nur so, dass ich es Beth schuldig bin. Wenn sie schon nicht selbst dabei sein kann.« Ich mochte ein bisschen Respekt für ihn verloren haben, aber das beruhte womöglich auf Gegenseitigkeit.

Kit faltete die Landkarte mit der ihm eigenen Sorgfalt zusammen und steckte sie in den Koffer. »Ich glaube, du hast mehr als genug für Beth getan.« Ich erstarrte, aber seine Stimme war aufrichtig, er warf mir keinen bedeutungsvollen Blick zu, es war nur eine Redewendung, die meine Paranoia anders deuten wollte. »Also Schluss damit. Sie würde es sowieso nie erfahren. Carol Kent hat mir erzählt, dass sie Cornwall schon verlassen hat. Wir werden sie nie wiedersehen.«

17

KIT  *18. März 2015*

Das Kreuzfahrtschiff ist für alte Leute gebaut. An allen Wänden gibt es Geländer, und jeder zweite Stuhl in der Bar hat hohe Rücken- und Armlehnen, wie man sie aus Altenheimen kennt. Ich habe einen gefunden, von dem aus ich den Raum überblicken kann, ohne dass man mein Gesicht sieht. Ich schätze, mindestens die Hälfte der Passagiere sind Rentner, und es gibt überhaupt keine Kinder auf dem Schiff. Ich bin an öffentliche Räume gewöhnt, in denen es von Kindern wimmelt, so dass mich die Langsamkeit und der gedämpfte Trubel hier verstören. Oder ich bin einfach nur bereit, mich verstören zu lassen.

Ein kaltes Bier hilft gegen den Schock von vorhin, obwohl die Frau, die ich mit Beth verwechselt habe, auf dem Weg zur Theke mehrfach an mir vorbeiläuft. Schlimmer noch, sie lächelt mir jedes Mal zu, und obwohl mein Verstand weiß, dass es nicht Beth ist, erwacht ein primitiver Verteidigungsinstinkt in mir, und ich balle für einen Sekundenbruchteil die Fäuste.

»Wie läuft es mit Louise' Schwangerschaft?« Richard erwähnt sie zum ersten Mal.

»Laura«, sage ich. »Alles gut. Noch zwei Monate.«

Ich kann nicht widerstehen und zeige ihm auf meinem Handy das Ultraschallbild aus der 20. Woche, auf dem unsere Zwillinge zu sehen sind, zwei Vollmondköpfe, zwei Wirbelsäulen, die an Tausendfüßler erinnern. Ich kann noch immer nicht glauben, dass das verschwommene Schwarzweißbild meine Kinder darstellt.

»Zoff für zwei«, sagt Richard, nachdem er einen flüchtigen Blick darauf geworfen hat. »Ihr habt euch ganz schön Zeit gelassen. Ich habe Nadia noch in den Flitterwochen geschwängert.« Die taktlose Bemerkung macht mich wütend. Kein Mann, der in einer Klinik in einen Plastikbecher masturbieren und zusehen musste, wie man seine Frau betäubte, ihr Injektionen verabreichte, sie ausschabte und mit Instrumenten in sie eindrang, würde je so etwas sagen. Kein Mann, der von seiner Frau weggestoßen wurde, weil es der falsche Tag war, oder zusehen musste, wie sie beim Sex am richtigen Tag das Gesicht verzog, weil ihr eigentlich gar nicht danach war, würde je so etwas sagen.

»Gleich beim ersten Mal ein Volltreffer«, fährt er munter fort. »Beinahe zu früh, wenn ich ehrlich bin, aber beim Zweiten lief es genauso. Gleich beim ersten Versuch angebrütet.« Ich habe es kapiert. Richard glaubt, er hätte etwas geleistet, er könne einen Glücksfall der Biologie für sich beanspruchen. Nun, da wir vier Tage in einer schwimmenden Metallzelle miteinander verbringen werden, wird mir klar, dass ich Richard nicht besonders leiden kann.

»Ich sag dir was«, sagt er in einem vertraulichen Mann-zu-Mann-Ton. »Lass es dir gutgehen, solange sie das Brötchen im Ofen hat, danach kommst du monatelang nicht zum Zug. Wenn du meinst, es sei schwierig, es mit einer Frau im siebten Monat zu treiben, dann warte mal ab, wie das mit einem Baby auf der Mittelritze aussieht.«

»Zwei Babys«, korrigiere ich ihn automatisch.

»Alles klar, das war's. Dein Liebesleben ist vorbei. Warte einfach, bis sie achtzehn sind, und dann suchst du dir eine neue Frau.«

Ich lache zu laut, um meinen Kummer zu verbergen. Denn ich habe Laura, was das angeht, bereits verloren. Natürlich war es in den vergangenen Jahren nicht mehr wie am Anfang; auch wir sind nicht immun gegen das Gesetz des abnehmenden Ertrags. Doch bis wir versuchten, ein Kind zu bekommen, begehrten wir einander um des Begehrens willen. Wir konnten die Geister unseres jüngeren Ichs noch immer spielerisch hervorlocken, und die Lust wurde jedes Mal ein bisschen überraschender. Denn obwohl so viel Zeit vergangen war, fügten sich unsere Körper noch immer ineinander, als wären sie dafür geschaffen.

Wenn man ein Baby zeugen will, sind die ersten Monate romantisch; nein, mehr als das, sie sind aufregend: Sex am vereinbarten Tag, und falls das nicht funktioniert, sogar zur vereinbarten Stunde. Doch aus verabredetem Sex wird bald Sex-on-Demand, und nachdem wir uns in die Hände der Mediziner begeben hatten, starb etwas zwischen uns. Zu Beginn des zweiten Trimenons flackerte die Lust noch einmal auf, aber die mechanische Seite war so kompliziert – *das tut weh, fass mich da nicht an, vielleicht sollte ich ein Kissen unter meine Hüften legen, nicht so, Herrgott, Kit, du zerdrückst sie ja* –, dass es kaum der Rede wert war.

All das kann ich Richard nicht erzählen. Ich kann es niemandem erzählen. Ich wische mit dem Daumen über mein beschlagenes Glas.

»Von nun an geht's bergab«, sagt Richard und stellt sein Glas auf einen kitschigen *Princess-Celeste*-Untersetzer. »Nichts setzt einen mehr unter Druck als Kinder.« Jetzt bin ich nicht mehr zornig, sondern belustigt. Laura und ich haben so viel durchgemacht. Was sollten uns da diese langersehnten, schwer erkämpften, teuer bezahlten und schon heißgeliebten Babys noch antun? »Es wird komisch sein, auf einmal die Kleinen zu haben, nachdem ihr so lange zu zweit wart. Ihr seid schon ewig zusammen, oder?«

»Seit wir einundzwanzig sind.«

Richard grinst mit einem Mundwinkel, wie ich es schon oft gesehen habe. Viele Leute bemitleiden mich geradezu, weil ich mich so früh auf eine Frau festgelegt habe. Nicht nur, weil ich nicht herumbumsen konnte, sie fragen sich auch, was ich damals überhaupt zu bieten hatte. Sie begreifen nicht, dass es genau darum geht. Ich konnte Laura den Rest meines Lebens bieten. Wenn ich mir Paare anschaue, die sich kennengelernt haben, als sie über dreißig waren, frage ich mich, wie tief eine solche Beziehung sein kann. So viel Leben, das sie nicht miteinander geteilt haben und als Ballast mit in die Ehe bringen; so viel unterschiedliche Geschichte. Das entscheidende Ereignis meines Lebens ist auch das entscheidende Ereignis für Laura gewesen. Ich weiß nicht, wie Paare zusammenbleiben, die so etwas nicht durchgestanden haben. Und während ich das sorglose Mädchen verloren habe, dem ich damals begegnet bin, hat sie den Jungen mit der brillanten Zukunft verloren und ihn dennoch zu ihrer Gegenwart gemacht. Ich weiß, dass ich nicht der bin, auf den sie sich ursprünglich eingelassen hat; der Meteoriteneinschlag, den das Festival für mich bedeutete, hat mich aus der Bahn geworfen, und ich wurde nie der, der ich eigentlich sein sollte.

Nebenan beginnt ein Geldspielautomat, Münzen auszuspucken, das harte Geschepper holt mich in den Raum zurück. Die Bar leert sich, die Leute gehen in den Ballsaal.

»Wir sollten besser unsere Namensschilder holen«, sage ich. »Der Vortrag fängt in einer Minute an.« Wir trinken unsere Gläser aus und stellen sie auf die Theke.

Das Messer wiegt schwer in meiner Tasche, es erinnert mich daran, dass ich beinahe einen dummen, möglicherweise tödlichen Fehler begangen hätte. Als ich an den schimmernden Stahl denke, wird mir ein weiteres Dilemma bewusst. Es hat nur dann Sinn, Beth aus dem Weg zu räumen, wenn Laura weiß, dass sie in Sicherheit ist. Würde ich es Laura sagen, wenn ich mein Messer benutzt hätte – oder meine Hände? Wie weit würde ich gehen, um meine Frau zu beschützen? Könnte sie dann noch mit mir leben? Könnte sie mich noch lieben, wenn sie wüsste, dass ich es nur für sie getan habe?

18

Nach der Tortur im Zeugenstand konnte ich mich am Mittwoch ein wenig entspannen. Heute würden die sachverständigen Zeugen aussagen. Wir hatten unsere Rollen gespielt und konnten den Prozess nicht mehr beeinflussen. Die Vorstellung, ich könnte ihn bereits sabotiert haben, legte sich wie ein Stahlband eng um meinen Schädel, doch letzten Endes fühlte ich mich nicht schuldig. Meine Lüge war der Weg zur Wahrheit und somit wahr. Ich erinnerte mich an Kits mechanischen Auftritt, wie er sich stur an die Fakten gehalten hatte, und wusste, dass er es niemals so sehen würde wie ich.

Kit und ich saßen Hand in Hand auf der Zuschauergalerie, eine kleine Insel inmitten von Jamies Unterstützern. Der Tag begann ohne lange Vorrede, eher wie ein Theaterstück, das nach der Pause fortgesetzt wird. Polglase erhob sich. »Ich rufe die leitende Ermittlerin in den Zeugenstand – Detective Sergeant Carol Kent von der Devon and Cornwall Police.«

Zu meiner Überraschung schwor Kent auf die Bibel, und ich spürte förmlich, wie Kit neben mir die Augen verdrehte. Zum ersten Mal fragte ich mich, inwiefern der Eid, den man wählte, die Haltung der Geschworenen beeinflusste. Hätte ich bei Gericht gearbeitet – wäre dies mein langweiliger Alltagsjob gewesen und keine schreckliche Tortur, der man sich nur einmal im Leben unterzieht –, hätte ich mir einen Spaß daraus gemacht zu raten, wer auf ein heiliges Buch schwören würde und wer nicht.

Kents Aussage füllte einige Lücken; so erfuhren wir, dass Beth sich bis zur Ankunft des Streifenwagens ausreichend gefasst hatte, um Namen und Adresse anzugeben. Es dauerte allerdings noch mehrere Stunden, bis sie die ganze Geschichte erzählte. Ich erfuhr, dass Beth Jamie am Abend vorher am Lagerfeuer kennengelernt und abgewiesen hatte. Wir hörten auch von Jamies nachfolgender Verhaftung. Es war keine Verfolgungsjagd gewesen, wie wir sie uns ausgemalt hatten, er war einfach zu einem uniformierten Beamten gegangen und hatte ganz ruhig erklärt, man habe ihn fälschlich der sexuellen Gewalt beschuldigt. Das sieht nicht gut aus für Beth, dachte ich. Aber dies war nur das Vorspiel, denn eigentlich ging es um etwas viel Schwerwiegenderes: die objektiven Beweise.

Vieles von dem, was wir hörten, erschien mir langweilig und irrelevant; so verbrachte Polglase eine halbe Stunde damit, Kent über Pip zu befragen, den schönen Polizeihund, den ich damals bewunderte hatte. Mir wurde bewusst, wie ermüdend Langeweile sein kann. Da ich damals nicht ahnte, worauf er mit seinen Fragen hinauswollte, vermutete ich eine Taktik, um die Geschworenen zu zermürben. Kit schaute immer wieder zur Digitaluhr des Urkundsbeamten, fette rote Zahlen, die sich durch die Sekunden fraßen und deren Tempo so gar nicht mit dem sich dahinschleppenden Tag übereinstimmte.

Es gab ein kurzes, unterhaltsames Intermezzo, als DS Kent eine thailändische Fischerhose anzog. Polglase versuchte, ernst zu bleiben, während die Geschworenen vor sich hin kicherten. »DS Kent, einmal angenommen, Sie würden dieses Kleidungsstück tragen und einvernehmlichen Sex planen, bei dem Sie teilweise bekleidet bleiben – und ich spreche hier von enthusiastischem, einvernehmlichem Sex –, wie würden Sie sich penetrieren lassen?«

»Ich würde die Hose ausziehen«, antwortete DS Kent. »Anders geht es nicht. Man kann sie nicht über die Hüften streifen. Wenn man den Genitalbereich der Frau erreichen wollte, müsste man schon ziemliche Gewalt anwenden.«

Ein Bild blitzte in mir auf: Beths weißes, mit Dreck verschmiertes Bein. Ich dachte, ich hätte mein Zittern unterdrückt, aber Kit hielt meine Hand fester, als wollte er mir Halt verleihen.

Polglase hakte die Daumen in die Revers seiner Robe. (Das brachten sie ihnen wohl schon im Jurastudium bei.) »Vielen Dank, DS Kent. Ich glaube, wir können den Geschworenen eben jene Hose zeigen, die die Klägerin am Tag der Vergewaltigung getragen hat.«

Ein Gerichtsangestellter brachte einen Beweisbeutel, worauf ein Geschworener ein »Ooh« hervorstieß und vom Richter stirnrunzelnd zum Schweigen gebracht wurde.

»Sie ist sehr verschmutzt, wie zu erwarten«, erklärte Kent. »Auf der rechten Seite, wo das Bindeband am Kleidungsstück angenäht ist, ist der Stoff zerfranst, als hätte jemand abrupt daran gerissen.« Sie steht auf Beths Seite, dachte ich; sie wünscht sich den Schuldspruch ebenso sehr wie ich.

»Vielen Dank, DS Kent.«

Fiona Price stieß wie ein Raubvogel auf sie herab. »Diese Hosen sind unglaublich billig, sie werden für wenige Pfund bei Festivals wie dem Lizard verkauft. Können Sie kategorisch ausschließen, dass dieser winzige Riss nicht von der schlechten Qualität herrührt? Oder von normalem Verschleiß?«

Kent legte eine Pause ein; einen Moment lang blieb alles in der Schwebe, und die beiden Frauen starrten einander an. Kent blinzelte zuerst. »Nein«, sagte sie resigniert.

Während des Kreuzverhörs widerlegte Price sämtliche Argumente der Anklage, die vorher noch so überzeugend geklungen hatten. Es war, als versuchte man ein Dutzend Federbälle zu verfolgen, die unablässig hin- und hergeschlagen wurden. Vermutlich wollte Price, dass den Geschworenen schwindlig wurde. Ich musste die Augen schließen und mich zwingen, Jamies Gesicht über dem von Beth heraufzubeschwören. Und mir eingestehen, dass ich es nur deshalb wusste, weil ich es wusste.

Kit hatte sich auf die Aussage der Ärztin gefreut. Nein, nicht gefreut, er wäre lieber gar nicht im Gericht gewesen. Vielleicht sollte ich sagen, dass er ihr mehr Aufmerksamkeit schenkte. Ich kannte auch den Grund: Hier befand er sich auf vertrautem Terrain. Bisher war der Prozess kaum mehr als eine verbale Schlacht gewesen, doch nun wurden Dinge auf eine Weise präsentiert, der er vertrauen konnte: durch ein Mikroskop betrachtet und als Daten codiert. Nun war es an mir, ihn zu warnen.

»In diesem Fall geht es um die Zustimmung, nicht darum, den Täter zu identifizieren.« Wir warteten darauf, dass der Richter aus der Mittagspause zurückkam. »Er gibt ja zu, dass sie Sex hatten. Die Wissenschaft dient hier nur als Geräuschkulisse.«

Kit wollte gerade antworten, als wir angewiesen wurden, uns zu erheben. Wir sprangen erwartungsvoll auf.

»Die Anklage ruft Dr. Irene Okenedo in den Zeugenstand.« Irene Okenedo war etwa eins fünfzig, und davon waren zehn Zentimeter Haare, lange Zöpfe, die oben auf dem Kopf zu einem Knoten gedreht waren. Sie sah aus wie zwölf, und mir kam der lächerliche Gedanke, dass sie besser in einem weißen Laborkittel oder mit einem Stethoskop um den Hals gekommen wäre, um uns davon zu überzeugen, dass sie eine echte Ärztin war. Ich hoffte inständig, dass sie Beth helfen würde, und musste mir beschämt eingestehen, wie parteiisch ich war.

Sie schwor auf die Bibel (»Ich wusste gar nicht, dass es in

diesen Berufen so viele gläubige Christen gibt«, murmelte Kit sarkastisch) und stellte sich als Vertretungsärztin der Notaufnahme vor, die auf die Behandlung und Untersuchung von Vergewaltigungsopfern spezialisiert war. In dieser Eigenschaft arbeitete sie für die neugegründete Einheit für sexuelle Gewalt, die dem Project Sapphire der Metropolitan Police unterstellt war. Ihre Stimme war tief und bedachtsam und verlieh ihr die Autorität, die ihr das äußere Erscheinungsbild verwehrte.

»Danke, Dr. Okenedo«, sagte Mr Polglase. »Sie haben sich auf der Polizeiwache in Helston um Miss Taylor gekümmert. Wie war Ihr Eindruck?«

Dr. Okenedo räusperte sich. »Was das Körperliche betrifft, war sie dehydriert und musste etwas essen, obwohl sie insgesamt gesund und gutgenährt wirkte. Sie war extrem müde und schmutzig, hatte Dreck auf den Kleidern und unter den Fingernägeln.« Ich erinnerte mich, wie Beth in der Erde gegraben hatte. Ich untersuchte meine eigenen sauberen Fingernägel und fragte mich, wie viel von Kit unter ihnen haften mochte.

Polglase nickte langsam und betont mitfühlend. »Wie sah es mit ihrem emotionalen und psychischen Zustand aus?«

»Sie befand sich in einem posttraumatischen Schockzustand. Sie war sehr in sich gekehrt und einsilbig, beantwortete meine Fragen nur mit Ja und Nein. Sie wollte sich nicht von mir untersuchen lassen.«

»Vielen Dank, Dr. Okenedo. Sie haben schon einen Teil meiner nächsten Frage vorweggenommen. Die Polizei hat Sie gebeten, die Klägerin auf Anzeichen sexueller Gewalt zu untersuchen. Würden Sie uns bitte Ihre Befunde mitteilen?«

»Nun, meine erste Sorgfaltspflicht besteht darin, das Opfer zu behandeln, nicht nur zu untersuchen. Man bot ihr Schmerzmittel und 5 mg Diazepam an, die sie beide akzeptierte. Ich begann mit einer äußerlichen Untersuchung, entnahm per Abstrich eine DNA-Probe aus dem Mund und Proben unter den Fingernägeln und so weiter. Das Opfer war in sich gekehrt, kooperierte aber. Die einzigen deutlich sichtbaren Verletzungen waren ein blutiges Knie sowie winzige Schnitte und Abschürfungen an beiden Knien und an den Handballen.«

Ich musterte die Geschworenen und fragte mich, ob sie sich ebenso unbehaglich fühlten wie ich; doch nur der Sikh schüttelte den Kopf. Die Mütterliche wirkte wachsam, als schaute sie sich eine faszinierende Folge ihrer Lieblingssoap an. Ich fragte mich, ob sie sich an ihre eigene Jugend erinnerte und ob sie Töchter hatte. »Selbst bei leidenschaftlichem einvernehmlichem Sex würde man erwarten, dass eine Frau die Position wechselt, um blutige Knie zu vermeiden. Könnten diese kleinen Verletzungen darauf hindeuten, dass eine Frau gegen ihren Willen festgehalten wurde?«

»Nach meiner Erfahrung, ja.«

»Danke, Dr. Okenedo.« Polglase raschelte mit seinen Papieren, was vermutlich nur Schau war. Fiona Price' Assistent notierte sich etwas mit quietschendem Stift, der Richter tat es ihm nach. Ich hätte nur zu gern gelesen, was sie geschrieben hatten.

»Sie sind erst vier Stunden nach der Vergewaltigung eingetroffen.«

»Das ist richtig.«

»Miss Taylor hat uns beschrieben, wie ihre Unterwäsche vor der Penetration gewaltsam beiseitegerissen wurde. Man sollte erwarten, dass dies Striemen auf der Haut hinterlassen hätte.«

»Ja.«

»Bezüglich der Gewalt, mit der an Miss Taylors Unterwäsche gezogen wurde: Wäre es möglich, dass oberflächliche Verletzungen, die durch die Reibung von Stoff auf Haut verursacht wurden, zum Zeitpunkt der Untersuchung schon abgeklungen waren?«

»Ja«, erwiderte die Ärztin. »Das ist möglich.«

»Gewiss sind vier Stunden in dieser Hinsicht recht lang.« Er schaute auf seine Notizen und runzelte die Stirn, um zu unterstreichen, wie ungern er die nächste Frage stellte. »Was ist mit einer Genitaluntersuchung?«

»Ich habe die Haut um Vulva und Anus untersucht, was allerdings einige Zeit dauerte, da Miss Taylor schon den Gedanken, sich auf die Liege zu begeben, sehr belastend fand. Als sie bereit war, konnte ich mit bloßem Auge keine Verletzungen feststellen. Als ich fragte, ob ich eine innere Untersuchung vornehmen dürfe, wurde sie noch verstörter, rollte sich zusammen und wiederholte das Wort nein.«

Es war ein Echo, das meine Worte bestätigte; mein Herz machte einen Freudensprung und ließ sich dann respektvoll tief in meiner Kehle nieder.

»Haben Sie eine solche Reaktion schon erlebt, wenn Sie eine Person in den Stunden nach einer angeblichen Vergewaltigung untersucht haben?«

»Ja, das habe ich.« Dr. Okenedo nickte ernst, und erst als Kit mich seltsam ansah, wurde mir klar, dass ich im Einklang mit ihr genickt hatte. Ich zwang mich, den Kopf stillzuhalten, obwohl keiner der Geschworenen mich ansah. »Sicher verstehen Sie, dass es sich um eine extrem traumatische und oftmals körperlich schmerzhafte Erfahrung handelt. Wir benötigen die Zustimmung des Opfers, bevor wir eine Untersuchung durchführen. Sie ließ mich schließlich einen Vaginalabstrich nehmen, allerdings nur nach langer Überredung.«

Ich zuckte zusammen und drückte die Knie aneinander.

»Konnten Sie an dem Abstrich Spuren von Ejakulat feststellen?«

Ich mochte zwar während der Penetration nicht dabei gewesen sein, wohl aber, als Jamie sich panisch aus ihr zurückgezogen hatte; ich sah noch den verräterischen silbernen Faden, der dann zerriss. Kit setzte sich ruckartig auf und lehnte sich vor, ganz der Wissenschaftler.

»Das konnte ich.«

Polglase schaute die Geschworenen bedeutungsvoll an, doch selbst auf mich wirkte es bemüht. »Haben Sie einen vergleichbaren Fall von sexueller Gewalt erlebt, der vergleichbare Verletzungen verursacht hat?«

Dr. Okenedo dachte nach und sagte dann zögernd: »Ja?«

»Könnten Sie mir sagen, wie viel Zeit Sie mit dem Opfer verbracht haben?« Nathaniel Polglase war jetzt in seinem Element. »Vielleicht können Sie mir ein zeitliches Minimum nennen, das eine solche Prozedur beansprucht. Vorausgesetzt, der Klägerin geht es gut und sie ist so weit gefestigt, dass sie sich der Untersuchung nicht widersetzt.«

Das Wort widersetzen beschwor Beinstützen und Zwangsjacken herauf. Ich sah unwillkürlich Beth vor mir, nur mit einem Krankenhaushemdchen bekleidet, wie man ihr zum zweiten Mal an diesem Tag die Knie auseinanderzwang. Mir wurde übel.

»So etwas lässt sich in neunzig Minuten durchführen.«

»Und wie lange waren Sie mit Miss Taylor zusammen, der Sie gut zureden und die Sie überzeugen mussten, weil sie traumatisiert war?«

»Ich war acht Stunden auf der Polizeiwache, von meinem Eintreffen, bis ich mich schriftlich abgemeldet habe. Ich würde sagen, dass ich sieben Stunden mit dem Opfer verbracht habe.«

»Vielen Dank, Dr. Okenedo. Ich habe keine weiteren Fragen, Euer Ehren.«

Vier Stunden, bis die Ärztin eintraf, plus eine achtstündige Untersuchung; Kit und ich hatten im Zelt geschlafen, während

Beth von einer Fremden untersucht wurde. Ich hätte bei ihr bleiben sollen.

Fiona Price erhob sich elegant. »Wenn ich Sie richtig verstanden habe, *verweigerte* die Klägerin eine innere Untersuchung. Haben Sie der Klägerin erklärt, weshalb Sie sie innerlich untersuchen wollten?«

»Ja.«

»Und sie hat sich dennoch geweigert?«

»Ja.« Frag sie, weshalb sie sich geweigert hat, dachte ich. Die Ärztin sollte den Geschworenen erklären, in welchem Zustand Beth sich befunden hatte. Aber es passte Price nicht ins Konzept, und daher fragte sie auch nicht danach.

»Wir können also nicht wissen, ob es innere Verletzungen gab oder nicht?«

»Das ist korrekt.« Ein einzelner Zopf löste sich aus den aufgesteckten Haaren und hüpfte wie eine Antenne, bevor er der Ärztin über die Augen rutschte.

»Dr. Okenedo. Wie lange sind Sie Ärztin?«

»Ich habe 1997 meine Approbation erhalten«, sagte sie und schob den Zopf hinter das Ohr.

»Meinen Glückwunsch«, sagte Fiona Price, als lobte sie eine Pfadfinderin, der man ein neues Abzeichen verliehen hatte. »Sie wurden bei der Met Police ausgebildet?«

»Ja.«

»Wie viele Fälle von sexueller Gewalt haben Sie bearbeitet, seit Sie nach Cornwall gezogen sind? Ich meine Fälle, in denen Sie die einzige zuständige Ärztin waren?«

»Sieben, diesen eingeschlossen«, sagte die Ärztin. In ihrer Wange zuckte ein Muskel.

»Also hatten Sie, bevor Sie Miss Taylor untersuchten, nur sechs Vergewaltigungsfälle bearbeitet?«

»Ja.«

Price blätterte einige Papiere auf ihrem Schreibtisch durch und ließ die Unerfahrenheit der Ärztin im stickigen Raum stehen. Sie holte ein Foto heraus, das von der Zuschauergalerie aus nur ein verschwommener, beigefarbener Fleck war. »Könnten diese winzigen Kratzer an den Knien der Klägerin auch Druckstellen gewesen sein? Druckstellen, die entstanden waren, weil das zusätzliche Gewicht eines Mannes bei leidenschaftlichem, einvernehmlichem Sex auf ihr lastete?«

»Ja«, sagte Dr. Okenedo zögernd.

Fiona Price vertrieb die letzten Zweifel. »Haben Sie beispielsweise Blutergüsse an den Armen der Klägerin gefunden? Irgendwelche Anzeichen dafür, dass sie gegen ihren Willen festgehalten wurde?«

Das Band um meinen Kopf pochte wieder, als hätte jemand die Schrauben angezogen.

»Nein. Aber wie gesagt, zu erstarren ist bei Vergewaltigung eine verbreitete Reaktion. Möglicherweise hat sie sich nicht gewehrt.«

Ich betrachtete die Geschworenen, suchte nach Spuren von Mitgefühl. Ich fand keine, aber sie hatten die Worte der Ärztin auch kaum aufnehmen können, bevor Price schon konterte. »Als Ärztin attestieren Sie Verletzungen, nicht wahr?«

»Ja.«

»Sie sind keine psychologische Expertin für Opferverhalten?«

»Nein.«

»Also beschränken wir Ihre Aussage doch auf Ihr Fachgebiet, das Sie sich in – wie war das? – drei Jahren Berufspraxis erschlossen haben.«

Wie konnte Price es wagen, eine Frau zu attackieren, die ihr Leben damit verbrachte, Opfern zu helfen? So einen Beruf könnte ich niemals ausüben. »Eine Frau überhaupt erst zu Boden zu zwingen, was laut Aussage von Miss Taylor geschehen ist, würde eine beträchtliche Gewaltanstrengung bedeuten, nicht wahr?«

»Ja.«

»Wir alle haben Miss Taylor gesehen. Sie ist körperlich durchtrainiert und angriffslustig, nicht wahr?« Die mütterliche Geschworene nickte zustimmend; Angriffslust gehörte offenbar nicht zu den Eigenschaften, die sie an Frauen schätzte. »Selbst ein gesunder junger Mann wäre nicht fähig gewesen, sie ohne Gerangel zu überwältigen. Haben Sie irgendwelche Blutergüsse gefunden, die auf einen derartigen Kampf hindeuten?«

»Nein.«

»Man hat uns gesagt, dass die Hose mit einiger Gewalt beiseitegerissen wurde. Die Klägerin trug darunter nur einen schmalen G-String. Mein geschätzter Kollege hat angedeutet, dass die Striemen, die durch ein gewaltsames Beiseitereißen der Kleidungsstücke entstanden wären, bis zur Untersuchung abgeklungen sein könnten. Die Art von Gewalt, die Miss Taylor beschrieben hat, hätte jedoch Reibungswunden hinterlassen, oder?«

»Möglich?« Allmählich verlor ich die Geduld. Selbst ich wäre überzeugender gewesen als diese Ärztin.

»Eine Reibungswunde würde nicht nach vier Stunden verschwinden, oder?«

»Nein.« Irene Okenedo beugte sich vor, doch sie schien Halt zu suchen, statt ihrer Aussage Nachdruck zu verleihen. Lehn dich zurück, befahl ich ihr im Geist. Steh aufrecht.

»Konnten Sie derartige Anzeichen am Körper der Klägerin feststellen?«

»Nein.«

Nathaniel Polglase schüttelte verächtlich den Kopf. Seine perfekte Perücke wackelte gefährlich hin und her.

»Sie haben auch meinen Mandanten untersucht«, fuhr Price fort. »Ein Genitalabstrich wies das Vaginalsekret der Klägerin nach. Das bestätigt allerdings nur, was mein Mandant bereits die ganze Zeit gesagt hat: dass Sex stattgefunden hat. Ist das richtig?«

»Ja.«

Die Stimme der Anwältin war allmählich lauter geworden. »Hat Ihre körperliche Untersuchung der Klägerin irgendwelche forensischen Beweise dafür erbracht, dass man sie zum Sex gezwungen hat? Gibt es eine einzige körperliche Verletzung, innerlich oder äußerlich, die widerlegen würde, dass lediglich spontaner Sex stattgefunden hat?«

Diesmal bekam sie die Antwort, die sie hören wollte.

»Nein, die gibt es nicht.«

Die Ärztin sah so aus, wie ich mich fühlte; der Ball, den sie geschossen hatte, segelte zwischen ihren eigenen Torpfosten hindurch.

»Vielen Dank, Dr. Okenedo. Euer Ehren, keine weiteren Fragen an diese Zeugin.«

Sowie sie sich setzte, stand Polglase auf, wie zwei Kinder auf einer Wippe. »Euer Ehren«, sagte er mutlos, »damit wäre der Fall für die Anklage abgeschlossen.«

19

LAURA *9. Mai 2000*

Als Jamie Balcombe in den Zeugenstand trat, war der Himmel über Truro klar und blau. Der Beklagte wurde von seinem üblichen Gefolge in die Eingangshalle begleitet, bevor er sich zum zuständigen Justizbeamten begab.

Die Journalistin mit dem geometrischen Bob war auch wieder im Atrium. Als der Lautsprecher alle Parteien im Fall *Die Krone gegen Balcombe* in Gerichtssaal eins beorderte, zwinkerte Ali ihr zu und flüsterte: »*Showtime.*«

Wir reihten uns vor der Zuschauergalerie ein, wobei Kit und ich darauf achteten, die Balcombes in keiner Weise zu berühren. Jemand hatte ein überwältigend blumiges Parfüm aufgelegt, das meine Kopfschmerzen wieder weckte; mir pochten schon die Schläfen. Antonia, die Verlobte, saß in der letzten Reihe. Ihr geradezu jungfräuliches Outfit war perfekt kalkuliert: schwarzes Haarband aus Samt und Spitzenkragen, die Kleidung eines kleinen Mädchens aus früherer Zeit. Es fehlten nur die gestreiften Strümpfe, und sie hätte ausgesehen wie die alten Illustrationen von Alice im Wunderland. Sie reckte den Hals, um Balcombe zu sehen, als er die Anklagebank betrat. Als er sie in der letzten Reihe bemerkte, zuckte ein harter, wütender Ausdruck über sein Gesicht, verschwand aber so rasch, dass ich mir nicht sicher war, ob ich ihn mir eingebildet hatte.

»Hast du gesehen, was für eine Grimasse er geschnitten

hat?«, flüsterte ich Kit zu. Er sah zu Jamie, der feierlich und respektvoll dasaß, und zuckte nur mit den Schultern.

»So ist er doch immer, oder?«

Ich sah zu, wie Jamie harsch zu den leeren Plätzen in der ersten Reihe nickte. Antonia stand auf, als hätte er an einer Schnur gezogen. Sie hauchte eine Entschuldigung und setzte sich in die erste Reihe, wo sie nervös an ihrem Verlobungsring drehte.

»Das hast du jetzt aber gesehen«, sagte ich zu Kit, doch er war damit beschäftigt, seine Uhr mit der des Gerichts zu synchronisieren.

Von der Anklagebank bis zum Zeugenstand brauchte Jamie zehn oder zwölf Schritte. Er wirkte höflich und kooperativ, bedankte sich hörbar bei dem Gerichtsdiener, der ihm die Tür aufhielt, und sagte: »Natürlich, natürlich, vielen Dank«, als man ihn in den Zeugenstand führte.

»Sie dürfen sich setzen, Mr Balcombe«, sagte der Richter.

»Vielen Dank, Euer Ehren.« Er neigte den Kopf. »Ich möchte lieber stehen.«

Er trug heute einen Anzug, der ihm ein bisschen zu groß war und ihn wie einen Schuljungen aussehen ließ, der erst in seinen neuen Blazer hineinwachsen muss. Ich schaute verstohlen zum Rest seiner Sippe, die makellos gekleidet um mich herum saß. Es fiel mir schwer zu glauben, dass Jamies schlechtsitzender Anzug etwas anderes war als der Versuch, die Geschworenen zu entwaffnen. Seine Augen wirkten blauer als zuvor; trug er etwa Kontaktlinsen?

Er schwor auf die Bibel. Was sonst.

Fiona Price lächelte ihrem Mandanten warmherzig zu.

»Danke, Jamie.« Als hätte er die Wahl gehabt, als täte er uns allen nur einen Gefallen, indem er uns mit seiner Gegenwart erfreute. »Bevor wir zu der fraglichen Nacht kommen, erzählen Sie uns bitte etwas über Ihre Ausbildung.«

»Vielen Dank, Miss Price. Ich habe die Saxby Cathedral School besucht, wo ich das Abitur mit vier Einsen abgelegt habe, und studiere Architektur. Meinen Bachelor in architektonischer Gestaltung habe ich an der Bath University gemacht.«

Seine Stimme klang wie teurer Honig, der von einem silbernen Löffel tropft.

»Ich muss weitere drei Jahre studieren und mehrere Praktika absolvieren, bevor ich ins Royal Institute of British Architects aufgenommen werden kann. Ich möchte behaupten, dass nur Tierärzte länger studieren als Architekten. Nach dem B.A. absolviert man ein einjähriges Berufspraktikum, bevor man für weitere zwei Jahre an die Universität zurückkehrt und sein Diplom ablegt. Darauf folgen weitere Praktika, Seminare und Prüfungen.« Er lächelte leicht. »Danach muss man sich beim RIBA bewerben und sich eine Stelle suchen. Und dann beginnt die Arbeit erst richtig.«

Ein männlicher Geschworener im Blazer nickte, während der tätowierte Mann die Lippen schürzte.

»Welche Auswirkungen hat dieser Fall auf Ihre Karriere?«

Jamie sackte leicht in sich zusammen. »Ehrlich gesagt, sie wird zerstört, bevor sie richtig begonnen hat. Eigentlich sollte ich jetzt mein einjähriges Berufspraktikum absolvieren. Ich hatte eine Stelle bei McPherson and Barr, dem preisgekrönten Architektenbüro. Sie haben in Innenstädten auf verseuchten Böden neue Ökohäuser errichtet. Das ist eine sehr prestigeträchtige Stelle; sie nehmen nur einen Absolventen pro Jahr. Ich wollte gerade mein Praktikum beginnen, als die Vorwürfe gegen mich erhoben wurden. Leider hat die Firma es für ratsam gehalten, mein Praktikum auszusetzen, bis der Prozess abgeschlossen ist. Daher hänge ich zur Zeit beruflich in der Luft.«

Seine Geschichte konnte mich nicht überzeugen. Ich versuchte, ihm in die Augen zu sehen. Mich kannst du nicht belügen, dachte ich. Ich kenne dich. Ich habe dein schwarzes Herz gesehen.

Es war zu viel für Fiona Price; sie ließ bekümmert den Kopf hängen, voller Mitgefühl für den jungen Mann. »Ihr Vater ist ein erfolgreicher Bauunternehmer, nicht wahr? Ich übertreibe nicht, wenn ich sage, dass er sich ein Imperium aufgebaut hat. Sie brauchen keinen akademischen Titel, um Erfolg zu haben. Warum steigen Sie nicht einfach ins Familienunternehmen ein?«

Jamie blinzelte strahlend blau. »Es ist mir wichtig, mich nicht auf den Ruf meines Vaters zu verlassen. Außerdem liegt die Zukunft der Bauindustrie in nachhaltigem, verantwortungsvollem Bauen. Genau dafür interessiere ich mich. Ich würde es nicht nur als Beruf, sondern als Berufung bezeichnen.«

Es entbehrte nicht einer gewissen Ironie, dass ein Mann, der wegen Vergewaltigung vor Gericht stand, so verführerisch sein konnte.

»Sie sind ein junger Mann, der viel zu verlieren hat. Es muss sehr belastend sein, dass Ihre Karriere stagniert.«

»Euer Ehren«, unterbrach sie Polglase, »meine geschätzte Kollegin versucht, den Schwerpunkt auf die Konsequenzen für den Beklagten zu lenken statt auf die vorliegenden Beweismittel.«

Price reagierte sofort. »Um zu bewerten, wie mein Mandant in einer gegebenen Situation reagieren würde, muss ich auch berücksichtigen, wie viel er dadurch zu verlieren hat. Machen wir weiter, Jamie. Erzählen Sie uns, wie dieser Fall Ihr Privatleben beeinflusst hat.«

»Ich habe kaum geschlafen, seit ich verhaftet wurde. Ich bin also schon ziemlich lange müde. Selbst jetzt kann ich kaum glauben, dass das alles wirklich passiert.«

Fiona Price rückte einen Stift zurecht, bevor sie die Taktik änderte.

»Sind Sie verheiratet? Haben Sie Kinder?«

»Ich bin verlobt. Meine Verlobte Antonia ist hier.« Er lächelte ihr zu, worauf sie einfältig zurückgrinste. Zum ersten Mal kam mir der Gedanke, dass sie nicht als Zeugin auftreten würde, da sie ja seit Prozessbeginn im Saal zugegen gewesen war. Warum wohl hatte man sie nicht geladen?

»Haben Sie Kinder?«

»Noch nicht. Ich möchte es gerne in der richtigen Reihenfolge machen, aber da bin ich sehr hoffnungsvoll.«

Man konnte sehen, wie die weiblichen Geschworenen förmlich dahinschmolzen. Selbst ich hatte Mühe, das höhnische Grinsen des Vergewaltigers mit dem blinzelnden Schuljungen vor mir in Einklang zu bringen.

»Wie die Geschworenen wissen, fand der angebliche Zwischenfall am Donnerstag statt. Teilen Sie uns mit, wie es kam, dass Sie das Festival besucht haben und der Klägerin begegnet sind.«

»Sicher.« Jamie nickte. »Natürlich. Ich wollte eigentlich mit Peter, einem alten Schulfreund, nach Cornwall fahren, aber ein paar Tage, bevor es losging, hat er sich das Bein gebrochen. Beim Bergwandern mit den Venture Scouts.« Scheiße, was sonst?, dachte ich. Was kommt als Nächstes? Peter und Jamie, die aus lauter Menschenfreundlichkeit alten Damen über die Straße helfen? »Also bin ich allein mit dem Bus gefahren und habe mein Zelt aufgebaut.« Er grinste verlegen. »Es war nicht der ideale Anfang für ein Festival. Ich bin nicht besonders gut darin, ein Zelt aufzubauen. Peter ist der Pfadfinder, der Experte für so was. Nachdem ich das Zelt stehen hatte, war ich ein bisschen niedergeschlagen und fühlte mich allein. Ich bin von Natur aus kein Einzelgänger. Darum bin ich abends an den

Lagerfeuern umhergegangen und habe nach Leuten gesucht, mit denen ich reden konnte.« Er senkte den Blick und schaute wieder hoch, die perfekte Prinzessin-Diana-Masche. »An den Lagerfeuern saßen viele Leute, man musste gar nicht erst fragen, ob man sich dazusetzen konnte. Ich habe gar nicht genau hingeschaut und mich einfach auf den ersten freien Platz gesetzt. Zuerst haben sich alle zusammen unterhalten, über andere Festivals, ob wir klares Wetter für die Sonnenfinsternis haben würden, so in der Art.«

»Und wie kam es zu dem Gespräch mit Miss Taylor?«

Er drehte sich ein bisschen, so dass ich sein Profil sehen konnte. Ich fragte mich, ob sich sein gutes Aussehen positiv oder negativ auswirken würde.

»Als es richtig dunkel war, holten die Leute ihre Gitarren raus, und dann konnten wir uns nur noch mit unseren unmittelbaren Nachbarn unterhalten. Wir haben über dies und das geredet. Sie war ziemlich weit gereist, auf vielen Festivals gewesen. Ich habe ihr erzählt, dass ich so etwas auch gern machen würde, meine Freundin aber nicht besonders scharf darauf sei.«

Price drehte einen Stift zwischen den Fingern. »Also wusste die Klägerin, dass Sie in einer festen Beziehung waren?«

»Na ja, ich dachte … da war so ein Funke zwischen uns.« Jamie wirkte schuldbewusst, als wollte er nicht schlecht über Beth reden, obwohl er ihretwegen so viel durchgemacht hatte. Die mütterliche Geschworene neigte den Kopf zur Seite. »Sie legte ihre Hand auf meinen Oberschenkel, während wir uns unterhielten, und ich dachte, ich sollte meine Freundin besser erwähnen. Damit sie gar nicht erst mit mir flirtete.«

Price rückte unnötigerweise ihre Perücke zurecht. »Wir sprechen also über den Vorabend, den Abend vor der Sonnenfinsternis?« Jamie nickte. »Haben Sie an diesem Lagerfeuer

Drogen genommen?« Kit und ich schauten einander an; das klang eher nach einer Frage, die die Anklage stellen würde. Polglase schien jedoch nicht überrascht.

Jamie schaute zur Zuschauergalerie und biss sich auf die Lippe.

»Jamie, Sie müssen die Frage beantworten. Haben Sie an diesem Lagerfeuer Drogen genommen?«

»Es tut mir leid. Es ist schwer, die Frage zu beantworten, wenn meine Mutter dabei ist.« Er stieß einen langen, tiefen Seufzer aus. »Ja. Es wurde ein Joint herumgereicht, und ich habe dran gezogen, um kein Spielverderber zu sein. Ich dachte, die anderen würden mich so eher akzeptieren.« Der tätowierte Geschworene nickte, als hätte er volles Verständnis dafür. »Die Atmosphäre hat mich wohl irgendwie mitgerissen. Aber ich habe es ausgehustet, weil ich nicht daran gewöhnt war, und habe gesagt, es sei normalerweise nicht mein Ding. Beth hat den Joint genommen und gelacht und gesagt, keine Sorge, es ist ein Festival, hier gelten die normalen Regeln nicht.«

»Hat Miss Taylor auch an dem Joint gezogen, der herumgereicht wurde?«

»Ja, aber nur einmal, glaube ich.«

»Waren Sie berauscht?«

»Ich kann nicht für Miss Taylor sprechen, aber ich war es ganz sicher nicht.«

Ich merkte erst, dass ich mit den Fingern trommelte, als Kit seine Hand über meine legte.

»Und wann endete die Zusammenkunft?«

»Das muss gegen Mitternacht gewesen sein. Ich hatte keine Uhr an. Sie ist aufgestanden, um zu gehen. Ich habe sie gefragt, wo ihr Zelt steht, und sie hingebracht. Ich wollte mich vergewissern, dass sie gut angekommen war. Ich bin geblieben, bis sie den Reißverschluss von innen geschlossen hatte.«

Ich versuchte, während Jamies Darbietung positiv zu denken, hätte aber ebenso gut Wasser mit der Faust festhalten können.

Price stützte sich auf die Fingerknöchel und lehnte sich vor. »Und waren Sie da nicht versucht, einen Annäherungsversuch zu starten? Im Dunkeln, als Sie mit ihr allein waren?«

Jamie fuhr sich über die Augen und zögerte lange mit der Antwort. »Ja, ich war versucht. Wir hatten uns super verstanden. Aber ich habe nichts unternommen.«

Ich schaute zu Antonia. Ihr Gesicht war eine Maske. Was zum Teufel mag sie denken, fragte ich mich.

»Sie wussten also, dass sie angreifbar war. Sie standen beide unter dem Einfluss von Cannabis, und Sie haben die Klägerin allein schlafen lassen?«

»Ja, natürlich«, erwiderte Jamie, als wäre alles andere vollkommen undenkbar.

»Natürlich. Kommen wir zu dem Morgen, an dem sich der angebliche Zwischenfall ereignete. Wie begann Ihr Tag?«

»Er hat einen verdammten Oscar verdient«, flüsterte ich Kit zu. Er nahm meine geballte Faust und löste sie sanft, schaute aber wie alle anderen gebannt zu Jamie.

»Der nächste Morgen war der Tag der Sonnenfinsternis. Ich wollte bei Beth vorbeischauen, um zu fragen, ob wir sie zusammen ansehen sollen. Sie war nicht da, aber ich begegnete ihr, als sie gerade den Hauptplatz verließ. Sie sagte, sie wolle sich eine Stelle suchen, von der sie die Sonnenfinsternis in Ruhe anschauen könne. Auf dem Hauptplatz war es ziemlich voll, laute Musik und Geschrei, darauf hatte ich auch keine Lust. Also habe ich gesagt, ich würde mitkommen.«

»Wie hat sie darauf reagiert?«

»Sie hatte nichts dagegen«, sagte Jamie nachdrücklich. »Sonst wäre ich nicht mitgegangen. Wir sind ziemlich lange umhergelaufen, und dann blieb sie plötzlich auf einem Platz stehen, der voller Kirmesausrüstung war. Ich dachte schon, Moment mal, das ist nicht der ideale Aussichtspunkt. Da standen nämlich lauter Lastwagen und Zeug im Weg, doch dann begriff ich. Hier hatte man seine Privatsphäre. Sie suchte sich ein Fleckchen im Gras zwischen zwei Wohnwagen, und ich setzte mich neben sie.«

»Sie waren beide damit einverstanden?« Price beugte sich vor; die Geschworenen beugten sich vor; alle auf der Zuschauergalerie und den Pressesitzen beugten sich vor, als wäre Jamie ein Abgrund, der uns alle an sich zog.

Er wählte seine Worte behutsam. »Ich würde sagen, es war ein unausgesprochenes beiderseitiges Einverständnis. Vielleicht war ich naiv. Hätte ich gewusst, was passieren würde … aber es war alles ganz spontan. Wir haben einfach zum Himmel geschaut, besser gesagt, auf die Wolken. Eine Zeitlang passierte gar nichts, und dann ging es ganz schnell. Wir haben nur kurz zum Himmel gesehen, dann wurde es plötzlich ganz dunkel, das war unheimlich. Ein so unglaubliches Ereignis mit jemandem zu teilen ist wahnsinnig intim. Man ist von Menschen umgeben, aber es kommt einem vor, als wäre man nur zu zweit, und dann plötzlich kommt die Dunkelheit aus dem Nichts.« Nein, dachte ich vollkommen irrational, dieser Mann darf nicht empfindsam sein für die Schönheit und Macht einer Sonnenfinsternis. Das lasse ich nicht zu. Jamie räusperte sich. »Und dann, als es wieder hell wurde, sagte ich – ich wollte eigentlich sagen, wie unglaublich und wunderbar es gewesen war, aber mir passierte ein Freud'scher Versprecher, und ich habe etwas gesagt, das gar nicht romantisch war. Ich weiß, dass es keine besonders angemessene Beschreibung war, aber es ist eben passiert.« Er schaute Antonia hilflos an und senkte respektvoll die Stimme. Ihre Miene war undurchdringlich, doch sie drehte den Verlobungsring an ihrer rechten Hand. Ich wusste nicht, ob ich sie verachten oder bemitleiden sollte. »Die Stimmung ist einfach über uns gekommen, und nachdem wir uns geküsst hatten, wurde sehr schnell mehr daraus. Es war so spontan, dass ich gar nicht mehr weiß, wer von uns angefangen hat.«

Price hob die Hand, um ihn zu unterbrechen. »Das ist jetzt wichtig, Mr Balcombe. Der Kuss war beiderseitig? Miss Taylor hat Sie nicht weggestoßen, Sie nicht gebeten, damit aufzuhören?«

»Absolut nicht. Absolut nicht. Hätte ich die Situation missverstanden, hätte ich sofort aufgehört.«

»Kommen wir nun zur technischen Seite des Sex. Könnten Sie meinen geschätzten Kollegen bitte über Miss Taylors Hose aufklären und wie diese abgelegt wurde?«

»Sie hat sie eher gelockert als ausgezogen. Man konnte sie an einer Seite öffnen; ich hätte gar nicht gewusst, wie ich das anstellen soll. Dann hat sie mir die Hüften entgegengehoben …« Er vergrub flüchtig den Kopf in den Händen, um zu demonstrieren, wie schwer ihm das alles fiel. Sein Vater nickte aufmunternd. »Ich habe ihre Unterhose zur Seite gezogen, und das war's auch schon. Es war nicht brutal, ich habe ihr nicht weh getan, es war – es tut mir so leid, Antonia.« Jamie brauchte ein paar Sekunden, um sich zu sammeln. »Es war einfach nur … aufregender Sex. Ich habe so etwas vorher oder nachher nie wieder getan. Und dann kam dieses Paar dazwischen oder dieses Mädchen, und ich stand plötzlich als Vergewaltiger da.« Hier hob er die Stimme, und Price sah ihn warnend an.

»Sie meinen die Zeugen, Miss Langrishe und Mr McCall.« Alle Augen richteten sich auf uns. Alle Augen bis auf die von Antonia. Der Diamant an ihrer Hand blitzte bei jeder Drehung auf. »Und wie haben Sie reagiert?«

»Ich wollte, dass Beth sagt, was wirklich passiert war. Aber sie war einfach verstummt. Ich meine, es war ziemlich peinlich, ich war ja auch nicht begeistert darüber, dass wir mittendrin erwischt worden waren. Aber Sie müssen begreifen, wie aggressiv die waren. Für die, für sie, stand schon fest, was ich getan hatte.« Er sah mich an, und ich hoffte, dass die Geschworenen nicht merkten, wie mir der Schweiß ausbrach. »Es war surreal, eine Farce. Eine Sekunde lang habe ich gedacht, sie würden Witze machen, doch als dann von der Polizei die Rede war, wurde mir klar, dass das alles wirklich passierte. Und dass sie es ernst meinten. Ich habe nicht einen Moment daran gedacht, dass ich vor Gericht stehen könnte. Das ist wie ein Albtraum.«

»Danke, vielen Dank.« Price unterstrich ihre Worte, indem sie einen Stapel Papier Kante auf Kante zurechtrückte. »Nun kommen wir zu einem anderen Moment. Nachdem die ersten Vorwürfe laut geworden waren, haben Sie den Schauplatz verlassen. Warum haben Sie das getan, wenn Sie unschuldig waren?«

Jamie Balcombe seufzte tief. »Ich hatte ein bisschen Cannabis in der Tasche. Ich hatte mir von jemandem einen Joint drehen lassen und ihn gekauft.«

Das war mir neu und der Anklage offensichtlich auch; Polglase schob Carol Kent einen Zettel zu, und ich schöpfte ein bisschen Hoffnung.

»Und Sie sind nicht auf den Gedanken gekommen, den anderen das zu erzählen? Sie waren ja nicht auf einem Pfarrfest.«

Jamie breitete die Hände aus. »Eine Frau, die ich noch nie gesehen hatte, beschuldigte mich der Vergewaltigung! Das war wohl kaum eine entspannte Atmosphäre! Ich hatte vor, die Drogen irgendwo wegzuwerfen, weil ich nicht dafür bestraft werden wollte. Glauben Sie etwa, ich hätte mir Gedanken wegen eines kleinen Joints gemacht, wenn ich gerade jemanden vergewaltigt hätte? Aber der Zeuge war dicht hinter mir.« Er nickte zu Kit, der ganz aufrecht dasaß. »Er hätte gesehen, wenn ich etwas weggeworfen hätte. Also bin ich einfach in der Menge vor der Hauptbühne untergetaucht, und dann bemerkte ich die kleine Polizeiwache gleich beim Eingang. Ich dachte mir, wenn ich dahin gehe und sage, dass mir die Frau fälschlicherweise etwas Schreckliches vorwirft, wird sich schon alles klären. Ich war mir sicher, dass sie sich inzwischen beruhigt hatte.«

»Wie viel Zeit war zwischen dem angeblichen Zwischenfall und Ihrer Meldung bei der Polizei vergangen?«

»Etwa eine Stunde. Nachdem ich den Joint weggeworfen hatte, blieb mir ein bisschen Zeit, um über die wichtigere Frage nachzudenken. Ich meine, ich habe die Klägerin *nicht* vergewaltigt. Das habe ich nicht getan, das konnte ich nicht tun. Was aber nicht hieß, dass ich nichts falsch gemacht hatte. Ich hatte meine Freundin, meine Verlobte, betrogen. Es war ein Augenblick des Wahnsinns, aber nicht so, wie er es darstellt.« Er nickte zu Polglase. »Ich habe ein bisschen gezögert, weil ich dachte, wenn das hier offiziell wird, wenn sie mich vom Festival ausschließen, könnte Antonia es herausfinden. Also habe ich eine halbe Stunde im Zelt gesessen und nachgedacht. Dann wurde mir klar, dass ich das Richtige tun und das Missverständnis aufklären musste. Nie im Leben hätte ich geglaubt, dass man mich der Vergewaltigung bezichtigen würde.«

»Welchen Grund könnte die Klägerin denn haben, Ihnen das vorzuwerfen?«

Jamie schluckte mühsam. »Ich kann mir nur vorstellen, dass es ihr peinlich war. Immerhin war es keine sehr würdevolle Angelegenheit.« Er erschauerte, als schmerzte es ihn, sich so ungalant zu verhalten. Mein Gott, er war wirklich gut. »Aber ich glaube, ihr Auftritt im Zeugenstand hat gezeigt, dass sie fest davon überzeugt ist, die Wahrheit zu sagen. Das ist das Schlimmste daran: Sie ist ein Opfer, aber nicht meins. Ich hatte gehofft, dass sie inzwischen die Hilfe bekommen hätte, die sie so dringend braucht.«

20

KIT *18. März 2015*

Der Ballsaal der *Princess Celeste* erinnert an ein neonbeleuchtetes Einkaufszentrum. Zunächst gibt es die üblichen Sicherheitshinweise. Dann hakt ein Vertreter des Reiseunternehmens die Passagierliste ab und händigt den Gästen ihre Namensschilder aus. Als Richard und ich aufgerufen werden, sind nur noch eine Handvoll Schilder übrig.

Der erste Vortragende betritt die Bühne. Nun begreife ich auch, weshalb mir die körperlose Stimme aus dem Lautsprecher vorhin so vertraut vorkam. Professor Jeff Drake hat mich drei Jahre lang in Oxford unterrichtet. Er wird den Sonnenuntergang filmen und erzählend begleiten und auf der Rückfahrt etwas anbieten, das er als »Manöverkritik« bezeichnet. Ich höre mit einem Ohr zu und schleiche nach hinten in den Ballsaal, wo die Passagierliste unbewacht auf einem Tisch liegt; ich brauche nur wenige Sekunden, um sie zu überfliegen. Beth steht nicht darauf. Ich suche mir eine günstige Stelle, von der aus ich systematisch jede einzelne Frau mustern kann. Es ist nicht so zeitaufwendig, wie es sich anhört; das Verhältnis Männer zu Frauen liegt bei zwei zu eins, und junge Frauen sind noch seltener vertreten. Ich will mich vergewissern, dass sie nicht unter ihnen ist, mehr kann ich nicht tun.

Beth ist nicht auf dem Schiff.

Natürlich ist es denkbar, dass sie an Land auf mich wartet. Wenn ich sie finden wollte, bevor sie mich findet, hätte ich die größte Chance wohl in jener Kneipe. Während des Schattens werden Tausende Touristen über ein Dutzend Hügel verstreut sein. Wir werden erst am Morgen der Sonnenfinsternis, nachdem die Wolkendecke über der Insel begutachtet wurde, genau wissen, von wo aus man die beste Sicht hat. Doch in den nächsten zwanzig Stunden, bis wir in Tórshavn anlegen, kann die Vergangenheit mir nicht gefährlich werden.

Ich glaube, ich habe mir noch einen Drink verdient.

Ich erwische Jeff Drake an der Theke. Er erkennt mich sofort. »Christopher!«, sagt er (ich höre schon auf meinen vollen Namen, der auf dem Anstecker steht, so wie ich zu Hause auf *Kit* höre). Seine Stimme schleudert mich zurück in der Zeit und in sein Büro in Oxford, von dem man auf die Isis blickte. Fast rechne ich damit, ein Paar abgenutzte Adidas Gazelle an meinen Füßen zu sehen.

»Ich habe mich oft gefragt, was aus dir geworden ist«, sagt er, nachdem wir beide festgestellt haben, wie klein die Welt doch ist. »Ein Verlust für die Wissenschaft, ein Gewinn für die Industrie.« Es ist lange her, dass ich mich geschämt habe, jemandem zu erzählen, was ich jetzt mache. Doch er ist liebenswürdig und interessiert und geradezu enttäuschend unenttäuscht, dass ich nicht promoviert habe. Andererseits ist Jeff ebenso berühmt für seine Diplomatie wie für seinen Intellekt. Als eine ältere Kanadierin uns unterbricht und sich ernsthaft erkundigt, was denn der Unterschied zwischen einem Stern und einem Planeten sei, antwortet er ihr mit dem gleichen Respekt, mit dem er mir als Student begegnet ist. Mein verschwendetes Potential steckt mir wie ein Kloß in der Kehle, und ich spüle ihn mit Rotwein hinunter.

Richard ist mit einigen Astronomen aus Wales ins Gespräch gekommen, und wie sich bald herausstellt, haben wir es mit sehr ernsthaften Sonnenfinsternisjägern zu tun. Tansy, eine gewaltige Frau mit rötlichem Gesicht, die etwa so alt wie meine Mutter ist, droht, uns ihre Glücksunterwäsche zu zeigen. »Mit meinem Glücksslip ist mir noch nie eine Wolke dazwischengekommen!«, sagt sie und füllt mein Glas nach.

»Immer noch die Alte«, sage ich leise zu Richard. Wir tauschen Informationen über vergangene Sonnenfinsternisse aus, wodurch sich eine natürliche Hackordnung ergibt. Auf der Rückseite des Reiseplans listet Richard Namen und Sonnenfinsternisse auf. Auf Platz eins landet ein Kalifornier von über neunzig, der neunzehn Sonnenfinsternisse miterlebt hat. Teilt man jedoch die Anzahl der erlebten Sonnenfinsternisse durch das Alter der Person (eine Rechnung, der ich nicht widerstehen kann), habe ich bei weitem die meisten miterlebt.

Der Wein scheint niemals zu versiegen. Die Temperatur in der Bar steigt, und ich ziehe meinen Pullover aus, unter dem ich das T-Shirt von Chile 91 trage. Auf Tansy wirkt es, als hätte Clark Kent den Anzug aufgerissen und sein Superman-Outfit enthüllt. »1991! Da musst du ja noch ein Baby gewesen sein.«

Noch mehr Wein, und ich merke, dass ich das Schlingern nicht mehr spüre. Entweder ist die See glatt wie ein Mühlenteich, oder mein Gehirn bewegt sich im perfekten Einklang mit den Bewegungen des Schiffes. Richard fordert alle in Hörweite heraus, den Weltrekord für das Foto mit den meisten Sonnenfinsternisjägern zu brechen. Als Jungfrau darf er nicht mitmachen, drängt uns aber alle vor dem Sucher zusammen. Auf einem Tisch liegt eine Baseballkappe mit der Aufschrift *Princess Celeste*. Ich setze sie auf, ziehe sie tief in die Augen und stelle mich ganz nach hinten. Außer einem schwarzen Schirm und einem rötlichen Bart ist nichts von mir zu sehen. Nachdem er sein Foto gemacht hat, fährt Richard mit einem Strohhalm die Liste auf und ab und bewegt dabei die Lippen, während er im Kopf rechnet. »Auf diesem Bild«, sagt er und schwenkt sein Handy, »sind insgesamt hundertdrei individuelle Erlebnisse einer totalen Sonnenfinsternis versammelt.«

»Na, wenn das keine angewandte Mathematik ist«, sage ich, und alle lachen mit. Mac hat mir mein Leben lang eingeredet, ich sei nicht witzig, und selbst Laura versteht nicht alle meine Scherze, aber heute Abend wird mir klar, dass ich einfach nur bei den falschen Leuten nach Anerkennung gesucht habe. Hier lieben sie mich. Alle wollen meine Geschichten über Sonnenfinsternisse hören. Seit Cornwall – und noch davor – habe ich nicht mehr so ungezwungen mit anderen Leuten gesprochen. Alle hier sind mit den Fachausdrücken vertraut, so dass ich die langwierigen Erklärungen weglassen und sie mit der reinen Geschichte fesseln kann. Meine neuen Freunde hängen an meinen Lippen. Tansy rückt näher an mich heran. Ich schaue auf das Weinglas in meiner Hand und stelle fest, dass wir zu Rum übergegangen sind. Jemand holt einen Selfie-Stick heraus, und wir machen noch mehr Fotos, und ich behalte die Kappe auf. Ein Mann, der ebenfalls ein Chile-91-Shirt trägt, umarmt mich wie einen verloren geglaubten Bruder. Zufrieden stelle ich fest, dass sein T-Shirt über einem Bierbauch spannt, während meins immer noch halbwegs gerade von den Schultern bis zum Gürtel fällt. Kein Wunder, dass Tansy mich so unwiderstehlich findet. Die Gespräche mit meinen neuen Freunden wiederholen sich, drehen sich im Kreis, verschwimmen. Irgendwann wird gesungen, und einmal erzähle ich eine ganz faszinierende Geschichte. Das glaube ich jedenfalls.

»Vielleicht solltest du dich ein bisschen beruhigen«, sagt Richard, nimmt mir sanft das Glas weg und stellt es auf den Tisch.

Ich bin empört. »Ich und Tansy sind nur Freunde.«

»Wovon redest du? Dein Bett ist einen halben Meter von

meinem entfernt. Und ich bin nicht scharf drauf, dass du mir ins Gesicht kotzt.«

Ich bin zu betrunken, um mit dem Trinken aufzuhören, aber immerhin nüchtern genug, um zu erkennen, dass mir ein bisschen frische Luft guttun würde. Auf dem Oberdeck lasse ich mich in einen Liegestuhl fallen und lege einen Powernap ein. Als ich aufwache, hat mich jemand zugedeckt. Unter mir und um mich herum klatschen die Wellen gegen den Rumpf. Der Wind hat die Wolken weggeweht, der Mond steht als dicke abnehmende Sichel am Himmel. Über mir sind mehr Sterne als Schwärze zu sehen; vielarmige Galaxien kreisen vor meinem bloßen Auge, und Meteore kommen so häufig vorbei wie in London die Busse. Ein solches Firmament habe ich seit Sambia nicht mehr gesehen. Mit Laura an meiner Seite wäre der Abend vollkommen. Ich kann mich nicht erinnern, wann ich mich zuletzt so zu Hause gefühlt habe.

21

»Wenn man mich fälschlich eines so abscheulichen Verbrechens wie der Vergewaltigung beschuldigte, würde ich dableiben und mich verteidigen. Sie aber sind weggelaufen«, sagte Nathaniel Polglase.

Ich hielt die Luft an, während Jamie ihn ungerührt ansah. »Wie bereits erwähnt, wollte ich lediglich die Drogen loswerden, die ich in der Tasche hatte.«

»Nein. Sie sind weggelaufen, weil Sie dabei erwischt worden waren, wie Sie die Klägerin vergewaltigten, und Sie hofften, ungeschoren davonzukommen.«

»Nein.«

»Können Sie sich erinnern, wie Sie zu dem Polizeicontainer gegangen sind?«

Jamie schaute seine Anwältin panisch an. Fiona Price nickte kaum merklich. Ich fragte mich, ob Kit es bemerkt hatte. Ich fragte mich, ob die Geschworenen es bemerkt hatten.

»Ja?«

Polglase schaute feierlich drein. »Die Geschworenen haben gehört, wie DS Kent den Drogenhund Pip beschrieben hat. Dennoch wiederhole ich die Beschreibung noch einmal für die Geschworenen wie auch für Sie, Mr Balcombe. Während des gesamten Wochenendes befanden sich zwei Polizeihunde vor Ort, darunter ein vier Jahre alter Schäferhund namens Pip, ein unglaublich sensibles, exzellent ausgebildetes Tier. Er wittert selbst geringste Spuren von Drogen, sie sind für ihn so offensichtlich wie ein brennender Joint für das menschliche Auge. Wo war Pip, als man Sie befragte, Mr Balcombe?«

»Er war ganz in meiner Nähe«, sagte Jamie. Kit und ich richteten uns auf. »Er befand sich mit seinem Hundeführer in einer Ecke des Raums.«

Polglase drängte weiter, er schien im Kreuzverhör förmlich aufzublühen.

»Hat Pip bei Ihnen angeschlagen?«

Jamie sah jetzt so aus, wie ich mich gefühlt hatte, als Price mich in die Mangel nahm.

»Sie erinnern sich nicht daran, weil er nicht bei Ihnen angeschlagen hat, nicht wahr? Er hat das Cannabis, dass Sie so dringend loswerden wollten, gar nicht gerochen.«

»Ich hatte es ja auch nicht mehr. Und es steckte in einer kleinen Plastiktüte.«

»Eine gutausgebildete Nase könnte selbst unter diesen Umständen noch Spuren davon aufnehmen. Mr Balcombe!«, dröhnte Polglase in einem überraschend wohlklingenden Tenor, worauf ein Ruck durch das ganze Gericht ging. »Dieser Joint hat nie existiert, nicht wahr?«

»Und ob!« Er sprach jetzt im Jammerton eines kleinen Junge – so wie damals mit Beth.

»Es war ein Vorwand, den Sie sich nach dem Vorfall ausgedacht, den Sie sich auf dem Weg vom Festival zur Polizeiwache in Helston zurechtgelegt haben, nicht wahr?«

»Nein!«

»Wie viel hatten Sie am Lagerfeuer geraucht?« Jamie sagte nichts. »Ich habe hier Ihre Aussage, falls Sie Ihr Gedächtnis auffrischen möchten«, erklärte Polglase. Von meinem eigenen Auftritt im Zeugenstand wusste ich, dass sie einem damit die Schlinge reichen, die man sich nur noch über den Kopf ziehen muss. Auf einmal war ich dankbar für die Erfahrung, denn so verstand ich, wie Jamie sich jetzt fühlte.

»Einen Zug«, gab er zu.

»Und hat es Ihnen gefallen?«

»Nicht besonders.«

»Warum sind Sie dann hingegangen und haben sich einen Joint gekauft?«

Jamie schaute zur Decke, als könnte er dort die richtige Antwort finden. Die Geschworenen wirkten so gespannt, als säßen sie mit Cola und Popcorn im Kino.

»Sie sind ein cleverer junger Mann, nicht wahr?«

»Was?«

»Wäre es nicht viel günstiger, wenn wir Sie für das geringere Vergehen des unerlaubten Drogenbesitzes verurteilten, statt uns auf Ihr tatsächliches Verbrechen zu konzentrieren, nämlich die brutale Vergewaltigung einer angreifbaren, einsamen Frau?«

Jamie schüttelte den Kopf. Seine Mutter, die in derselben Reihe saß wie ich, ahmte die Bewegung nach. Die Presseleute kritzelten wie wild in ihre Notizbücher. Ich musste nichts mitschreiben; selbst jetzt kann ich die wichtigsten Reden aus dem Prozess noch auswendig aufsagen. Ich stellte fest, dass das Gedächtnis vollkommen anders funktioniert, wenn man vorher weiß, dass jedes Wort zählt. Dann prägen sich selbst nebensächliche Details ins Langzeitgedächtnis ein. Man gerät nur durcheinander, wenn man von einem Ereignis überrascht wird. Eigentlich müsste es verschiedene Begriffe für die verschiedenen Arten der Erinnerung geben.

»Sie haben in einem Fall gelogen. In welchem?«

»Ich lüge nicht«, erwiderte Jamie. Und ob du das tust, dachte ich, und sie werden dich durchschauen, so wie ich dich durchschaut habe.

»Es ist auch nicht so wichtig. Machen wir weiter«, sagte der Staatsanwalt. »Ich verweise auf Miss Taylors Aussage, die der Ihren in wesentlichen Punkten widerspricht, und zwar nicht nur, wenn es um die Vergewaltigung geht. Sie sind am selben Tag beim Festival eingetroffen, dem Mittwoch, und damit hören die Übereinstimmungen auch schon auf. Gehen wir noch einmal den Tag vor der Vergewaltigung durch. Sie haben zuerst den Oberschenkel der Klägerin berührt, nicht wahr?«

Jamie schien wieder Tritt zu fassen. »Sie hat sich an mich gedrückt.«

Antonia hörte auf, ihren Verlobungsring zu drehen; ein Lichtstrahl fiel von oben darauf und sandte einen weißen Blitz durch den Raum.

»Wer hatte die Idee, sie zum Zelt zu begleiten?«

»Ich. Ich dachte, es wäre sicherer.«

»Sie haben darauf bestanden, sie zu begleiten, obwohl Miss Taylor Ihnen mehrfach versichert hat, es sei nicht nötig. Ist das richtig?«

»Nein.«

»Miss Taylors Worte, die sie vor dem Zelt gesprochen hat, lauteten, wenn ich mich recht entsinne: ›Nicht in einer Million Lichtjahre.‹« Polglase zuckte theatralisch zusammen und verzog den Mund. »Autsch. Niemand wird gern abgewiesen, aber das hat richtig weh getan, was?«

»Nein. Weil es nie passiert ist.«

»Es war demütigend. Sie wollten ihr eine Lektion erteilen, nicht wahr?«

»Das stimmt nicht«, sagte Jamie, doch seine Stimme hatte ihren Charme verloren, und ich hoffte, dass er bald auch die Beherrschung verlieren würde. Lass sie dein wahres Ich sehen, dachte ich. Lass sie sehen, was ich gesehen habe.

»Miss Taylor sagt, sie sei wach geblieben, bis sie sicher war, dass Sie gegangen waren. Sie habe sich davor gefürchtet einzuschlafen, während Sie noch dort waren. Klingt das nach einer Frau, die am nächsten Tag einvernehmlichen Sex mit Ihnen haben wollte?«

»Sie lügt, weil es ihr peinlich war, dass wir erwischt wurden.« Jamie klang halb geduldig, halb mitleidig. »Vielleicht hatte sie so etwas noch nie gemacht. Es war auch für mich ganz untypisch. Eine spontane Idee. Der ganze Himmel hatte sich verändert.«

Polglase wandte sich an die Geschworenen. »Mr Balcombe scheint seine Handlungen mit der Position der Planeten zu entschuldigen. Was kommt als Nächstes? Die Sternzeichen?« Der tätowierte Geschworene musste ein Lachen unterdrücken. »Das ist gar nicht so untypisch für Sie, nicht wahr, Mr Balcombe?«

»Weil ich es nicht getan habe.«

»Es ist durchaus typisch für Sie, sich Dinge zu nehmen, die Ihnen Ihrer Meinung nach zustehen, und zwar ungeachtet der Konsequenzen für andere. Ist das so?«

Jamie antwortete in gedehntem Ton, als langweilte ihn die Frage. »Ich weiß wirklich nicht, wovon Sie reden.«

»War Ihre erste Bewerbung bei McPherson und Barr erfolgreich?«

Kit und ich schauten einander verwundert an. »Nein«, sagte Jamie und klang nun gar nicht mehr gelangweilt.

»Wie haben Sie es geschafft, die Architekten doch noch zu überzeugen?«

»Ich habe sie bei einer Benefizveranstaltung angesprochen und davon überzeugt, wie interessiert ich an dem Praktikum war.«

Ich konnte mir genau vorstellen, wie er sich durch Drinks

und Häppchen arbeitete und auf einer Wolke der Selbstgerechtigkeit dahinschwebte.

»Und was war mit dem ursprünglich erfolgreichen Bewerber?«

Jamie runzelte die Stirn. Kit sah mich erstaunt an. Ich nickte, schaute aber wie gebannt auf den Zeugenstand.

»Was genau haben Sie Octavia Barr, der Geschäftsführerin, gesagt? Ich möchte Sie daran erinnern, dass Sie unter Eid stehen.«

»Ich habe ihr gesagt, dass der andere Bewerber in eine Schlägerei verwickelt gewesen und auf Kaution freigelassen worden sei. Ich war der Ansicht, dass so jemand keine verantwortungsvolle Position verdient hatte.« Jamie reckte das Kinn, wohl um zu zeigen, wie ernst er seine Verantwortung als Bürger nahm.

»Sie haben also den erfolgreichen Bewerber schlechtgemacht und verdrängt?«

»Sie stellen es sehr viel hinterhältiger dar, als es tatsächlich war.« Jamie wurde nicht rot, sein Gesicht glänzte nicht. Er schwitzte nicht nervös, wie ich es getan hatte, und knickte nicht ein wie Dr. Okenedo.

»Ich stelle es genau so dar, wie es gewesen ist. Sie akzeptieren kein Nein als Antwort, oder?«

»Das stimmt nicht.«

»Ist es nicht so, dass Sie geradezu dafür bekannt sind, auf Zurückweisungen boshaft zu reagieren?«

»Das ist doch etwas ganz anderes – darf er das?«, fragte Jamie seine Anwältin.

Nathaniel Polglase antwortete dem Richter. »Es ist wichtig für die Charakterbeurteilung, Euer Ehren.«

»Fahren Sie fort, Mr Polglase«, sagte der Richter. Fiona Price wartete, bis er nicht hinschaute, und schüttelte dann den Kopf.

»Ist es nicht so, dass Sie die Klägerin am Lagerfeuer belästigt haben, ihr zum Zelt und auch am Morgen der Sonnenfinsternis gefolgt sind, obwohl sie Sie gebeten hatte, damit aufzuhören?«

»Nein.«

»Sie haben nicht gemeinsam beschlossen, den Sonnenuntergang vom Campingplatz aus zu beobachten, sondern sind ihr gefolgt und haben den richtigen Zeitpunkt abgepasst. Sie haben gewartet, bis sie sich an einem so entlegenen Ort befand, dass Sie sich ohne Erlaubnis das nehmen konnten, was Sie wollten, seit Sie Miss Taylor zum ersten Mal gesehen hatten. Ist es nicht so, Mr Balcombe?«

»Nein!« Das Wort peitschte durch die stickige Luft. Polglase trank einen Schluck Wasser und gab uns damit ein bisschen Zeit, um den Widerhall zu verdauen. Jamie tat es ihm nach.

»Mr Balcombe. Hat Miss Taylor ausdrücklich gesagt, dass sie sich die Sonnenfinsternis mit Ihnen ansehen wollte?«

»Nein, aber man muss doch nicht alles so deutlich aussprechen, oder?« Seine Stimme war jetzt wesentlich leiser.

»Das denke ich doch, Mr Balcombe. Ich möchte behaupten, dass es in diesem Fall grundsätzlich um eine mündliche, eindeutige Zustimmung geht, und wenn wiederholt das Wort nein gefallen ist ...« Polglase hielt inne, um das Wort wirken zu lassen, und ich hielt die Luft an: Falls er jetzt erwähnte, dass eine Augenzeugin dahingehend ausgesagt hatte, würde Kit sofort begreifen, dass nur ich das gewesen sein konnte. Und dass ich vor Gericht gelogen hatte, weil ich ihm ein so wichtiges Detail niemals verschwiegen hätte. »Sie haben aber das genaue Gegenteil getan, nicht wahr?«

Der Kelch ging an mir vorüber, vorerst jedenfalls.

»Nein«, sagte Jamie und schloss die Augen.

»Sie haben Miss Taylor vergewaltigt, nicht wahr?«

Jamie riss die Augen auf und schaute Polglase mitten ins Gesicht. »NEIN!«

Nein. Nein. Nein. Nein. Das Wort vibrierte förmlich durch den Raum, bis Polglase das Echo abschnitt.

»Keine weiteren Fragen, Euer Ehren.«

Alle waren überrascht, weil er das Kreuzverhör so abrupt beendet hatte. Jamie Balcombe glotzte seine Eltern an, als man ihm die Gelegenheit raubte, sich noch einmal zu äußern. Sally Balcombe gab ein beruhigendes Geräusch von sich, das er nicht hören konnte.

Fiona Price rief die letzte Zeugin der Verteidigung auf. Christobel Chase war ein langgliedriges Mädchen im grünen Kleid. Sie legte klar und deutlich den weltlichen Eid ab und bestätigte, sie habe Jamie Balcombe in ihrer ersten Studienwoche an der University of Bath kennengelernt. Ihr fester Freund sei mit Jamie im selben Ruderteam gewesen.

»Ich möchte Sie bitten, uns den Vorfall zu schildern, der sich gegen Ende Ihres ersten Studienjahres in Bath zugetragen hat und bei dem Ihnen der Beklagte zu Hilfe gekommen ist.«

»Natürlich. Es war beim Weihnachtsball, und ich hatte mich wirklich abgeschossen, hatte im Verlauf von acht oder neun Stunden zwei Flaschen Wein getrunken.« Sie schaute zu Antonia und dann zu Jamie auf der Anklagebank. »Irgendwann habe ich das Gebäude verlassen und bin über den Campus getorkelt. Ich wusste nicht mehr, wo ich wohnte. Jamie hat bemerkt, dass ich nicht mehr am Tisch saß, und mich gesucht. Ich konnte kaum noch stehen. Er hat mich in mein Zimmer gebracht und mir die Haare aus dem Gesicht gehalten, während ich mich in die Toilette erbrach – nicht gerade mein stolzester Moment –, und dann hat er mir ins Bett geholfen und einen Eimer danebengestellt, falls mir nachts noch einmal schlecht würde.«

Price nickte. »Wie würden Sie sein Verhalten beschreiben?«

»Er war der perfekte Gentleman«, sagte Christobel. »Jemand Besseren kann man in einer solchen Lage nicht finden.«

»Vielen Dank, Miss Chase.«

Nathaniel Polglase kratzte sich unter der Perücke.

»Miss Chase, ist es richtig, dass Sie zu dieser Zeit mit einem engen Freund von Mr Balcombe zusammen waren?«

»Ja, mit Laurence. Wir sind immer noch zusammen.«

»Hätte der Beklagte Ihre Lage damals ausgenutzt, wären sicher Konsequenzen in seinem gesellschaftlichen Umfeld zu befürchten gewesen, nicht wahr?«

»Nun – ja. Aber er hätte es auch so nicht getan.«

»Verehrte Geschworene, es besteht ein gewaltiger Unterschied zwischen dem Umgang mit einer jungen Frau, die weit entfernt von zu Hause allein ein Festival besucht, und einer Frau, mit der man bereits gesellschaftlich verbunden ist und für die man, falls ich das sagen darf, einen gewissen Respekt empfindet. Niemand wildert vor der eigenen Haustür.«

»Mr Polglase!«, ermahnte ihn der Richter. »Heben Sie sich das für Ihr Plädoyer auf. Haben Sie noch eine Frage an die Zeugin?«

»Verzeihung, Euer Ehren.« Polglase klappte die Akte, die vor ihm lag, hörbar zu. Mit der Geste wollte er wohl seinen Missmut verbergen, unterstrich ihn aber nur. »Damit beende ich mein Kreuzverhör.«

Richter Frenchay sah auf die Uhr. »Wir vertagen die Plädoyers und meine Zusammenfassung auf morgen.« Ich hatte damit gerechnet, konnte meine Enttäuschung aber nicht unterdrücken. Wir würden also nicht dabei sein. Wir hatten Rückfahrkarten für den nächsten Morgen und kaum noch Geld für Essen, geschweige denn für neue Fahrkarten und eine weitere Übernachtung.

Als wir uns erhoben und der Richter den Saal verließ, kam

mir ein Gedanke. Morgen würde man vermutlich noch einmal auf meine Zeugenaussage eingehen. Fiona Price würde erneut versuchen, mich zu diskreditieren, indem sie auf meine abweichenden Aussagen verwies. Im Grunde war der Gerichtssaal von Truro so ziemlich der letzte Ort, an dem ich morgen sein wollte.

»Es ist schon erschreckend, wie überzeugend er wirkte«, sagte ich, als wir den Hügel hinuntergingen. Kit nahm meine Hand und strich mit dem Daumen darüber.

»Und wenn er nun wirklich glaubt, er sei unschuldig? Wenn sie es für eine Vergewaltigung gehalten hat und er nicht?« Er wollte nicht den Advocatus Diaboli spielen, es war wohl eine archaische männliche Solidarität. Zum ersten Mal begriff ich, dass Männer sich ebenso sehr davor fürchteten, dieser Tat bezichtigt zu werden, wie Frauen davor, sie zu erleiden. »Ich meine, ist das überhaupt möglich?«

Wir blieben auf der Brücke stehen. Im rasch dahinfließenden Kenwyn jagten sich zwei Plastiktüten.

»Willst du meine ehrliche Meinung hören?« Ich starrte ins Wasser. Die Plastiktüten trennten sich voneinander, als sich die Strömung gabelte, und verschwanden unter der Brücke. »Ich glaube, manche Männer hassen Frauen so sehr, dass sie es gar nicht merken. Ihnen kommt gar nicht der Gedanke, sie könnten nicht einvernehmlich handeln, weil sie gar nicht erst über Einvernehmen nachdenken. Vielleicht ist Jamie Balcombe auch so ein Mann.«

»Aber es ist keine Entschuldigung, oder?«

»Herrgott, nein. Das macht es nur noch schlimmer.«

Als wir am Dienstag die Wohnung betraten, blinkte die rote Lampe am Anrufbeantworter.

»Dies ist eine Nachricht für Christopher McCall und Laura

Langrishe«, erklärte eine vertraute Stimme in offiziellem Ton. »Hier spricht DS Carol Kent von der Devon and Cornwall Police. Heute ist Dienstag, der 16. Mai, kurz nach drei nachmittags. Das Urteil ist ergangen. Es hat fast den ganzen Tag gedauert, aber die Geschworenen haben Jamie Balcombe mit einer Mehrheit von elf zu eins für schuldig befunden. Der Richter hat das Strafmaß noch am selben Tag festgesetzt, da viele Leute von weither gekommen waren. Er hat ihn zu fünf Jahren verurteilt, was die Höchststrafe für einen Angriff dieser Art ist. Der Richter hat wohl ein Exempel an ihm statuiert. Es wird Sie vielleicht interessieren, dass Elizabeth bei der Urteilsverkündung im Gericht war und wohl sehr zufrieden damit ist. Wir sind es jedenfalls.« Eine kurze Pause. »Ich wollte Ihnen noch einmal für Ihre Kooperation in diesem Fall danken. Ihre Zeugenaussage hat wesentlich zu der Verurteilung beigetragen.«

Die Lampe erlosch, keine weiteren Nachrichten. Die Geschworenen hatten ihn durchschaut, dachte ich, und es war, als hätte jemand eine gigantische Schraube in meinen Schultern gelöst, die so lange fest angezogen gewesen war, dass ich einen Moment lang meine Arme gar nicht spürte. Ich sackte gegen Kit. »Es ist vorbei«, sagte ich, das Gesicht an seine hämmernde Brust gedrückt.

ZWEITER KONTAKT

22

Die Sonne schiebt sich zentimeterweise über den Mond und stiehlt dabei das Licht. Kit steht an einem verlassenen Berghang, die Augen auf den Himmel geheftet, Beth schleicht sich im Schutz des Schattens an ihn heran. *Es ist noch nicht vorbei*, sagt sie wieder und wieder. Sie umklammert eine gezackte Glasscherbe, doch es sind meine Handflächen, die bluten. Ich schreie nach Kit, bringe aber keinen Ton heraus; Jamie Balcombe hält mir den Mund zu.

Ich erwache aus dem Albtraum, aber es dauert mehrere Minuten, bis der lebhafte, kleine Film verblasst. Ich umfange meinen Bauch und drehe mich auf die Seite, die Augen weit aufgerissen. Eine Straßenlaterne wirft schmuddeliges Londoner Licht durch die Schlitze in den Jalousien, und der Wecker verrät mir, dass es 3.59 Uhr ist, etwa die gleiche Zeit, zu der ich gestern aufgewacht bin. Ich hieve mich auf alle viere und greife nach Kits Kissen, konzentriere mich auf die kühle Baumwolle. Aber das Bild hat sich in meinen Kopf eingebrannt wie die Sonne in eine vernarbte Netzhaut. Ich schicke ihm eine SMS.

Bist du wach?

In Wirklichkeit meine ich, bist du am Leben?

Ich bereue es sofort. Es ist eine Sache, mich hier als nervöse, kontrollsüchtige Kratzbürste zu gebärden (meine Worte, nicht seine – obwohl er gewiss so denkt), aber ihn über Zeitzonen hinweg zu bedrängen ist unverzeihlich. Ich verliere schon wieder den Bezug zur Wirklichkeit. Als er nach sechzig Sekunden nicht antwortet, kann ich schon meinen eigenen Herzschlag hören. Eins der Babys schlägt einen Purzelbaum, und es fühlt sich an, als würde ich auf der Achterbahn ins Bodenlose stürzen. Ich bin im freien Fall. Wenn die Angst siegt, löst sich mein verrücktes vom rationalen Ich. Mein rationales Ich steht dann an einem fernen Ufer und sieht entsetzt zu, wie ich in der tosenden, von mir selbst erschaffenen Strömung hilflos dahintreibe. So fühle ich mich, als ich Kit auf dem Handy anrufe. Dreimal hintereinander meldet sich die Mailbox. Ein neues Bild taucht auf: Kit lehnt sich über die Reling, merkt gar nicht, wie Beth zuerst sein Handy über Bord wirft und dann die Hände anspannt, um ihn zu stoßen …

Als ich wieder zu mir komme, sitze ich zitternd in Morgenrock und Ugg Boots im dunklen Wohnzimmer, den Babybauch auf die verschränkten Beine gestützt. Als ich das iPad einschalte, spiegelt sich mein Gesicht flüchtig in der Oberfläche, ein hohläugiges Gespenst mit langen, weißen Haaren und eingefallenen Wangen. Nachts löst sich die Disziplin des Tages auf, und das Doppel-O des Google-Logos spiegelt meinen starren Blick.

Aus verschwommenen Gedanken werden Pläne. Ich werde auf dem Schiff anrufen und jemanden bitten, in Kits Kabine nachzusehen oder, falls das zu verrückt (ha!) erscheint, einfach nur fragen, ob an Bord der *Princess Celeste* alles in Ordnung ist. Aber ich finde nur die Nummer des Reiseveranstalters, wo um fünf Minuten nach vier natürlich keiner ans Telefon geht.

Ich suche in allen Nachrichtenportalen – Press Association, Reuters, BBC, Sky News – nach FÄRÖER SONNENFINSTERNIS TOURIST ERSTOCHEN VERRÜCKTE FRAU

TOD MORD CHRISTOPHER MCCALL BETH TAYLOR PRINCESS CELESTE NORDSEE. Wenn etwas passiert wäre, hätten sie sicher darüber berichtet. Ein Moment des Friedens, als ich nichts entdecke, doch er wird sofort von der Angst verdrängt, dass die Katastrophe nur noch nicht gemeldet wurde.

Ich googel nach denselben Wörtern. *Hör auf damit*, sagt mein Verstand. *Du machst dich nur krank. Überflutest deine Babys mit Stresshormonen.* Der dominante Teil meines Gehirns kümmert sich nicht darum, und ich drücke die Returntaste. Diesmal schickt mich das Internet zu YouTube, und ich schaue instinktiv durch die Finger wie ein Kind. Selbst durch den Filter meiner Hände sehe ich, dass keiner der angezeigten Clips *das Video* ist. Es sind neuere Amateuraufnahmen. Eine stammt von gestern Nachmittag, ein zehnminütiger Film, in dem die Sonne über der Nordsee untergeht. Ich klicke zaghaft darauf. Keine Musik, einfach nur ein kleiner Film, in dem die Sonne untergeht. Ich konzentriere mich auf nichts als das bronzefarbene Licht, das auf dem silbrigen Wasser schimmert. Welle um Welle und Atemzug um Atemzug werde ich ruhiger. Es ist bestenfalls peinlich, dass ich Kits Handy angerufen habe, und schlimmstenfalls gefährlich. Er wird annehmen, es handle sich um einen medizinischen Notfall. Ich greife wieder zum Handy.

Nicht beachten, hatte nur einen schlechten Traum.
Den Babys geht es gut.

Als das Video mit dem Sonnenuntergang endet, verändert sich die Seitenleiste. Ich rechne schon mit einem Standbild *des Videos*, doch meine Sorge ist unbegründet. Diese Filme werden von Wissenschaftlern gepostet, nicht von Hedonisten. Man kann die Sonnenfinsternisjäger, die online posten, in zwei Gruppen einteilen: ernsthafte Amateurastronomen wie jene, mit denen Kit jetzt unterwegs ist, und die New Age Raver. Die erste Gruppe ist deutlich größer, also müsste man vermutlich schon das Wort *Festival* in die Suche einbeziehen, um zu *dem Video* zu gelangen.

Es gibt nur noch einen weiteren Clip mit dem Schlagwort *Princess Celeste.*

Kreuzfahrt zur Sonnenfinsternis. Betrunkener rappt auf der *Princess Celeste*. Zum SCHREIEN.

Die Uhr rechts oben im Monitor verrät mir, dass es zwanzig nach vier ist. Mir ist klar, dass ich in den nächsten Stunden nicht einschlafen werde. Ein bisschen leichte Unterhaltung käme ganz gelegen. Also lade ich das Video und klicke auf Play.

23

LAURA *16. Mai 2000*

Unsere Wohnung lag im vierten Stock und hatte einen kleinen Balkon, von dem man auf die Grünanlage von Clapham Common schaute. Im Winter, wenn die Bäume kahl waren, konnte man die Herrenhäuser auf der Nordseite sehen, doch im Sommer hörte die Welt an den nächsten Baumkronen auf. Um in die Wohnung zu gelangen, mussten wir fünfundachtzig enge Treppenstufen hinaufsteigen, die im Zickzack zwischen fensterlosen Absätzen verliefen. Die anderen drei Wohnungen betrat man durch den Hintereingang, so dass wir ganz für uns waren, sobald wir die Haustür geschlossen hatten. Es gab keine Nachbarn, für die wir die Treppe aufräumen mussten; nichts hinderte uns daran, nackt zum Briefkasten zu gehen. Wir scherzten, dass wir uns eine Rutschstange wie bei der Feuerwehr besorgen könnten, um morgens ein paar Sekunden einzusparen, wenn wir zur Arbeit pendelten. Damals war das noch ein wichtiges Ritual, weil wir jung und gerade erst ins Berufsleben eingetreten waren. Die Tapete im Treppenhaus war uralt und löste sich ab, und stellenweise konnte man darunter leuchtend grüne Farbe sehen, die, wie Kit behauptete, vermutlich viktorianisch und mit Arsen versetzt war. Ich hielt es für einen Witz, bis ich drohte, daran zu lecken, und Kit mich panisch zurückriss.

Wir hatten nur zwei richtige Zimmer: das Schlafzimmer, das nach hinten hinausging, und einen schräg abfallenden Raum, den wir als Wohnzimmer und Küche nutzten. Die Einrichtung war älter als wir selbst, die Schlafzimmertür ging nicht richtig zu, der Lüfter im Bad war so laut, dass man kein Radio hören konnte, wenn jemand duschte. Es gab nicht genügend Steckdosen für Kits Geräte, daher baumelten gewagte Konstruktionen mit Mehrfachsteckern an den Wänden.

Die Wohnung war winzig – die Hälfte unserer Sachen bewahrten wir in Adeles Loft auf –, aber sie gehörte uns. Diese Wohnung, das waren wir.

Kits Landkarte mit den Sonnenfinsternissen hatte den Ehrenplatz über einem alten Futon, der Adele gehört hatte. Einoder zweimal in der Woche verwandelte er sich in ein Bett für Mac, wenn er mal wieder aus einem heruntergekommenen Club südlich der Themse auftauchte oder – was zunehmend häufiger vorkam – von Ling ausgesperrt worden war. Ich gewöhnte mich daran, ihn bewusstlos im Wohnzimmer vorzufinden, neben sich einen Kotzeimer. Ihm fehlte ein Backenzahn, sein Gesicht war eingefallen und verriet mir, wie Kit mit fünfzig aussehen würde. Dabei war Mac erst zweiundzwanzig.

Kit hatte unseren Zeitungshändler überredet, Blätter aus dem West Country zu bestellen. Das wäre gar nicht nötig gewesen, denn das Balcombe-Urteil schaffte es in alle großen Tageszeitungen. Er kam mit einer Ausgabe des *Cornishman* und einem halben Dutzend Boulevardblätter und Tageszeitungen nach Hause. Wir setzten uns mit einer Kanne Tee und einem Teller Toast auf den Balkon und lasen schweigend, wobei wohl nur ich nervös war. Die *Cornish Times* brachte ein Interview mit dem Bauern Rory Polzeath, der durch die Ereignisse auf seinem Land nicht nur finanziell ruiniert, sondern auch emotional erschüttert worden war.

Meine Finger färbten sich schwarz, als ich manisch die

Schlagzeilen durchblätterte, voller Angst, eine könnte meine Lüge verraten. SONNENFINSTERNIS-VERGEWALTIGER SCHULDIG, schrieb die *Sun*. EHEMALIGER PRIVATSCHÜLER BETEUERT UNSCHULD, verkündete die *Daily Mail* in einem Artikel, der vor allem den Preis von Jamie Balcombes Elternhaus, die Kosten für seine Ausbildung und die hauchdünne Verbindung seines Vaters zum Prinzen von Wales hervorhob. Niemand erwähnte meine Zeugenaussage, und obwohl ich die Zeitungen am liebsten angewidert weggeworfen hätte, reichte ich sie Kit weiter, um mir ein bisschen Zeit zu erkaufen.

Eine Kolumnistin der *Times* behauptete, die Vergewaltigung sei ein Indiz für den Zustand der »alternativen Szene«; sie diene als Warnschuss für alle Eltern, deren Kinder Musikfestivals besuchten. Ich spürte, wie sich mein Körper verkrampfte. Der *Telegraph* ging sogar noch weiter. Unter der Schlagzeile RICHTER STATUIERT EXEMPEL AN FESTIVAL-VERGEWALTIGER folgte eine Klage über Jamies zerstörte Karriere.

»Verdammt, auf wessen Seite stehen die eigentlich?«, fragte ich Kit. »Sollen wir ihn etwa bedauern?«

»Du lieber Himmel«, sagte er und fügte den *Telegraph* seinem Lesestapel hinzu.

Im *Daily Mirror* fiel mein Blick auf einen Satz, bei dem mir ganz kalt wurde.

> Während des Prozesses gab es einige angespannte Momente, als eine wichtige Augenzeugin bei ihrer Aussage unsicher wurde.

Ich wagte nicht weiterzulesen, weil Kit mir jederzeit über die Schulter sehen konnte. Ich stopfte den ganzen *Mirror* in einen Sportteil und entsorgte ihn im Recyclingeimer.

Die Journalistin mit dem Bob, die ich dem *Guardian* zugeordnet hatte, kam in Wirklichkeit vom *Independent.* Georgie Beckers Verfasserfoto war gut zehn Jahre alt, aber ihre Worte waren die ersten, die mich wirklich ansprachen.

HÄUFIGSTE REAKTION AUF VERGEWALTIGUNG IST ERSTARREN
ENDLICH ERKENNEN GESCHWORENE DAS
ENDLICH SPRICHT DER RICHTER FÜR DIE OPFER

»Das Geräusch, als er seinen Reißverschluss aufmachte, war so, als entsicherte jemand eine Pistole; man ist eine Geisel, man tut, was einem gesagt wird. Ich konnte ihn nicht abwehren, ich bin einfach erstarrt. Ich wollte es nur hinter mich bringen.« So die Zeugenaussage des 20-jährigen Opfers von Jamie Balcombe, der in der vergangenen Woche der Vergewaltigung bei einem Festival schuldig gesprochen wurde, das im letzten August während der totalen Sonnenfinsternis in Cornwall stattfand. Ihre machtvollen Worte zerstörten die gemeinhin akzeptierte Theorie, nach der eine Frau sich mit Zähnen und Klauen gegen eine Vergewaltigung zu wehren hat. Die meisten Opfer sind vor Angst einfach wie gelähmt.
Vergewaltigungsfälle, in denen sich die Parteien kennen, sind, wie man weiß, sehr schwer zu verhandeln. Was also wurde hier richtig gemacht? Der Fall Balcombe ist sehr ungewöhnlich, da es hier unterstützendes Beweismaterial gab – vor Gericht reicht das Wort einer Frau allein nicht aus – und Mr Balcombes Opfer zugab, dass sie möglicherweise nicht zur Polizei gegangen wäre, hätten nicht zwei zufällige Passanten den Vorgang unterbrochen. Deren Aussagen erwiesen sich als entscheidend für die Verurteilung.

An diesem Punkt erstarrte auch ich, doch das belastende Detail hatte man ausgelassen. Zuerst war ich erleichtert, aber dann schämte ich mich zutiefst, da Beth doch so viel mehr erlitten hatte als ich. Den Rest las ich mit Tränen in den Augen.

> Balcombes Opfer bewies Mut, indem sie das Verbrechen meldete und bei ihrer Geschichte blieb, selbst als die Verteidigerin Fiona Price sie einem massiven Kreuzverhör unterzog. Sie musste ihre sexuelle Biographie noch einmal durchleben und alle Sexualpartner vom Verlust ihrer Jungfräulichkeit bis zum Tag des Ereignisses aufzählen. Während dieser Tortur bezeichnete man ihren Vergewaltiger wiederholt nur als weiteren »Sexualpartner«. Man deutete mehrfach an, sie habe während der Sonnenfinsternis einen »Moment des Wahnsinns« durchlebt, für den sie sich jetzt schäme, und ihre eigene mangelnde Selbstkontrolle sei das eigentliche Problem. An einem Punkt schrie sie: »Das ist schlimmer, als vergewaltigt zu werden.«
>
> Der Richter Mr Frenchay musste zweimal eine Unterbrechung anordnen, damit sich das Opfer wieder fassen konnte, was nur von seinem Mitgefühl zeugte. Miss Price' Kreuzverhör war vollkommen legal und üblich in Vergewaltigungsprozessen, in denen es mehr um die Einvernehmlichkeit als um die Identität des Täters geht. Dass die Sexualgeschichte des Opfers eine harmlose Liste serienmonogamer Vorfälle war, tut nichts zur Sache; es geht darum, dass der Zwang, diese öffentlich wiederzugeben, einer psychologischen Kriegsführung gleichzusetzen ist, dem Versuch, dem Opfer die verbliebene Würde zu rauben.
>
> Es wird sich einiges ändern: Die sogenannte *Rape Shield Law*, die Abänderung von Abs. 41 des *Youth Justice and Criminal Evi-*

dence Act, tritt später in diesem Jahr in Kraft und schränkt die Befragungen einer Klägerin zu ihrer Sexualgeschichte und ihrem Sexualverhalten deutlich ein.

In seiner Urteilsbegründung sagte Richter Frenchay: »Sie sind ein arroganter Opportunist, der vorsätzlich einer Frau aufgelauert hat, die allein unterwegs war, und der, als diese ihn zurückwies, sie weiter isolierte, bis sie Ihrem Angriff schutzlos ausgeliefert war. Sie haben ihre Bitte aufzuhören nicht respektiert. Das haben Sie wissentlich und in absoluter Missachtung ihres körperlichen oder emotionalen Wohlbefindens getan. Es sind Ihre Selbstgerechtigkeit und die Art, in der Sie Frauen als bloße Ware betrachten, die mich dazu veranlasst haben, die Höchststrafe für dieses Verbrechen zu verhängen.«

Richter Frenchay und die Geschworenen haben einen kleinen Schritt gemacht, der zu dauerhaften Veränderungen für alle Vergewaltigungsopfer führen könnte. Hoffen wir, dass wir endlich an der Schwelle zu einer bedeutenden Wende stehen.

»Was ist mit dem *Mirror*?« Kit hampelte neben mir herum. »Ich hatte doch einen mitgebracht.«

»Hab keinen gesehen.« Ich mied den Blick zum Recyclingeimer.

»Komisch.« Er kratzte sich am Hals und schlug den *Express* auf. »Oh, unsere Freundin aus dem Gericht.« Ali oder Alison Larch, wie sie mit vollem Namen hieß, hatte sich tatsächlich ein doppelseitiges Interview mit Antonia Tranter gesichert. Die rothaarige Frau schaute mich flehend an, darüber die Schlagzeile JAMIE, ICH WARTE AUF DICH. Ich ließ die Zeitung auf den Boden fallen.

»Ich weiß, wie du dich fühlst. Ich habe fürs Erste genug gelesen.« Kit stapelte die Zeitungen sorgfältig auf. »Denk dran, ich bin mit Mac heute Mittag auf ein Bier verabredet.«

»Meinst du, das ist eine gute Idee?«

»So weiß ich wenigstens, was er tut. Vorausgesetzt, er taucht auf.« Kit klang wie ein alter Soldat, der in die Schlacht zieht.

In der Wohnung hörte man nur die fernen Sirenen und Hupen von der Straße. Zum ersten Mal seit Tagen war ich allein und fühlte mich gar nicht wohl dabei. Da Kit sich mit Mac getroffen hatte und Ling an ihrem Baby festklebte, hatte ich niemanden, mit dem ich eine Runde Billard spielen oder auf dem Brixton Market herumstöbern konnte.

Um mir die Zeit zu vertreiben, machte ich Milch für Kaffee heiß und las den Artikel im *Express*. Antonia habe Jamie seine »Untreue« verziehen – »Was ist das für eine Scheiße?«, brüllte ich –, leide aber immer noch sehr unter dem Fehlurteil. Die Familie Balcombe und ihr Anwaltsteam seien zunächst sicher gewesen, dass der Fall abgewiesen würde, und dann, dass man ihn für nicht schuldig befinden würde. Sie hätten Jamie eine Wohnung gekauft, in die er nach seiner Entlassung einziehen sollte und in der Antonia sich jetzt »sehr einsam« fühle. Nun säße der arme Jamie im selben Gefängnisflügel wie Serienvergewaltiger und Kinderschänder. Beth wurde nicht namentlich erwähnt, aber im gesamten Artikel als Anklägerin statt als Opfer bezeichnet. Ich kämpfte gegen den Drang, die Zeitung in Fetzen zu reißen, als eine unbekannte Nummer auf meinem Handy anrief. Ich schaltete den Wasserkocher ein und meldete mich.

»Hier ist Beth.«

Ich schwieg schockiert; ich war es nicht gewöhnt, in der Presse über Leute zu lesen und dann von ihnen angerufen zu werden. Und ich hatte angenommen, dass wir nichts mehr von ihr hören würden, nachdem der Prozess zu ihren Gunsten ausgegangen war. Doch Beth verstand mich falsch.

»Elizabeth Taylor?« Ich empfinde ihren Ton wohl nur rückblickend als vorwurfsvoll. »Du weißt schon, aus Cornwall?«

»Tut mir leid, ja, natürlich weiß ich, wer du bist. Wie schön, von dir zu hören. Wie geht es dir? Was sage ich jetzt am besten? Herzlichen Glückwunsch ist ja wohl nicht ganz passend.«

»Keine Ahnung. Ich bin vor allem erleichtert. Ich bin jetzt zu Hause in Gedling und weiß nicht so recht, was ich mit mir anfangen soll.« Ich begriff erst nach einigen Sekunden, dass sie mich um Rat bat. Den konnte ich ihr nicht geben; ich war so ziemlich der letzte Mensch, von dem sie Weisheit erbitten sollte. »Egal, jedenfalls hast du gesagt, ich soll mich nur melden, wenn etwas schiefläuft, aber ich wollte trotzdem danke sagen. Nicht nur, weil du vor Gericht ausgesagt hast, sondern auch, weil du dich direkt danach um mich gekümmert hast. Keine Ahnung, was passiert wäre, wenn du nicht gekommen wärst. Vermutlich hätte ich mich nicht getraut, das alles allein durchzuziehen. Und die haben gesagt, deine Aussage sei entscheidend gewesen. Dass du für mich gekämpft hast. So, jetzt weißt du Bescheid. Ich bin dir was schuldig.«

Ich schaute das Bild von Antonia Tranter im *Express* an und hoffte, dass Beth den Artikel nicht gelesen hatte.

»Ganz und gar nicht. Das hätte jeder getan.«

»Das stimmt nicht.« Beth klang aufgeregt. Ich weiß genau, dass ich mir den Eifer nicht einbilde, mit dem sie auf mich einredete. »Ich glaube, du weißt gar nicht, wie besonders du bist. Aber ich will, dass du es weißt. Glaubst du an Karma?«

»Das würde ich gern«, sagte ich vorsichtig.

»Ich glaube dran, und ich schätze, dir sind ein paar wunderbare Jahre gewiss.« Ich hörte das Lächeln in ihrer Stimme. Hinter mir brodelte der Wasserkocher, und die Mikrowelle machte ping. »Aber ich mache jetzt Schluss, du hast sicher zu tun. Ich wollte nur danke sagen.«

»Gern geschehen.«

Ich las den Artikel im *Express* zu Ende, trank meinen Kaffee und dachte an Beth. In einem anderen Leben und unter anderen Umständen hätten wir vielleicht gute Freundinnen werden können.

24

KIT 19. *März 2015*

Ich lehne an der Reling der *Princess Celeste* und schaue über den Hafen von Tórshavn, wobei ich gegen einen Kater kämpfe, wie ich ihn seit meiner Studentenzeit nicht mehr erlebt habe. Der Wind riecht nach Fisch, und mir dreht sich der Magen um. Ich trage meine Pyjamahose unter dem orangefarbenen Mantel, meine nackten Füße stecken in Stiefeln. Seit gestern Abend habe ich mir weder die Zähne geputzt noch das Gesicht gewaschen oder das Handy eingeschaltet. Richard ist losgezogen, um mir zur Wiederbelebung einen Kaffee zu holen. Die Luft hier draußen ist so sauber, dass man sie eher zu trinken als einzuatmen scheint, und ich brauche jeden Kubikzentimeter Sauerstoff, den ich kriegen kann, um die Nachwehen der letzten Nacht zu vertreiben.

Unser Schiff wirft einen Schatten quer über die Bucht. Von hier aus kann man die ganze Stadt überblicken, die sich am Rand des Wassers drängt. Die umliegenden Berge erstrecken sich bis zum Horizont. Die Basaltklippen ragen steil aus dem Meer auf und erinnern an die Vulkane, aus denen sie entstanden sind. Rotgestrichene Häuser tupfen die graue Stadt. Sie sehen aus wie Legosteine, und die Menschenmengen in bunten Primärfarben, die die Straßen bevölkern, scheinen einer Spielzeugkiste entsprungen. Wir müssen die Zeit bis zum Nachmittag totschlagen, dann fahren wir mit einem Minibus in die Berge. Schon beim Gedanken daran wird mir übel.

Mir fehlt die Energie, in den Frühstücksraum zu gehen, geschweige denn in die mit Stein ausgekleidete Bar.

»Ich will wieder ins Bett«, sage ich zu Richard, als er mir den Styroporbecher mit dem heißen, bitteren, koffeinhaltigen Lebenselixier hinhält.

»Keine Chance. Wir gehen auf Entdeckungstour.«

Der Kaffee wirkt tatsächlich. In dem engen Bad unserer Kabine putze ich mir die Zähne, dusche, ziehe mich an und fühle mich beinahe wieder menschlich. Erst dann werfe ich einen Blick aufs Handy. Eine Willkommensnachricht von Føroya Tele, die mir einen angenehmen Aufenthalt auf den Inseln wünscht, gefolgt von einigen beunruhigenden SMS und drei verpassten Anrufen von Laura. Ich antworte:

Bin jetzt wach. Wilde Nacht. Bin froh, dass es dir gutgeht.
Ruf dich später an. XXX

Damit ist es für mich erst mal erledigt; wir können später telefonieren. Richard und ich füllen unsere Brieftaschen mit glatten, neuen Zehnkronenscheinen und gehen in die Stadt. Auf den Straßen bieten geschäftstüchtige Einheimische den üblichen Krimskrams an: T-Shirts, Baseballkappen und Brillen. Ich kaufe das ganze Set und zwar in doppelter Ausführung, damit meine Kinder später nicht darum streiten müssen. Ich bin fest entschlossen, aus beiden Sonnenfinsternisjäger zu machen. Unsere Färöer-Pullover gibt es überall zu kaufen, und ich frage mich, ob Richard und ich wirklich so cool aussehen, wie wir gedacht hatten. Alle Läden und Cafés sind brechend voll.

Richard hat sich einen Stadtplan gekauft. »Die hölzernen Lagerhäuser haben früher der dänischen königlichen Familie gehört«, sagt er, als wir uns einem der roten Häuser nähern.

»Das ist ja faszinierend!«

»Schon gut, du Blödmann«, sagt Richard und deutet auf eine nahe gelegene Kneipe. »Katerbier?«

Wir bestellen beide ein Pint Sólarbjór, ein helles, hopfiges Pils, das eigens für die Sonnenfinsternis gebraut wurde, angeblich bei Vollmond in völliger Dunkelheit. Ich bekäme es nicht herunter, selbst wenn Elfen und Kobolde es unter einem verzauberten Regenbogen hergestellt hätten. Nach einem kurzen Schluck schiebe ich das Glas beiseite. Ich werde nie wieder Alkohol trinken.

Im Nationalmuseum gibt es eine Ausstellung über die letzte totale Sonnenfinsternis über den Färöern, die 1954 stattgefunden hat. Die Leute drängen sich förmlich vor den Schautafeln, ein seltener Anblick. Richard liest ein Zitat des damaligen staatlichen Geologen: »›Regnerisch und neblig, Arbeit unmöglich.‹ Na ja, immerhin regnet es diesmal nicht.«

»Noch nicht«, sagt eine Frau mit Regenhaube. »Laut meiner App liegt die Regenwahrscheinlichkeit morgen bei fünfzig Prozent.«

Ich rülpse Kaffee in meine Faust.

»Wie geht's dir jetzt, Kumpel?«, erkundigt sich Richard.

»Ich bin so richtig im Arsch.«

»Wenigstens hast du schon mal eine gesehen«, sagt er und schlägt dramatisch die Hand vor die Augen. »Bitte, o Wettergötter, lasst mich nicht als Jungfrau sterben!«

»Ha.« Allmählich wird er mir sympathisch.

Als wir in die Kabine zurückkehren, klingelt mein Handy. Lauras Bild füllt das Display, und eine Mitteilung in der Ecke sagt mir, dass ich geschlagene sechzehn Anrufe von ihr verpasst habe. Meine Hand zittert, als ich über den Bildschirm wische.

»Was ist passiert?«

»Scheiße, hast du dich im Internet gesehen?«, fragt sie

schrill. Säure schwappt durch meinen Magen. Sie muss die Social-Media-Accounts auf meinen Computer durchsucht haben. Das ist untypisch für sie, aber in letzter Zeit ist sie auch nicht sie selbst. Ich hätte sie wirklich nicht allein lassen sollen.

»Die laufen doch alle unter einem falschen Namen.« Ich höre, wie sich meine Stimme überschlägt. »Ich habe auch kein Foto hochgeladen, es gibt keine Spuren.« Das stimmt auch; als Avatar habe ich mein Chile-91-Shirt gewählt und sogar die Ortsangaben zu den wenigen Fotos gelöscht, die ich gepostet habe. Sie kann unmöglich –

»Wovon redest du? Man kann die ganze Zeit über dein Gesicht sehen, in Großaufnahme! Da hast du sie aber schön auf den neuesten Stand gebracht, was? Hast dich mit einem beschissenen Rap zum Gespött des Internets gemacht.«

»Ein Rap?« Bei dem Wort beschleicht mich eine Erinnerung. Gestern Abend habe ich irgendwann vor einer Kamera herumgeturnt; ich – o *Gott* – habe ein Gedicht improvisiert, in dem alle Sonnenfinsternisse vorkamen, die ich je gesehen habe. Ich kann mich nicht erinnern, dass jemand es hochladen wollte; aber ich kann auch nicht beschwören, dass ich es jemandem verboten hätte. Hallo, Schuldgefühl, alter Freund.

»Dir sollte man das Trinken verbieten«, brüllt sie. Ich halte das Handy vom Ohr weg wie in einer Sitcom. Ja, ich sitze in der Klemme, aber immerhin weiß sie nichts von meinem Facebook-Account, und das hier lässt sie mir wohl als Fehler durchgehen, nicht als bewusste Täuschung.

»Du musst sie dazu bringen, es zu löschen«, sagt sie, als ich das Handy wieder ans Ohr halte.

»Hör zu, es tut mir leid, ich hatte keine Ahnung, dass jemand es hochlädt.«

»Das ist Regel Nummer eins! Keine Fotos von uns. Und du hast dich filmen lassen.« Jetzt weint sie.

»Reg dich bitte nicht so auf, das ist nicht gut für die –«

»Sag du mir nicht, was gut und nicht gut für die verdammten Babys ist!« Vor meinem geistigen Auge sehe ich, wie die Adern an ihrem Hals hervortreten, wenn sie die Beherrschung verliert.

»Es tut mir leid, Laura«, wiederhole ich, doppelt hält besser. »Aber sie ist nicht hier. Ich habe das ganze Schiff durchkämmt. Darum bin ich auch trinken gegangen, ich wollte feiern, dass sie mir nicht gefolgt ist.«

»Sie muss ja nicht auf dem Schiff sein, oder? Aber das Video verrät ihr, wo du bist. Wie das Schiff heißt! In welche Stadt du fährst! Sie könnte in diesem Moment im Flugzeug sitzen. Falls sie nicht schon da ist.«

Wir haben noch nie am Telefon so schlimm gestritten. Ich suche nach den richtigen Worten, um sie zu beruhigen. »Alle Flüge auf die Färöer sind seit Monaten ausgebucht.«

»Nein«, sagt sie überzeugt. »Heute Abend geht ein Charterflug von Inverness, in dem gestern noch zwei Plätze frei waren, das ist die einzige Möglichkeit, dort hinzukommen. Und heute Morgen war ein Platz weg. Nachdem du beschlossen hattest, deinen Aufenthaltsort hinauszuposaunen.«

Der Zorn vertreibt die Schuldgefühle. Ich habe es vermasselt, aber Laura hat auch gegen die Abmachung verstoßen. Sie hat mir versprochen, sich nicht aufzuregen, sich im Internet nicht verrückt zu machen. Sie ist nicht zufällig über das Video gestolpert, als sie online Lebensmittel kaufen oder eine geschäftliche Mail schreiben wollte. Ich kann mir genau vorstellen, wie sie auf dem Sofa sitzt, die Beine unter dem dicken Bauch verschränkt, und mit jedem Klick hysterischer wird. Aber ich sage nichts; das tue ich nie.

»Die Chance, dass sie das Ticket gebucht hat, ist verschwindend gering.«

»Genau wie die Chance, dass sie uns in Sambia finden würde, und du hast gesehen, was passiert ist.«

»Das war etwas anderes. Wir waren bei einem Festival, da konnte sie uns kaum verfehlen.«

Knisternde Stille, die so lange andauert, dass ich nachschaue, ob ich überhaupt noch Empfang habe. Fünf Striche, wie Röhrenglocken nebeneinander. Sie schmollt also. Ich weiß nicht, wie ich auf die Entfernung mit ihr reden soll. Ich wünschte, ich könnte sie berühren.

»Laura, du übertreibst das Risiko.«

»Und wenn sie dich findet?«

Dann werde ich tun, was immer nötig ist, denke ich, weiß aber, dass Laura nur wieder explodieren würde. »Ich sag dir was. Ich sehe mir das Video erst mal an. Und dann rufe ich dich später zurück, versprochen.«

Als ich wieder an Deck komme und ein Wildfremder mit mir abklatscht und mir zu meinem »Gedicht« gratuliert, fühle ich mich nicht mehr ganz so anonym.

Scheiße.

In der Lobby verkrieche ich mich in meinem Lieblingssessel, stöpsle die Kopfhörer ein und rufe mit einem flauen Gefühl im Magen YouTube auf. Es kann nur *Kreuzfahrt zur Sonnenfinsternis. Betrunkener rappt auf der* Princess Celeste. *Zum SCHREIEN* sein. Ich schwöre mir, auf diesem Schiff nichts Stärkeres als Limonade zu trinken, und drücke auf Play. Ich hätte nicht gedacht, dass man rot wird, wenn einem keiner zusieht, aber meine Wangen stehen in Flammen, als sich mein purpurrotes, betrunkenes Gesicht durch eine Liste brabbelt und sabbelt – ich würde es als Monolog bezeichnen, mehr Rap als Gedicht, aber egal –, bei der ich alle Sonnenfinsternisse aufzähle, die ich seit Chile 91 miterlebt habe. Falls ich in meiner betrunkenen Idiotie gedacht haben sollte, dass eine Baseballkappe als Verkleidung ausreicht, werde ich eines Besseren belehrt. An diesem Punkt war sie mir schon auf dem Kopf nach hinten gerutscht und entblößte mein Gesicht. Es gibt nur zwei Dinge, für die ich dankbar bin. Zum einen befand sich mein Namensschild an meinem Pullover, den ich da schon längst ausgezogen hatte. Zudem wird mein Name überhaupt nicht erwähnt, nicht einmal Christopher oder Kit. Ich werde als »erstklassiger Gentleman und Gelehrter« vorgestellt. Außerdem ist mein einziges Zugeständnis an Cornwall 99 der Reim: »Wolken da / Hipp, hipp, hurra«, der mit Buhrufen beantwortet wird. Ich bin mir nicht sicher, ob sie auf mein meteorologisches Pech oder den grauenhaften Reim abzielen. Wenn ich ehrlich bin, finde ich das Video bei weitem nicht so gefährlich wie Laura, kann aber nicht bestreiten, dass ich mich zum Affen gemacht habe.

Jemand legt mir die Hand auf die Schulter, ich zucke zusammen.

»Du hast also Darrens Video-Blog gefunden?« Richard lässt sich in den Sessel gegenüber fallen. »Er hat es mir erzählt. Ich wollt es mir gerade gemütlich machen und es anschauen.« Mein Gesicht stimmt Richard etwas gnädiger. »Ach, komm schon, so besoffen warst du gar nicht. Ich finde es lustig, geradezu charmant.«

»Scheiße, ich hasse moderne Technologie«, sage ich, das Gesicht in den Händen vergraben. »Warum ist so was überhaupt erlaubt?«

»So sind die Regeln hier.« Richard sieht ein bisschen betreten aus. »Ich wollte es dir sagen. Weißt du noch, als du pinkeln gegangen bist?«

Ich erinnere mich, wie der Abend angefangen hat. Er muss den Augenblick meinen, in dem ich mich hinausgeschlichen habe, um auf der Passagierliste nach Beths Namen zu suchen. »Die haben allen, die nicht gefilmt werden wollten, Aufkleber gegeben. Es sind so viele Kamerateams unterwegs, dass sie nicht die entsprechenden Formulare verteilen konnten. Das ist die übliche Praxis. Du musst den Leuten ausdrücklich sagen, dass du nicht fotografiert werden willst. Die sozialen Medien gehören zum Programm.«

»Das ist doch scheiße!«

»Du hast recht, es ist nicht ganz koscher, aber so läuft es heutzutage. Man muss ausdrücklich die Zustimmung verweigern, sonst gilt sie als erteilt. Klar, wir hätten darüber diskutieren sollen, aber niemand hat was gesagt, also … Wieso, hast du Angst, dass du Ärger bei der Arbeit bekommst?«

Arbeit! Daran hatte ich gar nicht gedacht. »Ja, genau das.«

Schließlich treibe ich Darren, einen stark behaarten Typen im Batikshirt, vor den Geldspielautomaten auf. Er grinst, als er mich erkennt, winkt mich aber zur Seite, bis sein Spiel vorbei ist. Er drückt scheinbar ewig auf blitzenden Knöpfen herum, und ich bin kurz davor, den Stecker zu ziehen.

»Was kann ich für dich tun? Genießt du den Ruhm?«

Hoffentlich muss ich nicht betteln. »Eigentlich nicht. Du musst es runternehmen. Ich könnte echte Probleme im Job bekommen.«

»Du hast gesagt, es wäre okay.« Doch Darren scheint selbst nicht so recht überzeugt.

»Ich war völlig betrunken. Ich hätte zu allem ja gesagt.«

»Na schön. Noch ein Spiel, mal sehen, ob ich den Einsatz zurückbekomme.« Er klimpert mit den Münzen in seiner Tasche.

»Kannst du es jetzt machen?« Ich war noch nie gut darin, anderen Männern Befehle zu erteilen, und bereite mich schon auf eine Abfuhr vor, doch Darren steckt die Münzen wieder ein.

»Warte, ich hole mein Tablet und lösche es, während du dabei bist.«

Die blitzenden Lichter der Geldspielautomaten wecken meinen Kater wieder auf. Ich gehe in die Lobby, bevor ich einen Anfall erleide. Nach drei Minuten ist Darren wieder da. Er hat die Augen beschämt gesenkt, kann sich das Grinsen aber kaum verkneifen.

»Kein Problem, ich kann es runternehmen. Bin gerade dabei.« Mit ein paar entschlossenen Wischbewegungen hat er das Video von seinem Account gelöscht. Ich sehe ihm allerdings an, dass es ein »Aber« gibt.

»Was ist?«

»Das ist ein bisschen blöd gelaufen. Dein Video verbreitet sich wie ein Virus. Professor Brian Cox hat es retweetet. Neunzehntausend Aufrufe allein in den letzten zwei Stunden. Es steht ganz oben in der Seitenleiste bei YouTube.« Darren versucht, zerknirscht auszusehen, kann seine Schadenfreude aber nicht verbergen. Ich mache auf dem Absatz kehrt, die Augen gesenkt; das Teppichmuster scheint sich unter meinen Füßen zu bewegen. Jeder, der sich für Sonnenfinsternisjäger interessiert, wird es sehen. Ich hätte ebenso gut meine Koordinaten veröffentlichen können. Mein Puls beschleunigt sich, als ich begreife, dass Beth es wahrscheinlich finden wird. Doch ich verspüre nicht nur Angst. Vielleicht brauche ich diesen Showdown. Vielleicht hat mein betrunkenes Unterbewusstsein eine Entscheidung getroffen, vor der mein nüchternes Selbst seit fünfzehn Jahren zurückschreckt.

25

Ich wollte mich Ling anvertrauen, ihr alles über die Lüge vor Gericht erzählen, und hatte es auch ganz fest vor, als ich unterwegs zu ihrer neuen Wohnung in Green Lanes war. Am Leicester Square stieg ich in die U-Bahn um, fühlte mich aber ziemlich orientierungslos. Wer aus dem Londoner Norden kommt, beklagt sich gerne, der Süden sei ein gesetzloser Außenposten der Zivilisation, weil dort keine U-Bahn fährt, aber gerade das gefiel mir. Nur so lernt man eine Stadt richtig kennen. Das London südlich der Themse erschien mir als wirkliche Stadt, eine wuchernde Verschmelzung unterschiedlicher Ortschaften, die durch Busse und Züge verbunden waren. Der Norden Londons war für mich ein Flickenteppich aus inselartigen Dörfern, die man nur mit der U-Bahn erreichte und die keinerlei überirdische Verbindung besaßen. Sie waren Kreise auf einem Fahrplan, voneinander isoliert wie Sterne. Turnpike Lane, zum Beispiel, dachte ich, als ich die identisch aussehenden viktorianischen Straßen bis zu Lings Wohnung zählte. Wo zum Teufel war dieser Ort überhaupt? Für mich besaß er keinen Kontext. Vor der Gentrifizierung war die Harringay-Leiter eine Gegend gewesen, die man nur aufsuchte, wenn man einen triftigen Grund dafür hatte, ein Ort, von dem Südlondoner noch nie gehört hatten.

Vier Monate später würde ihn genau das attraktiv machen.

Ling öffnete die Tür der Kellerwohnung, während ich noch

auf der obersten Stufe stand. Baby Juno klebte mit dem Gesicht an ihrer Schulter. »Er hat es schon wieder gemacht«, sagte sie und brach in Rotz und Tränen aus. »Er ist mit meiner Bankkarte abgehauen, und ich habe ihn seit achtundvierzig Stunden nicht gesehen. Ich schaffe das nicht mehr allein, Laura. Scheiße, ich schaffe das einfach nicht. Sorry, komm rein, komm rein.« Ich trat vorsichtig über die Schwelle, hinein ins Chaos. Wenn Menschen behaupten, sie würden bis zu den Knien in Windeln waten, meinen sie das gewöhnlich rhetorisch, aber bei Ling watete ich tatsächlich durch Haufen von Strampelanzügen, Hemdchen, Decken und Tüchern, schmutzige und saubere Wäsche wild durcheinandergewürfelt. Während ich noch dastand und mich fragte, wo ich mich hinsetzen sollte, brach in der Ecke ein Kleiderständer unter einem Berg winziger Anziehsachen zusammen. Die Geschichte, die mir schon auf der Zunge lag, rutschte zurück in meine Kehle. Ich konnte Ling nicht damit belasten, solange sie in diesem Zustand war. Ich glaube, ich wusste schon damals, dass es erledigt war; ich konnte spüren, wie sich das Geheimnis in mir verfestigte. Falls Rache ein Gericht ist, das man am besten kalt genießt, sollte man ein Geständnis entweder dampfend heiß oder gar nicht servieren.

»Ich glaube, ich muss sterben«, sagte Ling. »Ich glaube, ich sterbe wirklich, das hier bringt mich um.« Sie machte eine ausladende Geste, bei der ihre Hand eine Sekunde auf einer leeren Wodkaflasche verweilte, die neben der Wickelmatte stand – dann kam ihre Faust sanft auf Junos kleinem Rücken zum Stillstand. Kit und ich wussten schon seit einer ganzen Weile, dass Mac nicht nur ein frischgebackener Vater war, der ein bisschen Dampf ablassen musste. Nun aber begriff ich, dass Ling nicht nur unter einem Baby-Blues litt, sie war völlig überfordert. Die beiden schlitterten parallel zu uns in ihre Krise und kennen darum bis heute nicht die ganze Wahrheit.

»Hey«, sagte ich und nahm ihr Juno ab. »Alles gut.« Das Baby hatte wellige, dunkle Haare, die eine goldene Kugel umgaben, der Kopf sah aus wie eine umgekehrte Sonnenfinsternis. Wir waren zwar nicht blutsverwandt, aber ich betrachtete Juno als meine Nichte, und sie war wohl auch der Grund, aus dem Kit und ich uns nicht sonderlich um ein eigenes Kind bemühten. Sie zu lieben befriedigte unseren Elterninstinkt. Wir hatten miterlebt, wie die Beziehung von Mac und Ling nach der Geburt implodiert war, und wollten nicht, dass uns das auch passierte.

Ich schickte Ling ins Bett und unternahm den halbherzigen Versuch, die Wohnung aufzuräumen, nachdem ich Juno auf ihren Krabbelteppich gelegt hatte. Ich warf die Waschmaschine an, faltete Kleidung zusammen und räumte die Sachen weg, aus denen Juno herausgewachsen war. Als sie weinte, gab ich ihr die Flasche, ließ sie aufstoßen und wickelte sie. Als sie an meiner Brust einschlief, suchte ich in ihrem nach oben gekehrten Gesicht nach Spuren ihrer Eltern. Wessen Augen sie geerbt hatte, war schwer zu sagen, da sie geschlossen waren; auf jeden Fall hatte sie die spitze Nase von Mac und Kit. Einmal bekam sie kurz Schluckauf und stieß eine Milchblase aus, die unversehrt auf ihren Rosenknospenlippen verweilte, die mich sehr an Ling erinnerten. Ich atmete mit ihr zusammen; drei meiner Atemzüge für einen der ihren. Ich flüsterte ihr mein Geständnis ins winzige Ohr. Sie ist immer noch der einzige Mensch, dem ich davon erzählt habe. Später sollte ich dankbar sein, dass Ling eingeschlafen war. Sie hätte vielleicht verstanden, was ich vor Gericht getan hatte, aber wohl auch meine späteren Zweifel geteilt, und mit ihr als Zeugin hätte ich handeln müssen.

Als ich am Freitag nach der Urteilsverkündung die Firma verlassen wollte, bemerkte ich, dass Yusuf, der gewaltige Sicherheitsmann, jemandem den Zutritt verweigerte. Ich dachte nicht weiter darüber nach; das Gebäude befand sich zwischen der City und Soho, in der Nähe des Britischen Museums und des alten Virgin Megastore, und es war nicht weiter ungewöhnlich, dass Touristen und Einkaufsbummler unsere Toilette benutzen wollten. Ich ging an Yusuf vorbei, spürte dann aber, wie eine warme, trockene Hand nach meinem Unterarm griff.

»Da ist sie. Laura!«

Ich begriff, weshalb Yusuf Beth nicht hereingelassen hatte. Sie trug violette Schlagjeans, ein gelbes bauchfreies Top und ein halbes Dutzend Ketten. Ihre Haare waren unordentlich hochgesteckt. In meinem Kleid und den hochhackigen Schuhen kam ich mir verkleidet vor. Ich fühlte mich geradezu ertappt; Beth sah aus wie sie selbst und ich nicht.

»Hast du gehört?«, fragte sie. Ich bemerkte, dass ihre Augen blutunterlaufen waren. »Haben sie dich nicht angerufen?« Ich gab Yusuf ein Zeichen und führte Beth auf die Straße.

»Wer hat mich nicht angerufen?«

»Die Polizei.«

Meine Beine wurden zu Pudding, und ich dachte sofort: Sie wissen, dass ich gelogen habe. Hatte Beth von meiner Zeugenaussage erfahren? Hatte sie mich verraten? Sie würde doch nicht die Verurteilung ihres Vergewaltigers wegen einer solchen Lappalie gefährden. Oder etwa doch?

»Nein.« Zum ersten Mal wurde mir bewusst, was für ein ordentliches, eindeutiges Wort das doch ist. Es kann den Sprecher kaum verraten. Es ist ein Geschenk für jeden Lügner.

»Jamie Balcombe darf in die Berufung gehen. Carol Kent hat mich heute Morgen angerufen. Sie wollte nicht, dass ich es aus der Zeitung erfahre. Jamie hat sein altes Anwaltsteam rausgeschmissen, und die Neuen glauben, dass sie Beweise haben, mit denen sie eine Wiederaufnahme erzwingen können. Ich stehe das nicht noch einmal durch.«

Ich auch nicht. Ich wusste sofort, dass ich nicht noch einmal überzeugend lügen konnte; ich war glaubwürdig gewesen, weil ich spontan gehandelt hatte, vorsätzlich ging das nicht. Diesmal hätte ich Zeit, darüber nachzudenken, und würde nervös werden. Und wenn ich zu meiner ursprünglichen Aussage zurückkehrte, würde Jamie Balcombe vermutlich freigesprochen und ich des Meineids angeklagt.

»Scheiße.« Beth deutete meine egoistische Panik als Sorge um sie.

»Das kannst du laut sagen.« Sie putzte sich die Nase mit einem schmutzigen Taschentuch. »Tut mir leid. Vermutlich hast du überhaupt keine Zeit für so was. Nur kann ich nicht mit meinen Eltern darüber reden, die haben schon so viel durchgemacht, und meine Freundinnen kapieren es nicht, und du warst dabei, Laura.« Ein Kollege tauchte aus der Drehtür auf und wünschte mir einen guten Abend. »Tut mir leid. Vermutlich musst du dringend weg.«

Als wäre irgendetwas wichtiger, als ihr zuzuhören.

»Nein. Ich glaube, wir sollten … wir sollten irgendwo was trinken gehen.«

Wir bewegten uns schweigend in Richtung Holborn. Meine Gedanken waren wie ein verworrenes Garnknäuel. Ich konnte mir kaum vorstellen, dass Beth nicht von meiner Aussage wusste. Im Idealfall hatte sie die Einzelheiten des Überfalls verdrängt und mir geglaubt, dass sie »bitte nicht« gesagt hatte. Möglicherweise wusste sie aber auch, dass sie es nicht gesagt hatte, jedenfalls nicht so, dass ich es hören konnte, und hatte erkannt, wie viel ich für sie riskiert hatte. Egal wie, sie hatte ebenso viel zu verlieren wie ich. Das Garn schnürte sich vor meinem inneren Auge zu einem festen Knoten, den man nur mit einer Schere wieder lösen konnte.

Wir landeten in einem heruntergekommenen Altmännerpub nahe der New Oxford Street, einem jener geheimnisvollen Pubs mitten in London, die jahrelang existieren, obwohl niemand dort zu trinken scheint.

»Eine Flasche Weißwein?«, fragte ich, als wir die klapprige Treppe hinaufstiegen.

»Danke. Und was nimmst du?« Der Scherz war ein Test: Können wir frivol sein, obwohl wir uns auf diese Weise begegnet sind? Mein Lachen schien sie zu beruhigen. Der Wein war nur ein billiger Echo Falls, aber der Barkeeper stellte ihn in einen Eiskübel, den ich ein wenig befangen zum Tisch trug.

»Also …« Ich goss Beth zuerst ein, obwohl mein Mund sich nach etwas Kaltem, Alkoholischem sehnte, um dem Tag die Schärfe zu nehmen. »Was ist passiert? Was genau ist passiert?«

»Jamie hat ein neues Anwaltsteam. Du hast gesehen, dass seine Familie Geld hat, aber erst als ich die Zeitungen gelesen habe, wurde mir klar, wie reich sein Vater ist.« Also kannte sie die Artikel. Die Zeile im *Mirror* von der wichtigen Augenzeugin, *die bei ihrer Aussage unsicher wurde*, konnte ihr nicht entgangen sein. Ich wappnete mich für die Herausforderung, doch sie kam nicht. »Dieser Jim Balcombe ist ein Fass ohne Boden, was Geld angeht. Er kann es sich leisten weiterzuklagen, bis sie das Ergebnis haben, das sie wollen. Ich habe mir die neuen Anwälte angesehen. Die sind darauf spezialisiert, Männer wie ihn freizukriegen.«

Ich trank einen großen Schluck von dem sauren Wein. »Aber welche neuen Beweise haben sie?«

Beth schaute stirnrunzelnd in ihr Glas. »Die meinen, sie hätten jemanden gefunden, der am Lagerfeuer war, am Abend vor der Sonnenfinsternis.«

Also hatte es nichts mit meiner Aussage zu tun. Meine Erleichterung verdrängte die Angst, jetzt konnte ich mich aufrichtig um Beth kümmern.

»Was können die denn schon sagen, wenn sie am nächsten Tag nicht dabei waren?« Mein Glas war bereits leer.

»Anscheinend hat die Person gesehen, dass wir nah beieinandersaßen. Das stützt Jamies Behauptung, wir hätten geflirtet. Was übrigens Bullshit ist. Ich meine, natürlich hatte ich ihn am Abend vorher kennengelernt, darum ist er mir ja bei der Sonnenfinsternis nachgelaufen, aber ich habe den ganzen Abend damit verbracht, von diesem schleimigen Arschloch wegzukommen.«

Ich konnte mich an Jamies Kreuzverhör erinnern. An diesem Punkt war er kurz davor gewesen, die Beherrschung zu verlieren. »Aber es könnte gut für dich sein. Ich meine, ein neuer Zeuge könnte auch zu deinen Gunsten aussagen. Falls die Person tatsächlich mitbekommen hat, dass er dich belästigt hat, würde das im Kreuzverhör herauskommen.«

»Von wegen. Vermutlich hat Jim Balcombe schon einen Scheck ausgestellt«, sagte Beth. »Selbst wenn nicht, was sollte ein Nachwuchsanwalt schon gegen diese Starverteidiger ausrichten?«

»Letztes Mal hat es doch auch funktioniert.« Doch Beth blieb skeptisch.

»Glaub mir, die werden nicht aufhören, bis sie sich das gewünschte Ergebnis gekauft haben.« Sie ließ den Wein im Glas kreisen. Er schwappte wie Olivenöl an den Wänden hoch. »Ich versuche, nicht so wütend auf die Familie zu sein. Ich meine, wenn meine Eltern das Geld hätten, würden sie wohl das Gleiche für mich tun. Die halten ihn alle für unschuldig.«

»Nun, die Geschworenen hat er jedenfalls nicht überzeugt.«

»Dank dir.« Ich konnte nicht erkennen, ob sie dankbar oder verschwörerisch lächelte, und wechselte rasch das Thema.

»Was passiert jetzt?«

Sie schenkte mir nach und steckte die Flasche verkehrt herum in den Eiskübel. »So wie ich es verstehe, kann er Berufung einlegen. Sozusagen ein erster Schritt, aber selbst dann gibt es keine Garantie, dass der Fall noch einmal vor Gericht landet. Sie müssen also noch einige Hürden nehmen.« Ihre Stimme brach. »Das schlimmste Szenario für mich wäre, dass sie in Berufung gehen und es einen neuen Prozess gibt und er freikommt.«

»Das wird nicht passieren«, sagte ich und wollte vor allem Beth damit überzeugen.

Sie drückte sich eine Serviette in die Augenwinkel, um die Tränen aufzuhalten. Ich bedeutete dem Barkeeper, uns noch eine Flasche zu bringen. »Weißt du, was, ich bin zum ersten Mal seit dem Festival allein unterwegs«, sagte sie unsicher. »Ich habe versucht, mit Freunden wegzugehen, so zu tun, als wäre nichts passiert, aber ich bin nur bis zum Gartentor gekommen, dann war's vorbei. Allmählich verlieren sie die Geduld mit mir.«

»Wissen sie, was passiert ist?«

»Einige Leute wissen, dass ich vergewaltigt wurde, aber ich habe ihnen nicht erzählt, dass ich das Mädchen aus dem Jamie-Balcombe-Prozess bin. Ich glaube, eine hat es erraten; sie hat immer wieder gefragt, wo mein Prozess stattfindet. Es war ein aufsehenerregender Fall, da braucht man nicht Sherlock Holmes zu sein. Hätte ich *in Cornwall* gesagt, hätte sie sofort Bescheid gewusst. Oder war sie nur aufrichtig interessiert und ich paranoid? Ehrlich gesagt, ich wünschte, ich hätte überhaupt nichts gesagt. Komisch, als ich zu dir gefahren bin, war ich nicht nervös. Es ist …« Ihr Gesicht leuchtete auf und verdüsterte sich wieder. Sie ließ den Kopf hängen. »Nein, es klingt lächerlich.«

»Na los.«

»Bei dir fühle ich mich sicher.« Sie schaute vor sich auf die Tischplatte – weil es sie Mühe kostete, so rückhaltlos ehrlich zu sein, und nicht, weil sie mir ausweichen wollte. Das glaubte ich jedenfalls. »Wenn ich mit dir zusammen bin, kommt es mir vor, als könnte nichts Schlimmes passieren. Ich weiß, dass es dämlich ist. Aber du hast mich gerettet.«

Ich saß still da, als der Barkeeper unsere Gläser nachfüllte und die Flasche in den Eiskübel legte.

»Ich hätte mehr tun sollen«, sagte ich leise. »Ich hätte danach bei dir bleiben sollen.«

»Das ist nett. Aber du hättest nicht viel ausrichten können. Du hättest nur draußen vor den Zellen herumgehangen.«

»Den Zellen?«, fragte ich verblüfft. »Die haben dich nicht ins Krankenhaus gebracht?«

»Auf der Wache gibt es einen speziellen Raum, aber in dem wurde gerade jemand anders befragt.« Sie zuckte mit den Schultern, als hätte sich der Schrecken mit der Zeit etwas gelegt. »Die Zelle war der einzige Ort, an dem ich für mich sein konnte, während die Polizei auf die Ärztin wartete.«

»O *Beth*, als wäre die Untersuchung nicht schon schlimm genug gewesen.«

»Ziemlich übel.« Sie schlug die Beine übereinander. »Aber mich hat vor allem bedrückt, was dann geschah. Sie haben mir eine Jogginghose gegeben, aber meine ganze Kleidung von der Taille abwärts behalten, und sie hatten keine Unterhose für mich. Sie haben mich zum Festival zurückgefahren, damit ich meine Sachen aus dem Zelt holen konnte – ich habe nur meine Kleidung mitgenommen und das Zelt stehen lassen –, aber ich hatte die ganze Zeit über keine Unterwäsche an. Ich habe das so gespürt; es kam mir vor, als hätten es alle um mich herum gewusst.«

Sie verzog das Gesicht, um die Tränen zu unterdrücken, und da begriff ich, dass ich auch ein zweites Mal für sie lügen würde. Sie konnten Jamie Balcombe wieder und wieder vor Gericht stellen, und ich würde immer wieder lügen, damit er weggesperrt wurde.

Wir tranken eine Weile schweigend, und die unbehagliche Stille, die nach einer verfrühten Vertrautheit eintritt, schob sich wie ein Keil zwischen uns. Sie wurde erst unterbrochen, als ich bemerkte, dass Beth zu dem verlassenen Billardtisch schaute.

»Du spielst wohl nicht?«, fragte sie wie jemand, der wissen will, ob man einen Hubschrauberführerschein oder die Telefonnummer des Premierministers hat.

»Ich werd's dir zeigen«, sagte ich grinsend.

Beth holte Kleingeld von der Theke, stapelte die Zwanzigpencemünzen auf und warf die oberste in die Luft.

»Kopf oder Zahl?« Ihre Hand verdeckte die Münze.

Ich blies Kreidestaub vom Queue. »Kopf.«

»Zahl.« Beth machte den Eröffnungsstoß. Rote und gelbe Kugeln verteilten sich gleichmäßig auf dem Tuch. Sie war kleiner als ich und musste auf Zehenspitzen stehen, wenn sie stieß, während ich beide Füße fest auf dem Boden hatte. Zwischen den Stößen ging sie um den Tisch herum und betrachtete ihn aus jedem Winkel.

»Wo wohnst du jetzt?«, fragte sie, als wären wir alte Freundinnen.

»In Clapham Common.« Ich stieß eine rote Kugel von der Bande in die gegenüberliegende Tasche. »Kleine Wohnung im obersten Stock.«

»Ich musste zu meinen Eltern ziehen. Bis ich wieder allein leben kann.«

»Und wie läuft es?« Ich liebte meinen Vater, doch es wäre mir unerträglich erschienen, wieder in seinem Haus und nach seinen Regeln zu leben.

»Keine Ahnung, sie meinen es gut. Mir bleibt doch keine Wahl. Ich musste aufhören zu arbeiten, also hatte ich kein Geld für die Miete.«

Gab es irgendetwas in ihrem Leben, das er nicht zerstört hatte? »Als was hast du denn gearbeitet?«

»Ich hatte keinen richtigen Beruf.« Ich war mir nicht sicher, ob ihr Blick auf meine Kleidung bewundernd oder mitleidig war. »Nach der Schule habe ich überall in Europa als Au-pair gejobbt. Vor Cornwall habe ich in einer Kneipe gekellnert und überlegt, was ich mache, wenn ich groß bin«, sagte sie mit einem reumütigen Lächeln. »Ich wollte dorthin zurück, aber es ging nicht. Mich durch die Menschenmenge drängen. Überall diese Körper.« Sie sackte in sich zusammen. »Man vergisst einfach, wie viel größer die sind. Man begreift nicht, dass sie anders gebaut sind als wir, wie stark sie sind.«

Ich lehnte den Queue an den Tisch, bereit, sie zu umarmen. »O Beth, das tut mir so leid.«

»Ist ja nicht deine Schuld.« Ihr Achselzucken täuschte weder sie noch mich, aber sie schaffte es, sich wieder zu fassen. »Bist du noch mit dem Freund aus Cornwall zusammen?«

Wir spielten weiter. »Ja, mit Kit.« Der Wein schien meinen Griff um den Queue zu lockern, meinem Spiel tat es gut.

»Es ist also ernst mit euch?«

Ich kniff ein Auge zu, um den nächsten Stoß zu planen. »Technisch gesehen, ist er nicht mein Freund, sondern mein Verlobter. Aber ich hasse das Wort, weil ich mir dann wie eine Tusse vorkomme, die jedem ihren Brilli zeigen will.«

»O nein, Laura«, sagte Beth so enttäuscht, dass ich mich schon fragte, ob sie mich missverstanden hatte. »Wenn es um Liebe geht, darf man nicht versnobt sein oder sich schämen. Es ist doch die eine große Sache, um die es im Leben geht, oder?« Ich reichte ihr den Queue und zog die Augenbrauen hoch. »Man sieht mir das wohl nicht an, weil ich kein typisches Mädchen bin, aber ich wollte das schon immer, seit ich klein war. Man ist nicht schwach, nur weil man Sex und einen Partner haben und Mama werden will und so.« Sie hatte natürlich recht. Ich hatte immer geglaubt, dass die Freude und der Trost, die mir meine Beziehung mit Kit spendeten, irgendwie … uncool seien. Beth klopfte zerstreut mit dem Queue auf ihre Handfläche. »Ich kann mir das jetzt gar nicht mehr vorstellen.« Das mühelose Selbstvertrauen, das sie eben noch verbreitet hatte, war verschwunden. »Er hat mir all das genommen. Ich fühle mich … wie ein Stachelschwein.« Sie tat, als würden Stacheln aus ihrer Haut wachsen. »Wie soll ein Mann die jemals überwinden?«

»Ich hoffe für dich, dass es irgendwann passiert.« Das klang ziemlich schwach, wenn nicht gar herablassend. Beth verzog das Gesicht, dann trat Panik in ihre Augen, als an der Theke für die letzte Runde geklingelt wurde.

»O Scheiße. Es ist noch nicht elf, oder? Ich muss in fünf Minuten in Liverpool Street sein.«

»Du kannst bei uns übernachten.« Es war ein Reflex. Ich konnte nur hoffen, dass Mac heute Nacht nicht den Futon okkupierte.

Die lärmende, neonerleuchtete U-Bahn war zu voll, um sich zu unterhalten, und wir mussten bis Clapham Common stehen. Ich hasste diese Station. Hier gab es nur einen schmalen Mittelbahnsteig, die Züge fuhren in tiefen Gräben zu beiden Seiten. Man hatte keine Wand, an die man sich während der Rushhour lehnen konnte, die einem Sicherheit geboten hätte. Nachts wirkte die Station noch bedrohlicher, und Beth hakte mich unter, als wir den Bahnsteig entlanggingen.

In der Wohnung war es dunkel bis auf die Lichterkette, die das Bücherregal im Wohnzimmer schmückte. Damit ließ Kit mich wissen, dass er schlafen gegangen war. Die Schlafzimmertür war wie immer angelehnt; das Holz hatte sich mit der Zeit verzogen und passte nicht mehr in den Rahmen.

»Hübsch«, sagte Beth und schaute vom Balkon auf die Grünfläche. Im Dämmerlicht bereitete ich den Futon vor, bezog die Kissen und legte den Überwurf als Bettdecke darüber.

Damals liebte ich handgemachte Duftkerzen. Der Duft hieß Blood Roses. Sie waren sehr teuer und gingen mir nie aus, weil Kit sie mir zum Geburtstag, an Weihnachten, zum Valentinstag und Jahrestag schenkte. Er war erleichtert, weil er so immer das passende Geschenk hatte, ohne einen weiblichen Test seiner Einfühlungsgabe riskieren zu müssen. Darum war ihm auch der Preis egal. Außerdem neutralisierten sie den Kebabgeruch aus dem Imbiss unter uns. Ich zündete jetzt eine für Beth an. »Mach sie aus, bevor du schlafen gehst. Dann musst du nicht nach dem Lichtschalter suchen.« Der Rosenduft, der immer in der Wohnung hing, wurde jetzt stärker, als hätte man Blätter vor unserer Nase zerdrückt. Beth nahm einen tiefen Zug.

Im Schlafzimmer atmete Kit Schlaf und Zahnpasta aus. Ich suchte in unserem Kleiderschrank nach etwas, das Beth anziehen konnte, fand ein altes T-Shirt und warf es ihr zu.

»Brauchst du eine Zahnbürste?«, flüsterte ich. Wir hatten immer eine Großpackung im Badezimmerschrank, seit ich festgestellt hatte, dass Mac sich mit meiner Zahnbürste die Zunge säuberte.

»Du kannst Gedanken lesen.«

Während sie sich die Zähne putzte und umzog, warf ich einen Blick auf die Tasche, die offen auf dem Futon lag. Sie war fast leer bis auf eine blaue Geldbörse – sie hatte sich nach dem Festival wohl eine neue gekauft –, eine Jugendfahrkarte für die Bahn und eine zerknitterte Ausgabe von *Sky*. Außerdem steckte eine saubere Unterhose in einer Netzinnentasche. Ich schaltete die Lichterkette aus, schlug die Decke zurück und ließ die Duftkerze für das Mädchen brennen, das eine Ersatzunterhose bei sich trug wie andere ihren Schlüssel.

26

LAURA *19. März 2015*

Nebenan hämmern die Bauarbeiter an etwas, das tief in der Brandmauer verborgen ist. Mit jedem Schlag der Werkzeuge steigt mein Blutdruck.

Mir ist ganz heiß vor lauter Stress. So wie Mac nicht einen Schluck Whisky trinken konnte, ohne die ganze Flasche hinterherzukippen, hat auch mein Besuch in den verbotenen Winkeln des Internets einen kompletten Rückfall ausgelöst. Obwohl ich genau weiß, dass es mir nicht guttut, bin ich machtlos gegen diesen masochistischen Zwang und gebe die URL www.jamiebalcombeisinnocent.co.uk ein.

Ich halte die Luft an, während die Seite lädt, und sage mir, dass nichts schlimmer sein kann als das, was ich heute Morgen gesehen habe. Die Homepage hat sich seit sechs Monaten und zwei Tagen nicht verändert. (Das weiß ich zufällig so genau, weil ich, einen Tag nachdem ich Jamies Website zuletzt aufgerufen hatte, herausfand, dass ich schwanger bin. Nach dem positiven Test musste ich die Babys vor dem Adrenalinhoch schützen, das die Seite immer in mir auslöste.) Verschwunden aber sind die kühne Unschuldsbehauptung, die Biographie, die Kontaktangaben und das Inhaltsverzeichnis. Verschwunden das jahrealte Lamento über das Criminal Cases Review Board. Verschwunden die Fotos von Jamie und seiner Familie, von Jamie hoch zu Ross, von Jamie vor seiner preisgekrönten Ökowohnanlage und Jamie, wie er seinen Master in Kriminalwissenschaft erhält. Stattdessen gibt es nur eine Botschaft, rote Buchstaben auf schwarzem Hintergrund.

JAMIES WEBSITE WIRD AUFGRUND EINER AUFREGENDEN NEUEN ENTWICKLUNG AKTUALISIERT.
DANKE FÜR IHRE FORTGESETZTE UNTERSTÜTZUNG.

Ich starre ein paar Sekunden auf die Seite und schließe dann das Fenster. Allzu aufregend kann die neue Entwicklung nicht sein, wenn sie seit einem halben Jahr angekündigt wird. Außerdem hätte das PR-Team der Balcombes jede Neuigkeit längst in den Medien verbreitet. Ich weiß nicht, was da vorgeht. Man könnte annehmen, sie hätten ihre Niederlage eingesehen, doch Jim Balcombe hat einmal gesagt, er werde bis zum Tod kämpfen, um den guten Ruf seines Sohnes wiederherzustellen, und er ist noch am Leben.

Wer außer mir – oder Beth – könnte Jamies Urteil schon aufheben? Aber er hat es vor allem auf mich abgesehen. In all seinen Briefen hat er mich aufgefordert, eine eidesstattliche Erklärung abzugeben und meine Aussage zu widerrufen. Seine Bewährungsauflagen beinhalten das lebenslange Verbot, Kontakt zu seinem Opfer aufzunehmen, aber von mir war keine Rede.

Nach eineinhalb Jahrzehnten wird kaum jemand mit neuen Informationen an ihn herangetreten sein, also neige ich zu der Annahme, dass die Seite eine Art Testbild ist, wie beim Fernsehen. Mit ihr wollen sie die Botschaft, die *Marke*, am Leben erhalten, während sie sich eine Pause gönnen. Anders kann ich es mir nicht erklären. Die juristischen Feinheiten dieser sinnlosen Kampagne habe ich ohnehin nie begriffen, und das Motiv dahinter ist mir auch mehr oder weniger unklar.

Wenn etwas Wichtiges passiert, erhalte ich ohnehin eine

Meldung. Der Google Alert, den ich vor Jahren angelegt habe, lautet auf »Jamie Balcombe + Wiederaufnahmeverfahren«. Es gab in fünfzehn Jahren keine Meldung, doch der Gedanke wirkt immer noch bedrohlich.

Bei einer Wiederaufnahme würden wir Beth erneut begegnen. Und meine Lüge käme ans Licht. Ich weiß nicht, was schlimmer wäre.

27

LAURA 19. *Mai 2000*

Kit wurde zuerst wach und war schon nackt an der Schlafzimmertür, als mir einfiel, dass wir nicht allein waren. Um Beth nicht in Verlegenheit zu bringen, streckte ich das Bein unter der Decke hervor und erwischte Jamies Schienbein.

»Wir haben einen Gast«, flüsterte ich.

Kit sah mich verwundert an – vor Mac hätte ich ihn wohl kaum gewarnt – und zog Unterhose und T-Shirt an. »Wen denn? Ich habe niemanden reinkommen gehört.«

»Flipp bitte nicht aus, aber es ist Beth. Aus Cornwall.«

Sein Unterkiefer klappte herunter. »Wie – was macht sie hier? Wie hat sie dich überhaupt gefunden?«

»Sie ist gestern vor der Firma aufgetaucht. Ich hatte ihr im Gericht meine Karte gegeben.« Erst als ich es ausgesprochen hatte, wurde mir klar, was ich da gesagt hatte. Kits Augen zuckten hin und her, als folgte er den Perlen auf einem Abakus. Beth hatte das Gericht nach ihrer Aussage verlassen. Folglich war sie ab dem zweiten Tag nicht mehr dort gewesen. Folglich musste ich am ersten Tag mit ihr gesprochen haben. Folglich hatte ich ihn belogen, hatte mit einer Zeugin gesprochen und damit den Prozess gefährdet.

»Wann denn bitte?«

Ich griff nach seiner Hand. »Wir sind uns zufällig auf der Toilette begegnet.« Ich flüsterte drängend, damit er sich nicht daran erinnerte, dass ich in seinem Beisein gar nicht auf der

Toilette war. Hätte er herausgefunden, dass ich mich aus dem Hotelzimmer geschlichen hatte, während er schlief, wäre er zu Recht explodiert. »Sei bitte nicht böse, es ist spontan passiert. Ehrenwort, wir haben nicht über den Fall gesprochen.« Kit warf mir einen Blick zu, den ich von meinem Vater kannte: *Ich bin nicht böse auf dich, Laura, ich bin nur sehr enttäuscht.* Ich setzte mich neben ihn. »Vergessen wir mal für einen Moment, wie sie mich gefunden hat. Weißt du, warum sie zur Firma gekommen ist? Weil sie ziemlich durcheinander ist. Jamie Balcombe darf in Berufung gehen.«

»Wow.« Kit strich sich über sein unrasiertes Kinn. »Wenn es zu einer Wiederaufnahme kommt, kannst du nur hoffen, dass euch niemand zusammen auf der Toilette gesehen hat. Ganz zu schweigen davon, dass ihr jetzt Übernachtungspartys feiert.« Ich spürte die Verachtung hinter seinem Zorn und bekam Angst. Mit seinem Zorn konnte ich leben, doch wenn er den Respekt für mich verlor, wäre das unerträglich. Wenn er so reagierte, nur weil ich mit Beth gesprochen hatte, durfte er nie herausfinden, was ich im Zeugenstand gesagt hatte.

»Ihr braucht nicht zu flüstern, ich bin wach«, rief Beth aus dem Wohnzimmer. Ich ließ Kit halbangezogen und wütend im Schlafzimmer zurück. Beth stand gähnend neben dem Futon. Als ich bemerkte, was sie anhatte, wurde mir klar, dass ich Scheiße gebaut hatte. Das T-Shirt, das ich mir im Dunkeln geschnappt hatte, war nämlich Kids heißgeliebtes Chile-91-Souvenir, fadenscheinig und durchlöchert und so kostbar, dass er es kaum noch anzog. Und ich hatte Beth darin schlafen lassen.

»Moment«, sagte ich, ich hängte ihr meine Bettdecke um und zog sie eng um den Hals zusammen. »Bleib so stehen, ich erkläre es dir später.«

Sie gehorchte wortlos, und ich staunte, wie komplizenhaft wir uns verhielten. Als Kit auftauchte, bot sie einen bizarren

Anblick mit ihren dunklen Locken, die sich wie die Rauchwolke eines Vulkans über einem Berg aus weißer Bettwäsche erhoben.

»Hi«, sagte sie schüchtern. »Schön, dich wiederzusehen. Tut mir leid, dass ich mich auf eurem Futon breitgemacht habe.«

»Schon gut«, sagte Kit mechanisch und verschwand im Badezimmer, wobei er die Tür lauter als nötig hinter sich zuschlug.

»Er ist ein ziemlicher Morgenmuffel«, sagte ich und füllte den Wasserkocher. »Würde es dir was ausmachen, das T-Shirt auszuziehen? Es ist eins seiner Lieblingsshirts. Wenn er herausfindet, dass du drin geschlafen hast, dreht er durch.«

Sie ließ die Bettdecke fallen und schaute verwundert an dem verschlissenen Kleidungsstück hinunter. Dann drehte sie sich weg und zog ihre Sachen von gestern an. Sie hatte ein Tattoo auf Rücken und Schultern, gewaltige ausgebreitete Engelsflügel, wunderschön detailliert wie in einem Buch aus dem 18. Jahrhundert. Sie bewegten sich, wenn sie die Rückenmuskeln anspannte. Ich musste mich zwingen, sie nicht anzustarren. Nachdem ich Chile 91 wieder im Kleiderschrank verstaut hatte – er sollte es besser in Seidenpapier wickeln, damit niemand es versehentlich anzog –, traf ich Beth mit verschränkten Armen vor Kits riesiger Weltkarte an.

»Was sind das für Linien? Flugrouten?«

Ich hatte vergessen, wie unverständlich die Karte einem Uneingeweihten erscheinen musste. »Das sind die Wege aller totalen Sonnenfinsternisse, die sich zu Kits Lebzeiten ereignet haben.«

Beths Lächeln verschwand, als sie mit dem Finger den Weg des Schattens nachzeichnete, der sich über den Ärmelkanal nach Europa bewegte. »Der ist vom letzten Jahr«, sagte sie und verharrte auf Cornwall. »Aber warum die anderen?«

»Er folgt Sonnenfinsternissen in aller Welt, und ich bin jetzt immer dabei. Kit hat sich schon als Kind damit beschäftigt. Wir haben Reisen bis ins nächste Jahrtausend geplant; die Festivalbewegung wird immer größer. Die nächste ist in ein paar Jahren in Sambia, dann bekomme ich hoffentlich auch wirklich was zu sehen.« Da wurde mir klar, wie sich das für Beth anhören musste, und ich hätte mich treten können. Am liebsten hätte ich die Landkarte von der Wand gerissen; es erschien mir plötzlich geschmacklos, dass der schlimmste Tag ihres Lebens auf ein Souvenir reduziert wurde. »Gott, tut mir leid, wie unsensibel. Ich jammere darüber, dass es bewölkt war, und du hast all das durchgemacht.«

Sie tat meine Entschuldigung mit einer Handbewegung ab, biss sich aber auf die Unterlippe. Dann schaute sie auf das gerahmte Foto, das unter der Landkarte hing. Ling hatte es einige Monate vor dem Lizard Festival am Abend meiner Abschlussfeier aufgenommen. Kit und ich saßen in geliehener Abendkleidung im Gras. Er trug einen schwarzen Anzug, ich ein blassgoldenes Ballkleid. Wir hatten die Beine verschränkt, die Finger ineinander verschlungen, zwischen uns lag eine leere Champagnerflasche. Wir waren von anderen Leuten umgeben, doch die schienen nicht zu existieren. Ein solches Foto würde man nie wieder von uns machen. Und das nicht nur wegen der unwiederbringlich frischen Haut und dem strafferen Kinn.

»Wir wussten nicht, dass uns jemand beobachtete. Darum ist es auch ein so perfekter Augenblick.«

»Das möchte ich auch haben«, sagte sie, und mir war klar, dass es nicht um das Foto ging, sondern um das, was es bedeutete. Ich rückte es gerade und machte zwei Schritte in die Küche, wo ich Teebeutel in heißes Wasser warf. »Wann erfahren wir, ob es ein Berufungsverfahren gibt?«

»Das kann anscheinend Monate dauern.«

»Du weißt ja jetzt, wo du mich findest.«

»In der Tat.« Sie schaute sich um, als wollte sie sich unsere kleine Wohnung in allen Einzelheiten einprägen.

Kit schoss aus dem Badezimmer ins Schlafzimmer und tauchte Sekunden später in seiner Arbeitskleidung auf: Adidas Gazelle, Jeans und Karohemd; das jugendliche Pendant zu Cord und ledergeflickten Ellbogen. Er schnappte sich eine Scheibe trockenes Brot und schob sie in den Mund.

Beth betrachtete ein anderes Foto, das einen Regenbogen zeigte, der sich wie eine siebenspurige Himmelsstraße über Clapham Common spannte.

»Wo habt ihr das gekauft?«, fragte sie mich.

»Kit hat es gemacht.«

»Im Ernst? Womit? Ich kenne mich ein bisschen mit Fotografie aus, habe mich im Art-Foundation-Kurs damit beschäftigt.«

»Mit einer alten Nikon Prime«, sagte er und taute endlich auf. »Die sind nicht mehr so beliebt, aber ich finde sie immer noch toll.«

»Die Prime ist ein guter Apparat. Hast du ein Superteleobjektiv? Die sind sehr geeignet, um den Himmel zu fotografieren.«

»Das kaufe ich mir, wenn ich im Lotto gewinne.« Er war nicht gerade freundlich, aber auch nicht grob. »Komm, Laura, wir sind spät dran.«

Ich brauchte neunzig Sekunden, um zu duschen. Dann besprühte ich ein Kleid, das keine sichtbaren Flecken aufwies, mit Febreze und machte das Gleiche mit meinen Haaren. Kit war schon die erste Treppe hinunter, seine ungeduldigen Worte hallten im engen Treppenhaus wider.

»Gehen wir«, sagte ich zu Beth und zog die Schuhe an, die ich bei der Arbeit trug.

»Ich könnte wohl nicht noch duschen?« Ich sah auf die Uhr. Zehn vor neun. Es war ohnehin schon verdammt knapp.

»Ich kann alleine rausgehen, kein Problem.«

Ich zögerte flüchtig. Normalerweise hätte ich keine Fremde allein in meiner Wohnung gelassen, doch schien sich diese Freundschaft im Eiltempo zu entwickeln.

»Sicher. An der Badezimmertür findest du ein Handtuch. Wenn du fertig bist, kannst du es über das Treppengeländer hängen.«

Ich holte Kit am Eingang der U-Bahn-Station ein.

»Wo ist Beth?« Er schaute über meine Schulter.

»Unter der Dusche.«

Er zog die Augenbrauen hoch.

Als ich um halb sechs von der Arbeit kam, hatte Beth gespült und die Wohnung so gründlich aufgeräumt, dass sie mir beinahe fremd vorkam. Ein Blick auf die Bücherregale verriet mir jedoch, dass alles so war wie am Morgen, nur ordentlicher und sauberer. Die Bücherregale verstörten mich noch mehr als das schimmernde Glas und das akkurat gemachte Bett; es kann mir vor, als hätte sie sie durchgesehen, hätte darin gelesen, hätte versucht, *uns* zu lesen. Um sechs bekam ich eine SMS.

> Ich hoffe, du hast nichts dagegen, dass ich mich als Heinzelmännchen betätigt habe. Damit wollte ich nur danke sagen. Für alles.

> Du brauchst dich nicht bei uns zu bedanken – trotzdem danke, schrieb ich zurück.

Kit kam sehr spät, die Tasche voller Hausarbeiten, die er korrigieren musste. Er deutete die aufgeräumte Wohnung wohl als Friedensangebot meinerseits, als Entschuldigung dafür, dass ich Beth mit nach Hause genommen hatte. Ich beließ ihn in seinem Irrtum.

28

LAURA 20. Mai 2000

Damals war ich leicht zu finden. Langrishe ist ein ungewöhnlicher Name; ich bin nie einem anderen Menschen begegnet, der so heißt. Als der Brief ankam, eine kecke Diagonale auf der verschlissenen Fußmatte, wusste ich sofort, was es war. Ich wusste nicht nur, woher er kam – man hatte mir ganz offen gesagt, dass er jetzt in Wormwood Scrubbs einsaß –, sondern auch, was er enthielt.

Liebe Laura,
ich schreibe dir aus meiner Zelle in Wormwood Scrubbs. Nebenan sitzt ein Serienkinderschänder. Letzte Woche hat er eine Wärterin mit einer Rasierklinge bedroht, die im Griff einer alten Zahnbürste steckte. So sieht mein Leben jetzt aus. Das sind die Männer, mit denen zu leben du mich verurteilt hast. Das Einzige, was mich außer Antonia und meiner Familie noch aufrechterhält, ist das Wissen, dass ich es nicht verdient habe, hier zu sein, und dass man mich zweifellos entlassen wird, sobald mein guter Ruf wiederhergestellt ist.

Warum, Laura? Ich begreife noch immer nicht, weshalb du im Zeugenstand gelogen hast. Du weißt, dass du nicht gehört hast, wie meine Anklägerin »bitte nicht« gesagt hat. Mag sein, dass du die Geschworenen überzeugt hast. Vielleicht hast du sogar meine Anklägerin davon überzeugt, dass du die Wahrheit gesagt hast; aber wir beide wissen es besser. Wie kannst du mit dir selber leben?

Du dürftest inzwischen erfahren haben, dass wir gegen das Urteil Berufung einlegen. Ich bin zuversichtlich, dass wir uns erneut vor Gericht begegnen, und diesmal wird meine Verteidigung dich bloßstellen. Wäre es nicht besser, jetzt anständig zu handeln, dich bei der Polizei zu melden oder bei einem meiner Rechtsvertreter und deine Aussage zu korrigieren, statt bis zur Verhandlung zu warten? Natürlich hätte es Konsequenzen für dich. Doch wo immer sie dich auch hinschicken, es kann nicht so schrecklich sein wie der Ort, an dem ich mich jetzt befinde. Ich werde dir weiterhin schreiben. Wenn ich dir oft genug schreibe – und ich habe eine Menge Zeit –, wirst du vielleicht begreifen, was du angerichtet hast. Ich habe dich in Cornwall gesehen und vor Gericht. Ich erkenne Leidenschaft und Prinzipientreue, wenn ich sie sehe, und bedaure sehr, dass diese Eigenschaften dich in die falsche Richtung geführt haben. Aber dein Gewissen muss dich quälen, und ich entschuldige mich nicht dafür, dass ich das ausnutze. Also bitte, bitte: Nimm deine Lüge zurück und gib mir meine Freiheit wieder.
Dein Jamie Balcombe

Ich ließ mich so heftig auf die Treppenstufe fallen, dass meine Hüftknochen schmerzten. Als Erstes traf mich die Arroganz des Mannes; dass er es wagte, von Dingen zu reden, die wir angeblich beide wussten, dass er mich zu kennen glaubte. Sein messerscharfer Charme schimmerte auch in diesen selbstsicheren Zeilen durch. Dann kam mir der Gedanke, dass es doch gegen das Gesetz verstoßen müsste, einer Zeugin zu schreiben. Später informierte ich mich, rief von einem Münztelefon bei der Zeugenberatung und der Bewährungsstelle an und fand heraus, dass so etwas viel häufiger geschah, als man glaubte. Einer Zeugin zu schreiben ist nur dann ein Verbrechen, wenn ein Einschüchterungsversuch unternommen wird, und Jamie war zu clever, um mich offen zu bedrohen. Er wusste wohl, dass ich mich viel zu sehr fürchtete, die Behörden zu kontaktieren. Ich erfuhr, dass die ausgehende Post in Gefängnissen nur stichprobenartig kontrolliert wird und es dabei eher um Drogen oder Ausbruchspläne geht. Wollte man jeden Insassen überwachen, der seine Unschuld beteuerte, würde es bald keine Korrespondenz mehr geben. Vielleicht hätte ich die Briefe behalten sollen, die immer häufiger eintrafen und immer länger wurden. Damit hätte ich möglicherweise einen Einschüchterungsversuch nachweisen können, aber damals wollte ich sie einfach nur loswerden, bevor Kit sie sah.

Damals konnte ich noch mühelos zwischen Recht – was Jamie technisch gesehen durchaus hatte – und Selbstgerechtigkeit – die ihm in meinen Augen nicht zustand – unterscheiden.

Ich öffnete die Haustür und ließ den Riegel offen, damit sie nicht zufiel. Dann schlich ich auf Zehenspitzen barfuß über den schmutzigen Gehweg und warf den Brief in einen öffentlichen Mülleimer, quetschte ihn zwischen einen leeren Starbucks-Becher und eine Zeitung. Das ganze Wochenende über spürte ich, wie er da draußen lag. Ich entspannte mich erst, als der Eimer früh am Dienstagmorgen geleert wurde. Vom Balkon aus sah ich zu, wie Männer in Overalls einen Eimer nach dem anderen in ihren Wagen kippten. Ich redete mir ein, ich hätte gesehen, wie das gelbe Papier, leuchtend wie eine Lüge, sich wieder und wieder mit dem Abfall drehte, während der Schlund des Müllautos die unverdauliche Wahrheit zerkaute.

29

KIT 19. *März 2015*

Nach dem Debakel mit dem Video muss ich irgendetwas tun, um Laura zu beschwichtigen. Ein Äquivalent zu Champagner und Blumen bieten, zum romantischen Flair, das mir abgeht, wie man mir so oft gesagt hat. Darren hatte in seinem Film meine beiden herausragenden Merkmale eingefangen. Das erste, mein Chile-91-T-Shirt, steckt jetzt eng zusammengerollt in einer Seitentasche meines Rucksacks, wo es bleiben wird, bis ich wieder in London bin. Das zweite, der rötliche Bart, macht mich selbst in diesem Wikingerland unverkennbar. Ihn loszuwerden dürfte der beste Weg sein, um wieder anonym zu werden. So kehre ich bei Me Time, dem schiffseigenen Schönheitssalon, ein. Es ist ein angsteinflößender, fensterloser Raum, der nach weiblichen Haaren und fremdartigen Chemikalien riecht. Es gibt ein einziges Waschbecken mit Duschkopf und einer Ablage für den Nacken, die an einen Richtblock erinnert. Eine alte Dame mit Diamanten an den Fingern und orthopädischen Schuhen an den Füßen blättert unter einer altmodischen Trockenhaube in *Hello!*.

Auf der Theke liegt eine Preisliste, ich überfliege die angebotenen »Dienstleistungen«. Ich brauche weder Waschen und Legen, noch möchte ich wirklich wissen, was Hollywoodwachs ist. Das, was ich haben möchte, steht nicht auf der Liste. Ich hasse es grundsätzlich, vom Menü abzuweichen, aber dies ist eine verzweifelte Situation, die verzweifelte Mittel erfordert.

»Kann ich Ihnen helfen?« Eine Frau, die etwa so alt ist wie meine Mutter, kommt durch eine Lamellentür. Sie hat kurze Haare, flott geschnitten, mit pflaumenblauen und burgunderroten Strähnen.

»Ich nehme an, hier gibt es keine altmodische Nassrasur?«

»Keine altmodische.« Sie lächelt freundlich. »Scharfe Messer und raue See vertragen sich nicht gut. Wenn Sie die Fusseln weghaben wollen, kann ich sie zuerst mit der Maschine schneiden und den Rest mit einem Sicherheitsrasierer entfernen.«

»Wie teuer?«

Sie mustert mich und erkennt wohl, wie verzweifelt ich bin.

»Dreißig Pfund.« Ihr Lächeln wirkt jetzt spöttisch, doch ich sage nur: »Ja, bitte« statt *Scheiße, ich wollte nicht den ganzen Laden kaufen.*

Sie bindet mir ein großes Lätzchen um und legt mir ein Handtuch in den Nacken; unter anderen Umständen wäre es beinahe gemütlich. Sobald mich die Maschine berührt, segeln derbe, rote Haare zu Boden. Ich rechne mit Rasierschaum aus der Dose, aber sie seift mich tatsächlich mit einem Pinsel ein, wie mein Dad ihn benutzt hat, und plötzlich bin ich wieder in Chile bei der Sonnenfinsternis 91. Mac und ich waren ungefähr zwölf und hatten zusammen drei Barthaare, wollten uns aber unbedingt rasieren, und als Dad bewusstlos am Strand lag, bedienten wir uns an seiner Kulturtasche. Wir waren halbblind vor Gelächter, als wir uns einseiften und uns dann mit seinem stumpfen, alten Rasierer, in dem noch graue Stoppeln steckten, die Babygesichter zerschnitten.

Andere Erinnerungen tauchen auf; auf unseren Reisen mit Dad erlebten wir viele Dinge zum ersten Mal, gewöhnlich, wenn er auf einer Sauftour war oder sich danach in einem Hotelzimmer, einer Strandhütte oder einem Wohnwagen erholte. Im nächsten Sommer rauchten wir unsere erste Zigarette, die wir aus einem Softpack American Spirit geklaut hatten; der Tabak war biologisch angebaut und für Dad damit so gut wie eine Vitaminpille. Dabei lachten wir nicht; es war ein todernstes, unbeholfenes Ritual, das erst lustig wurde, als wir begriffen, dass man einatmen musste, wenn man die Zigarette anzünden wollte. Nachdem uns das gelungen war, nahm ich den ersten Zug und wurde beinahe ohnmächtig. Mac sagte, es sei besser als Sauerstoff.

Das nächste Mal war dann Brasilien 94. Wir waren vierzehn. Dad machte einen Riesenroadtrip daraus; wir fuhren vom Flughafen in New Mexico bis runter nach Brasilien, wo Freunde von ihm lebten. Unterwegs betranken wir uns zum ersten Mal, nachdem wir eine Literflasche Whyte and Mackay-Rum gestohlen hatten, die, wie wir glaubten, für eine Woche reichen würde. Nach einer halben Stunde war sie leer. Wir mussten beide kotzen, und nur Mac trank weiter. Ich habe seitdem keinen Rum mehr angerührt.

Auf dieser Reise hätte ich auch meinen ersten Kuss erleben sollen, aber Mac durchkreuzte meine Pläne.

Der Rum war weg, aber wir hatten noch eine Flasche Gin. Die nahmen wir mit an den Strand, wo die Kinder der Sonnenfinsternisjäger Lagerfeuer anzündeten und die Nacht durchtranken. Es waren meist Amerikaner, und unser Londoner Akzent wirkte wie ein Aphrodisiakum. Während Mac einer 17-jährigen sexy Punkerin erzählte, *sie sei eine sehr spirituelle Persönlichkeit*, unterhielt ich mich still mit einem Mädchen namens Ashley. Sie war auf eine Weise hübsch, die man erst nach einer Weile zu schätzen lernt. Sie war klug und witzig, und als sie mich fragte, ob ich mit ihr »herummachen« wolle, sagte ich: »Ja, in einer Minute«, und ging schnell unterhalb der Klippe pinkeln. Als ich zum Feuer zurückkam, lag Ashley rücklings in den Dünen, und mein Zwilling rieb sich an ihr, die Hand in ihrem BH. Selbst damals war sein Sexleben schon eine Reihe überlappender Verbindungen. Er rechtfertigte sich für seine Serienuntreue, indem er behauptete, die Zeit spreche einen von jeglicher Schuld frei; je weiter eine Tat zurückliege, desto einfacher sei es, mit ihr zu leben, bis man sich irgendwann kaum noch an sie erinnere. Das Wissen, dass die Schuldgefühle eines Tages verblassen, lasse sie nur umso schneller verblassen.

Er hat schon immer eine Menge Scheiße geredet.

Später, nachdem Ashley den Sand abgeklopft hatte und zu ihren Eltern gegangen war, wollte Mac einfach nicht begreifen, weshalb ich so wütend war. Er behauptete sogar, er wolle Ashley für mich »einarbeiten«. Als würde ein Mädchen mich noch wollen, nachdem sie mit ihm zusammen gewesen war. Bei dieser bitteren Erinnerung zucke ich zusammen, und die Friseurin schneidet mich. Ich reiße die Augen auf; im Spiegel sehe ich ein rotes Rinnsal zwischen weißen Gletscherspalten hinabrinnen.

»Oh, Sie dummer Junge«, sagt die Friseurin. Ich halte still, während sie die Reste meines Bartes abkratzt. Christopher Smith ist verschwunden, Kit McCall ist wieder da. Beth wird mit einem bärtigen Mann rechnen, und ich hoffe, dass mir die Rasur Zeit verschafft, falls wir einander begegnen sollten.

Der Schnitt in meiner Wange blutet, wenn ich lächle, und als ich Laura ein Entschuldigungs-Selfie schicke, kehre ich ihr die unverletzte Seite zu.

Als ich wieder an Deck komme, geht gerade die Sonne über Tórshavn unter. Ich beschließe, lieber hierzubleiben, statt mich noch einmal in die Bar zu wagen. Das Schiff glänzt; überall bricht sich das Licht, in Glastüren, poliertem Messing und geschwungenem Chrom. Wann immer ich mich in einem dieser Ersatzspiegel sehe, befinde ich mich in derselben Haltung, streiche mir übers Kinn, die Parodie eines Philosophen oder des Professors, der ich nie geworden bin.

30

LAURA 28. *Mai 2000*

Es war ein Freitagabend, der erste richtige Sommerabend des Jahres. Die Pubs und Cafés stellten Tische und Stühle auf den Gehweg, als reichte ein sonniger Nachmittag, um Clapham Common Southside in die Champs-Élysées zu verwandeln. Raucher sogen den Smog mit dem Nikotin ein, doch ein sauberer Zephir wehte frische Luft über die Baumwipfel in unsere stickige Wohnung. Ich stand auf dem Balkon, um Kit ein bisschen Raum zu lassen; am Vortag hatten die Zwillinge einen wilden Streit gehabt, weil Kit sich geweigert hatte, Mac Geld zu leihen. Kit hockte mürrisch mit seinem Laptop auf dem Futon, als das Telefon klingelte. Ich meldete mich.

Statt einer Begrüßung sagte sie »Ich muss dich sehen.«

»Sicher«, sagte ich und zog meinen Fuß aus dem Kabelgewirr, das sich um den Telefontisch angesammelt hatte; wenn man nicht vorsichtig war, riss man die Stecker von Telefon, Internet und Fernseher gleichzeitig aus der Wand. »Ich glaube, wir haben am Wochenende nichts vor.«

Ihre Stimme wurde leise. »Ich bin gerade an der U-Bahn.«

»An der Station Clapham Common?«, fragte ich so scharf, dass Kit vom Monitor aufblickte.

»Ja. Tut mir leid. Ich musste einfach weg.«

»Dann komm besser rauf.«

Kit seufzte und reckte sich, wobei der Laptop gefährlich kippte. »Mac?«

»Nein. Ähm, Beth Taylor ist draußen.«

Seine Resignation verwandelte sich in Sorge. »Warum ist sie hergekommen? Hat es mit der Berufung zu tun?«

»Keine Ahnung.« Ich war mir sicher, dass meine Zeit nun abgelaufen war. Ich hatte mich über das Berufungsverfahren informiert. Anscheinend war es üblich, in Berufung zu gehen, das taten alle Beschuldigten, die es sich leisten konnten. Die Aussicht, dass ein Fall wiederaufgenommen wurde, war winzig. Daher hatte ich die Vorstellung, dass die Tortur von neuem beginnen könnte, eher als Wolke am Himmel betrachtet und nicht als ein Ereignis, das tatsächlich am Horizont aufzog. Doch nun war Beth wieder da, und das konnte nur bedeuten, dass es tatsächlich zu einem erneuten Verfahren kam. Mir war ganz flau, als ich den Türdrücker betätigte. Der verzweifelte Drang, Kit alles zu gestehen, nagte an mir; es ging nicht mehr darum, eine Last abzuwerfen, sondern den Schaden zu begrenzen. Sag ihm, dass du im Zeugenstand gelogen hast, dachte ich, als ihre Schritte schon auf der Treppe erklangen. Wenn, sollte er es besser von dir erfahren. Sag es ihm, bevor sie oben ist. Aber ich brachte die Worte einfach nicht heraus.

Beth war rot und verschwitzt, als sie die Wohnung erreichte; die Locken um ihr Gesicht hatten sich in Korkenzieher verwandelt.

»Was ist passiert? Hat man der Berufung stattgegeben?«

»Nein«, keuchte sie. »Ich meine, keine Ahnung. Es ist noch zu früh, um das zu sagen. Aber die haben mir den Krieg erklärt.« Sie schaute unverhohlen sehnsüchtig auf das halbvolle Weinglas, das auf der Arbeitsplatte stand.

»Nimm es«, sagte ich. Sie kippte es in einem Zug hinunter und schaute auf Kits Laptop. »Bist du gerade online?« Er nickte verwundert, schien aber bei weitem nicht so nervös wie ich. »Kannst du mal jamiebalcombeisinnocent.co.uk eingeben?«

Kit schloss einige Fenster und rief die Seite auf. Die Balcombes waren fleißig gewesen.

> AM 20. APRIL 2000 WURDE JAMIE BALCOMBE FÄLSCHLICHERWEISE WEGEN VERGEWALTIGUNG VERURTEILT. DIESE WEBSITE WIRD VON SEINER FAMILIE UND SEINEN FREUNDEN UNTERHALTEN, DIE WEITERKÄMPFEN, UM SEINEN GUTEN RUF WIEDERHERZUSTELLEN.

»Dürfen die das sagen? Die behaupten doch, du hättest gelogen. Ist das nicht Verleumdung?«

»Nein«, erwiderte Beth angespannt. »Man kann niemanden verleumden, der anonym geblieben ist. Die können über mich sagen, was sie wollen.«

> Am 20. Mai 2000 wurde dem Antrag von Mr Donald Imrie von der Kanzlei Imrie und Cunningham, Bedford Row, stattgegeben, gegen das Urteil Berufung einzulegen. Dort ist man zuversichtlich, dass das Urteil bald aufgehoben wird.

»Lest weiter, es wird noch besser«, sagte Beth, die uns über die Schulter schaute. »Kann ich noch etwas Wein haben?«

»Bedien dich.«

> Wir möchten von Anfang an klarstellen, dass es nicht die Absicht dieser Website ist, das schwere Verbrechen der Vergewaltigung herunterzuspielen oder das Leid eines Vergewaltigungsopfers kleinzureden. Hätte Jamie das Verbrechen begangen, wäre eine Haftstrafe von fünf Jahren in unseren Augen nicht einmal ausreichend. Wir erklären jedoch, dass er das Verbrechen der Vergewaltigung über-

haupt nicht begangen hat. Weiterhin erkennen wir an, dass die Anonymität des Opfers bei einer Vergewaltigung ein fundamentales Rechtsprinzip ist, das respektiert werden sollte. Allerdings verlangen wir, dass es auch auf Männer ausgedehnt wird. Für dieses Ziel wird Jamie sich einsetzen, sobald sein guter Ruf wiederhergestellt ist.

Wir können noch nicht sagen, ob wir Gegenklage gegen Jamies Anklägerin erheben, falls das Urteil aufgehoben wird. Wir waren immer der Ansicht, dass ihre psychische Labilität sie angreifbar macht und dass es wichtiger ist, Jamies guten Ruf wiederherzustellen, als eine bereits verstörte junge Frau noch einmal durch die Mühlen der Justiz zu treiben, wenn ihr Problem ganz offensichtlich medizinischer Natur ist. Wir sind bereit, ihr die nötige professionelle Beratung zu verschaffen, die sie braucht, um ihre Tat zu verarbeiten und die tiefsitzenden Probleme anzusprechen, die sie überhaupt erst zu dieser falschen Beschuldigung verleitet haben.

»So eine Scheiße«, sagte Beth. »Falls die ihn freibekommen, werden sie Klage gegen mich erheben, noch bevor man ihm die Handschellen abgenommen hat.«

Daran zweifelte ich nicht, musste aber zugeben, dass die falsche Betroffenheit eine wahre Meisterleistung in Sachen PR war.

»Bist du durch?«, fragte ich Kit, der kraftlos auf den Bildschirm starrte. Er nickte.

In der Seitenleiste konnte man mehrere Punkte anklicken: *Jamie unterstützen, Weitere Informationen, Galerie, Jamies Karriere.* Unter *Medienkontakte* erfuhr man, dass die Familie nicht nur ein neues Anwaltsteam, sondern auch einen PR-Spezialisten beauftragt hatte. »Die lassen auch nichts aus«, sagte ich und klickte auf *Antonias Brief*. Das Foto, das dazu gehörte, zeigte sie und Jamie auf einer Hochzeit; sie hatte Konfetti im Haar.

Danke, dass Sie Jamies Website besuchen. Ich heiße Antonia Tranter und bin mit ihm verlobt. Wir sind seit zwei Jahren zusammen. Das letzte Jahr war sehr schwer für mich. Es ist nicht leicht, wenn man sich anhören muss, dass der eigene Verlobte untreu war; das ist allerdings nichts im Vergleich zu dem Albtraum, der folgte, als man ihn wegen eines Fehltritts zum Ungeheuer machte. Wie alle, die Jamie kennen und lieben, bin ich von seiner Unschuld überzeugt. Auf diesen Seiten haben wir so deutlich wie möglich dargelegt, weshalb dies ein schwerer Justizirrtum ist. Wir wären dankbar, wenn Sie unsere Botschaft weiterverbreiten würden.
Vor allem suchen wir nach Zeugen, die Jamie und die fragliche junge Dame vor dem Ereignis gesehen haben. Bitte schreiben Sie mir über die Website, falls Ihnen irgendetwas einfällt, so unwichtig es auch erscheinen mag, oder falls Ihr Gewissen Sie quält. Helfen Sie uns, Jamie Gerechtigkeit zu verschaffen.

»Die haben sie doch einer Gehirnwäsche unterzogen«, sagte ich.

Beth kaute an ihrer Nagelhaut. »Habt ihr schon meinen Starauftritt gesehen?«

Kit und ich blickten hoch.

»Klick mal auf ›*Überzeugen Sie sich selbst*‹.«

Vor Gericht lobte Richter Frenchay Jamies Anklägerin als charakterstark, weil sie sich bei der Polizei gemeldet habe, und schilderte sie in seiner Zusammenfassung als zartes

Pflänzchen. Auch überspielte er geschickt ihre seit langem bestehende psychische Labilität. Während wir mit jedem Menschen sympathisieren, der unter einer psychischen Erkrankung leidet, haben die Geschworenen unserer Ansicht nach nicht berücksichtigt, dass sie dies zu einer unzuverlässigen Zeugin macht.

Ich schaute Beth unwillkürlich an.

»Wollt ihr was über meine seit langem bestehende psychische Erkrankung wissen? Als ich sechzehn war, sind meine Großeltern bei einem Unfall gestorben. Das hat mir das Herz gebrochen.« Sie schaute mich an, als wollte sie mir meinen eigenen Verlust ins Gedächtnis rufen, worauf mich großes Mitleid überkam. »Weil ich nicht schlafen konnte, hat mir mein Arzt für ein paar Wochen Valium verschrieben. Und das ist es auch schon. Einfach nur altmodische Trauer. Im Zeugenstand haben sie getan, als wäre ich seitdem von einer Klapsmühle in die nächste gewandert.«

Diese Fotos zeigen Jamies Anklägerin beim »Feiern«. Natürlich haben wir ihre Identität ordnungsgemäß unkenntlich gemacht. Ist dies das nüchterne, konservative Mädchen, das im Zeugenstand aufgetreten ist? Oder ist dies ein Freigeist, ein hedonistisches Mädchen, das gerne feiert, das für alle Erfahrungen offen ist, für das Gelegenheitssex bei einem Musikfestival zum Wochenendspaß dazugehört? Hätte man den Geschworenen diese Bilder vorgelegt, wäre das Urteil unserer Ansicht nach anders ausgefallen. Wem wollen Sie glauben? Dem fleißigen, lernbegierigen jungen Mann, in dessen Leben es keinerlei Anzeichen von Gewalt gab, oder dem Mädchen mit der psychischen Erkrankung, das sich so fotografieren lässt?

Beths Gesicht war verpixelt, doch die Haare waren unverkennbar. Auf einem Bild war zu sehen, wie sie einem Freund in einem Nachtclub das Gesicht ableckte; nicht gerade das schmeichelhafteste Foto, doch jeder in unserem Alter hatte Schlimmeres getan. Auf dem anderen war ihr Kopf geschwärzt, doch man konnte ihren Körper sehen. Sie sah toll aus in schwarzem Bustier, Hotpants und Cowboystiefeln und hielt eine Flasche Tequila zwischen den Brüsten. Man hatte sie von der Seite fotografiert, eine Schulter war zur Kamera gedreht. Das Tattoo mit den Engelsflügeln hatte man nicht unkenntlich gemacht.

»Das ist Bullshit«, sagte ich. »Wer dich kennt, weiß sofort, dass du es bist.«

»Das brauchst du mir nicht zu sagen«, erwiderte sie bitter. »Die hätten mich genauso gut auf die Titelseite der *Times* setzen können. Du hättest mal sehen sollen, was los war, als ich gestern mit Mum im Supermarkt war. Als hätte sich das Rote Meer geteilt, nur Rücken und Schultern in den Gängen.«

»Woher haben sie die Bilder?«, fragte Kit.

»Von einer meiner ältesten Freundinnen, ob ihr es glaubt oder nicht. Das erste ist aus einem Club in Nottingham, das zweite war bei einem Ferienjob, da habe ich auf einem Festival Tequila-Shots verkauft. Ich kann mich erinnern, wie Tess mich fotografiert hat. Das hätte ich ihr niemals zugetraut. Es hat mir das Herz gebrochen.«

Sie begann zu weinen, und ich hätte Tess am liebsten den Hals umgedreht.

»O Beth, das ist ganz mies.« Ich erinnerte mich an ein Foto, das Ling einmal von mir gemacht hatte: beim Rave in Jeans und Bikinioberteil, den Mund offen, Pille auf der Zunge, ein Geschenk für jede Schmierenkampagne. Wir hatten es in unserer alten Wohnung an den Kühlschrank geklebt und immer abgenommen, wenn unsere Eltern zu Besuch kamen. Wenn man jung ist, denkt man nicht über die Konsequenzen nach.

»Du sagst, sie könnten niemanden verleumden, der anonym geblieben ist, aber auf den Bildern bist du nicht anonym«, sagte Kit. Es klang, als spräche er mit sich selbst, als ginge er im Kopf die juristischen Konsequenzen durch. »Dich so darzustellen kommt einer Missachtung des Gerichts gleich. Vermutlich ist das eines ihrer Ziele. Hast du einen Anwalt?«

»Ja«, seufzte sie. »Der altersschwache Anwalt meines Vaters kümmert sich um den Fall. Er nimmt an, dass sie die Fotos herunternehmen müssen, aber der Schaden ist passiert. Alle wissen Bescheid.« Plötzlich ließ sie sich zu Boden sinken. »Es zieht immer weitere Kreise. Ich meine nicht nur die mögliche Berufung. Die ist schlimm genug, aber was die Leute alles sagen. Ein Mädchen, das ich kenne, seit ich vier Jahre alt war, hat gestern im Co-op gefragt, was ich denn eigentlich erwarten würde, wenn ich allein auf ein Festival gehe. Die Frau ist so alt wie wir, ganz normal, sie trinkt, ist keine Jungfrau. Eigentlich der letzte Mensch, der so etwas sagen sollte.« Beth schaute sich in der Wohnung um, sah zu der Sonnenfinsterniskarte, zu mir, zu Kit und dann hinaus auf die Grünfläche. »Im Augenblick ist diese Wohnung der einzige Ort auf der Welt, an dem man mir glaubt. Ich muss unbedingt von zu Hause weg. Ich kann es nicht ertragen, dass meine Eltern versuchen, für mich stark zu sein, obwohl es sie kaputt macht. Und ich kann da nicht leben, jetzt nicht mehr.«

»Bleib hier«, sagte ich. »Für ein paar Nächte. Bis die Aufregung sich gelegt hat.«

»Meinst du das ernst?«, fragte sie.

Man musste Kit schon so gut kennen wie ich, um zu wissen, was er dachte: Je näher du diesem Mädchen kommst, desto gefährlicher wird ein Wiederaufnahmeverfahren. Doch bevor

Beth sein Zögern bemerken konnte, setzte er ein Grinsen auf, und ich wusste, dass er meine Einladung nicht zurücknehmen würde. Er tat es für mich, nicht für sie.

»Sicher«, sagte Kit und klappte den Laptop energisch zu.

»Vielen Dank«, sagte Beth, und ihre Tränen versiegten, als hätte man einen Wasserhahn zugedreht. »Was würde ich nur ohne euch machen?«

31

»Was machst du da?«, flüsterte Beth, als ich auf Zehenspitzen die Treppe hinunterschlich und an ihr vorbeiwollte. Es war Samstag, wir alle hatten lange geschlafen. Ich meinte, den Briefkasten klappern zu hören. Seit Jamies erstem Brief hatte ich mir angewöhnt, morgens als Erste nach der Post zu sehen. Ich wollte nicht riskieren, dass Kit einen Brief aus dem Gefängnis abfing. Ich setzte mich auf den Rand des Futons, in der Hand einen Kontoauszug und Werbung für eine Pizzeria.

»Ich hole nur gern sofort die Post. Ist so eine Angewohnheit. Es beruhigt mich irgendwie.« Ich erklärte zu viel und doch gar nichts.

»Oh. Das ist … nett.«

»Morgen.« Kit war verlegen in die Schlafzimmertür getreten. Ich hatte sie hinter mir schließen wollen, aber sie war wie üblich wieder aufgegangen. »Gott, ist das spät.«

»Ich fahre heute in die Stadt«, sagte Beth entschlossen. »Habe einiges zu erledigen.«

»Hast du nicht gesagt, du kennst niemanden in London?«, fragte Kit.

»Tue ich auch nicht.« Sie lächelte. »Das ist ja das Schöne daran. Hier kann ich normale Sachen machen, ohne dass die Leute über mich reden. Ich kann die Oxford Street entlanggehen, ohne jemanden zu treffen, den ich kenne.«

Nach dem Frühstück beugten wir uns über den Balkon und

schauten zu, wie sie in einem narzissengelben Sommerkleid und denselben alten silbernen Chipies, die sie schon in Cornwall getragen hatte, davonging.

»Wie lange bleibt sie noch hier?«, fragte Kit und grinste zähneknirschend, als sie sich umdrehte und uns zuwinkte.

»Ich habe keine Ahnung. Aber du siehst ja, wie sehr sie uns braucht. Und nach allem, was sie durchgemacht hat, kann ich sie nicht einfach rauswerfen.«

Kit drückte die Fingerknöchel auf die Augen. »Das verlange ich ja gar nicht. Ich meine nur, das Timing ist nicht gerade ideal, es gefällt mir nicht, dass ich in meinem eigenen Haus plötzlich Wert auf Etikette legen muss.«

»Sie ist doch erst seit vier Tagen da. Herrgott, Kit. Du benimmst dich, als wäre sie mir wichtiger als du. Das ist kein Entweder-oder.«

Zorn huschte über sein Gesicht. »Ach nein?«

Da explodierte ich. »Weißt du was? Wenn du nicht ein klitzekleines bisschen Empathie entwickelst, könnte es das werden.«

Die violetten Halbmonde unter seinen blutunterlaufenen Augen schienen noch dunkler zu werden, und ich wünschte, ich könnte die Worte zurücknehmen. Zum ersten Mal bemerkte ich, wie schlecht er aussah, wie vernachlässigt. Er trug seit Tagen dasselbe T-Shirt, die Haare mussten geschnitten werden. Er schaute zum Common hinüber.

Ich wollte mich gerade entschuldigen, als er herausplatzte: »Meinst du, wenn wir eineiige Zwillinge wären, wäre ich wie Mac? Und wie Dad?«

Die scheinbar zusammenhanglose Bemerkung zeigte mir, dass wir nebeneinanderher dachten, und ich zwang mich, auf seine Spur zu wechseln. Wir würden nie wieder den Entweder-oder-Unsinn erwähnen. Der Augenblick war vorbei.

»Mein Gott, Kit, ich weiß nicht. Damit kenne ich mich wirklich nicht aus.«

»Manchmal wünsche ich mir, es wäre so. Nein, eigentlich nicht. Ich würde gerne in ihn hineinkriechen und begreifen, wie sein Gehirn arbeitet. Falls er sich genauso entwickelt wie Dad ...«

»Hey.« Ich ergriff seine Hand. Die Handfläche war warm, trocken und glatt. »Mac ist Jahre jünger, als es dein Dad war, und er hat uns. Wir werden ihn rechtzeitig stoppen.« Wir standen eine Weile schweigend da. Kit schaute in die Ferne, ich über das Balkongeländer nach unten. Rote Busse beherrschten die Straße.

»Wegen Beth«, sagte ich vorsichtig, als ich glaubte, es sei genügend Zeit vergangen. Er erwiderte nichts, aber ich spürte, wie er gereizt meine Hand drückte. »Nein, lass mich ausreden. Ich wollte sagen, wir geben ihr noch diesen Tag, okay? Na los, du hast deinen hoffnungslosen Fall, und ich habe meinen.«

Es war als Scherz gedacht, doch Kit war gekränkt.

»Wie kannst du die beiden miteinander vergleichen? Mac ist mein Zwillingsbruder.«

Da wusste ich, dass Kit unmöglich verstehen würde, was mich mit Beth verband. Mit Blut kann man nicht konkurrieren.

»Hi, Schatz, ich bin zu Hause!«, rief Beth und kam lachend die Treppe herauf. Kit verdrehte gereizt die Augen. Sie schleppte diverse Plastiktüten voller Zwiebeln, Konservendosen und Wein herein. Aus einer lugte frisches Zitronengras.

»Heute koche ich für euch. Ihr habt nicht gelebt, bevor ihr nicht mein grünes Thai-Curry probiert habt.«

»Ich liebe Thai«, sagte ich laut genug, um Kits »Das ist nun wirklich nicht nötig« zu übertönen.

Falls Beth ihn gehört hatte, ignorierte sie es. »Wir haben was zu feiern. Mein Anwalt hat angerufen. Sie haben die Bilder runtergenommen.«

»Das ist eine tolle Neuigkeit.«

»Wir könnten möglicherweise klagen, aber ich weiß nicht, ob ich das wirklich will. Ich würde es lieber hinter mich bringen. Ich habe genug von Anwälten und Gerichten.« Sie reihte die Zutaten – Jasminreis, Kokosmilch, Ingwer, drei dicke Hühnerbrüste – auf der Arbeitsplatte auf und wühlte in ihrer gewaltigen Handtasche. »Ich habe euch was mitgebracht«, sagte sie, plötzlich scheu. »Um mich zu bedanken, dass ich bei euch wohnen darf, und« – sie schaute mich bedeutungsvoll an – »weil du dir ganz besondere Mühe gegeben hast. Du zuerst.« Sie holte ein Päckchen heraus und sah erwartungsvoll zu, als ich es auswickelte. Noch bevor das Papier herunter war, ahnte ich, dass es eine Blood-Roses-Kerze war. 1999 waren Duftkerzen noch kein so weitverbreitetes Geschenk wie heute, und man bekam die Serie nur in einem obskuren kleinen Laden in Marylebone. Beth musste sich das Etikett gemerkt und ihre Hausaufgaben gemacht haben. Sie hatte mir ein Geschenkset gekauft: drei dicke Kerzen mit unbeschnittenen Dochten. Der süße, üppige Duft erfüllte das ganze Zimmer, noch bevor sie angezündet waren. Sie mussten an die hundert Pfund gekostet haben.

»Wow. Danke.«

»Ich bin in der ersten Nacht eingeschlafen, während sie an war, und da ist sie vollkommen heruntergebrannt.« Sie nickte entschuldigend zu dem leeren Glas, das auf dem Kaminsims stand. »Ich liebe Kerzen, und der Geruch ist so beruhigend.«

Kit kniff kritisch die Augen zu. Es war seine Aufgabe, mich mit Blood Roses zu versorgen. Ich erwiderte seinen mürrischen Blick; Beth durfte nicht erfahren, dass sie ins Fettnäpfchen getreten war.

»Und, Kit, das ist für dich. Gebraucht, aber in ausgezeichnetem Zustand.« Es war das Teleobjektiv, von dem sie gesprochen hatte. »Bei Dämmerlicht sind die unglaublich.« Sie hatte ihn so schockiert, dass er nicht höflich reagieren konnte. »Ach, du hast schon eins.« In ihrer Stimme schwang eine Frage mit.

»Nein, habe ich nicht.« Seine Stimme klang ausdruckslos. »Vielen Dank.«

»Ich glaube, Kit ist nur verlegen, weil …« Ich schaute ihn an, doch seine Miene war undurchdringlich. »Kit ist nur verlegen, weil er nicht will, dass du dich ständig bedankst.«

»Ja. Wir haben vor Gericht nur gesagt, was wir gesehen haben.« Er klang distanziert, was mir verriet, dass er vor Scham am liebsten im Boden versunken wäre.

»Nein, ihr habt mich gerettet. In mehr als einer Hinsicht. Ihr habt mich gerettet.« Darauf folgte eine unangenehme Stille, die erst unterbrochen wurde, als Beth sich wie ein Hund schüttelte. »Nun!«, verkündete sie fröhlich. »Das Essen kocht sich nicht von allein.«

Während sie hackte und rührte, schaltete ich Musik ein und stellte die drei Kerzen auf den Kaminsims. Nach einigen Gläsern Wein holte Kit das Teleobjektiv heraus und schraubte es auf die Kamera. Er konnte die Freude über das neue Spielzeug nicht verbergen.

Wir lagen mit den Gesichtern zueinander im Schlafzimmer, in dem es nie richtig dunkel wurde, und hofften, dass unser Flüstern nicht durch den Türspalt drang.

»Wie viel hat das Objektiv gekostet? Hundert?«

»Eher tausend. Neu kosten die Dinger bis zu dreitausend.«

»Was?«

»Ich weiß. Es kommt mir vor, als wollte sie sich unsere Unterstützung erkaufen.«

Ich wollte ihm in die Augen sehen, aber sie waren nur ein

Glitzern im Dämmerlicht. »Wie kann sie uns kaufen? Wir haben doch schon ausgesagt.«

»Dann will sie uns eben auf ihrer Seite behalten. Ich habe die Sorge, dass der Berufungsantrag zu einer Wiederaufnahme des Verfahrens führt. Und dass unsere Aussagen nicht berücksichtigt werden, weil sie bei uns wohnt.«

»Wir dürfen es nicht erwähnen. Solange sie keinen Privatdetektiv auf sie ansetzen, erfährt es niemand.«

Kit spannte sich an, und ich merkte, dass er sich bemühen musste, nicht laut zu werden. »Genau davor habe ich Angst. In ein Netz aus Lügen hereingezogen zu werden. Eine Lüge führt zur nächsten und zur übernächsten. Es hat schon angefangen. Wenn man nicht von Anfang an ehrlich ist, ist man am Arsch.« Ich erstarrte, als ich an meinen heimlichen Besuch im Gericht dachte. Ich legte Kit die Hand auf die Brust, um ihn zu beruhigen.

»Sie braucht nur eine Freundin.«

»Laura.« Er hielt meine Hand fest. »Wie kannst du ernsthaft eine Freundschaft mit jemandem beginnen, den du auf diese Weise kennengelernt hast? Das würde immer zwischen euch stehen. Du hast schon mehr als genug für sie getan.«

»Was willst du denn?«, zischte ich, um nicht laut zu werden. »Soll ich ihr sagen, dass sie gehen muss?«

»Wenn ich ehrlich bin, ja. Ich habe keinen Kopf dafür, geschweige denn Platz in meiner Wohnung. Ich habe genug damit zu tun, mich um meinen Bruder zu kümmern. Ich bin nicht wie du. Ich will nicht jeden Streuner retten, der mir über den Weg läuft.«

Ich musste mich bemühen, meine Stimme zu beherrschen. »Als wir uns kennengelernt haben, hast du gesagt, dass du genau das an mir liebst. Dass ich mich um Dinge sorge. Um wichtige Anliegen. Um Menschen.«

Er ließ sich aufs Kissen fallen. »Ja. Habe ich. Tue ich immer noch. Aber manchmal wünsche ich mir, du würdest dich ein bisschen mehr um Dinge kümmern, die vor deiner Nase sind, und nicht nur um deine *wichtigen Anliegen.*«

Er kehrte mir den Rücken zu. Im Nebenzimmer drehte Beth sich auf dem Futon herum, als müsste sie uns eigens daran erinnern, dass wir nicht allein waren.

32

KIT 20. *März 2015*

Durch das Bullauge ist der Himmel nur ein verwaschenes, helles Grau, und die vorsorgliche Enttäuschung verdirbt mir den Appetit. Ich habe nicht nach Beth gesucht, und die verpasste Gelegenheit quält mich jetzt.

Die Kameraausrüstung in meiner Tasche wiegt schwer: Objektivfilter, Regenschutz, mein robustestes Stativ. Einen Moment lang bin ich versucht, alles in der Kabine zu lassen, scheiß drauf. Seltsam, aber ich bin den Tränen nah. In den Stunden vor einer Sonnenfinsternis ist man emotional aufgeladen.

Das Restaurant der *Princess Celeste* öffnet kurz vor der Morgendämmerung und serviert ein kontinentales Frühstück. Ich frühstücke, besser gesagt, ich trinke auf leeren Magen Kaffee, zusammen mit Jeff Drake. Er sagt nichts zu meiner frischen Rasur. Warum auch? Er hat mich jahrelang so gekannt und nur ein Mal mit Bart gesehen. Falls er das Video kennt, erwähnt er es nicht. Er wirkt zerstreut wie ein Mann, der in höheren geistigen Sphären schwebt. Er muss nämlich entscheiden, wo wir die besten Chancen haben.

»Was meinst du?« Ich trinke noch einen Schluck von dem Kaffee. Muss die Mischung für Mac herausfinden. »Auf der Nordseite der Insel? Oder im Süden?«

»Christopher, du musst die Frage leider anders formulieren«, erwidert er und streut Zucker auf eine halbe Grapefruit. »Es geht eher um Schadensbegrenzung. Die Bewegungen von

Himmelskörpern vorauszusagen ist sehr viel einfacher, als das Wetter zu prognostizieren.«

Es gibt einen typischen Gesichtsausdruck bei Sonnenfinsternisjägern, wenn Wolken drohen: eine gezwungene Fröhlichkeit, die Entschlossenheit, das Ereignis zu genießen, was immer auch geschieht. Aber man kann die Enttäuschung nicht verbergen, sosehr man sich bemüht. Irgendwie fühle ich mich für Richard verantwortlich; er ist ja wegen mir dabei. Die Wolken zu durchbrechen ist wohl das Mindeste, was ich für ihn tun kann.

»Manchmal reißt die Wolkendecke genau im richtigen Moment auf«, sage ich, als wir die Gangway zu den wartenden Bussen hinuntergehen. »Man braucht nur eine kleine Wolkenlücke, und alles wird gut.« Ich sage das auch, um mich selbst zu motivieren.

Im Hafen drängen sich die Menschen dichter als bei jedem Musikfestival. Über das Meer aus Köpfen und eine verstopfte Straße hinweg sehe ich sechs gelbe Busse, die zur *Princess Celeste* gehören. Ich steuere Richard zu den Bussen hinüber. Man hat sich in letzter Minute auf eine Stelle festgelegt, und Karten im Fenster verraten uns, dass sie sich auf halber Höhe des Húsareyn befindet, eines Berges, von dem man auf den Hafen blickt. Nur Amateure gehen auf den Gipfel. Wenn man zu weit oben ist, kommen einem die Wolken entgegen, so dass man gar nichts sieht.

Es ist erstaunlich, dass man selbst in diesem menschlichen Gewimmel den Blick einer Person spüren kann. Ich fühle, wie meine linke Schulter warm wird, vielleicht sehe ich auch etwas aus dem Augenwinkel. Ich drehe mich langsam um, getrieben von einer vertrauten Vorahnung, bemerke aber nur einen Mann mittleren Alters mit glänzender Glatze und dicker Brille mit Sonnenaufsatz. Er grinst übers ganze Gesicht.

»Sie sind es wirklich«, sagt er. Ich gehe im Geist die Passagiere durch, die ich mir gemerkt habe, und bin mir ziemlich sicher, dass er nicht auf der *Celeste* mitfährt. »Oh, jetzt geraten Sie in Panik, weil Ihnen mein Name nicht einfällt.« Er ist Amerikaner, Mittlerer Westen, dem Akzent nach zu urteilen, und ich frage mich einen Moment, ob ich ihm als Teenager begegnet bin. Irgendein Vater, der einen betrunkenen Teenager an einem verbotenen Lagerfeuer einsammeln wollte.

»Tut mir leid, Sie müssen mich mal ...«, setze ich an.

»Keine Sorge, wir kennen uns nicht.«

»Haha«, wirft Richard ein. »Der Ruhm eilt dir voraus. Noch jemand, der dein Video gesehen hat. Aber seltsam, dass Sie ihn auch ohne Bart erkannt haben.«

Der Mann ist verblüfft. »Welches Video? Nein, eine Frau ist mit einem Foto von Ihnen herumgelaufen und hat Sie gesucht. War schon ein paar Jahre alt, aber ich bin mir sicher, dass Sie es waren.«

Mein Herz zappelt wie ein Fisch an Land. Sie sucht nicht nach Christopher. Sie sucht nach Kit. Sie ist hier und wird mir die Sonnenfinsternis versauen. »Das glaube ich nicht. Es muss sich um eine Verwechslung handeln.«

Er betrachtet mich eingehend. »Oder Sie haben irgendwo einen Zwillingsbruder.« Ich zucke zusammen.

»Wie hat sie ausgesehen?« Ich frage mich, ob Richard merkt, wie meine Stimme zittert.

»Etwa in Ihrem Alter, würde ich sagen. Hübsch. Dunkle Haare. Sie ist in einen dieser rosa Busse gestiegen.«

Er nickt in die Richtung. Ich sehe die leuchtend rosa lackierten Busse am anderen Ende des Hafens stehen.

Scheiße Scheiße Scheiße Scheiße.

»Ich halte die Augen offen. Wünsche eine gute Sonnenfinsternis.«

»Viel Glück!«, sagt der Mann, und sein Gesicht erstrahlt in idiotischer Hoffnung. Dann ist er in der Menge verschwunden.

Falls ich recht habe und die Frau mit dem Foto Beth war, dürfte sie gerade jetzt in den Bus steigen. Etwas in mir zerreißt, beinahe hörbar.

»Halt mal, bin sofort zurück«, sage ich und drücke Richard die Tasche in die Hand. Die Kamera behalte ich bei mir. Sie baumelt wie eine Steinschleuder von meiner Hand.

»Was meinst du, du bist sofort zurück? Das hier ist kein beweglicher Feiertag – Chris! Chris!« Richards Stimme verklingt, als ich mich zwischen den Körpern hindurchzwänge. Wann immer ich an jemandem vorbeischabe, zischt Nylon, wasserdicht auf wasserdicht. Fühlt es sich so für Laura an? Wenn man weiß, dass man sich idiotisch benimmt, aber nicht damit aufhören kann?

Ich versuche es beim ersten rosafarbenen Bus. »Gehören Sie zu der Gruppe?« Die Frau mit dem Klemmbrett und der straffen, grauen Dauerwelle lächelt. Noch.

»Nein, aber ich muss nachsehen, ob jemand da drinnen ist.«

»Nur mit vorbestellter Karte.« Sie schaut hilfesuchend zum Fahrer, doch der ist an die neunzig. »Sir, ich muss Sie bitten –« Sie leistet keinen Widerstand, als ich mich an ihr vorbeidränge.

»Ich muss nur nachsehen, ob sie da ist.« Ich stehe im Eingang des Busses. Ein Blick über die Passagiere verrät mir, dass Beth nicht dabei ist. »Tut mir leid. Vielen Dank.« Ich gehe rückwärts die Stufen hinunter, worauf sich drinnen Gemurmel erhebt: »Ist er bekifft?« »War das ein britischer Akzent?« »Sollen wir jemanden verständigen?«

Der zweite rosafarbene Bus parkt direkt dahinter. Dort steigen noch Leute ein. Ich gehe zur mittleren Tür und frage diesmal gar nicht erst um Erlaubnis. Weiße Köpfe drehen sich besorgt zu mir. Hier ist niemand unter fünfundsechzig.

Jemand hat wohl schon den dritten Bus verständigt, denn dort erwarten mich zwei Männer mit verschränkten Armen an der Tür. Ich bin gezwungen hineinzurufen.

»Beth!« Meine Stimme ist laut genug, um den ganzen Bus zu erreichen, laut genug, um eine Lawine auszulösen. »Beth! Ich habe genug! Na los! Du hast gewonnen! Wir klären das jetzt! Ich habe wirklich genug!« Die Türen schließen sich vor meiner Nase. »Ich verliere hier draußen den Verstand«, brülle ich durch die Scheibe. Ich drücke das Gesicht an die Tür und warte. Falls sie hier ist, muss sie mich gehört haben. Und dann ist sie nur meinetwegen hier. »Verdammt, ich verliere den Verstand«, wiederhole ich flüsternd.

Der Fahrer lässt den Motor aufheulen. Ich pralle mit dem Gesicht gegen den Rumpf des Busses, worauf ich wieder zu mir komme. Ich renne quer durch den Hafen, der sich allmählich leert, und entdecke Richard in einem gelben Bus, meine Tasche steht auf dem Nachbarsitz.

»Was, zum Teufel, sollte das denn?«

»Wir müssen die Plätze tauschen«, sage ich und hieve meine Tasche in die Gepäckablage. Von hier aus kann ich alle Fahrgäste einsteigen sehen. Meine Muskeln sind vollkommen starr. Ich wappne mich für den Zusammenstoß. Ich hasse es, so zu denken, aber falls Beth heute etwas zustößt, ist sie selber schuld. Sie ist mir hierhergefolgt.

Nein, das ist nicht fair. Beth mag Fehler gemacht haben, aber sie ist auch durch die Hölle gegangen. Mein Zorn sollte sich gegen Jamie Balcombe richten. Wenn überhaupt, ist er an allem schuld.

33

LAURA *25. Juni 2000*

»Bist du dir sicher, dass du ihn nicht woandershin gelegt hast?«, fragte Kit zum zwanzigsten Mal in einer Stunde. »Es ist ein kleiner Filmbehälter in einem Plastikröhrchen. Etwa so groß. Er kann nicht einfach verschwunden sein. Er lag genau hier.«

»Vermutlich ist er hinter den Herd gefallen. Kannst du nicht warten, bis wir fertig sind?« Ich saß auf einem Küchenstuhl, ein Handtuch um die Schultern, die Haare in der Mitte gescheitelt, während Beth mit Latexhandschuhen eine violette Wasserstoffsuperoxid-Paste auf meine Ansätze auftrug. Ich spürte das vertraute beißende Kribbeln, als das Bleichmittel die Farbe aus meinen Haaren sog. Vorher hatte ich Beth einige dunkle Spitzen violett gefärbt.

Das Radio dröhnte so laut, dass das Wasser in unseren Gläsern rhythmisch schwappte, doch man konnte ihr Handy, das im Bücherregal lehnte, trotzdem hören. Der Bildschirm leuchtete grün, das Wort ZUHAUSE wurde als Punktmatrix angezeigt. Sie schaute ein wenig verkniffen hin, ging aber nicht ran. Kit zog die Augenbrauen hoch und schwieg.

Je lauter Beth und ich mitsangen, desto mehr schien er unser Treiben zu missbilligen. Wenn er sich schon wie ein launischer Vater aufführen musste, gönnte ich mir das kindische Vergnügen, ihn noch mehr zu ärgern.

»Achte nicht auf ihn. Er mag nur Musik, bei der es um Ideen geht.«

Beths Blick signalisierte, dass sie sich nicht einmischen wollte. Stattdessen schaufelte sie noch mehr Farbpulver in ihre Mischschale.

Kit runzelte wieder die Stirn, als er sich seinem Hauptprojekt im Wohnzimmer zuwandte. Als wäre die Tragödie des fehlenden Filmbehälters nicht schlimm genug, streikte auch noch der Ventilator in seinem Laptop. Er leuchtete mit der Taschenlampe ins freigelegte Motherboard und griff nach einem winzigen Schraubenzieher. Als Beths Handy erneut klingelte, zog er die Schultern noch höher.

»Könntest du vielleicht mal rangehen?«, fragte ich nach dem vierten Anruf.

Sie spreizte die Finger und zögerte, bevor sie schließlich sagte: »Herrgott, nun sei doch nicht so ungeduldig«, meinte damit aber nicht mich, sondern das Handy. Sie zog die Handschuhe aus, warf sie ins Spülbecken und griff nach dem Telefon. Sie ging vor die Wohnungstür und nahm den Anruf mit einem defensiven »Hallo?« entgegen. Schritte auf der Treppe, dann war sie außer Hörweite.

»Worum geht es wohl? Meinst du, sie ist abgehauen, ohne ihnen zu sagen, wo sie steckt?« Ich verstand ja, weshalb sie wieder zu ihren Eltern gezogen war, aber sich mit einundzwanzig immer noch rechtfertigen zu müssen war eine weitere Demütigung.

»Kann schon sein«, sagte Kit und blies den Staub von einem Bauteil. »Ich habe eher daran gedacht, dass einem von ihnen was passiert sein könnte.«

»Mein Gott, du hast recht. Als hätte sie noch nicht genug –«

Dann drang ihre Stimme scharf und schrill durch die geschlossene Tür.

»Sie hat es verdient! Sie kann von Glück sagen, dass sie nicht im Wagen gesessen hat!«

Kit zog die Augenbrauen hoch. Ich schlich hin, legte das Ohr an die Wohnungstür und horchte angestrengt.

»Nein, das habe ich nicht gemeint, natürlich hätte ich das nicht gemacht. Das weißt du doch.«

Ich drückte die Hand gegen das Holz und spürte meinen Puls in den Fingerspitzen.

»Tut mir leid, dass ich euch Unannehmlichkeiten gemacht habe«, sagte Beth schließlich. »Ich habe nicht klar gedacht. Ich meine, Mum, *du* weißt doch, was sie getan hat.«

Die nachfolgende Stille dauerte so lange, dass ich schon glaubte, Beth habe das Gespräch beendet. »O nein, ehrlich? Es tut mir so leid.« Man hörte das Bedauern in ihrer Stimme. »Ich zahle es euch zurück, wenn ich einen Job finde. Nein, ganz ehrlich. Na gut. Alles klar. Danke. Ich muss jetzt Schluss machen. Ich bin bei Freunden, ich kann hier nicht richtig reden.« Eine lange Pause, dann sagte sie kleinlaut: »Ich hab dich auch lieb.«

Sie musste zwei Stufen auf einmal genommen haben, denn Sekunden später drehte sich der Türgriff. Ich machte einen Schritt zurück und gab mich cool, doch der ohrförmige Abdruck aus Haarfarbe, der auf Kopfhöhe an der Tür prangte, war nicht zu übersehen.

»Wie viel hast du gehört?«

»Den lauten Teil«, gab ich zu.

Sie ließ sich auf den Futon fallen und brachte damit Kits sorgfältig angeordnete Miniwerkzeuge durcheinander, was sie gar nicht zu bemerken schien. Er sammelte sie hektisch ein.

»Wisst ihr noch, wie ich euch von meiner Freundin Tess erzählt habe?«

Als sie den Namen erwähnte, erinnerte ich mich an das Foto von Beth als Tequila-Girl, das sich langsam auf dem Monitor aufbaute. »Wie könnte ich das vergessen?«

»Mm.« Sie schaute zu Boden. »Na ja, ich hab wohl ihre Reifen aufgeschlitzt.«

»Beth!«, sagte ich halb bewundernd, halb schockiert. Ich konnte es mir nur allzu gut vorstellen.

»Ich weiß nicht, was da über mich gekommen ist. Ich habe ihren schäbigen Vauxhall Nova vor einem Supermarkt gesehen, und als Nächstes war ich drinnen und habe ein kleines Messer gekauft. Habe es in den Gummi gerammt, und es machte einfach pffffft.« Sie sog die Wangen nach innen, um zu demonstrieren, wie die Luft entwichen war.

»Wow«, sagte ich. Ich schaute zu Kit, doch er war damit beschäftigt, seine Computerwerkzeuge der Größe nach in die Plastikbox einzuräumen. »Woher wissen die denn, dass du es warst? Kameras?«

Beth schüttelte den Kopf. »Sie hatte ihrer Mutter den Wagen geliehen. Woher sollte ich das wissen? Die kam mit dem Einkaufswagen heraus, als ich beim letzten Reifen war. Ich bin weggelaufen, aber sie hat mich erkannt; sie kennt mich ja seit einer Ewigkeit. Also ist ihre Mutter zu meiner Mutter gegangen und hat verlangt, dass sie die Reparatur bezahlt. Meine Eltern sind völlig durchgedreht.«

»Jesus, Beth.«

»Ich weiß, ich weiß.« Wir lachten verlegen und ungläubig, spürten aber, dass diese Geschichte irgendwann nur noch eine witzige Anekdote sein würde. Kit schien es jedoch den letzten Humor zu rauben, denn er klappte den Werkzeugkasten hörbar zu und evakuierte ihn demonstrativ ins Schlafzimmer. Beth senkte die Stimme. »Ich erwarte nicht mehr viel von Männern«, sagte sie so leise, dass ich mich vorbeugen musste. »Ich rechne sogar damit, dass sie mich verarschen. Aber dass mich eine Freundin betrügt. Das ist ein völlig anderes Level.«

Ich stellte mir vor, wie verletzt ich wäre, wenn Ling mich so verkauft hätte. Ich würde ihr auch die Reifen zerstechen oder noch Schlimmeres tun.

»Dann ist es doch gut, dass du mich hast, oder?«

Ihr Gesicht strahlte, und ich begriff, dass ich genau das Richtige gesagt hatte.

34

LAURA *30. Juli 2000*

Im Juli fand ich meinen Traumjob als Spendensammlerin für eine karitative Kinderorganisation. Mit dieser Stelle begann meine berufliche Karriere, obwohl ich mich heute frage, woher ich die Energie dafür genommen habe. Es war ein unglaublich heißer Sommer, den Kit und ich größtenteils in der U-Bahn verbrachten; wenn wir nicht gerade zur Arbeit pendelten, fuhren wir nach Turnpike Lane, um uns um Juno (ich) oder Mac (Kit) zu kümmern. Wir duschten zweimal täglich, ruinierten einige dunkle Kleidungsstücke mit salzigen Schweißringen, und wenn wir uns die Nase putzten, färbten sich die Taschentücher schwarz.

Beth war regelmäßig bei uns zu Gast. Daheim in Nottinghamshire lebte sie wie eine Einsiedlerin. Sie schämte sich, nachdem man sie als das Jamie-Balcombe-Mädchen geoutet hatte, und die Messerattacke auf die Autoreifen ihrer Freundin machte es nicht besser. Doch auch wenn sie alle zwei Wochen nach London kam, unternahm sie keine Anstalten, die Stadt zu erforschen, sondern verkroch sich lieber bei uns drinnen. Außer am Lizard Point hatte ich sie kaum einmal bei Tageslicht gesehen. Es galt – unausgesprochen, wie so vieles zwischen uns – als abgemacht, dass sie bei uns übernachtete.

Jamie schrieb mir zweimal in der Woche; die Briefe trafen immer dienstags und freitags ein. Im Grunde ging es immer um das Gleiche – ich sollte meine Aussage zurückziehen, bevor alles noch schlimmer würde –, doch er berichtete auch von anderen Entwicklungen. Wie es aussah, hatte er ein beträchtliches Netzwerk von Unterstützern aufgebaut; Männer, die man ebenfalls »fälschlich beschuldigt« hatte, schrieben ihm in Massen. Anscheinend entwickelte sich eine Männerrechtsbewegung gegen den angeblichen Trend, wonach Frauen Männer zu Unrecht der Vergewaltigung beschuldigten. Und auch Frauen schrieben ihm, wie er mir schadenfroh mitteilte. Frauen, die er als »echte« Vergewaltigungsopfer bezeichnete, die von ihren Stiefvätern gefickt, in Nachtclubs unter Drogen gesetzt oder mit vorgehaltenem Messer von einer ganzen Gang vergewaltigt worden waren. Jamie versäumte es nie, diese »tapferen Damen« mit einem Feigling wie mir zu vergleichen. Ich zerriss die Briefe und verteilte sie in verschiedene Mülleimer zwischen unserem Haus und der U-Bahn-Station. Ich wünschte mir allmählich, dass der Mann, der die Rasierklinge in der Zahnbürste versteckt hatte, mal bei Jamie vorbeischaute.

Ling bekam endlich Medikamente, die gegen ihre Depression wirkten, und hatte beschlossen, dass es an der Zeit sei, für Mac eine *Intervention* durchzuführen. Dieser US-Import gehört mittlerweile fest zum Vokabular, doch damals hörte ich zum ersten Mal davon, und sie hatte uns erklärt, worum es dabei ging. Wir alle – ich, Kit, Lings Eltern, Adele und eine Suchtberaterin, die Ling aufgetrieben hatte – sollten in der Wohnung aufkreuzen und ihm nacheinander erklären, dass sich einiges ändern musste. Die kritische Masse der Besorgnis aller Menschen, die ihm wichtig waren, sollte ihn geradewegs in den Entzug führen. Kit glaubte nicht eine Sekunde, dass dieses Vorhaben funktionieren würde, kam aber trotzdem mit. Also quetschten wir uns alle in die winzige Kellerwohnung, in der es so wenige Stühle gab, dass wir nur abwechselnd sitzen konnten.

Lings Plan hatte allerdings einen Haken. Damit die Intervention funktionierte, musste Mac zugegen sein. Und da das Hauptsymptom seiner Sucht darin bestand, tagelange Sauftouren zu unternehmen, in denen er nicht nach Hause kam, waren die Aussichten nicht gut. Nachdem Mac acht Stunden lang weder ans Telefon gegangen, noch nach Hause gekommen war, gaben wir auf. In der U-Bahn war es heiß wie in einem Backofen, und dann blieben wir auch noch zwanzig Minuten zwischen zwei Stationen stehen. Als wir endlich an die Oberfläche kamen, hassten wir alles und jeden, uns eingeschlossen.

»Ach du Scheiße«, sagte Kit, als wir um die Ecke von Clapham Common Southside bogen. »Die kann ich nun wirklich nicht gebrauchen.«

Ich folgte seinem Blick; abgeschabte, silberne Turnschuhe und schlanke, weiße Knöchel, die aus unserem Hauseingang ragten. »Hast du etwa gewusst, dass sie kommt?«

»Verdammt, natürlich nicht«, erwiderte ich ähnlich feindselig.

Ich hatte keine Geduld mehr, nicht einmal mit Kit. Das muss man uns wohl angesehen haben, doch Beth schien gegen unsere Erschöpfung immun.

»Ich kann nicht lange bleiben«, sagte sie und führte uns unsere eigene Treppe hinauf. Die violette Farbe in ihren Haaren war schon verblichen; die schwarzen Locken hatte sie mit pastellfarbenen Klammern gebändigt. Sie fuhr mit der Hand über die Tapete und blieb einmal auf dem Treppenabsatz stehen, um das abblätternde Grün näher zu untersuchen. »Ich muss den letzten Zug nach Hause nehmen. Es wird jetzt knapp, ich hatte früher mit euch gerechnet.« Kit und ich schauten einander verwundert an; Beth fuhr nämlich nie am selben Tag nach Hause. Wenn sie einmal da war, galt es als beschlossen, dass sie auch bei uns übernachtete.

»Nach Hause?« Kit hob die Daumen, versteckte sie aber in

den Fäusten, als Beth sich umdrehte, und sah nun aus wie ein Boxer, der die Treppe hinauftänzelte.

»Hör auf«, hauchte ich lautlos, lächelte aber dabei.

»Ja. Aber ich wollte euch die guten Neuigkeiten persönlich überbringen.«

Es konnte nur um die Berufung gehen.

»Nur zu«, sagte ich. Wir waren jetzt auf der obersten Treppe, und Kit wühlte in der Hosentasche nach dem Schlüssel.

»Ich ziehe nach London!«, verkündete Beth strahlend.

Ich hätte beinahe die nächste Stufe verpasst. Kit erstarrte, den Schlüssel im Schloss, und ich wusste, dass er das Gleiche dachte wie ich: Sie will bei uns einziehen.

»Und, erzähl mal«, sagte ich vorsichtig.

»Ihr wisst ja, wie es zu Hause läuft. Ich stehe praktisch unter Hausarrest. Also habe ich nach Wohnungen und Jobs gesucht«, sagte sie stolz. »Ich habe einen Job bei Snappy Snaps in der Dunkelkammer gefunden. Die Bezahlung ist beschissen, aber es hat immerhin mit Fotografie zu tun. Die Gegend hier kann ich mir nicht leisten, aber ich habe eine Einzimmerwohnung in Crystal Palace gefunden. Jetzt können wir uns viel öfter treffen.«

»Das ist ja super«, sagte ich, obwohl ich mich vor allem darüber freute, dass wir einander jetzt seltener treffen würden. Besser gesagt, dass wir die Freundschaft auf ein weniger intensives, normales Maß zurückschrauben konnten. Wir würden uns auf einen Kaffee oder zum Abendessen treffen können und dann getrennt nach Hause gehen.

»So. Da wäre noch eine letzte Sache. Ich möchte mich bedanken, dass ich so oft zu euch kommen durfte. Ich weiß, ihr wollt keine Geschenke mehr, aber das ist das letzte, versprochen.« Sie lächelte scheu und kindlich. »Bitte sagt nicht, ich hätte es nicht tun sollen.«

Das Geschenk, das sie mir überreichte, war sorgfältig in Papier von William Morris gewickelt und mit einem echten Stoffband verschnürt. Es sah aus wie ein Buch, doch als ich es auspackte, fand ich darin einen Bilderrahmen aus Kiefernholz, und darin war –

»Verdammt nochmal«, sagte ich.

Es war ein Foto von mir und Kit, das offensichtlich von unserer Schlafzimmertür aus aufgenommen worden war. Und zwar frühmorgens, während wir noch schliefen. Dämmerlicht strömte zwischen den Rillen der Bambusjalousien herein und malte Tigerstreifen auf unsere Haut. Die Bettdecke war heruntergerutscht, als hätte jemand daran gezogen, und wir waren von der Taille aufwärts entblößt. Ich lag auf dem Rücken, Kit auf der Seite, halb um mich gekrümmt. Sein Arm lag quer über meinen Brüsten, seine Faust umklammerte meine Haare wie ein Baby seinen Schnuller. Instinktiv verschränkte ich die Arme vor der Brust. Kit holte tief Luft; ich konnte den Zorn spüren, der in Wellen von ihm ausging.

»Was meint ihr?« Unser Schweigen dehnt sich aus, und Beths Augen strahlten nicht mehr so hell.

Nach dem, was sie durchgemacht hatte, konnte ich schlecht das Wort *Vergewaltigung* verwenden, aber genau so fühlte ich mich, als ich mich so sah.

»Es ist sehr … intim«, sagte ich schließlich.

»Ich weiß! Solche Fotos kann man nicht planen. Aber die Tür stand offen, als ich zum Klo gegangen bin, und da habe ich euch gesehen, und das Licht war einfach …« Sie hob beschwichtigend die Hand. »Und deine Kamera war gerade zur Hand, Kit.« Er presste wütend die Lippen aufeinander; die Vorstellung, dass sie seine kostbare Kamera angefasst hatte, war für ihn schlimmer als das eigentliche Foto. Doch Beth fuhr ungerührt fort: »Und dann habe ich an das andere Foto gedacht, das eure Freundin gemacht hat, als ihr es nicht gemerkt habt, und ich konnte nicht widerstehen. Also bin ich heute zu dem Ein-Stunden-Fotodienst am Common gegangen.« Ihre Stimme klang mit jedem Satz ein bisschen schwächer. »Ich habe eine sehr langsame Blende benutzt. Das Objektiv ist …« Sie schüttelte den Kopf, flüsterte nur noch. »Es gefällt euch nicht.« Sie schaute uns prüfend an, missdeutete unseren Gesichtsausdruck. »Ich ersetze den Film. Er war nur von Boots. Tut mir leid, Kit, ich hatte gedacht, du würdest ihn gar nicht vermissen.«

»Alles in Ordnung«, sagte ich, doch Kits Schweigen war lauter.

Beth schlug sich mit der Handfläche vor die Stirn. »Ich dachte, ihr versteht es richtig. Ich dachte, ihr findet es schön.«

»Ich finde es auch schön«, sagte ich und hielt ihr Handgelenk fest, bevor sie sich noch einmal schlagen konnte. Ich hatte vergessen, wie weich ihre Haut war. »Es kommt nur unerwartet, das ist alles.«

Sie löste sich aus meinem Griff. »Ich kann ein bisschen anstrengend sein«, sagte sie zum Fenster gewandt. Es klang, als hätte man ihr das mehr als einmal gesagt. »Ich habe mich geirrt. Es tut mir leid.«

Nachdem wir uns verlegen voneinander verabschiedet hatten, warteten Kit und ich schweigend, bis die Haustür hinter ihr zugefallen war. Wir wussten nicht, ob wir lachen oder schreien sollten.

Kit hielt das gerahmte Bild auf Armlänge von sich. »Wie konnte sie nur glauben, dass das in irgendeiner Weise okay ist?«

»Na ja … ihr Urteilsvermögen ist wohl eingeschränkt nach allem, was sie durchgemacht hat.« Möglicherweise war sie schon immer so direkt gewesen und hatte die üblichen Grenzen ignoriert. Aber vielleicht war es auch eine Reaktion auf das, was sie erlebt hatte, so entblößt zu werden, dass sie die Nerven lieber freiliegen ließ, weil sie hoffte, irgendwann immun zu werden. Dies war Beth ureigenes Trauma. Wenn sie es so verarbeitete, konnten wir sie nicht dafür verurteilen.

»Wenn nun mein Schwanz herausgehangen hätte?«

Ich stellte mich neben ihn und schaute mir das Foto richtig an; es fiel mir leichter, wenn Beth nicht erwartungsvoll danebenstand.

»Wir sehen schon gut aus.« Ich lächelte. »Wenn man mal außer Acht lässt, dass es extrem gruselig ist, finde ich es sogar ganz schön. Ich wusste gar nicht, dass du beim Schlafen die Hand in meinen Haaren hast.«

»Ich auch nicht«, sagte er, jetzt nachgiebiger. Er strich über meinen Pferdeschwanz.

»Wir können es uns anschauen, wenn wir alt und schlaff geworden sind. Und uns daran erinnern, wie wir mal waren. Ich würde es nicht unbedingt auf den Kaminsims stellen, aber behalten möchte ich es schon«, sagte ich.

Wir legten es verkehrt herum in meine Nachttischschublade. Es war eines der Dinge, die verlorengingen, als wir untertauchten, und ich weiß nicht, wo es heute ist.

Im Rückblick hatte Kit recht. Ich hätte gleich bei der ersten Gelegenheit, als Beth in die Firma gekommen war, eine klare Grenze ziehen müssen. Ich hätte sie nicht in unser Leben lassen dürfen. Ich hätte dafür sorgen müssen, dass die Beziehung, um es altmodisch auszudrücken, angemessen blieb.

In dieser Nacht konnte ich nicht schlafen. Ich war mir zu bewusst, wie ich aussah, wenn ich nackt war. Erst als ich aufstand und mir etwas anzog, konnte ich mich entspannen. Ich hatte seltsame Träume – ich wurde beobachtet, eine Gestalt stand in der Tür –, die ich mir mit Beths Foto erklärte. Damals ahnte ich noch nicht, dass mehr hinter meinem Unbehagen steckte. Zum ersten Mal regte sich etwas, das zu groß, zu tief und zu dunkel war, um es in eine Schublade oder einen öffentlichen Mülleimer zu stecken. Etwas, das ich noch nicht benennen konnte.

35

LAURA 20. *März 2015*

Der erste Kontakt erfolgt um 8.20 Uhr. Das Lokalradio verkündet, zur Rushhour werde die Hauptstadt in Dunkelheit versinken. Ich könnte mir die partielle Finsternis vom Fenster meines Arbeitszimmers aus ansehen, doch selbst bei geöffnetem Fenster fühlt es sich falsch an, eine Sonnenfinsternis nicht im Freien zu erleben.

Ich flechte meine Haare zu einem dünnen Zopf, der mir bis zur Taille reicht, und wickle ihn zu einem Knoten. Meine Haare zu verbergen, wann immer ich das Haus verlasse, ist mir in Fleisch und Blut übergegangen. Ich bin wie eine Frau, deren Religion verlangt, dass sie in der Öffentlichkeit ihre Haare bedeckt; nur mein Mann sieht sie offen. Die Alternative wäre gewesen, die Haare abzuschneiden oder nicht mehr zu färben, und die Öffentlichkeit hat mir schon genug von meiner Seele geraubt. Das hier wird sie nicht bekommen.

Ich beschließe, ein bisschen spazieren zu gehen, die Atmosphäre in mich aufzusaugen, aber es gibt keine. An der Green Lanes hupen Autos und werden Lkws entladen wie an jedem anderen Tag. Das Billardcafé hat um diese Zeit geschlossen. Ich war schon seit ein paar Monaten nicht mehr dort, weil mein Bauch zu dick geworden ist. Es gibt nur eine begrenzte Menge an Trickstößen, bei denen man den Queue hinter dem Rücken hält. Der einzige Hinweis auf die bevorstehende Sonnenfinsternis liegt in der Gosse: eine weggeworfene Ausgabe von

Metro mit der Schlagzeile: SELFIES MIT SONNE KÖNNEN BLIND MACHEN, WARNEN WISSENSCHAFTLER. Über mir ist nichts Dramatisches zu sehen, bloß ein seltsam violettes Licht, das auch ein Gewitter ankündigen könnte. Nur die wenigen Leute, die sich mit ihren Spezialbrillen in Duckett's Common versammelt haben, lassen erkennen, dass etwas Besonderes passiert. Ich bleibe stehen, die Füße fest auf dem Boden, die Hände auf dem Bauch. Die Hauptstadt versinkt nicht in Dunkelheit; ich würde es nicht mal als Dämmerlicht bezeichnen. Es ist so unspektakulär, dass selbst die Babys alles verschlafen.

Als ich wieder zu Hause bin, finde ich vor der Tür eine Tüte von Bone/Bean und einen Zettel, der mir verrät, dass Mac mit Juno und Piper da war, um mir meine morgendliche Flüssignahrung zu bringen. Mein Herz zieht sich zusammen, weil ich sie verpasst habe. Der Kaffee ist noch warm genug, um ihn zu trinken. Die Knochenbrühe schütte ich in den Ausguss, und die Säfte stelle ich in den Kühlschrank. Der Computer ruft – ich müsste eine Empfehlung schreiben –, aber ich weiß genau, dass ich heute nichts getan bekomme. Ich schaue ständig aufs Handy, warte auf eine Nachricht von Kit und zwinge mich, ruhig zu bleiben, obwohl ich es nicht bin. Er hat mehrmals gesagt, dass er vermutlich den ganzen Morgen keinen Empfang haben wird. Ich rufe die SMS auf und sehe mir wieder sein glattrasiertes Gesicht an: eine liebe Geste, die mich beruhigen soll, mich aber nur daran erinnert, warum ich wütend auf ihn war.

Ich schalte den Fernseher ein. Die Frau von der BBC sagt, die Bedingungen in Spitzbergen seien ideal gewesen, während Tórshavn ein Reinfall war. Das tut mir leid für Kit, aber ich spüre auch, wie mich Zorn überkommt – was für eine Verschwendung. Der ganze Stress, all das Wühlen in der Vergangenheit, all das Geld und dazu noch eine der schlimmsten Auseinandersetzungen, die wir jemals hatten. Ich fühle mich irgendwie betrogen, weil es nicht einmal eine klare Sonnenfinsternis als Entschädigung gibt. Es war alles umsonst.

Das Telefon klingelt. »Was für eine verdammte Enttäuschung«, sagt Dad.

»Bei dir im Norden sollte es eigentlich besser sein.«

»Es ist ein bisschen dunkler geworden«, gibt er zu. »Wie war es bei Kit?«

Mir wird klar, dass wir seit dem Streit gar nicht mehr miteinander gesprochen haben. Wenn dies nun unser letztes Gespräch war? Etwas in mir schwillt an, als würde jemand in meinem Mund einen Ballon aufblasen. Ich will ihm sagen, wie dumm Kit gewesen ist, dass er Beth verraten hat, wo sie ihn finden kann, aber es geht nicht, weil letztlich alles meine Schuld ist.

»Daddy?«, sage ich und überrasche uns beide damit.

»Alles klar, Liebes?« Die Sorge in seiner Stimme lässt den Ballon platzen. Wenn ich auch nur ein bisschen nachgebe, bricht alles aus mir heraus. »Bestens. Leichtes Sodbrennen. Ich habe noch nicht mit ihm gesprochen, aber es sieht nicht gut aus.«

»Eine Schande«, sagt er zerstreut. »Hör mal – eins waagerecht, die falsche Sache aus dem richtigen Grund. Acht Buchstaben.«

Ich habe keine Ahnung. Der analytische Teil meines Gehirns ist zurzeit mit Paranoia und Vorahnungen beschäftigt.

»Ich muss mal drüber nachdenken.«

»Ja, bitte. Da stecken nämlich die Anfangsbuchstaben von fünf anderen Wörtern drin.« Er räuspert sich. »Wie geht es meinen Enkeln?«

»Ich denke gut.« Wie aufs Stichwort tritt ein kleiner Fuß gegen meinen Magen; ich lege die Hand darauf, als wollte ich die Zehen kitzeln. Wir verabreden uns für nächste Woche zu einem Besuch; bei mir um die Ecke gibt es ein neues Ocakbasi-Restaurant, in das ich mit ihm gehen möchte. Nachdem ich ihm erzählt habe, dass ich heute Nachmittag zum Ultraschall muss, und mir die neuesten Entwicklungen seiner zum Scheitern verurteilten Wahlkampagne angehört habe, verabschiede ich mich. Mein Mutterpass liegt schon neben dem Computer bereit.

Um elf schaue ich aufs Handy, habe aber immer noch keine Nachricht von Kit. Meine Arme beginnen zu kribbeln, obwohl er gesagt hat, ich solle nicht vor Mittag mit ihm rechnen. Ich ziehe mir die Ärmel über die Handgelenke und stecke den Mutterpass in die Tasche.

Plötzlich fällt mir die Lösung für eins waagerecht ein. Die falsche Sache aus dem richtigen Grund, acht Buchstaben. Notluege.

36

LAURA *29. August 2000*

Wenn Kit zu Hause war, hatte er fast immer den Laptop an. Nun aber war sein Laptop seit fünf Tagen zugeklappt – ein Rekord –, und der Stapel Hausarbeiten, den er vor einer Woche zum Korrigieren mitgebracht hatte, lag noch immer neben der Wohnungstür, wo er ihn hatte fallen lassen. Nach mehreren Interventionsversuchen hatte Mac seinen eigenen Auftritt inszeniert. Man hatte ihn eingewiesen, nachdem er die stromführenden Schienen zwischen zwei Drogenhöhlen in Tottenham zu Fuß überquert hatte. Zurzeit wurde er wegen kleinerer Brandwunden, Schnitte und Abschürfungen sowie schwerer Alkoholabhängigkeit in der geschlossenen Abteilung des North Middlesex Hospital behandelt. Heute, nach zehn Tagen, hatte Kit ihn zum ersten Mal besuchen dürfen.

Während er weg war, hatten Beth und ich uns über einen Kasten französisches Bier hergemacht. Sie war unangekündigt aufgetaucht, und ich hatte sie nicht wie üblich eingeladen, mit uns zu essen. Ich hatte sie lange genug bevorzugt; nun war Kit an der Reihe. Ich würde sie zwar nicht wegschicken, wie er es sich gewünscht hätte, war aber seit der Sache mit dem Foto auf Distanz gegangen.

Wir drei waren verantwortungsvoll und erwachsen mit dem Vorfall umgegangen, indem wir taten, als hätte es ihn nie gegeben.

Vielleicht hätte Beth die Situation sogar verstanden, wenn

ich ihr hätte erklären dürfen, was mit Kit los war, und uns den Freiraum gelassen, den wir so dringend brauchten. Doch er nahm seinen Bruder leidenschaftlich in Schutz und flehte mich an, ihr nichts davon zu sagen, und so kam sie weiterhin fröhlich nach Clapham. Und ich brachte es nicht übers Herz, sie wegzuschicken.

Es war Dienstag, und ich hatte wieder einen Brief von Jamie erhalten, in dem er überlegte, ob er sich nächstes Mal direkt an Kit richten solle. Ich nahm mir noch ein Bier.

»Du hast die Kerzen, die ich dir geschenkt habe, kaum angezündet.« Die drei Gläser standen noch auf dem Kaminsims, das Wachs im mittleren war nur einen Zentimeter niedriger als in den anderen. Ehrlich gesagt, gefiel mir der Duft nicht mehr so gut.

»Ich hebe sie für eine besondere Gelegenheit auf«, log ich. »Kerzen sind auch eher für den Winter. Die Abende sind noch hell, die Fenster immer offen. Möchtest du eine für deine Wohnung? Sie könnte den Geruch von Feuchtigkeit vertreiben.«

»Um den zu vertreiben, müsstest du den ganzen Dreckhaufen niederbrennen«, sagte sie düster und zupfte mit dem Fingernagel am Etikett ihrer Flasche. »Außerdem habe ich sie für dich gekauft.«

Ich zündete eine an, stellte sie aber auf den Balkon, wo sich der Duft größtenteils verzog.

Vier Stockwerke unter uns schlug die Haustür zu.

»Wir sind hier drinnen!«, rief ich durchs Treppenhaus, um Kit zu warnen. Als er ins Wohnzimmer trat, hatte er irgendwo ein Grinsen hervorgekramt.

»Hattest du einen aufregenden Tag?«, erkundigte sich Beth. Sein Lächeln verrutschte kurz, und er sah mich an, als wollte er sagen: *Wir reden mit ihr nicht über meinen Bruder.* Ich nickte unauffällig.

»Nicht besonders.« Er holte sein Schweizer Taschenmesser aus der Küchenschublade und öffnete eine Bierflasche. Er setzte sie an den Mund, sowie der Schaum aus dem Hals quoll. Er trank die Flasche schnell aus und öffnete sofort die nächste – das hatte er noch nie getan. Dann ließ er sich auf den Futon fallen und funkelte die gegenüberliegende Wand an. Ich wünschte, Beth hätte ihn nicht so angestarrt oder wenigstens versucht, ihre faszinierte Sorge zu verbergen. Die kleine Wohnung war erfüllt von Geheimnissen; die stickige Atmosphäre erinnerte mich an den Zeugenraum im Gericht von Truro. Kit, der eigentlich nicht an die Theorien von Telepathie und Phantomschmerzen bei Zwillingen glaubte, hatte Schweiß auf der Oberlippe und rutschte unruhig hin und her, als verkrampfte sich sein Bauch, als litte er selbst unter Entzugserscheinungen.

»Geht es dir gut?«, fragte Beth. »Du siehst jedenfalls nicht so aus.«

»Alles bestens«, sagte er mechanisch.

»Soll ich den Fernseher einschalten?« Ich drückte die Fernbedienung. Ein Nachrichtensender brachte gerade einen Bericht über einen geplanten Tunnel, der den Verkehr nach Stonehenge umleiten sollte.

»Das wäre aber schade, wenn man es vom Auto aus nicht mehr sehen könnte«, sagte ich. »Der erste Blick vom Hügel aus ist so toll.«

Kit knurrte nur vor sich hin.

»Aber die müssen die Straße in Ordnung bringen«, sagte Beth. »Da ist einfach immer Stau. Dadurch wird die Fahrt nach Glastonbury zwei Stunden länger. Es ist immer schlimm, aber bei einem Unfall wird sie komplett unpassierbar. Als ich zum Festival gefahren bin, gab es einen Auffahrunfall, etwa einen Kilometer vor uns. Wir haben fünf Stunden im Stau gestanden. Es war nur ein kleiner Ford Fiesta, meine Knie taten schrecklich weh, weil ich die Beine nicht ausstrecken konnte. Die Trümmer rauchten noch, als wir vorbeigefahren sind.« Wäre sie nicht rot geworden, hätte ich vielleicht gar nicht gemerkt, wie bedeutsam ihre Worte waren. Eine solche Gesichtsfarbe hatte ich noch nie bei ihr gesehen: grellrosa Flecken, die von ihrem weißen Hals zum Gesicht hinaufkrochen, als pumpte jemand von unten Blut in sie hinein. »Also, ein Tunnel wäre gar nicht schlecht.« Die Röte war verschwunden, und sie sprach jetzt mit einer nahezu aggressiven Fröhlichkeit. »Dann betonieren sie jedenfalls nicht noch mehr Felder zu.«

Der nächste Bericht drehte sich um die Mängel bei einem neuen Online-Meldesystem des Finanzamtes. Auch darüber hatte sie erstaunlicherweise eine Menge zu sagen; anscheinend schimpfte ihr Anwalt ständig darüber, aber man musste ja mit der Zeit gehen ... Ich versuchte, Beth auszublenden und mich an das zu erinnern, was sie über Stonehenge gesagt hatte, aber ihr Geplapper hörte einfach nicht auf, wie bei einem Kleinkind. Es war, als wollte sie mich absichtlich am Denken hindern. Erst als sie auf die Toilette verschwand, fiel bei mir der Groschen. Ich wollte Kit gerade fragen, ob er auch gesehen hatte, wie rot sie geworden war, als es mir einfiel. Mein zugegeben theatralisches Keuchen war laut genug, um ihn endlich aus seiner düsteren Versunkenheit zu reißen.

»Was ist los?«

»Also, vielleicht hat es nichts zu bedeuten«, sagte ich, während sich mein Verdacht erhärtet. »Aber hör zu. Der Unfall, von dem sie erzählt hat, hat sich, einen Tag bevor ich zum Festival kam, ereignet.« Ich hielt inne, damit Kit die ganze Bedeutung erfassen konnte, doch sein Gesicht blieb ausdruckslos. »Die Trümmer lagen noch am Straßenrand. Der Busfahrer hat uns erzählt, dass man sie erst wegräumen könne, wenn der ganze Verkehr rund um die Sonnenfinsternis vorbei sei.«

Dann fiel mir noch etwas ein. »Beim Prozess wurde erwähnt, sie sei mit dem Bus gekommen. Ich weiß nämlich noch, dass ich gedacht habe, sie muss wohl den allerersten Bus genommen haben, denn in meinem saß sie nicht. Aber gerade eben hat sie gesagt, sie sei mit dem Auto gekommen.«

Kit verzog das Gesicht. »Ja …«, sagte er schließlich. »Da hast du wohl recht.« Natürlich hatte ich recht. Ich hätte eine Prüfung über diese Gerichtsverhandlung ablegen und mit Eins bestehen können. Er zuckte mit den Schultern. »Dann hat Polglase sich wohl geirrt.«

Ich schüttelte den Kopf. »Fiona Price hätte sich sofort darauf gestürzt. Der Richter auch.«

»Dann hat Beth sich eben geirrt.« Ich konnte nicht fassen, wie leicht er es abtat. »Sie hat vielleicht einfach dasselbe gesehen, was du gesehen hast. Trümmer, die am Straßenrand aufgetürmt waren.«

Beth summte auf der Toilette, und ich sprach noch leiser. »Das glaube ich nicht. Kit, ich vermute, sie hat gelogen. Selbst wenn sie sich im Tag geirrt hätte, was ist dann mit dem Auto?« Die Toilettenspülung war zu hören. »Ich werde sie fragen.«

»O Gott.« Endlich hatte ich seine Aufmerksamkeit erregt. »Tritt bloß keine Lawine los. Können wir nicht einfach mal einen ruhigen Abend zu Hause verbringen?« Aber es ließ mir einfach keine Ruhe. Ich hatte gelogen, weil ich davon überzeugt war, dass Beth die ganze Wahrheit gesagt hatte. Falls nicht, was bedeutete das dann für mich? Mir wurde ganz kalt. Sie kam zurück, wuschelte ihre Haare zurecht. Ich räusperte mich.

»Beth, ich habe mich gefragt – und ich kann mich natürlich irren, aber weißt du, was du da gerade über den Unfall gesagt hast?« Diesmal wurde sie nicht rot, sondern blass; selbst ihre Lippen verloren die Farbe, und noch bevor ich weitersprach, war mir klar, dass mich mein Gefühl nicht getrogen hatte. Falls ich eine Lawine lostrat, wie Kit es ausgedrückt hatte, würde das hier einiges verändern. Ich musste es wissen, aber es brauchte ziemlich viel Mut, um weiterzureden. »Die Sache ist die, vor Gericht haben sie gesagt, dass du am Mittwoch zum Festival gekommen wärst und dass du mit dem Bus gefahren bist, aber gerade eben hast du gesagt, du hättest in einem Auto gesessen. Ich frage mich jetzt, wo da der Irrtum liegt. Bei dir oder beim Gericht. Oder …« Nun steckte ich so tief drin, dass ich ruhig weitermachen konnte. »Oder ob es überhaupt kein Irrtum war.«

Sie verschränkte die Arme. »Ach, tut mir leid, ich wusste nicht, dass ich vor Gericht stehe. Schon wieder.«

»So war es doch nicht gemeint.« Wirklich nicht? Auf einmal war ich mir nicht mehr sicher. Ich holte tief Luft. »Nehmen wir mal an, es gäbe ein Berufungsverfahren. Dann könntest du über diese Sache stolpern. Ich will dir nur helfen.« Ich schaute Kit an, damit er mich unterstützte, aber er sah zu Boden, als wünschte er sich, Beth und ich würden uns in Rauch auflösen.

»Schön.« Beth lehnte sich an die Wand und schloss die Augen. »Wenn du es genau wissen willst, ich habe gelogen, was den Tag angeht, weil die nicht wissen sollten, wann ich angekommen bin. Ich bin auch nicht mit einem der Busse gefahren. Ich bin getrampt.«

»Du bist getrampt?« Ich war so fassungslos, dass ich mich nicht mehr wegen meiner eigenen Lüge sorgte.

Kit schaute zwischen uns hin und her.

»Ja.« Beth öffnete die Augen und reckte trotzig das Kinn. »Ich bin per Anhalter gefahren. Ich habe den Daumen rausgehalten, und irgendwann haben Leute mich mitgenommen. Ein altes Paar hat mich bis zur Raststätte Fleet mitgenommen, danach ein paar Mädchen bis Helston und ein Typ in einem VW-Käfer bis zum Festival selbst. Ich habe immer noch eine

Scheißangst, dass Jamies Verteidigerin einen von denen findet. Ich hatte fest damit gerechnet, sie vor Gericht zu sehen. Vermutlich haben die Anwälte inzwischen einen von denen aufgetrieben.«

Ich war gleichzeitig erleichtert und verwirrt. »Was ist denn so wichtig daran, wann und wie du zum Festival gekommen bist?«

»Kapierst du das wirklich nicht?« Ich schüttelte den Kopf. Beth setzte sich neben mich auf den Futon und nahm meine Hand. Ich bemerkte einen schwachen, schwarzen Flaum auf ihrer Oberlippe, den ich noch nie gesehen hatte. »Weil es mir schon nach den ersten Minuten klar war.« Sie deutete auf meine Bücherregale. »Ausgerechnet du mit deiner Germaine Greer und deiner Camille Paglia solltest das wissen. Selbst ich lese die Zeitung, und ich wusste genau, wie sie mit Vergewaltigungsopfern umgehen. Hätten die erfahren, dass ich per Anhalter gefahren bin, hätten sie behauptet, dass ich zu riskantem Verhalten oder Schlimmerem neige. Sie hätten getan, als hätte ich es darauf ankommen lassen, als hätte ich es herausgefordert. Mir war klar, dass mein Wort gegen seines stehen würde. Also habe ich beschlossen, alles zu vertuschen, was man gegen mich anführen könnte.«

Als sie ihre Rede beendet hatte, ließ sie sich auf die Kissen sinken und wartete, dass ich etwas sagte. Doch ich musste das alles erst verarbeiten. Ich hatte Beth danach gesehen. Sie war zu traumatisiert gewesen, um mir ihren Namen zu sagen, geschweige denn, um sich einen solchen Plan zurechtzulegen. Sie deutete meine Verwirrung wohl als Zweifel.

»Siehst du?« Sie warf die Hände in die Höhe. »Genau das ist der Grund. Ich wusste, man würde mich dafür verurteilen. Du bist nicht anders.« Sie stand auf und stopfte ihre Sachen in die Tasche. »Ich gehe dann mal.«

»Beth, bitte, nicht so.« Kit funkelte mich an. Dies war genau das, was er wollte: Raum zum Atmen, bis der nächste juristische Schritt anstand, und wenn dies der Preis dafür war, auch gut. Doch ich konnte die Sache nicht auf sich beruhen lassen, so wie er seinen Zwilling nicht fallenlassen konnte. Ich war ein Teil dieser Geschichte und musste sie ganz und gar verstehen.

Beth wischte wütend ihre Sachen – Schlüssel, Handy, Geldbörse – vom Kaminsims in die offene Handtasche und bückte sich dann, um die Schuhe zu binden. »Ich melde mich, wenn es was Neues wegen der Berufung gibt.«

»Trink noch was mit mir«, sagte ich verzweifelt. »Lass uns drüber reden.«

»Drüber reden? Scheiße, du willst mich wohl verarschen. Kannst du dir auch nur im Entferntesten vorstellen, wie es sich anfühlt, so viel Zeit mit euch zu verbringen und mich dabei ständig am Riemen zu reißen?«

Mein Blut hämmerte. Jetzt sagt sie es, dachte ich entsetzt. Sie hat die ganze Zeit gewusst, dass ich vor Gericht für sie gelogen habe, und jetzt erzählt sie es Kit. Sein verkniffenes Gesicht verriet mir, dass ich mein Entsetzen schlecht verborgen hatte. Es war, als könnte er meine Gedanken lesen, als wüsste er, was auf dem Spiel stand. In meinem Drehbuch stand: »Was soll das heißen?«, doch ich brachte die Frage nicht heraus.

»Scheiß auf euch beide.« Dann war sie mit klappernder Tasche und fliegenden Haaren verschwunden.

Nachdem die Haustür zugeschlagen war, schauten Kit und ich einander verblüfft an. Ich war ein bisschen erleichtert, es war immerhin ein kleiner Aufschub. Doch ich musste ihr nachgehen. Ich musste sie bitten, sich meinetwegen am Riemen zu reißen. Kit bewegte sich zuerst und beugte sich über das Balkongeländer.

»Wo ist sie hin?«

»Auf den Common, ich kann sie zwischen den Bäumen sehen.«

Ich rannte die Treppe hinunter und über den Rasen zur Bushaltestelle, wobei mir klarwurde, dass ich gar nicht wusste, ob sie nach Crystal Palace oder Nottinghamshire fahren würde. Ich schaute zu beiden Bushaltestellen, konnte Beth aber nicht sehen. Dann lief ich zweimal um die Grünanlage, bevor ich schließlich aufgab.

Als ich eine ganze Weile später in die Wohnung zurückkehrte, standen schon drei leere Flaschen im Recyclingeimer. Kit holte sich gerade das nächste Bier aus dem Kühlschrank, machte es auf und reichte es mir, bevor er sich auch eins nahm. Während Mac trocken wurde, schien Kit jetzt für zwei zu trinken.

»Was zum Teufel war da los?«

»Ich habe wohl einen wunden Punkt getroffen«, sagte ich. »Sie verbirgt was vor uns, Kit.«

»Nicht unbedingt. Selbstschutz ist eine erstaunliche Sache. Und, wie du sagtest, Leute gehen ganz unterschiedlich mit einem Trauma um; eine normale Reaktion gibt es da nicht.«

»Hm. Ich sollte heute Abend mit ihr reden, die Sache aus der Welt schaffen. Sie war wirklich wütend.« Meine Augen waren trocken, weil ich in der abgasverseuchten Luft so lange angestrengt Ausschau gehalten hatte. Ich drückte die Fäuste auf die Augen. »Ein Glück, dass wir uns kein Auto leisten können.« Er kapierte die Anspielung nicht. »Ich meine, falls sie auf die Reifen aus ist …« Mein Witz kam nicht an.

»Ich hoffe, es ist ihr ernst und sie lässt uns bis zum Berufungsprozess in Ruhe.« Ich lehnte mich an seine Brust; mein Ohr fand seinen Herzschlag. Sein Arm ruhte schwer auf meiner Schulter. »Das wird Beth guttun. Sie ist ohnehin viel zu abhängig von dir. Du kannst sie nicht ewig mitschleppen. Und …«

Kit löste sich aus der Umarmung, holte tief Luft und stieß sie doppelt so lange aus, wie bei einer Yogaübung. »Ich brauche dich. Ich kann nicht ... Mac ... ich ... er sieht aus, als würde er sterben. Ich weiß nicht, was ich zu ihm sagen soll. Ich fühle mich völlig hilflos.« Er atmete den nächsten Satz förmlich ein. »Scheiße, ich bin ... all das ... es ist, als würde ich ertrinken.« Zum ersten Mal seit Lachlans Tod sah ich ihn weinen, und es war völlig anders damals. Die Trauer hatte ihn langsam und stetig schluchzen lassen, doch dies war eine Reihe von Explosionen, jeder wortlose Schrei noch mächtiger als der davor, und seine Tränen flossen schwer und reichlich. Ich wollte ihn umarmen, er schüttelte mich ab. Doch als ich ihm die Hand auf den Rücken legte, ließ er es zu. Sein Kopf sackte auf die Brust, er krümmte sich zusammen, ein dramatischer Gegensatz zu meiner eigenen schnurgeraden Wirbelsäule. Ich drückte meine Handflächen gegen seine Rippen und spürte, wie sein Herz hämmerte, bis er sich ausgeweint hatte.

Der nächste Tag war ein Samstag. Wir blieben morgens lange liegen, während die Schatten der Jalousie wie eine Sonnenuhr über unsere Haut wanderten. Da ich zuversichtlich war, dass heute kein Brief von Jamie kommen würde, ging ich nicht nach unten. Kit sollte nicht merken, wie eilig ich es mit der Post hatte. Um die Mittagszeit ging er selbst hinunter.

Der Schrei, der durchs Treppenhaus hallte, war hoch und mädchenhaft, ganz anders als seine maskulinen Tränen von gestern Abend. Ich dachte nur flüchtig an einen Brief von Jamie, das Geräusch war viel zu animalisch.

Ich erreichte Kit auf dem dritten Treppenabsatz, er hielt eine blutige Glasscherbe in der linken Hand. Er war ganz blass; Sommersprossen, die ich seit Jahren nicht bemerkt hatte, zeichneten sich scharf auf dem Nasenrücken ab.

»Es sieht schlimmer aus, als es ist«, sagte er in wenig überzeugendem Ton. »Irgendein besoffener Pisser fand es wohl lustig, das hier durch den Briefschlitz zu schieben. Wir sollten uns einen Drahtkorb besorgen.«

Das Licht ging aus, einen Moment lang war es stockdunkel. Ich tastete mich zum Schalter. Kit hatte den linken Fuß nach oben gedreht, in der Sohle klaffte ein mehrere Zentimeter langer Schnitt.

»Wann hattest du die letzte Tetanusimpfung?«

»Letztes Jahr.«

»Mal sehen, ob du ins Krankenhaus musst.« Er hüpfte zum Futon. Ich legte seinen Fuß in meinen Schoß und richtete die Lampe auf seine Fußsohle, bevor ich sie nach Splittern absuchte. Der Schnitt selbst war lang, aber nicht tief, und verkrustete schon. In der Fußwölbung steckte ein weiterer Splitter. »Ich glaube, mit deiner Fußballerkarriere ist es vorbei.« Ich machte mich mit der Pinzette daran zu schaffen. »Das war's.«

»Igitt«, sagte er. Als ich mir die Glasscherben näher anschaute, bemerkte ich den Geruch. Ein kleiner Schmierfleck, eine Spur von blassrosa Wachs, das nach Blood Roses roch. Meine Augen wanderten zum Kaminsims. Die mittlere Kerze, die ich schon angebrannt hatte, fehlte. Ich erinnerte mich, wie Beth ihre Sachen in die Tasche gefegt hatte. War die Kerze zufällig dabei gewesen oder absichtlich gestohlen worden? Ich stellte mir vor, wie sie draußen gewartet hatte, bis wir das Licht ausmachten, und dann das zerbrochene Glas in unseren Briefkasten geworfen hatte. Ich musste mich an der Armlehne festhalten. War dieser boshafte Akt die Kehrseite der Bewunderung, die sie uns bisher entgegengebracht hatte? Weil wir ihre Version der Geschichte in Frage gestellt hatten? Oder schlug sie blindlings um sich, weil sich die Sache mit der Berufung so lange hinzog und sie stresste?

»Das ist das Glas von meiner Kerze.« Ich hielt Kit eine Scherbe hin. Dann wurde mir entsetzt bewusst, dass es gar nicht um uns ging. Es ging um mich. Sie wusste genau, dass ich morgens als Erste zum Briefkasten lief. Ich. »Jemand hat die Kerze zerbrochen und die Scherben durch den Briefschlitz geschoben.«

Ich brauchte keinen Namen zu erwähnen.

Kit wurde noch blasser. »Warum sollte sie das tun? Das ist doch verrückt.«

Als Kit schlief, ging ich an seinen Laptop und las mir die Seite jamiebalcombeisinnocent.co.uk Wort für Wort durch. Ich fühlte mich zunehmend unbehaglich. In den vergangenen vierundzwanzig Stunden hatte Beth sich als unaufrichtig und boshaft erwiesen, und ich war mir ihrer nicht mehr so sicher wie zuvor. Ich las mir Antonias Erklärung mehrmals durch und hatte Fiona Price' Volltreffer in den Ohren. *Sie haben sich von all dem Drama mitreißen lassen, nicht wahr?* Wenn ich mich nun nicht von Beths Drama hatte mitreißen lassen, sondern sie von meinem? War Beth verrückt geworden, weil Jamie sie vergewaltigt hatte? Oder hatte sie gesagt, er habe sie vergewaltigt – beziehungsweise meiner Behauptung, er habe es getan, nicht widersprochen –, weil sie schon verrückt war?

Bis zu diesem Tag hatte ich die ganze Kampagne nur schwarzweiß gesehen: Entweder verdrängte Jamie die Wahrheit oder bluffte alle Welt. Nun aber gab es eine dritte Möglichkeit, und der Gedanke daran belastete mich ganz furchtbar. Was, wenn Jamie unschuldig war?

37

KIT 20. *März 2015*

Regenschutz runter. Regenschutz drauf. Objektivfilter ab. Objektivfilter drauf. Batterie entfernt, geprüft und wieder eingesetzt. Riemen reguliert.

»Scheiße, kannst du endlich mal aufhören, an deiner Kamera rumzufummeln?«, sagt Richard.

»Tut mir leid.« Ich lege die Hände in den Schoß und widerstehe dem Drang, mit den Fingern ans Fenster zu trommeln.

»Sorry, Kumpel, ich wollte nicht meckern«, sagt Richard. »Es ist nur, du weißt schon.« Er deutet zum Fenster. Die Atmosphäre im Bus, der mühsam den Húsareyn hinaufkeucht, ist ähnlich wie der Himmel draußen: finster und grollend. Die Wolken ziehen schnell dahin, sind aber dicht. Schafe tupfen die Felder; hier und da bohren sich schwarze Felsen durch büscheliges Gras und Heidekraut. Ein bunter Blitz am Horizont; drei rosafarbene Busse, die den Berg nebenan hinaufkrabbeln. Ich ziehe instinktiv die Kapuze über.

Als wir schräg an einer steinigen Böschung parken, frage ich mich, wie es wohl in London sein mag. Es wäre schon ironisch, wenn Laura einen klaren Blick auf die partielle Sonnenfinsternis hätte, während die totale von Wolken verdeckt ist.

Wir lassen uns an der Hügelflanke nieder, der Hafen unter uns wirkt wie eine Spielzeugstadt. Hier draußen ist es ziemlich wild und rau, es gibt genügend Platz für alle. Wir stehen in Gruppen beieinander, keine riesige Menschenmenge, wie ich befürchtet hatte. Sie ist keine der einsamen Gestalten, die über den unebenen Grund stolpern. Ich bin mir sicher, dass ich sie selbst nach all der Zeit erkennen würde, und sei es am wiegenden Gang und der üppigen Figur, die sie so sehr von Laura unterscheiden.

Ich stelle mein Stativ auf und fummele an den Einstellungen herum, hocke mich hin, um durch den Sucher zu schauen.

»Ich bin überrascht, dass du mit der Kapuze überhaupt was siehst.«

Richard hat recht, die Kapuze nimmt mir die Sicht. Aber ich will kein Risiko eingehen.

Zehn Minuten vor dem ersten Kontakt mit dem Mondschatten lugt die Sonne durch die Wolken und zieht sich wieder zurück, als hätte unser Jubel sie erschreckt. 8.29 Uhr, erster Kontakt, und sie versteckt sich noch immer. Ich behalte die Schutzbrille als Zugeständnis an das Mögliche auf. Man sieht nur gelegentlich, wie sich der Mond weiter durch die Sonne frisst, und kurz vor der Totalität verdichten sich die Wolken, bis die Position der Sonne kaum noch zu erkennen ist.

Meine Augen fallen auf einen Stein vor meinen Füßen, von der Größe her zwischen Faust und menschlichem Kopf, und ich denke mir, der reicht. Wenn sie aus dem Nichts auftaucht, reicht er völlig. Ich bin entsetzt, dass ich so denke. Das bin nicht ich, sage ich mir, das bin nicht ich; und außerdem ist sie gar nicht hier. Sie ist nicht hier.

»Wer ist nicht hier?«, will Richard wissen. Mir war nicht bewusst, dass ich laut gesprochen habe.

»Ist das eine Wolkenlücke?«, lenke ich ihn ab und schaue zum undurchdringlichen Himmel hinauf.

Einen Moment lang vertreibt die Enttäuschung alle Gedanken an Beth, und es tut beinahe gut, ein anderes negatives Gefühl zu erleben. Ich beschließe, die Phänomene zu beobachten, die zur Sonnenfinsternis gehören, die Dinge, die man gewöhnlich übersieht, weil man von der Sonne selbst gebannt ist. Beispielsweise war ich immer so damit beschäftigt, nach oben zu schauen, dass ich nie gesehen habe, wie sich die Blütenblätter schließen. Aber hier gibt es nur Steine, Gestrüpp und Schafscheiße.

Dann kommt die Dunkelheit. Ohne den Countdown am Himmel wirkt sie rein und schlagartig. Unten im Ort gehen alle Straßenlaternen an, so rasch, als würden Funken sprühen. Nun, da es dunkel ist, weicht die Enttäuschung der vertrauten Erregung. Aber diesmal ist es anders. Plötzlich und unerwartet ergießt sich Angst durch das Loch im Himmel, und ich bin überwältigt wie ein kleines Kind, das einen Nachtschreck erlebt, nur ist Beth mein Ungeheuer, das alles, was ich zu verlieren habe, bedroht. Die Luft um uns scheint plötzlich dick, alle Laute sind gedämpft; einmal meine ich, etwas hinter mir zu sehen, und schieße herum, aber da ist nichts.

Ich halte das Objektiv auf den Himmel gerichtet und hoffe vergeblich, dass noch etwas passiert. Doch ich kann mich nicht auf die Wolken konzentrieren, nur auf die Dunkelheit um mich und hinter mir. Der Berghang hält den Atem an.

Etwa zehn Sekunden nach dem dritten Kontakt sehen wir eine Sonnensichel, aber ich kann die Blende nur ein paarmal öffnen und schließen, bevor die Wolken zurückkehren. Dann färbt sich das schwarze Wasser der Bucht wieder silbern, und es ist vorbei. Die Welt nach der Sonnenfinsternis ist flach und gewöhnlich. Beth ist nicht da, und selbst wenn, wäre ich nicht machtlos. Das erkenne ich jetzt. Die Angst, die ich noch wenige Sekunden zuvor empfunden habe, erscheint jetzt unbegründet wie ein Albtraum, wenn das Licht zurückkehrt.

38

»Am liebsten würde ich sie wegen Körperverletzung anzeigen«, sagte Kit und streifte zum ersten Mal, seit er sich verletzt hatte, vorsichtig einen Schuh über. Die Scherben waren für mich gedacht, und ich wusste auch den Grund. Ich hatte nie zu Beth gesagt, dass es an der Zeit sei, alles hinter sich zu lassen, oder sie gefragt, weshalb sie allein auf ein Festival gefahren war, oder behauptet, sie müsse doch irgendetwas getan haben, um Jamie herauszufordern, oder in irgendeiner Weise angedeutet, dass es ihr Spaß gemacht haben könnte. Andere Menschen sagten das zu Beth, das und noch Schlimmeres. Sie hatten die Dinge zuerst vor Gericht gesagt, dann in der Presse, im Internet und dann auf den Straßen ihrer Heimatstadt. Man hatte diese schrecklichen Dinge gesagt, um den Prozess zu gewinnen, um Beth zu kränken oder weil jemand den Angeklagten liebte. Von mir hatte sie so etwas nie gehört – bis zu jenem Abend. Damit wiederholte sich für Beth eine Erfahrung, die sie mit Tess gemacht hatte. Ich hatte sie in mein Leben gelassen und dann weggestoßen.

»Tu das nicht«, flehte ich Kit an. »Sie ist verstört. Sie ist ein Opfer. Wir können sie nicht anzeigen.« Er räusperte sich wie ein alter Mann, was er immer tat, wenn ich recht hatte, er es aber nicht zugeben wollte. Ich zwang mich, sanfter zu sprechen. »Ich will es nicht ausschließen. Aber ich würde lieber erst mit ihr darüber reden.«

»Und hast du das getan?«

Er wusste nur zu gut, dass ich Beth nicht angerufen hatte. Die Situation, die mir bis vor kurzem noch so klar erschienen war, wirkte jetzt trüb und undurchsichtig, und ich wollte warten, bis sich der Schlamm in meinem Kopf gesetzt hatte, bevor ich mit ihr redete.

»Man kann Leute nicht auf den Abfall werfen, nur weil sie einmal Scheiße gebaut haben«, konterte ich.

»Es ist ja wohl kaum ein Einzelfall. Sie taucht zu allen möglichen und unmöglichen Zeiten hier auf, bringt uns vollkommen übertriebene Geschenke mit wie eine Katze, die Mäuse anschleppt. Du hast doch gehört, was sie mit dem Auto ihrer Freundin angestellt hat. Mal ganz davon zu schweigen, dass sie uns nackt fotografiert. Sie tut uns nicht gut, Laura.«

Mein Beschützerinstinkt war stärker. »Man sollte glauben, du hättest vergessen, wie wir uns kennengelernt haben.«

Er blähte die Nasenlöcher. »Wie sollte ich das jemals vergessen?«

Wir starrten einander an, kurz vor der Explosion. Kit gab als Erster nach, was er immer tat, wenn ich nur lange genug wartete; ich nutzte seine tiefsitzende Nachgiebigkeit nur selten aus, doch jetzt war es mir egal. »Ich will mich nicht wegen Beth mit dir streiten.« Er breitete die Arme aus. Ich lehnte mich an ihn, ließ die Arme aber schwer herunterhängen.

Ich überlegte noch zwei Tage, was ich am Telefon zu ihr sagen sollte. Kaltakquise bei Firmen, deren Spenden wir wollten, war nichts dagegen. Beth hatte in mancher Hinsicht ein dickes Fell Haut, war andererseits aber sehr verletzlich. Man wusste nie, wie sie reagieren würde.

Dann aber rief sie uns an. Sowie ich merkte, dass sie dran war, schaltete ich das Telefon auf Lautsprecher. Kit stand mit verschränkten Armen und gerunzelter Stirn neben mir.

»Die haben die Berufung abgelehnt.« Beths Stimme hallte von den Wänden unserer kleinen Wohnung wider, von der Verbindung verzerrt, so dass man den Tonfall nicht beurteilen konnte. »Wir hatten die ganze Zeit über recht. Sie haben Augenzeugen vom Lagerfeuer gefunden. Das Gericht sagt, sie seien nicht relevant, was die Frage der Einvernehmlichkeit betrifft. Die haben so viel Geld ausgegeben, und dennoch kann Jamie der gerechten Strafe nicht entkommen.«

»Das ist ja toll«, sagte ich. Falls sie merkte, dass ich distanziert klang, schien es sie nicht zu stören.

»Können wir essen gehen, um das zu feiern? Ich lade dich ein. Um mich für alles zu bedanken, was du für mich getan hast.«

Meine Antwort kam wohl nicht schnell genug.

»Laura?«

»Ich bin hier.« Ich holte tief Luft, um mich zu wappnen. »Nur zum Essen? Ich meine, nach dem, was letztes Mal passiert ist. Wir haben uns nicht gerade freundschaftlich getrennt.«

Kit zuckte mit dem Fuß, eine unabsichtliche Erinnerung an ihren Angriff. Beth wusste nicht, dass er mithörte. Die alte Panik kehrte zurück, die Angst, sie könnte meine Lüge vor Gericht erwähnen.

»Ja, schau mal …« Ich konnte hören, wie sehr sie sich beherrschte. »Du hast Dinge gesagt, ich habe Dinge gesagt. Ich meine, ich will nicht tun, als hätte es mich nicht verletzt. Aber ich kann vergeben und vergessen, wenn du es auch kannst.«

Ich spürte wieder Kits Fuß auf meinem Schoß, aus dem das Blut hervorquoll. »Das ist nicht ganz das Gleiche. Ganz und gar nicht. Du kannst nicht einfach blind um dich schlagen!«

Beth hielt inne. »Laura, Gefühle können schon mal verrücktspielen, wenn man so etwas durchgemacht hat.« Zum ersten Mal benutzte sie das Erlebte gegen mich; fast hätte ich gesagt, es sei keine Entschuldigung, bremste mich aber. »Ich verstehe nicht, warum du dich so anstellst. Was soll ich denn sagen?«

»Entschuldigung wäre nicht schlecht.«

»Ich soll mich bei *dir* entschuldigen?« Sie atmete schwer, dann wurde alles still.

»Sie hat eingehängt!«, sagte ich zu Kit und legte sanft den Hörer auf. »Warum hat sie das getan?«

»Sie scheint eben gerne dichtzumachen, wenn du sie zur Rede stellen willst.«

»Ich rufe sie zurück.«

Kit legte vorsichtig die Hand über den Hörer.

»Vielleicht solltest du dich erst mal beruhigen. Deine Hände zittern.«

Ich zitterte am ganzen Körper. Eine Konfrontation ist schlimm, aber wenn sie dringend nötig ist und einem versagt bleibt, ist es noch schlimmer. Doch er hatte recht; wenn ich jetzt mit ihr sprach, würde ich etwas sagen, das ich später bereute.

»Wie konnte das alles nur so schiefgehen? Ich habe gedacht, sie wäre meine Freundin, aber ich habe sie gar nicht richtig gekannt.«

Eines rechne ich Kit hoch an. Er sagte weder damals noch sonst irgendwann: Ich hab's dir ja gesagt.

In der Dunkelheit dürfte einem kein Raum vertrauter sein als das eigene Schlafzimmer, doch mir kam es plötzlich fremd vor, als wäre ich mitten in der Nacht in einem Hotelzimmer aufgewacht. Der Rauch kratzte in meiner Kehle und brannte mir in den Augen. Ich schaffte es, ein langes T-Shirt und den Slip anzuziehen, der noch auf dem Boden lag.

»Kit!« Ich rüttelte ihn an der Schulter. »Da brennt was.« Es war eine Untertreibung. Die ganze Wohnung stand in Flammen. »Kit, Scheiße, wach auf!« Er fühlte sich so schwer und träge an, dass ich ihn einige furchtbare Sekunden lang für tot hielt. »KIT!« Ich schlug ihm mit aller Gewalt ins Gesicht, und er wachte hustend auf. Dann erkannte er, was los war, zog Shorts an, war sofort hellwach und konzentriert.

»Es kommt von der Treppe. Steig aufs Bett.«

Er drückte das Fenster auf, das gleichzeitig als Notausgang diente; es verwandelte die ganze Wohnung in einen Rauchabzug, der Rauch drang ins Schlafzimmer, begleitet von einer Kaskade orangefarbener Flammen. Wir duckten uns, als nebenan alles eskalierte. Eine Art Explosion; trotz des Knalls hörten wir im Wohnzimmer Glas splittern. Überall war Rauch. »Alle unsere Sachen«, keuchte ich. Doch es ging mir nur um eines: das Foto von mir und meiner Mutter in Greenham Common. Der Gedanke, dass dieses Bild sich schwarz färben und einrollen könnte, erschien mir unerträglich; um das zu verhindern, würde ich mein Leben riskieren. Es können nicht mehr als drei Sekunden gewesen sein, aber Kummer ist tückisch. Genau wie Rauch sucht und findet er die winzigsten Ritzen. Kit hielt mich am T-Shirt fest; es zerriss, als ich ins Wohnzimmer stürzen wollte.

»Was zum Teufel machst du da?« Ihm brach fast die Stimme, weil er so laut brüllte.

»Ich brauche meine Mum.« Er kannte mich gut genug, um meinen Gedankengang nachzuvollziehen, stürzte schnell wie ein Superheld los, vertrat mir den Weg und schlug die Schlafzimmertür zu. Das Geräusch, mit dem sich seine linke Hand um die rotglühende Türklinke schloss, möchte ich nie wieder hören. Der Schrei zerriss ihm die Stimme; sie zerbarst und wich einem stoßartigen Atmen. Er schob mich mit der rechten Hand zum Notausgang. Die metallene Feuertreppe, die zur Straße hinunterführte, war in Rauch gehüllt und glühend heiß. Kit stieß mich aufs sichere Dach, und wir kletterten halbbekleidet und mit nackten Füßen dorthin, wo die Dachziegel kühl waren. Dann versuchten wir zu erkennen, was unter uns geschah.

»Es tut mir leid«, wollte ich sagen, konnte aber nicht einmal mehr flüstern.

Kein anderes Stockwerk schien von dem Brand betroffen, nur von unserem Balkon leckten Feuerzungen. Unten auf dem Gehweg standen Leute in Schlafanzügen und Bademänteln. Eine unbekannte Stimme sagte: »Ist gut, sie sind auf dem Dach.« Alle schauten hoch. »Die Feuerwehr ist unterwegs«, rief jemand.

Wir konnten nicht antworten. Wir brauchten unsere ganze Kraft zum Atmen. Ein süßlicher Geruch wie von gegrilltem Schwein hing in der Luft. Ich sah mich um und wunderte mich, dass jemand um diese Uhrzeit kochte; die Restaurants hatten doch alle geschlossen. Erst als ich Kits blasenübersätes Fleisch sah, begriff ich, dass ich Kits linke Handfläche roch.

Blaulichter kreisten über dem Common. Leitern wurden ausgefahren, Schläuche ausgerollt. Man konnte das Zischen von unten hören. Kit und ich saßen hinten im Krankenwagen, Sauerstoffmasken um den Hals, Decken um die Schultern. Ein Sanitäter behandelte Kits Hand, während der andere die Notaufnahme im St. Bartholomew's Hospital anrief. Ich war entsetzt, dass ich unser Leben für ein Foto aufs Spiel gesetzt hatte.

»Ihr Vermieter wird sich einige Fragen anhören müssen«, sagte einer der Feuerwehrleute. Er hatte den Helm abgenommen, der Schweiß malte helle Rinnsale auf sein schwarzes Gesicht. »Ich wette, es liegt an der Elektrik. Ich wüsste nicht, was sonst ein derartiges Feuer im Treppenhaus verursachen sollte. Man kann es genau sehen, wo der Putz von der Wand gefallen ist; die Kabel müssen an die sechzig Jahre alt sein.«

»Es ist nicht nur die Hitze, sondern auch die Wucht«,

sagte der Sanitäter und wickelte sanft einen Verband um Kits Hand. Er wimmerte vor Schmerz. Ich hatte noch nie echte Schweißperlen bei einem Menschen gesehen, doch Kits Stirn war mit fetten Tropfen bedeckt, die fest wie Wachs aussahen. Ich hörte, wie er mit den Zähnen knirschte, um nicht zu schreien. Der Feuerwehrmann wurde von einem Kollegen weggerufen. »Wenn Sie die Klinke nur berührt hätten, wäre es nicht so schlimm. Aber Sie müssen richtig dran gerissen haben. Andererseits wären Sie Toast, wenn Sie es nicht getan hätten.«

Ein anderer Feuerwehrmann kam dazu und streckte uns die Hand entgegen.

»Wir haben den Übeltäter gefunden.« Auf seiner Handfläche lag eine verkohlte rosa Scheibe, die ich sofort als Blood-Roses-Kerze erkannte, besser gesagt, als den Boden des Glases. Selbst zerbrochen und verkohlt war noch ein geisterhafter Hauch des Duftes zu spüren. »Wenn es nach mir ginge, würden diese Dinger verboten. Das sind die neuen Zigaretten, was Wohnungsbrände angeht. Na ja, sie werden so bald wohl keine mehr anzünden, was?« Er beugte sich vor, als wären wir ungezogene Fünfjährige. »Warum haben Sie die bitte auf der Treppe abgebrannt? Mal ehrlich, was haben Sie sich dabei gedacht?«

»Warum hast du …?«, fragte ich Kit, während er gleichzeitig sagte: »Warum um alles in der Welt solltest du …« Unsere Stimmen waren nicht unsere eigenen, die Stimmbänder vom Rauch versehrt. Mein Zorn spiegelte sich in seinem Gesicht. »Hab ich nicht«, sagte er.

»Nun, ich auch nicht.« Im nachfolgenden Schweigen setzten wir dasselbe Puzzle zusammen. Außer Mac und Ling gab es nur einen Menschen, der unsere Wohnung kannte, nur einen Menschen, der wusste, wo diese Kerzen standen. Entsetzt erinnerte ich mich daran, dass ich sie damals zum Duschen allein in unserer Wohnung gelassen hatte. Sie hatte acht Stunden Zeit gehabt, sich einen Schlüssel nachmachen zu lassen. Es war die einzige Gelegenheit gewesen.

Beth wollte uns von Anfang an beherrschen.

Der Feuerwehrmann schaute uns auf einmal ganz seltsam an. »Sind Sie sicher, dass es keiner von Ihnen war?«

»Ganz sicher«, sagten wir wie aus einem Mund.

Der Feuerwehrmann nickte, als hätte er sich selbst eine Frage gestellt. »Also gut. Wir nehmen das sehr ernst. Die Kriminaltechniker werden nach Hinweisen auf gewaltsames Eindringen suchen. Der Kebabimbiss nebenan hat eine Überwachungskamera, die könnte etwas ergeben. Sie beide müssen bei der Polizei aussagen. Sie warten hier« – als wenn uns eine Wahl bliebe – »während ich einen Kollegen rufe.«

Nachdem er gegangen war, saßen wir in betäubtem Schweigen da und schauten zu, wie die Feuerwehrleute in unserem rauchenden Haus ein und aus gingen.

Endlich gestand ich mir ein, wie naiv ich gewesen war, als ich vor Gericht gelogen und meine Beziehung, mein *Leben* aufs Spiel gesetzt hatte. Ich holte so tief Luft, wie es meine verrauchten Lungen zuließen, und sagte zu Kit: »Das war keine Brandstiftung, oder? Das war ein Mordversuch.«

TOTALITÄT

39

LAURA 28. *September 2000*

Sieben Tage nach dem Brand kurvte ich mit Lings altem Van um Clapham Common und suchte einen Parkplatz. Kit saß neben mir, die linke Hand noch immer in dem dicken, weißen Handschuh. Bei der dritten Runde fand ich endlich einen Platz vor unserer Wohnung. Ich manövrierte den Van hinein, dann warfen wir genügend Münzen für zwei Stunden in die Parkuhr.

»Ich rechne fast damit, dass sie auf uns wartet«, sagte ich und schlug die Autotür zu.

Die Polizei hatte Beth nicht als Verdächtige befragt, sondern nur mit ihr »geplaudert«. Es gab keine Zeugen, und die Überwachungskamera neben dem Kebabimbiss war nur eine Attrappe. Die Feuerwehr hatte die Tür aufgebrochen und dabei alle möglichen Spuren eines Einbruchs beseitigt. Ich hatte gestanden, dass es möglicherweise einen nachgemachten Schlüssel gab, doch alle Nachfragen bei den örtlichen Schlüsseldiensten blieben erfolglos. Beths DNA war in der ganzen Wohnung verteilt – sie war ja oft genug bei uns gewesen –, so dass man sich nicht darauf stützen konnte. Niemand konnte Beth davon abhalten, uns wieder anzugreifen. Mein geradezu unerschöpfliches Reservoir an Mitgefühl war versiegt. Es würde uns nicht vor dem Ersticken retten.

Diesmal wartete Beth nicht vor der Tür. Abgesehen von einem glänzenden, neuen Schloss und neuen Scharnieren sah die Tür wie immer aus. Zur Abwechslung war der Eingang mit einer leeren Kentucky-Fried-Chicken-Schachtel und einer sonnengetrockneten Kotzlache dekoriert. Schaute man jedoch nach oben zu den schwarzen, fedrigen Spuren, die das zugenagelte Küchenfenster umgaben, erkannte man, was wirklich geschehen war.

Plötzlich überkam mich eine ungeheure Müdigkeit. Ich lebte nur noch von Koffein und Panik. Seit dem Brand hatte ich nicht mehr geschlafen. Nicht weil ich Angst hatte – dafür war es noch zu früh –, sondern weil ich etwas tun musste, ein Drang, der mich in den frühen Morgenstunden kalt und beharrlich überkam. Jede Nacht lag ich auf Adeles knubbeligem Schlafsofa und schwor mir, es am nächsten Tag endlich zu erledigen, doch dann hatten wir Termine im Krankenhaus, Wohnungsbesichtigungen und Endlostelefonate mit Versicherungen und Vermietern.

Wir öffneten das neue Schloss mit einem neuen Schlüssel. Als Kit aus dem Krankenhaus gekommen war, hatte er sofort einen Nachsendeauftrag gestellt, der unsere Post zu Adele umleitete; meine morgendliche Postroutine hatte nun ihre Türmatte zum Ziel. Hier in Clapham warteten nur die üblichen Werbezettel auf uns. Im Treppenhaus stank es nach schalem Rauch, die Wände waren mit einer Rußschicht überzogen. Ich hielt Kits gesunde Hand.

Der Teppich quietschte noch immer, er hatte sich mit schmutzigem Wasser vollgesogen. Nicht nur die Treppe selbst hatte es erwischt, auch die Wände mit ihren Schichten aus uralter Farbe und Tapete. Alles, was sich im Wohnzimmer befunden hatte, war verbrannt oder geschmolzen. Der Fernseher, Kits Kamera und der Laptop waren nur noch Klumpen aus Plastik und Draht, durchzogen mit Schichten aus Silikon und Glassplittern. Er hatte nur die Arbeit einer Woche verloren, da er auf seinem Computer in der Uni Backups aufbewahrte, die wohl bis heute auf einer längst vergessenen Festplatte schlummern. (Seine Abteilung gab ihm Genesungsurlaub, und ich ermutigte ihn, diesen noch zu verlängern; ich hatte Beth zwar nicht gesagt, wo ich jetzt arbeitete, aber sie wusste, wo Kit seine Zeit verbrachte. Als ich zusammenbrach, wurde sein Genesungsurlaub in einen unbefristeten, unbezahlten Sonderurlaub umgewandelt. Ich sagte ihm, er solle nicht mehr hingehen; theoretisch könnte er immer noch seine Dissertation abschließen, aber ich hüte mich, ihn daran zu erinnern.)

Unsere Handys, das Festnetztelefon und der Anrufbeantworter waren zerstört. Wir hatten uns schon neue Rufnummern besorgt. Fast alle unsere Bücher konnten wir nur noch wegwerfen. Die Stelle, wo das Bild mit meiner Mutter gestanden hatte, war so verbrannt, dass ich nicht einmal erkennen konnte, welches verkohlte Bröckchen der Rahmen gewesen war.

Von Kits Mantel, der an der Schlafzimmertür gehangen hatte, waren nur noch die Metallknöpfe, das Skelett eines Schweizer Taschenmessers und ein paar geschwärzte Münzen übrig.

Er stand vor der Wand, an der seine Karte mit den Sonnenfinsternissen gehangen hatte. Ich schlug die Hand vor den Mund. »Kit! Die ganzen Erinnerungsstücke!«

»Das dachte ich auch. Aber die meisten sind bei Mum eingelagert. Ich habe eigentlich nur die T-Shirts hier, und die haben es vielleicht überstanden.«

Erstaunlicherweise hatte er recht. Das Schlafzimmer war zwar vom Rauch, nicht aber vom Feuer beschädigt. Ich öffnete den Kleiderschrank und roch an einem Kleid. Es sah ganz passabel aus, doch von dem Geruch musste ich würgen. »Vielleicht können wir die Klamotten lüften oder waschen.« Wir packten schweigend die Kleidungsstücke und den Inhalt eines

Bücherregals ein, das mehr oder weniger unversehrt war. Die geschwärzten Rücken konnte man abwischen, und die Seiten waren nur an den Rändern verrußt.

Alles andere ließen wir zurück, damit der Vermieter es entsorgte.

Wir schleppten unsere Taschen nach unten. Draußen saß der Kebabmann auf einer umgedrehten Kiste und rauchte eine Zigarette.

»Schlimme Geschichte.« Er schaute auf Kits verbundene Hand. »Wo wollt ihr jetzt hin? Bleibt ihr in der Gegend? Jemand hat nach euch gefragt.«

»Wer?« Meine Stimme bebte unwillkürlich.

»Das Mädchen mit den schwarzen Haaren, das neulich hier war. Wirkte ganz schön durcheinander.«

»Das möchte ich wetten«, hauchte ich.

»Wenn sie zurückkommt«, sagte Kit beherrscht, »dann sag ihr, wir wären verreist. Backpacking. Wir nehmen ein Sabbatjahr.«

»Klar.« Der Kebabmann nickte. »Wird euch guttun, das alles hinter euch zu lassen.«

Auf dem Weg zu Adele kamen wir am Standesamt von Lambeth vorbei. Auf ein strahlendes, rundliches Brautpaar mittleren Alters ging gerade ein Schauer aus Reis nieder.

»Machen wir's jetzt. Worauf warten wir eigentlich?« Kits Stimme klang geradezu melodisch, erregt, ungewohnt spontan.

»Meinst du das ernst?« Zum ersten Mal seit Tagen lächelte ich aufrichtig.

»Ich würde heute Abend mit dir nach Las Vegas fliegen, wenn wir es uns leisten könnten. Aber lass uns die Formulare ausfüllen. Was immer man machen muss. Ich will, dass du meine Frau wirst. Erst jetzt habe ich begriffen, wie wichtig mir das ist.«

Einen Moment lang vertrieb seine Entschlossenheit die tiefen Falten, die sich seit dem Brand in seine Stirn gegraben hatten. »Es hat einen Vorteil, dass die Polizei nichts gegen Beth in der Hand hat. So werden wir nicht durch einen weiteren Prozess an sie gebunden. Wir können einen klaren Schnitt machen. Wir heiraten. Wir fangen neu an. Ändern unseren Namen. Ziehen um, vielleicht in die Nähe von Mac und Ling.«

Die Ampel wurde grün, ohne dass ich es bemerkte; ich löste mich erst aus dem Kuss, als der Fahrer hinter uns hupte. Meine Entscheidung war gefallen, bevor ich den nächsten Gang einlegte.

»Das machen wir. Ich kann mir keinen besseren Weg vorstellen, um zu verschwinden.«

Die traditionelle rote Telefonzelle stank traditionell nach Urin, und ich musste durch den Mund atmen. Draußen krochen die Wagen Stoßstange an Stoßstange durch die noch unvertraute Gegend von Green Lanes, vorbei an der türkischen Bäckerei, die nie Feierabend machte, und dem einsamen Juwelier, der nie geöffnet hatte.

An diesem Abend hatte ich mich schweren Herzens entschlossen, endlich etwas gegen meine Schlaflosigkeit zu unternehmen. Wir wohnten seit einer Woche in Harringay, und ich hatte nie länger als drei Stunden geschlafen. Wenn das so weiterging, würde ich irgendwann drauflos reden und Kit alles verraten.

Ich hatte den schmutzigen Hörer zwischen Hals und Kinn geklemmt und hielt eine Telefonkarte für fünf Pfund an den Schlitz. Seit fünf erstickenden Minuten verharrte ich in dieser Position. Mit der anderen Hand umklammerte ich die Visitenkarte von DS Carol Kent. Sie war an den Rändern abgestoßen und hatte Grasflecken vom Festival. Die Mitarbeiter von Jamies

Kampagne hätten es sicher lieber gesehen, wenn ich sie direkt kontaktiert hätte, aber ich zog Kents Zorn ihrer Schadenfreude vor.

Mir war von Anfang an klar gewesen, dass Jamies Verurteilung auf tönernen Füßen stand, aber ich hatte die Strafe für gerecht gehalten. Nun aber wusste ich, dass Beth die Polizei und das Gericht unter Eid belogen hatte, als es um die Anreise zum Festival ging. Zwar konnte ich ihre Beweggründe nachvollziehen, aber es passte nicht zu ihrem Verhalten nach dem Überfall. Als sie bei uns war, hatte sie nacheinander mehrere Seiten ihrer Persönlichkeit enthüllt: voyeuristisch, beleidigt, unzuverlässig und schließlich gewalttätig. Nichts davon bedeutete, dass Jamie unschuldig war, und doch hatte es mich nachdenklich gestimmt. Meine Notlüge erschien mir nun zweifelhaft. Glaubte ich noch immer, dass Jamie schuldig war? Ja … meistens jedenfalls. Wusste ich noch immer, dass Jamie schuldig war? Nein.

Ich wusste genau, was ich mit dem Anruf riskierte. Die Konsequenzen hingen drohend über mir. Meineid. Möglicherweise Rechtsbeugung und Missachtung des Gerichts. Ich würde wohl ins Gefängnis kommen, aber das war nichts im Vergleich zu den privaten Folgen. Mein Vater wäre nicht mehr stolz auf mich, Ling würde mich nicht mehr respektieren, Kit würde sich womöglich von mir trennen. Die Karriere, die ich mir so verzweifelt gewünscht hatte, stand ebenfalls auf dem Spiel. Vermutlich würden die meisten karitativen Organisationen keiner Frau vertrauen, die wegen Meineids verurteilt worden war. Das konnten sie sich nicht erlauben. Ich tippte nacheinander die Zahlen ein und entfernte mich mit jeder einen Schritt von dem Leben, das ich mir immer gewünscht hatte. Und doch hätte ich von jedem, der in derselben Lage war, ein Geständnis erwartet und verlangt. Auch Kit würde das von mir erwarten.

Eine Sirene ließ die Scheiben erzittern, als ein Streifenwagen auf Verfolgungsjagd vorbeirauschte. Es war, als hielte mich der lange Arm des Gesetzes im Würgegriff. Meine Halsmuskeln verkrampften sich, meine Kehle wurde eng.

Ich konnte es nicht. Mit erschreckender Klarheit erkannte ich, dass ich mein Leben und meinen Ruf nicht aufs Spiel setzen konnte. Erst in diesem Augenblick begriff ich, wie groß mein Ego wirklich war. Als ich mein Spiegelbild im schmutzigen Glas betrachtete, überkam mich ein plötzlicher, schwindelerregender Selbstverlust. Anscheinend riskierte ich lieber, dass ein unschuldiger Mann weiter im Gefängnis saß, als zu gestehen, dass ich vor Gericht gelogen hatte.

Ist es ein Wunder, dass ich verrückt wurde, nachdem ich in mein dunkles Herz geblickt hatte?

Zu Hause war Kit tapfer dabei, auf unserer Zweierkochplatte Spaghetti zu machen. Er lächelte besorgt. Er wird mich nie wieder so anschauen, wenn ich ihm von der Lüge erzähle, dachte ich. Ich konnte Carol Kent nicht anrufen. Bei diesem Gedanken überkam mich ein seltsames Gefühl; die Härchen auf meinen Armen sträubten sich in einer Welle, als wäre ein Lufthauch hindurchgefahren.

»Das schmeckt gut«, sagte ich beim Essen. Die Pasta war ein bisschen zu weich, wie wir es beide mochten.

»Danke«, sagte Kit zerstreut. Er sah mir nicht in die Augen, sondern irgendwo neben meinen Teller.

»Was ist denn?« Ich legte die Gabel weg.

»Ich meine ja nur, könntest du aufhören, dich zu kratzen? Das geht mir wirklich auf die Nerven.«

Ich folgte seinem Blick zu meinen Unterarmen und bemerkte entsetzt, dass sie von roten Linien übersät waren. »Ich habe gar nicht gemerkt, was ich da gemacht habe«, sagte ich, spürte nun aber ein leises Kribbeln. Es fühlte sich an, als ginge ich durch einen Wald, in dem überall Spinnweben von den Zweigen hingen.

»Haben wir anderes Waschmittel als sonst? Vielleicht bist du gegen irgendeinen Bestandteil allergisch.« Er sprang auf und schaute in den Schrank unter dem Spülbecken. »Nein, dasselbe wie immer.«

Jetzt fühlte es sich an, als kratzten die Zweige selbst über meine Haut. Die Spuren wurden zu Schwielen.

»Vielleicht ist es auch eine verzögerte Reaktion auf den Rauch? Oder Nervenschäden?« Ich fühlte mich auch innerlich nicht gut; in meiner Brust surrte etwas, als wollte es sich den Weg nach draußen bohren.

Mit der gesunden Hand drehte Kit meinen Kopf, um sich meinen Hals anzuschauen, dann hob er mein Oberteil hoch und inspizierte Bauch und Rücken. »Es muss irgendeine lokale Reaktion sein. Es ist nur an deinen Armen.«

Meine Haut brannte die ganze Nacht wie Feuer. Als ich endlich einschlief, träumte ich davon, wie meine Mutter meine Insektenstiche mit Galmei-Lotion einrieb, und wachte mit Tränen in den Augen und Blut unter den Fingernägeln auf. Der Wecker sprang von 8.20 Uhr auf 8.21 Uhr.

»Warum hast du mich nicht geweckt?« Ich stürzte ins Wohnzimmer, wo Kit am Laptop saß. Die Lichter am Modem leuchteten.

»Du gehst heute nicht zur Arbeit, ich habe dich krankgemeldet. Du hast einen Notfalltermin bei der Ärztin.«

»Für ein bisschen Juckreiz?« Ich fühlte mich nervös und aufgedreht, als hätte ich eine ganze Kanne Kaffee getrunken.

Er nahm mein Gesicht in die Hände. »Was immer es ist, wir stehen es gemeinsam durch.«

»Meinst du wirklich, es kommt von dem Feuer?« Ich fing an zu zittern.

»Du weißt doch, dass ich immer für dich da bin, oder?«

Erst später erfuhr ich, dass Kit die ganze Nacht am Computer gewesen war und neuropathischen Juckreiz recherchiert hatte. Dabei hatte er eine Liste schrecklicher Krankheiten gefunden und war ebenso erleichtert wie ich, als die Ärztin ihre Diagnose verkündete.

»Sie haben eine Panikattacke«, sagte sie. »Es ist kaum überraschend nach dem, was Sie durchgemacht haben.«

»Nein, das ist was Körperliches.«

»Es ist psychosomatisch«, korrigierte mich die Ärztin. »Der menschliche Verstand ist ganz schön hinterhältig. Ich werde Ihnen eine Steroidsalbe verschreiben, um die Haut zu beruhigen, und Diazepam, damit Sie ein bisschen Luft zum Atmen bekommen. Außerdem überweise ich Sie an eine Therapeutin, damit Sie das Problem im Keim ersticken können und es nicht außer Kontrolle gerät. Die Wartezeit für Therapien beim NHS beträgt sieben Wochen. Könnten Sie privat bezahlen, um die Sache zu beschleunigen?«

Ich konnte nur daran denken, dass ich einen ganzen Arbeitstag versäumt hatte und Kits Hand langsamer heilte, als die Ärzte prognostiziert hatten.

»Ja«, sagte Kit sofort.

Ich widerstand dem Drang, mich zu kratzen, bis wir draußen auf dem Gehweg waren, wo mich der Juckreiz schier überwältigte. Ich attackierte die schon verletzte Haut mit den Fingernägeln. Kit legte seine gesunde Hand um meine Unterarme und hielt sie fest, als ich mich losreißen wollte. Dann hörte ich Beths Stimme. *Man begreift nicht, dass sie so viel stärker sind als wir.*

Ich kam nicht von ihr los. Meine Gedanken kreisten um sie. Dass sie verrückt war, hieß nicht, dass er es nicht getan hatte.

Doch wie sollte ich mir jemals sicher sein?

Die Therapeutin, an die man mich überwiesen hatte, verstand sich darauf, die körperlichen Symptome der Angst zu beseitigen; Achtsamkeitstechniken und Übungen, die meinem Soma beibringen konnten, die Psyche zu überlisten und das Kribbeln und Zittern zu kontrollieren. Aber ich konnte nicht mit ihr über das sprechen, was die eigentliche Ursache des Problems war. Die Therapeutin war nicht dumm; sie wusste genau, dass ich ihr etwas verheimlichte. Manchmal spielte ich mit dem Gedanken, ein Kindheitstrauma zu erfinden, um alles zu erklären. Bei meiner dunkelsten Sitzung dachte ich sogar daran, es auf die Trauer um meine Mutter zu schieben.

Kit half mir hindurch. Er rettete mir zweimal das Leben: zuerst bei dem Brand und danach jeden Tag und jede Nacht, indem er aufstand und mit mir Karten spielte und eine *Seinfeld*-Folge nach der anderen auf DVD schaute, mir über die Haare streichelte, sie bürstete und flocht, während ich gegen den Drang ankämpfte, mir die Arme zu zerkratzen. Ich war so in meinem eigenen Geheimnis gefangen, meiner selbstauferlegten Hölle, dass ich erst jetzt zu schätzen weiß, wie viel er geopfert hat, um für mich da zu sein. Ich konnte unmöglich arbeiten gehen, und so viele Lehraufträge er auch übernahm, konnte er uns mit dem Promotionsstipendium nicht beide ernähren. Sobald sein Arzt Entwarnung wegen der verbrannten Hand gab, nahm er einen befristeten Teilzeitjob als technischer Assistent bei einer Optikerkette an und schliff billige Brillengläser, während er früher einmal durch Hochleistungslinsen geschaut hatte, um namenlose Sterne zu betrachten. Und beschwerte sich kein einziges Mal, dass die Arbeit unter seiner Würde sei.

Vier Wochen, nachdem ihre Wohnung ausgebrannt war, heirateten Laura Langrishe und Kit McCall, früher wohnhaft Clapham Common, SW4, im Standesamt von Lambeth. Als Christopher und Laura Smith verließen sie das Gebäude und kehrten in ihre neue Mietwohnung in der Wilbraham Road, N8, zurück. Es gab kein Hochzeitsfrühstück, niemand trug die Braut über die Schwelle, doch der Vollzug im neuen Ehebett war süß und zärtlich. Die Flitterwochen verbrachte die Braut, indem sie zweimal wöchentlich zur Psychotherapeutin ging, während der Bräutigam als Labortechniker Doppelschichten einlegte, um Miete und Therapie zu bezahlen.

Wir waren erst zweiundzwanzig, und die stille Intensität dieser Wochen war einfach zu viel für zwei halbe Kinder. Während sich andere Paare unseres Alters vor Verpflichtungen drückten, hatten wir das umgekehrte Problem. Was bedeutete Verpflichtung für eine Beziehung, in der nur Dunkelheit herrschte? Selbst der Sex, der uns früher entspannt hatte, war nicht mehr spielerisch. Wir brauchten einander noch, aber es gab kein Begehren mehr. Wann würden wir endlich wieder Spaß haben?

Wir wohnten seit fünf Monaten in der Wilbraham Road, als Kit eines Tages mit einer langen, dünnen Pappröhre unter dem Arm nach Hause kam.

»Was ist das?«

»Pass auf.« Er entrollte eine Weltkarte und pappte sie über dem Kamin an die Wand. Er hatte sich rotes Stickgarn besorgt – vermutlich bei Adele. Er schnitt ein Stück ab und spannte mit einer dramatischen Geste einen roten Faden quer über Zentral- und Südafrika.

»Sambia, Januar. Dort findet ein kleines Festival statt, nur ein paar tausend Leute. Ling und Mac fahren nicht hin. Nur wir. Wir können ganz unter uns bleiben.« Er lächelte sein altes Lächeln. »Und das Niederschlagsrisiko ist gleich null.«

Ich wusste, dass wir das tun mussten, wenn wir nicht nur überleben, sondern leben wollten. Nur indem wir die Sonnenfinsternis zurückeroberten, im Schatten des Mondes, würden wir wieder ins Licht finden.

40

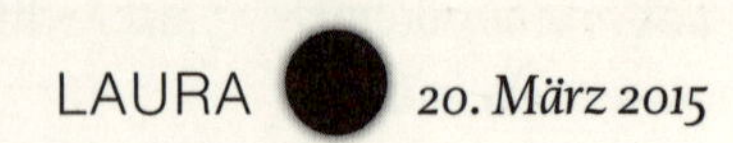

LAURA 20. *März* 2015

»Warum sind nur alle so davon besessen, mich zu füttern?«

Ling ist mit meiner Küche so vertraut wie ich mit ihrer; sie nimmt, ohne auch nur hinzuschauen, einen Suppenlöffel aus der Schublade und schöpft Hühnersuppe mit Mais in Schalen.

»Hinsetzen«, befiehlt sie.

»Du hast gut reden.« Wir haben keinen richtigen Küchentisch, sondern eine Resopalplatte, die an der Wand befestigt ist, und zwei Lederbänke, wie in einem amerikanischen Diner. Die Tischplatte ist so alt, dass sie sich schon von der Wand löst und einen Spalt freigibt, der voller Krümel und anderem Zeug ist. Ich werde mich in der Woche, bevor die Babys kommen, darum kümmern. Angeblich überkommt einen dann ja der unbezähmbare Drang, Fenster zu putzen und Kissen zurechtzurücken. Ich setze mich hin und rutsche auf der Bank bis zur Wand. Von hier aus kann ich die ganze Küche überblicken. »Hier setze ich mich erst wieder hin, wenn die Babys draußen sind.« Es ist einfach zu eng für mich und meinen Bauch.

Ling stellt mir die Schale hin und sieht mit verschränkten Armen zu, wie ich nichts esse.

»Ich *will* es ja wollen.«

Sie runzelt besorgt die Stirn. »Ist Appetitmangel nicht eines der ersten Warnzeichen?«

»O Gott, ehrlich? Für was?«

»Für eine Panikattacke. Was dachtest du, was ich meine?«

»Wenn ich nun nicht hungrig bin, weil die Babys nicht richtig wachsen? Oder noch was Schlimmeres?« Ich muss nicht aussprechen, was ich damit meine, Ling versteht mich auch so. Sie war immer da, wenn etwas schiefgegangen ist.

»Liebes, du bist ein nervliches Wrack.« Sie weiß gar nicht, wie recht sie hat. »So war ich in den Schwangerschaften auch. Das ist ganz normal, versprochen. Wir sind praktisch schon auf dem Weg zum Ultraschall. Wenn etwas nicht stimmt, werden sie es rechtzeitig sehen. Und wenn alles gut ist, kannst du danach beruhigt sein – hörst du mir überhaupt zu?«

Ich schaue von meinem Handy auf.

»Entschuldigung. Ja. Danke.« Doch ich weiß, dass ich mich erst entspannen kann, wenn ich Kits Stimme gehört habe. Die Sonnenfinsternis ist zwei Stunden her, er hätte sich mühelos eine Stelle suchen können, an der er Empfang hat. Er geht davon aus, dass wir mit den Babys zur Sonnenfinsternis reisen; wir haben für 2017 bereits eine Familienreise in die USA geplant. Wenn ich mir schon bei dem Gedanken, dass er allein unterwegs ist, solche Sorgen mache, wie soll das erst mit zwei Kleinkindern in einer Menschenmenge werden? Ich werde viel zu paranoid sein, um auch nur eine Sekunde nach oben zu schauen. Dabei möchte ich keine dieser Helikoptermütter werden, von denen man immer liest, obwohl meine Ängste sogar gerechtfertigt sind.

Ich schiebe die beinahe unberührte Suppenschale weg. Auf dem Weg nach draußen treffe ich auf einen Paketboten. Ich nehme eine Sendung von Mothercare für Ronni an.

»Wenn das nun ein Omen ist?«, frage ich Ling. Sie nimmt mir das Paket aus der Hand und drückt drauf.

»Das fühlt sich eher wie ein Paar Gummistiefel an. Na los, auf zum Ultraschall.«

Die letzte Runde der In-vitro-Fertilisation mussten wir

selbst bezahlen, doch nun, da ich schwanger bin, sind wieder der NHS und das North Middlesex Hospital an der North Circular Road für mich zuständig. Wie sich irgendjemand an dieser abgasverseuchten Straße von irgendetwas erholen soll, ist mir schleierhaft. Wie gewöhnlich riecht es drinnen nach rohem Hähnchen mit abgelaufenem Haltbarkeitsdatum. Die Babys in meinem Bauch zappeln. Ich habe noch immer nichts von Kit gehört und gehorche nur widerwillig den Schildern, die mich auffordern, das Handy auszuschalten.

Mein Arzt, Mr Kendall, ist auf Mehrlingsschwangerschaften spezialisiert. Er hat mich von Anfang an betreut und wird die Babys entbinden. (Alle Leute, Ling eingeschlossen, nehmen an, dass ich den Kaiserschnitt als Verlust empfinde und mich um die natürliche Geburt betrogen fühle. In Wirklichkeit bin ich froh, dass ich ausnahmsweise keine Verantwortung übernehmen muss und man mir die Entscheidung abgenommen hat.) Mr Kendalls makellose Hände – er lässt sie sicher maniküren – erzeugen Vertrauen.

»Kein Christopher heute?«, fragt er, als glänzende Fingernägel Zahlen in den Computer tippen.

»Er schaut sich die Sonnenfinsternis auf den Färöern an. Die letzte große Reise, bevor die Babys kommen.«

»Ach ja. So etwas wollte ich auch immer mal sehen. 99 waren wir mit den Kindern in Cornwall. Das war vermutlich vor Ihrer Zeit. War ohnehin bewölkt.«

Ich lege mich lächelnd hin und bereite mich seelisch auf das kalte, glitschige Gel vor. Ich bin schon ein alter Hase beim Ultraschall.

»Und wie ist es mit Ihnen?«, erkundigt sich Mr Kendall. »Wann treten Sie kürzer?«

Ich werde bis unmittelbar vor der Entbindung arbeiten, wir brauchen das Geld.

»Ich höre bald auf.«

Mr Kendall hat den Monitor von mir weggedreht und schiebt den Schallkopf über meinen hervorspringenden Nabel, um die Babys zu messen. Das würde Kit gefallen; es ist ein quantifizierbarer Prozess, den er nachvollziehen kann. Ich muss mir unbedingt die Werte ausdrucken lassen, nicht nur das überaus wichtige Bild.

»Sie entwickeln sich beide prächtig. Die Plazenten sind an der richtigen Stelle, ebenso die Nabelschnüre. Wollen Sie wirklich nicht wissen, ob sie rosa oder blau sind?«

Ich wende mich ab. Das Geschlecht sollte von Anfang an eine Überraschung bleiben. Damit wollte ich Kit zeigen, dass ich auch entspannt sein kann. Er hat mich zwar nie ausdrücklich als Kontrollfreak bezeichnet, mich aber oft genug angefleht, locker zu bleiben, es langsam angehen zu lassen, mich zu entspannen und einmal sogar – zu unser beider Entsetzen – zu *chillen*.

»Nun, das hier ist eindeutig …«

»Nein!«

Der Arzt und Ling sind beide verblüfft, als ich so heftig reagiere. Ich versuche, es ins Komische zu ziehen.

»Wir wollen sie geschlechtsneutral erziehen. Orangefarbene Kleidung. Es ist ein Experiment.« Der Witz kommt an, aber nur knapp. Ich bin erleichtert, als ich die Praxis verlassen kann.

Ling fährt mich nach Hause.

»Kommst du wirklich alleine klar?«, fragt sie. Ich weiß, dass sie die Zeit nacharbeiten muss, die sie mit mir verbracht hat.

»Ich komme klar«, sage ich und schlage die Autotür zu.

»ISS WAS!«, ruft sie noch und fährt weg.

Als ich zu Hause auf meinem bequemen Sofa liege, schicke ich Kit ein Bild vom Ultraschall; er meldet sich über FaceTime. Er ist in irgendeiner Kneipe, dunkle Schatten im Hintergrund, der Rand eines Bierglases vor ihm auf dem Tisch. Der Empfang ist nicht gut; sein wieder glattrasiertes Gesicht verwandelt sich in Pixel, und das schwarzweiße Muster seines Färöer-Pullovers löst sich immer wieder in Binärcode auf. Doch obwohl sein Gesicht verpixelt ist, erkenne ich, dass er ein schlechtes Gewissen hat. Mein harter, kalter Zorn beginnt zu tauen. Ich will nicht wieder mit ihm streiten. Einmal möchte ich als Erste nachgeben.

»Sind sie nicht wunderschön?« Meine Stimme klingt warm und aufrichtig.

»Alles in Ordnung mit ihnen? Wachsen sie richtig? Keine Hörner oder Schwänze?«

»Sie sind perfekt.« Ein Lächeln zuckt über sein Gesicht. Erst jetzt fällt mir ein, warum wir dieses Gespräch am Telefon führen und nicht persönlich. »Tut mir leid, Baby, erzähl mir von der Sonnenfinsternis. War der Himmel komplett dicht?«

»Die schlimmsten Wolken meines Lebens«, sagt er niedergeschlagen. »Wie war es in London?«

»Beschissen.«

»So ein Mist.« Kits Stimme klingt völlig ausdruckslos, und mein Frühwarnsystem schlägt an. Ich suche in seinem Gesicht nach Hinweisen, aber es ist zu dunkel, und die Bildqualität zu schlecht.

»Irgendwas stimmt nicht«, sage ich. »Es ist irgendetwas passiert wegen des blöden Videos!«

»Es war nicht das Video.«

Also stimmt tatsächlich etwas nicht. Meine Haut beginnt zu kribbeln. »Was war nicht das Video? Was ist los?«

Das Signal wackelt wieder; seine Worte klicken und kreischen wie Delphingesänge.

»Mach dir keine Sorgen. Ich bin bald wieder auf dem Schiff, dann können wir uns beide entspannen.«

Ich kratze mir den Arm, mit dem ich das Telefon halte. »Warum kannst du dich an Land nicht entspannen? Kit?« Meine Stimme wird schrill, ich bohre nach. Und er reagiert wie eine Schnecke, die ihre Fühler einzieht. Trotzdem, ich kann nicht anders. »Hast du sie gesehen?«

»Nein.«

»Sehr informativ, danke vielmals.«

»Hör auf, alles zu Tode zu analysieren«, knurrt er. »Du kennst mich, ich bin immer ein bisschen am Boden, wenn wir Wolken hatten.«

»Schwöre bei unseren Babys, dass nichts passiert ist.«

Die Verbindung bricht einen Moment lang ab. Daher kann ich nicht erkennen, ob er vor seinem »Ich schwöre« zögert oder ob es an der schlechten Übertragung liegt. Dann ist er weg.

Mir wird klar, dass ich etwas Ungeheuerliches getan habe. Ich habe ihn bei unseren ungeborenen Kindern schwören lassen. Kit ist nicht abergläubisch und würde alles sagen, um eine Panikattacke bei mir zu verhindern. Ich habe das Schicksal herausgefordert. Ich lege die Hand auf meinen Bauch und warte, dass die Babys strampeln, aber es passiert nichts.

41

LAURA ● *20. Juni 2001*

»Siebentausend Sonnenfinsternisfreaks, alle auf einem Haufen«, sagte ein Mädchen mit beidseitigem Nasenpiercing, der violette Dreadlocks kegelförmig vom Kopf abstanden. »Das wird so richtig dreckig.« Da war etwas dran; die Tatsache, dass der Aussichtspunkt tief im sambischen Busch lag, hatte die Gelegenheits-Raver abgeschreckt und auch die ernsthaften Astronomen, von denen viele akustische Verschmutzung ebenso verabscheuen wie Lichtverschmutzung. Kit und ich waren auf dem Weg vom Livingstone Airport zum Festival. Die Fahrt sollte sechs Stunden dauern, fünf davon hatten wir schon hinter uns. Wir saßen in einem unbelüfteten Bus mit schlechter Federung und fünfzig Hippies, die nur Naturdeo benutzten. Niedrige, staubige Bäume sprossen grün aus der aprikosenfarbenen Erde. Das Vieh schlenderte ungerührt zwischen dahinrasenden, überladenen Lastwagen. Obst- und Gemüsehändler präsentierten am Straßenrand ihre regenbogenbunte Ware. Alte, hölzerne Plakatwände und Wellblechdörfer kamen und gingen mit den Drehungen der Räder. Als wir in einem Café mit Fanta-Werbung anhielten, um Mittag zu essen, tauchte ein Dutzend Kinder wie aus dem Nichts auf, die alle mein Haar anfassen wollten und freudig quiekten, während sie mit winzigen Fingern daran zupften und es zu Knoten drehten.

Wir glaubten schon, wir hätten die Zivilisation weit hinter

uns gelassen, als wir über den Hügel kamen und die improvisierte Siedlung erblickten. Das Festival bot eine bessere Infrastruktur als manche Dörfer, durch die wir gekommen waren. Es gab einen kleinen Supermarkt, eine Reihe Duschen und Hocktoiletten im afrikanischen Stil, die sauberer waren als alles, was man in einem britischen Einkaufszentrum findet. In den Cafés wurden offen Drogen verkauft, nicht teurer als Bier.

»Hier sind wir richtig«, sagte ich zu Kit. Er drehte einfach nur sein Gesicht zum Himmel und grinste. Diesmal brauchte er weder die Wettervorhersage zu checken, noch musste er sich um Wolken kümmern. Der afrikanische Winter ist berechenbar. An diesem Tag war der Himmel von einem so warmen, leuchtenden Blau, dass man sich unwillkürlich fragte, wie man die Farbe mit Kälte in Verbindung bringen konnte und ob es überhaupt Wolken gab. Auf einer vollausgerüsteten Bühne tuckerte eine Reggae-Band durch ein Bob-Marley-Coverprogramm. Wir gingen an einem Zelt vorbei, in dem eine marmorierte Graphik an die Wand projiziert wurde. Kit hob eine aus einer Kokosnuss geschnitzte Maske auf, die ein schreiendes afrikanisches Gesicht darstellte, und hielt sie vor die Augen. »Genauso sah Mac aus, als er in der Geschlossenen war.« Zum ersten Mal konnte er einen Witz über Macs Reha machen.

Es gab keine Dämmerung; die Sonne färbte sich kürbisorange und ging dann ohne Vorwarnung am Horizont unter. Wir liefen durch die junge Nacht, zogen uns etwas über und legten uns auf dem Rücken in den Zelteingang. Dreizehnhundert Meter über dem Meeresspiegel, mit minimaler Lichtverschmutzung und nur erhellt von einem schwachen rosa Mond, war der afrikanische Himmel nicht nur mit Sternen übersät, sondern geradezu mit ihnen beschmiert; der Effekt war eher meteorologisch als astronomisch, die Milchstraße eine Gewitterwolke, die glitzernden Regen zu versprühen drohte. Den Himmel anzustarren verschaffte mir eine geradezu atavistische Befriedigung.

»Es ist uns bestimmt, nach oben zu schauen.« Kit nickte an meiner Schulter und rollte sich an mich heran. Sein flacher, nach innen gewölbter Bauch schmiegte sich an meinen unteren Rücken und passte sich den Bewegungen meines Zwerchfells an. In jener Nacht atmeten wir sogar im Einklang.

Es mochte daran liegen, dass die Fahrt so mühsam gewesen war, oder ich den Drang spürte zu sühnen, jedenfalls war Sambia für mich mehr Pilgerreise als Urlaub. Wir hielten uns fern von den Bühnen und Theken und blieben im Schatten der Bäume. Vermutlich entdeckte sie uns deswegen erst so spät.

Als es Zeit für die Sonnenfinsternis war, zogen die Organisatoren die Stecker aus den Lautsprechern. »Erster Kontakt«, flüsterte Kit, als der Mond den ersten winzigen Bissen von der Sonne nahm und Jubel aufbrandete. Hier endlich war die Ehrfurcht, die ich mir in Cornwall erhofft hatte. Keine Stille, dafür waren wir zu viele, aber jedes Jauchzen und Flüstern klang respektvoll, voller Hingabe an das Phänomen. Die Menge wandte die Gesichter zur schrumpfenden Sonne, wie der Heliotrop seine Blätter mit der Sonne dreht. Es folgte eine Stunde, in der ich kaum blinzelte.

»Willst du kein Foto machen?« Ich deutete auf die Kamera, die von Kits Schulter hing. Er machte eine Handbewegung.

»Nein«, sagte er zu meiner Überraschung. »Diesmal nicht. Ich möchte es einfach nur erleben.«

Dann kam der Wind auf, die geisterhafte Brise aus dem Nichts, die ich schon in Cornwall bemerkt hatte, nur war sie hier warm und mit Staub durchsetzt. Die Zeit, die in der letzten Stunde dahingekrochen war, beschleunigte sich, als hätte der

Wind ihr ein Zeichen gegeben, und schob die Dämmerung von Osten herbei.

»So sehen dreitausendfünfhundert Stundenkilometer aus«, sagte Kit, als die Dunkelheit über uns hereinbrach. Die Landschaft änderte sich so dramatisch wie der Himmel, unsere Schatten schrumpften plötzlich, als schmölzen wir in den Boden. Ich begann zu zittern und griff nach seiner Hand. Er hob den Arm und drehte mich im Kreis wie eine Ballerina, damit ich die Dämmerung an allen Horizonten sehen konnte.

Ein Ring aus weißem Licht umgab die Sonne, loderte rein und diamanten auf, dann wurde der Schalter umgelegt, und die Finsternis war total. O *my God, dio mio, mein Gott, wow*, schrie die Menge. Der Mond verdeckte als schwarze Scheibe die Sonne, umgeben von loderndem Plasma wie ein Gasring am Herd. »Ist es jetzt sicher?«, fragte ich Kit. Ich meinte, ob ich meine Brille abnehmen konnte, aber dahinter steckte noch eine ganz andere Frage: *Ist es sicher, am Leben zu sein, auf diesem rotierenden Felsen? Ist es sicher, so klein zu sein? Wird alles gut mit uns?*

Statt zu antworten, nahm er mir die Brille ab, und ich schaute mit bloßen Augen auf den kohlschwarzen Ball am Himmel. Ich kannte die Erklärungen, ich wusste, dass ich auf gewaltige Zungen aus Wasserstoffgas blickte, doch als ich so dastand, kamen mir nur Götter und Magie in den Sinn. Die Korona tanzte, ein lebendiges, goldenes Lodern, doppelt so groß wie die Sonne selbst. Ein Stern ist kein Engel, sondern ein Ungeheuer. Er war so riesig, dass er alles, was uns zugestoßen war, was wir getan hatten, winzig klein erscheinen ließ. Reue, Schuldbewusstsein und Angst schmolzen dahin.

»Ich bin geheilt«, sagte ich, und es fühlte sich nicht banal an. Unter dem Schatten kann man alles sagen. Kits Wange lag feucht an meiner Schulter, und ich weinte mit ihm. Wir weinten nicht als Einzige; nebenan hörte man ein sanftes Schluchzen, weiter weg heulte jemand wie ein Wolf. So blieben wir viereinhalb Minuten stehen. Wie von einer inneren Uhr gesteuert, setzte Kit mir die Brille wieder auf; Sekunden später loderte grellgelbes Licht, und der Schatten schmolz nach Osten. Es war vorbei. Ich wischte mir die Glückstränen ab.

»Wann ist die Nächste?«

Tags darauf kamen die Busse, um uns wieder abzuholen, nur wollten jetzt siebentausend Leute gleichzeitig das Festival verlassen, was natürlich chaotisch ablief. Manche wollten zum Flughafen von Lusaka, andere weiter südlich nach Livingstone. Ein paar arme Schweine aus Japan hatten zwei Tage Busfahrt nach Johannesburg vor sich. Kit und ich stellten uns für den Bus nach Livingstone an, die Schlange gegenüber für den Bus nach Lusaka war fast einen Kilometer lang. Nach zwei Stunden Wartezeit konnten wir endlich unsere Rucksäcke aufs Dach hieven und uns auf den klebrigen Plastiksitzen niederlassen.

»Ich will nicht nach Hause. Ich will es noch einmal erleben.« Dabei wusste ich sehr gut, dass die nächste Sonnenfinsternis am südlichen Polarkreis stattfand.

»Ich kann mir nicht vorstellen, dass es so viele bis zum Südpol schaffen.« Kit betrachtete die Leute um uns herum. Der Motor des Busses war noch im Leerlauf, obwohl alle Plätze belegt waren. »Das können sich die meisten nicht leisten. Kein Mensch hat je eine Sonnenfinsternis vom Pol aus betrachtet. Das ist eine gewaltige Expedition, die kostet Tausende Pfund. Ich kann mir auch nicht vorstellen, dass wir uns das leisten können.«

Ich weiß nicht, warum ich mich umdrehte. Irgendein Rachegeist, der mich bestrafen wollte, weil ich nicht auf der Hut und einfach mal glücklich gewesen war. Ich drehte mich um und schaute zu dem anderen Bus. Sie wurde von einem schmierigen Fenster eingerahmt, starrte mich an, in mich hinein.

»Beth.« Ich knurrte beinahe. Ein Augenblick absoluter Stille, von Entsetzen erfüllt. Kit erstarrte, folgte dann langsam meinem Blick. So verharrten wir drei einen Herzschlag lang. Dann begann sie, sich zu bewegen wie eine Spinne, die eine Fliege jagt.

»Können Sie losfahren?«, sagte Kit zum Fahrer. Im anderen Bus kletterte Beth gerade über ihren Nachbarn und trat in den Gang, der offensichtlich von Taschen und Menschen blockiert wurde. Der Fahrer hob lakonisch eine Augenbraue und lutschte an seinen gewaltigen gelben Zähnen.

»Scheiße, fahren Sie los!«, rief Kit. So verängstigt hatte ich ihn noch nie gesehen, nicht einmal, als unsere Wohnung brannte.

»Bitte«, flehte ich den Fahrer an und brachte irgendwie ein ruhiges Lächeln zustande. »Wir müssen wirklich dringend los.« In meinen Taschen fand ich eine Handvoll *Kwacha*; Kit warf dem Fahrer die Scheine in den Schoß. Dann endlich setzten sich die Räder in Bewegung, wühlten die dünne Erde auf, und als Beth auf die steinige Straße stolperte, geriet sie in eine Wolke aus Auspuffgasen und wirbelndem Buschstaub. Ein Motorrad donnerte so knapp an ihr vorbei, dass ich schon dachte, es würde ihre Knie streifen. Sie ließ sich nicht beirren und wollte neben dem Bus herlaufen, kam in ihren Flipflops aber nicht voran. »Laura!«, rief sie, klang aber nicht bedrohlich. Sie wirkte eher verzweifelt als wütend, eher traurig als furchteinflößend.

»Nicht anhalten, nicht anhalten«, sagte Kit zum Fahrer. »Verdammt, geben Sie Gas!« Zum ersten Mal hatte er mir seine Angst gezeigt. Erst als er seine Schwäche offenbarte, begriff ich, wie schwer es ihm gefallen war, mich die ganze Zeit zu stützen. Der Bus schoss vorwärts. Ich drehte mich um, stand auf und sah, wie Beth mitten auf der Straße in die Knie ging, wobei sich ihr Rock um ihre Beine ausbreitete. Sie sah aus wie eine gestrandete Meerjungfrau, die in einer wirbelnden, roten

Wolke erstickt. Wir fuhren um eine Biegung, dann konnte ich sie nicht mehr sehen.

Alle Leute im Bus starrten uns an. Kit rutschte im Sitz nach unten, knallrot vor Verlegenheit. Es war sehr still, bis der Fahrer sich am Radio zu schaffen machte. Dann ertönte »Livin' la Vida Loca«, und der Fahrer sang laut und falsch mit.

»Sie ist um den halben Planeten gefahren, um uns zu suchen«, sagte Kit so leise, dass selbst ich ihn kaum verstehen konnte. »Da haben wir uns solche Mühe gegeben, haben unseren Namen geändert, ein neues Leben angefangen, und es war alles umsonst. Wir selbst haben ihr verraten, wo sie uns finden kann.«

Der Bus rollte an vereinzelten Weiden vorbei, auf denen mageres Vieh stand. Ich ergriff seine Hand und strich mit den Fingern über die Narbe. Er zog sie weg. »Sie hat meine Karte gesehen. Sie wird immer wissen, wo sie uns finden kann.«

Ich verstand, was ungesagt blieb: weil du sie in unser Haus gelassen hast. Ich griff wieder nach seiner Hand, doch er hatte sie zur Faust geballt.

42

LAURA *15. November 2003*

Jamie Balcombe wurde entlassen, nachdem er seine Strafe zur Hälfte verbüßt hatte. Er war zweieinhalb Jahre lang ein vorbildlicher Gefangener gewesen und hatte in der Gefängnisbibliothek Mitinsassen das Lesen und Schreiben beigebracht. Nach dem Brand schickte er mir noch einen Brief, in dem er erwähnte, er habe von dem Zwischenfall gehört – ich erschauerte bei der Vorstellung, dass er uns im Auge behielt – und hoffe, dass meine eigene traumatische Erfahrung mein Mitgefühl verstärkt habe, und ich meine Aussage nun zurückziehen werde. Ich klebte den Umschlag wieder zu und schickte ihn ans Gefängnis zurück, wobei ich anmerkte, es gebe keine Nachsendeadresse. Danach kamen keine Briefe mehr. Ich weiß nicht, ob die Behörden ihn geöffnet haben; falls ja, hatte es keinen Einfluss auf seine Bewährung.

Nach Jamies Freilassung war ich ängstlich und erleichtert zugleich. Einerseits fürchtete ich, dass er irgendwie Kontakt zu Kit aufnehmen könnte. Ich war mir sicher, dass Kit eher mir als einem verurteilten Vergewaltiger glauben würde, doch hatte ich gelogen und konnte diese Lüge unmöglich dem Menschen eingestehen, der mir am meisten bedeutete. Aber ich war auch erleichtert, weil sich jeder Tag seiner Gefängnisstrafe wie ein Strich in meine Haut gegraben hatte. Immerhin war er nicht mehr gefangen; er hatte nur – nur! – seinen guten Namen verloren.

Nach Sambia sahen wir fünf Jahre lang keine Sonnenfinsternis. Wir – besser gesagt, ich – hatten zu große Angst vor Beth, um 2002 nach Südafrika zu fahren. Die Antarktis im November 2003 war in etwa so erschwinglich wie ein Flug zum Mond, denn wir hatten im Jahr zuvor das Haus in der Wilbraham Road gekauft, was nur mit einer der damals noch erlaubten Hypotheken mit Selbstzertifizierung möglich gewesen war.

Wir jagten noch immer den Schatten, doch die Aufregung der großen alternativen Festivals war dahin; wir flogen lieber unter dem Radar. 2006, als der Weg der Totalität über Libyen am breitesten war und in der Türkei das dritte »Festival of a Lifetime« abgehalten wurde, schauten wir uns die Sonnenfinsternis am anderen Ende der Welt in Brasilien an.

In der Nacht, bevor wir flogen, erwischte mich Kit, wie ich Hydrocortison-Creme und ein ganzes Päckchen Diazepam in die Reisetasche packte.

»Wir müssen nicht dahin«, sagte er und schaute mich forschend an

»Es ist alles gebucht. Und bezahlt!«

Streng genommen war es nicht bezahlt, was die Sache nur noch schlimmer machte; wir hatten die ganze Reise mit unseren bereits überstrapazierten Kreditkarten gebucht. Kit lächelte so bemüht, dass ich schon fürchtete, seine Wangen könnten durchbrechen.

»Das macht nichts. Wenn du davon krank wirst, ist es das alles nicht wert.« Es rührte mich sehr, dass Kit sich bemühte, überzeugend zu klingen, aber ich kannte ihn. Fernreisen und überwältigende Naturschauspiele hätten jeden Mann verlockt, der eine nervöse Ehefrau mit vernarbten Armen hatte, und erst recht Kit, der schon lange, bevor er mich kennenlernte, Sonnenfinsternissen hinterhergejagt war. In meinen dunkelsten Momenten befürchtete ich, dass noch mehr dahintersteckte. Er hatte die Jagd nach der Sonnenfinsternis im Blut; sie war die letzte Verbindung zu seinem Vater. Falls er meinetwegen damit aufhören musste, würde er mir das ewig vorwerfen. Es war meine Schuld, meine Lüge, mein mangelndes Urteilsvermögen, die Beth in unser Leben gelassen hatten. Also war ich auch dafür verantwortlich, damit klarzukommen.

»Natürlich fahren wir. Sie darf nicht gewinnen.«

»Danke. Ich weiß, wie schwer dir das gefallen ist.«

Er verstand es wohl ein bisschen.

Wir übernachteten in einem billigen Hotel und schauten uns von der Motorhaube unseres Leihwagens, der an einem Abhang parkte, wo wir kilometerweit die einzigen Englisch sprechenden Zuschauer waren, eine saubere, perfekte Sonnenfinsternis an. Vier Minuten, sieben Sekunden Totalität; der Mond bedeckte die Sonne und riss ein gewaltiges Einschussloch in eine gigantische Leinwand. Danach gestatteten wir uns zu glauben, Beth habe aufgegeben. Natürlich sollten wir später herausfinden, dass sie in der Türkei gewesen war. 2006 steckte YouTube noch in den Kinderschuhen, und es dauerte ein paar Jahre, bis ein deutscher Clubber *das Video* online stellte.

Die Reisen, die danach kamen, waren mehr oder weniger vergiftet, weil ich mich so fürchtete.

Kit versuchte, es mir leichtzumachen, als wir im Juli 2009 nach China fuhren. Wir buchten ein anonymes Hotel neben einer Autobahn, so ziemlich der letzte Ort, an dem sie nach uns suchen würde. Ich schlief schon Wochen vorher schlecht. Ich wusste, dass ich die Unannehmlichkeiten ertragen musste, geriet aber in Panik, als wir zum Flughafen fuhren, und schluckte auf dem Hinflug so viel Valium, dass Kit mich aus der Maschine tragen musste. Es war, wie er vorausgesagt hatte, eine unauffällige Sonnenfinsternis – sofern das überhaupt möglich ist. Ich verbrachte die meiste Zeit damit, Kit dabei zuzusehen, wie er neben einer Autobahn an seiner Fotoausrüstung herumfummelte.

Ich wäre gern zu dem riesigen Festival gefahren, das bei der totalen Sonnenfinsternis 2010 auf der Osterinsel stattfand, aber Kit sagte, es sei meine Paranoia nicht wert, und so erlebten wir sie in den patagonischen Anden. Der Schnee am Berghang war so trocken, dass er sich eher wie Sand als wie Wasser anfühlte. Kit machte ein paar wunderbare Aufnahmen vom Schattenkegel, der sich über den Schnee ausbreitete. Ich hätte schwören können, dass ich die Augen während der Totalität nicht vom Himmel nahm, doch unser Reiseführer machte ein Bild von mir, auf dem ich über die Schulter blickte, während alle anderen hingerissen nach oben schauten.

2012 in Cairns hätte ich mich entspannen können; Zehntausende Menschen schauten an den palmengesäumten Stränden der australischen Goldküste zu, doch inzwischen gab es Smartphones, und da ich fürchtete, jemand könnte uns filmen, so wie sie Beth gefilmt hatten, trug ich einen gewaltigen Hut, unter dem ich kaum die Sonne sehen konnte. Wenn ich jetzt auf den Globus schaue und den Weg der Totalität nachzeichne, sehe ich, dass halb Australien vom Schatten bedeckt war und die Aussicht, uns auf einer so gewaltigen Landmasse zu finden, winzig gewesen sein muss. Nicht so wie jetzt, wo der Schatten größtenteils aufs Wasser fällt und alle Zuschauer sich auf diesen dunklen, nördlichen Inseln drängen, die so winzig sind, dass man sich eigentlich nirgendwo verstecken kann.

43

Jetzt endlich lässt sich die Sonne blicken. Es ist früher Abend, und sie scheint durch rosige und violette Wolkenschwaden, ein Anblick, bei dem sich Handys überall in London auf den Himmel richten.

Ich frage mich, ob sich das Wetter auf den Färöern auch gebessert hat. In einer Stunde ist Kit wieder auf dem Schiff. Auf der Rückfahrt können keine neuen Passagiere an Bord sein. Es ist eine Pauschalreise, kein Fährdienst. Vielleicht war sie die ganze Zeit über an Bord oder auf Spitzbergen oder einer anderen Insel. Oder sie hat in Tórshavn gewartet oder hat sich das Nichtereignis auf der anderen Seite der Insel angesehen, auf einem Felsen gestanden und nicht zum Himmel geschaut, sondern ein altes Foto von uns in der einen und einen Screenshot von dem Vlog in der anderen Hand gehalten. Falls sie da war, hat sie ihn jedenfalls nicht gefunden.

Morgen Mittag wird Kit nach Hause kommen, beladen mit neuen Souvenirs. Er wird die Kamera an den Laptop anschließen und die Fotos hochladen, noch bevor er den Mantel ausgezogen hat. Und mit jeder Minute wird meine Angst unbegründeter und mein Ausbruch paranoider erscheinen, weil ich schlechte Laune als etwas Finsteres gedeutet habe. Selbst die Babys haben sich beruhigt.

Ich habe erst vor einer Stunde gegessen, verspüre aber schon wieder Heißhunger. Ich esse den letzten Bissen von Macs

Sauerteigbrot und spüle ihn mit dem einzigen Getränk herunter, das noch übrig ist, einer dunkelvioletten Beerenmischung, auf der ein Film aus grünem Pulver schwimmt, wie Algen an der Wasseroberfläche. Vermutlich sind es biologisch angebaute Fairtrade-Algen aus einheimischer Erzeugung. Weiß Gott, wie viel er zahlenden Kunden dafür berechnet. Meine Kinder sollten tunlichst vor Gesundheit strotzen, nachdem ich so viele Vitamine zu mir genommen habe.

Die BBC bringt eine Sondersendung über die Sonnenfinsternis, und obwohl ich sie für Kit aufnehme, schaue ich sie mir an, bin begierig darauf, den Ort zu sehen, an dem er sich in den letzten Tagen aufgehalten hat. Ich habe mich gerade aufs Sofa gesetzt, als es klingelt. Also hieve ich mich wieder aus den Kissen und greife nach Ronnis Paket von Mothercare. Ich betaste es wie ein Kind ein Weihnachtsgeschenk. Ling hatte recht. Es sind tatsächlich Gummistiefel. Vielleicht lade ich Ronni auf einen Kaffee ein, falls sie nicht dringend die Kinder ins Bett bringen muss.

Ich denke nicht daran, dass die Kette noch davor liegt, und öffne die Tür. Durch den Spalt sehe ich Beth Taylor.

Meine Hand wird schlaff, der Becher fällt auf den Boden, der violette Saft explodiert auf den Fliesen und spritzt an den Wänden hoch, macht den Boden schlüpfrig, der saure Beerengeruch vermischt sich mit der metallischen Angst auf meiner Zunge. Instinktiv lege ich die Hand auf den Bauch und taumele rückwärts, greife nach dem Geländer, um nicht hinzufallen, als meine Füße in der Matsche wegrutschen. Dann sitze ich auf der untersten Stufe und schütze meinen Bauch verzweifelt mit den Händen. Mein Sturz und wohl auch die Schwangerschaft machen Beth einen Moment sprachlos. Dann sagt sie: »Scheiße, Laura. Alles okay mit dir?«

»Was willst du hier?«

Sie schiebt die Hand durch den Türspalt – will sie mir aufhelfen oder die Kette von der Tür lösen? Sie passt nur bis zum Handgelenk hindurch.

»Laura.«

»Nein!«

Sie zieht rasch die Hand zurück.

Ich schaue zur Telefonablage, doch das Gerät liegt nicht auf der Ladestation; zu spät fällt mir ein, dass ich es oben vergessen habe, als ich heute Nachmittag mit meinem Vater gesprochen habe. Mein Handy ist irgendwo im Wohnzimmer, und was kann sie alles anstellen, bis ich es gefunden habe? Die Kette lösen? Die Tür eintreten? Ist sie bewaffnet?

»Bitte, Laura«, sagt sie und drückt ihr Gesicht ganz eng an den Spalt zwischen Tür und Rahmen, so dass ich nur die Nase, den Mund und die inneren Augenwinkel sehen kann. »Du musst mich wirklich reinlassen.«

DRITTER KONTAKT

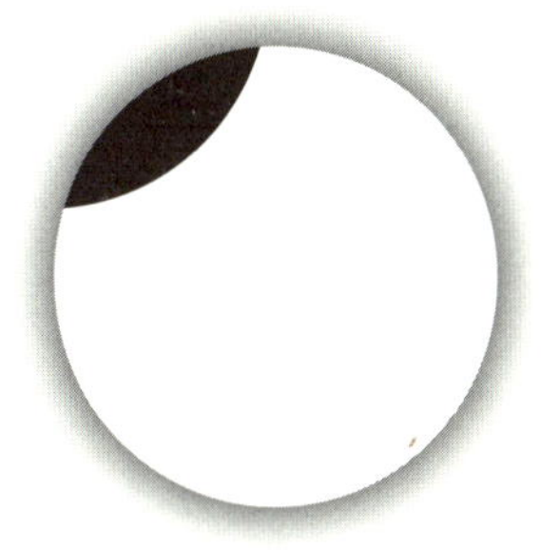

44

KIT *20. März 2015*

»Spitzbergen«, sagt Richard und hält mir sein Tablet vor die Nase. »Scheiße, wir hätten nach Spitzbergen fahren sollen.« Wir haben eine Kneipe am Hafen entdeckt, die kostenloses WLAN, einen Blick auf das rote Haus und Sólarbjór vom Fass bietet; mein letzter Drink ist ziemlich lange her, denke ich bei mir und beschließe auf der Stelle, keinen Alkohol mehr anzurühren, bis die Babys sicher geboren sind. Richard hat entschieden, dass wir die letzten Minuten auf den Färöern vor einem Monitor verbringen und dem nachtrauern sollen, was hätte sein können. »Oder sogar auf eine der anderen Inseln – das wurde nur dreißig Kilometer von hier aufgenommen.« Er zoomt ein wunderbares Bild der Sonnensichel am klaren Himmel heran. »Und schau! Dieses Kreuzfahrtschiff konnte nicht in Tórshavn anlegen, und die haben es alle mitten auf dem Meer gesehen. Warum hat die *Celeste* das nicht auch so gemacht?«

»Warum verklagst du sie nicht wegen des schlechten Wetters?«, schlage ich vor. Es kommt tatsächlich vor, dass Touristen, keine seriösen Sonnenfinsternisjäger, vom Reiseveranstalter ihr Geld zurückverlangen, weil es bewölkt war. Richard versteht den Wink.

»Da wir gerade von der *Celeste* sprechen, wir sollten uns mal in Bewegung setzen. In einer halben Stunde holen sie die Gangway ein. Hast du deinen Kram?«

»Klar doch.« Ich klopfe auf die Papiertüte. Mein »Kram« sind zwei Mini-T-Shirts mit einem Bild der Korona, das mit ziemlicher Sicherheit von der Sonnenfinsternis 2006 stammt, wie ich an der auffälligen horizontalen Ausrichtung der Wasserstoffgaszungen erkenne. Die T-Shirts kommen mir winzig vor, sogar zu klein für eine Puppe oder einen Teddy, aber auf dem Etikett steht zwölf bis achtzehn Monate. Mir wird wieder einmal bewusst, wie unmittelbar meine Vaterschaft bevorsteht, und wie wenig ich über Babys weiß. Ich dachte, ich hätte mich als Onkel mit Juno und Piper ganz gut geschlagen, aber Ling und Laura behaupten, ich hätte ihre Köpfe immer herumwackeln lassen und sie zurückgegeben, sobald sie anfingen zu weinen.

Ich stehe auf, fühle, wie der Riemen der Kamera in meinen Hals schneidet, trinke mein letztes einheimisches Bier und folge Richard zum Schiff. Ich habe zwei Bier getrunken, und es mag teilweise am Alkohol liegen, aber nun weicht die Paranoia, der Wahnsinn, der mich auf dem Berg überkommen hat, einer gewissen Euphorie. Laura hat sich ganz umsonst geängstigt. Noch zwanzig Schritte, dann bin ich auf dem Boot und fahre zu ihr nach Hause.

»Kit!«

Die Frauenstimme ist genau hinter mir, so nah, dass sie nicht einmal rufen muss. Richard verdreht die Augen, er findet meine Berühmtheit inzwischen langweilig, doch mein Herz hämmert. Als ich meinen richtigen Namen höre, den, bei dem Laura mich ruft, bleibt die Zeit stehen und dehnt sich dann aus. Eine Hand berührt meinen Arm, und dann begreife ich: Es ist zwar eine Frauenstimme, aber mit dem falschen Akzent. Ich drehe mich um und sehe mich einer Frau meines Alters gegenüber, dunkle Haare, auf eine verblichene Weise hübsch, und sie lächelt strahlend. Ich habe keine Ahnung, wer sie ist, doch das scheint sie nicht zu kümmern.

»Ich bin Krista!«, sagt sie. »Krista Miller!«

Ich wühle in meiner Erinnerung, vergeblich.

»Es tut mir so leid, Krista.« Hoffentlich lächle ich wenigstens charmant. »Aber du musst mir auf die Sprünge helfen.«

»Ach, kein Problem«, sagt sie ungerührt. »Ich habe mich sehr verändert – du aber gar nicht. Aruba? Aruba 98? Baby Beach?«

Langsam wie ein Polaroidfoto bildet sich eine Erinnerung heraus. Die letzte Sonnenfinsternis, die ich mit meinem Vater erlebt habe, ein Jahr bevor ich Laura kennenlernte. Ich hatte dafür eine Woche an der Universität versäumt, war im Februar losgeflogen und hatte im weißen Sand gelegen, der seidigweich geriffelt und brennendheiß wie Metall war. Eine wunderschöne Sonnenfinsternis, Venus und Jupiter als schimmernde Knöpfe am Himmel. Die Briten und Amerikaner versammelten sich abends alle in derselben Strandbar, und unter ihnen war auch eine amerikanische Studentin – die Bilder kommen jetzt schneller –, die ein schulterfreies Top, Bermudashorts und eine auffällige Zahnspange trug. Ich weiß noch, wie ich für ein Gruppenfoto posierte, das jemand mit einer dieser Einwegkameras aufnahm, die damals groß in Mode waren. Mir fällt ein, dass ich versprochen hatte, jemandem zu schreiben, um mir einen Abzug schicken zu lassen, es wurden Postanschriften statt E-Mail-Adressen ausgetauscht. Ich verliere mich in der Vergangenheit und merke dann, dass Krista mich erwartungsvoll anschaut.

»Natürlich erinnere ich mich.« Ich beuge mich vor, um sie zu umarmen.

»Nicht zu fassen, dass ich dich tatsächlich gefunden habe. Ich habe nämlich ein Foto von dir herumgezeigt. Nicht zu glauben, dass du's wirklich bist. Wir hatten dich für tot gehalten!« Sie lacht fröhlich. »Wusstest du, dass eine ganze Gruppe von uns nach Aruba in Verbindung geblieben ist? Ich habe dir geschrieben …« Kein Wunder, dass ihre Post mich nicht erreicht hat. Sie hat wohl an unsere damalige Adresse geschrieben. Meine Eltern waren so oft umgezogen, dass die Post nicht immer mitkam, und inzwischen gibt es keinen Kit McCall mehr, den man recherchieren kann. »Ich habe versucht, über Facebook Kontakt zu dir aufzunehmen, jedenfalls dachte ich, dass du es bist. Ich weiß noch, du hattest dasselbe Chile-91-T-Shirt an und einen riesigen …« Sie senkt die Stimme, als würde das Drogendezernat schon um die Ecke warten. »Du hattest ein Brandloch von einem Joint vorne drauf; du warst deswegen am Boden zerstört.«

»ShadyLady!« Es klingt unfreiwillig komisch, als ich es ausspreche. »Du hättest mir deinen Namen sagen sollen und woher wir uns kennen.«

Krista schlägt sich vor die Stirn.

»Kein Wunder, dass du mir nicht zurückgeschrieben hast. Dieser blöde Name. Meine Schuld. Ich hätte ein bisschen beharrlicher sein sollen.« Sie zuckt mit den Schultern. »Gestern Abend hatten wir ein großes Treffen. Hast du heute Abend Zeit? Ein paar der anderen sind noch da.« Dann bemerkt sie Richard. »Du natürlich auch«, sagt sie lächelnd. Er tritt verlegen von einem Fuß auf den anderen.

»Mein Schiff legt jede Minute ab«, sage ich und deute hinter mich.

»Das kann nicht wahr sein! Aber wir bleiben in Kontakt, wir planen nämlich die Mutter aller Treffen für 2017. Wir wohnen genau im Weg der Totalität. Du solltest bei uns im Garten zelten.«

»Das wäre toll«, sage ich und merke, dass ich es ernst meine.

»Ich habe nämlich Bill geheiratet.« Sie schneidet eine Grimasse, und ich erwidere sie, wobei ich mich frage, wer zum Teufel dieser Bill ist. »Er müsste jeden Moment kommen, du musst ihm einfach hallo sagen.«

Ich sehe auf die Uhr. In zehn Minuten werden die Türen geschlossen, aber das Schiff ist nur wenige Schritte entfernt.

»Wow! Ich freue mich, ihn wiederzusehen.« Ich habe immer noch keine Ahnung, wer Bill ist.

»Wir sehen uns in der Kabine. Hat mich gefreut«, sagt Richard zu Krista, und ich merke erst jetzt, dass ich sie nicht miteinander bekannt gemacht habe.

»Ich dachte einen Moment, er wäre dein Bruder. Wie geht es ihm? Immer noch so wild?«

»Nicht mehr. Allerdings wurde er noch sehr viel wilder, bevor er sich endlich beruhigt hat. Es geht ihm gut. Hat zwei Kinder und ein eigenes Geschäft in London.«

»Was ist mit dir?« Ich habe schon gemerkt, dass sie auf meinen Ringfinger schaute.

»Ich habe Laura geheiratet, meine Freundin aus Studienzeiten.« Als ich ihren Namen ausspreche, bohrt sich ein kleiner Haken in mein Herz und zieht mich nach Hause. »Sie ist in London, wir erwarten Zwillinge. War ganz schön schwer. Vier Runden IVF.« Zu meinem Entsetzen versagt mir die Stimme. Vielleicht, weil die Anspannung nachlässt, und ich plötzlich ein Gesicht aus meiner Jugend gesehen habe, aber diese vertraute Fremde weckt in mir den Wunsch, ihr alles anzuvertrauen. Selbst Dinge, von denen ich Mac nie erzählt habe.

»Vier Jahre«, sagt Krista, während ich versuche, meine Gesichtszüge zu beherrschen. »Das muss schwer gewesen sein. Aber Zwillinge! Zwei kleine Sonnenfinsternisjäger, die ihr um die Welt karren könnt. Wir haben unsere beiden auch überall mit hingenommen. Wenn du glaubst, du wärst enttäuscht, wenn es bewölkt ist, solltest du erst mal die Gesichter von Kindern sehen. Oh, wenn man vom Teufel spricht.« Sie winkt hektisch – mir fällt jetzt ein, dass Krista fast alles hektisch tat –, als sich der legendäre Bill durch die Menge drängt, an den

Händen einen kleinen Jungen und ein Mädchen. Sie tragen die gleichen violetten Anoraks wie Krista. Ein Schnappschuss meiner eigenen Zukunft; das Stilgefühl muss sich dem Familienleben unterordnen. Sie sind ein Musterbild der Zusammengehörigkeit.

»Kumpel!«, sagt er erfreut. Ich habe diesen Mann noch nie im Leben gesehen.

»Schön, dich wiederzusehen. Viel zu lange her.«

Bill schaut zum Himmel. »Eine Schande mit den Wolken.«

Sie haben es im Hafen versucht und auch nichts gesehen. Wir tauschen E-Mail-Adressen, bevor wir uns umarmen und einander versprechen, uns bald zu schreiben.

Erleichtert gehe ich an Bord der *Celeste*. Wenn ich in so kurzer Zeit so oft auffallen kann, ohne dass Beth mich findet, muss die Gefahr vorüber sein. Mal ehrlich, ich hätte ebenso gut ein blinkendes Neonschild auf dem Kopf tragen können. Sie hat wohl aufgegeben.

45

LAURA 20. *März 2015*

»Mach bitte nicht die Tür zu«, sagt Beth. Sie beugt sich vor und versperrt mir den Blick auf die Straße. »Mal ehrlich, geht es dir gut? Du bist gefallen. Ich wusste nicht, dass du schwanger bist.«

Ich wische mir Beerensaft von der Wange; er klebt auch in meinen Haaren.

»Wie hast du mich gefunden?« Zu spät wird mir klar, dass ich *uns* hätte sagen sollen. Sie darf nicht erfahren, dass ich allein zu Hause bin. Aber dafür ist es jetzt zu spät; sie weiß sicher schon, dass Kit verreist ist. Es muss an dem verdammten Video liegen, obwohl ich mir nicht denken kann, wie sie aus der Tatsache, dass er an Bord der *Princess Celeste* ist, geschlossen haben soll, dass wir in der Wilbraham Road wohnen. Mein Herz rast, meine Gedanken können nicht mithalten.

»Wenn du mich reinlässt, kann ich es dir sagen.« Ich antworte nicht, weder verbal noch physisch. Mein Mund ist wie zugenäht, meine Füße sind wie an den Boden genagelt. Ich kann sie nur anstarren.

Beth sieht gut aus, fast unverändert bis auf die Haare. Von einer Schläfe aus schießt eine silberne Strähne wie eine Sternschnuppe durch die schwarzen Locken. Als sie beruhigend lächelt, sehe ich schwache Krähenfüße um ihre Augen, doch ansonsten ist ihr Gesicht genau wie früher. Die Tür bebt ein bisschen, und ich sehe, dass sich ihr Fuß – ich rechne schon mit den silbernen Turnschuhen, doch sie trägt einen klobigen Stiefel, genau wie ich damals – in den Spalt schiebt. Nur altes Glas und Holzsplitter stehen noch zwischen Beth und mir. Endlich werde ich aktiv, schlage ihr die Tür so heftig ins Gesicht, dass sie den Fuß wegzieht.

»Okay«, sagt sie durch das Buntglas. Ihre Stimme klingt nicht zornig, sondern resigniert. »Damit hatte ich gerechnet. Aber ich muss mit dir reden. Ich muss dir etwas sagen, und es ist zu deinem Besten, versprochen. Hör mir eine halbe Stunde zu, dann gehe ich wieder. Es ist kein Gespräch, das wir durch den Briefschlitz führen sollten.« Sie klingt jetzt ein bisschen verärgert. »Ich bin nicht zum Vergnügen hier.«

»Woher hast du die Adresse?«, frage ich noch einmal.

Ich schleiche ins Wohnzimmer, wobei ich mir der Zerbrechlichkeit meiner Haustür sehr wohl bewusst bin. Im Zimmer ist es ziemlich dunkel. Ich drücke die Neun auf der Handytastatur. Ich habe nur einmal im Leben den Notruf gewählt, beim Lizard Festival. Ich drücke die Zahl noch einmal. Kann ich das jetzt wirklich machen? Nach dem, was ich vor Gericht getan habe, erschien mir die Nummer irgendwie verboten; sie ist keine Rettungsleine mehr, sondern der Funken an der Zündschnur, der alles zur Explosion bringen kann. Eine Ermittlung würde zur nächsten führen, und irgendwann würde herauskommen, dass ich einen Meineid geschworen habe. Kit würde es erfahren, das darf nicht passieren. Die ganze Welt würde es erfahren; dafür würde Jamie Balcombes Team schon sorgen. Da so viel auf dem Spiel steht und das Urteil so umstritten war, würde jeder Richter ein Exempel an mir statuieren. Und wenn sie mich ins Gefängnis schicken? Wenn sie mir die Babys wegnehmen und mich einsperren? Bei dem Gedanken spüre ich einen Krampf im Bauch, als wollten meine Muskeln sie noch fester in mir verschließen. Ich lösche erst die eine Neun, dann die nächste. Der Briefschlitz klappert, als Beth ihn mit dem Finger hochdrückt.

»Lauraaaaa«, singt sie.

Der einzige Mensch, mit dem ich jetzt reden will, ist Kit, doch ich weiß trotz aller Panik, dass es eine schlechte Idee ist. Er wäre halbwahnsinnig vor Sorge, und das Schiff würde dadurch kein bisschen schneller fahren. Auch mein Vater ist zu weit entfernt, und die Vorstellung, ihm alles zu erklären, ist beinahe so schlimm wie der Gedanke, dass Kit von meiner Lüge erfahren könnte. Ich rufe Ling an, doch sie hat ihr Handy ausgeschaltet. Das macht sie immer in sensiblen Situationen, bei der Polizei oder vor Gericht. Nach der Untersuchung von heute Nachmittag glaubt sie vermutlich, alles sei in Ordnung. Vor drei Stunden war auch noch alles in Ordnung. Also rufe ich Mac an, obwohl ich in meiner Verzweiflung gar nicht weiß, was ich sagen soll. Trotz seiner Fehler ist er loyal, und ich weiß, dass er immer erst hilft und dann fragt. »Die Person, die Sie anrufen, telefoniert gerade«, sagt die Roboterstimme. »Bitte hinterlassen Sie eine Nachricht nach dem Signalton.«

»Mac, du musst mich zurückrufen, sofort.« Das letzte Wort wird von einem Schluchzen begleitet.

»Laura«, dringt Beths Stimme durch den Briefschlitz. »Hör mich doch bitte an.«

»Die Polizei ist unterwegs«, lüge ich.

»Na gut.« Ihre Ruhe verwirrt mich. Blufft sie etwa auch?

Ich gebe Mac noch zehn Sekunden, um mich zurückzurufen, dann schicke ich eine SMS.

Mac bitte bitte bitte ruf an oder komm ganz schnell vorbei XXX

Ich schwitze am ganzen Körper. Es liegt am Adrenalin, das schädlich für meine Babys und möglicherweise auch für mein Überleben ist. Kampf-oder-Flucht ist eine körperliche Reaktion, und ich muss jetzt meinen Verstand gebrauchen. Als ich durch den gefliesten Flur gehe, setze ich achtsam die Füße auf – Ferse, Spann, Zehen, Ferse, Spann, Zehen –, um meine Panik zu bekämpfen.

Beth steht immer noch da und drückt die Hand gegen ein königsblaues, gläsernes Viereck; ich könnte ihr beinahe aus der Hand lesen. Ich sitze auf der untersten Treppenstufe und starre auf mein schweigendes Handy. Ich überlege, ob ich durch die Hintertür verschwinden und durch Ronnis Garten laufen soll, wäre aber nicht in der Lage, die zwei Meter hohen Zäune zu überwinden, die unsere Gärten voneinander trennen. Außerdem liegt in einer Richtung der Fluss und in der anderen Haringay Passage, die Gasse, die ziemlich genau dort mündet, wo Beth gerade steht. Ihre Hand am Glas zuckt, als zählte sie, um sich zu beherrschen. Als sie wieder spricht, klingt ihre Stimme schärfer.

»Hast du ein Handy?«

Es leuchtet in meiner Hand; vermutlich kann sie es durch die Glasscheibe sehen. »Ja«, sage ich kleinlaut.

»Dann googel Jamie Balcombe. Nicht seine Website. Gib den Namen einfach bei Google ein.« Ihre Hand zuckt noch einmal. »Und zwar in Verbindung mit Gericht.«

Nicht *Wiederaufnahme*, sondern *Gericht*. Ich bin so überrascht, dass ich ihren Anweisungen folge. Das Telefon lädt, das Rädchen dreht sich scheinbar eine Ewigkeit. Ich kann Beth atmen hören; spüre beinahe die Hitze ihres Körpers.

»Hast du es?«

»Augenblick.«

Das Rädchen verschwindet.

Die Ergebnisse gerinnen zu Schlagzeilen.

SECHS MONATE FÜR SCHULDIGEN AKTIVISTEN
NEUE BLAMAGE FÜR JAMIE
BAULÖWE VERURTEILT WEGEN TÄTLICHEN ANGRIFFS
VERURTEILTER VERGEWALTIGER WEGEN KÖRPERVERLETZUNG SCHULDIG GESPROCHEN
JAMIE: DU HEUCHLER

Die Buchstaben scheinen lebendig zu werden und über die Seite zu laufen.

Wie zum Teufel konnte ich das übersehen? Wie konnte ich der Website einfach glauben? Ich habe den Kopf in den Sand gesteckt, seit ich schwanger bin, das ist das Problem. Dies hier hat nichts mit Cornwall zu tun, vermutlich nicht einmal mit Beth, warum also mit mir? Ich bin erleichtert, aber das Gefühl ist nicht von Dauer. Ich muss erst einmal verstehen, was passiert ist.

»Mein Gott«, sage ich.

»Lässt du mich rein?« Es klingt beinahe flehentlich.

Ich erinnere mich an die brennende Wohnung, wie die Flammen von innen an mir zehrten. Selbst jetzt spüre ich Kits vernarbte Hand in meiner. »Beth, wie kannst du mich das fragen? Wie könnte ich dich jemals wieder in meine Wohnung lassen?«

Sie schnalzt mit der Zunge und murmelt etwas vor sich hin, von dem ich nur die beiden letzten Wörter aufschnappe: »schon wieder.« Ihre Hand löst sich von der Tür, hinterlässt einen schwachen Abdruck aus Fett und Schweiß, dann verschwindet sie vom Fenster. »Ich wusste, dass es so kommen würde. Na schön, ich mach dir einen Vorschlag.« Ich höre, wie sie in ihrer Tasche wühlt. »Ich warte auf dich in dem alten Pub am Ende der Straße, dem Salisbury. Ich bin seit Anbruch der Dämmerung hier, da kann ich ruhig noch eine Stunde warten.«

»Wie meinst du das, seit Anbruch der Dämmerung?«

Hat sie den ganzen Tag draußen gewartet? War sie während der Sonnenfinsternis da? Hat sie mich dabei beobachtet, ist sie mir bis Duckett's Common gefolgt? War sie hier, als die Mädchen bei mir waren?

»Ich kann es dir wirklich nicht vor der Tür erklären. Ich habe dir was zu lesen mitgebracht, weil ich damit gerechnet habe, dass du mich nicht reinlässt.«

Papier raschelt, dann lugt ein weißer A4-Umschlag durch den Briefschlitz, nicht zugeklebt und prallgefüllt. Es steht kein Name darauf.

»Es ist jetzt halb acht. Versprich mir, es zu lesen. Ich bleibe bis halb neun im Pub, du wirst eine Weile brauchen, um es zu verdauen. Dann erzähle ich dir alles Weitere. Okay? Ich beantworte alle deine Fragen. Einverstanden?«

»Okay«, sage ich, mir bleibt ja nichts anderes übrig. Ich muss so vieles herausfinden: über Beth und die Vergangenheit und was zum Teufel das neue Verfahren gegen Jamie mit mir zu tun hat. Beth legt wieder die Hand an die Scheibe, sanft wie eine Liebkosung. Ich frage mich, ob sie weiß, wie wenig Druck nötig ist, um sie zu zerbrechen. »Laura. Ich möchte dir helfen. Bitte tu nicht, als wollte ich dir schaden.«

Die schwarze Haarwolke verschwindet. Ich bin allein in meinem Haus, das genau wie ich mit dunkelviolettem Saft verschmiert ist. Er klebt an den Wänden, auf den Bodenfliesen und in meinen Haaren, und der Geruch wird unangenehm aufdringlich. Ich müsste saubermachen, aber mein Handy sagt mir, dass es schon 19.31 Uhr ist. Der Umschlag ist zum Bersten voll. Ich lasse mich unbeholfen auf die unterste Stufe plumpsen; der Umschlag zittert in meiner Hand, und es fällt mir schwer, den Inhalt herauszuziehen, ohne ihn zu knicken.

Die Uhr springt auf 19.32 Uhr.

46

LAURA 20. *März 2015*

Als mein Handy klingelt und Macs Foto den Bildschirm ausfüllt, bin ich überrascht, geradezu elektrisiert, obwohl ich ihn vorhin angefleht habe, mich anzurufen. Vor wenigen Minuten war er noch mein Rettungsanker, jetzt ist er eine Störung, die ich mir nicht leisten kann.

»Laura, verdammt, was ist los? Bist du im Krankenhaus?« Mac klingt genau wie Kit, wenn er in Panik gerät, kein lässiges Gerede mehr, und ich kann ihn kaum verstehen, weil im Hintergrund lautes Scheppern und Stimmen zu hören sind.

»Mir geht es gut. Den Babys auch …« Ein lauter Knall, dann schreit jemand *Scheiße.* »Was war das?«

»Rohrbruch im Laden. Wir stehen im Keller bis zu den Knien im Wasser. Ich habe versucht, es selbst zu reparieren, deshalb konntest du mich auch nicht erreichen. Die ganzen Vorräte sind beschädigt. Ich muss wohl die Nacht über aufräumen.« Er hält inne, scheint endlich wahrzunehmen, was ich gesagt habe. »Warum hast du eigentlich angerufen, wenn es den Babys gutgeht?« Seine Stimme stürzt von einer Klippe. »Scheiße, ist was mit Kit?«

Die Ironie des Ganzen ist eigentlich zum Lachen. Da habe ich mir die ganze Zeit über Sorgen um Kit gemacht, und sein Bruder säuft im eigenen Keller ab.

»Ihm geht es auch gut. Tut mir leid, falscher Alarm.« Er darf nicht wissen, dass ich in Panik war. Dann schiebt er nämlich nächstes Mal Ling vor, und ich brauche so viele Leute wie möglich, die Gewehr bei Fuß stehen.

»Ich lege mein Handy oben hin.« Er klingt wieder wie immer, wenn auch ein bisschen spröde, als müsste er sich zur Geduld zwingen. »Eigentlich müsste ich es hören. Und ich schaue zwischendurch immer mal drauf.«

Ich bin erleichtert, als er auflegt. Es ist 19.40 Uhr. Beth müsste inzwischen im Salisbury sein und bei einem Glas Wein oder einer Tasse Kaffee auf mich warten.

Das oberste Blatt ist ein beidseitig beschriebener Brief, den hat sie wohl zuletzt noch in den Umschlag gestopft. Ich blättere rasch den Rest durch – Fotokopien und Computerausdrucke –, bevor ich vorn beginne.

Liebe Laura,
ich schreibe das hier an meinem Küchentisch, bevor ich nach London fahre. Wenn du es liest, heißt das, dass wir uns aus irgendeinem Grund nicht richtig unterhalten konnten. Vielleicht habe ich dich nicht gefunden. Oder ich habe dich gefunden, und du wolltest nicht mit mir reden. Ich wollte all das zusammen mit dir durchgehen und dir erklären, was es bedeutet. Aber ein Brief unter der Tür ist besser als gar nichts. Was zählt, ist, dass du die Informationen bekommst. Sie lassen mir seit Wochen keine Ruhe.

Ich weiß, es wird dich beunruhigen, wenn du aus heiterem Himmel von mir hörst. Vertrau mir, ich habe eigentlich auch keine große Lust, unsere Geschichte wieder hervorzukramen. Ich hatte geglaubt, die ganze Sache mit Jamie sei tot und begraben, und es gefällt mir gar nicht, dass sie uns nach all den Jahren wieder einholt. Aber es lässt sich nun mal nicht ändern.

Bitte lies dir alles sorgfältig durch. Es ist ziemlich viel auf einmal, aber ich habe versucht, eine gewisse Ordnung reinzubringen, damit du verstehst, was passiert ist.

Keine Sorge, ich bin nicht daran interessiert, unsere Freundschaft wiederzubeleben. Du hast ziemlich deutlich gezeigt, dass du nichts mehr mit mir zu tun haben willst. Ehrlich gesagt, fehlte es mir nach einer Weile auch an Energie, um dich zu suchen und vom Gegenteil zu überzeugen. Egal, was damals passiert ist, ich werde immer dankbar sein für das, was du für mich getan hast, und darum nehme ich jetzt auch Kontakt auf.

Ich glaube, du solltest die Drohung ernst nehmen.

Alles Liebe,
Beth Xx

Ihr Brief wirft mehr Fragen auf, als er beantwortet. Was lässt ihr seit Wochen keine Ruhe? Welche Drohung? Wie hat sie mich gefunden?

Es folgt ein fotokopierter, maschinengeschriebener Brief. Er ist sechs Monate alt und stammt aus der Woche, in der ich herausfand, dass ich schwanger bin. Der Woche, in der Jamies Website umgestaltet wurde.

Antonia Balcombe
z. Hd. Imrie and Cunningham, Rechtsanwälte
198 Bedford Row
London EC1

Elizabeth Taylor
z. Hd. Evans and Bay, Rechtsanwälte
1 Broad Street
Gedling
Nottingham NG15

3. Oktober 2014

Liebe Beth,
falls ich Sie so nennen darf. Ich hoffe, Sie erhalten diesen Brief und sind bereit, ihn zu lesen. Im Augenblick hoffe ich vieles. Ich habe Ihre Aufmerksamkeit nicht verdient und würde es Ihnen auch

gar nicht übelnehmen, wenn Sie ihn verbrennen oder in den Müll werfen, aber ich hoffe dennoch, dass Sie ihn lesen. Ganz ehrlich.

Vielleicht ist Ihnen aufgefallen, dass Jamies Website – diese verfluchte, hassenswerte Website – letzte Woche umgestaltet wurde. Sie wurde durch die Mitteilung ersetzt, es habe eine neue Entwicklung in seinem Fall gegeben. Das stimmt nicht. Wie sollte es auch, es ist fünfzehn Jahre her. Geschehen ist Folgendes: Ich habe nach Jahren des Elends und der Misshandlungen endlich den Mut gefunden, Jamie zu verlassen, und bin nicht länger bereit, meinen guten Namen für seine Sache herzugeben. Allerdings habe ich ihm nicht die Unterstützung entzogen, weil wir uns scheiden lassen; wir lassen uns scheiden, weil ich ihm die Unterstützung entzogen habe. Eine Unterstützung, die ich ihm nie hätte geben dürfen. Zu sagen, Sie verdienten eine Entschuldigung, wäre beleidigend.

Ich war fest entschlossen, mich in diesem Brief nicht zu entschuldigen. Aber ich verspüre das Bedürfnis, etwas zu erklären.

Jamie ist ein brutaler Mensch, und ich habe mir diese Brutalität gefallen lassen. Er ist clever und charmant. Es klingt albern, es aufzuschreiben, aber dass er gestanden hat, mir mit Ihnen »untreu« gewesen zu sein, war eine Meisterleistung. Ich dachte, er sei ehrlich gewesen; mir war nicht klar, dass es die dreisteste Lüge von allen war. Sie müssen ungeheuer stark gewesen sein, dass Sie sich gegen ihn gewehrt haben. Ich denke oft an den Prozess und muss sagen, ich bewundere Sie sehr. Ihre Tapferkeit hat mich letztlich darin bestärkt, auch tapfer zu sein. Ich verfüge jetzt über ein neues Vokabular. Ich habe lange mit etwas gelebt, das wissenschaftlich als Zwangskontrolle bezeichnet wird und für das ich ein ganzes Buch voller Beispiele anführen könnte. Aber ich wusste nicht, dass es einen Namen dafür gibt. Ich dachte, es sei einfach etwas, das er mir antat.

Man kann etwas auf verschiedenen Ebenen wissen. Und obwohl ich schon damals gewusst habe, was Jamie Ihnen angetan hat, befand ich mich in den Fängen von etwas sehr Mächtigem. Selbst als er im Gefängnis saß, habe ich ihm noch geglaubt. Besser gesagt, ich habe geglaubt, ihm zu glauben, falls das einen Sinn ergibt. Mir blieb kein Raum für Zweifel; Sie haben nur die stählerne Seite dieser Familie gesehen, aber man muss die Herzlichkeit, mit der einen die Balcombes aufnehmen, selbst erleben, um sie zu begreifen. Jamie ist der Goldjunge seiner Mutter; und dass sie an ihn geglaubt hat, hat auch mich überzeugt.

Sie haben mir eine Wohnung eingerichtet, haben mir geholfen, sie für seine Entlassung vorzubereiten, und obwohl er in den ersten Monaten den Schein gewahrt hat, dauerte es nicht lange, bis er sich nahm, was und wann immer er es haben wollte. Ich muss es nicht aussprechen, aber Sie sollten wissen, dass Sie und mich etwas verbindet, das keine Frau je erleben sollte. Doch ich steckte schon zu tief drin. Ich trug seinen Ring am Finger; hatte meinen Namen für seine Kampagne hergegeben. Und natürlich war er immer charmant und machte mir danach Geschenke – Schmuck, Kleidung, Parfüm. Entschuldigt hat er sich nie, denn wenn man sich entschuldigt, gibt man es zu.

Möglicherweise haben Sie jetzt selbst Kinder und werden verstehen, warum ich so lange bei ihm geblieben bin. Es hatte materielle Gründe, vor allem am Anfang, aber er war auch ein guter Vater, denn er hat mir nie in ihrem Beisein weh getan.

Aber es gibt immer einen Wendepunkt, und für mich kam er, als er es wieder tat. Und diesmal tat er es nicht mir an oder jedenfalls nicht nur mir.

Lassen Sie mich dort anfangen, wo es für dieses andere Mädchen angefangen hat. Jamies Firma bietet ein sehr renommiertes Praktikum für Studenten an; es ist gutbezahlt, und die Praktikanten sammeln mehr Erfahrung im Bauwesen als bei jeder anderen Firma.

Vermutlich müssten Sie die Branche von innen kennen, um zu begreifen, was es für Architekturstudenten bedeutet, zur Balcombe-Gruppe zu gehören. Es ist eine ganz große Sache. Letztes Jahr war die Praktikantin jung, weiblich und hübsch. Jamie wurde ihr Mentor und widmete ihr viel Aufmerksamkeit. Natürlich ahnte sie nicht, wie unüblich das war. Sie war einundzwanzig und sehr naiv und begriff erst zu spät, was er vorhatte. Die Umstände kamen mir erschreckend vertraut vor: Er unternahm einen Annäherungsversuch, als sie abends Überstunden machten, sie wies ihn zurück, er spielte die ganze Sache herunter, und sie tat es als schmeichelhaften, wenn auch peinlichen Zwischenfall ab. Später erzählte sie mir, sie habe gedacht, seine Verurteilung müsse unberechtigt gewesen sein. Denn wenn er ein Vergewaltiger wäre, hätte er sich doch sicher genommen, was er wollte. Im Grunde war sie sogar entspannter, nachdem sie ihn abgewiesen hatte.

Zwei Tage später warf er sie auf dem Firmenparkplatz zu Boden – das zynische Schwein wusste genau, wo der tote Winkel der Überwachungskameras war –, hielt sie fest und vergewaltigte sie. Er drückte ihr das Gesicht in den Dreck, genau wie bei Ihnen in Cornwall. Diesmal wurde er nicht unterbrochen. Sie weiß nicht, wie lange es gedauert hat, aber es war noch hell, als er anfing, und stockdunkel, als es vorbei war. Jamie spulte sein Programm ab, sowie er mit ihr fertig war. Er bot ihr eine Gehaltserhöhung an, exzellente Referenzen, die Chance, an dem neuen Bauvorhaben am Thames Gateway mitzuarbeiten. Sie stand derart unter Schock, dass sie ja sagte. Sie ließ sich auf den Deal ein.

Woher ich das weiß? Sie hat es mir nicht einfach so gesagt; das hätte sie nie getan. Aber sie saß bei einem Wohltätigkeitsball an meinem Tisch, und das Mädchen, das ich seit ungefähr einem Jahr flüchtig kannte, diese strahlende, brillante junge Frau, hatte ganz tote Augen. Ich fragte mich, ob sie Ärger mit ihrem Freund oder Schulden oder eine Essstörung hatte, und beschloss, sie später darauf anzusprechen. Vielleicht brauchte sie Hilfe. Sie war nicht sie selbst; sie erinnerte mich an jemanden, aber es fiel mir nicht ein. Später wurde getanzt, und als Jamie sie anschaute, rannte sie trotz ihrer hohen Absätze quer über die Tanzfläche und stürzte in die Damentoilette. Mein Blut gefror. Jetzt wusste ich, an wen sie mich erinnert hatte. Denselben Blick hatte ich bei Ihnen gesehen – und in meinem eigenen Frisierspiegel. Ich folgte ihr auf die Damentoilette, und sie brach zusammen und erzählte mir alles.

Ich wollte sie überreden, zur Polizei zu gehen. Ich versprach ihr, sie zu unterstützen, aber sie wusste von meiner Kampagne für Jamie, warum also hätte sie mir glauben sollen? Sie schaute mich an, als wäre ich verrückt, verlogen oder böse. Sie dachte, ich gehörte zu dieser Verschwörung! Als ich mich an diesem Abend abschminkte, spiegelte sich ihr Ekel in meinen eigenen Gesichtszügen.

Am nächsten Tag habe ich Jamie gesagt, dass ich meine Erklärung von seiner Website nehme. Nicht dass ich ihn verlasse oder gar eine Gegenkampagne starte. Es reichte, dass ich ihm still und leise die Unterstützung entzog. Er sitzt zurzeit im Gefängnis von Erlestoke, weil er mir deswegen den Kiefer gebrochen hat.

Ich erwarte und verdiene keine Vergebung, aber ich würde Sie so gern einmal treffen, damit ich alles verstehen kann. Ich hoffe – da haben wir schon wieder das Wort –, dass Sie dies nicht als Beleidigung, sondern als aufrichtige Entschuldigung auffassen.

Herzliche Grüße,
Antonia Balcombe

Das letzte Blatt segelt zu Boden. Er hat es wirklich getan. Jamie hat Beth vergewaltigt. Der Zweifel, der seit Jahren an mir genagt hat, ist verschwunden. Erleichterung erfasst mich, hebt mich empor wie einen Vogel, der dem Käfig entkommen ist. Moralisch habe ich mir nichts mehr vorzuwerfen. Die Tränen, die mir jetzt kommen, weine ich um Antonia und das andere

Mädchen. Ich könnte den ganzen Abend weinen, aber die Uhr tickt.

Die nächste Seite stammt wieder von Beth.

Also habe ich mich danach ein paarmal mit Antonia getroffen. Sie ist nett. Sie ist aufrichtig. Sie wird den Rest ihres Lebens eine Metallplatte im Kiefer tragen. Es hat sie schlimmer erwischt als mich, weil sie das miese Schwein jahrelang ertragen musste. Wir haben darüber gesprochen, und ich fasse mal so gut wie möglich zusammen, was passiert ist.

Als sie den Brief schrieb, war Jamie gerade ins Gefängnis gekommen. Seither ist er schlimmer geworden, nicht besser. Das neue Mädchen, die Praktikantin – ich weiß nicht, wie sie heißt –, ist anscheinend kurz davor, bei der Polizei auszusagen, und das weiß er genau. Er glaubt jetzt, Antonia, sie, ich und sogar du hätten uns gegen ihn verschworen. Er hat völlig den Verstand verloren. Er redet davon, die Praktikantin zu verklagen, ist das zu fassen? Außerdem, und da kommst du ins Spiel, will er »zurück zum Anfang«, was wohl so viel heißen soll, wie, dass er uns beide dazu bringen will, unsere Aussagen über die Ereignisse am Lizard Point zu ändern. Ich weiß, ich weiß – er ist völlig durchgeknallt. Aber er glaubt, er wäre im Recht, das ist ja das Unheimliche.

Schwer zu sagen, wie real die Drohung ist – die Gefängnisse und die Welt da draußen sind voller Spinner, die Scheiße reden. Ich denke immer wieder: Nein, er meint es nicht ernst, und er kann sie nicht finden, ich sollte sie in Ruhe lassen. Einerseits ist es geradezu lächerlich; die Vorstellung, ich würde mich plötzlich um hundertachtzig Grad drehen und sagen: »Jamie, eigentlich hattest du recht! Ich war so scharf drauf, und Laura hat überhaupt nichts gesehen! Das Ganze war nur eine Verschwörung, Euer Ehren!« Dann wieder rede ich mit Antonia und sehe, dass sie nicht mehr richtig zubeißen kann, weil sie ihren Kiefer nicht ganz hinbekommen haben, wie sehr sie sich fürchtet und wie schwer sie es ohne die Hilfe ihrer Schwiegereltern hat, die ihr ganzes Erwachsenenleben wie eine Familie für sie waren. Sie hat sich das nicht ausgedacht. Und es kommt mir auch gar nicht mehr lächerlich vor. Ich erinnere mich an das, was er mir angetan hat, und denke daran, wo er jetzt ist und mit wem er dort zu tun hat und dass er immer noch sehr reich ist. Diese Mischung aus Geld, kriminellen Verbindungen und seiner eigenen verrückten Überzeugung lässt mich befürchten, dass Jamie gefährlicher ist denn je. Und ich sage mir, ich kann es Laura und Kit unmöglich vorenthalten.

Antonia fürchtete, Jamie sei zu allem fähig, und das tue ich auch. Sein Ruf, um den er sich so bemüht hat, ist endgültig zerstört. Alle Leute, die dachten, er hätte es nicht getan, er wäre unschuldig verurteilt worden, haben ihm nur wegen Antonia geglaubt. Ohne sie kann er niemanden mehr täuschen. Es ist, als hätte er nichts mehr zu verlieren, vor allem, wenn sie das Mädchen überredet, gegen ihn auszusagen. Er hätte dich nicht so finden können wie ich – nur die Tatsache, dass ich dich so gut kenne, hat mich zu dir geführt …

Der letzte Satz lenkt meine Gedanken von Jamie zu Beth. Was meint sie damit, dass sie mich nur gefunden hat, weil sie mich so gut kennt? Ich hätte das in dieser Masse neuer Informationen leicht übersehen können. War das vielleicht ihre Absicht? Tappe ich geradewegs in eine Falle? Als ich weiterlese, bin ich besonders wachsam.

… Aber er ist reich und entschlossen und hat nichts Besseres zu tun.

Und ja, bevor du fragst, ich habe versucht, mit der Polizei zu sprechen. Das war meine erste Anlaufstelle. Ich wollte mit DS Kent reden, eigentlich nur ihren Rat einholen, aber sie ist vor ein paar Jahren gestorben. Also musste ich zur örtlichen Polizei gehen, aber die war nicht besonders hilfreich. Sie haben mich zwar wegen seiner

Verurteilung ernst genommen, aber im Grunde nur gesagt, dass sie ihn im Auge behalten und mir Bescheid sagen, wenn er entlassen wird. Ziemlich sinnlos, da ich ohnehin mit Antonia in Verbindung stehe. Aber für dich werden sie nichts tun, obwohl du gegen ihn ausgesagt hast. Ich habe sie darum gebeten und Antonia auch, aber keine Chance. Zum einen müsste er dich unmittelbar bedrohen, damit die Polizei gegen ihn vorgehen kann. Dass er es Antonia gegenüber erwähnt hat, spielt anscheinend keine Rolle. Selbst wenn die Polizei dir Schutz anbieten könnte, gibt es noch ein anderes, offensichtlicheres Problem. Wen sollen sie denn beschützen? »Es gibt da ein Paar, Kit und Laura, ich glaube, sie haben ihren Namen geändert oder leben vielleicht gar nicht mehr in Großbritannien, aber könnten Sie bitte Ihre ganzen Ressourcen einsetzen, um sie zu suchen und in eine sichere Unterkunft zu bringen?« Du kannst dir vorstellen, was sie dazu sagen würden.

Jedenfalls habe ich versucht, hier alles zu erwähnen, aber ich habe sicher etwas übersehen. Ich hoffe, wir können uns persönlich treffen, damit ich die Lücken füllen kann.

Danke fürs Lesen.

B x

Auf der letzten Seite finde ich eine Reihe von Telefonnummern: Handynummern und Festnetznummern mit unbekannter Vorwahl für Beth und Antonia und darunter in Großbuchstaben

BITTE IM HANDY SPEICHERN. WIR SIND BEIDE DA, WENN DU UNS BRAUCHST.

Ich zögere, will Beth eigentlich nicht gehorchen, speichere dann aber ihre Nummern, damit ich vorgewarnt bin, wenn sie meine irgendwie herausfinden und mich anrufen sollte. Ich traue ihr alles zu. Und ich speichere auch die Nummern von Antonia. Ich falte die Blätter fest zusammen, eine Sammlung von Drohungen und Rätseln, die auf meinem Schoß liegt, schließe die Augen, damit ich die Uhr nicht sehe, und gebe mich ganz meinen Gedanken hin. Die wichtigste Lücke hat sie nicht gefüllt. Sie erwähnt nämlich mit keinem Ton unsere gemeinsame Geschichte, die Geschenke und Fotos, das Glas und das Feuer.

Allmählich nehme ich meine Umgebung wieder wahr; das stumme Handy neben mir; den Fernseher im Hintergrund, Schulkinder, die sich die Sonnenfinsternis in Schottland ansehen. Das verschüttete Getränk gerinnt um mich herum, ein widerlicher Geruch steigt vom Boden und den Klecksen auf meiner Kleidung auf. Es ist 20.15 Uhr.

Wie betäubt gehe ich in die Küche, nehme ein Geschirrtuch und fange an, den Boden aufzuwischen, wobei mein Bauch die Fliesen streift. Meine Augen zucken ständig zwischen Boden und Tür, Uhr und Handy hin und her. Ich kann heute Nacht nicht hier schlafen. Ich werde zu Ling gehen; ich habe einen Schlüssel, es ist egal, ob sie zu Hause ist. Wenn ich losgehe, während Beth im Pub wartet, kann sie mir nicht folgen. Im Schlafzimmer ziehe ich die verschmutzten Sachen aus und streife ein dünnes Schwangerschaftsshirt über, in dem ich schlafen kann, dazu eine mit Bommeln besetzte Strickjacke und Jeans mit Gummizug.

20.20 Uhr. In zehn Minuten ist sie weg.

Ich ziehe einen Mantel über, den ich nicht mehr zuknöpfen kann, stecke das Handy ein und verschließe zweimal die Tür, bevor ich das kurze Stück von der Wilbraham Road zum Salisbury gehe. Bienen summen, wo eigentlich mein Herz sein sollte, und wenn ich nicht schützend die Hände auf dem Bauch hätte, würde ich mich glatt übermütig fühlen. Jetzt kommt alles auf den Tisch: die Gerichtsverhandlung, der Brand, das Foto,

Sambia, wir spielen endlich mit offenen Karten. Mut ist der Schlüssel, wenn man über glühende Kohlen laufen will.

In Green Lanes hat der Frühling noch nicht begonnen, vom Sommer ganz zu schweigen, aber die Verheißung von Wärme erweckt die Straße zum Leben; zwei kleine Jungen spielen Fußball, die Grenzen zwischen Straße und Gehweg verschwimmen. Ich stehe auf den schwarzweiß gemusterten Stufen vor dem Salisbury, spähe durch das geschliffene Glas und drücke dann gegen die schwere Tür. Meine Beine zucken, als wüssten sie, dass ich besser weglaufen sollte, geradewegs zur nächsten Polizeiwache. Aber das Gespräch ist seit Jahren überfällig, und ich fürchte mich immer noch ein bisschen vor der Polizei.

Das Pub ist in Rot und Gold gehalten wie ein altmodisches Varieté. Die hohe viktorianische Decke und die vergoldeten Wände bilden ein Bühnenportal für Beth, die einsame Schauspielerin, winzig klein an ihrem Zweiertisch. Sie wirkt harmlos; nein, sie wirkt verängstigt, was ganz und gar nicht dasselbe ist. Ich muss innehalten und mich daran erinnern, dass Jamies Schuld das, was Beth getan hat, nicht auslöscht. Nichts kann das jemals auslöschen.

47

KIT  *20. März 2015*

Die *Princess Celeste* verlässt als erstes Schiff den Hafen, was sich zu einem Großereignis entwickelt. Die winkende Menschenmenge erinnert an ein sepiafarbenes Bild von vor hundert Jahren, auf dem alle Männer Hüte und Schnurrbärte tragen und die Frauen spitzenbesetzte Taschentücher schwenken.

Nur ersetzen hier wetterfeste Kleidung und Smartphones die Hüte und Taschentücher. In der Menge stehen auch Krista und ihre Familie in ihren violetten Anoraks. Ich winke mit beiden Händen, und mir wird klar, dass ich gern mit ihnen in Kontakt bleiben würde. (Obwohl ich immer noch keine Ahnung habe, wer Bill ist, und ich den Augenblick, ihn danach zu fragen, verpasst habe; ich kann mir gut vorstellen, dass wir jahrzehntelang befreundet bleiben, ohne dass ich je erfahre, woher ich ihn eigentlich kennen sollte.) Er trägt seinen Sohn auf den Schultern, der jung genug ist, um mit meinen Kindern zu spielen, die 2017 so alt sein werden wie er jetzt. Der Gedanke wärmt mir das Herz.

Das Nebelhorn erklingt; das Schiff vibriert, schlingert nach Steuerbord, so dass wir uns an die Reling klammern. Wer sich rechtzeitig festgehalten hat, lacht, die anderen fluchen.

Bald sind die Färöer außer Sichtweite. Das Schiff schneidet eine schaumige Rinne ins petrolfarbene Meer. Ich stehe auf dem Achterdeck, wo ich auf der Hinfahrt Beth zu sehen geglaubt habe. Ist das wirklich erst zwei Tage her?

Ich bin nicht nur erleichtert, ich verspüre auch Sehnsucht. Einerseits habe ich mich schon fast ans Leben auf See gewöhnt, bin die Decks und die Nieten und die Reling aber gründlich leid; ich will heute Nacht nicht auf einem Schiff schlafen. Und für die Fahrt mit Zug und U-Bahn fehlt mir erst recht die Geduld. Am liebsten würde ich mich nach Hause beamen, am besten in mein Bett, wo ich mich an meine schlafende Frau kuscheln, eine Hand auf ihren Bauch legen und begleitet von den winzigen, unrhythmischen Tritten meiner Kinder einschlafen kann. Ich bin genug gereist. Diese Reise wird für lange Zeit die letzte sein. Ich verlasse London erst wieder 2017, wenn die große amerikanische Sonnenfinsternis ansteht, und dann fahren wir alle zusammen: ich, Laura und unsere Kinder.

Ich schicke ihr eine kurze SMS:

Heimwärts. Schalte jetzt das Handy aus. Liebe dich xxxx

Wir pflügen in die offene Nordsee, und die Empfangsbalken auf meinem Handy verschwinden nacheinander, während sich die Landmasse hinter uns auflöst. Als ich kein Signal mehr habe, wische ich mit dem Daumen über den Monitor, und er wird schwarz.

48

LAURA 20. *März 2015*

Der Barkeeper beugt sich über den *Standard* von heute, auf dessen Titelseite eine Sonnensichel schwach durch die Wolken schimmert. Beth hat einen halben Liter Mineralwasser mit einem Limetten-Halbmond vor sich stehen.

»Du bist tatsächlich gekommen!«, sagt sie. Sie hat die Beine übereinandergeschlagen und kickt mit dem rechten Fuß einen Rhythmus, den nur sie selbst hören kann. Plötzlich ist mir nach Alkohol zumute. Ling hat in beiden Schwangerschaften getrunken; nicht exzessiv, aber trotzig. Rotwein ist doch gesund, oder? Antioxidantien oder so etwas? Mac könnte es mir genauer sagen.

»Willst du einen richtigen Drink?«, frage ich. Beth betrachtet meinen Bauch und zögert kaum merklich.

»Ich hätte gerne ein Glas Weißwein, vielen Dank.«

Während ich an der Theke warte, bohren sich ihre Augen in meinen Rücken. Ich hole mir ein Pint Guinness, da ist Eisen drin. Der Barkeeper zapft mir ein Kleeblatt in den Schaum. Ich lasse mich auf dem Stuhl ihr gegenüber nieder, wobei die Getränke auf die Holzplatte schwappen. Sie kann nicht aus ihrer Haut und wischt die Pfütze mit einem Bierdeckel weg.

»Glückwunsch«, sagt sie leise zu meinem Babybauch. »Das wusste ich nicht.«

Ihr Gesicht hat sich verändert. Ihre Augen liegen tiefer in den Höhlen, die Wangen sind ein bisschen eingefallen, als hätte sie zugenommen und abgenommen, als wäre sie selbst schwanger gewesen. Ich wüsste gern, ob Beth Kinder hat, frage aber nicht danach.

»Danke.« Meine Stimme klingt immer noch hart. »So. Du wolltest mich also vor Jamie warnen. Aber warum gerade jetzt, wenn du schon so lange davon weißt? Warum gerade jetzt, wo Kit nicht da ist?«

»Du hältst dich nicht mit langen Vorreden auf, was?«, fragt sie enttäuscht.

»Du hast selbst gesagt, es sei kein Freundschaftsbesuch.«

»Das ist richtig.« Sie holt weitere Papiere aus der Tasche. Ihre Fingernägel sind ordentlich manikürt und rot lackiert. »Jamie sollte eigentlich erst in sechs Monaten entlassen werden, aber das Datum wurde vorgezogen. Er kommt schon nächste Woche raus. Als ich das hörte, habe ich mir gedacht, heute unternimmst du endlich was.« Sie deutet meine Angst falsch. »Keine Sorge, die Bewährungsstelle informiert Antonia über seine Entlassung, sie ruft mich sofort an. Da fällt mir was ein. Hast du unsere Nummern gespeichert?«

»Ja.«

Sie bemerkt, wie unwillig meine Stimme klingt, geht aber darüber hinweg. »Kannst du mir deine schicken?«

Ich bin versucht, ihr eine falsche zu geben, doch hat es wohl keinen Sinn, meine Handynummer geheim zu halten, wenn sie weiß, wo ich wohne. Also tippe ich sie selbst in ihr Handy ein.

»Danke. Morgen nach dem Frühstück treffe ich mich mit Antonia, damit wir uns gegenseitig auf den neuesten Stand bringen können. Vielleicht muss ich dich danach anrufen.«

Es klingt überzeugend, aber etwas lässt mich aufhorchen. »Warum können sie es dir nicht selbst sagen? Angesichts deiner Erfahrungen mit ihm. Und da hat er dich bedroht.« Dann fällt mir etwas ein, das ich gelesen habe, als Jamie mir zu schreiben begann. »Verstößt es nicht gegen seine ursprünglichen Bewährungsauflagen, dass er Kontakt zu dir aufgenommen hat?«

Ihr Lachen klingt, als würde sie bittere Orangenkerne ausspucken. »Theoretisch hast du recht, aber du verlässt dich da ein bisschen zu sehr auf die Bewährungsstelle.« Ihr Fuß zuckt schneller; ich würde am liebsten danach greifen. »Ich meine, es ist nicht deren Schuld, es sind nette Leute, aber die bearbeiten zehn Fälle täglich. Außerdem hat er die Drohung nur durch Dritte ausgesprochen – also Antonia –, womit er noch kein Verbrechen begangen hat. Falls er Kontakt zu mir aufnimmt, verstößt er gegen die ursprünglichen Auflagen, dafür können sie ihn dann belangen. Wenn er mich auch nur anruft, wandert er sofort wieder hinter Gitter. Obwohl ich nicht glaube, dass er sich mit einem Anruf zufriedengibt.«

Mein Guinness steht noch unberührt auf dem Tisch. »Ich und Kit sind überhaupt nicht geschützt. *Fuck.*«

»Das kann man so sagen.«

Ich starre in mein Bier. Das Kleeblatt versinkt, als sich der Schaum setzt, das Bild verblasst schnell. »Was genau will er Kit und mir denn antun?«

Beth hält den Fuß jetzt still, spielt aber an einem Bierdeckel herum. »Na ja, zu Antonia hat er gesagt, er würde tun, was immer nötig ist, damit wir alles zurücknehmen. Und wir haben gesehen, wozu er fähig ist, also …«

»Du bist den ganzen weiten Weg gekommen, nur um mir zu sagen, dass da draußen ein Psycho rumläuft, der eine Fehde gegen uns austrägt, und dass ich dich einfach anrufen soll, wenn er mit der Axt hinter mir steht?«

»Ich hätte es dir gar nicht sagen müssen.« Dann fällt ihr wohl auf, wie zickig das klingt, und sie versucht es noch einmal. »Du vergisst etwas. Er weiß nicht, wo ihr seid.«

Die wichtigste Frage drängt wieder nach vorn. »Aber du

weißt es. Du hast gesagt, du hättest uns auf eine Weise gefunden, zu der Jamie Balcombe nicht fähig sei.«

»Ein bisschen Detektivarbeit online. Dich kann man unmöglich finden. Bei Kit war es auch nicht einfach, aber ich wusste, dass er irgendwann in den Chatrooms der Sonnenfinsternisjäger auftauchen würde.«

Ich werde wieder wütend, wenn ich an Kits Fehler denke, aber davon darf ich mich nicht ablenken lassen. Hier geht es um etwas anderes.

»Aber wie hat dich das Video hierhergeführt?«

Ihr Gesicht ist ausdruckslos, und mir wird klar, dass wir aneinander vorbeireden.

»Es war kein Video, es war ein Foto. Auf seiner Facebook-Seite.«

»Kit darf keine Facebook-Seite haben.« Es kümmert mich nicht mehr, dass ich wie eine Xanthippe klinge.

»Er hat aber eine«, sagt Beth entschuldigend. »Ihr beide existiert online praktisch nicht.« Sie geht einige Apps auf ihrem Handy durch. »Jedenfalls nicht wie andere Leute. Also musste ich ein bisschen querdenken. Ich dachte mir, es gibt im Internet so viele Fanseiten für Sonnenfinsternisse, da kann er sicher nicht widerstehen.« Seiten laden unter ihren Fingern, während sie weiterspricht. »Ich bin alle durchgegangen und habe nach ihm gesucht. Und irgendwann …« Sie hat eine Facebook-Seite namens Sucht-nach-Sonnenfinsternis aufgerufen und schiebt das Handy über den Tisch. »Ich habe ihn an dem Shirt erkannt.«

Das Bild zeigt jemanden namens Shadowboy; sein Gesicht ist nicht zu sehen, nur ein verschlissenes, burgunderrotes T-Shirt mit der Aufschrift Chile 91. Ich weiß, wenn man es heranzoomt, erkennt man ein winziges Brandloch am Halsausschnitt, das von einem Joint stammt. »Ich habe in dem T-Shirt geschlafen, an dem Abend, nachdem wir Billard gespielt hatten. Das kleine Brandloch hat mich die ganze Nacht gekratzt.« Ich weiß noch, wie ich das T-Shirt in den Kleiderschrank gestopft habe, bevor er es sehen konnte. Kit weiß nicht, dass Beth weiß, dass dieses T-Shirt existiert. Doch die Tatsache, dass er überhaupt einen Facebook-Account hat, versetzt mich in Wut.

»Wir haben einander versprochen, dass wir online keine Spuren hinterlassen, nichts, durch das man uns finden könnte ...«

»Ich weiß nicht, ob es dich tröstet, aber er war sehr gründlich. Seine Einstellungen für die Privatsphäre sind praktisch undurchdringlich, und er postet nie etwas Persönliches, nur über Objektive und Wetterprognosen und eine Menge Zahlen, die mir gar nichts sagen. Aber dann, vor drei Monaten, hat er das hier gepostet.«

Sie vergrößert das Foto. Es ist Kits Ausrüstung, die auf seinem Schreibtisch angeordnet liegt: die Kamera, jedes einzelne Objektiv, Reinigungstücher in steriler Verpackung, ein Ersatzriemen für die Kamera, zwei zusätzliche Speicherkarten. Alles ist im rechten Winkel aufgereiht. Im Hintergrund sieht man seine Karte an der Wand; wenn man eine solche Karte mal verbrannt hat, weiß man auch, wessen Wohnung das ist. Darunter steht:

»Bereit für den Männertrip, Färöer 2015. Ganz und gar nicht zwanghaft.«

»Das Foto hat dir verraten, wo wir wohnen«, sage ich leise. Ich bringe ihn um. Dann lese ich noch einmal die Bildunterschrift. *Männertrip*. Daher wusste sie auch, dass ich nicht dabei sein würde.

»Nein.« Sie schüttelt den Kopf. »Er muss die Standortangaben auf seinem Handy deaktiviert haben.« Sie holt das Bild näher heran. Ganz am Rand des Schreibtischs, gerade noch sichtbar, steht ein Pappbecher mit einer braunen Manschette. Das Bild ist so hoch aufgelöst, dass man das Logo mühelos entziffern kann: Bean / Bone, N7. Und dann zoomt sie etwas anderes heran. Wenn man ganz genau hinschaut, spiegelt sich die Spitze des Alexandra Palace im ausgeschalteten Computermonitor. Sie hat das Bild geradezu forensisch analysiert, ist mit derselben beharrlichen Entschlossenheit vorgegangen, mit der sie auch sein Kameraobjektiv und meine Lieblingskerzen gefunden hat. Ich lehne mich auf dem harten Stuhl zurück.

»So hast du das Haus also gefunden?«

»Nein, das war schwieriger. Ich bin heute eine ziemliche Strecke gelaufen, um es einzugrenzen.«

»Nur zu.« Doch ich spüre, wie mich die Anspannung erschöpft. »Klär mich auf.«

»Sicher?« Sie wirkt zögerlich, während sie eine neue Seite aufruft. Shadowboy hat sich an einer Diskussion über Sternguckerei in städtischen Umgebungen beteiligt.

Die Scheißnachbarn und ihre Bauarbeiten – haben die ganze Nacht über das verdammte Flutlicht angelassen. Keine Sterne zu sehen. Bin außer mir, weil ich die Pluto-Ausrichtung verpasst habe.

»Ich bin sämtliche Straßen im Umkreis von fünf Kilometern um das Café abgelaufen und habe mir alle Häuser angesehen, vor denen ein Gerüst steht.«

»Dafür musst du den ganzen Tag gebraucht haben.«

»Habe ich auch«, sagt sie müde. »Nur eins hat Flutlicht. Dann habe ich gewartet, bis ich dich am Fenster gesehen habe.«

Ich stelle mir Beth vor, wie sie entschlossen und mit wunden Füßen vor meinem Haus gewartet hat, bis sich die Straße leerte. Kit hätte ebenso gut einen Pfeil aufs Dach malen oder die Tür mit einem schwarzen Kreuz markieren können. »Wie konnte er nur?«

»Es ist doch nur ein Facebook-Account. Jeder hat einen.« Ich schüttle den Kopf; das kann sie unmöglich verstehen. Kit hat es mir geschworen. Wie sehr man sich betrogen fühlt, ist subjektiv und proportional zur Größe des Vertrauens.

»Sei nicht zu hart mit ihm. Ohne das hätte ich euch nie gefunden!«

»Das ist es ja gerade.« Das Schweigen pulsiert zwischen uns. »Ich habe fünfzehn Jahre lang in Angst gelebt. Ich war in Psychotherapie. Ich hatte eine Störung, bei der ich ...« Ich ziehe den Ärmel hoch, damit sie die Narben sehen kann, die ich mit meinem Kratzen verursacht habe. »Wann immer wir in Urlaub fahren, verlange ich, dass das Hotelpersonal eine Feuerübung mit mir macht, sonst kann ich die Zimmertür nicht schließen.«

»Gott, Laura, das ist ja schrecklich. Du Arme.«

Sie versucht, ihre Hand über meine zu legen, doch ich ziehe sie weg. »Willst du mich verarschen?«

»Nun sei doch nicht so.« Ihre Stimme klingt geschmeidig, doch ihr rechtes Augenlid zuckt. »Ich will dir doch nur helfen.«

Jamie ist vergessen; er könnte mit einer Machete hinter mir stehen, und ich wäre zu wütend, um ihn zu bemerken. »Mal ehrlich, was hast du erwartet? Oh, hallo, Beth, du wolltest mich bei lebendigem Leib verbrennen, aber das ist ja alles längst vergessen! Trinken wir doch eine Flasche Wein und plaudern ein bisschen.«

Ihre Pupillen weiten sich, schwarze Tinte, die aus einer Pipette tropft. »Moment mal! Ich ... ich könnte nicht – wie kannst du das nur glauben?« Ihre Finger schließen sich um mein Handgelenk. Meine Haut fühlt sich heiß an; genau wie Muskeln verfügt auch Narbengewebe über ein Gedächtnis. »Falls das ein Scherz sein soll, ist er ganz schön geschmacklos.«

»Hör auf damit. Es ist für uns beide peinlich.«

Sie zittert, beherrscht sich nur mit Mühe. »Nein, reden wir mal ganz offen drüber.«

Sie hat es nicht anders gewollt. Ich beginne mit etwas, das sie nicht abstreiten *kann.* »Na gut. Wie erklärst du die Sache mit Sambia? Und dass du uns in der Türkei gestalkt hast?« Ihr Mund klafft auf; damit hatte sie nicht gerechnet. »Jemand hat beim Festival gefilmt. Du warst mit einem Foto von uns im Hintergrund zu sehen und hast Leute nach uns gefragt.«

Bis jetzt haben wir gemurmelt; nun aber wird sie laut.

»Was glaubst du denn, warum ich nach Sambia gefahren bin?« Der Barmann schaut uns besorgt an, er fürchtet wohl einen Zickenkrieg. Beth spricht wieder leiser. »Um herauszufinden, warum ihr mich im Stich gelassen habt, als ich euch endlich was zurückgeben konnte.«

Ich lache freudlos. »Das glaube ich nicht, was du da sagst.«

Beth legt die Hand aufs Herz, was wohl ehrlich wirken soll. »Du warst meine ganze Welt, Laura. Du hast mich gerettet, ich habe dich geliebt. Du und Kit habt mir geholfen, das Schlimmste durchzustehen, das mir je zugestoßen ist, und dann habt ihr …« Sie macht eine Geste, als würde sie abrupt etwas wegziehen. »Ihr habt mir das Herz gebrochen.«

Bei den Worten fällt mir etwas ein. »Genau das hast du auch gesagt, als du Tess die Reifen zerstochen hast.« Sie sagt nichts dazu. Ihre Hand fällt schlaff auf die Tischplatte.

»Ich weiß, du konntest nicht anders. Jamie hat dich dazu gemacht. Und es tut mir leid. Aber das ändert nichts an dem, was geschehen ist.«

Wir starren einander an; zwischen uns passiert sehr viel, das ich nicht benennen kann. Ich bleibe ruhig, gebe ihr Raum. Mit einem Geständnis könnte sie das Vertrauen wiederherstellen. Ein winziges Kopfschütteln, dann schluckt sie die Worte hinunter.

»Du weißt nicht, was du da sagst.« Ich höre zerbrochenes Glas und Feuer in ihrer Stimme. »Aber denk doch, was du willst. Scheiße, denk doch, was du willst. Ich habe getan, wozu ich hergekommen bin.«

Sie schiebt den Stuhl zurück und steht auf.

»Komm bloß nicht auf die Idee, ich würde jetzt nach Hause gehen«, sage ich.

»Keine Sorge. Du hast mich für einen Tag genug beleidigt.« Sie hält inne, wickelt sich den Schal fest um den Hals und sieht mich an, dass mir das Blut gerinnt. »Du kannst nicht behaupten, ich hätte dich nicht gewarnt.«

Als sie mich anstarrt, kehrt das Feuer mit all seinem brennenden Grauen zurück. Es war blöd von mir, überhaupt mit ihr zu diskutieren. Ich erhebe mich ungeschickt und stoße dabei gegen den Tisch. Ich stecke erst halb im Mantel, dränge mich aber schon durch die schwere Doppeltür, hinaus in den Lärm und die Lichter von Green Lanes.

Es ist keine gute Idee, einfach loszulaufen, wenn man im sechsten Monat Zwillinge erwartet. Obwohl ich meinen Bauch mit einer Hand abstütze – die andere brauche ich, um die Balance zu halten –, spüre ich, wie mein Beckenboden bei jedem Schritt nachgibt. Als ich bei Ling ankomme, bin ich ein verschwitztes, keuchendes Wrack.

»Laura!«, ruft Juno. Sie ist alt genug, um zu erkennen, dass etwas nicht stimmt, aber nicht alt genug, um damit klarzukommen. Ihre Unterlippe zittert. »Was ist, ist was mit den Babys? Komm rein.« Dann ruft sie über die Schulter nach ihrer Mutter.

Ling rennt die Treppe herunter, nimmt zwei Stufen auf einmal.

»O mein Gott, Laura.« Sie legt mir den Arm um die Schultern und führt mich ins Haus. »Ich hatte einen verpassten Anruf, wollte mich gerade bei dir melden. Müssen wir wieder ins Krankenhaus?«

Ich erwäge nicht einmal, ihr die Wahrheit zu sagen.

»Panikattacke. Ich konnte nicht allein sein.«

Sie glaubt mir. Warum auch nicht?

»Du kannst in meinem Bett schlafen.«

In Lings Schlafzimmer gibt es saubere Bettwäsche, frische Blumen und weiße Wände, an die ich im Geiste alles projiziere, was ich weiß. Jamies Drohung fühlt sich real an – sie schwang schon in seinen Briefen mit –, aber er ist wie eine ferne Gestalt am Horizont, die man nur durchs Fernglas sehen kann. Mein Instinkt befiehlt mir wegzurennen, noch einmal ein neues Leben zu beginnen, aber wir sind jetzt durch Krankenhaustermine, Jobs und Hypotheken gebunden. Wir sind hier festverwurzelt. Mein Zorn auf Kit meldet sich wieder. Ich würde ihn tatsächlich am liebsten schlagen. Wie konnte er uns so in Gefahr bringen? Wie konnte er mich belügen? Es muss ein Uhr morgens sein, als mein Zorn wieder aufflammt. Ich schicke ihm eine äußerst unfreundliche SMS.

> Beth war bei uns – danke dafür. Sie hat mir gesagt, was du getan hast. Wie konntest du nur, Kit? Ich bleibe heute Nacht bei Ling, aber du kannst dich auf was gefasst machen, wenn du zurück bist.

Es tut gut, um mich zu schlagen. Gehört es nicht zu einer Ehe, dass man sich gelegentlich unschöne Dinge anhören muss? Morgen werden wir den Streit unseres Lebens haben, und danach versöhnen wir uns, wie immer.

Allein kann ich nicht gegen Beth bestehen, geschweige denn gegen Jamie.

49

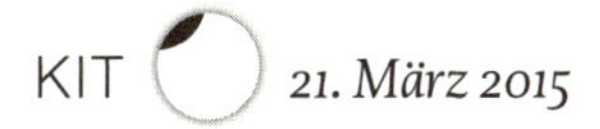

KIT *21. März 2015*

Wir stehen mit unserem Kaffee in der Hand auf der Brücke und warten, dass Land in Sicht kommt. Der Himmel ist weiß, das Morgenlicht von einem kalten Silber und die Nordsee gleichmäßig delphingrau.

»Ich habe wie ein Stein geschlafen«, verkündet Richard fröhlich.

Das braucht er mir nicht zu sagen. Ich habe jedes Schnarchen und jeden Furz mitbekommen. Ich hatte erwartet, ebenfalls wie ein Stein zu schlafen, nachdem sich die Anspannung, die man immer vor einer Sonnenfinsternis empfindet, verflüchtigt hatte und ich außerdem erleichtert war, weil Beth mich nicht erwischt hatte. Aber nein, ich hatte mich in meiner schmalen Koje hin und her gedreht, ständig auf die Uhr gesehen und war jedes Mal wacher geworden.

Als Umrisse am Horizont erscheinen, beginnen die Leute zu murmeln. Selbst durch den Wolkenschleier wirkt die Küste von Northumberland nach den schwarzen, felsigen Färöern geradezu unanständig grün. Es tut gut, England wiederzusehen, und mein Herz schlägt schneller, als ich an daheim und Laura denke. Wir nähern uns den Kränen und Brücken des Hafens von Newcastle. Ich überlege, ob ich mich beeilen soll, um den 10.15-Uhr-Zug nach King's Cross zu erwischen, oder mich lieber entspanne und die Fahrt genieße. Ich bin so oder so zwischen zwei und drei zu Hause.

Als die berühmten Brücken über den Tyne durch den Nebel sichtbar werden, erwacht mein Handy summend zum Leben. Ich lese die Nachricht von Laura, die sie gestern kurz vor Mitternacht geschickt hat.

Beth war bei uns – danke dafür. Sie hat mir gesagt, was du getan hast. Wie konntest du nur, Kit? Ich bleibe heute Nacht bei Ling, aber du kannst dich auf was gefasst machen, wenn du zurück bist.

Ich erleide einen Schock, spüre ein abruptes, schwindelerregendes Kippen und glaube einen Moment lang, das Schiff wäre mit etwas kollidiert. Mir entfährt ein Schrei.

»Alles klar mit dir?«, fragt Richard besorgt.

»Muss die Seekrankheit sein«, will ich sagen, bringe aber nur ein Nuscheln zustande. »Ich setze mich mal hin. Alles gut, ehrlich.«

»Du siehst total beschissen aus. Vor zehn Sekunden war doch noch alles in Ordnung. Sag Bescheid, wenn du mich brauchst.«

Ich nicke und lasse mich auf eine Bank fallen. Selbst im Sitzen hüpft mein Puls, als wäre ich gerade gerannt. Woher zum Teufel – woher könnte sie – und warum gerade jetzt? Was hat Beth nur gesagt? Die Frau an Deck und die Frau, die auf dem Foto Bier getrunken hat, und Krista verschwimmen alle vor meinem inneren Auge. Ich war so darauf fixiert, in ihnen allen Beth zu sehen, dass ich nie damit gerechnet hätte, sie könnte nach London fahren.

Ich lese die Nachricht noch einmal, obwohl ich sie schon auswendig kenne.

Sie hat mir gesagt, was du getan hast.

Ich kann nur versuchen, nicht zu schreien. Fünfzehn Jahre habe ich Laura vor einer Wahrheit beschützt, die so furchtbar und schmerzlich ist, dass ich nicht einmal selbst daran denken wollte. Als das Schiff einen Wellenkamm erklimmt, wird mir klar, dass ich die Zeit fälschlicherweise als linear betrachtet habe; als würde sich mein Leben von einem Ereignis weg in eine einzige Richtung bewegen. Aber nein, es ist ein verdrehtes, kreisförmiges Band, ein Möbiusstreifen. Die Jahre kippen ineinander, bis ich wieder in Cornwall bin und meine kalten Hände über heiße Haut bewege, wobei goldene Farbe an meinen Fingern haftet wie bei einer umgekehrten Midas-Gabe, und der einzige Fixpunkt in meiner Geschichte scheint die Nacht zu sein, die ich mit Beth verbracht habe.

50

KIT 9. *August 1999*

Noch achtundvierzig Stunden bis zur Totalität, und Ling sprach aus, was wir alle empfanden. »Dieses Festival wird als einer der teuersten Flops aller Zeiten in die Geschichte eingehen.«

Sie hatte recht. Hohe Flaggenmasten, die als Orientierungspunkte in der Menschenmenge dienen sollten, standen einsam auf einem leeren Feld. Es sah eher aus wie ein Golfplatz, auf den sich einige schlechtausgerüstete und unangemessen gekleidete Spieler verirrt hatten, als wie ein brodelndes Zentrum alternativer Kultur. Unser kleiner Stand lief ganz gut, vor allem, weil das Zelt mit seinem Generator und der Teemaschine eine Oase der Wärme bot. Unser erster Gast des Tages dämmerte seit zwei Stunden in harmlosem, betrunkenem Stumpfsinn vor sich hin. Seine schmierigen Dreadlocks waren wie Tentakel auf den Matten ausgebreitet.

»Das Wetter macht mich fertig«, sagte Mac. Er funkelte mich und Ling an, als wäre es unsere Schuld. Zu viert funktionierten wir gut, doch ohne Laura klappte es nicht; es war wieder wie früher, als ich den Anstandswauwau für Mac und seine aktuelle Flamme gespielt hatte. Wir drei hatten uns den ganzen Tag gestritten und unsere Enttäuschung aneinander ausgelassen: Mac war wütend, weil er Geld verlor; ich war sauer wegen des Wetters; Ling hatte wohl endlich begriffen, dass Mac vielleicht doch kein *richtig spaßiger Typ*, sondern krankhaft süchtig war. Seit wir in Cornwall angekommen waren, war er permanent betrunken oder high, verkatert oder auf Entzug gewesen. Die zum Scheitern verurteilte Lösung von Ling hatte darin bestanden, mit seinem Appetit gleichzuziehen, obwohl sie klein und zart war. An diesem Morgen tranken beide Tee mit Whisky. Nach einem halben Dutzend Tassen Chai war ich völlig aufgedreht und pisste Zimt. Unsere Lautsprecher verströmten sanfte Ambient-Musik, aber ich hatte einen Ohrstöpsel mit einem Taschenradio verbunden und hörte zweimal pro Stunde die Wettervorhersage.

»Bei uns läuft es besser als bei den anderen«, sagte ich. Das war allerdings auch nicht schwer. Jon, der aus einem Wagen Bio-Burritos verkaufte, war den Tränen nahe, weil seine Zutaten schimmelten und sein Personal sich langweilte.

»Scheiße, daran bist nur du schuld«, sagte Mac.

»Wie bitte?«

»Du und deine verdammten Tortendiagramme oder was auch immer, du hast die Sonne berechnet, hast mich nach Cornwall gelockt. Wir hätten in die Türkei fliegen sollen, wie ich es wollte. Auf Kreditkarte.«

»Das ist genau das Gegenteil von dem, was du vorgeschlagen hast. Falls du dich erinnerst, wolltest du in England bleiben. Darum habe ich auch eine ganze Woche damit verbracht, diese beschissenen Wetterdiagramme zu erstellen.«

»Du wolltest nur vor Laura cool dastehen. Sie war ganz aufgeregt, als sie vom West Country hörte, und dass es hier überall diesen Fairtrade-Scheiß gibt, und du bist voll drauf abgefahren.«

»Das hat überhaupt nichts mit Laura zu tun, sondern mit dem Golfstrom. In Cornwall müsste es eigentlich sonnig sein. Ist es aber nicht. Daran kann ich nichts ändern.«

Er war wie ein Hund, der einmal Witterung aufgenommen hat. »Weißt du, was dein Problem ist?«

Ich wappnete mich innerlich; es gab so viele, aus denen er auswählen konnte.

»Du stehst unter dem Pantoffel. Du bist ein Weichei. Jetzt hast du endlich jemanden zum Ficken gefunden und interessierst dich für nichts anderes mehr.«

Ich merkte, wie ich blass wurde, obwohl Ling die unlogische Schlussfolgerung als Witz zu betrachten schien. Sie lachte warm, aufrichtig belustigt und nicht peinlich berührt wie jemand, der gerade eine unangenehme Wahrheit gehört hat.

»Fick dich!«, hauchte ich zu Mac hinüber, als Ling uns den Rücken zugekehrt hatte. Er hob entschuldigend die Hände und meinte es sogar ein bisschen ernst; selbst er merkte, dass er zu weit gegangen war. Ich drehte ihm den Rücken zu, zitternd, weil er der Wahrheit zu nah gekommen war. Mac wusste als Einziger, dass ich bisher nur mit Laura geschlafen hatte. Meine einundzwanzig Jahre als Jungfrau hatten mir wie ein Mühlstein um den Hals gehangen, bis zu jener unbeholfenen Nacht in seiner eiskalten Wohnung. Ich muss noch immer lachen, wenn ich daran denke, dass dies mein tiefstes, dunkelstes Geheimnis gewesen sein soll. Ich liege nachts wach und sehne mich danach, wieder eine Jungfrau von einundzwanzig Jahren zu sein. Mac ließ keine Gelegenheit aus, mich damit aufzuziehen – »Ich wette, du bleibst beim ersten Mädchen hängen, das dir seine Titten zeigt.« Das tat er aber nur, wenn wir unter uns waren; er hatte mehr Spaß daran, das Geheimnis vor meiner Nase baumeln zu lassen, als es auszuplaudern. Damit hätte er sein Pulver verschossen. Er war noch nie so kurz davor gewesen, damit herauszuplatzen, und dann auch noch in Lings Beisein. Am liebsten hätte ich ihn verprügelt. Doch statt mich auf einen Streit einzulassen, entschied ich mich zu schweigen und bedachte ihn mit einem bösen Blick, der einfach von ihm abprallte; er war schon beim nächsten Thema.

»Wenn wir kein Geld verdienen, können wir wenigstens ein bisschen Spaß haben.« Er hatte schon die Hand in der Tasche, seine Entscheidung war gefallen. Mein Herz zog sich zusammen, als er einen perforierten Papierstreifen hervorzog, der mit Spielkartenfarben markiert war: Karo, Pik, Herz und Kreuz. Er riss ein Papierstückchen ab und legte es Ling auf die Zunge.

»Nein danke«, sagte ich, als er mir eins davon anbot. Er balancierte es auf der Fingerspitze. Es war klein wie eine Briefmarke für Puppen und mit einem Karo gekennzeichnet. Ich hätte LSD nicht mit der Kneifzange angefasst. Im Laufe der Jahre hatte ich ein paar schlechte Trips miterlebt. Da wollte ich lieber gar nicht wissen, wie sie sich anfühlten.

»Du bist so ein Spießer.«

»Wenn du meinst.« Mac hielt jeden, der vierundzwanzig Stunden am Stück nüchtern blieb, für einen Spießer. Seit ich Laura kannte, hatte sich bei mir einiges verändert. Wenn wir uns eine E-Pille teilten, brachte uns das nur noch näher zusammen; dann krochen wir so mühelos in den Kopf des anderen, wie wir es auch mit unseren Körpern taten. Das Problem waren nicht die Drogen, sondern Mac. Mit ihm konnte ich keinen gemeinsamen Erfahrungen nachjagen. Was immer das Rauschmittel war, es blieb immer sein Trip, und er wollte andere nur dabeihaben, um seine eigenen Exzesse zu rechtfertigen.

Er verdrehte die Augen. »Na schön, du kannst dich ja für die Gemeinschaft opfern«, sagte er in verändertem Ton. »Ich mache uns noch einen Tee.«

»Für mich nicht«, sagte ich, doch er warf trotzdem einen Beutel in meinen Becher und lächelte dabei so süßlich, dass ich sofort misstrauisch wurde. Er will mir irgendwas unterjubeln, dachte ich. Ich spielte mit dem Gedanken, ihm den Tee ins Gesicht zu kippen. Ich sah auf die Uhr; mir blieben noch etwa vierundzwanzig Stunden, bis Laura kam.

»Ich sag dir was. Ich kann den Stand allein managen. Habt ruhig euren Spaß.«

Ich sah, dass Macs Hand über dem Becher verharrte, wie man es von den Giftmördern in einem Agatha-Christie-Film kannte. Dann steckte er die Tablette wieder in die Tasche.

»Danke, Bro.«

Ich ließ sie ziehen und wünschte ihm einen Horrortrip. Hoffentlich würde Lings Gesicht vor seinen Augen schmelzen, dass ihre Schädelknochen hindurchschimmerten.

Ich hatte genug zu tun, um mir die Zeit zu vertreiben. Die kalte Sonne ging unter, die Musik wurde lauter gedreht, das Hämmern der Bässe zupfte an meinem Zwerchfell. Aus Mitgefühl kaufte ich Burrito-Jon eine Enchilada ab und aß sie, während ich Schiffsmeldungen auf Radio 4 hörte und düsteren Gedanken über das Wetter, meinen Bruder und mein jämmerliches Sexualleben nachhing.

Jede Sonnenfinsternis ist wichtig, aber diese schien mir wichtiger als alle anderen. Ich wollte, dass Laura das ganze Wunder dieses Phänomens erlebte. Sie hatte mir so vieles gezeigt; nun endlich bekam ich die Gelegenheit, sie in meine Welt einzuführen, und alles sollte perfekt sein.

Um Mitternacht wurden alle Bühnen geschlossen und die Lagerfeuer angezündet. Um eins, als ich allmählich den Laden dichtmachen wollte, kam unser schmieriger Freund von vorhin herbeigetaumelt. Blutunterlaufene Augäpfel umrahmten winzige Pupillen.

»Tut mir leid, Kumpel. Ich mache gerade zu.«

Wir waren nicht in einem Haushalt aufgewachsen, in dem man Leute *Kumpel* nannte, und es war mir nie leicht von der Zunge gegangen.

»Mach uns 'nen Tee«, sagte der Schmierfink. »Mit viel Milch und Zucker, nix Affiges.« Er erkannte in mir die Schwäche, die

Mac so nervte; dass ich gehorchte, bestätigte ihn nur in seiner Ansicht. Ich reichte ihm den Becher. Auf der Theke stand eine Schale mit braunen Zuckerklumpen. Er griff mit der ganzen Faust hinein und stopfte sich eine Handvoll in den Mund.

»Lass das bitte. Sonst müssen wir sie wegschmeißen.« Er lachte, seine Zähne hatten die gleiche Farbe wie der Zucker.

»Prost«, sagte er und marschierte davon, wobei er den gelben Teebecher mitnahm, den ich als Verlust abschrieb, ebenso wie den Zucker, den ich in den Mülleimer kippte, und das Pfund, das er hätte zahlen müssen. »Arschloch!«, rief er zum Abschied über die Schulter.

Ich fühlte mich ungefähr einen Zentimeter groß, als ich das kochende Wasser aus der Teemaschine mit kaltem Wasser aus dem Hahn mischte, um die Becher darin zu spülen. Fünf Minuten später merkte ich, dass mich jemand beobachtete.

»Gehört der dir?« Ein gelber Becher schwebte auf Höhe meiner Brust; dahinter stand ein Mädchen mit dunklen Locken, weißer Haut und einem Ausdruck von Ekel in ihrem herzförmigen Gesicht. »So ein schmieriger alter Typ hat ihn gerade ins Feld geworfen. Hat mich am Bein getroffen. Keine Ahnung, warum er so ein Arschloch ist. Hat wohl mit der Sonnenfinsternis zu tun. Vereinigung von Himmelskörpern vermutlich. Merkur ist rückläufig. Oder mit mysteriösen Kraftlinien.«

»Ich vermute eher, dass die Gegend mit einer Menge Acid kontaminiert ist.« Sie lachte, wobei Dampf aus ihrem Mund kam, und reichte mir den Becher. Ich tauchte ihn ins schaumige Wasser.

»Ich hätte gerne einen Chai. Ohne Zucker, aber mit viel Milch.«

So viel zum Thema Feierabend. »Kommt sofort.«

»Das ist das Problem mit Hippies«, sagte sie, während ihr Tee zog. »Immer das genaue Gegenteil von dem, was sie angeblich sein wollen. Love and Peace, dass ich nicht lache. Na gut, nicht alle sind so. Du bist sicher ein Muster an Aufrichtigkeit. Aber einige der gewalttätigsten und faulsten Menschen, denen ich je begegnet bin, trugen ein CND-Abzeichen um den Hals oder hatten dieses übliche Hindu-Tattoo.« Sie hätte von Mac reden können. Ich erlebte einen Augenblick der Erleuchtung, als sie eine Wahrheit aussprach, die ich seit langem ahnte.

»Hast du dieses Jahr den ganzen Zyklus gemacht? Hab dich noch nie gesehen.«

»Den Zyklus?«

»Die Festivals. Das mache ich nämlich. Ich arbeite in den Sommerferien, alles bar auf die Hand. Ich war in den letzten Jahren bei so vielen Festivals, dass ich die Leute wiedererkenne. Der Typ am Burrito-Stand da drüben war garantiert letztes Jahr beim Phoenix.«

»Kann gut sein.« Erst da bemerkte ich, dass Burrito-Jon seinen Stand geschlossen hatte. »Das ist unser erster Versuch. Eigentlich war es die Idee meines Bruders. Wir wollten nur kostenlos die Sonnenfinsternis erleben.«

»Hat es funktioniert?«

»Wir machen Verlust.«

»Kein Wunder, dass ich keine Arbeit finde. Überangebot an Arbeitskräften. Verzerrter Arbeitsmarkt. Ich bin ein hoffnungsloses Opfer des Kapitalismus.« Sie lachte wieder. »Der Chai ist richtig gut.«

Ich lächelte. »Ist es nicht komisch, allein auf ein Festival zu gehen?«

»Ich habe es mir nicht ausgesucht. Meistens kann ich eine Freundin überreden mitzukommen, aber in diesem August arbeiten viele meiner Freunde auf Ibiza. Ein paar Bekannte sehen sich die Sonnenfinsternis in Devon an. Vermutlich hätte ich mit ihnen fahren sollen.« Eine Brise strich durch die Bäume und ließ die Windspiele erklingen. »Es ist seltsam hier, oder? Hat fast etwas Finsteres. Nicht nur die wenigen Leute. Auch die ganze Anlage. Meist gibt es ein riesengroßes Feld oder mehrere Felder mit kleinen Hecken dazwischen, aber das hier ist ein richtiger Wald. Große Bäume. Man wäre nicht überrascht, wenn ein Riese oder Rotkäppchen auftauchte.« Sie sah selbst ein bisschen wie ein Fabelwesen aus, ihre Haut schimmerte überirdisch weiß. »Ich heiße übrigens Beth.«

»Kit.« Ich schüttelte eine weiche Hand, die sich anfühlte, als hätte sie sie in Honig getaucht, und so anders war als Lauras lange, schlanke Finger, dass ich beinahe aufkeuchte; ich konnte das aufflackernde Begehren nicht ignorieren, und wich zurück, um die gefährliche Strömung zu durchbrechen.

»Bist du nur mit deinem Bruder hier?« Es war eine harmlose Frage, doch die Hand, mit der ich sie berührt hatte, kribbelte noch. Plötzlich war mir bewusst, wie allein wir hier waren. Ich sah mich wie in einem altmodischen Film mit einem Engel auf der rechten Schulter, der mein Gewissen darstellte, und einem Teufel auf der linken, eine kleine, rote Verkörperung meines animalischen Selbst. *Erzähl ihr von Laura*, flüsterte der Engel. *Erzähl ihr sofort von Laura.*

Ich wich der Frage aus. »Er schmeißt mit seiner Freundin einen Trip. Ich bin lieber allein als mit jemandem zusammen, der halluziniert.«

Beth verzog das Gesicht. »Ja, Acid ist auch nicht mein Ding. Nicht seit Glastonbury 94 und den brennenden Kreuzen, die über das Feld auf mich zukamen.« Sie erschauerte. »Ein Festival ist nicht der richtige Ort, um die Orientierung zu verlieren.« Sie trommelte mit den Fingern an ihren Becher. »Was machst du, wenn du nicht gerade hier bist?«

»Bin gerade in Oxford fertig. Ich fange jetzt mit meiner Doktorarbeit in Astrophysik an.«

»Ich habe neulich gelesen, dass Religion unter Physikern ziemlich weitverbreitet ist. Anscheinend sind die anderen Naturwissenschaftler alle Atheisten. Physiker, die wirklich Zeit damit verbringen, die ungeheure Größe des Universums zu betrachten, neigen hingegen eher dazu, an Gott zu glauben. Das fand ich wirklich interessant.« Ich wusste nicht, wie mein Gesicht aussah, aber sie lächelte wieder. »Tut mir leid, ich rede zu viel. Nur ist es das erste intelligente Gespräch seit zwei Tagen.«

»Geht mir genauso.« Ich meinte es ernst. Mit Beth konnte ich mich mühelos unterhalten. Sie verstand meine Witze und ich ihre. Wir tauschten Reisegeschichten aus. Ich erzählte ihr alles über mich bis auf das, was wichtig war. *Sag es ihr*, drängte der Engel. *Erzähl ihr von Laura. Lass sie wissen, dass du eine Freundin hast.* Der Teufel stützte sich einfach nur auf seinen Dreizack und grinste. Ich schaute nach oben; immer noch keine Sterne.

»Es sieht nicht gut aus für morgen, oder?«

»Wolkendecke über dem gesamten West Country«, sagte ich. »Aber wir könnten trotzdem eine Lücke bekommen. Bei starkem Wind weiß man das nie so genau.«

»Apropos, es ist jetzt scheißkalt. Hat das Ding auch ein Innenleben? Ich würde mich gerne weiter unterhalten, aber ich werde allmählich blau.«

»Klar doch.« Ich merkte, dass meine Stimme sich um Jahre zurückentwickelt hatte; ich klang wie ein krächzender Teenager, der Mädchen am Strand anquatscht. »Ich wollte das Zelt ohnehin zumachen.« Beth schaute zu, wie ich das Schild auf *Geschlossen* drehte und den Reißverschluss hochzog.

Nun lernte ich meine Lektion über die Beziehung zwischen Denken und Handeln. Ich dachte an die Logistik: die wärmste Stelle im Zelt, die saubere Bettwäsche, ihre Unterwäsche, meine Gürtelschnalle. Sobald man über eine Handlung nachdenkt, hat man sie schon halb vollzogen.

Der Ruhebereich mit den blinkenden Lichtern und den persischen Teppichen sah aus wie ein schäbiger Harem. Mit Laura war es immer um Liebe gegangen, doch Begehren in Verbindung mit einem schlechten Gewissen ist doppelt so verlockend. Ich dachte mit der unumstößlichen Logik des unbezähmbar Geilen, dass ich es ein einziges Mal tun und dann zu Laura zurückkehren würde. Ich redete mir sogar ein, dass ich mir die Frauen, die frischen Körper und One-Night-Stands, die einem jungen Mann zustanden, einfach nur aufgespart hatte.

In einer Ecke lag ein roter Schlafsack, der von einem Gürtel zusammengehalten wurde.

»Der ist sauber.« Ich rollte ihn aus wie einen roten Teppich. Beth setzte sich ans eine Ende, ich ans andere.

»So«, sagte sie und lächelte in Zeitlupe.

Ob ich es getan hätte, wenn ich gewusst hätte, was ich lostrat? Ich weiß es nicht. Jedenfalls kroch ich über den Boden zu ihr und küsste sie. Sie schmeckte nach gewürztem Tee und ein bisschen nach Holzrauch. »Du bist süß«, sagte sie. Wir zogen einander aus und quiekten gelegentlich, wenn eisige Finger über warme Haut strichen. Ihr Körper war mit Goldfarbe bedeckt, tanzende Sonnen, die ich auf ihrem Brustbein verschmierte. Ich strich die Engelsflügel auf ihrem Rücken glatt, als wollte ich sie daran hindern davonzufliegen. Beth war weich und nachgiebig, und ganz plötzlich war ich tief in ihr. Sie bewegte sich langsam, Augen und Mund auf mich gerichtet. Wäre sie keine Fremde gewesen, hätte ich eine Wendung benutzt, die Laura hasste, und gesagt, dass wir uns liebten. Als ich kurz davor war, hielt sie mich fest und sah mir in die Augen. »Du bist süß«, wiederholte sie, diesmal ganz ernst. Ich vergrub das Gesicht in ihren Haaren, als ich kam, und selbst der Teufel auf meiner Schulter wandte sich angewidert ab.

51

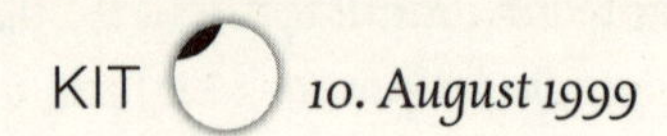
KIT 10. August 1999

Ich erwachte in der Dämmerung, nachdem ich ein paar Stunden geschlafen hatte, nackt, die Muskeln von der Kälte verkrampft. Sofort überkamen mich Schuldgefühle, die alles andere verdrängten. Ich stellte mir Lauras Gesicht vor, wenn sie es herausfände, und wie ich mich fühlen würde, wenn sie mir so etwas antäte, und meine Eingeweide zogen sich zusammen. Wie konnte Mac das immer und immer wieder tun? Warum hatte er mir nicht gesagt, dass es Konsequenzen hatte, unmittelbare und einschneidende Konsequenzen? Warum hatte er mich nicht vor der Angst gewarnt, die ich jetzt empfand? Vermutlich, weil er nie so viel zu verlieren gehabt hatte wie ich.

Beth schlief, begraben unter unseren Kleidungsstücken, die Brüste zusammengedrückt von milchweißen Armen, der Hals wund von meinen Bartstoppeln, einen letzten Hauch goldener Farbe auf der Haut. Tätowierte Federn kitzelten ihre Schultern. Ich erinnerte mich an die Standbilder ihrer Lust und spürte jenseits des schlechten Gewissens eine dunkle Unterströmung der Selbstbestätigung. Ich ballte die Fäuste, um sie zu vertreiben. Nun, da ich sie nicht mehr wärmte, begann Beth zu zittern, und ihre Augen öffneten sich. Im linken Tränenkanal klebte ein bisschen Schlafsand. Ich kämpfte gegen den Drang, ihn wegzuwischen.

»Hey«, sagte sie und stützte sich auf die Ellbogen. »Da bin ich ja genau richtig für einen Tee.«

Ich spürte, wie ich mich anspannte. *Noch einmal*, sagte mein Teufel. *Noch einmal, bevor die Sonne aufgeht. Die letzte Nacht ist doch noch gar nicht vorbei.* Aber ich widerstand und zog die Jeans an, was hoffentlich endgültig wirkte.

»Beth«, sagte ich. Sie horchte auf, als ich ihren Namen so feierlich aussprach, zog den Schlafsack fester um sich und kniff die Augen zusammen.

»Das hört sich nicht gut an.«

»Es gibt auch keine gute Art, es dir zu sagen. Ich habe eine Freundin.«

Eine kurze Verzögerung. Ich hatte erwartet, sie würde zurückweichen, stattdessen beugte sie sich zu mir. »Fick. Dich.« Sie zog sich an und kämpfte dabei mit ihren Kleidern, bewegte sich nicht mehr mühelos und geschmeidig wie gestern Abend. Sie zog ungeschickt den BH an, der ihre Flügel mittig teilte, und zwängte ihre mit Gänsehaut bedeckten Arme in das Oberteil.

»Das«, sagte sie und deutete auf mich und den Schlafsack, »ist nicht mein Stil. Du hast mich zu so einer Frau gemacht. Einer Frau, die mit dem Freund einer anderen schläft. Du bist so ein Arschloch.« Sie versetzte mir einen kleinen Stoß vor die Brust, den ich absolut verdient hatte. »Nein, eigentlich ist es noch schlimmer. Da war etwas. Eine Verbindung. Ich habe recht, oder?«

Sie sah aus, als würde sie gleich weinen.

Ich war ehrlich verblüfft. Da alle anderen seit ihrer Teenagerzeit scheinbar folgenlos von einem Bett ins andere gesprungen waren, hatte ich angenommen, dass nur ich das Bedürfnis nach einer tieferen Bindung verspürte. Ich war gar nicht auf die Idee gekommen, dass Beth es ernst nehmen könnte.

»Tut mir leid«, sagte ich schwach. Ich wollte ihr sagen, dass sie recht hatte, dass es schön gewesen war, doch es ging nur noch um Schadensbegrenzung.

»Mir tut es auch leid.« Sie beugte sich vor und schnürte wütend ihren silbernen Schuh. »Ich mag es nicht, wenn man mich für eine … wofür hast du mich eigentlich gehalten? Nein, sag lieber nichts. Danke jedenfalls, dass du mir das Festival verdorben hast.«

Sie war jetzt angezogen und öffnete das Zelt, während ich noch barfuß in Jeans dastand. Ich folgte ihr auf das taufeuchte Feld. Nasses Gras bohrte sich zwischen meine Zehen. Ich flehte um eine Gnade, die ich nicht verdiente. »Beth! Bitte geh nicht so!«

Doch sie war schon weg. Der Wald, den sie so finster gefunden hatte, hatte sie verschluckt. Am Himmel harkten Wolken die Asche der Dämmerung beiseite und erinnerten mich daran, wo ich war. Meine Tat hatte die bevorstehende Sonnenfinsternis irgendwie entweiht.

Die lose Zeltklappe klatschte einen sarkastischen Applaus. Drinnen zog ich mir die Stiefel an und unterzog meine Kleidung einer forensischen Untersuchung, bei der ich ein einzelnes, gelocktes, schwarzes Haar von meinem Pullover zupfte. Der rote Schlafsack wies eine silbrig schimmernde Spur auf, wo wir geschlafen hatten. Von dem Fieber der vergangenen Nacht war nur ein schäbiger kleiner Fleck geblieben. Also rollte ich den Schlafsack wieder zusammen. Ich kam mir vor, als räumte ich hinter jemandem auf, den ich nicht kennen wollte, als reinigte ich einen Tatort. Ich klemmte mir den miefigen Schlafsack unter den Arm und kehrte zu unserem kleinen Lager zurück. Hier und da brannten noch Feuer. Ich spielte mit dem Gedanken, den fleckigen Schlafsack zu verbrennen, wusste aber, dass es Lärm und eine Stichflamme verursachen und Aufmerksamkeit erregen würde, was ich mir nicht leisten konnte. Also warf ich ihn hinten in den Lieferwagen, wo ich ihn weder sehen noch riechen konnte.

Aus dem roten Zelt war nichts zu hören. Ich öffnete das grüne. Dort lagen unsere Schlafsäcke, sorgsam aneinander befestigt. Das Kissen, das ich für Laura mitgebracht hatte, roch sauber und klar nach ihren Haaren, als hätte sie darauf geschlafen. Es beschwor ihr Gesicht herauf, doch es lächelte nicht, sondern war hassverzerrt. Zitternd begriff ich, wie es sein würde, wenn sich jene Eigenschaften, die alle an Laura bewunderten – ihre Klugheit, ihre Prinzipientreue –, gegen mich richteten. Sie würde mich anschauen und sofort erkennen, was für ein Mensch ich war. Dann würde sie mich auf der Stelle verlassen.

Ich fürchtete nicht nur ihren Schmerz, sondern auch ihren Zorn.

Ich legte mich auf meinen Schlafsack, und das flaue Morgenlicht drang durch die Zeltbahn. Die Wände zogen sich mit dem Wind zusammen und blähten sich wieder auf wie eine gigantische Lunge. Ich wusste mit absoluter Sicherheit, dass ich nie wieder schlafen würde.

Als Mac mich weckte, kam es mir vor, als wären keine zehn Sekunden vergangen. Er steckte den Kopf durch den Reißverschluss, seine Augen quollen hervor wie die einer Comicfigur, und er hatte eine grüne Zunge. Ich sah auf die Uhr. Zehn Uhr morgens.

»Kit«, krächzte er. Zwanzig Jahre Schikane hatten sich in mir angestaut; jetzt lag mir eine Prahlerei auf der Zunge. In jenen verschwommenen Sekunden zwischen Schlaf und Wachsein schien sie lohnenswert, doch als sich mein Blick schärfte, erkannte ich, dass es die zweitschlechteste Idee war, die ich je gehabt hatte. Ich konnte mir die Bemerkung gerade noch verbeißen.

»So früh hatte ich gar nicht mit dir gerechnet.« Mein Sarkasmus prallte an ihm ab.

»Du machst wohl Witze. Wir gehen gerade ins Bett.« Sein

Atem stank nach altem Tabak. »Wir sind zu den Klippen runtergegangen. Haben ein paar *echt* starke Bilder gehabt. Laserstrahlen am Himmel. Hör mal. Kannst du für uns aufmachen und die Mittagsmeute bedienen?«

»Das ist nicht dein Ernst. Ich habe gestern eine Doppelschicht geschoben.«

»Bitte, Kit«, bettelte er. »Wir übernehmen heute die Spätschicht. Aber ich sterbe, wenn ich jetzt nicht schlafe.« Ich funkelte ihn an. »Wir übernehmen auch morgen während der Sonnenfinsternis.«

»Na schön.«

Ich ging nicht sofort zum Stand. Es war, als hätte Beth einen Film auf meinem Körper hinterlassen, und ich hätte statt fünf auch fünfzig Pfund bezahlt, um mich in einer heißen Dusche abzuschrubben. In dem winzigen, mit Schlamm gefleckten Badezimmer oben im Bauernhaus drehte ich das Wasser so heiß, dass meine Haut sich dunkelrot färbte. Ich schrubbte, bis der letzte Goldschimmer verschwunden war. Auf dem Rückweg kaufte ich mir ein unauffälliges, khakifarbenes Oberteil mit Kapuze, die mein Gesicht größtenteils bedeckte. Erst danach konnte ich mich ungezwungen in der Menge bewegen.

Immerhin wurde es jetzt voller. Burrito-Jon spielte laute Mariachi-Musik, um die Leute anzulocken, womit er auch Erfolg hatte. Am Teestand nahm ich mir siebzig Pfund für die Morgenschicht aus der Kasse und weitere zehn, um Mac zu ärgern. Sowie ich den Generator angeworfen hatte, herrschte bei mir Alarmstufe Rot, weil ich damit rechnete, dass Beth zurückkäme. Aber ich sah sie erst um die Mittagszeit. Sie trug eine komische lila Schlaghose und hatte die Haare mit einem verschlissenen, braunen Handtuch umwickelt. Ich hätte sie glatt übersehen, wenn sie nicht inmitten der wimmelnden Menge ganz still dagestanden hätte. Als sich unsere Blicke begegneten, wandte sie sich ab. Erst später begriff ich, dass sie gar nicht mich, sondern Laura hatte sehen wollen.

Laura kam über das Feld. Ich ließ beinahe den Müllbeutel fallen, den ich in der Hand hielt. Wegen ihres Vorstellungsgesprächs trug sie die Haare anders. Sie fielen glatt und seidig herunter, nicht in kringelnden Wellen, wie ich es gewohnt war. Ich gestattete mir einen Blick in die Zukunft, in der Laura abends die Schlüssel auf den Tisch legen, die Schuhe mit den hohen Absätzen abstreifen und ich meinen Laptop zuklappen würde. Diese bescheidene häusliche Phantasie schien auf einmal alles, was ich mir im Leben wünschte. Warum also verspürte ich den Drang, vor ihr auf die Knie zu fallen und ihr alles zu gestehen? Ich küsste Laura und schob ihr die Haare hinters Ohr, weil ich das normalerweise immer tat.

»Wie ist das Vorstellungsgespräch gelaufen?«

»Ganz gut, glaube ich. Mal abwarten.« Sie sah mich forschend an, und ich begriff, dass sie etwas gemerkt hatte. Sie wollte mich aus der Reserve locken, küsste mich auf die Ohren, legte mir die Hände um die Taille, aber ich schrak zurück. Zum ersten Mal begriff ich den Drang zu springen, der manche Menschen am Rand einer Klippe überkommt. Ich machte Smalltalk über die Duschen im Bauernhaus und die Wettervorhersage, und jedes gezwungene Wort war ein Schritt durch die Hölle.

»Man kann nie wissen. Die Wettervorhersage irrt sich doch ständig.«

Ich hatte das Konzept übersinnlicher Wahrnehmung stets abgelehnt, kann aber beschwören, dass ich in genau diesem Moment spürte, dass Beth hinter mir stand. Ich drehte mich langsam um und sah sie an einen Baum gelehnt, ganz harmlos, nur ein weiterer Hippie, der die Schwingungen aufnahm. Ich schüttelte den Kopf, worauf sie kaum merklich nach hinten nickte, was ich als Aufforderung verstand.

Ich bediente mich meiner neuentdeckten Kreativität und warf einen Blick auf die reibungslos funktionierende Teemaschine. »Oh, was ist denn hier los?« Ich drehte am Temperaturknopf, während Beth hinter das Zelt glitt. »Die spinnt schon wieder, hinten ist eine Verbindung lose. Du bleibst hier, trinkst was, und ich bringe es schnell in Ordnung.« Ich küsste Laura wieder auf den Kopf.

Die Bäume hinter dem Zelt troffen förmlich von Windspielen, die wie strapazierte Nerven klirrten. Plötzlich verspürte ich den Drang, jedes einzelne Windspiel mit einem Hammer zu zerschlagen. Beths Haare waren zu langen Schlangen getrocknet, purpurrote Adern hoben sich vom Grün und Weiß ihrer Augen ab. Etwas zwischen uns war intim und fremd zugleich, und es erschien mir nicht richtig, dass diese beiden Zustände nebeneinander existieren konnten.

»Ist sie das?« Sie hatte die Arme verschränkt, stieß aber mit dem Fuß wiederholt gegen den Waldboden und grub so eine Furche in die Erde.

Ich war empört. »Natürlich ist sie es. Ich laufe doch nicht herum und …« Ich verstummte. Warum sollte Beth mir nach dem, was sie erlebt hatte, glauben? »Ich bin ihr nur mit dir untreu gewesen.«

Sie lachte bitter. »Willst du damit sagen, ich sei etwas Besonderes? Soll ich mich etwa geschmeichelt fühlen?« Genauso hatte ich es gemeint, nur hatte es sich in meinem Kopf besser angehört. »Nein – ich weiß nicht –, ich wollte nur sagen, bitte verrate Laura nichts. Es tut mir so leid, dass ich dir gegenüber nicht ehrlich war, aber es ist nicht ihre Schuld. Es würde ihr das Herz brechen.« Meine Beine gaben nach; ich verspürte den archaischen Drang, auf die Knie zu fallen.

Eine plötzliche Windbö ließ die Bäume um uns erzittern; die Blätter rauschten dröhnend wie das Meer, unzeitgemäße Glocken läuteten.

Beth ließ die Arme sinken. »Liebst du sie?«

Einundzwanzig Jahre lang hatten mich Frauen ignoriert. Nun, da ich anscheinend an Wert gewonnen hatte, wollte ich ihn nicht mehr. »Ja.« Ich erkannte, dass ich ehrlich sein musste. »Sie bedeutet mir alles.«

Beth schaukelte hin und her, als wöge sie auch körperlich ihre Möglichkeiten ab. »Ich muss sagen, von außen sieht es ziemlich überzeugend aus. Natürlich ist es schwer zu beurteilen, solange ich nur deine Sicht der Dinge kenne.«

Plötzlich brach es aus mir hervor: »Bitte sag nichts. Ich flehe dich an.«

»Das muss ich gar nicht.« Ihre Worte waren beherrscht, prall, zum Bersten voll mit ungeweinten Tränen. »Wenn es so gut ist, wie du sagst, werde ich ihr Leben nicht zerstören, nur weil du ihn nicht in der Hose lassen kannst. Wenn du das Arschloch bist, für das ich dich halte, findet sie es früher oder später ohnehin heraus.«

Sie behielt Wort; das heißt, es kam nicht zu der gefürchteten Konfrontation. An jenem Tag sah ich Beth noch zweimal, wie sie uns von weitem beobachtete, als könnte sie mittels Ferndiagnose feststellen, wie es zwischen uns aussah. Doch wie sollte das von außen möglich sein? Selbst ich hatte erst erkannt, was ich besaß, als ich es um ein Haar verloren hätte.

52

LAURA 21. *März 2015*

Das Licht des Displays tut mir in den Augen weh, als ich argwöhnisch wie jemand, der aus einem Vollrausch erwacht, aufs Handy schaue. Die letzte Nacht kommt mir surreal, traumähnlich, unkontrollierbar vor. Kit hat nicht auf meine wütende SMS geantwortet, und ich stelle mir vor, wie er tief und fest in seiner Koje schläft, ohne zu ahnen, welcher Sturm ihn zu Hause erwartet. Ich weiß nicht, ob ich ihn schlagen oder an mich drücken will.

Um sieben klingelt mein Handy, Kits Gesicht auf dem Bildschirm; er müsste jetzt in Newcastle anlegen. Ich drücke den Anruf weg; dieses Gespräch müssen wir persönlich führen. Sechzig Sekunden später beginnen die SMS.

Geh bitte ran

Ich weiß, es sieht aus wie das Ende der Welt, aber wir schaffen das

Bitte rede mit mir, Baby

Ich wünschte, du hättest es nicht so herausgefunden, aber ich kann es erklären, versprochen, wir schaffen das

Es tut mir so furchtbar leid

Immerhin begreift er, was er getan hat und welche Folgen es haben kann. Ich schicke eine SMS zurück, um ihn zu bremsen.

Ich will das wirklich nicht am Telefon besprechen.
Wir sehen uns zu Hause.

Während Ling umhersaust, um ihre Fallakte zusammenzusuchen und zwei Schuhe zu finden, die zueinanderpassen, sehe ich mir das Buch an, in dem Piper gestern Abend eigentlich lesen sollte, und fälsche sorgfältig die fragliche Seite in ihrem Lesetagebuch. Juno feilscht mit Ling, weil sie sich auf dem Heimweg einen Kaffee kaufen und dafür drei Pfund haben will. Mutter und Tochter sind wie das Paradox vom unbeweglichen Objekt und der unaufhaltsamen Kraft. Auf all das kann ich mich noch freuen, und ich frage mich wieder einmal, ob ich zwei Jungen, zwei Mädchen oder von beiden je eins in mir trage.

Ich erwische Juno auf dem Weg nach draußen und stecke ihr einen Fünfer in die Blazertasche. Sie belohnt mich mit einem seltenen Kuss, bevor sie verschwindet und eine aufdringliche Wolke irgendeines Star-Parfüms hinterlässt. Nachdem Ling verkündet hat, dass sie ausnahmsweise pünktlich ist, und sich auf den Weg zur U-Bahn gemacht hat, bringe ich Piper die fünfzig Meter bis zur Schule. Ich halte sie an der Hand, als wir die Straße überqueren, und empfinde Trost und Stolz bei dem Gedanken, dass man sie für meine Tochter halten könnte. In diese Schule werden auch meine Zwillinge gehen, und ich bemerke besorgt, wie viele blonde Kinder in Ringelshirts sich vor dem Kindergarten drängen. Die ethnische Vielfalt, die man bei den größeren Schülern noch beobachten kann, verschwindet allmählich. Ich kann die soziale Säuberung meiner Nachbarschaft und den Zustrom attraktiver, gutsituierter Mütter nicht gutheißen, obwohl ich für Außenstehende wohl genau wie sie aussehe.

Ich kehre ins Haus zurück. Der Badezimmerboden ist mit nassen Handtüchern gepflastert, und ich ertappe mich dabei, wie ich hinter Juno aufräume. Das habe ich schon gemacht, als sie noch ein Baby war. Ich muss duschen und mir etwas Sauberes anziehen, fühle mich zu Hause aber nicht mehr sicher. Ich mache noch ein bisschen Ordnung, rücke die Bilder an den Wänden gerade und räume die Spülmaschine aus. Während ich unelegant in die Knie gehe, um die Teller herauszuholen, fällt mir ein idiotensicherer Weg ein, um Beths Aufenthaltsort herauszufinden. Ich habe doch ihre Festnetznummer im Handy gespeichert. Ich rufe Beth von Lings Festnetztelefon aus an und unterdrücke dabei die Nummer. Es klingelt dreimal, dann folgt ein digitaler Piepser, als sie abhebt. Ich lege auf, bevor sie auch nur das erste schläfrige Hallo herausgebracht hat. Jetzt kann ich beruhigt heimgehen. Selbst mit einer Direktverbindung oder einer staufreien Autobahn kann sie nicht vor Kit bei mir sein.

53

KIT  *11. August 1999*

Die Sonnenfinsternis selbst verschaffte mir eine Atempause. Ich war davon überzeugt – und sollte bald brutal widerlegt werden –, dass während des Schattens alle unwichtigen menschlichen Aktivitäten und Motive in einer Art Schwebezustand verweilten. Obwohl wir Wolken hatten, umhüllte uns das wechselhafte violette Licht vom Horizont, und da der Himmel bedeckt war, spürte ich es mit allen anderen Sinnen, so wie nie zuvor. Und Laura war bei mir, was natürlich alles veränderte.

Nach dem vierten Kontakt stiegen wir von der Anhöhe und gingen über den verlassenen Parkplatz, auf dem lebenswichtig aussehende Bestandteile von Kirmeskarussells umherlagen. Ich war wieder auf der Hut und zu sehr damit beschäftigt, über die Schulter zu schauen, um die Geldbörse auf dem Boden zu bemerken. Laura hingegen entdeckte sie und konnte ebenso wenig daran vorbeigehen wie andere an einem verlassenen Kätzchen. Ich nutzte die Gelegenheit, die Umgebung nach wachsamen Augen abzusuchen, konnte aber niemanden entdecken.

Laura blieb länger weg, als ich erwartet hatte, und in mir regte sich der erste Ärger. Als ich sie rief, kam keine Antwort. Aus dem Ärger wurde Angst, oder bilde ich mir das im Nachhinein nur ein? Ich ging bis zum Wohnwagenpark, vorbei an einem alten Autoscooter und einem finster blickenden Karussellpferd.

Der Mann, den ich später als Jamie Balcombe kennenlernen sollte, kam rückwärts auf mich zu, prallte gegen mich und trat mir fest auf die Zehen. Ich spürte selbst bei dem kurzen Zusammenstoß, dass er stärker war als ich. Als ich empört aufschrie, machte er einen Sprung, als hätte man ihm einen Stromschlag versetzt. Laura stand aschfahl in einem Durchgang zwischen zwei Wohnwagen. Was hatte er mit ihr gemacht?

»Da ist eine Frau«, sagte Laura zitternd und vertrieb damit mein wachsendes Entsetzen. »Ich glaube, sie wurde ...« Sie schluckte Luft hinunter. »Ich glaube, sie wurde überfallen.«

»Ist sie verletzt?« Laura schaute mich vernichtend an. »Du weißt schon, braucht sie Erste Hilfe?«

Ich weiß nicht, warum ich das fragte. Keiner von uns kannte sich mit Erster Hilfe aus.

Von der Frau, die im Eingang eines Wohnwagens hockte, sah ich nur ein angewinkeltes, blutiges Knie. Das arme, arme Mädchen. Dass jemand eine Frau überfiel, war schlimm genug, doch wie man dies während einer Sonnenfinsternis tun konnte, war mir unbegreiflich. Es war wie ein Rückfall ins finstere Mittelalter, als die Menschen gegen den Schatten zu wüten pflegten. Was für ein seltsames Timing, was für eine Verschwendung.

Ich glaube, ich konnte Jamie von Anfang an nicht leiden. Als er Laura sagte, sie solle sich beruhigen, sah sie mich hilfesuchend an; das hatte sie noch nie getan.

»Wenn du nichts falsch gemacht hast, brauchst du dir auch keine Sorgen zu machen«, sagte ich. Damit wollte ich die aufkommende Spannung vertreiben, doch Jamie fasste es wohl als Drohung auf. »Verdammte Scheiße, würdest du mal was sagen, damit wir das hier beenden können?«, knurrte er über Lauras Schulter und sah mich verschwörerisch an. Ich starrte nur zurück. Ich trug eine Kamera über der Schulter, kam aber gar nicht auf die Idee, sie zu benutzen; stattdessen versuchte ich, mir sein Gesicht für das Phantombild einzuprägen. Es funktionierte nicht. Die zusammengeschusterten Bilder, die man im Fernsehen sah, zeigten stets Verbrechertypen mit eckigem Kiefer und gebrochener Nase. Es erschien mir undenkbar, dass man in den Polizeiakten ein so jungenhaftes Kinn und eine so glatte Stirn entdecken könnte. Er runzelte die glatte Stirn, als er begriff, dass ich nicht sein Verbündeter war. »Scheiß drauf«, sagte er und ging weg, langsam, aber angespannt. Sein Gesicht mochte jungenhaft sein, seine Statur war es nicht. Er hatte doppelt so breite Schultern wie ich. Ich erkannte den täuschend schlanken Körper eines Ruderers; denen begegnete man in Oxford überall. Körper, die sich auf Kosten des Gehirns ein wenig zu stark entwickelt hatten. Ich war ohnehin schon überfordert, und diese Erkenntnis machte es nicht besser.

»Kit, er darf nicht entkommen!«, rief Laura und wedelte wild mit den Armen. »Lauf ihm nach!«

Es war beinahe komisch. Was sollte ich denn machen? Ihn in den Schwitzkasten nehmen? Mit ihm kämpfen? Während ich ihm durch das Labyrinth aus Wohnmobilen und Wohnwagen folgte, versuchte ich, nicht darüber nachzudenken, was passieren würde, wenn jemand wie ich es mit einem von Testosteron nur so strotzenden Verrückten aufnahm. Er würde mich pulverisieren. Dann dachte ich an Laura und das zitternde, blutverschmierte Knie, und die beiden Bilder verschwammen ineinander. Als ich mir Laura als Opfer vorstellte, entbrannte ein dunkles Feuer in mir. Ich begriff, dass ich genügend Kraft aufbringen konnte, um ihn zu jagen.

Als ich Jamie im Campingbereich aus den Augen verlor, war ich geradezu erleichtert. Dann bemerkte ich aus dem Augenwinkel eine einsame Gestalt, die zwischen den Zelten hindurchtanzte und über die straff gespannten Schnüre sprang. Natürlich stolperte ich, es war wie in einem Slapstickfilm. Als ich wieder auf die Füße kam, hatte Jamie es schon bis zum anderen Ende des Feldes geschafft und näherte sich den Bäumen. Dann verschluckte ihn eine kleine, aber dichte Menschenmenge.

Ich blieb reglos stehen. Ich hatte versagt. Hinter mir hämmerten unablässig die Bässe, und die Menge redete wild durcheinander. Das Riesenrad knarrte bei jeder Drehung. Ganz in der Nähe stimmten Vögel ihren zweiten Morgenchor an, worauf das Laub der Bäume sie raschelnd zum Schweigen brachte. Diesmal war ich nicht erleichtert; ich kam mir vor wie ein Versager, weil ich das Mädchen im Stich gelassen hatte. Ich würde mit eingeklemmtem Schwanz zu Laura zurückkehren.

Ich kam zu dem verlassenen Autoscooter zurück und entdeckte Laura, die halb mit dem Rücken zu mir stand und stirnrunzelnd auf ihr Handy schaute. Das Mädchen kauerte noch immer im Eingang des Wohnwagens, das blasse Bein ausgestreckt, am Fuß einen abgetragenen silbernen Turnschuh, darüber der Knöchel und der Unterschenkel, die sich erst vor kurzem um mein Bein geschlungen hatten.

Mein erster Gedanke war, dass es sich um einen schrecklichen Zufall handeln musste, aber als Wissenschaftler wusste ich, dass es so etwas nicht gibt. Die Beweise ließen nur eine plausible Hypothese zu. Beth war mir – uns – gefolgt und dabei entweder selbst verfolgt oder von jemandem bemerkt worden, der ausnutzte, dass sie allein unterwegs war. Es war grauenhaft. Die dunkle Flamme loderte wieder in mir, fraß sich brennend durch mein schlechtes Gewissen. Ich verspürte den selbstmörderischen Drang, sie in den Arm zu nehmen; doch er ging vorüber. Einige selbstlose Sekunden lang wollte ich lieber Beth trösten, als mein eigenes Überleben zu sichern. Dieser Impuls mag sich zwar nicht durchgesetzt haben, doch ich habe ihn empfunden. Daran klammere ich mich.

Laura schaute fluchend auf ihr Handy und trat einige Schritte vor.

Ich tat es ihr nach und stieß dabei gegen einen Stapel Zeltpfosten, die klappernd umfielen. Beth schoss herum, um zu sehen, woher der Lärm kam. Wir schauten uns in beiderseitigem furchtbarem Erkennen an. Ihr Gesicht war mit Schleim verschmiert, doch ihre Augen waren trocken. Sie ist meinetwegen gekommen, dachte ich. Laura wäre zornig gewesen, wenn sie von meiner Untreue erfahren hätte. Aber die Tatsache, dass Beth dies hier meinetwegen erlitten hatte, zerstörte jede Hoffnung, Laura die Wahrheit zu sagen, ließ den winzigen Lichtpunkt, den ich gerade noch gesehen hatte, erlöschen. Ich fiel auf die Knie und flüsterte: »O Beth.« Sie schaute durch mich hindurch. »O du armes Mädchen. Was hat er dir angetan?«

»Als wenn dich das interessierte.« Ihr brach die Stimme.

»Natürlich interessiert es mich, es ist nur …« Ich deutete auf Lauras Rücken.

Sie hatte endlich ein Signal, und ihre Stimme, die vom Wind herbeigetragen wurde, verriet mir, wie die Dinge während meiner Abwesenheit eskaliert waren. »Sie ist traumatisiert, redet kaum. Ich würde sagen, sie braucht einen Krankenwagen. Könnten Sie eine Beamtin schicken? Und eine Sanitäterin?«

Das Anstandsgefühl, das flüchtig in mir aufgeflackert war, erstarb. Mir war klar, dass zwei miteinander unvereinbare Dinge geschehen mussten. Wir mussten alles tun, um Beth zu helfen. Aber Laura durfte nicht erfahren, was ich getan hatte.

»Es tut mir so leid, Beth«, flüsterte ich und begriff erst dann, dass dies kein Mitgefühl war, sondern eine Entschuldigung für das, was ich jetzt tun würde. »Wenn die Polizei kommt, darfst du ihnen nicht von vorletzter Nacht erzählen.« Man lebt nicht mit einer Frau wie Laura zusammen, ohne einiges zu lernen: dass das System Vergewaltigungsopfern gegenüber voreingenommen ist und mit welchen Tricks clevere Männer arbeiten. Beth starrte mich aus dunkelgrünen Augen an. Ich konnte nicht beurteilen, ob sie mich überhaupt verstand. »Du weißt, was ich meine. Die werden sich ein falsches Bild von dir machen.« Ich ging ein Risiko ein, verstrickte mich nur noch tiefer. Ich wusste genau, dass mein Zynismus Laura noch mehr angewidert hätte als meine Untreue. »Ich will dir helfen.« Sie schürzte kaum merklich die Lippen. Nur daran merkte ich, dass sie mich verstanden hatte. »Ich wünschte, ich könnte etwas für dich tun.«

Sechs Meter weiter beschrieb Laura der Polizei, wie der Angreifer ausgesehen hatte. Ich trat zu ihr, als sie das Gespräch beendete. Sie sah mich scharf an, weil ich allein zurückgekommen war, weil ich versagt hatte. Ich entschuldigte mich nicht, traute mich kaum, überhaupt etwas zu sagen.

»Ich setze mich zu ihr, bis sie kommen. Vielleicht redet sie jetzt mit mir.« Die nächsten Sekunden waren eine konzentrierte Version des Entsetzens, das sich wie ein Film über alle darauffolgenden Tage legen sollte. Ich konnte Laura nicht daran hindern, ohne mich zu verraten, also sah ich zu, wie sie zwischen die Wohnwagen trat und sich neben Beth kniete. Ich stellte mir vor, wie Laura aussehen würde, wenn sie es erfuhr. Ich konnte mir mühelos ihre weit aufgerissenen Augen und den klaffenden Mund vorstellen und wusste, ich könnte es nicht ertragen. Dann fiel mir eine Lösung ein, und sie war geradezu hinreißend schlicht. Wenn Laura herausfindet, was ich getan habe, bringe ich mich einfach um. Laura wird mich wegschicken, und ich kann nicht ohne sie leben. Es war, als hätte ich eine Glasscheibe heraufbeschworen, die ich im Notfall einschlagen konnte, und das verschaffte mir einen gewissen Frieden. Eine Methode überlegte ich mir allerdings nicht. Wenn der erste Schritt zum Handeln darin besteht, über die Logistik nachzudenken, hätte mir letztlich wohl der Mut gefehlt, um mein Vorhaben auszuführen. Noch während ich einen Selbstmord erwog, war mein Selbsterhaltungstrieb stärker.

Die Frauen hinter mir flüsterten. Ich hatte die Aufgabe, nach der Polizei Ausschau zu halten. Ich stand neben dem zerbrochenen Karussellpferd mit den angeschlagenen Augäpfeln, von dem die Goldfarbe blätterte, die Füße gespreizt, die Arme vor der Brust verschränkt wie ein Rausschmeißer im Nachtclub. Ich wartete darauf, dass Laura entsetzt aufschrie.

Zum Glück war die Polizei Minuten später da, schwarzgelbe Streifen, die sich auf uns zubewegten. Laura übernahm das Reden. »Die hätten auch zwei Frauen schicken können«, sagte sie leise, als sie an mir vorbeiging. Da wurde mir klar, dass Beth ihr nichts verraten hatte. Zuerst war ich erleichtert, dann wurde mir geradezu übel vor Schuldbewusstsein, zuletzt überkam mich bittere Reue, ein Muster, das sich seither unablässig wiederholt hat. Dass Beth bis heute schweigt, mag für uns entscheidend sein, aber es hängt wie eine Guillotine über mir. Sie hält das Seil fest, kann aber nicht loslassen, ohne sich selbst die Hände zu verbrennen.

54

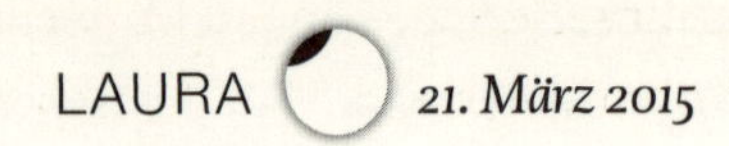

Auf der Wilbraham Road, die letzte Nacht wie ausgestorben dalag, herrscht heute reges Treiben. Auf jedes Auto, das hier parkt, kommt ein Handwerker. In Ronnis Vorgarten dreht sich ein Betonmischer: gut. So kann ich Kit anschreien, ohne dass die Nachbarn es mitbekommen.

Ich dusche und massiere mit kreisenden Bewegungen Öl in meinen Babybauch. Ich wasche mir die letzten lila Beerenflecken aus den Haaren und puste sie mit dem Föhn trocken. Noch eine halbe Stunde, bis Kit nach Hause kommt. Im Arbeitszimmer lege ich Beths Dossier über Jamie auf den Tisch. Ich reiße die Heftklammern heraus und ordne die Seiten nebeneinander an, als wäre das der Schlüssel zum Verständnis. Ich will Kit etwas erklären, das ich selbst kaum verstehe, und bin mir der Ironie durchaus bewusst. Wann immer ich die Seiten anders ordne, verändern sich auch die Wahrheit und die Drohung, die in ihnen stecken.

Ich muss Antonia Balcombe anrufen. Ich lebe von unangenehmen Anrufen und habe andere darin ausgebildet, das Gleiche zu tun, aber ich war noch nie so nervös, bevor ich eine Nummer gewählt habe. Was würde ich meinen Praktikanten sagen? Dass man nur dann ein Opfer seiner Nerven wird, wenn man nicht weiß, was man sagen will; man braucht ein Drehbuch, muss glauben, dass man recht hat, sich klare Ziele setzen. Was will ich von Antonia? Ich stelle eine Liste auf.

- Überprüfen, was Beth gesagt hat, inwieweit es stimmt, was sie über Jamie gesagt hat
- Mitgefühl zeigen/ihr dazu gratulieren, dass sie den Mut gefunden hat, ihn zu verlassen
- wenn Jamie draußen ist, können wir vielleicht direkt miteinander kommunizieren, sie hält mich auf dem Laufenden – dann wäre Beth außen vor
- Angebot, sich zu treffen – soll sie herkommen oder ich zu ihr fahren?

Der letzte Punkt ist eigentlich eine als Frage verkleidete Warnung.

- Welchen Eindruck macht Beth? Wirkt sie stabil?

Ich rufe das Festnetz an, weil ich Antonia nicht bei irgendetwas überraschen will. Es klingelt sechsmal, dann klickt und surrt ein altmodischer Anrufbeantworter mit Kassette, eines der Geräte, die die Nachricht ins ganze Zimmer posaunen. Das hemmt mich noch mehr.

»Dies ist eine Nachricht für Antonia. Von Laura Langrishe.« Zum ersten Mal seit zehn Jahren nenne ich meinen alten Namen. »Wir kennen uns aus dem …« Ich will gerade *Gericht* sagen, aber Antonias Kinder könnten es hören. »Aus Cornwall, aus Truro. Ich, ähm, habe mich gestern mit Beth Taylor getroffen. Aber das wissen Sie vermutlich schon. Vielleicht haben Sie sogar mit meinem Anruf gerechnet. Es gibt einiges, über das ich gern mit Ihnen sprechen würde.«

Soll ich sie warnen, damit sie Beth nicht zu nah an sich heranlässt? Ich bin zu feige. Stattdessen nenne ich meine eigenen Rufnummern und hänge ein. Ich lege das Telefon neben mich auf den Computertisch.

Dann sehe ich mir wieder Kits Sonnenfinsterniskarte an. Wenn seine Reise beendet ist, kann er einen roten durch einen goldenen Faden ersetzen. Er hat den goldenen Faden sogar schon zurechtgeschnitten und auf den Drucker gelegt. Ich überlege, ob ich ihn anbringen soll, damit ich etwas zu tun habe, lasse es aber bleiben. Kit um dieses Ritual zu bringen wäre so, als würde man für ein Kind das Türchen am Adventskalender öffnen. Eine plötzliche Zärtlichkeit durchbricht meinen Zorn, was mich nur noch mehr verwirrt. Ich will, dass er mir hilft. Ich will ihn anschreien. Ich will, dass er mich festhält. Ich will ihn die Treppe hinunterstoßen.

Die Wände und der Boden unten sind so gut wie sauber, aber der Mülleimer fängt schon an zu stinken, ein widerlich klebriger Fruchtgeruch, der sich mit der eingetrockneten Knochenbrühe mischt. Ich halte inne und sehne mich flüchtig nach dem stumpfen Geruchssinn, den ich vor der Schwangerschaft hatte, dann schleppe ich den Müllbeutel durch den Flur. Vor der Haustür werfe ich ihn in die Rolltonne. Das alles dauert keine fünf Sekunden. Ich habe gerade der Straße den Rücken gekehrt, als ich einen Luftzug im Nacken spüre. Jemand steht hinter mir.

»Laura!« Beth prallt gegen mich, stößt mich mit einer Kraft, der ich mich nicht widersetzen kann, in den Flur. Ich stolpere auf der Schwelle und falle nach vorn. Mein Bauch zieht mich nach unten, während mir die Minton-Fliesen entgegenkommen.

55

KIT *8. Mai 2000*

Am Morgen der Verhandlung erwachte ich und atmete lang und hungrig durch, als hätte man mir ein Kissen aufs Gesicht gedrückt. Als ich das geschmacklose Zimmer sah, war ich einen Moment lang orientierungslos. Laura schlief unruhig neben mir, die zuckende, unschuldige Verkörperung all dessen, was ich zu verlieren hatte. Wir befanden uns mitten in Truro, doch es war so still, dass man sich gar nicht in einer Stadt fühlte. Wo waren die Müllautos? Die Sirenen? Die Schlägereien? Ich lag wach in einem erstickend blumigen Hotelzimmer, das einem Heuschnupfen verursachen konnte, und wünschte mich zurück nach London.

Ich hatte ein ungutes Gefühl dabei, meinen Bruder allein zu lassen. Als unser Vater starb, hatte ich die erwartete Erleichterung empfunden; besser gesagt, ich hätte sie verspürt, wäre Mac nicht nahtlos in die Fußstapfen unseres alten Herrn getreten, als hätte dieser ihm persönlich die Flasche in die Hand gedrückt. Ich machte mir Sorgen um ihn; ich machte mir Sorgen um Ling und die kleine Juno, vor allem aber machte ich mir Sorgen um mich.

Mich überkam der dumme, kindische Wunsch nach einem Zauberstab. Als ich klein war und meine Welt nur aus meiner Familie, meinem Fernrohr und einem Regalmeter Science-Fiction-Romane von Philip K. Dick bestanden hatte, hing ich ständig Tagträumen über Zeitreisen nach. Ich durchlebte die üblichen Phantasien, in denen ich Hitler tötete oder die Lotterie manipulierte. Nun aber würde ich, falls ich die Gabe der Zeitreise besäße, in den vergangenen August zurückkehren und Beth davon abhalten, zum Lizard Point zu fahren. Ich hatte kurz den Verstand verloren und meine Gesundheit riskiert; danach ging ich monatelang zum Arzt und ließ mich auf Geschlechtskrankheiten untersuchen, was ich aus reinem Aberglauben auch noch fortsetzte, nachdem sich eine mögliche Infektion bei Laura längst gezeigt hätte.

An jenem Morgen betrachtete ich im Dämmerlicht das grauenhafte Gemälde an der Wand und fragte mich, wo Beth jetzt sein mochte und ob sie geschlafen hatte. Vermutlich durchlebte sie das, was ich mir nur ausmalen konnte – Jamie, der brutal in sie hineinstieß, während sie am Boden lag – immer und immer wieder. Ich stöhnte auf; Laura regte sich neben mir im Schlaf. Ich legte ihr die Hand auf die Schulter, bis sie sich wieder beruhigt hatte.

Ich hoffte so inständig, Beth möge unsere gemeinsame Nacht verschweigen, dass mir das Herz weh tat.

Zum Glück wusste ich damals nicht, wie impulsiv sie war, sonst hätte es vermutlich aufgehört zu schlagen. Selbst wenn die Verteidigung hart mit ihr ins Gericht ging, würde sie sich hoffentlich daran erinnern, dass meine rasche Reaktion auf dem Campingplatz den Prozess überhaupt erst möglich gemacht hatte.

Ich hatte zehn Monate in der Angst gelebt, die Staatsanwaltschaft könne anrufen und mir mitteilen, man wisse von meiner Beziehung zu Beth. Sie habe es in letzter Minute gestanden, und der ganze Prozess würde in sich zusammenbrechen, wenn die Verteidigung auch nur dagegenpustete. Das war nicht passiert. Also rechnete ich damit, dass es bei der Verhandlung selbst herauskäme.

Es gab unendlich viele Variablen, die man bedenken musste. Würde Beth beim Kreuzverhör zusammenbrechen und von mir erzählen? Hatte uns doch jemand gesehen? Hatten sie meine DNA an ihr gefunden? Haare, Haut, Samen, wir hatten einander überall berührt. Wir hatten beide geduscht, aber Körperflüssigkeiten konnten tagelang im Körper verbleiben. Sie mochten meine DNA nicht in den Akten haben, aber falls sie einen unbekannten Geschlechtspartner erwähnten, würde ich mich garantiert verraten – wenn nicht gegenüber dem Gericht, dann gegenüber Laura. Nachts träumte ich, die Verteidigung habe im Schlaf DNA-Proben bei mir entnommen und riefe mich nun als Überraschungszeugen auf, worauf meine Untreue praktisch unters Mikroskop gelegt würde.

Erst als wir wieder in Cornwall waren, begriff ich, dass es auch für Beth Konsequenzen hätte, wenn man die Spuren eines weiteren Mannes an ihr fand. Von Laura wusste ich, dass Verteidiger immer noch versuchten, Frauen »loses« Betragen vorzuwerfen.

Es war pure Folter für mich, als Laura am ersten Tag unbedingt im Gerichtssaal bleiben wollte.

Andererseits konzentrierte sie sich so sehr auf den Prozess, dass sie meine innere Starre nicht zu bemerken schien; und falls sie es tat, erklärte sie sich mein seltsames Verhalten wohl mit der Trauer, die in Wahrheit so weit unten auf der Liste meiner Prioritäten stand, dass ich mich manchmal fragte, ob ich jemals dazu kommen würde. Ich bin mir bis heute nicht sicher, ob ich überhaupt um meinen Vater getrauert habe.

Ich bemühte mich, mit Laura über den Fall zu sprechen, um keinen Verdacht zu erregen, aber es war, als spielte man mit einer Handgranate Tennis. Ich versuchte, alles sehr allgemein zu halten, und schien doch stets das Falsche zu sagen. Seit jener Woche bin ich durchs Leben gegangen, als balancierte ich ein

Wasserglas auf dem Kopf. Man kann zwar gehen, ohne einen Tropfen zu verschütten, muss sich aber ganz darauf konzentrieren, die Balance zu halten. Ich bin darauf fixiert, Laura zu beschützen, und habe diesen Drang so verinnerlicht, dass ich tanzen oder Rad schlagen könnte, ohne einen Tropfen zu verschütten. Damals aber war ich derart angespannt, dass ich eine Starre in Gesicht und Schultern spürte, die zu mir zu gehören schien wie mein Kopf und meine Hände.

Am dritten Tag des Prozesses erhob sich Fiona Price, um mich ins Kreuzverhör zu nehmen. Ich hätte am liebsten alles gestanden, um mir die Tortur zu ersparen. Doch ich behielt die Nerven, und es zahlte sich aus, weil ich erkannte, dass ihre seltsamen Fragen nur als Vorspiel zu Jamies Geschichte dienten, nach der er Drogen bei sich gehabt hatte. Einmal fürchtete ich, ich hätte mich verraten. Als die Anwältin die Ärztin fragte, ob sie Ejakulat an Beths Abstrich gefunden habe, zuckte ich heftig zusammen. Für meinen paranoiden Verstand war das praktisch ein Geständnis, doch Laura verdrehte nur die Augen und schaute wieder nach vorn, wo sich das eigentliche Geschehen abspielte.

56

KIT *31. Mai 2000*

Als Beth uns zum zweiten Mal in Clapham besuchte, erwischte ich sie endlich allein. Selbst da konnten wir nur kurz miteinander reden, während Laura unter der Dusche war. Mein schmutziges kleines Geheimnis hatte die silbernen Turnschuhe vor der Tür ausgezogen und stand barfuß an meinem Herd. Sie briet Rührei, das sie zu dem Räucherlachs und den Bagels servieren wollte, die sie für uns mitgebracht hatte. Sie hatte mir den kerzengeraden Rücken zugekehrt und wirkte völlig unbeschwert, ganz anders als ich, der eine schwere Last auf den Schultern trug. So schwer, dass ich einen gebeugten Zombie erwartete, wann immer ich mich beim Zähneputzen im Spiegel sah. Ich war weit davon entfernt, alles hinter mir zu lassen. Vor dem Prozess hatte ich mich so sehr beherrscht, dass ich die Disziplinreserven für ein ganzes Jahr aufgebraucht hatte. Mein Londoner Leben, nach dem ich mich so zurückgesehnt hatte, fiel langsam auseinander. Ich konnte nicht schlafen. Die Studierenden, die ich betreuen sollte, hatten mich seit Wochen nicht gesehen, und der Lehrstuhl hatte mich wegen meiner fortgesetzten Abwesenheit schriftlich abgemahnt. Mum pflegte keinen sterbenden Ehemann mehr, sondern sorgte sich um einen Sohn, mit dem es schwer bergab ging. Mac hatte ihr Geld aus der Tasche gestohlen, Schecks gefälscht und ihren Computer verkauft. Ich lieh ihm nur Geld, weil ich es nicht ertragen konnte, dass er mich bestahl.

»Beth.« Ich sprach leise, obwohl Laura, die unter der Dusche sang, uns über dem surrenden Lüfter und das prasselnde Wasser hinweg unmöglich hören konnte. Das war durchaus ironisch, denn gewöhnlich konnten nur Menschen, die einander verboten liebten, die Dringlichkeit solch gestohlener Augenblicke nachvollziehen. »Ich bin mir sicher, dass sie das Urteil nicht aufheben. Die kommen mit der Berufung nicht durch.« (Ich hatte im Internet gelesen, dass Richtern Berufungsverfahren verhasst sind; man zweifelt ihr Urteilsvermögen an, und wenn man ihnen das nimmt, was bleibt denn dann noch? Das Einzige, was ihnen wohl noch verhasster ist, sind Meineide.)

Beth schlug ein Ei auf. Eine Sekunde lang dachte ich, sie würde mich ignorieren, doch sie nahm die Pfanne vom Herd und drehte sich mit verschränkten Armen zu mir um.

»Soll das heißen, ich soll nach vorn schauen? Mich aus deinem Leben verpissen?« Sie war zornig, und mir wurde wieder einmal bewusst, wie vorsichtig ich mich verhalten musste.

»So hätte ich es nicht ausgedrückt«, sagte ich, obwohl es genau das war, was ich gemeint hatte. Der Gasring hinter ihrem Ellbogen brannte blau, doch sie schien es nicht zu bemerken.

»Du glaubst, ich würde ihr von uns erzählen.« Bei diesem »uns« zuckte ich zusammen – ich hätte ein »was wir getan haben« oder sogar »deinem Fehler« vorgezogen.

»Und, wirst du das?«

Beth wischte sich erschöpft die Hände am Rock ab wie ein altmodisches Küchenmädchen. Falls sie mit mir spielte, schien sie es jedenfalls nicht zu genießen. »Laura ist so ziemlich die einzige Freundin, die ich noch habe«, sagte sie unverblümt. »Jedenfalls die Einzige, mit der ich über Lizard reden kann. Ich stehe das nicht durch, ohne mit jemandem zu reden. Ihr von uns zu erzählen wäre der sicherste Weg, sie zu verlieren. Und ich brauche jemanden, okay?«

Wie konnte ich ihr eine Freundin missgönnen? Nur wünschte ich mir zum millionsten Mal, dass es nicht ausgerechnet Laura sein musste. Und ich wünschte mir, ebenfalls zum millionsten Mal, ich hätte Beth nie Anlass gegeben, mir bei der Sonnenfinsternis zu folgen.

»Es tut mir leid.«

»Darauf möchte ich wetten.« Sie versuchte, tapfer zu lächeln, doch es fiel eher reumütig aus. »Weißt du, was das Schlimmste ist? Du bist der Einzige, mit dem ich ganz ehrlich sein kann. Der Einzige auf der Welt, der die ganze Geschichte kennt. Und du kannst meinen Anblick nicht ertragen.« Endlich drehte sie das Gas ab. »Ich will dich nicht mehr, falls du dir deswegen Sorgen machst. Komischerweise bin ich gerade gar nicht sonderlich scharf auf einen Mann.«

Daran hatte ich gar nicht gedacht. Ich empfand definitiv nichts mehr für sie. Das Risiko mochte mich erregt haben, aber die tatsächliche Gefahr hatte das anfängliche Begehren ausgelöscht. Ich befürchtete eher, dass Beth mich drankriegen, als dass sie mich wirklich haben wollte.

»Das wollte ich damit nicht sagen.« Was ich sagen wollte, war: Wenn du nicht genügend Selbstkontrolle besitzt, um gründlich nachzudenken, bevor du unangekündigt hier auftauchst, bevor du uns mit teuren, unangemessenen Geschenken überhäufst, bevor du länger bleibst, als du willkommen bist, kurzum, wenn du nicht dieses grundlegende soziale Taktgefühl besitzt, wie soll ich dir dann bei den großen Dingen vertrauen? Laura hätte das alles in einem präzisem Satz zusammengefasst, aber ich stammelte nur vor mich hin. »Du musst doch verstehen, weshalb ich mich unbehaglich fühle. Was wir … es wird irgendwann bei einem eurer tiefschürfenden, bedeutungsvollen Gespräche herauskommen. Wenn ihr was getrunken habt. Hört auf damit.«

Sie zuckte mit den Schultern. »Ich weiß nicht, was ich dazu sagen soll. Jedenfalls ist es noch nicht herausgekommen.« Sie wirkte jetzt verlegen. »Weißt du, ich sehe, dass ihr zusammengehört. Ich habe dir schon am Morgen danach gesagt, dass ich nicht das Mädchen sein will, das eure Beziehung kaputtmacht. Ich kann nicht ändern, was passiert ist, aber ich kann das Nächstbeste tun und den Mund halten.« Sie musterte meinen Körper, den sie ganz und gar gesehen hatte, aber es lag nichts Anzügliches darin. »Du musst mir einfach nur vertrauen.«

Ich wusste genau, was sie vorhatte, weil ich das Gleiche versuchte. Das Problem abkapseln. In eine Schublade packen. Nicht zulassen, dass es unser Leben beeinflusste. Es fiel mir schwer genug, und ich war ein äußerst rationaler, disziplinierter Mann. Zumindest war ich das gewesen. Wie aber sollte die traumatisierte, missbrauchte Beth das schaffen? Unsichtbare Fäuste drückten meine Lunge zusammen. So konnte es nicht weitergehen.

»Kit«, sagte Beth geduldig. »Menschen haben schon schlimmere Geheimnisse bewahrt.«

»Aber nicht ich. Nicht Leute wie ich.« Ich schlug mir vor die Brust, um meine Worte zu unterstreichen, konnte endlich durchatmen.

»Doch, Leute wie du.« Ihre Stimme war jetzt hart wie Stahl. »Gerade Leute wie du. Wohlerzogene Jungs tun ständig schlimme Dinge und lügen deswegen. Das müsstest du eigentlich wissen.«

Der kurze Moment der Stärke war vorbei, und sie begann zu weinen. Wir waren wieder im Gerichtssaal, zwischen den Wohnwagen. Ich konnte sie nicht weiter bedrängen, selbst wenn mir die richtigen Worte eingefallen wären.

»Es tut mir wirklich leid.«

»Mir auch.« Sie wandte sich wieder der Pfanne zu.

Der Lüfter verstummte, die Badezimmertür flog auf. Eine Wolke aus duftendem Dampf mischte sich mit dem Geruch der brutzelnden Butter.

»Riecht toll!«, sagte Laura, als sie mit einem Handtuch bekleidet vom Bad ins Schlafzimmer eilte. Auf ihren Schultern glitzerten dicke Wassertropfen. Die Zärtlichkeit, die ich flüchtig für Beth empfunden hatte, richtete sich nun ganz auf Laura.

»Bitte, Beth«, sagte ich, als wir wieder allein waren. »Bitte lass Laura in Ruhe.«

Plötzlich fürchtete ich, sie könnte meine Wohnung nie wieder verlassen; das würde ich nicht überleben.

»Ich kann nicht.« Sie sagte es mit aufrichtigem Bedauern, als läge es nicht in ihrer Hand. Bekümmert erkannte ich, dass ich es wohl selbst in die Hand nehmen musste.

August 2000

Noch ein Jahr zuvor hatte es ausgesehen, als ginge es mit meinem Leben immer nur bergauf. Ich hatte einen brillanten Abschluss geschafft, eine großartige Karriere vor mir und – ein Traum war wirklich geworden – ein wunderschönes Mädchen, das ich lieben und mit dem ich reisen konnte. Nach Cornwall hatte sich das Muster umgekehrt. Mein Leben verengte sich, bestand nur noch aus Krisen. Meine Tagträume waren von zwei Bildern geprägt, die beide gleich schrecklich waren und in jedem ruhigen Moment wie ein Bildschirmschoner vor mir abliefen. Das erste Bild war Lauras Gesicht, wenn sie herausfände, was zwischen mir und Beth geschehen war, ein albtraumhaftes Gegenstück zu der Zeichnung aus dem Kinderbuch, vor der sie sich als Kind gefürchtet hatte. Das zweite Bild war ich selbst, allein in dieser Wohnung, Lauras Sachen waren alle weg, und ich starrte in das schwarze Loch, das meine Zukunft war.

Heute glaube ich, dass ich damals einen leisen Nervenzusammenbruch erlitten habe. Vernunft, Moral und Intelligenz sickerten langsam aus mir heraus. Die Hausarbeiten, die ich korrigieren sollte, wurden zunehmend vernachlässigt, und ich konnte sie häufig gar nicht mehr verstehen. Ich betrat Räume und vergaß, warum ich dort war; ich ging Milch kaufen und fand mich wie gelähmt vor dem Kühlregal im Supermarkt, bevor ich schließlich mit Brot nach Hause ging. Ich unternahm achtstündige Spaziergänge, während ich angeblich am Lehrstuhl arbeitete. Gelegentlich begleitete ich Laura, wenn sie morgens zur Arbeit fuhr, und kehrte danach mit der U-Bahn heim, um zu weinen. Die heimlichen Heulsitzungen in unserer Wohnung dauerten manchmal den ganzen Tag. Sie taten innerlich so weh, als brächen bislang unentdeckte tektonische Platten auseinander und bildeten in mir neue Kontinente. Zwischendurch schaute ich mit rotgeweinten Augen auf die Uhr, damit ich pünktlich in die Stadt fahren und Laura abholen konnte.

Ich sehnte mich so verzweifelt danach, Beth loszuwerden, dass ich in alte Kindheitsphantasien verfiel; nun ermöglichten es mir die Zeitreisen, Beth verschwinden zu lassen, sie wurde in ein Paralleluniversum gebeamt. Auf einer eher irdischen Ebene bot man ihr einen Job an, den sie nicht ablehnen konnte, beispielsweise in Neuseeland. Vielleicht, so träumte ich, fände sie bei der Arbeit eine neue Freundin oder verstünde sich gut mit einer Mitbewohnerin. Vielleicht – das war die ausgefallenste und am weitesten hergeholte Hoffnung von allen – bekäme sie Laura irgendwann satt. Ich wollte, dass Beth nicht leiden musste. Ich vergaß nie, wie sehr sie schon gelitten hatte.

Doch die ungleiche Freundschaft wurde immer enger. Oft kam ich nach Hause und entdeckte die beiden einzigen Frauen, mit denen ich je geschlafen hatte, zusammengekuschelt auf dem Sofa, verbunden durch eine tiefgründige weibliche Kommunikation, die zu durchdringen ich nicht hoffen konnte. Ich kam mir vor wie auf einer Streckbank, hin- und hergerissen zwischen der Pflicht, mich um Mac zu kümmern, und dem verzweifelten Drang, zu Hause zu bleiben und Laura und Beth zu überwachen.

Ich überlegte ständig, wie ich Laura ein Ultimatum stellen konnte, wohl wissend, dass es unmöglich war. Ich fürchtete mich, ihre Antwort zu hören. Im Geist spielte ich immer wieder durch, was sie zu mir gesagt hatte: Das ist kein Entweder-oder. Laura würde Beth nur gehen lassen, wenn Beth sie wegstieß. Und das würde nicht passieren.

Als Beth uns das Foto schenkte, sah ich einen Hoffnungsschimmer. Noch während ich es anschaute, überkam mich Panik. Ich dachte: Jetzt schickt Laura sie in die Wüste, es kann nicht anders sein. Es war ein Ausrutscher in Beths Selbstzensur, den ich nicht besser hätte planen können. Ich dachte mir, jetzt ist für Laura das Maß voll, das kann sie nicht dulden. Ich wappnete mich für eine Auseinandersetzung, eine Explosion, bei der Beth mit der Wahrheit herausplatzen würde, sowie sie begriffen hätte, dass sie Laura ohnehin verlieren würde. Doch diese Auseinandersetzung kam nicht. Statt über Beths Voyeurismus entsetzt zu sein, war Laura von dem Bild bezaubert. Ich hatte mich daran gewöhnt, mich unter Kontrolle zu halten, aber in dieser Situation fiel es mir besonders schwer. Ich griff so fest nach ihren Haaren, dass ich fürchtete, ihr weh zu tun.

Wenn Beth sich so sicher fühlte, dass sie dieses Bild für akzeptabel hielt, war sie zu allem fähig. Man konnte unmöglich vorhersehen, was sie als Nächstes tun oder sagen würde.

Für mich war es Angst und Motivation zugleich. Und als sie schließlich erzählte, dass sie nach Lizard Point getrampt war, gab es für mich kein Zurück mehr.

»Kannst du dir auch nur im Entferntesten vorstellen, wie es sich anfühlt, so viel Zeit mit euch zu verbringen und mich dabei ständig am Riemen zu reißen?«, hatte Beth gesagt.

Laura wurde blass; sie musste mein heimliches Entsetzen gespürt haben. Nachdem Beth hinausmarschiert war, trat ich auf den Balkon und klammerte mich ans Geländer, um die Balance zu wahren.

»Wo ist sie hin?«, fragte Laura, als unten die Haustür zuschlug.

Beth überquerte gerade die Straße und ging vom Park zur U-Bahn-Station. »Auf den Common, ich kann sie zwischen den Bäumen sehen«, sagte ich.

Ich wartete, bis Laura dort hingelaufen war, steckte mein Portemonnaie ein und rannte so schnell die Treppe hinunter, dass es mir wie eine Flucht vorkam. Der Verkehr meinte es nicht gut mir mir, die Londoner Autofahrer wollten nicht auf ihre zehn Sekunden Sprint zwischen zwei roten Ampeln verzichten.

Ich verschwendete wertvolle Sekunden, als ich meine Travelcard in den Schlitz schob. Als ich unter der Erde war, stand Beth schon auf dem Bahnsteig, ihr Schal flatterte im schwefeligen Windzug der einfahrenden U-Bahn. Ich erreichte sie, als die Türen aufgingen, und ergriff ihren Oberarm. Ihr weiches Fleisch wurde bei der unerwarteten Berührung zu Eisen. Es war der erste Körperkontakt seit jener Nacht in Cornwall.

»Warte«, keuchte ich. »Warte mal.« Sie bewegte sich einen Schritt nach vorn, um meinen Griff zu testen, und gab dann resigniert nach.

Wir standen im Dieselsog der Bahn, als sie in Richtung Edgware abfuhr. Einen Moment lang waren wir die einzigen Menschen auf dem schmalen Bahnsteig. Der tiefe Graben, in dem die Züge fuhren, klaffte einladend vor uns auf. Es wäre so leicht –

»Weißt du eigentlich, wie es sich anfühlt, Laura zu belügen?«, durchbrach sie meine Gedanken. »Natürlich weißt du das.«

Sie ließ sich von mir zu einer Bank führen. Als ich mich setzte, zitterten wir beide.

»Wenn sie von uns wüsste, wäre es nur noch schlimmer. Wir haben so lange durchgehalten. Es ist ja nicht, als wäre es gestern passiert. Du hast sie während eurer gesamten Freundschaft belogen. Du würdest ihr das Herz brechen, wenn du es ihr sagtest. Das willst du doch ebenso wenig wie ich.«

»Aber es ist schwer, mit dieser Lüge zu leben. Ich hätte nie gedacht, dass es mich so erschöpfen würde.«

»Beth. Drohst du mir, es ihr zu sagen?«

Ein Zug fuhr ein. Sie stieg ein, ohne mir zu antworten. An der Tür sagte sie: »Ich weiß wirklich nicht, wie du das schaffst.«

War es nun eine Drohung oder nicht? Ich wusste nur, dass wir sie nicht wiedersehen durften. Das alles lauerte zu knapp unter der Oberfläche. Der Countdown zu meiner Zerstörung hatte begonnen. Ich sah ihn vor meinem inneren Auge, rote Zahlen, die auf einem schwarzen Display gegen null liefen. Es ging nicht mehr darum, mich auf Beths Schweigen zu verlassen. Entweder wir befreiten uns aus dieser Situation, oder ich würde Laura für immer verlieren.

Ich schaute so vielen Zügen bei der Abfahrt zu, dass irgendwann ein Sicherheitsmann herunterkam, um nach mir zu sehen. Er dachte wohl, ich wollte mich umbringen. Vielleicht hatte er gar nicht so unrecht.

An jenem Abend weinte ich zum ersten Mal in Lauras Beisein; ich weinte wirklich, verlor vollkommen die Fassung. Sie konnte ihr Entsetzen nicht rechtzeitig verbergen. Wenn ich nicht irgendetwas unternahm, wenn ich nicht bald einen Ausweg fand, würde sich ihr Mitgefühl in Verachtung verwandeln, und ich würde sie trotz allem verlieren.

Die Erleuchtung kam mir, während Laura schlief. Die einsame Duftkerze flackerte unablässig. Ich war wütend auf mich, weil ich uns in diese Falle gelockt hatte, und hätte die Kerze am liebsten quer durchs Zimmer geschleudert. Und da kam mir die Idee. Mein Leben lang hatte man mir vorgeworfen, ich hätte keine Phantasie, doch der Gedanke, was ich aus dem zerbrochenen Glas machen könnte, stand plötzlich vor mir wie ein Bild, das der Computer herunterlädt – lebendig, unvermittelt und losgelöst von mir.

Ich muss zu meiner Verteidigung sagen, dass es mir niemals vernünftig, sondern nur notwendig erschien, und wenn mir ein besserer Weg eingefallen wäre, um Laura aus Beths Klauen zu befreien, ohne beide zu verletzen, hätte ich ihn gewählt. Doch mir fiel nichts Besseres ein. Mir fiel gar nichts anderes ein. Die surrenden, vom Stress erzeugten Neonlichter hatten mein Gehirn schmelzen lassen. Als Laura schlief, ging ich nach unten, zerschlug das Glas auf dem Gehweg und schob die Scherben vorsichtig durch den Briefschlitz. Laura würde sofort an Beths Attacke auf die Autoreifen denken. Falls nicht, würde ich schon dafür sorgen.

Den Rest der Nacht verbrachte ich vor dem Laptop und trank einen Kaffee nach dem anderen. Ich hätte es mir anders überlegen können, doch an dem Abend, an dem ich Beth begegnete, hatte ich irgendwie den Verstand verloren. Und dieser Verlust war zu einer äußeren Kraft geworden, die jeden meiner Schritte lenkte. Ich hatte bemerkt, dass Laura neuerdings barfuß nach unten ging, um die Post zu holen, und sie durfte sich natürlich nicht verletzen. Ich wartete bis zehn und ging dann hinunter. Auf der Matte lag keine Post, nur die rußgeschwärzten Glasscherben, die ich nachts durch den Briefschlitz geschoben hatte. Ich wählte die längste aus und stellte sie aufrecht hin.

Ich schloss die Augen, ballte die Fäuste und trat so fest ich konnte darauf. Meine Strafe hatte begonnen.

57

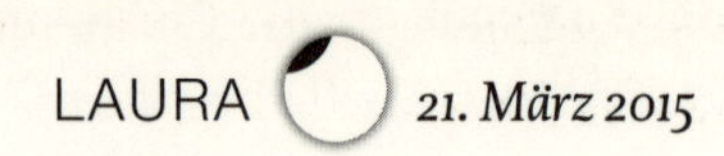

LAURA *21. März 2015*

Meine Ellbogen fangen den Sturz größtenteils ab. Zwei gegabelte Schmerzblitze durchzucken meine Arme und verschmelzen zwischen den Schulterblättern. Mein Bauch prallt eher weich auf die Fliesen, ich merke nur, wie etwas in mir hin und her schwappt. Ich bin zu betäubt, um zu schreien, rolle mich auf die Seite und sehe mich zwei braunen Männer-Bootschuhen gegenüber. Ich schaue hoch. Rote Socken. Beige Chinohose. Ein geblümtes Hemd mit Nadelstreifen an Kragen und Manschetten. Sein Kopf zeichnet sich vor der Flurlampe ab, feine Haare stehen in einem dünnen Heiligenschein um seinen Kopf. Ich brauche nicht sein Gesicht zu sehen, um zu wissen, wer er ist.

»Es ist nicht, wonach es aussieht«, sagt Jamie.

Ob er wohl weiß, dass er dieselben Worte in Cornwall benutzt hat?

Wir drei sind einen Moment lang wie eingefroren: ich auf dem Boden, er hoch über mir, Beth mit zerrauften Haaren zwischen uns. Ich sehe Jamie forschend an, will wissen, was er vorhat. Er sieht aus wie immer und doch anders. Der Hals ist dicker, die Augenpartie schlaffer, genau wie bei uns allen. Er sieht noch immer reich aus, wirkt aber weicher in der Kleidung, die seine Frau ausgesucht hat.

»Laura, ich …«, setzt Beth an. Der Blick, den Jamie ihr zuwirft, lässt sie rasch aufstehen. Es erinnert mich daran, wie Antonia damals im Gericht abrupt den Platz wechselte, als er sie nur anschaute. Bei dem Gedanken, sie könnten unter einer Decke stecken, wird mir ganz schlecht. Könnte alles, wovon sie gestern erzählt hat – die Unterlagen, Antonia, das Pub –, eine aufwendige Falle gewesen sein? Ich hätte ihr nicht aufmachen dürfen. Ich hätte nicht hierher zurückkommen dürfen.

»Raus aus meinem Haus.«

Jamie tritt die Tür hinter sich zu und legt die Kette vor. »Na los, steh auf.« Er klingt besorgt, streckt mir die Hand entgegen. Ich ignoriere die Hand, drücke die Handflächen auf den Boden und hieve mich in eine sitzende Stellung, die Beine links und rechts vom Bauch, den ich nach Bewegungen abtaste. Ein Baby tritt, dann das andere. Von meinen ramponierten Gelenken abgesehen, fühle ich mich ... ganz gut. Unversehrt, zumindest körperlich. »Na los, steh schon auf.« Als ich mich am Treppengeländer hochziehe, blitzt etwas Buntes auf. Jetzt begreife ich auch, warum Beth ihm gehorcht. Das Messer, das er ihr in die Seite drückt, hat einen kurzen Griff und eine lange Klinge, es ist wie ein schimmernder, stählerner Spiegel, in dem sich das Buntglas der Haustür fängt und ein Kaleidoskop an die Wände wirft. Seine Hand ist so ruhig wie seine Stimme. »Na bitte, Laura. Ist doch nichts passiert.«

Beth flüstert, obwohl ihr Jamie näher ist. »Es tut mir so leid, ich weiß nicht, was passiert ist, er sollte doch noch gar nicht draußen sein, er –«

»Suchen wir uns doch ein bequemeres Plätzchen«, sagt Jamie verbindlich und schaut sich in meinem Haus um, als wäre er ein Makler, der ein Gutachten erstellt. »Du sollst es in deinem Zustand doch bequem haben. Wo ist der Küchentisch?«

Natürlich wandern meine Augen unwillkürlich zu der kleinen Treppe. Mit der Messerklinge lenkt er Beth von der Tür weg und durch den Flur. »Wenn ihr beide bitte hier entlanggehen würdet.« Und dann: »Ihr solltet eure Gesichter sehen! Ehrlich, ihr braucht euch keine Sorgen zu machen. Wir müssen nur ein bisschen Papierkram regeln.«

Er spricht in dem gleichen Ton wie am Lizard Point: kumpelhaft und gebieterisch. Alles ist gut, solange Jamie es unter Kontrolle hat. Doch wenn er sich unter Kontrolle hätte, wäre er nicht hier. Ich weiß genau, wie schnell Jamie Balcombe zwischen den beiden Seiten seiner Persönlichkeit hin- und herschalten kann. Dieses Wissen macht das Messer nur noch schärfer.

Ich bewege mich an der Wand entlang, die fünf Stufen hinunter in die Küche, das Handy hinter dem Rücken, und versuche, mir auf einer virtuellen Tastatur vorzustellen, wo die Neun sein könnte. Aber ich kann es nicht einmal mit der PIN entsperren, und Jamie ist ohnehin dicht bei mir.

»Danke«, sagt er, als wir alle drei in der Küche stehen. Er streckt die freie Hand aus wie ein Grundschullehrer, der ein Kaugummi beschlagnahmt. Instinktiv umfasse ich das Handy fester. Er drückt Beth das Messer in die Seite. Als sie erstickt aufschreit, werfe ich es auf den Küchentisch. Jamie legt sein eigenes Handy daneben und holt das von Beth aus derselben Tasche. Er reiht alle nebeneinander auf der Resopalplatte auf, die Displays nach oben, drei glänzende, schwarze Rechtecke. Meins sieht neben dem übergroßen, eleganten Gerät von Beth und Jamies BlackBerry ziemlich alt und mitgenommen aus.

Will er uns vergewaltigen? Will er uns umbringen?

Ich kenne diese Küche, finde mich blind darin zurecht. Gegenüber steht der Messerblock, aber ich kann ihn nicht erreichen. Die Messer sind deutlich zu sehen, und ich weiß, dass in der Schublade hinter mir ein Hackbeil liegt. Und in dem Topf mit den Holzlöffeln steht ein Fleischklopfer. Die Tür wird von einem alten Zehnpfundgewicht offen gehalten, das sich auch als Totschläger verwenden lässt, vorausgesetzt, ich könnte mich bücken und es aufheben. Hier drinnen gibt es jede Menge Mordwaffen, und doch ist Jamie im Vorteil. Er braucht nur eine einzige Klinge.

Der Minutenzeiger auf der Küchenuhr tickt voran. Kit muss jeden Augenblick nach Hause kommen. Ein schwacher Trost. Ich weiß, er würde alles tun, um mich zu beschützen. Von damals weiß ich aber auch, dass ihm solche Krisen gar nicht liegen.

Ich nehme mir nicht bewusst vor, Jamie zu treten; nur hebt sich mein Fuß plötzlich zu seinem Schritt. Ich ziele nicht schlecht, doch er bewegt sich im letzten Moment, und statt ihm einen vernichtenden Tritt in die Eier zu versetzen, treffe ich nur seinen Oberschenkel. Er lässt vor Schreck das Messer fallen, was natürlich gut ist, aber ich wollte ihn am Boden haben, und noch bevor die Klinge die Fliesen erreicht, explodiert der Schmerz in meinem Kopf. Jamie hat mir einen so heftigen Schlag aufs linke Ohr versetzt, dass irgendetwas tief in mir zu bersten scheint. Ich taumele gegen die Wand. Meine Augen spielen mir einen Streich, das Messer schlittert wieder und wieder über den Boden. Der ganze Raum neigt sich und richtet sich, kurz bevor ich umfalle, wieder auf. Und neigt sich erneut. Als alle Bilder, die in meinem Kopf rotieren, ineinanderfließen, erkenne ich, dass Jamies Messer am anderen Ende des Raums liegt, mit der Klinge unterm Kühlschrank. Er hat ein Messer aus dem Block gezogen, das doppelt so lang ist wie die Waffe, die er mitgebracht hat. Kits heißgeliebtes Sabatiermesser. Ich habe es ihm letztes Jahr zum vierzehnten Hochzeitstag geschenkt, den man auch die stählerne Hochzeit nennt. Mit einem Sabatier kann man sogar Knorpel durchtrennen. Wir haben es erst vor wenigen Wochen fachmännisch schärfen lassen. Man könnte damit operieren.

»Was hast du ihr angetan?«, fragt Beth. Der Schmerz strahlt

von meinem Ohr in Hals und Zähne. Ihre Worte klingen verzerrt. Ist mein Trommelfell geplatzt? Mit der Zunge ertaste ich einen lockeren Eckzahn, schmecke aber kein Blut, sondern spüre nur ein heißes, rhythmisches Pochen.

»Setz dich bitte.« Jamie hält das neue Messer so still, als hinge es in der Luft, in Plexiglas gegossen. Während Beth hinter den Tisch rutscht, greift er mit der anderen Hand in die Gesäßtasche und holt einige Blätter Computerpapier heraus, die sich entfalten, als er sie auf den Tisch flattern lässt.

»Du bitte auch, Laura. Beth, die Hände unter den Tisch.«

»Ich passe da nicht hin«, flehe ich. Als ich den Kiefer bewege, spüre ich den Schmerz in dem beschädigten Nerv. Mir fällt ein, was er Antonia angetan hat; das hier ist ganz typisch für ihn.

Er mustert mich. »Klar passt du dahin.« Er neigt das Messer zu meinem Bauch, mehr Aufforderung brauche ich nicht. Ich entschuldige mich im Stillen bei meinen Zwillingen und quetsche mich unter Schmerzen auf die Sitzbank. Auf dem Tisch klebt ein Spritzer Hühnersuppe von gestern, den habe ich wohl beim Abwischen übersehen. Nach drei Sekunden verkrampft sich schon mein Rücken. Wie lange sollen wir so bleiben? Ich kann mich hier nicht verteidigen. Und die Handys sind außer Reichweite.

»Hände unter den Tisch, Laura.« Wieder kann ich nur gehorchen. Als ich die Hände in den Schoß lege, fühlt sich die Haut an meinen Armen … gut an. Normal. Es ist, als hätte ich die Sorgenphase übersprungen. Irgendwie ergibt es sogar Sinn. Meine Arme waren immer dann gereizt, wenn ich mit dem Schlimmsten rechnete. Nun ist das Schlimmste plötzlich eingetreten, das Frühwarnsystem hat nicht funktioniert. Selbst meine Angst hat mich im Stich gelassen.

Als ich Beth zum ersten Mal ins Gesicht sehe, bemerke ich entsetzt den grellen, roten Striemen, der sich um ihren weißen

Hals zieht. Unter ihrem Kinn ist der Abdruck einer Gürtelschnalle zu sehen. Sie merkt, dass ich es bemerke. »Ich musste fahren«, sagt sie, und das reicht schon; ich kann mir genau vorstellen, wie er ihren Kopf mit dem Gürtel an die Kopfstütze gefesselt hat. »Er war bei Antonia, als ich hinkam.« Mir wird übel, als ich mir die Szene vorstelle: das gemütliche Heim der Familie Balcombe, das vom ehemaligen Hausherrn terrorisiert wird. Meine Nachricht auf dem AB hallt durch ein blutbespritztes Zimmer. Beth deutet meinen Gesichtsausdruck richtig und schüttelt den Kopf. »Sie waren schon weg«, versichert sie mir. Das Bild schrumpft zu einer Hintertür, die im Luftzug schwingt, zu verstreutem Spielzeug im Garten. »Sie hat mir eine SMS geschickt, dass er dort ist, aber da war es schon zu spät.«

Ich bekomme den Ablauf noch nicht auf die Reihe.

»Antonia spielt jetzt keine Rolle«, sagt Jamie. »Kommen wir zum Geschäftlichen. Drei Seiten sollten reichen.« Er gibt uns nickend die Erlaubnis, die Hände vom Schoß zu nehmen, und wir teilen das Papier auf. Ich beschließe sofort, meins zu versauen; wenn wir kein Papier mehr haben, muss eine von uns ins Arbeitszimmer gehen, um neues zu holen. Er kann uns nicht beide im Auge behalten, das Zimmer befindet sich zwei Etagen höher. Ich versuche, Beth den Gedanken zu übermitteln, doch sie blickt wild und unfokussiert um sich.

Ihr Handy summt, das Display leuchtet auf.

»Hände unter den Tisch!«, schreit Jamie. Wir gehorchen. Zum Lesen brauche ich nicht die Hände. Zwei Nachrichten werden angezeigt. Ich lese zuerst die frühere.

Wo bist du?
Jamie 2 Tage draußen & schon abgetaucht
Bewährung vergeigt
KOMM NICHT ZU MIR NACH HAUSE

In der neuesten Nachricht warnt sie nicht mehr, sie ist in Panik.

HABE BEI DIR ANGERUFEN.
SARA SAGT, DU WILLST ZU MIR.
KOMM NICHT!!!
RUF MICH UM GOTTES WILLEN AN, BETH.

Jamie starrt auf das Handy.

»Wer ist Sara?«, hauche ich, während er abgelenkt ist.

»Mitbewohnerin«, erwidert Beth lautlos.

Zehn Sekunden später leuchtet das Display wieder auf.

Ich habe der Polizei erzählt, was Jamie über dich gesagt hat. Sie nehmen es ernst und sehen nach, ob du in Sicherheit bist. Bitte ruf an, bin so besorgt.

Jamie wirft das Handy auf den Boden und zertritt es, wobei er uns drohend anfunkelt. Seine Verzweiflung lässt mich ein bisschen hoffen; die Polizei kann Beths Handy möglicherweise orten. Dann wäre sie schon unterwegs. Ich habe oft genug *Traffic Cops* gesehen, um zu wissen, dass sie auch ihr Nummernschild verfolgen können; selbst wenn das Auto in einer winzigen Parklücke vor meinem Haus steht, wurde es unterwegs von Dutzenden Überwachungskameras gefilmt. Damit kann die Polizei ihren Aufenthaltsort eingrenzen. Sie dürfte auch schon einen Strafzettel haben; damit sind sie hier im Viertel sehr streng. Das könnte ebenfalls eine Warnung auslösen. Antonia wird ihnen wohl alles Übrige erzählen; vielleicht sind sie wirklich schon auf dem Weg hierher. Dann begreife ich, dass Antonia die Polizei zu Laura Langrishe und Kit McCall geschickt haben dürfte. Falls sie uns nicht über das Nummernschild aufspüren, können wir ewig warten.

Jamie macht jetzt einen auf charmant. »Nun, folgen wir doch der gleichen Reihenfolge wie beim Prozess. Du zuerst, Beth. Wie sollen wir es machen? Entweder schreibst du zum ersten Mal in deinem Leben die Wahrheit, oder ich diktiere sie dir.«

»Ich habe die Wahrheit gesagt«, erwidert sie wütend. Ich schreie innerlich vor Frust. Warum lügt sie nicht? Nichts, was sie hier aufschreibt, hat vor Gericht irgendeinen Wert. Sie könnte ebenso gut einen Aufsatz darüber schreiben, dass sie von Außerirdischen entführt wurde. »Ich kann das nicht«, sagt sie. Ihre Augen huschen über meinen Bauch, wandern weiter ab. Selbst wenn sie einmal den verdrehten Wunsch empfunden haben sollte, mir weh zu tun, kann sie doch den Kindern nichts Böses wollen. Dumme Schlampe, warum tut sie nicht einfach, was er ihr sagt?

Der Minutenzeiger springt über die Stunde, zehn nach zwei. Von außen sieht alles normal aus, nichts wird Kit vor der Gefahr warnen, die hier drinnen lauert. Er wird schockierter sein als Jamie, aber Jamie steht näher am Abgrund.

58

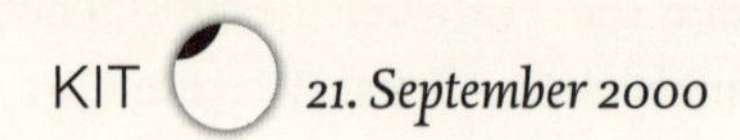

KIT *21. September 2000*

Die Sache mit der Glasscherbe ging nach hinten los. Statt den Kontakt zu Beth abzubrechen, wollte Laura mit ihr darüber reden, wollte verstehen, warum sie das getan hatte. Ich hätte es ahnen müssen; sie wollte ihrer Freundin helfen. Ich hatte die ganze Sache völlig falsch eingeschätzt, hatte den Einsatz erhöht und war an einem Punkt gelandet, an dem die Mädchen im Grunde nie wieder miteinander sprechen konnten, ohne herauszufinden, dass man sie beide belogen hatte. Damit wäre alles vorbei. Nach der Sache mit dem Glas blockierte ich Beths Nummer in Lauras Handy, doch da war noch das Festnetz. Ich konnte höchstens dafür sorgen, dass Laura nie allein in der Wohnung war.

Inzwischen war ich halb von Sinnen. Seit über einem Monat hatte ich nie länger als vier Stunden am Stück geschlafen. Mein neuestes Hobby bestand darin, nachts wachzuliegen, bis Laura eingeschlafen war, den Laptop einzuschalten, ein leeres Dokument zu öffnen und einen Aktionsplan aufzustellen. Er begann immer gleich:

Zielsetzung:
Trennung von Beth ohne Konfrontation.

Methode:
Beth muss etwas noch Schlimmeres tun.

Heimlich nachts ausziehen; bei Ling oder Mum unterkommen?
Falls nicht, Darlehen aufnehmen, damit wir zwei Mieten zahlen können

Wie ich Laura das verkaufe:
...

Es war unmöglich. Der Bildschirm blieb ebenso leer wie mein Gehirn.

Das Verstörendste an dieser neuen nächtlichen Routine war, dass ich zwar keinen Plan aufstellte, mich aber oft dabei ertappte, wie ich ein Geständnis niederschrieb. Es geschah nicht bewusst, und doch hatte ich plötzlich auf einer halben Seite detailliert geschildert, wie ich mit Beth die Nacht verbracht hatte. Ich konnte es mir nicht durchlesen; stattdessen drückte ich die Löschtaste und sah zu, wie die Wörter von meiner Hand aufgesogen wurden. Dann klappte ich den Laptop zu, ging ins Bett und schrak wenig später wieder hoch, weil ich davon überzeugt war, dass ich das Dokument unter einem verräterischen Namen abgespeichert hatte. Auch das Wissen, dass Laura meinen Laptop nie benutzte, konnte die Panik nicht vertreiben; ich musste den Computer wieder einschalten und alle Dateien nach etwas durchsuchen, das nicht da war.

Als Beth schließlich anrief, wartete ich neben Laura, die das Telefon laut gestellt hatte. Es war eine gute Nachricht, dass man die Berufung abgelehnt hatte; so waren wir endlich frei. Ich hätte den Apparat am liebsten an der Wand zerschlagen, konnte aber nur entsetzt zuhören, wie sich die Mädchen zum ersten Mal seit der Glasscherbe unterhielten. Gleich würden sie Streit bekommen und mich dabei entlarven.

»Sollen wir nicht essen gehen, um das zu feiern?«, fragte Beth. Wenn man wie ich die ganze Geschichte kannte, war ihre Verwirrung nur allzu verständlich. »Ich lade euch ein. Um mich für alles zu bedanken, was ihr für mich getan habt.«

Laura wurde ganz still, mein Herz ganz schwer. Sie durften nicht weiter miteinander reden. Ich zuckte mit dem Fuß, um Laura daran zu erinnern, was wir durchgemacht hatten. Als ich ihn absetzte, trat ich auf ein Kabel und begriff spontan, wie ich das ausnutzen konnte. Die Idee leuchtete wie ein grünes Notausgangsschild im dunklen Kino.

»Einfach so ein Abendessen, meinst du?«, fragte Laura. »Ich meine, nach allem, was passiert ist? Wir sind nicht gerade freundschaftlich auseinandergegangen.«

Ich schob meinen Fuß ein Stückchen nach links und hakte den dicken Zeh um das, was ich mit neunundneunzigprozentiger Sicherheit für das Telefonkabel hielt. Ich konnte von hier aus sehen, dass die Verbindung zur Steckdose locker war.

»Was soll ich denn sagen?«, fragte Beth gereizt. Ich trat fest auf das Kabel und hoffte, dass die Verbindung abbrach.

»Entschuldigung wäre ein guter Anfang«, sagte Laura nun ähnlich aufgebracht. Scheiße. Ich versuchte, möglichst unauffällig auf die Kabel zu schauen und mich zu bewegen, ohne dass Laura es merkte. Mein Puls hämmerte so laut, dass ich damit rechnete, mein Hals und meine Handgelenke würden sich im Rhythmus blähen.

»Ich soll mich bei dir entschuldigen?« Ich rückte mit dem Fuß ein bisschen nach links und versuchte es noch einmal.

»Sie hat eingehängt!«, sagte Laura. Ich konnte die Erleichterung nicht genießen, sondern nahm ihr das Telefon weg und legte es vorsichtig beiseite.

»Du solltest dich erst mal beruhigen. Deine Hände zittern ja.«

Ich musste mich irgendwie beherrschen, ein Pokerface wahren. Ich wusste, Laura würde nicht länger als ein oder zwei Tage abwarten. Im Geist ging ich Beths Fehler noch einmal durch – die Geschenke, die Fotos, dass sie verdammt nochmal ständig bei uns auftauchte – und sagte mir, dass sie sich damit ihr eigenes Grab geschaufelt hatte. Ich musste nur vollenden, was sie begonnen hatte.

Um drei Uhr morgens ist London am stillsten. Die Welt wirkte vollkommen lautlos, als ich mich auf den Treppenabsatz im dritten Stock kauerte, ein altes Feuerzeug von Mac in der einen und eine fünfzig Pfund teure Kerze in der anderen Hand. Beth war mindestens einmal allein in der Wohnung gewesen; das hätte gereicht, um sich den Ersatzschlüssel nachmachen zu lassen und ihn beim nächsten Besuch wieder an den Haken zu hängen. Wenn ich das Laura gegenüber andeutete, würde sie wohl jede Verbindung zu ihr abbrechen.

Das Gas traf auf den Zündstein, die Flamme leuchtete golden. Schweren Herzens schlich ich nach oben. Hätte ich gewusst, wie ich von Beth loskommen konnte, ohne jemandem weh zu tun, hätte ich es getan. Sofort. Aber mir fiel nichts Besseres ein. Meine Intelligenz war nicht für solche Krisen geschaffen, mehr brachte ich nicht zustande. Ich warf einen letzten Blick auf die kleine Flamme, die auf dem Treppenabsatz züngelte, und bog dann um die Ecke in die Dunkelheit.

Ich hoffte, der Geruch von Blood Roses würde die Treppe heraufziehen und Laura wecken. Falls nicht, würde ich noch eine halbe Stunde warten – bis Beth theoretisch über alle Berge war – und dann mit Laura nach unten gehen und die Kerze entdecken. Ich freute mich beinahe darauf. Wir würden sie auspusten, darüber reden und gemeinsam entscheiden, dass Beths

Feldzug eskaliert war und wir von hier verschwinden mussten. Wir würden vielleicht gar nicht mehr ins Bett gehen, nur die wichtigsten Dinge packen und noch vor dem Frühstück verschwinden. Ich wollte nicht zu meiner Mutter ziehen, aber es machte mir nichts aus, ein paar Nächte bei ihr zu bleiben, bis ich Laura davon überzeugt hatte, dass ein sauberer Bruch mit Beth das einzig Richtige wäre.

Ich war so zufrieden mit mir, dass ich mich noch schlafend stellte, als Laura schon aufgewacht war. Mir war nicht bewusst, wie gestört ich in den schlaflosen Wochen tatsächlich war. Vermutlich hatte meine vorübergehende Unzurechnungsfähigkeit jenen Teil meines Gehirns lahmgelegt, der sich gewöhnlich mit Physik und Chemie beschäftigte. Ich hatte mich ganz darauf konzentriert, dass es keinen Luftzug im Treppenhaus gab, keine weichen Stoffe, die Feuer fangen konnten, und hatte dabei die altmodische Farbe und die abblätternde Tapete übersehen. Ein unbeschnittener Docht hat eine hohe Flamme, und die Flamme einer neuen Kerze brennt noch größer. Schon die Hitze musste dafür gesorgt haben, dass die jahrzehntealte Farbe Blasen warf; das Treppenhaus brannte lichterloh, als hätte man Benzin darin verschüttet.

Der beißende Geruch von Rauch und brennender Farbe drang nach wenigen Sekunden in die Wohnung, und dann war es schon zu spät; viel zu spät. Laura wollte geradewegs ins donnernde Herz des Feuers laufen, statt sich aufs Dach zu retten. Die Fußverletzung hatte ich mir absichtlich beigebracht, doch als ich den heißen Türgriff anfasste, reagierte ich rein instinktiv. Rauch und Feuer und Zerstörung überraschten mich so sehr, dass es mir vorkam, als hätte nicht ich sie verursacht. Hätte ich in jenen brennenden Momenten denken oder reden können, hätte ich Beth die Schuld gegeben und es selbst geglaubt.

Feuer verändert alles. Nach jener Nacht verlor Laura ihr Selbstvertrauen und wurde von mir abhängig. Es ist ein unangenehmes Paradoxon, dass ich so großen Anteil an ihrer Angst habe und dennoch das Gute in ihr sehe. Ich musste sie pflegen und beschützen, und wenngleich ich es hasste, ihre Schmerzen zu sehen, fanden wir in unserer neuen Dynamik wieder zu jener Intimität, die wir zuvor verloren hatten.

In der Stunde nach unserer Flucht konnte ich das alles nicht ahnen. Laura und ich saßen im Krankenwagen und sahen zu, wie schwarze Rauchfahnen aus den Fenstern unserer Wohnung zogen. Nichts kann einem die Zukunft so entreißen wie der Schmerz; die ganze Welt beschränkt sich plötzlich auf diesen einen brennenden Augenblick. Statt abzukühlen, fühlte sich meine Hand stetig heißer an, als drückte ich sie immer noch ans glühende Metall. Es hätte mich nicht überrascht, wenn sich Säure durch die Verbände gefressen hätte. Ich versuchte, die Finger zu bewegen, weil ich sehen wollte, ob die Nerven beschädigt waren, doch selbst die kleinste Bewegung riss an der zerstörten Haut. Ich spürte jede Schwiele und jede Rille im Fleisch meiner Handfläche. Sollte Laura je vergessen, dass Beth uns beinahe zerstört hatte, musste ich nur ihre Hand ergreifen. Ein schwacher Trost.

59

KIT 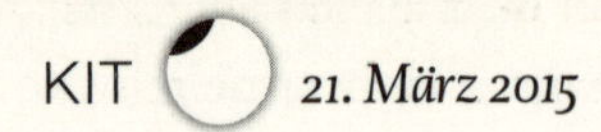 *21. März 2015*

Die Räder der Piccadilly Line schleudern den Schienen den immer gleichen Vorwurf entgegen. *Idiot, Idiot, Idiot*, singen sie in einem schnellen Walzerrhythmus, der mit jedem Schlag lauter wird. Jahre kollidieren, Lügen türmen sich aufeinander. Ich weiß noch immer nicht, wie Beth unser Haus gefunden und was das zu bedeuten hat. Ich weiß nicht, wogegen ich mich verteidigen muss. In fünf Minuten bin ich bei Laura und weiß immer noch nicht, was ich ihr sagen soll. Ich fürchte mich vor ihrem Gesichtsausdruck, hoffe aber gleichzeitig, dass mir blinder Zorn entgegenschlägt. Damit verlöre sie den Überraschungsvorteil und würde mir die Informationen liefern, auf denen ich meine Verteidigung aufbauen kann. Weiß sie nur – nur! –, dass ich mit Beth geschlafen habe, oder kennt sie das ganze Ausmaß meiner Täuschung? Für Laura muss die Begegnung ein Schock gewesen sein, und obwohl er längst dem Zorn gewichen sein dürfte, empfinde ich es als ungerecht. Ich habe sie jahrelang umsonst beschützt.

Sie dürften sich inzwischen zusammengereimt haben, dass ich hinter der Glasscherbe und dem Brand stecke, eine furchtbare Wahrheit hat sie geradewegs zur nächsten geführt. Es muss ein explosives Gespräch gewesen sein, unterbrochen von Tränen und Missverständnissen. Es wäre denkbar, dass sie gar nicht so weit gekommen sind. Denkbar, aber unwahrscheinlich.

Als ich die Rolltreppe an der Turnpike Lane hochfahre, empfangen mich die Aromen meiner Nachbarschaft, Benzin und Knoblauch, aber selbst der vertraute Geruch wirkt nicht anheimelnd wie sonst. Könnte ich mit meiner Geschichte durchkommen, solange ich *gechillt* bleibe, wie Juno zu sagen pflegt? Laura betrachtet Beth als unzuverlässig und gefährlich; warum sollte der Sex mit mir nicht auch gelogen sein? Es ist nicht so, als könnte Beth es jetzt, Jahre später, noch beweisen. Ich habe kein seltsames Muttermal, an dem sie mich identifizieren kann. Außer natürlich, sie haben einen anderen Weg gefunden, um ihre Erfahrungen abzugleichen. Vielleicht tue ich etwas, das andere Männer nicht tun, oder andere Männer tun etwas, das bei mir fehlt? Mir wird ganz schlecht, als ich mir die Mitglieder dieses winzigen Clubs vorstelle, die ihre einzige Gemeinsamkeit analysieren – mich.

Ich halte meine Oyster-Card aufs Lesegerät und gehe durch die Sperre. Als der Signalton erklingt, bleibe ich abrupt stehen, worauf sich mein Rucksack in der automatischen Schranke verfängt. Es zeugt davon, wie gestresst ich bin, dass ich nicht einmal an meine Kameraausrüstung denke, während ich die Tasche mit Gewalt losreiße. Denn ich habe einen entscheidenden Punkt übersehen: Beth hat die Wahrheit auf ihrer Seite. Beth hatte schon immer die Wahrheit auf ihrer Seite.

Als ich Green Lanes überquere, werde ich beinahe von einem roten Doppeldecker überfahren. Die Bremsen quietschen, der Auspuff rülpst Abgase hervor, ich sehne mich nach dem Zusammenprall. Ich achte nicht auf die wütenden Rufe des Fahrers und das Hupen der Autos, sondern gehe weiter und frage mich, weshalb mir irgendetwas jemals notwendig erschienen ist. Ich denke an den Mann, der ich einmal war, der die Kontrolle über seine Arbeit verlor, dessen Zwillingsbruder sich selbst zerstören wollte, denke an den Druck, der auf mir lastet und eine so drastische Lösung erklären würde.

Im Duckett's Common spielen ein paar Jungen Basketball. Der Ball schlägt mit dem unverkennbaren Widerhall auf den Asphalt, den man von Sportplätzen in der Bronx kennt. Auf dem Spielplatz sind Kleinkinder mit ihren Vätern unterwegs, die mir ziemlich ähnlich sehen, und ich verspüre neuen Mut; meine Zwillinge, die Laura in sich trägt, sind wie eine Versicherung für meine Ehe. Die Babys gehören zur Hälfte mir; sie sind eine Hälfte von mir. Sie wird nicht wollen, dass sie ohne Vater aufwachsen, nicht nach allem, was sie durchgemacht hat. Dank unserer Kinder werden wir das alles überstehen. Doch um es zu überstehen, muss man es zunächst einmal durchstehen.

Mein Pulsschlag erhöht sich mit jedem Schritt. Ich biege um die Ecke in die Wilbraham Road und bleibe auf dem gegenüberliegenden Gehweg stehen. Schräg gegenüber sehe ich unser Dach und das metallene Skelett des Baugerüstes. Das Oberlicht ist offen, also ist Laura zu Hause.

Ich unternehme einen letzten Versuch, sie anzurufen, möchte wissen, was mich dort erwartet. Das Telefon klingelt und klingelt, es ertönt gedämpft aus dem Inneren des Hauses. Laura hat ihr Handy immer bei sich, und ich habe noch nie erlebt, dass sie einen Anruf ignoriert, wenn sie den Anrufer kennt. Ich stecke wohl tiefer in der Scheiße als je zuvor. Ich erkenne mit absoluter Gewissheit, dass ich ihr nicht gegenübertreten kann. Jedenfalls noch nicht. Nicht, ohne mich zu stärken.

Im Salisbury setze ich mich an einen hohen Tisch und bestelle einen doppelten Wodka, den ich sofort hinunterkippe. Ich merke nicht viel, also bestelle ich ein Pint und hoffe, dass meine Handflächen aufhören zu schwitzen, während ich es trinke, oder dass mich ein Geistesblitz überkommt oder dass, falls ich wirklich Glück habe, ein Meteorit im Pub einschlägt, und ich nie mehr nach Hause gehen muss.

60

LAURA 21. März 2015

»Ich weiß, es ist schwer für euch.« Jamies verständnisvoller vernünftiger Ton passt so gar nicht zu dem Messer, das er in der Faust hält. »Vertraut mir, ich rühre die alten Geschichten ungern wieder auf. Aber die Leute haben euch lange genug geglaubt, findet ihr nicht? Es ist höchste Zeit, dass mein guter Name wiederhergestellt wird.«

»Jamie, du weißt genau, was passiert ist«, sagt Beth. In diesem Augenblick lockert Jamie flüchtig seinen Griff; lange genug, um das Messer einen Millimeter nach unten zu bewegen. Es schneidet in mein T-Shirt und sticht leicht in meinen Bauch, ganz oben an der höchsten Stelle, worauf ein Tropfen Blut austritt. Ich schreie unwillkürlich auf, doch als Jamie mich grob zum Schweigen bringt, verstumme ich sofort. Ich spüre noch den Schrei, der wie eine Motte in meinem Mund flattert. *Schreib es*, versuche ich, Beth telepathisch zu übermitteln. *Schreib, was immer du schreiben sollst, je extremer, desto besser. Jede Lüge, zu der er dich zwingt, trägt nur dazu bei*, ihn *bis an sein Lebensende wegzusperren.*

Falls wir lebend hier herauskommen, fügt eine leise Stimme in mir hinzu.

Der Schnitt ist nicht tief. Das Blut und die Tatsache, dass er sich auf meinem Babybauch befindet, lassen ihn schlimmer aussehen, als er ist. Der Schlag gegen den Kopf bereitet mir größere Sorgen. Meine Ohren klingeln noch immer.

Der Stoff meines T-Shirts saugt den Blutstropfen auf, er blüht auf wie eine Mohnblume, die sich im Zeitraffer von der Knospe zur vollen Blüte entfaltet. Beth scheint endlich überzeugt. Sie greift zum Stift, rückt das Papier ordentlich zurecht und schaut Jamie gelassen an.

»Warum sagst du mir nicht, was wirklich passiert ist?«, fragt sie trocken. Er scheint ihren Tonfall nicht zu bemerken, sondern lächelt. Als er sich räuspert, vibriert die Messerspitze.

»Am 10. August 1999 reiste ich allein«, er legt eine bedeutungsschwere Pause ein, »zu einem Musikfestival am Lizard Point in Cornwall, das anlässlich einer totalen Sonnenfinsternis stattfand. Beim Festival herrschte eine freie und ungezwungene Atmosphäre.« Er hält wieder inne, diesmal nicht, um eine größere Wirkung zu erzielen, sondern damit Beth Schritt halten kann. »Am zweiten Abend kam ich am Lagerfeuer mit Jamie Balcombe ins Gespräch, der ebenfalls allein reiste. Wir verstanden uns sofort.« Es ist die Stimme, mit der er vor Gericht gesprochen hat, die von einer kostspieligen Schulbildung zeugt und auch im Gefängnis nicht gelitten hat.

Ich weiß nicht, ob Beth merkt, dass sie beim Schreiben den Kopf schüttelt. Sie schaut kaum auf die eckigen Buchstaben, mit denen sie das Blatt füllt. Ihre Augen zucken im Dreieck vom Papier zu Jamie und dem Messer, das er über meinen Bauch hält.

»Nicht so schnell, das ist doch keine Sekretärinnenprüfung.« Sein Gelächter kommt aus dem Hals, nicht aus dem Bauch. »Es sollte schon leserlich sein.« Beth schreibt im selben Tempo weiter, doch die Buchstaben sehen jetzt regelmäßiger aus. Ich kann hören, wie sie mit den Zähnen knirscht, ein abscheuliches Geräusch.

Der Minutenzeiger macht einen Sprung. Zwanzig nach zwei. Kit muss jeden Moment hier sein.

Beth schreibt den Absatz zu Ende. Jamie fährt fort. »Am Morgen der Sonnenfinsternis begegnete ich Jamie erneut. Wir beschlossen, dass es nett wäre, uns an einer abgelegenen Stelle gemeinsam die Sonnenfinsternis anzuschauen.«

Jamie plant wohl, erst unsere »Geständnisse« einzuholen und dann damit zu den Behörden zu gehen. Mit anderen Worten, er wird sich stellen. So dürfte es bestenfalls laufen.

Schlimmstenfalls hat Antonia recht: Dann hätte er nichts mehr, für das es sich zu leben lohnt, und würde sich lediglich reinwaschen wollen, bevor er den Abgang macht. Wenn er uns beide mit in den Tod nehmen muss, wird er das zweifellos tun.

Wir drehen uns um, als mein Handy klingelt. Das ist Kits Ton, er muss gerade aus der U-Bahn gekommen sein. Bei jedem Klingeln wandert das Handy ein bisschen weiter über den Tisch, weiter weg von mir; wir schauen zu, wie es sich auf die Kante zubewegt. Ich stelle mir vor, wie Kit überlegt, ob ich noch etwas aus dem Supermarkt brauche. Wenn dies nun unser letztes Gespräch wäre? Das allerletzte überhaupt? Schließlich kippt das Handy in den Spalt zwischen Tisch und Wand und verschwindet. Es klingelt noch ein paarmal und verstummt.

Kit wird glauben, ich wäre sauer wegen der Facebook-Seite, und würde deswegen nicht rangehen. Wie klein und unbedeutend das alles erscheint, wenn jemand einem ein Messer an den Bauch hält. In diesem Augenblick würde ich ihm alles verzeihen.

61

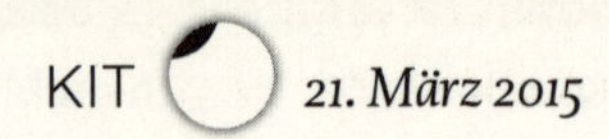

KIT *21. März 2015*

Das Extrapint und die Extrazeit helfen auch nicht. Panik ist ein Gegengift zu Alkohol. Nachdem ich mein Glas halb ausgetrunken habe, brodelt neuer Schrecken in mir auf. Vielleicht schmollt Laura gar nicht. Vielleicht ist sie im Krankenhaus; vielleicht gibt es Probleme mit der Schwangerschaft; vielleicht sind die Babys in Gefahr, weil Beth ihr was erzählt hat – ich muss die Hand ausstrecken und mich abstützen, damit ich nicht umkippe. Ein Schock, der vorzeitige Wehen auslöst, klingt nach einem viktorianischen Roman, aber so etwas kann passieren. Alles kann passieren, das müsste ich eigentlich wissen. Vielleicht hat man sie weggebracht, ohne dass sie ihr Handy mitnehmen konnte. Mein Gott, vielleicht war sie bewusstlos. Warum habe ich nicht schon früher daran gedacht? Vorhin wollte ich um keinen Preis nach Hause, jetzt will ich nirgendwo anders sein.

Ich lasse mein Bier stehen, hänge mir den Rucksack um und gehe zur Wilbraham Road. Nun, da ich es eilig habe, scheint sich die Luft gegen mich zu verschwören und zerrt an meinen Knöcheln. Jemand hat einen weißen Fiat parallel vor dem Haus geparkt, ein Strafzettel klemmt schon unter dem Scheibenwischer. Auf der Schwelle setze ich den Rucksack ab, es kommt mir vor, als würde ich ohne sein Gewicht davonschweben. Ein Betonmischer rotiert im Vorgarten nebenan, Bauarbeiter sind nicht zu sehen.

Ich schließe die Tür auf und stelle fest, dass die Kette vorgelegt ist. Entweder will Laura mich nicht hineinlassen, oder sie hat die Kette heute noch gar nicht gelöst, weil sie irgendwo liegt und sich nicht bewegen kann. Ich hocke mich vor den Briefkasten; in der Küche bewegt sich etwas, Licht weicht Schatten. Ich bin erleichtert, doch dann überfällt mich die alte Angst: Sie muss außer sich vor Wut sein.

»Laura?« Meine Stimme hallt durch den verlassenen Flur. Eine Gestalt bewegt sich in der Küche. Ich rutsche am Türrahmen hinunter und spreche durch den Briefschlitz. »Liebling, mach bitte auf. Lass uns darüber reden.«

Aus der Küche dringt ein gurgelndes Schluchzen, und in mir zieht sich alles zusammen. Zorn wäre mir lieber als Tränen. Ich hole das Schweizer Taschenmesser heraus, klappe mehrere Werkzeuge aus und entscheide mich für die kurze, gebogene Spitze, die als Dosenöffner dient.

»Du kannst dir nicht vorstellen, wie leid es mir tut«, sage ich und fummele wie blind an der Kette herum. »Es war nur das eine Mal, versprochen. Ich habe immer nur dich geliebt, das weißt du doch.« Mein Messer hakt sich in der Kette fest, und ich kann sie aus der Halterung lösen. »Ich wünsche mir jeden Tag, ich könnte die Uhr zurückdrehen und hätte nicht mit ihr geschlafen. Dadurch habe ich erst richtig begriffen, wie sehr ich dich liebe. Lass bitte nicht zu, dass es alles kaputtmacht, es ist doch so lange her. Wir haben so viel zu –«

Die Kette gibt plötzlich nach, und ich falle beinahe zur Tür hinein. Ich stelle den Rucksack auf den Boden und richte den Leuchtglobus wieder auf, der umgekippt ist. Ich spanne alle Muskeln an, bevor ich in die Küche gehe, als wollte ich mich auf einen körperlichen Angriff vorbereiten. Ich rechne mit kleinen Fäusten und schlanken Fingern, die sich in mein Gesicht graben.

Was ich vorfinde, ist schlimmer und so vollkommen unerwartet, dass mein Verstand einige Sekunden braucht, um es zu verarbeiten. Geschweige denn zu verstehen, was es bedeutet.

Laura sitzt am Tisch. Meine Augen schießen zwischen ihrem Bauch und ihrem Gesicht hin und her; ein schmaler, ovaler Blutfleck unter einem Riss im T-Shirt, die linke Wange violett und geschwollen. Bei ihr sind Beth und – zu meinem Entsetzen – Jamie Balcombe. Er trägt ein schickes Hemd und eine Chinohose und hält in der fleischigen Faust ein Messer mit blutiger Spitze.

»Nein, Kit«, sagt Beth und schüttelt den Kopf.

Was soll das heißen? Beth hat Laura ausfindig gemacht, aber was ist danach passiert? Beth hat einen Kratzer am Hals, und Lauras Wange färbt sich allmählich schwarz. Ich hatte mir vorgestellt, ihr Gesicht wäre von Wut verzerrt, doch stattdessen wirkt sie versteinert, in sich gekehrt. Ihre Augen sind trocken.

Vor Beth liegt ein Blatt Papier. Eckige, blaue Buchstaben in schrägen Linien. Meine Vergangenheit und die verstörende Gegenwart fügen sich nicht zusammen, prallen voneinander ab wie Magnete, die sich abstoßen.

»Was zum Teufel geht hier vor?« Ich wende mich nur an Jamie, weil er offenbar das Sagen hat. Keine Antwort. »Was zum Teufel geht hier vor?«

Laura schaut von mir zu Beth und wieder zurück und wendet sich langsam ab. Das ist schlimmer als jeder Wutausbruch.

Jamie nimmt die Sache in die Hand.

»Kit!«, sagt er fröhlich, als wäre dies sein Haus und ich ein willkommener Gast. Er verhält sich genau wie in Cornwall, nachdem Laura ihn mit Beth erwischt hatte. Eine Sekunde lang sehe ich ihn wieder vor mir, stelle mir die Jeans vor, die er damals getragen hat, die Schuhe, das Gel in seinen Haaren. Das

Bild aus meiner Erinnerung ist so lebendig, dass es droht, die Szene vor meinen Augen zu überschreiben.

Ich habe mein Handy im Rucksack, und der steht noch an der Haustür. Ich drehe mich um. »Ich muss die Polizei rufen.«

»Musst du nicht.« Jamie klingt verächtlich, seine Messerklinge nähert sich Lauras Bauch. Sie hat nur die Haut geritzt, sonst nichts; der Fleck wird nicht größer. Um ihm das Messer rechtzeitig zu entreißen, müsste ich die Reflexe einer Spinne und die Stärke eines Bären haben. Ich bin zu weit weg und zu schwach. »Ich will damit sagen«, fährt Jamie fort, »dass wir es nicht eilig haben. Die Polizei wird sich früher oder später einschalten, nachdem meine Anwälte sich damit befasst haben. Wir sind auch schon zur Hälfte fertig.«

Die Mädchen schauen weder mich noch einander an. Dann und wann hebt Laura die Augen, als wollte sie zu Beth schauen, und senkt sie wieder. Ihre Pupillen sehen aus wie Bleigewichte. Ich weiß nicht, worum es geht, und begreife erst jetzt, was Angst wirklich bedeutet. Also bleibt mir nichts anderes übrig, als mitzuspielen. »Was machst du hier, Jamie?« Hoffentlich klinge ich ebenso freundlich wie er.

»Ich sorge nur dafür, dass die Mädchen die Sache richtigstellen und endlich sagen, was sie schon in Cornwall hätten sagen sollen. Dass sie ihre Absprache eingestehen. Dass sie gestehen, wie sie sich vor Gericht eine kleine Geschichte zurechtgelegt haben. Dass sie mir nach ihrer komischen weiblichen Vorstellung einen gelungenen Streich gespielt haben.«

Er hat fünfzehn Jahre darauf hingearbeitet. Trotz der ganzen Kampagne und der Interviews und der Website war dies immer sein Plan A. Ich bin entsetzt und beeindruckt von seiner unbeirrbaren Geduld. Er deutet mit dem Kopf auf Beth. »Die hier hat meiner Frau monatelang Gift in die Ohren geträufelt. Beide wollten nicht die Konsequenzen ihres Verhaltens tragen. Meineid in einem Vergewaltigungsprozess ist keine Kleinigkeit. Und es war nicht irgendein Vergewaltigungsprozess. Sie werden an dir ein Exempel statuieren, Laura.« Sie zuckt zusammen, als sie die Anschuldigung hört, die zwar keinen Sinn ergibt, aber trotzdem ihr Ziel erreicht.

Das Messer in Jamies Hand beginnt zu zittern, genau wie seine Stimme. Die Maske rutscht in Zeitlupe herunter. »Du wirst verstehen, dass dem Gericht so etwas nicht gefällt. Aber keine Sorge, immerhin sperren sie dich nicht zu den Sextätern. So wie mich.«

Laura erschauert am ganzen Körper, ich kann es förmlich spüren.

»Aber, Jamie, kein Gericht wird das als Beweis zulassen. Diese« – beinahe hätte ich Anführungszeichen in die Luft gemalt – »*Aussagen* sind nicht das Papier wert, auf dem sie stehen. Das musst du doch begreifen.«

»Es ist ja nur der erste Schritt. Du würdest staunen, was ein guter Anwalt alles zustande bringt.« Damals haben ihm seine Anwälte nur bedingt genutzt. Ich mag zwar nicht die ganze Situation erfassen, hüte mich aber, ihn zu provozieren. »Schau«, fährt Jamie fort, »ich will den Mädchen nicht weh tun. Ich würde einer Frau niemals weh tun. Aber sie müssen ihre Aussagen fertigschreiben und zurücknehmen, was sie vor Gericht gesagt haben. Wir reden hier über mein Leben. Über meinen guten Ruf!«

Er steht kurz davor, die Beherrschung zu verlieren. »Na schön.« Ich weiß nicht, was ich vorhabe, nur dass ich Laura und meinen Kindern Zeit verschaffen will. »Warum legst du nicht das Messer weg und lässt die Mädchen gehen? Ich bin mir sicher, wir können das unter uns regeln.«

»Leider nicht. Ich habe fünfzehn beschissene Jahre darauf gewartet, meinen guten Ruf wiederherzustellen.« Bei dem

Schimpfwort klettert Jamies Stimme eine Oktave höher, er klingt furchterregend und lächerlich zugleich. Er atmet tief durch und fasst sich wieder. »Du wirst mir also verzeihen, wenn ich das hier durchziehe. Na los, Beth, schreib weiter. Je schneller du deine Aussage fertig hast, desto eher können wir normal weiterleben. Ich jedenfalls.« Beth greift wieder nach dem Stift, verharrt aber reglos, als Jamie weiterspricht: »Kit, ich frage mich gerade, ob du deine Aussage auch ändern musst. Aber wenn ich es mir recht überlege, reicht es völlig, wenn die beiden die nötigen Informationen liefern. Du hast nie mit dringesteckt, oder? Du hast einfach nur bestätigt, was dein Weibchen dir gesagt hat. Du hast uns nicht dabei gesehen.« Laura zuckt zusammen. »Obwohl ich wünschte, du wärst dabei gewesen, denn dann hättest du sofort erkannt, was es war.« Nun endlich sieht Laura mich an. Sie bohrt ihre Augen in meine und weint jetzt richtig, und ihr Blick könnte alles bedeuten von »Bitte rette mich« über »Wir schaffen das gemeinsam« bis hin zu »Ich hasse dich«. Die ganze Macht in diesem Raum konzentriert sich auf ein scharfes Stück Stahl. Jamie steht ganz nah bei Laura, uns könnte ebenso gut ein Stacheldraht trennen.

»Beth. Wenn wir jetzt bitte zum Ende kommen könnten.« Bilde ich es mir nur ein, oder klingt er nicht mehr ganz so selbstbewusst? »Sag mir bitte, bis wo wir gekommen waren, dann machen wir von da aus weiter.«

Der Stift in ihrer Hand zittert, doch sie sagt nichts. Sie schaut nicht einmal von der Seite hoch.

»Na gut, ich diktiere es dir.« Er räuspert sich. »Ich bedauere zutiefst, dass ich etwas absolut Natürliches und Erfreuliches so verzerrt dargestellt habe. Ich entschuldige mich bei Jamie und Antonia Balcombe und ihrer ganzen Familie, dass ich ihnen durch meine falschen Anschuldigungen so viel Kummer bereitet habe. Ich bin bereit, vor Gericht auszusagen und« – die Messerspitze beschreibt winzige Muster, als würde Jamie seine Worte in die Luft schreiben – »mich allen strafrechtlichen oder zivilrechtlichen Konsequenzen zu stellen, die ich aufgrund des Widerrufs meiner ursprünglichen Aussage zu erwarten habe.« Er dreht sich zu mir. »Ehrlich gesagt, können wir für Lauras Aussage denselben Schlusssatz verwenden.«

Beths Hand hält inne.

»Schreib es auf.« Das Messer in Jamies Hand zittert gefährlich. Lauras glitzernde Tränen sammeln sich in der kleinen Vertiefung zwischen ihren Schlüsselbeinen, als Beth den Stift weglegt.

»Tu bitte, was er sagt«, fleht Laura.

»Sie hat recht.« Zum ersten Mal seit dem Tag, an dem ich das Glas zerbrochen habe, spreche ich Beth persönlich an. »Eure Aussagen haben keinen juristischen Wert. Ihr werdet vor Gericht keine Probleme bekommen.« Ich würde am liebsten sagen, macht es, um euer Leben zu retten, aber mein Instinkt warnt mich davor, es auszusprechen. Damit könnte ich die zerbrechliche Blase, die Wirklichkeit und Nicht-wahrhaben-Wollen voneinander trennt, zerplatzen lassen.

»Ich kann nicht. Ich kann nicht lügen.« Etwas in Beth hat sich gelöst, seit ich hereingekommen bin. »Du hast mich vergewaltigt«, sagt sie, und die vier einfachen Worte bringen alles zum Erliegen. Sie dehnen sich aus, erfüllen unsere ganze Küche. Das einzige Geräusch ist der Betonmischer im Vorgarten nebenan. »Du bist mir an eine abgelegene Stelle gefolgt, hast mich zu Boden gedrückt und vergewaltigt. Du hast mir vor Gericht erneut Gewalt angetan und dann im Internet und seitdem wieder und wieder. Du hast deiner Frau Gewalt angetan und dem anderen Mädchen und weiß Gott wie vielen sonst noch.«

»Beth, tu bitte einfach, was er will«, sagt Laura. Der winzige

Teil von mir, der nicht mit Überleben beschäftigt ist, fragt sich, was mit dem Mädchen und der Ehefrau gemeint ist. Aber Beth hat nur Augen für Jamie. Plötzlich begreife ich, was sie vorhat. Wie eine Rakete beim Wiedereintritt in die Atmosphäre verbrennt sie alles, was ihr geblieben ist; dort, wohin sie geht, braucht sie es nicht mehr.

»Du hast mich vergewaltigt.« Sie stößt jedes einzelne Wort scharf hervor.

Nur ich scheine zu bemerken, dass sich Jamies Messer zitternd, aber stetig wie eine Kompassnadel von Laura zu Beth bewegt.

»Ich könnte etwas anderes nicht einmal aufschreiben, wenn ich wüsste, dass du das Papier danach verbrennst.«

Ich überlege rasch; wenn ich seinen Oberarm ergreife, kann ich das Messer weglenken. Wir sind zu dritt, er ist allein. Aber ich konnte schon immer schneller denken als handeln und bin noch einen Schritt entfernt, als Jamie den Arm zurückreißt und Beth das Messer in die Seite bohrt. Es prallt ab, als hätte er eine Rippe getroffen, doch er holt noch einmal aus, und diesmal dringt die Klinge fünf Zentimeter tief in ihren Körper.

Ich weiß nicht, wer den Schrei ausstößt.

Er zieht das Messer heraus; der Stahl ist blutig. Beth fällt kraftlos zu Boden.

Ich bin schnell, aber meine Frau ist noch schneller. Laura ist vor mir da; sie schlägt Jamie mein Sabatier aus der Hand. Es beschreibt einen Purzelbaum in der Luft; der Griff nach oben, die glänzende Klinge nach unten, und einen schwindelerregenden Moment lang sieht es aus, als wollte Laura die Klinge mit der Hand auffangen. Doch sie berührt den Griff nur mit den Fingerspitzen.

»Du Schlampe!« Jamie ist schon unterwegs zum Messerblock. Lauras Gesicht ist von Panik erfüllt, als ihr das Messer entgleitet und auf dem Tisch landet, wo nur ich es erreichen kann.

Das Messer fühlt sich vertraut und unheimlich zugleich an, als ich es umschließe, durch die Küche stürze und ihm die scharfe Spitze in die Kehle bohre. Ein Sekundenbruchteil Widerstand, die Klinge wird seitlich abgelenkt und verpasst das Rückgrat; danach dringt sie wie durch Butter, und eine Sekunde später ragt die Spitze wie eine Haiflosse aus seinem Nacken. Ich ziehe das Messer in sinnloser Hast heraus; passiert ist passiert. Das Messer fällt mir aus der Hand und landet zeitgleich mit Jamie auf dem Boden. Er liegt neben Beth. Man kann nicht erkennen, von wem das Blut stammt. Alles ist rot, der Küchenboden ein glänzendes Meer. Jamie gurgelt und erbricht einen karminroten Geysir, der alles – mich, Laura, die Wände, die Möbel – mit einem rosigen Sprühnebel überzieht. Ich schaue wie gebannt zu, als seine blauen Augen sich in Murmeln verwandeln.

Und dann erstarre ich.

Laura tritt über Jamies Körper und kauert sich in die Blutlache.

»Beth?«

»Laura, ich –«

»Verdammt, ruf einen Krankenwagen!«, kreischt sie. Endlich kann ich reagieren, greife nach dem nächstbesten Handy, einem BlackBerry, tippe die Zahlen ein und sage ihnen, dass wir einen Krankenwagen brauchen, weil es zwei Messerattacken gegeben hat, zwei Opfer. Ich nenne meine Adresse und erinnere mich sogar an das Buchstabieralphabet und frage, dumm wie ich bin, auch noch, ob sie eine Parkerlaubnis haben, und sie versichern mir, dass sie keine brauchen.

Während ich all das regle, kniet Laura auf dem Boden und hält Beth umfangen. Ruhig und vorausblickend hat sie Geschirrtücher aus der Schublade genommen und zu kleinen Vierecken gefaltet, mit denen sie die Blutung stillen will. Das erste ist schon durchweicht.

»Sie sind unterwegs. Wie geht es ihr?«

»Keine Ahnung, Scheiße, keine Ahnung«, sagt sie und dann an Beth gewandt: »Verdammte Scheiße, halt die Augen auf, bleib wach.« Mit blutigen Fingern schiebt sie Beth die feuchten Haare aus dem Gesicht. Beth atmet scharf und stoßweise. Sie will etwas sagen und sieht mich dabei an. »Ich habe nicht –«

»Nicht reden«, sagt Laura. »Alles gut. Die Sanitäter sind unterwegs. Alles gut. Wir kümmern uns um dich.« Ich kann nicht erkennen, was Laura für Beth empfindet, aber der Blick, mit dem sie mich bedenkt, ist unmissverständlich: *Ich hasse dich. Ich hasse dich. Ich hasse dich.* »Die Blutung lässt nach. Wir müssen sie nur warm halten. Zieh die Jacke aus.«

Dazu muss ich das Messer weglegen. *Beweisstück* A.

Ich streife die schwere Jacke ab und breite sie so sanft wie möglich über Beth. Ich kann unmöglich erkennen, wie viel Blut sie noch verliert; ihre Kleidung ist völlig durchweicht. Meine Jacke ist mit Schlamm von dem Berg in Tórshavn verschmiert. Ich wickle Beth darin ein und entschuldige mich im Stillen für alles, was sie erlitten hat. Ihre Lippen werden blass.

Dann hämmert jemand an die Tür, und wir zucken zusammen, nur Beth liegt reglos da. Als ich Polizei und Sanitätern die Tür öffne, hinterlasse ich einen blutigen Fleck auf dem Messingknauf. Draußen haben die Rettungskräfte die Straße blockiert. Ein Streifenwagen steht diagonal da, Rettungswagen zu beiden Seiten, deren Blaulichter lautlos rotieren. Einer von ihnen wird nur als Leichenwagen dienen. Ich schicke die Sanitäter in den grünen Overalls in die Küche, wo sie vielleicht noch ein Leben retten können.

Laura löst sich endlich von Beth, bleibt aber neben ihr stehen, während die Experten übernehmen. Sie sieht aus, als trüge sie rote Abendhandschuhe, die bis zu den Ellbogen reichen.

»Sie steht unter Schock!«, sagt einer. Laura drückt die Hand vor den Mund und brabbelt vor sich hin.

Ein dritter Sanitäter betritt die Küche und schaut entsetzt auf ihr geschwollenes Gesicht.

»Sind Sie Christopher Smith?«, fragt mich ein Polizist. Kräftig, mit Rugby-Schultern, er sieht aus wie die Jungs, die mich in der Schule gemobbt haben.

»Sie brauchen mich nicht zu verhaften. Ich komme freiwillig mit.«

Er betrachtet das Blutbad.

»Oh, das muss ich wohl. Christopher Smith, ich verhafte Sie wegen Mordverdachts. Sie brauchen nichts auszusagen, aber es kann Ihrer Verteidigung schaden ...« Ich lasse seine Belehrung über mich hinwegrollen und halte ihm die Handgelenke hin. Meine ganze Aufmerksamkeit gilt Laura, die am Fuß der Treppe steht. Auf ihrem Mund prangt ein kaminroter Handabdruck; sie hat die Arme um den Bauch geschlungen. Ihr Blick höhlt mich innerlich aus.

»Wann?«, fragt sie.

Wann was? Ich brauche ein paar Sekunden, um zu verstehen, was sie meint – die Worte, die ich durch den Briefschlitz gerufen habe.

Beth wollte mich warnen, als ich die Küche betrat. Denn nicht sie hat Laura verraten, was am Lizard Point geschehen ist.

Das war ich selbst.

»In Cornwall«, sage ich schließlich. »Am Abend, bevor du gekommen bist.«

Laura nickt einmal und schließt die Augen, als könnte sie meinen Anblick nicht ertragen. Die Handschellen schnappen zu, und das Geräusch hallt in unserer roten Küche wider. Ich falle auf die Knie. Meine gefesselten Hände liegen wie ein totes Gewicht auf meinem Schoß, mein Ehering ist blutrot. Laura kehrt mir den Rücken. Mein Herz zerbricht, und doch empfinde ich nicht nur Entsetzen und Verlust, ich fühle mich auch befreit. Das war längst überfällig. Ein Gewicht ist von mir genommen.

VIERTER KONTAKT

62

Wir stehen nebeneinander vor dem fleckigen Spiegel. Unsere Spiegelbilder meiden jeden Blickkontakt. Sie trägt Schwarz, genau wie ich, und genau wie ich hat sie ihre Kleidung sorgfältig und respektvoll ausgewählt. Keine von uns beiden steht vor Gericht, jedenfalls nicht als Angeklagte, doch wir wissen beide, dass man Frauen in solchen Fällen immer beurteilt.

Die Kabinen hinter uns sind leer, die Türen angelehnt. Vor Gericht zählt dies als Privatsphäre. Der Zeugenstand ist nicht der einzige Ort, an dem man aufpassen muss, was man sagt.

Ich räuspere mich, und das Geräusch hallt von den gefliesten Wänden wider, eine Miniaturkopie der perfekten Akustik, die in der Eingangshalle herrscht. Hier gibt es überall ein Echo. In den Korridoren erklingt bürokratisches Türenschlagen, schwere Akten werden auf quietschenden Rollwagen befördert. Was man sagt, fängt sich an den hohen Decken und wird in vielfältiger Form zurückgeworfen.

Im Gericht mit seinen gewaltigen Fluren und übergroßen Räumen verschieben sich die Maßstäbe. Das ist wohldurchdacht. Es soll einen an die eigene Bedeutungslosigkeit gegenüber der mächtigen Maschinerie der Strafjustiz erinnern und die gefährlich glimmende Macht des unter Eid gesprochenen Wortes dämpfen.

Auch Zeit und Geld sind hier verzerrt. Die Justiz verschlingt Gold; es kostet Zehntausende Pfund, einem Mann die Freiheit zu sichern. Sally Balcombe, die auf der Besuchergalerie sitzt, trägt Schmuck, von dem man sich in London eine kleine Wohnung leisten könnte. Selbst das Leder des Richtersessels stinkt nach Geld. Man kann es beinahe von hier aus riechen.

Doch die Toiletten sind, wie überall, große Gleichmacher. Die Spülung auf dem Damenklo ist immer noch kaputt und der Seifenspender immer noch leer, und die Türschlösser funktionieren immer noch nicht richtig. Die leistungsschwachen Spülkästen tropfen geräuschvoll und verhindern jede diskrete Unterhaltung. Wenn ich etwas sagen wollte, müsste ich schreien.

Ich betrachte sie im Spiegel. Das Etuikleid umhüllt ihre Kurven. Ich habe meine Haare, die langen, leuchtenden Haare, die Kit sofort an mir geliebt hat, die Haare, die er angeblich im Dunkeln erkennen konnte, zu einem braven Knoten gesteckt. Wir beide sehen … sittsam aus, das ist wohl das richtige Wort, obwohl mich niemand jemals so beschrieben hat. Wir sind nicht mehr die Mädchen vom Festival: die Mädchen, die ihre Körper und Gesichter golden bemalten und heulend unter dem Mond tanzten. Diese Mädchen gibt es nicht mehr, beide sind auf ihre Weise tot.

Draußen schlägt eine schwere Tür zu, wir zucken zusammen. Sie ist ebenso nervös wie ich. Dann endlich schauen unsere Spiegelbilder einander an und stellen jene Fragen, die zu gewaltig – und zu gefährlich – sind, um sie laut auszusprechen.

Wie konnte es dazu kommen?

Wie sind wir hier gelandet?

Wie wird es enden?

63

LAURA ◯ *28. September 2015*

Heute Nacht gibt es einen Blutmond, das genaue Gegenteil einer Sonnenfinsternis. Die Erde bewegt sich zwischen Mond und Sonne hindurch. Um drei Uhr morgens färbt das Licht, das sich durch die Erdatmosphäre bewegt, den Mond rostrot. Kits Zelle im Belmarsh-Gefängnis hat kein Fenster. Er kann die Mondfinsternis nur beobachten, wenn die zwölf Männer und Frauen, die über seinen Fall entscheiden, ihn für nicht schuldig befinden.

»Mir ist schlecht«, sage ich zu Ling.

Sie versucht ausnahmsweise nicht, mich zu beruhigen; ihr sind die Plattitüden ausgegangen. »Mir auch.«

Ich halte die Handgelenke unter das kalte Wasser. Wir sind auf der Damentoilette im Central Criminal Court, der Öffentlichkeit besser bekannt als Old Bailey und für Anwälte einfach nur der Bailey – ich komme mir allmählich wie eine professionelle Zeugin vor.

Wir sind in jeder Hinsicht hoch oben; Gerichtssaal zwölf befindet sich im obersten Stock, man muss neunundachtzig Stufen hinaufsteigen. In der gewaltigen Eingangshalle für die Zuschauer kann man keine Journalistinnen bespitzeln oder zufällig einer Hauptbeteiligten über den Weg laufen. Hier sind die Besuchergalerien, auf die man mich nach meinem eigenen Auftritt verwiesen hat, vom eigentlichen Gerichtsbereich abgetrennt. Auf der Besuchergalerie gibt es keine Privilegien. Im

Bailey wird alles viel strenger gehandhabt als im Gericht von Truro. Man darf nicht einmal eine Wasserflasche mitbringen. Mein Mund ist so trocken, dass meine Zunge an den Zähnen festklebt. Ich halte den Kopf unter den Wasserhahn und trinke gierig.

»O Laura«, sagt Ling. »In dem Wasser kann Gott weiß was sein.«

Sie hat recht, es schmeckt wie schmutzige Pennymünzen. Ich schlinge es förmlich hinunter.

»Wie lange sind die Geschworenen schon weg?«

Sie sieht auf die Uhr, als hätte ich nicht vor einer halben Minute erst gefragt. »Drei Stunden.«

»Vielleicht werden sie heute nicht mehr fertig. Ich sollte zu Hause anrufen.«

Das ist leichter gesagt als getan. Im Bailey kann man nicht einfach sein Handy aus der Tasche ziehen. Man kann es nicht einmal irgendwo registrieren; ich musste meins in einem Café auf der anderen Straßenseite lassen. Zu Hause anrufen heißt, drei Treppen runterlaufen, die Sicherheitskontrolle passieren, die Straße überqueren, ins Café gehen und nach dem Anruf die ganze Prozedur wiederholen.

»Aber wenn sie nun das Ergebnis verkünden, während du weg bist? Das ist, als wenn du auf den Bus wartest und dir kurz was zu trinken holst, und genau dann fährt der Bus vorbei.«

Es würde sich beinahe lohnen, das Schicksal herauszufordern, aber ich muss für Kit da sein.

»Du hast recht«, sage ich. Außerdem will ich mich nicht an all den Journalisten vorbeidrängen. Der Prozess hat Schlagzeilen gemacht, war ein Trend auf Twitter, wurde im Fernsehen besprochen und im Radio diskutiert. Man hat mir mehrere zehntausend Pfund für meine Geschichte geboten. Seit zehn Tagen belagern Pressefotografen mein Haus.

Die Zwillinge sind inzwischen fünf Monate alt und zu Hause. Mir blieb keine andere Wahl, als wieder arbeiten zu gehen, als sie zehn Wochen alt waren. Und, ja, es gefällt mir gar nicht. Doch mit einem Ehemann, der in Belmarsh in Untersuchungshaft saß, und der Aussicht auf eine sechsstellige Anwaltsrechnung nahm ich den bestbezahlten Job an, den ich finden konnte. Ich leite den britischen Absolventenfonds einer amerikanischen Universität und beschaffe Geld bei reichen Ehemaligen, um einen ohnehin schon bestens ausgestatteten Campus noch besser auszustatten. Kein sonderlich verdienstvoller Job, aber ein gutbezahlter, und zudem prestigeträchtig. Mit der Ernennung schaffte ich es auf die Nachrichtenseite von *The Fundraiser*. Zum ersten Mal in meiner Karriere musste ich ein offizielles Foto machen lassen. Ich trug die Haare offen. Ich brauche mich nicht mehr zu verstecken. Es zeugt von meiner Erschöpfung, dass ich die Woche Sonderurlaub, in der ich anstrengende Tage im Zeugenstand verbracht und die Quälerei auf der Besuchergalerie ertragen habe, als Ruhepause empfinde. So sieht das Leben einer berufstätigen Mutter eben aus.

Als wir auf den Treppenabsatz treten, ist Mac da. Er riecht nach frischem Zigarettenrauch. Er geht vorbeugend wieder zu Narcotics Anonymous. Adele steht neben ihrem Sohn, auch sie ist schwarz gekleidet. Wir lächeln angespannt. Von jedem stickigen Treppenabsatz gehen zwei Gerichtssäle ab, die von streng blickenden Sicherheitsleuten bewacht werden. Das Raster aus Überwachungskameras bildet das Facettenauge sämtlicher Gerichtsdramen, die in einem monochromen Blauton ablaufen.

Im Bailey herrschen andere Gesetze. Der Prozess wird nicht von Regionalanwälten, sondern von Queen's Counsels geführt. Danny Hannah vertritt unsere Seite. Er ist Ende fünfzig, und ich vermute, dass ich gerade das Universitätsstudium seiner

Kinder bezahle. Seine Perücke aus Pferdehaar ist beruhigend ekelhaft, und er hat uns unbeirrbar fröhlich versichert, dass Kits Freispruch eine ausgemachte Sache sei. Ein Zeitungskolumnist gab sich verwundert, dass der Fall überhaupt verhandelt wurde, doch wie Danny uns erklärte, wäre der Aufschrei noch viel größer gewesen, wenn die Sache nicht vor Gericht gelandet wäre.

Es stand nie zur Debatte, ob Kit Jamie Balcombe getötet hatte. Um jemanden wegen Mordes zu verurteilen, musste man ihm aber Vorsatz und Motiv nachweisen. Und das Echo des anderen Prozesses war bisweilen ohrenbetäubend laut.

Kit schlug sich gut im Zeugenstand. Er, ich und die anderen Zeugen betonten, er habe sich selbst, seine Frau und seine ungeborenen Kinder verteidigt. Natürlich wurde die Vergangenheit wieder hervorkramt. Wir schilderten die Vorgänge in meiner Küche sehr präzise, hatten uns im Gefängnis aber flüsternd darauf verständigt, manches besser ungesagt zu lassen. Einige Wahrheiten kann man nicht unzerkaut schlucken. Die Kriminaltechnik war diesmal auf unserer Seite: Jamies Fingerabdrücke an unserem Messer und der blutige Riss in meinem T-Shirt sprachen Bände. Dass man auf unserem Küchenboden ein Messer fand, das Jamie von zu Hause mitgebracht hatte, bewies seinen Vorsatz. Beths kleines Dossier, das auf meinem Schreibtisch lag, hätte uns beinahe Kopf und Kragen gekostet; die Anklage stürzte sich darauf, um damit unseren Vorsatz zu beweisen. Darum lautete die Anklage auch auf Mord und nicht auf Totschlag. In meinem Kreuzverhör deutete man an, ich hätte es absichtlich dort hingelegt, um den perfekten Vorwand für den Mord zu haben. Doch ich hielt stand und bewegte mich keinen Millimeter. Natürlich bestätigte Antonia alles, was Beth niedergeschrieben hatte. Aber Geschworene sind unberechenbar. Bei ihnen weiß man nie.

»Alle Parteien im Fall Smith in Gerichtssaal zwölf.« Der Lautsprecher knistert wie eine alte Schallplatte.

Meine Hände hängen locker herunter; Adele ergreift die eine, Ling die andere, und Mac hält Ling fest. Wir verharren wie im Gruppengebet, bis die Sicherheitsleute uns hineinwinken.

Auch im Saal erinnert nichts an das Gericht von Truro. Die Besuchergalerie ist voller Messing und Marmor, ein Balkon, der sechs Meter über den Darstellern schwebt. Die Pressebank ist so voll wie nie. Unsere alte Freundin Alison Larch ist in der Menge zu sehen, eine seltsame Version ihres früheren Selbst. Sie hat etwas mit ihrem Gesicht angestellt, die Oberlippe ragt wie ein Mützenschirm nach vorn, und das Licht betont die straffe Stirn. Mac hält sich am Messinggeländer fest. Die Adern auf seinen Handrücken drohen, die Haut zu durchbrechen.

Die Balcombes sitzen schon da, haben den Saal womöglich gar nicht verlassen. Diesmal ist nicht das ganze Gefolge erschienen, nur Lord Jim, wie er jetzt heißt, und Lady Sally. Der Bruder war zu Beginn des Prozesses da, wurde aber des Saales verwiesen, weil er Kit nach Verlesung der Anklageschrift als mörderische Drecksau bezeichnet hatte. Was aus der Schwester geworden ist, weiß ich nicht. Sally Balcombe zittert jetzt und geht am Stock. Sie war nicht jeden Tag hier, Jim hingegen schon. Zuerst saß er wie wir in der ersten Reihe. Doch als mit fortschreitendem Prozess die Verblendung und Gewalttätigkeit seines Sohnes enthüllt wurden und dessen guter Ruf nach und nach in sich zusammenbrach, zog Jim sich zurück. Als die Praktikantin aus Jamies Firma ihr Leiden schilderte, rutschte er in die mittlere Reihe. Inzwischen sitzt er hinten in der Ecke, wo ihn die Presse und Kit nicht sehen können. Ich kann Jims Frustration von hier aus spüren. Es dürfte unerträglich für ihn sein, dass er den Staatsanwalt nicht selbst aussuchen durfte, dass etwas so Grundlegendes, wie den Mörder seines Sohnes wegzusperren, jenseits seiner finanziellen Möglichkeiten liegen soll. Ich empfinde unfreiwillig Mitleid mit Jim und Sally Balcombe. Sie müssen doppelt trauern, da ihre Erinnerungen an den Sohn nun von dem Bild verdrängt werden, das im Gericht entsteht.

Mein Mann sitzt unter mir auf der Anklagebank. Er trägt den dunkelblauen Anzug, den ich ihm gekauft habe, bevor mir klarwurde, wie sehr er abgenommen hat. Er ist mit Handschellen an einen Polizeibeamten gefesselt; ein anderer bewacht die Tür, was mich belustigt – als ob er *das* versuchen würde. Ich beuge mich über die Marmorbrüstung, damit er mich sehen kann. Die Anklagebank im Gerichtssaal zwölf ist niedrig und breit, acht Klappsitze in einer Reihe. Ich bin mir ziemlich sicher, dass die Geschworenen die leeren Plätze neben ihm nicht sehen können, während sie für mich hier oben im Olymp stets seine Unschuld betont haben. Es könnte schlimmer sein, scheinen diese leeren Plätze anzudeuten. Er könnte ein Verschwörer sein, der mit anderen vor Gericht steht, die alle desselben Verbrechens beschuldigt werden. Er könnte ein echter Krimineller sein.

Die leeren Plätze erinnern mich auch daran, dass ich um ein Haar dort unten neben ihm gestanden hätte.

Kit dreht sich um und schaut zu mir herauf, die Augen schwer von unserer Geschichte und einer Schuld, die nichts mit dem toten Mann zu tun hat.

»Erheben Sie sich für das hohe Gericht«, sagt der Urkundsbeamte. Sogar Sally Balcombe steht auf.

Der Richter – sogar ein Lordrichter – legt die Fingerspitzen aneinander und ordnet an, die Geschworenen hereinzurufen. Die zwölf treten ein, ganz erfüllt von ihrer eigenen Wichtigkeit. Ich konzentriere mich auf die Sprecherin, eine in Tweed gekleidete Brünette, die während des gesamten Prozesses undurchdringlich wirkte und auch jetzt nicht zu durchschauen ist.

»Wie befinden Sie den Angeklagten im Fall die Krone gegen Smith?«

Die Angst schickt feurige Ameisen über meine Haut, und ich krümme schon die Finger, um mich zu kratzen. Die Sprecherin räuspert sich. »Nicht schuldig.«

Ein trockenes Stöhnen von den Balcombes. Mac berührt mit dem Kopf theatralisch das Messinggeländer und verpasst dadurch den Augenblick, in dem Kit zu uns heraufschaut; man kann seinen Gesichtsausdruck nicht als Lächeln bezeichnen, er entspannt nur die Grimasse, die er seit seiner Verhaftung gezeigt hat.

»Scheiße nochmal«, sagt Ling. »Scheiße nochmal.« Sie schaut mich an. »Alles klar?«

Was soll ich darauf antworten?

Er wird nicht einfach so entlassen. Vorher gibt es Papierkram zu erledigen. Dokumente müssen nach Belmarsh und wieder zurück gefaxt werden. Es dauert mindestens eine halbe Stunde, bevor ich ihn sehen kann, und dann wird es in aller Öffentlichkeit geschehen. Man sollte glauben, dass sie für diese Zwecke einen speziellen Raum hätten. Immerhin gibt es im Bailey unzählige Räume, gewaltige, widerhallende Atrien und winzige Kämmerchen. Ich habe Dutzende von ihnen leer stehen sehen, während ich darauf wartete, als Zeugin aufgerufen zu werden. Aber nein. Wenn alle Formulare unterzeichnet sind, wird man ihn einfach auf die Straße entlassen. Das ist an sich schon unwürdig, und umso mehr, wenn man an die Massen von Kameras denkt, die uns dort erwarten. Es ist eine letzte Demütigung.

Aber Kit ist noch nicht draußen, und so können wir durch den Besucherausgang in die Warwick Passage, eine Unterführung, und von da aus ins Café schleichen. Dort falle ich über mein Handy her, als wäre es eins meiner Kinder und nicht nur eine Verbindung zu ihnen; ich erfahre, dass es den Babys gutgeht und sie endlich ihr Mittagsschläfchen halten. Ich entspanne mich ein bisschen. Nach dem Kaffee kehren wir zum Bailey zurück, um auf Kit zu warten. Man kennt die unauffällige Straße aus den Fernsehnachrichten. Wir verstecken uns in der Warwick Passage und warten darauf, dass Kits Anwalt Danny Hannah QC mich anruft. Ich zähle die Haarrisse in den weißen Fliesen, mit denen die Wände verkleidet sind. Als mein Handy klingelt, ist Kit schon auf dem Weg nach unten. Nur sechzig Sekunden Vorwarnung. Mein Magen schlägt einen Purzelbaum, als ich auf die Straße trete.

»›Laura!‹ ›Hier drüben, Laura!‹ ›Lächle für uns, Laura!‹«

Die Blitzlichter treffen mich wie ein Schlag. Ich stehe wie erstarrt da. Gegenüber fotografieren chinesische Touristen in Shorts und Socken, wie andere mich fotografieren. Dann plötzlich schwenken die Kameras von mir weg. Ich blinzle noch schockiert, als Kit herauskommt. Mac ist als Erster bei ihm. Er rennt auf ihn zu und umarmt ihn. Kein High-Five, kein männliches Schulterklopfen; Mac hält ihn wie ein Baby und streichelt ihm den Rücken. Es scheint die beiden nicht zu stören, dass ihr Wiedersehen öffentlich stattfindet. Ein Paparazzo beschwert sich tatsächlich und schaut zu mir. Ich bin es, die er auf dem Foto haben will. Ich bringe ihm das Geld.

»Komm schon, Laura«, sagt er und lenkt die Aufmerksamkeit wieder auf mich. Kit löst sich von seinem Bruder, und die einzelnen Blitze verwandeln sich in eine weiße Lichtwand, als ich gemessenen Schrittes in seine ausgebreiteten Arme trete. Ich wende mich ab – diesen Teil von mir bekommen sie nicht – und umarme meinen Ehemann zum ersten Mal seit dem Morgen, an dem er auf die Färöer gefahren ist. Wir verschmelzen auf die alte Weise, und er ist wieder so schlank wie bei unserer ersten Begegnung. Kits Finger berühren mein Gesicht. Er hebt mein Kinn, schiebt mir eine Haarsträhne von der Wange und küsst mich mit geschlossenen Augen. Wir verharren in dem Kuss; trocken, aber nicht keusch. Obwohl wir in unseren Rollen zu eingespielt sind für echtes Begehren, regt sich das Muskelgedächtnis. Es ist noch da. Es wird immer da sein.

Wir lösen uns langsam voneinander; zuerst die Lippen, dann die Körper, halten uns an den Händen und posieren für die Kameras.

»Gebt uns ein richtiges Lächeln«, sagt einer. Wir bestehen nur aus Zähnen und glänzenden Augen.

»Haben Sie was zu sagen, Kit?«, fragt eine Frau mit Mikrophon.

Danny Hannah tritt vor uns. »Ich spreche für meinen Mandanten.«

»Was passiert jetzt?«, fragt Adele, die plötzlich mehr denn je wie eine kleine alte Dame aussieht.

»Wir machen, dass wir hier wegkommen«, sagt Mac. Er nickt zum Gehweg gegenüber, wo Ling ein schwarzes Taxi angehalten hat.

Wir überlassen Danny Hannah der Presse und quetschen uns ins Taxi. Ein Fotograf saust mit dem Fahrrad neben uns her, während wir quälend langsam am Old Bailey vorbeirollen und dann nach links den Ludgate Hill hinab abbiegen. Der Taxifahrer entkommt ihm in Cheapside, indem er links blinkt und rechts abbiegt, und als wir Holborn erreichen, sind wir allein. Ich schaue prüfend auf die Straße; hinter uns leuchtet eine Reihe gelber Taxilampen. Ich klopfe an die Trennscheibe. »Könnten Sie bitte anhalten?«

Ling weiß Bescheid, doch Adele, Mac und Kit sehen einander verwundert an.

»Laura?«, fragt Adele. Für sie tut es mir besonders leid.

»Bitte verzeih mir«, sage ich und trete auf den Gehweg.

»Ich konnte ihn nicht vor der Presse demütigen.« Während sie meine Worte noch verdaut, wende ich mich an Kit. Ich habe ihm gesagt, dass es dazu kommen würde, doch sein Gesicht verrät mir, dass er die Hoffnung, ich könnte es mir anders überlegen, nie aufgegeben hat. Soll er doch für den Rest seines Lebens hoffen. »Sie schlafen jetzt eine Weile. Gib mir ein paar Stunden, um einen klaren Kopf zu bekommen. Wenn du gegen sechs vorbeischaust, kannst du beim Baden dabei sein.«

Es ist eine Anweisung. Er nickt.

Ich schlage die Tür zu und überlasse es Ling, uns ein neues Taxi zu rufen. Erst als wir sicher hinten sitzen, erlaube ich mir zu weinen.

64

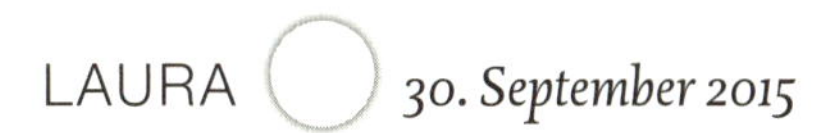

LAURA *30. September 2015*

Kit erzählte mir alles, als wir an einem verschrammten Plastiktisch im Besucherraum des Gefängnisses saßen. Er weinte hässlich und würgend, und die Litanei seines Geständnisses wurde vom immer gleichen Refrain unterbrochen. »Ich habe es für dich getan«, wiederholte er. »Ich habe es für dich getan. Ein kleiner Fehltritt, mehr war es nicht. Ein Augenblick der Verrücktheit, der es nicht wert war, das Beste wegzuwerfen, das uns beiden je passiert ist. Ich habe es nur getan, um uns zu retten.« Von all seinen Vorwänden – Mac, die Arbeit, sein Vater – ist dieser am abscheulichsten. Wie konnte jemand, der mich liebte, der mich kannte, in meinem Namen etwas so Grausames tun? Es ist eine sonderbare, verkrüppelte Liebe, die mich lieber fünfzehn Jahre lang in lähmender Angst beließ, statt mir ein Mal weh zu tun. Er war zu schwach, um ohne mich zu leben, und er wollte mich lieber gebrochen und krank als gar nicht bei sich haben. Er hat nicht nur unsere gemeinsame Zukunft, sondern auch meine Vergangenheit zerstört.

Die wöchentlichen Besuchszeiten sind auf zweimal neunzig Minuten begrenzt. Daher musste Kit seine Knalleffekte in mehreren Fortsetzungen liefern wie ein viktorianischer Schriftsteller, der seine Leser neugierig machen will. Mit jedem Kapitel zog er mir eine Hautschicht vom Körper. An dem Nachmittag, an dem ich ihn zwang, mir die Einzelheiten zu erzählen – das Teezelt, der rote Schlafsack –, fügte sich etwas zusammen: Als ich in Cornwall ankam, hatte er nach Seife gerochen. Er war unter der Dusche gewesen, um sie von sich abzuwaschen. Ich glaube, an diesem Nachmittag legte er mich bis auf die Knochen bloß. An jenem Abend weinte ich so sehr, dass ich mich von Taschentüchern über Küchenrollen bis zu Handtüchern vorarbeitete. Ich glaube, für dieses Weinen müsste man ein neues Wort erfinden; nichts im Wörterbuch konnte diese Gewalt ausdrücken. Vielleicht gibt es in anderen Sprachen einen Ausdruck für Tränen der Trauer und des Zorns und des Betrogenseins, die einen beinahe umbringen, doch die britische Kultur kennt kein Wort dafür.

Er hat mehr als einmal gesagt, er wünschte, er hätte das Messer gegen sich selbst gerichtet, und in meinen schlimmsten Augenblicken stimme ich ihm zu. »Du hast keine Ahnung, was ich durchgemacht habe«, sagte er beim letzten Mal, als er verzweifelt um mein Mitgefühl warb, und seine Worte brachten etwas in mir zum Klingen. Denn er irrte sich. Ich kann verstehen, wie es angefangen hat. Natürlich kann ich verstehen, was es heißt, etwas für sich zu behalten. Ich habe jahrelang geglaubt, es sei meine Lüge, die uns zerstören könnte. Ich erkenne die Parallele durchaus, doch in Wahrheit ist das, was er getan hat, ein Tal, das Berge voneinander trennt, und meine Lüge eine bloße Furche, die man mit einem Stock in den Schlamm gezogen hat.

Hätte ich Kit verziehen, dass er mit einer anderen Frau geschlafen hatte? Das frage ich mich unablässig. Nun, da ich mich den mittleren Jahren nähere, empfinde ich Mitgefühl, weil er jung und unsicher war (und bin gleichzeitig bestürzt, weil ich nichts gemerkt habe). Ironischerweise hätte ich ihm die Untreue wohl später vergeben, denn ich hatte erfahren, was Zeit und Druck in einer Beziehung anrichten können. Mit einundzwanzig aber liebte ich leidenschaftlich und unverrückbar.

Vermutlich hat er recht, es hätte für uns das Ende bedeutet. Ich wünschte, es wäre so gekommen. Ich wünschte, er hätte mir einfach nur das Herz gebrochen, als er die Gelegenheit dazu hatte. Junge Herzen sind wie junge Knochen, sie geben nach. Sie heilen.

Was danach kam, kann ich hingegen nie verzeihen: die systematische Herabsetzung einer verletzlichen Frau, eines Vergewaltigungsopfers, die sich zutiefst für das schämte, was sie mir unwissentlich angetan hatte, und traumatisiert war von dem, was sie erlitten hatte. Beth wollte so gern mit mir befreundet sein. Kit hatte ihre Loyalität nicht verdient, und obwohl ich mir wünsche, sie hätte mir damals die Wahrheit gesagt, kann ich ihr nicht verdenken, dass sie geschwiegen hat. Mir wird schlecht, wenn ich mir vorstelle, dass Kit mich sogar an Beths Aussage über die Vergewaltigung zweifeln ließ. Eines aber ist noch schlimmer als seine Untreue oder alles, was darauf folgte. Kit wartete nämlich, bis feststand, dass Beth überleben würde, bevor er mir von dem Glas und dem Feuer erzählte. In den ersten beiden Wochen, als sie zwischen Leben und Tod schwebte, besuchte ich ihn zweimal im Gefängnis. Damals gestand er nur, dass er mit ihr geschlafen hatte. Hätte Jamie Balcombe das Messer so präzise geführt wie Kit, wäre die Klinge tiefer in ihren Körper gedrungen, hätte Beth das ganze Ausmaß seines Betruges mit ins Grab genommen. Sein Betrug riss mir die Haut vom Körper, doch seine Feigheit schneidet in die Knochen. Sie vergiftet sogar das Mark.

65

LAURA *3. April 2015*

Ich kaufte Trauben und merkte erst im Aufzug, dass sie nicht kernlos waren. Das hat man davon, wenn man in Green Lanes einkauft. Sie lag im North Middlesex Hospital, zwei Stockwerke über der Entbindungsstation. In den ersten vierzehn Tagen, als sie auf der Intensivstation um ihr Leben kämpfte, während meine oberflächlichen Prellungen heilten, durfte sie nur von ihrer Familie besucht werden. Später fand ich heraus, dass dies nicht die Regeln des Krankenhauses waren, sondern dass ihre Eltern darauf bestanden hatten. Sie wollten nicht, dass irgendjemand – ich, Antonia und vor allem niemand, der mit den Balcombes in Verbindung stand – sie besuchte. Nun aber war sie seit drei Tagen auf der normalen Station, und man hatte die Sicherheitsmaßnahmen gelockert.

Dennoch kam ich mir wie ein Eindringling vor, als ich den langen, graugestrichenen Flur zu ihrer Station entlangging, in der Hand die Papiertüte mit Obst. Eine kleine, gedrungene Frau trat aus dem Zimmer, als ich mich näherte. Ich brauchte ein paar Sekunden, um die schlaffe Haut und die Tränensäcke im Geist wegzulasern und Beths Mutter zu erkennen, die ich zuletzt im Gericht von Truro gesehen hatte. Sie war von einer älteren Frau zu einer alten Frau geworden; Gesicht und Körper wirkten formlos, die Haare waren weiß, und nur die rotgeränderten Augen verliehen ihrem Gesicht ein wenig Farbe. Beschämt versteckte ich mich hinter einem Wandschirm. Ich umklammerte meine Tüte so fest, dass sie zerriss. Ein paar Trauben lösten sich vom Stiel und kullerten in Mrs Taylors Richtung. Ich krümmte mich förmlich und wartete auf die wohlverdiente Zurechtweisung, doch sie war so in Gedanken, dass sie mich gar nicht bemerkte. Ich wartete, bis sie weg war, sammelte die Trauben auf und ging zu Beth.

Sie saß aufrecht im Bett, die Augen auf die Tür gerichtet. Ich hätte schwören können, dass sie mich erwartet hatte.

»Hallo.« Ich legte die Trauben auf ihren Nachttisch, zu all den anderen, die schon dort warteten.

»Ich pflanze demnächst meinen eigenen Weinberg«, sagte Beth und lächelte so zaghaft wie damals. Sie wollte ausloten, ob ein Scherz in Ordnung war.

»Das Krankenhaushemd steht dir super«, sagte ich. »Es betont deine Augen.«

Sie lachte und zuckte zusammen, wobei sie eine Hand auf den dicken Verband an ihrer Seite drückte.

»Du bist ja gewaltig«, sagte sie ehrfürchtig.

»Das kannst du laut sagen. Es kommt mir vor, als hätte ich nicht genügend Haut.« Ich hievte mich auf den Stuhl neben dem Bett, der unter meinem Gewicht seufzte. Es erschien mir richtig, ihre Hand zu ergreifen. Ihre Haut war so weich wie in meiner Erinnerung. Nun, da ich hier saß, wurde mir bewusst, dass ich mir keine Worte zurechtgelegt hatte. Eine Art Ablaufplan wäre nicht schlecht gewesen.

»Ich weiß gar nicht, wo ich anfangen soll. Kit hat mir alles erzählt. Das glaube ich jedenfalls; wann immer ich denke, er ist fertig, kommt noch etwas heraus. Ich weiß nicht, was du weißt und was nicht.«

»Ich wusste nichts von dir.« Es klang so dringlich, als hätten ihr die Worte fünfzehn Jahre auf der Zunge gelegen. »Ich habe mich so geschämt, als ich herausfand, dass er eine Freundin hat.

Es hat mir das Herz gebrochen, mir war ganz schlecht; ich hätte nie mit ihm geschlafen, wenn ich es gewusst hätte.«

Dann, als wäre es ihr gerade erst eingefallen: »Ich war nicht hinter Kit her, als ich nach London gekommen bin. Ich wollte ihn nicht mehr, nachdem ich von dir erfahren hatte. Du warst es, die ich brauchte. Mein Gott, Laura, du hast an mich geglaubt, das hat mich am Leben erhalten.«

»Ich weiß.« Ich spürte, wie sich ihre Hand entspannte, die Knochen schienen förmlich zu schmelzen. Es war Zeit für ein offenes Gespräch. Wir würden nicht mehr um den heißen Brei herumreden. Ich weigerte mich, die Sache in die Länge zu ziehen, so wie Kit es bei mir getan hatte.

»Er hat das Feuer gelegt und mich glauben lassen, du wärst es gewesen. Es tut mir so leid.«

Verwirrtes Schweigen. Beths Augen huschten forschend über mein Gesicht.

»Kit hat seine eigene Wohnung abgefackelt? Mit dir drin? Kit?« Ihr Gesicht sagte: *Das hätte ich ihm nicht zugetraut.* Das konnte ich nachvollziehen, der Gedanke war mir selbst noch fremd. »Aber wieso?«

»Darum.« Ich spürte, wie mir die Tränen kamen, unterdrückte sie aber. Nicht weil ich meinen Kummer vor Beth verbergen musste, sondern weil ich die Geschichte erzählen wollte, solange ich es konnte. Das war ich ihr schuldig. »Er wusste, dass ich mich nie ohne triftigen Grund von dir abgewendet hätte. Also hat er mir einen geliefert.« Ich schaute auf meinen Schoß. »Dass du die Autoreifen deiner Freundin zerstochen und uns das Foto geschenkt hattest, brachte ihn wohl auf die Idee. Du weißt schon, dass du ein bisschen …« Ich drehte den Finger an der Schläfe; zum ersten Mal kam mir der Gedanke, dass Kit vielleicht sogar das alles irgendwie geplant hatte. Beth deutete meinen Ausdruck richtig und hob die Hände.

»Nein, das war ich leider selbst.«

Ich wartete, bis sich alles gesetzt hatte. Wir alle begehen Dummheiten, wenn wir jung sind.

Wir saßen schweigend da. Draußen im Flur schepperte ein Rollwagen vorbei, und es roch widerlich nach Acrylamid, was nur Krankenhausessen bedeuten konnte. Ich nahm eine Traube – keine von meinen – und ließ sie zwischen den Zähnen zerplatzen. Der Saft war säuerlich und scharf.

»Warum hast du mir nicht von dir und Kit erzählt?« Es klang vorwurfsvoll. Vielleicht empfand ich letztlich so. Meine lebenslange Strafe besteht darin, jedes Vorurteil in mir wie auch in anderen zu überprüfen.

»Das wollte ich ja«, sagte sie und wurde ein bisschen rot. »Darum war ich auf dem Feld. Während der Sonnenfinsternis. Ich war dir nachgegangen – und darauf bin ich echt nicht stolz –, um dir sagen, mit was für einem Wichser du zusammen warst.«

»Und was hat dich davon abgehalten? Jamie?«

»Nein, ich wollte gerade gehen, als er dazukam. Du warst es, die mich davon abgehalten hat.« Ich muss verständnislos ausgesehen haben, denn sie neigte den Kopf und flüsterte beinahe: »Ich habe zugesehen, wie ihr euch die Sonnenfinsternis angeschaut habt. Ich habe euch zusammen gesehen, es war wie Magie.« Ihre Worte trugen mich zurück auf den Lkw, violettes Licht färbte den Himmel. Wir waren so ineinander versunken, als wären wir die einzigen Menschen auf der Welt. »Er hatte mir am Abend vorher erzählt, wie viel ihm Sonnenfinsternisse bedeuten, und dennoch konnte er kaum die Augen von dir wenden. So hat mich noch nie jemand angesehen. Bis heute.« Sie knetete die Ecke ihrer Decke. »Er hatte die Wahrheit gesagt, dass das mit mir ein Augenblick der Verrücktheit war, und jeder hat das Recht, Scheiße zu bauen, oder? Ihr habt so gut zueinandergepasst, Laura, das war die große Liebe. Man erkennt sie, wenn man sie sieht. Ich konnte nicht – oh, es tut mir leid.«

Meine Tränen kamen heiß und schnell. Beth hatte das Einzige gesagt, das ich nicht mehr ertragen konnte. Kit und ich hatten wirklich gut zueinandergepasst; wir waren ein goldenes Paar gewesen. Einen blendenden Sonnenblitz lang begriff ich, weshalb er solche teuflischen Dinge getan hatte, um unsere Beziehung zu retten. Ein Jaulen drang aus meiner Kehle. Beth reichte mir ein Taschentuch aus ihrem Nachttisch und nahm sich auch eins. »Ohne den Prozess wäre die Sache erledigt gewesen. Ich hätte die Nacht mit Kit als Erfahrung abgehakt und euch beide in Ruhe gelassen, und die ganze … die ganze Scheiße wäre nie passiert.«

Ich entfliehe eine Sekunde lang in diese imaginäre andere Welt. Kit wäre nie auf die Probe gestellt worden, hätte nie seine dunkle Seite entdeckt. Das Gold wäre mit der Zeit verblasst, aber nie wirklich verschwunden. Meine Kinder wären mit beiden Eltern aufgewachsen.

Vielleicht wäre er in diesem parallelen Leben, in dem er Beth ungestraft gebumst hatte, aber auch auf den Geschmack gekommen. Vielleicht hätte er wieder und wieder versucht, vermeintlich verpasste Erfahrungen nachzuholen. Ich werde es nie erfahren. Und in der anderen Welt …

»Wären wir nicht nach Cornwall gefahren, würde Jamie noch leben«, dachte ich laut.

»Nun ja«, Beth schaute mich offen an. »Ein Gutes hat die Reise also doch gehabt.«

Unser Gelächter war krankhaft, unkontrollierbar und untrennbar mit unseren Tränen vermischt. Es gibt ein Wort dafür: Hysterie. Die alten Griechen glaubten, die Gebärmutter einer Frau bewege sich durch ihren Körper und mache sie verrückt. Meine Gebärmutter war durch zwei Babys mit meinem Becken verbunden, doch als wir im Krankenhaus saßen und uns in wildem Gelächter schüttelten, so dass die Schwestern besorgt hereingelaufen kamen, war es, als hätte sich ein noch fundamentalerer Teil von mir gelöst und renne wild in mir umher.

Schließlich legte sich unser Gelächter. Wir saßen schweigend da, nur gelegentlich seufzte eine von uns zitternd. Ich ergriff wieder Beths Hand, und so blieben wir im Schutz der Vorhänge sitzen. In dieser Atmosphäre absoluter Ehrlichkeit hätte ich ihr fast gesagt, dass ich im Zeugenstand für sie gelogen hatte; besser gesagt, ich hätte sie beinahe gefragt, ob sie wusste, dass ich für sie gelogen hatte. Dann rollte ein Pfleger das Essen herein – Kartoffelpüree, Kohl und etwas Braunes –, und der Bann war gebrochen. Selbst wenn sie wusste, dass ich gelogen hatte? Beth und ich waren getrennt durch die Hölle gegangen und gemeinsam in Sicherheit gelangt.

Die Vorhangringe klapperten, als ich die Nische verließ. »Kommst du mich wieder besuchen?«, fragte sie. Ich drehte mich um, antwortete aber nicht sofort. Kits Stimme drang über die Jahre hinweg zu mir und ließ mich verstummen. *Wie kannst du ernsthaft eine Freundschaft mit jemandem beginnen, den du auf diese Weise kennengelernt hast?* Beths Mund zitterte, als müsste ich ihr die Erlaubnis erteilen zu lächeln. Ich brachte Kit zum Schweigen. Wenigstens etwas Gutes sollte aus diesem Chaos aus Rauch, Stahl und Lügen erwachsen.

»Natürlich.«

Ich ging den glänzenden Korridor entlang und spürte, wie sich etwas tief in meiner Brust löste und befreite; der harte, schuldbewusste Stein meines Meineids zerfiel zu nichts. Anders als Kit hatte ich gelogen und war damit durchgekommen. Bei dem Gedanken wurde meine Kehle eng. Nein. Der Stein war nicht völlig zerfallen. Als ich das Krankenhaus verließ, begriff ich, dass der Stein der Schuld sich nie ganz auflösen würde. Ich stand auf der schmutzigen Straße, Autos rauschten an mir vorbei, während er zu einem nahezu unsichtbaren Pulver zerfiel, fein genug, um für immer durch meine Adern zu fließen.

66

LAURA ◯ *30. September 2015*

Zwei Fotografen stehen vor meinem Haus und knipsen das Taxi, noch bevor sie wissen können, wer drin sitzt.

»Laura, wo ist Christopher?«, ruft einer von ihnen durchs Fenster.

»Soll ich mitkommen?«, fragt Ling.

»Alles gut. Du fährst jetzt zu deinen Mädchen, die haben dich die ganze Woche kaum gesehen. Ich melde mich später.« Ich gehe mit gesenktem Kopf zur Haustür, die Jacke über den Kopf gezogen, die Haare verborgen. Ich habe ihnen vor dem Gericht geliefert, aber es war wohl naiv zu glauben, die Sache sei damit erledigt. Ich zwinge mich zu lächeln, weil es für meine Zwillinge wichtig ist. Sie haben mich schon so oft weinen sehen, dass sie vermutlich fürs Leben gezeichnet sind. Die Spucktücher, die plötzlich überall herumliegen, wenn man Neugeborene im Haus hat, eignen sich perfekt dafür, Tränen wegzuwischen. Eine Zeitlang hatte ich zwei über der Schulter, eins für mein Baby, das andere zum Weinen.

Auf dem Klingelschild steht jetzt einfach nur *Langrishe*.

Beth öffnet die Tür und tritt zurück, damit die Fotografen sie nicht sehen. Sie trägt eins meiner alten milchfleckigen Umstandstops und glänzende Leggings. Es gibt so viel zu sagen, doch fürs Erste reicht ein »Gut gemacht« von ihr. Dann umarmt sie mich fest. »Du hast es geschafft.«

»Wir haben es geschafft.«

Beth lächelt wässrig; wir werden später etwas trinken und in Ruhe reden. Sie hat die Babys besucht, als sie zwei Wochen alt waren. Diesmal flehte ich sie an, bei mir zu bleiben. »Warum gerade sie?«, hatte Ling gefragt, als ich Beth als Kindermädchen einstellte. »Erinnert sie dich nicht an die ganze Scheiße, die du durchgemacht hast?« Worauf ich nur antwortete: »Wen denn sonst?« Ich weiß nur zu gut, wie oft sie mir hätte weh tun können und es nicht *getan hat.* Wem sonst könnte ich so vertrauen?

Und außerdem kann ich einer Fremden das alles kaum erklären.

»Fin ist gerade aufgewacht. Ich mache ihm die Flasche.«

»Perfekt.« Ich streife die Schuhe ab. Im Wohnzimmer liegt mein älterer Sohn Fin auf dem Rücken und hämmert wie ein manischer Schlagzeuger gegen sein Spieltrapez. Ich kniee mich hin, atme seinen Mandelgeruch ein und lache, als er nach meinen Ohrringen greift. Er hat sich sogar seit heute Morgen verändert. Die safranblonden Wimpern sind länger, oder er hat mehr Haare bekommen. Er hat die Nase seines Vaters, die Ohren seines Großvaters und ein ovales Gesicht, das ganz nach mir aussieht. Er ist der Clown, der Rabauke, er stürmt einfach drauflos, während Albie eher weich und sensibel ist und konzentriert nach Mustern und Ergebnissen sucht, bevor er sich für etwas entscheidet. Ich muss mich sehr bemühen, um sie nicht mit Kit und Mac zu vergleichen.

»Waren sie brav?«, frage ich und löse Fins Faust aus meinen Haaren.

»Albie war ein Engel, Fin ein Arschloch«, sagt Beth zärtlich.

»Hast du mit Antonia gesprochen?«

»Sie versteckt sich bei einer Nachbarin, bis die Paparazzi weg sind.«

»O nein«, sage ich, obwohl mich das nicht überraschen sollte. Vielleicht sollte ich Kit eine SMS schicken, damit er nachher den Schleichweg durch Ronnis Garten nimmt.

»Er kommt in eineinhalb Stunden. Ich habe gesagt, er dürfte beim Baden helfen.«

Beth sieht plötzlich verkniffen aus. »Soll ich mich verziehen?«

Am liebsten würde ich sagen, nein, bleib doch, soll er sich selbst hindurchwinden. Für Kit wäre es sicher angenehmer, wenn Beth für immer verschwände. Aber das wird nicht passieren. Dennoch sollte sie heute besser nicht hier sein, wenn er kommt. Wie ich ihn zu Hause empfange, wird den Rest unseres Lebens beeinflussen. Kit hat zwar meine Liebe verloren, ist aber immer noch der Vater meiner Kinder. »Nur das erste Mal. Danke.«

Nun, da Kit frei ist, wird es sicher einen neuen Albtraum geben. Neue Anwälte, vermute ich; Mediation, das Haus, Sorgerecht – er wäre irre, wenn er mir das streitig machen wollte, aber er ist so unberechenbar geworden wie ein Fremder auf der Straße. Wenn er Arbeit findet, könnte es sogar um den Kindesunterhalt gehen. Er könnte ein Mitspracherecht verlangen, wenn es um den Nachnamen seiner Söhne geht. Doch falls er sich gegen mein Kindermädchen stellt, kann er was erleben.

Von oben erklingt ein leises Knurren. Albie ist aufgewacht und hat gemerkt, dass sein Bruder nicht da ist.

»Soll ich ihn holen?«, fragt Beth, aber für mich ist es etwas ganz Besonderes, einen der Jungen nachmittags aus dem Bettchen zu holen. Ich reiche ihr Fin und gehe ins Kinderzimmer. Die Jungs schlafen auf dem Dachboden, der früher unser Arbeitszimmer war. Ich habe unsere Schreibtische und den ganzen anderen Kram durch zwei Kinderbettchen und einen Wickeltisch von eBay ersetzt. Wenn sie alt genug für richtige Betten sind, muss ich das Haus vermutlich ohnehin verkaufen. Aber fürs Erste reicht es.

Ich schleiche auf Zehenspitzen hinein, obwohl Albie wach ist, und bleibe kurz stehen. Ich habe das riesige Dachfenster mit Rollläden versehen, und das einzige Licht kommt von dem Leuchtglobus, der sich sanft auf seiner Achse dreht und Landkarten an die weißen Wände zeichnet.

»Hallo, Schlafmütze«, murmele ich an seinem satinweichen Hals. Ich ziehe die Rollläden hoch, und der Himmel flutet herein, eine gewaltige blaue Fläche über den Dächern. Gemeinsam schauen wir hinaus. Der Himmel über dem Alexandra Palace ist strahlend blau mit weißen Streifen, die klassischen Kinderzimmerfarben für kleine Jungs. Albie schaut unkoordiniert auf die dahinjagenden Wolken, bis etwas seine Aufmerksamkeit weckt und er sie freudig aufreißt. Ein tieffliegendes Flugzeug zieht langsam seinen Kondensstreifen über den Himmel. Albie zeigt darauf, er benutzt die Geste zum ersten Mal. Ich folge dem Blick meines Sohnes und schaue zum Himmel. Auch wenn es mir schwerfällt, werde ich von nun an nicht mehr nach hinten blicken. Albie weiß Bescheid: Wir sollen nach oben schauen.

Die neue Kücheninsel ist voller Babynahrung und Sterilisationsgeräten. Beth bereitet gerade eine Flasche zu. Fin liegt auf dem Boden, etwa an der Stelle, an der sie beinahe verblutet wäre. Es scheint Beth nicht zu stören, dass sie in einem Haus wohnt und arbeitet, in dem sie fast gestorben wäre. Aber die Küche sieht auch nicht mehr aus wie damals, als der Mord geschah. Ich musste sie verändern. Das Haus wurde drei Tage lang als Tatort behandelt. Während die Spurensicherung Fotos machte, Fingerabdruckpulver zerstäubte und Messungen durchführte, sickerte das Blut in die porösen Fliesen. Selbst die Spezialreiniger, die sie schickten, konnten es nicht beseitigen. Ich richtete den ganzen Raum mit Fliesen aus dem Sonderangebot, einer Ikea-Küche zum halben Preis und Küchengeräten aus, die Mac billig besorgt hat. Die Küche sieht jetzt aus wie ein OP. Dass sie ihren Küchencharakter verloren hat, ist ein geringer Preis dafür, dass ich die Flecken losgeworden bin.

Ich kann jetzt hineingehen, ohne einen Flashback zu erleiden, doch die Abmessungen sind noch die gleichen, und es ist unmöglich, nicht an die alte Anordnung zu denken. Dort stand der Kühlschrank, in dem wir meine Fruchtbarkeitsmedikamente aufbewahrten. Dort am Fenster haben wir im Sonnenlicht gestanden, um den positiven Schwangerschaftstest schneller zu erkennen. Da drüben befand sich die Arbeitsplatte, an der er jeden Abend für mich gekocht hat. Hier am Fenster war das Radio, mit dem wir unsere Küchendisco musikalisch unterlegten.

Statt der altmodischen Bank und der Resopalplatte, an der Jamie Balcombe mich und Beth in Schach hielt, gibt es jetzt einen Küchentisch mit Stühlen. Hier auf der Schwelle stand Kit, wie gelähmt von dem, was er sah, und was ich wusste. Und hier, rechts von der Spülmaschine, habe ich meinen Ehemann zum Mörder gemacht.

Denn das »hektische Gedrängel« um das Messer, das wir beide vor Gericht beschrieben haben, war nichts dergleichen. Das weiß aber niemand außer mir.

Ich wusste, dass Jamie sterben musste, damit wir alle leben konnten.

Das Wissen um das, was Kit mir angetan hatte, hatte meinen Zorn entfacht. Soll das Blut an deinen Händen kleben, dachte ich. Ich werde meine Kinder nicht im Gefängnis gebären. Ich werde keine Sekunde Freiheit für dich opfern.

Ich hatte jahrelang Billard gespielt und wusste einiges über Bahnverläufe und Präzision. Außerdem konnte ich bluffen. Daher wusste ich genau, was ich tat, als ich mit den Fingerspitzen das Messer zu Kit hinüberstieß und befriedigt zusah, wie sich seine treulose Hand ums Heft schloss.

DANKSAGUNG

Ich danke meiner fabelhaften neuen Lektorin Ruth (ich habe es sehr genossen, zum ersten Mal getrosst zu werden), Louise Swannell, Leni Lawrence, Cicely Aspinall, Naomi Berwin, Penny Isaac und allen anderen bei Hodder and Stoughton.

Dem wundervollen Team bei United Agents: Sarah Ballard und Zoe Ross, Margaret Halton, Amy Mitchell, Joey Hornsby, Eli Keren und Georgina Gordon-Smith.

Meinen gelehrten Freundinnen und Freunden: Daniel Murray, Bathsheba Cassell, Harriet Tyce, Gemma Cole und Chris Law. Ein besonderer Dank gilt dem Autor und Anwalt Neil White, der meinen Tweet beantwortete, in dem ich ihn um »fünf Minuten« seiner Zeit bat, und der mir sechs Monate später immer noch täglich E-Mails beantwortete. Alle Fehler in juristischen Fragen sind die meinen, und es gibt keine weiteren Fragen.

Dem Hexenzirkel: Mel McGrath, Louise Millar, Jane Casey, Laura Wilson, Kate Rhodes, Sarah Hilary, Serena Mackesy, Helen Smith, Denise Meredith, Ali Turner, Alison Joseph, Katie Medina, Helen Giltrow, Louise Voss, Colette McBeth, Paula Hawkins, Tammy Coden und Nikoline Norfred Eriksen.

Ich danke Helen Treacy und ihrem unermüdlichen Rotstift, Sali Hughes für ihren Bullshit-Detektor in Sachen Hippies sowie Julia Crouch und Claire McGowan, die immer wussten, ob ich Wein oder Tee brauchte.

Schließlich und vor allem danke ich meiner Familie: Mum und Jude, Dad und Susan, Owen und Shona. Und Michael, Marnie und Sadie. Ich liebe euch.

Außerdem möchte ich die folgenden Quellen nennen:

Sue Lees, *Carnal Knowledge: Rape On Trial*

Helena Kennedy QC: *Eve Was Framed: Women and British Justice*

Dr. Kate Russo: *Total Addiction: The Life Of An Eclipse Chaser*

Fred Espenak, Mark Littman, Ken Wilcox: *Totality: Eclipses of the Sun*

Graham St. John: »*Dancing in the Cosmic Sweet Spot*«, Blog